아마 내가 별에서 왔다지요

★★★
★안드로메다급 세계관을 지닌
★그녀가 만난
뜻밖의 지구인들

아마 내가 별에서 왔다지요

노신임 지음

말맛속깊
BOOKS

누군가를 있는 그대로 사랑하는 것이
얼마나 위대하고 숭고한 것인지 가르쳐 주신
나의 아빠 노영현 님께 이 책을 바칩니다.

부디 이 한 권의 책이 상처 입은 이들에게
용기와 희망을 안겨 주기를.
그들의 나날들에 영원히 남을 빛이 되어주기를.

프롤로그

먼저, 반갑다.

세상에 수없이 많은 사람이 있지만 우리가 이렇게 만난 건 저 우주만큼이나 커다란 인연이 있어서일 게다.

자, 소개부터 하겠다. 내 이름은 노신임. 나는 지구에 살고 있다.

내가 하는 일은 지구인들의 생생한 감정과 생각이 담긴 음성을 문자로 기록하는 것이다. 정확히 말하면, 나는 '속기 사무소' 운영자다. 사무실은 지구에서도 가장 멋진 대한민국에 있다. 사무실 건너편에는 이 나라에서 가장 큰 법원이 있다. 법원이 각종 사건·사고에 대한 결론을 내기 위해서는 증거가 필요한데, 그 증거의 한 형태인 녹취(녹음 자료)를 들고 오는 지구인들이 바로 내 고객이다.

나는 일을 통해 지금껏 셀 수 없이 많은 지구인을 만나고 그들의 목소리를 들었다. 그들은 제각각 사연을 갖고 있었다. 그중 하나를 먼저 소개해 보겠다.

미리 말해두지만, 이건 영화 같은 이야기다. 장르로 말하자면 '코미디 공포'라고나 할까? 읽는 이에 따라 으스스하고 오싹할 수도 있으니, 심장이 약한 독자는 마음의 준비를 한 후 읽을 것을 당부한다.

아마 내가 별에서 왔다지요

미스터 노름과의 만남

그날은 일이 많아 밤 10시가 다 돼서야 퇴근 준비를 했다. 가방을 메고 문손잡이를 잡았는데, 느닷없이 검은 그림자가 사무실 창문 블라인드 사이로 길게 드리워졌다. 순간 '똑. 똑. 똑.' 노크 소리가 났다.

문을 열어 보니 덩치가 크고, 각진 얼굴에 이목구비가 시원한 남자가 서 있었다. 나는 정중히 말했다.

"영업 끝났습니다."

"아, 제가 너무 늦게 왔죠? 사정이 있어서 그런데, 지금 일 좀 의뢰할 수 있을까요? 부탁드립니다."

하도 간곡하기에 거절하질 못했다. 그런데 그가 또 무리한 요구를 했다. 며칠 후 밤 10시경에 녹취록을 찾으러 오겠다는 것이다.

"안 됩니다. 제 퇴근 시간은 오후 6시예요. 미안하지만 시간이 안 맞아서 일을 못 맡겠습니다."

"아휴, 양해 좀 해 주세요. 제 사정 좀 봐주십시오. 꼭 좀 부탁합니다."

그는 밤 10시 이후에만 시간이 가능하다며 몇 번이고 간청했다. 나는 하는 수 없이 수락하고 말았다.

약속한 날 밤 10시 정각에 그가 방문했다.

나는 작업한 녹취록을 건넸고, 그는 페이지를 넘기며 확인했다. 양이 꽤 많아서 확인하는 데도 시간이 좀 걸렸다.

어느덧 밤 11시 40분, 자정이 다 되어 갔다. 그는 소파에서 일어나 녹취록을 짚으며, 해당 부분의 녹음 내용을 다시 들어보고 싶다고 했다. 자신이 그렇게 말한 것 같지 않다면서.

"기록된 내용과 녹음 내용을 이 자리에서 일일이 다 비교해 드릴 순 없어요. 그건 본인께서 듣고 직접 확인하시면 돼요."

"아, 이 부분은 소장님하고 같이 듣고 싶어서 그러는데 한 번만 부탁 드립니다."

아무래도 이 사람 일은 맡지 않았어야 했다. 지금이 대체 몇 시인가? 이건 무리를 넘어 무례였다. 그런데 나는 또 그를 옆에 앉히고, 해당 부분을 같이 들었지 뭔가.

"제가 작업한 내용이 맞네요. 선생님이 정확히 이렇게 말씀하셨어요. 맞죠?"

"그러게요. 제가 정말 그랬네요. 근데…… 여기 오는 다른 사람들 녹음 파일에도 이런 식으로 말하는 게 많이 나오나요?"

그가 언급한 '이런 식'이란 이런 거다.

일단, 한 측이 먼저 상대에게 말 대포를 쏜다.

"너 죽고 싶냐? 말만 해. 내가 쥐도 새도 모르게 죽여 줄게! 너 하나 죽이는 건 일도 아니거든!"

그럼, 상대방도 지지 않고 반격한다.

"까불지 마! 네가 먼저 죽게 될 거야! 아니다. 아예 오늘 만난 김에 확 죽여 줄게. 이리 와, 18놈아!"

아마 내가 별에서 왔다지요

지난 몇 년간 녹취록 작업을 하면서 수없이 들어왔던 말들이라, 나는 그에게 별 동요 없이 대답했다.

"녹취에서 저런 얘기 자주 나오죠. 아무래도 서로 흥분한 상태에서 얘기하다 보니까 욱해서 죽이겠다는 표현을 하세요."

그가 손으로 목을 긋는 시늉을 하며 물었다.

"그럼, 제가 목을 따겠다고도 했잖아요. 그런 표현도 많이 들어보셨겠네요?"

나는 반색하며 목소리를 높였다.

"말이라고요! 거의 단골 멘트죠. 아주 자주 듣는 편이에요."

그가 잠시 생각에 잠겼다가 다시 물었다.

"아무리 남의 얘기라도 그런 소리 자주 들으시면 무섭지 않나요?"

나는 베테랑답게 팔짱을 끼고 찡긋 웃으며 여유를 보였다.

"글쎄요. 보시다시피 전 속기사잖아요. 이런 '죽여 버려!', '목 딴다.' 등의 말을 듣는 건 속기사로서의 숙명이랄까요? 전혀 무섭지 않아요."

그리곤 자랑스러운 얼굴로 머리카락을 뒤로 넘기며 덧붙였다.

"사실 상대방 겁주려고 말만 저렇게 하지, 실제로는 죽이지도 못해요."

바로 그때, 그의 눈빛에 서늘한 기미가 스쳤다. 그리고 깜짝 놀랄 만한 발언을 했다.

"말만 한 게 아니라 실제로 죽여 봤는데……."

순간 정신이 번쩍 들었고, 움직이던 몸이 멈춰졌다.

"네에?"

"죽였다고요."

"뭐를요?"

"사람을 죽였다고요."

나는 귀를 의심하고 다시 물었다.

"사람을 죽…… 농담이시죠?"

"아니요, 진담입니다."

"그러니까 선생님 말씀은…… 살인을 목격하셨단 건가요?"

"아뇨, 제가 직접 살인을 했단 말입니다."

그러고는 하얗고 기다란 손으로 자신의 입을 살며시 가리며 웅얼거렸다.

"이쿠~ 말해버렸네."

나는 턱관절이 고장 난 사람처럼 한동안 입을 다물지 못했다. 조금 뒤 정신을 차리고 다시 물었다.

"혹시 군인이세요? 해외 파병, 그러니까 전쟁에 참여하셨거나, 아니면 외국 해적에게 납치된 한국인을 구하러 투입된 특수부대…… 뭐 그런 거예요?"

"아닌데요?"

그는 이상야릇한 웃음을 지으며 대답했다. 내 모습이 재미있다는 듯 미소를 지으며 나를 빤히 바라보았다.

"그럼 말 그대로 살인, 그러니까 민간인을 죽였단 말이에요?"

그는 내 말에는 대답하지 않고 주변을 두리번거리더니 목소리를 낮췄다.

"근데 여기 도청 장치 같은 거 없죠?"

"그건 왜요?"

"왜긴요? 이 얘기가 녹음되면 안 되니까죠. 내가 살인했다는 거 소문 낼 일 있나요?"

그 말끝에 그가 눈을 가늘게 떴다. 순간 그의 눈에 살기가 느껴졌다.

"그, 그러면 저한텐 왜 얘기하시는 건데요오오오?"

내 목소리는 염소 가족의 막둥이 목소리처럼 떨렸다.

아마 내가 별에서 왔다지요

"그냥요, 소장님 표정이 마음에 들어서요."

떨리는 내 목소리를 뒤로 하고, 그는 해맑게 미소 지었다. 살인자의 해맑은 미소…… 가만, 이건 사이코패스의 웃음 아닌가?

시계를 보니 정확히 밤 11시 55분이었다. 심장이 콩닥콩닥 뛰기 시작했다. 그때의 심정을 더도 말고 덜도 말고 세 단어로 표현하자면 이렇다.

'진짜! 대애박! 무섭다!'

등골이 오싹한 건 기본이고, 꽉 다문 입술이 파르르 떨렸다. 자정이 다 된 야심한 시각에 살인자와 단둘이 있으니 당연한 거 아닌가!

그런데 말이다. 나는 알고 있었다. 이 순간 내 행동이 엄청 중요하다는 사실을! 옛말에도 있지 않나. 호랑이 굴에 들어가도 정신만 바짝 차리면 살아나올 수 있다고. 만약 내가 무섭다고 벌벌 떤다면 이 남자의 기는 더욱 세질 것이다. 그러면 나는 다음 타겟이 될 것이 불을 보듯 뻔하고, 살려 달라고 발버둥을 쳐봤자 아무 소용 없을 것이다.

그러므로 내가 할 일은 단 하나였다. 내가 결코 만만한 존재가 아니라는 걸 팍팍 티 내기.

나는 호흡을 가다듬고 일부러 "품"하고 웃었다. 그리고 한쪽 다리를 꼬며 말했다.

"오, 놀랍네요!"

"뭐가요?"

"지 입으로 살인 경험이 있다고 고백한 분은 처음이라서요."

순간 남자의 표정이 확 굳었다.

"뭐요! 지 입?"

"아, 미안합니다. 자기 입이요."

나는 퉁명스럽게 말하며 입을 씰룩거렸다. 겁먹지 않았다는 표정을 애써 지으며 최대한 초연한 태도를 보였다. 하지만 겁이 나지 않을 리 없었다. 내 속은 정말이지, 사시나무처럼 떨렸다.

특히 더 떨렸던 것은 몇 년 전 만났던 한 중년 여성 고객이 떠올라서다. 그녀의 20대 딸이 누군가에게 살해된 것 같은데, 안타깝게도 끝내 범인이 잡히지 않았다. 내 앞에 있는 이 자의 섬뜩한 미소를 보니 딸의 죽음을 얘기하며 슬프게 울던 그 여성 고객이 떠올랐다. 문득 그 사건의 범인이 이 자일지도 모른다는 생각이 들었다.

잠깐! 만약 이 생각이 맞다면 이대로 넘어가서는 안 될 일이었다. 그냥 무섭다고 집으로 줄행랑을 치면 안 되었다. 설사 이 자가 그 사건의 범인이 아니더라도 어쨌든 누군가를 살해한 건 맞지 않은가. 내게 이렇게 자랑스레(?) 살인 고백까지 하고 있으니 말이다. 그렇다면 나는 이 자의 범죄 행각을 최대한 파헤쳐서 숨겨진 진실을 밝혀내야 하지 않을까?

나는 애써 태연한 표정을 지으며 물었다.

"궁금한 게 있는데, 물어봐도 돼요?"

"그래요, 해 봐요."

"저한테 왜 이런 말을 하는 거죠?"

"솔직히 내가 지금껏 살인 고백을 딱 세 명한테 해 봤거든요."

"어머! 그게 또 자랑이라고 여기저기 고백하셨나 봐요!"

"하하하, 거봐요. 반응이 신선하잖아요. 사람마다 다른데, 소장님처럼 반응하는 건 처음 봐요. 아주 재미있어요."

순간 짜증이 확 밀려왔다.

"재미라? 그럼, 선생님 손에 죽은 사람들은 재미로 죽임을 당한 거네요? 말 좀 가려서 하시는 게 어떨까요?"

"하하하, 이거 봐요. 또 재밌게 반응하잖아요."

"네네, 좋아요. 이왕 이렇게 된 거, 사람 죽인 얘기 죄다 해 보세요. 누구한테라도 자랑하고 싶어 하는 것 같은데."

그가 동의 차원으로 고개를 끄덕였다. 나는 본격적으로 살인자의 비밀 파내기에 돌입했다.

"첫 번째 질문입니다. 가장 최근에 했던 살인은 언제였어요?"

"음…… 그건 말할지 말지 고민 좀 해 보고요. 다른 질문 해 보세요."

'이것 봐라? 쉽게 입을 열지 않겠다? 그렇다고 포기할 내가 아니지.'

"사람 죽이는 거 말고, 평상시엔 뭐 하고 지내세요?"

"하하하, 다른 사람들과 똑같죠. 밥 먹고, 자고, 데이트도 하고요."

"근데 살인은 왜 하신 거예요?"

"그냥 사는 게 재미도 없고, 모든 일에 싫증이 나서요."

"단순히 그 이유로 살인을 한 거예요?"

"그렇잖아요. 먹고 싸고 자고, 먹고 싸고 자고…… 사는 게 너무 재미 없지 않나요?"

'이 인간 보게! 그런 이유로 사람을 죽여? 혹시 처벌은 받은 걸까?'

"그럼 감옥에는 다녀오신 거예요?"

"아니요! 완벽하게 처리했으니까 안 갔죠. 완전범죄요!"

나는 침을 꼴깍 삼켰다. 자칫하면 나도 완전범죄의 희생물이 될 수 있다는 얘기였다.

"몇 명이나 죽였어요?"

"오! 단도직입적으로 물으시네. 미안하지만 그건 비밀입니다."

"죽인 분들과는 어떤 관계였나요? 혹시 여자 친구도 있었나요?"

"그것도 비밀."

"어떤 방법으로 죽인 거예요?"

"그것도 비밀."

"그럼 시체는 어디에?"

"하하하, 완전히 형사가 취조하는 것 같아요. 그것도 비~밀!"

그는 유쾌하게 웃었다. 나도 일부러 유쾌하게 받아쳤다. 반은 비웃으면서.

"호호호, 이건 뭐 살인자와 마주 앉아서 시체 위치를 묻고 있지 않나……. 공포 영화가 따로 없네요."

순간 그의 얼굴이 차갑게 돌변했다.

"근데 아가씨, 생긴 건 곱상하게 생겨 가지고, 말 은근히 막 하시네? 살인자라니?"

이쯤 되니 나도 오기가 올라와 세게 받아쳤다.

"어머머, 살인하셨으니 살인자 맞죠. 그리고 좀 전까지 소장님이라더니 아가씨라고 하대하네요? 저도 말 깔까요?"

"하하하! 정말 기가 센 분이네요. 아가씨 같은 사람 처음 봐요. 너무 재밌다!"

"저도 살인 경험을 자랑스럽게 말하는 사람은 처음 보거든요!"

나는 결코 물러서지 않았다. 죽을 땐 죽더라도 지고는 못 사는 게 나 노신임이다.

나의 거센 공격에도 그는 별 반응을 하지 않고 웃기만 했다. 나도 억지로 웃어 보이며 그의 이목구비를 빠르게 살폈다. 얼굴을 자세히 봐둬야 했다. 내 진술로 몽타주를 작성할지도 모르니까. 아! 그럴 필요도 없겠네. 다행히 우리 사무실 안팎에는 CCTV가 한가득하니까. 그 기특한 장비들이 이 자의 얼굴을 낱낱이 찍어 놓겠지 뭐.

아마 내가 별에서 왔다지요

나는 다시 질문을 이어 갔다. 이제부터는 특히 범행 증거를 잡는 것에 초점을 맞췄다.

"선생님은 아주 운이 좋은 분이시네요."

"왜요?"

"한 마디로 증거가 없으니까 안 잡힌 거잖아요."

"증거가 없긴 왜 없어요? 어떤 사건이든 증거는 다 있어요. 증거를 찾지 못하게 사후 처리를 잘한 거지."

"그럼, 증거를 인멸한 거예요? 아니면 갖고 계세요?"

"당연히 갖고 있죠."

"그 증거가 뭔데요?"

"비밀! 그걸 말하면 큰일 나죠!"

역시 노련한 살인자였다. 이토록 수준 높은(?) 유도 심문에 넘어오질 않다니……

"그렇다면 올해 안에 또 다른 살인을 계획하고 계신가요?"

"글쎄요, 그게 올해 안이라고 정할 순 없고…… 상황에 따라 다르죠. 빠르면 한 달 내, 아니면 오늘이라도?"

이렇게 말하는 그의 눈빛이 갑자기 싸늘해졌다. 입꼬리는 올라갔으나 웃는 것도 무표정도 아니었다. 기괴한 분위기를 자아내는 것이 사이코 패스의 표정, 바로 그것이었다.

나는 기겁했다. 이 자는 연쇄 살인마가 확실했다. 당장 강력반 형사에게 연락을 취해야 했다. 하지만 틈이 나지 않았다. 다행히 하늘이 도왔는지, 그자가 일어나서 정수기 쪽으로 갔다.

나는 그 틈을 노려 선배 중 한 명인 강력반 형사에게 긴급 문자를 날렸다.

'선배! 과거에 살인했다고 자백한 사람이 지금 나와 녹취 대조 중, 연애 살인마로 보임! 긴급 공조 바람!'

남자가 물을 마시기 시작했다. 나는 선배의 답이 오기만을 기다리며 문자를 들여다봤는데, 아뿔싸! 너무 떨리기도 했고, 오른손으로는 속기 자판을 치는 척하며 왼손으로 문자를 입력하는 바람에 치명적인 오타가 나고 말았다.

'산바이 고기이 산인히니다고 디·백한 사람이 ㄷ금 나아 넉치 대조둥, 년대 말인마도 고임. 긴갑 곤저 바람!'

선배는 답이 없었다.

그때, 불안한 얼굴로 고개를 돌렸는데 정수기 앞에 서 있는 그와 눈이 마주쳤다. 그는 시선을 나에게 둔 채로 몇 걸음 뒤로 걷더니 문 앞에 섰다. 그리고 나를 뚫어지게 쳐다봤다. 나는 숨죽인 채 그를 바라보며 생각했다.

'어? 문은 왜 갑자기 막고 서 있는 거야? 저 살기 어린 눈빛 좀 보소. 드디어 때가 온 건가? 어쩌지? 그냥 살려 달라고 애원해 볼까? 됐다 그래. 퍽이나 살려 주겠다!'

잠시 후 그가 또다시 걸음을 옮겨 소파에 앉으며 말했다.

"또 궁금한 거 있으면 물어봐요."

"네, 그러죠. 혹시 사람 죽일 때 누구 데리고 다니시나요? 망볼 사람도 필요할 것 같은데……?"

"와! 고단수시네. 공범이 있냐는 거군요? 알려 줄 수 없어요."

"그럼, 현재 경찰에 쫓기는 중이신가요?"

아마 내가 별에서 왔다지요

"네, 매일 쫓기고 있죠."

"두렵지 않아요? 제가 알고 있다는 게?"

"왜 두렵죠?"

"여기서 나가면 제가 신고할 수도 있잖아요."

그가 매우 섬뜩하게 웃었다.

"하하하! 하하하하하! 아가씨, 오늘 여기서 나갈 수 있을 것 같아요?"

나는 애써 태연한 척 대답했다.

"저 오늘 못 나가나요?"

"어떨 것 같아요?"

"무조건 나가죠. 오늘도 나가고, 내일도 나가고, 10년 후에도 나가고, 어쩌면 50년 후에도 나갈걸요."

"글쎄, 과연 나갈 수 있을까요?"

그가 상체를 내 앞으로 바짝 기울이더니 살기 가득한 눈으로 나를 노려봤다. 나는 최대한 뒤쪽으로 몸을 기대며 말했다. 목소리는 물론 이요, 손까지 덜덜 떨렸다.

"서, 선생님. 왜 눈에 힘을 주고…… 그러세요? 혹시…… 제 목도…… 따실 생각인가요?"

그때였다.

"하하하하하! 아이고, 배야!"

갑자기 그가 박장대소를 했다. 지금까지 웃던 모습과는 전혀 딴판이었다.

나는 비장한 얼굴로 마지막일지도 모를 질문을 던졌다.

"혹시 선생님은 누군가를 희생시킴으로 쾌락을 느끼는 타입인가요? 말하자면, 사이코패스…… 같은 거요."

그는 대답도 하지 않고 한참을 웃다가 손사래를 치면서 말했다.

"혹시 소장님 친구 중에 연극배우 있어요?"

"왜요?"

"말을 하는 게 꼭 배우들이 대사 치는 거 같아서요."

"칭찬은 됐습니다."

"저도 질문 그만 받겠습니다. 이 녹취서 이대로 제본해 주세요. 시간도 늦었는데 빨리 집에 가야죠."

나는 속으로 '도대체 이 일을 어쩌면 좋을까?' 하고 걱정하면서 녹취서를 제본하기 시작했다.

20분쯤 후, 녹취서를 완성하여 그에게 건넸다. 그는 녹취서를 봉투에 넣으며 기분 좋은 얼굴로 말했다.

"소장님, 지금부터 진실을 알려 드릴 테니 제 얘기 잘 들으세요."

나는 긴장된 목소리로 대답했다.

"네, 해 보세요."

"사실 바로 말하려고 했는데, 반응이 너무 재미있어서……."

"저기 선생님, 아까부터 '재미'라는 단어를 계속 쓰시는데, 본인에게 살해당한 고인들을 생각해서 그 단어는 그만 쓰는 게 어떨까요?"

그는 또 한 번 크게 웃어 댔다.

"그래요. '재미'라는 말 안 쓸게요. 저 사실은 직업이 배우예요. 살인자 아니고요."

"뭐라고요?"

나는 자리에서 벌떡 일어나 소리치듯 물었다.

"배우, 연극배우입니다. 지금은 실직 중이고요. 방금까지 연기한 거예요."

"아니, 뭐 이런……."

"미안합니다. 정말 미안합니다."

그가 연거푸 사과했지만 내 머릿속은 좀처럼 상황 정리가 안 됐다. 내가 계속 의심하자 그는 핸드폰을 꺼내 이것저것을 보여 주었다. 본인이 분장을 하고 연극무대에 섰던 사진, 연락처에 저장된 동료 배우들 이름, 그중에는 꽤 유명한 사람들도 있었다. 그리고 그 유명 배우들과 공연했던 사진까지. 그제야 그의 말을 믿을 수가 있었다.

"그럼 이게 다 설정극? 아저쒸이! 지금까지 저 갖고 논 거예요? 이 새벽 시간에?"

"다시 사과드립니다. 정말 미안합니다. 최근에 작품을 거의 못 해서 연기를 해 보고 싶었거든요. 그게 그만 이렇게까지 갔네요. 아까 말씀드렸듯이 반응이랑 표정이 너무 리얼해서…… 미안해요."

"허, 참!"

나는 너무 기가 막혀서 말이 나오지 않았다.

"얼른 짐 챙기세요. 제가 집까지 바래다 드릴게요."

"아니요. 살인자한테 우리 집 위치를 알려 줄 순 없죠. 그냥 저 혼자 갈게요."

"저 살인자 아니라니까요."

"됐고요. 저는 그것도 모르고 이 새벽에 강력계 형사한테 긴급 공조 요청 문자까지 보냈잖아요."

그가 또 맡길 일이 있으면 다음에 오겠다고 했다. 나는 더 이상 오지 말라며 단호히 거절했다. 또 방문할 때를 대비해 전기톱을 준비해 놓겠다고도 했다. 그는 다시 한번 미안하다며 돌아갔다.

내 기억 속 그는 '연기력은 끝내주지만 괴상하기 짝이 없는 배우'로 남아 있다. 아무리 연기를 하고 싶었다고 해도 처음 보는 사람을 공포에 빠뜨리며 섬뜩한 살인자인 척을 하다니! 더 어이가 없는 건 그런 행동의 이유를 내 탓으로 돌렸다는 점이다. 내 반응이 남들과는 다르게 신선했다나 어쨌다나?

그런데, 그의 말이 기분 나쁘긴 해도 헛소리라며 무조건 내칠 수만은 없을 것 같다. 그날의 일은 나의 독특한 성격이 일조했다는 것을 어느 정도 인정한다. 뭐가 독특하냐고? 별건 아니다. 그저 정의감, 오지랖, 측은지심, 엉뚱함, 호기심, 긍정성이 좀 과하다는 것뿐이다. 아! 또 있군. 우주 최강의 말싸움 전투력과 달인급 임기응변 능력도 빼놓을 수 없다. 이런 성격 덕분(?)에 나는 지인들로부터 "너 저어기 별에서 왔지?" "지구인 맞냐?" 등의 말을 자주 듣곤 한다. 외계인 취급을 받는다는 말이다.

결국, '살인자와의 거침없는 인터뷰' 사건은 나의 외계인 같은 성격이 그 남자 지구인의 과도한 연기적 갈망에 불을 지펴서 탄생한 일이다. 인정할 수밖에 없는 것이, 이러한 비범한 에피소드가 한두 가지가 아니기 때문이다. 내 사무실에선 기이한 일들이 아주 아주 많이 일어난다. 그중 대부분이 의뢰인들의 특별한 상황과 나의 외계인적인 특성이 결합되어 탄생했다.

예를 들자면 이런 것들이다. 나의 장기를 떼버리겠다고 협박하는 자에게 장기별 시세와 구체적인 제거 방법 등을 물었던 이야기, 순수한 영혼을 무참히 짓밟고 녹취 증거까지 빼앗으려는 종교 사기꾼을 만나 살벌하게 맞짱 뜬 이야기, 어린이집에서 학대당한 아이를 위해 실감 나는 전화 통화 연기를 펼쳐 보석 같은 아이를 웃게 만든 이야기, 자식의 학대 속에서 생명이 위태로운 노인을 대신해 그 자식과 치열한 한판을 벌였던 이야기 등등…….

어이쿠, 어쩌다 보니 신문의 사회면에나 나올 법한 어둡고 살벌한 소재의 일들만 예로 들었군. 오해는 마시길. 이 세상에 악인만 있는 게 아니듯, 훈훈하고 아름답고 감동적인 이야기도 얼마든지 펼쳐진다. 쓰레기봉투에 버려진 강아지를 기적적으로 살려 낸 선한 어르신께 기분 좋은 깜짝 선물을 안겨 드린 이야기, 성폭행당한 후에도 당당하게 세상에 맞선 멋진 의뢰인과 그를 지켜주는 연인을 통해 벅찬 깨달음을 얻은 이야기 등등…….

나의 외계인 같은 성격은 내 삶의 나날을 영화 같은 에피소드들로 채워 준다. 그런 삶을 살면 기분이 어떨 것 같냐고? 음…… 그건 독자들의 상상에 맡기겠다. 하지만 이거 하나는 분명하다. 지구인임에도 저 먼 외계 행성에서 온 생명체로 오해받는다는 것은 매우 특별한 삶이라는 것이다. 생각해 보라. 이게 어디 아무나 할 수 있는 경험인가? 그러니 나는 이것을 축복이라 여기겠다.

아울러 나와는 다른 삶을 살고 있는 지구인들에게 내 경험들을 나눔으로써 도움을 주고 싶다. 이게 바로 내가 이 책을 쓴 이유다. 나의 책을 읽는 지구인이 얻을 수 있는 바는 다음과 같이 크게 세 가지다.

첫째, 심장 근육 트레이닝을 확실히 하게 될 것이다. 유쾌, 상쾌, 공포, 분노, 감동, 슬픔, 짜릿함, 즐거움 같은 각양각색의 감정들이 다각적으로 일어, 심장 곳곳을 마구 자극할 테니까. 특히, '통쾌함' 영역은 그 어디에서도 찾아보기 힘들 정도라 자부한다. 나는 '우주 최강 말싸움 전투력'과 '달인급 임기응변 능력' 보유자답게, 지금껏 말싸움에서 패배의 쓴맛을 본 기억이 거의 없다. 특히, 지구인의 탈을 쓴 악인들을 상대할 때는 어디서 그런 말재주와 표현들이 절묘하게 쏙쏙 튀어나오는지! 아무래도 나는 그런 자들을 혼쭐 내 주기 위해 우주에서 지구로 파견된 존재인 것 같다. 부디 그들을 상대하는 나의 활약상을 읽고 대리 만족을 느껴보길 바란다. 혹은 잘 연구해서 본인의 삶에 적용해 보는 것도 조심스레 권하는 바다.

둘째, 도무지 풀기 힘들 것 같은 곤란한 상황을 맞닥뜨렸을 때, 그것을 타파할 기발한 솔루션을 맛보게 될 것이다. 나의 처세력(?)을 두고 지인들이 감탄하곤 하는데, 누군가는 이렇게도 평했다. '평범한 지구인은 도무지 떠올리지 못할 안드로메다 은하급 엉뚱함과 순발력'이라고. 한 마디로 꽤 쓸모 있는 오지랖을 가졌다는 말이다. 하지만 나는 그 능력을 나자신에게 쓰기보다는 고통에 빠진 지구인을 꺼내주는 데 주로 사용한다. 다행히 지금껏 내 노력이 헛되었던 적은 거의 없었던 것 같다. 실로 다행스럽고 감사한 일이다.

셋째, 더 단단한 지구인으로 살아갈 힘을 얻게 될 것이다. 독자들은 책 전반에 녹아 있는 나의 긍정성에 마법처럼 스며들며 에너지를 충전하게 될 것이다. 나는 내가 가지고 있는 무한한 긍정의 힘, 밝은 에너지, 샘물처럼 솟아오르는 희망을 지구인들에게 단 한 호흡이라도 불어넣어 줄 수 있기를 진심으로 바란다. 이것은 내가 이 책을 쓴 가장 큰 이유다. 부디 잊지 말자. 자신 앞에 펼쳐지는 모든 현상을 어떻게 바라보고 해석하느냐에 따라 힘든 순간도, 아픈 순간도 무지갯빛 삶이 될 수 있다는 것을 말이다. 그 어떤 고난이 와도 당당하게 이겨낼 수 있는 원대한 힘이 자기 자신의 깊은 곳에 있음을 기억하며 살자. 내 말을 믿어도 좋다.

내가 지금껏 그렇게 살아왔기에 자신 있게 말할 수 있다.

자, 이제 영화 같은 특별한 내 삶으로 독자들을 초대할 시간이다.

아닌 게 아니라, 독자들은 이 책을 읽는 내내 영화를 보는 느낌을 받을 것이다. 소재와 인물, 흐름에 있어서 이 모든 이야기는 각각이 단편 영화라고 할 수 있다. 아마도 독자들은 책을 읽으면서 팝콘을 찾게 될지도 모른다.

자, 독자들이여! 〈노신임의 영화관〉에 온 걸 진심으로 환영한다.

지금부터 영화를 시작하겠다.

'영화 시작!'

CINEMA

아무 내가 별에서 왔다지요......

안드로메다급 세계관을 지닌 그대가 만난 동쪽의 지구인들

저자 노신임
표지그림 현현
디자인 김나영

일러두기

1. 이 책에 실린 모든 에피소드는 작가의 실제 경험을 바탕으로 서술되었습니다.

2. 작가가 만난 지구인들에 대해서는 그들의 사생활 보호를 위해 모두 가명을 사용하였고,

   그들과의 대화 내용도 일부 각색했음을 밝힙니다.

   (단, 실제 강도보다 훨씬 순하게)

목차

아마 내가
별에서
왔다지요

1
불사조 꼬마

도무지 믿기 힘든 신기한 일을 겪은 한 사람의 이야기를 들려주겠다. 색다른 전달을 위해 각본(연극이나 영화를 만들기 위해 배우의 대사, 동작, 장면 연출에 필요한 사항 등을 구체적으로 적은 글) 형식으로 풀어 보려 한다. 배역에 신비로운 존재들도 참여시켰으니 흥미롭게 감상하길 바란다.

▶ scene#1 : intro

한 어린 영혼이 있다. 언젠가는 지구에서 지내야 할 운명을 타고났다. 매일같이 수호천사들의 보살핌을 받으며, 지구인으로서 살기에 필요한 것들을 차근차근 준비하며 지낸다.

D-Day가 되었다. 드디어 지구로 갈 시간이다.

scene#2 : 천상 본부

한 수호천사가 어린 영혼을 번쩍 안은 채 재밌게 놀아 주고 있다. 어린 영혼은 신나게 까르르 웃으며 행복해한다. 잠시 후 수호천사는 어린 영혼을 무릎에 앉힌 뒤 말한다.

> **수호천사 :** (다정하게) 자, 어린 영혼아, 주목! 지금부터 내가 이 손가락 하나를 까딱하면 너는 이곳과는 완전히 다른 세상으로 가게 될 거야.
> **어린 영혼 :** 우와! 신난다!
> **수호천사 :** 그곳에 가면 너는 이곳의 일을 전혀 기억하지 못하게 될 거란다.
> **어린 영혼 :** 아웅, 기억하고 싶은데요.
> **수호천사 :** 괜찮아. 너는 잊더라도 우리가 널 기억할 테니.

 scene#3 : 지구 (어린 영혼이 사는 집)

어린 영혼은 지구에 무사히 도착해서 무럭무럭 자라며 행복한 나날을 보낸다. 행복의 비결은 매사에 최선을 다하는 것이다. 최선을 다해 놀고, 최선을 다해 먹고, 최선을 다해 자고, 최선을 다해 사고치고……

▶ scene#4 : 집 앞마당

마당에 앉아 놀고 있는 작은 몸집의 아이. 엄마가 바깥문 쪽으로 다급히 걸어가다가 아이를 바라본다.

엄마 : 우리 딸, 엄마 저 건너편 가게에 좀 다녀올게. 금방 올 테니까 지난번처럼 따라오면 안 돼. 알았지?

아이는 엄마를 쳐다보며 고개를 끄덕인다.

엄마 : 아유, 착해라. 위험하니까 절대로 따라오면 안 돼요. 올 때 과자 사다 줄게.

아이 : 응, 엄마.

▶ scene#5 : 집 앞 거리 (대로변)

엄마는 딸의 똑소리 나는 대답을 듣고 서둘러 걸어간다. 아이는 엄마의 뒷모습을 잠시 바라보다가 그 뒤를 졸졸 따라간다. 그때! 먼발치에서 거대한 덤프트럭 한 대가 빠른 속도로 달려온다. 트럭 기사는 아이를 보지 못한다. 아이와의 거리가 얼마 남지 않은 상황에서야 발견하여 급브레이크를 밟는다. 하지만 트럭은 멈추지 않고 심하게 흔들리면서 앞으로 미끄러져 내려간다. 경사가 심한 길이라 짐칸의 물건들이 우르르 쏠린 탓이다.

'찌이이잉!'

아마 내가 별에서 왔다지요

트럭이 찢어질 듯한 굉음을 내며 멈춘다. 인도를 지나가던 사람들이 일제히 쳐다본다.

▶ scene#6 : 천상 본부

수호천사들이 아이를 내려다보며 흐뭇한 미소를 짓고 있다.

천사 1 : 저 아이가 지금 몇 살이라고요?

천사 2 : 네 살이래요. 만으로는 세 살이고요.

천사 3 : 아유, 예뻐라. 저 앙증맞은 꽃신을 신고 어디를 저리 바삐 간답니까?

천사 1 : 그러게 말이에요. 보니까 엄마를 따라가고 있네요.

천사 2 : 어쨌든 모두 수고하셨어요. 저 어린 영혼이 지구에서 잘 지내도록 지난 36개월 동안 공들이신 거 다 압니다. 우리 앞으로도 잘 보살펴 주자고요.

천사 3 : 그럼요. 그게 우리가 할 일이니까요.

바로 그때! 수호천사들의 표정이 심각해진다.

천사 1 : 아니! 저 트럭 왜 저래요? 위험해요! 저러다 아이랑 부딪히겠어요!

천사 2 : 지체할 시간 없어요. 당장 출발합시다!

▶️ scene#7 : 가게 앞

가게를 향해 걸음을 재촉하던 엄마는 귀를 찢을 듯한 자동차 바퀴의 마찰 소리에 깜짝 놀란다. 곧이어 들려오는 사람들의 비명 소리.

뒤를 돌아보니 큰 트럭이 자신의 어린 딸을 향해 돌진하고 있다.

엄마 : (울부짖으며 트럭을 향해 달려간다) 안 돼!

엄마는 사력을 다해 뛰어간다. 슬리퍼 한 짝이 벗겨진 것도 모른 채.

▶️ scene#8 : 트럭 앞

즉시 출동한 수호천사들은 거대한 빛을 발산하며 한순간 지구에 도착한다.

천사 1이 손을 뻗어 트럭을 막아 세운다. 그와 동시에 지구의 모든 시간과 움직임이 멈춘다. 아이는 눈을 질끈 감은 채 멈추고, 엄마는 울며 달려오던 채로 멈춘다. 트럭 운전사는 기겁한 얼굴로 멈추고, 그의 입에서 담배가 떨어지다 멈춘다.

천사 2가 트럭 코앞에서 마네킹처럼 서 있는 작은 아이를 천천히 끌어안는다. 아이는 얼음처럼 멈춰진 채로 천사의 품에 안긴다.

천사 3이 아이에게 다가와 머리에 손을 댄다. 그러자 작은 빛무리가 머리부터 발끝까지 아이를 쓸어내린다. 바로 '치유의 빛'이다.

아마 내가 별에서 왔다지요

▶ scene#9 : 도로 위 (아이 시각)

아이는 트럭이 자신을 향해 무섭게 돌진해 오는 걸 바라본다. 너무나 무서웠지만 놀라서 발이 떨어지지 않아 그대로 서 있을 뿐이다. 트럭과 부딪히려는 순간, 아이는 환한 빛에 눈이 부셔 얼굴을 찡그린다.

마침내 아이 앞에 나타난 빛의 존재들! 수호천사 여럿이 아이 주변에 모여 있다. 아이가 묻는다.

아이 : 누구……세요?
천사 1 : 우리는 너를 지키는 수호천사들이란다.

천사 2가 아이를 꼭 안아 주자, 아이는 마음이 평안해지며 스르르 눈을 감는다. 눈을 감는 와중에 빛보다 하얀 옷을 입은 천사들을 여럿 더 본다. 옆에 있던 천사 3이 아이의 작은 이마에 손을 얹고 말한다.

천사 3 : 예쁜 아이야, 잠깐만 자렴. 아까 위험했던 순간은 기억 속에서
　　　　　지워 줄 테니 그 자리에 행복한 기억만 남기렴.

▶ scene#10 : 트럭 아래

극적으로 아이와 트럭 간의 충돌을 막아 낸 후, 수호천사들은 이리저리 두리번거리며 주변을 살핀다. 도로 한가운데 아이를 그대로 두었다가는 또 다른 위험이 닥칠 게 뻔하다.

한 수호천사가 말한다.

천사 1 : 어차피 트럭이 멈췄으니, 트럭 아래가 가장 안전할 거 같아요.
마침 공간이 아이 키보다 높고 딱 좋네요.

다른 천사들이 고개를 끄덕인다. 아이를 안고 있던 수호천사가 아이를
트럭 아래에 누인 뒤, 작은 이마에 입을 맞춘다. 그러자 모든 수호천사가
연기처럼 사라진다.

 scene#11 : 트럭 앞, 도로

멈췄던 시간이 다시 흐르기 시작한다. 아이는 감았던 눈을 뜬다.
그때 자신을 애타게 부르짖는 엄마의 목소리를 듣는다. 고개를 돌리자,
엄마가 자신에게 달려오고 있다. 아이는 엄마가 있는 트럭 밖으로 기어
나오며 외친다.

아이 : 엄마!

얼굴이 하얗게 질린 엄마는 트럭 밖으로 엉금엉금 기어 나오는 딸을
두 팔로 꽉 끌어안으며 울먹인다.

엄마 : 우리 딸, 괜찮아? (아이를 앞뒤 위아래로 살피며) 다친 데는 없니?
아이 : 응, 엄마. 과자는? 내 과자 어딨어?

아마 내가 별에서 왔다지요

놀란 운전사가 서둘러 트럭에서 내린다. 아이는 보이지 않고 트럭 앞에 한 무리의 사람들이 모여 웅성거린다. 재빨리 달려가 보니 엄마가 작은 아이의 볼을 어루만지며 하염없이 눈물을 흘리고 있다. 아이는 무슨 상황인지 어리둥절해하며 엄마와 주변 사람들을 번갈아 쳐다보고 있다.

그 순간 사람들이 박수를 치며 외친다.

행인 1 : 우와! 아이가 살았네! 살았어.

행인 2 : 어머! 기적이 일어났어요!

행인 3 : 너무 다행이에요! 아이가 다친 곳이 하나도 없어 보여요.

 〈장면전환〉

▶ scene#12 : 방 안

한 여인이 열심히 글을 쓰고 있다. 그녀는 자신이 경험한 다양한 장르(복수, 스릴러, 코미디, 치정, 멜로, 탐정, 감동 드라마, 공포, 모험, 판타지)의 이야기들을 기록해 책으로 남기는 작가다.

책상 위에 놓인 메모지에는 이렇게 쓰여 있다.

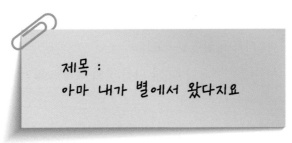

제목 :
아마 내가 별에서 왔다지요

그렇다. 돌진하는 트럭 앞에서도 털끝 하나 다치지 않고 멀쩡히 걸어 나온 아이는 바로 나다. 만약 그날 내가 트럭에 부딪혀 지구를 떠났다면 이 책은 세상에 나오지 못했을 것이다. 엄마는 내가 네 살 때 겪었던 그 일을 회상할 때마다 가슴을 쓸어내리며 입버릇처럼 말씀하시곤 한다. 누군가 도운 거라고, 나를 지켜 준 거라고, 정말 다행이고 감사하다고.

나는 믿는다. 그 일은 나의 수호천사들이 한 일이라고. 그들은 내가 지구에 오기 전에도, 지구에 있는 지금 이 순간에도 나를 지켜 주고 있다. 필요하면 마법도 부린다. 그것이 그들의 일상이며 임무이다. 언젠가 내가 지구를 떠나더라도 변함없이 나를 지켜 줄 것이다. 영원히.

그리고 중요한 사실 또 하나! 수호천사가 어찌 나에게만 있겠는가? 우리 모두에게 있을 것이다. 그러니 당신은 언제나 혼자가 아니다.
이 사실을 부디 잊지 말기 바란다.

2 공 요정(수호천사)과의 첫 만남

어느 날, 잠을 자려고 누웠는데 갑자기 어둠 속 어딘가로 몸이 쑤욱 하고 빨려 들어가는 느낌이 들었다.

'뭐지?'

그 느낌은 지금도 말로 다 설명할 수 없다. 아득히 먼 곳으로 떨어지는 느낌이랄까? 그러다 갑자기 사방이 짙은 안개처럼 뿌옇게 되었다.

잠시 후, 주변이 푸른 초원으로 변했다. 그곳은 꽃과 나비들로 가득했고, 풀잎에는 아침 이슬처럼 영롱한 물방울들이 맺혀 있었다. 그 물방울들에 햇빛이 쏟아지니, 세상 그보다 더 아름다운 게 없었다.

'도대체 여기가 어디지? 천국인가?'

주변을 돌아봤는데 아무도 없었다. 하늘은 푸르렀고, 가끔씩 흰 구름이 떠다녔다.

곧이어 초원은 숲으로 변했다. 푸른 나무들이 빽빽이 들어섰다. 너무도 빽빽해서 하늘이 가려질 정도였다. 나뭇잎 사이로는 빛이 새어 들어오지 않았다. 숲은 곧 컴컴해졌고, 칠흑 같은 어둠이 사방을 덮었다.

그때, 저 멀리에서 등불처럼 밝고 환한 빛 덩어리 하나가 내게로 다가오는 게 보였다.

"예쁘다."

나도 모르게 탄성이 터져 나왔다. 나는 가만히 그 빛 덩어리를 바라보았다. 빛은 동그란 게 꼭 공과 같았는데, 그렇다고 공처럼 빠르게 날아오는 건 아니었고 느리게, 아주 천천히 걷듯이 다가왔다. 마치 걸음마를 갓 뗀 아이가 아장아장 걷는 것 같았다. 동그란 빛 덩어리는 내 앞에 이르자 멈춰 섰다. 가까이 보니 아무래도 요정인 것 같았다. '공 요정!'

빛은 그리 크지 않은, 지름 40센티 정도의 구 형태였다. 자세히 보니 앙증맞은 눈과 입이 구 안에 박혀 있었다. 그리고 팔과 다리가 있었는데, 꼭 아기 주먹만 한 게 솜사탕처럼 몽실몽실하게 달려 있었다. 요정이라기엔 뚱뚱해 보였지만 그렇다고 밉지는 않고 오히려 아주 귀여웠다. 그래도 요정이 맞는 것은 그 신비스러운 빛 때문이었다. 공 요정은 머리부터 발끝까지 온통 환한 빛으로 빛났다. 그럼에도 눈이 부시다거나 거부감 같은 건 전혀 없었다. 도리어 친근하고 사랑스럽기까지 했다.

아마 내가 별에서 왔다지요

'이런 깜찍한 생명체 좀 보라지. 얘랑 말은 통하려나?'

내가 따뜻한 눈으로 쳐다보자, 공 요정도 씨익 웃었다. 장난기 가득한 미소였다. 나는 신기해하며 다정하게 물었다.

"넌 누구니?"

하지만 공 요정은 대답 없이 환하게 웃기만 했다. 앙증맞은 눈을 반달로 만들면서 말이다. 그리곤 몽실몽실하고 귀여운 손을 천천히 내밀었다. 나는 손을 뻗어 요정의 손을 잡았다. 그러자 자석에 끌리듯 어딘가로 이끌려 갔다. 마치 마법 양탄자를 탄 것처럼 아주 부드럽게 스윽 이동했다.

이동 중 본 광경은 너무도 아름다웠다. 황금빛 윤슬 가득한 호수를 지나는가 하면, 화려한 궁전도 지났다. 어마어마한 고대의 건축물도 지나고, 아기자기한 집들이 가득한 예쁜 마을도 지났다. 가는 곳마다 자연의 생기가 넘쳤고 사람들은 행복했으며 또 평화로웠다. 모든 것들이 아름다웠고 찬란했다.

신나게 감탄을 하다 보니, 어느덧 수풀이 우거진 곳에 다다랐다. 풀 사이로 토끼 굴 같은 작은 공간이 보였다. 공 요정은 내 손을 잡고 그 앞까지 아장아장 걸어가더니 작고 귀여운 발로 입구를 톡톡 두드렸다. 그리고 나를 쳐다보는 것이 꼭 내 발을 갖다 대라는 것 같았다.

나는 조심스레 오른발을 토끼 굴 입구에 갖다 댔다. 그랬더니 토끼 굴이 커다랗게 열렸고 나는 그곳으로 세차게 빨려 들어갔다. 이번에는 발밑에서 뭔가가 확 잡아당기는 것 같았다. 마치 블랙홀로 빨려 들어가는 기분이었다.

잠시 후, 나는 조금 전과 전혀 다른 곳에 가 있었다. 빛이라곤 전혀 없는 곳, 게다가 발밑에는 아무것도 밟히지 않았다. 두 발은 공중에 붕

떠 있었고, 나는 중심을 잃고 허우적댔다. 순간 두려움이 엄습했다. 그런데 공 요정이 보이지 않았다.

나는 큰 소리로 공 요정을 불렀다.

"공 요정아! 어디 있어?"

그런데 그 소리마저도 어둠 속에 파묻혔다.

'도대체 여긴 어디지? 공 요정은 왜 이곳으로 날 데려왔지?'

얼마나 지났을까? 갑자기 저 멀리서 한 줄기 빛이 내 눈앞을 스쳐 갔다.

"공 요정이니? 공 요정아! 나 여기 있어!"

나는 그 빛을 향해 힘껏 소리쳤다. 하지만 대답은 없었고, 대신 그 빛이 점점 커지더니 여러 개의 조각으로 나뉘기 시작했다. 하나, 둘, 셋, 넷 ……, 열, 스물……, 백, 천…….

어느덧 작은 빛 조각들이 주변에 가득 찼다. 셀 수 없이 많은 빛이 상하 좌우, 앞뒤까지 드넓은 공간을 가득 채웠다. 어떤 빛들은 크고 밝았고, 어떤 빛들은 작으면서도 반짝거렸다. 어떤 곳에서는 빛들이 무리를 지었고, 어떤 곳에서는 거대한 강처럼 흘렀다.

"아! 아름다워."

그곳은 별들로 가득한 우주공간이었다. 사방에 별밖에 없는 별들의 세상이었다. 나는 탄성만 지르며 눈앞에 펼쳐진 장관을 감상했다. 믿을 수가 없으면서도 너무나 기뻤다. 아주 어렸을 때부터 별을 동경했었는데, 이렇게 별이 가득한 곳에 오게 되다니!

별들이 뿜어내는 빛은 눈부시게 아름답고 황홀했다. 별빛을 만져 봐야겠다는 생각이 들었다. 손을 뻗어 별빛을 잡아 보았다. 놀랍게도 별빛이 손에 잡혔고, 감촉이 느껴졌다. 그 감촉은 너무나도 포근하고 편안했다.

아마 내가 별에서 왔다지요

별세상, 그러니까 별 밭의 기억은 여기까지다. 어느덧 나는 이불을 덮고 누워 있었다.

과연 그 모든 건 꿈이었을까? 하지만 꿈이라고 하기엔 너무도 강렬하고 선명했다. 지금도 내 기억 속에 매우 또렷하게 남아 있다. 별빛을 만졌을 때의 따스함까지도.

분명한 건 그 별 밭에서 나는 너무나 행복했다는 것이다. 마치 먼 곳에서 오랜 시간 지내다가 그리운 고향에 갔을 때의 느낌이랄까?

고향!

그래, 어쩌면 그 별 밭은 나의 고향일지도 모른다. 그러고 보니 나는 평소 지구 밖으로 나가고 싶다는 생각을 많이 했었다. 어쩌면 그 이유가 내가 애초에 머물렀던 곳, 별이 있는 그곳으로 돌아가고 싶어서였던 걸 지도 모른다. 나를 별 밭으로 데려다준 그 깜찍하고 신비로웠던 공 요정 은 꿈에서라도 내 소원을 들어준 것이리라.

그렇다면 혹시…… 공 요정이 나의 전담 수호천사인가? 오, 이럴 수가! 그 신비하고도 깜찍한 존재가 항상 내 옆에 있겠네? 우리 둘이 항상 붙어 다니겠네?

나는 너무 신이 나서 자리에서 일어나 펄쩍 뛰며 환하게 웃었다. 내 고향에도 가보고, 내 수호천사도 만나다니. 야호!

아마 내가 별에서 왔다지요

3
기적의 사나이

'기적은 없다'라고 말하는 사람들이 있다. 하지만 세상에는 믿기 힘든 기적이 꽤 많이 일어난다. 기적은 애타게 기다리는 누군가에게는 코빼기도 안 보이기도 하지만 아무런 기대도 하지 않던 누군가에게는 제 발로 찾아가기도 한다. 이번에는 기적이 알아서 한 남자를 찾아갔던 아주 놀라운 이야기를 해 보기로 하겠다.

그는 누구보다 열심히 살아온, 7남매의 아버지였다. 매사에 최선을 다한 덕에 재산도 어느 정도 모았다. 이제 나이도 들었으니, 부인과 여생을 행복하게 보내리라 마음먹었건만 어느 날 아내가 먼저 세상을 떠나 버렸다. 갑작스러운 이별로 충격을 받은 그는 매일 아내를 그리워하다 몸져눕고 말았다.

그의 아들이 나의 사무실을 찾아왔다.

"저는 아버지를 무척 존경합니다. 소장님, 저희 아버지 음성이 담긴 파일이에요. 빠짐없이 잘 부탁드립니다."

수척한 모습으로 내게 부탁하는 아들에게서 아버지에 대한 안타까운 마음이 느껴졌다.

그 모습을 보니 몇 년 전에 찾아왔던 어느 심성 고운 딸이 떠올랐다. 그녀도 아버지의 목소리를 녹음한 파일을 가져왔다. 그녀의 아버지는 생전에 매일의 일상을 녹음했다. 그녀는 아버지 목소리를 모두 기록해 한 권의 책으로 만들어 소장할 거라고 했다. 그러면 아버지와 늘 함께하던 때처럼 뭐든지 잘 해낼 용기를 가질 수 있을 거라면서. 정말 아름다운 부녀 사이가 아닐 수 없었다.

그렇다면 이 아들이 들고 온 것도 부모, 자식 간의 아름다운 사연을 품은 녹취일까? 아니면 내가 숱하게 봤던 재산 소송 관련 녹취일까? 왠지 재산 문제로 온 것 같지는 않았다. 그의 표정에 아버지에 대한 존경과 사랑이 역력했기 때문이다.

그가 사무실을 나간 후 나는 곧바로 작업을 시작했다. 재생 버튼을 눌렀더니 기력이 거의 없는 어르신의 숨소리가 들렸다. 역시나 아버지의 마지막 음성을 녹음해 놓고 추억하기 위한 자료인 듯했다. 나도 모르게

아마 내가 별에서 왔다지요

깊은 한숨이 나왔다.

누군가의 마지막 육성이 담긴 녹취록을 작성하다 보면 수많은 감정이 교차한다. 앞으로 그의 이름 앞에는 故(옛 고), '이미 세상을 떠난'이라는 관형사가 붙겠지?

그러고 보니 그 아들은 아버지의 이름을 알려 주지 않았다. 그에게 전화했다.

"아버님 성함이 어떻게 되시죠? 안 적어 놓으셨더라고요. 그리고 혹시 성함 앞에 한자로 '고(故)'를 넣어야 할까요?"

"아니요. 성함 대신 그냥 '나의 아버지'라고만 해 주세요."

"네, 알겠습니다."

'나의 아버지'라? 효심이 지극한 아들임에 틀림없었다.

녹음 파일을 들어보니 자식들이 침대 주변에 모여 있고, 어르신은 떠날 준비를 하는 상황 같았다. 이 순간, 모두들 아버지 주위에 둘러서서 안타까운 눈으로 바라보고 있겠지? 임종을 앞둔 아버지는 자식들 하나하나를 눈에 담고 계실까? 아니면 시야가 흐려져서 목소리만 겨우 듣고 계실까?

아버지의 마지막 모습을 지켜본다는 것. 그 얼마나 마음이 무겁고 아프겠는가! 사랑하는 부모를 떠나보내는 가족들은 심장이 얼어붙는 슬픔을 감당해야 한다. 그들의 가슴 시림을 그 누가 헤아릴 수 있을까? 내가 유족들의 가슴을 따뜻하게 녹여 주는 방법은 고인의 마지막 목소리를 숨소리 하나도 놓치지 않고 기록하는 것이리라.

나는 녹음 파일에서 나오는 모든 목소리를 바로바로 꼼꼼히 기록해 갔다. 그러다 잠시 후, 어르신의 숨소리가 거칠어졌다. 그 순간 나는 키보드를 두드릴 수가 없었다. 손이 떨렸기 때문이다.

'어머, 어떡해! 벌써 가시면 안 되는데.'

마치 내가 어르신 옆에 있는 것처럼 조마조마했다. 하지만 작업을 해야 했기에 마음을 다잡았다. 거친 숨소리가 계속됐다. 그러다 갑자기 정적. 아무 소리도 나지 않았다.

'아…… 어떻게 된 거지? 설마…….'

조금 뒤 한 남자의 목소리가 크게 들렸다.

▶ .ıll.ılı.ıll.ıllı.ılılı.

"아버지! 아버지!"

"으응…….”

어르신의 힘없는 대답 소리가 그렇게 반가울 수 없었다. 내 눈가에 눈물이 맺히기 시작했다. 콧물까지 나와서 휴지를 바로 옆에 갖다 놓았다. 조금 전에 어르신을 큰 소리로 부르던 아들이 큰 목소리로 다시 말했다.

▶ .ıll.ılı.ıll.ıllı.ılılı.

"아버지, 저 첫째 OO이에요. 제 얘기 들리시죠?"

"그…… 래…… 아드라아아…….”

나는 떨리는 손으로 녹음 내용을 기록하기 시작했다.

▶ .ıll.ılı.ıll.ıllı.ılılı.

"아버지! 제가 몇 가지 물어볼게요."

"허어…… 으으응…… 그으래애…….”

아마 내가 별에서 왔다지요

"그…… 지난번에…… OO 땅 누구한테 주신다고 했었죠?"

엥? 순간 차오르던 내 눈물이 딱 멈춰 버렸다.
'이건 뭐야? 유언을 녹음한 건가?' 뭔가 이상하게 돌아간다는 느낌을
받았던 그때, 웬 여자가 등장했다. 녹음기 바로 옆으로 왔는지 목소리가
아주 크게 들렸다.

▶ ⣀⣀⣀⣀⣀⣀⣀⣀⣀

"아빠. 저 둘째 OO예요. 그 OO 땅 누구한테 주신다고 했었죠? 천천히
이름을 말씀해 보세요."
"아으그…… 그거어…… 따아아앙……."
"네, 아빠. 그 OO 땅이요. 그거 누구한테 주실 건지 이름을 또박또박
천천히 얘기해 주시면 돼요. 누구라고요?"

아무리 그래도 그렇지. 아버지와의 마지막인데, 이 가족들 너무 단도
직입적으로 묻는 거 아닌가? 곧이어 또 다른 남자 목소리가 들렸다.

▶ ⣀⣀⣀⣀⣀⣀⣀⣀⣀

"아버지, 제 말 들리세요? 아버지! 저 보이시죠? 제가 누구예요?"
"으으윽…… 어으으…… 허어어……."
"천천히 얘기해 주세요. 제가 누구죠?"

어르신의 떨리는 목소리가 너무나 가늘었다. 무척 힘들어 보였다. 어르
신은 겨우 말을 이었다.

▶ .ılı.ılı..ıll.ıllı.ılıllı.

"세에…… 세에째…… 세에째에이……."

"네, 맞아요. 저 셋째예요. 그 OO 땅이랑 성북동 집은 저 주시기로 한
거 맞으시죠? 그렇죠? 아버지!"

그 순간 어르신의 숨소리가 심상치 않았다. 쌕쌕쌕 소리가 계속 났다.
셋째 아들이 다급하게 말했다.

▶ .ılı.ılı..ıll.ıllı.ılıllı.

"아버지! 아버지! 정신 차려 보세요. 아버지!"

"으으어억…… 아아악…… 허어어억……."

소리만으로도 어르신의 상태가 짐작됐다. 나는 입술을 깨물며 생각
했다.

'어머, 어떡해! 여기서 숨을 거두시려나? 안 되는데…….'

그때, 맨 처음 아버지를 깨웠던 첫째 아들이 다시 등장했다.

▶ .ılı.ılı..ıll.ıllı.ılıllı.

"아버지! 정신 차려 보세요! 그 땅이랑 성북동 주택 있잖아요. 그건 셋째
주시는 거고, 건물들이랑 상가 5개 있잖아요. 그거는 누구, 누구한테
주신다고 했죠? 자세히 대답 좀 해 줘 보세요. 네?"

아, 진짜! 이 집 식구들은 왜 하필 이 순간에 이런 질문을 하는 건데?
정말 이해가 안 갔다. 또다시 어르신이 힘겹게 답을 하려고 했다. 하지

아마 내가 별에서 왔다지요

만 거친 숨소리만 나왔다. 이런 상황에서도 어떻게든 아들에게 답을 해 주려고 하시다니! 어르신의 숨소리가 거칠어지고 가늘어지기를 여러 번 반복했다. 그러더니 어느 순간 아무 소리도 안 들렸다.

'어? 왜 숨소리가 멈춘 거지? 안 되는데…… 제발!'

나는 이어폰을 귓구멍에 더 꽉 끼어 보았다. 그래도 소리가 안 들렸다. 이번에는 볼륨을 최대로 높여 보았다. 여전히 아무 소리도 안 들렸다. 급기야 나는 모니터에 대고 외쳤다.

"어르신! 숨 쉬세요. 제발요! 벌써 가지 마세요."

하지만 그 어떤 소리도 들리지 않았다. 내 가슴이 저렸다. 이번에 처음으로 목소리로만 그분을 만난 나도 이런데, 자식들의 슬픔은 얼마나 클까? 나를 이 세상에 오게 해 준 존재를 이 세상 밖으로 떠나보내야 하는 것, 지구에서는 더 이상 그분을 볼 수도 만질 수도 없다는 사실, 그것은 너무도 아픈 일일 수밖에 없다.

내가 입술을 깨물고 복받쳐 오르는 감정을 억누르고 있을 때, 한 아들의 간절한 외침이 들렸다.

▶ .ılıl.ıllıı..ılıl.ıllıı.ılıılıı.

"아버지! 아버지! 아버지!"

그러면 그렇지! 아들 또한 아버지를 떠나보내기 싫었던 거다. 잠시나마 참 이상한 가족이라고 여겼던 사실에 괜스레 미안해졌다. 그리고 좀 더 시간이 흐르자 방금 전 아버지를 부르짖었던 그 아들의 가슴 사무치는 절규가 들려왔다.

▶ .ılıl.ılıı..ılıl.ılıı..ılıılıı.

"아버지이이!"

그렇다. 끝내 돌아가시고야 만 것이다. 그렇게 한 아들의 거친 통곡이
시작되자 함께 모여 있던 모든 이들이 일제히 통곡하기 시작했다. 여기
저기서 들려오는 슬픈 울음을 듣는 순간 내 가슴이 또 한 번 무너져 내렸다.

'그래. 핏줄이란 게 바로 이런 거지. 이 순간 남은 가족들은 얼마나
허망할까? 얼마나 아버지를 보내기 싫을까?'

나는 흘러나오는 눈물을 연신 닦아 냈다. 남아 있는 녹음 시간을 확인
했다. 이제 울음소리 외에 다른 소리는 들리지 않을 게 뻔했지만, 고인을
추모하며 파일이 끝날 때까지 들어야겠다고 마음먹었다.

잠시 뒤, 조금 전까지 대성통곡하며 아버지를 애절하게 부르짖었던
남자 목소리가 또다시 들렸다.

▶ .ılıl.ılıı..ılıl.ılıı..ılıılıı.

"야, 아버지 숨 끊긴 것 같은데? 맞지?"

그 물음에 목소리가 가는 한 여자 또한 울음을 뚝 그치며 마치 무슨 일이
있었냐는 듯 덤덤한 목소리로 대답했다.

▶ .ılıl.ılıı..ılıl.ılıı..ılıılıı.

"어, 오빠. 그런가 봐."

"아, 어쩌지? 근데 아버지가 대답하셨냐, 안 하셨냐? 하셨었나?"

"오빠 못 들었어? 나도 잘 못 들었어. 이름 얘기는 안 하고, 셋째라는

아마 내가 별에서 왔다지요

말은 하신 것 같은데……."

"아이씨, 아깝다. 녹음을 더 정확하게 했어야 했는데, 어떡하지?"

이 대화가 오고가자 순식간에 통곡 소리가 잦아들었다. 정말 어이가 없었다. 길어야 30초나 통곡했을까? 너무도 짧은 추모의 시간, 그리고 기괴하게 이어지는 적막함. 약간의 시간이 흘렀다.

잠시 후 거리가 조금 떨어진 곳에 위치한 듯한 또 다른 여자 목소리가 들려왔다.

▶ .ılıl.ıllıl..ıll.ıllıl..ıllıll.

"오빠! 지난번에 영상 찍어 놓은 거 있지 않아? 거기서 땅이랑 상가 상속에 대해서 안 물어봤어?"

"아, 그 영상이 있었지. 그래. 그때 물어봤던 것 같다. 혹시 그 영상 너한테 있냐? 나한테는 없는 것 같은데."

"그게 왜 나한테 있어? 오빠한테 있겠지."

"내가 그걸 찍어 놓고 어디다 뒀더라? 에이씨! 기억이 안 나. 집에 가서 한번 찾아봐야겠다."

목소리가 가는 여자가 다시 말했다.

▶ .ılıl.ıllıl..ıll.ıllıl..ıllıll.

"에이, 오빠! 그러니까 내가 미리미리 좀 해 놓으라고 했잖아."

듣고 있자니 내 숨이 턱 막혔다. 마음이 쓰라렸다. 사람이 죽으면 심장은 멎더라도 청력은 제법 오랫동안 유지된다고 들었다. 즉, 고인이 눈을 감고 숨은 안 쉬어도 주변의 소리는 다 들을 수 있다. 그러니 고인 옆에서는 말조심을 해야 하거늘……

녹취 속 어르신은 자신이 숨을 거둔 후 자식들이 주고받은 대화를 다 들었을 것이다. 숨소리가 끊어진 지 채 1분도 안 된 시점에 나온 말들이 었으니까. 정말로 만약에, 어르신이 방금 자식들이 했던 대화를 고스란히 다 들었다면 그 심정이 어땠을까? 평생 사랑하며 아꼈던 자식들을 남겨 두고 떠나야 하는 슬픔과 안타까움이 1분도 못 돼서 형언할 수 없는 섭섭함과 절망으로 바뀌지 않았을까?

어르신에게는 지금 이 순간이 지상에서의 마지막 시간이다. 정말이지 1분, 1초도 아까운 소중한 시간이다. 이 시간만큼은 그 어떤 순간보다 평화롭고 따뜻하게 눈을 감으셔야 한다. 그런데 방금 전, 자식들의 말은 먼 길을 떠나는 아버지에게 평온은커녕 충격을 주기에 충분했다. 너무 당혹스러워 내 얼굴이 다 후끈거렸다. 하지만 그들의 민망한(?) 대화는 계속됐다.

▶ ‧ılıl.ılıı.ılıl.ıllıı.ılıllı.

"다들 수고했다. 너는 상조회사에 연락하고. 모두 애썼어."

"에이, 무슨. 오빠가 제일 애썼지. 오빠 많이 힘들었지?"

"아우, 힘들었지. 이제 속이 다 후련하다. 아버지가 누운 채로 똥오줌 누면 그 냄새가 얼마나 지독하던지…… 장난 아니었지! 너희는 그것도 몰랐지?"

"우리가 모르긴 왜 몰라? 오빠 고생 많았던 거 다 알아. 정말 수고했어."

"그러게. 이제 오늘부로 그 고생에서도 해방이네. 하하하."

아마 내가 별에서 왔다지요

"그래, 오빠. 병든 노인네 데리고 왔다 갔다 하느라고 정말 애썼어."

"하여간 몸도 몸이지만 차비며 뭐며 돈 왕창 깨졌었지. 아버지 돈 정리할 때 그것도 다 제대로 정산해야 한다."

"뭐…… 그건 나중에 하나하나 따져 보고 다시 얘기하자고."

나는 입을 다물 수가 없었다. 지금 이게 가당키나 한 말들인가? 부모님이 돌아가셨는데, 어떻게 슬퍼하는 자식이 이렇게 하나도 없단 말인가! 그때, 한 남자의 나지막한 목소리가 들렸다.

▶ .ılıl.ılılı..ılıl.ıllılı..ılılılı.

"에휴, 우리 아버지 결국 이렇게 가시네……."

그러면 그렇지! 이렇게 기운 없이 말하는 게 정상이지. 그 남자가 말을 이었다. 그런데 이번에는 목소리가 우렁찼다.

▶ .ılıl.ılılı..ılıl.ıllılı..ılılılı.

"드디어 가셨네! 드디어 가셨어!"

아주 후련해하는 말투였다.

뭐라고? '드디어'라고? 이건 정말 아니지 않나! 이거 실화 맞냐?

나는 이 모든 게 한 편의 영화처럼 느껴졌다. 관객들의 분노를 유발케 하는 영화 말이다.

그런데, 바로 그때! 내 귀에 아주 희미한 숨소리가 들렸다.

▶ .ılı.ılıı.ılı.ılıı.ılılı.

"으······ 으으······ 으으으······."

소리가 너무 작았다. 어딘가 귀에 익은 소리 같았다. 나는 손가락으로
이어폰을 눌러 귀에 더 깊이 대고 최대한 집중했다. 그러자, 한 여자가
소스라치게 놀란 듯 소리쳤다.

▶ .ılı.ılıı.ılı.ılıı.ılılı.

"어머! 오빠, 아버지가 이상해!"

"왜?"

"다시 숨 쉬는 것 같아!"

"뭐? 무슨 소리야? 이미 돌아가셨잖아!"

그리고 다시 한번 희미하게 들리는 숨소리.

▶ .ılı.ılıı.ılı.ılıı.ılılı.

"으으으······ 으으으으······ 으으으."

그리고는 다시 조용해졌다. 2분쯤 흘렀을까? 한 남자가 짜증스럽게 말
했다.

▶ .ılı.ılıı.ılı.ılıı.ılılı.

"아우! 깜짝 놀랐잖아. 야! 아버지 이미 죽었는데 무슨 숨을 쉰다는
거야?"

"이상하다. 분명히 숨 쉰 것 같았는데."
"자, 그러지 말고 다들 나가서 밥이나 먹자. 뭐 먹을래?"

바로 그 순간, 정말로 영화 같은 일이 벌어졌다. 까무러칠 만한 반전이 있는 영화!

▶ .ılı.ılı..ıılı.ıllıı.ıllı.
"나…… 나…… 아딕 안 죽었따아…… 으어어어……."

목소리의 주인공은 바로 그 어르신이었다. 조금 전 숨을 거둔 걸로 모두가 알고 있던 그 분! 순간, 내 팔뚝 위 솜털들이 빳빳하게 섰다. 온몸에는 소름이 쫘아악 돋았다. 어르신 옆에 있던 딸도 놀라기는 마찬가지였나 보다. 그녀의 첫마디는 정확히 이러했다.

▶ .ılı.ılı..ıılı.ıllıı.ıllı.
"에구머니나! 아버지, 놀라라!"

며칠 후, 녹취를 맡겼던 아들이 기록물을 찾으러 방문했다. 나는 어르신의 현재 상태를 물었다. 살아계신 걸 확인했을 때 기쁨을 감추지 못했다.
"어르신에게 정말 놀라운 기적이 일어났네요. 얼마나 기쁘세요?"
아들은 덤덤하게 대답했다.
"기적 맞나요? 저도 그렇게 생각했는데, 형님들과 누님들은 기적이라고 생각하지 않더라고요."
"아휴, 이게 기적이 아니면 뭐가 기적이겠어요? 제가 임종 녹취는 수

없이 해 봤거든요. 보통은 이런 상황에서 부모님이 숨을 거두세요. 그런데 아버님은 어떠셨어요? 분명 돌아가신 것 같았는데 소생하셨단 말이에요. 저 이런 경우 진짜 처음 봤어요."

아들은 내가 말하는 동안 연신 고개를 끄덕였다. 하지만 표정은 그리 밝지 않았다.

"그러게요. 누가 봐도 기적인데…… 아마도 기적이란 걸 믿지 못하는 게 아니라, 기적이 일어나길 바라지 않은 거겠죠."

아들의 말을 들으니 나도 마음이 불편해졌다. 녹음 파일에서 들은 자녀들의 대화가 다시 떠올랐기 때문이다. 나는 조심스럽게 물었다.

"어르신은 요새 어떻게 지내고 계세요?"

"음…… 많이 우울해하세요. 평생 자식들을 위해 피땀 흘려 장만한 땅과 재산들이 오히려 자식들을 버려 놓은 것 같다면서……."

"혹시, 자녀분들이 하신 대화를 다 들으셨대요?"

"네, 정신 잃으셨을 때만 빼고는 다 들으신 것 같아요."

"저런……."

아들의 대답에 내 마음도 무너졌다. 아들은 땅이 꺼지도록 한숨만 내뱉었다.

"아버지는 차라리 그때 떠나 버렸으면 좋았을 거라며, 다시 살아난 것이 후회스럽다고 하시네요. 아내도 없지, 자식들은 자기를 돈 찍어 내는 기계로만 대하고 있지, 앞으로는 누구를 의지하며 살아가야 할지 막막하시대요."

"무슨 말씀을요! 그래도 생명을 되찾으셨잖아요. 후회할 일이 아니라 축복인 겁니다. 약한 마음 잡수시지 않게 곁에서 잘 도와주세요."

나는 힘을 다해 위로해 드렸다. 그리고 마지막으로 조심스럽게 물었다.

"그런데 이 녹취록은 왜 만드시는 건지 여쭤봐도 될까요?"

"아버지를 위한 거예요."

"아버지를 위하다뇨?"

"사실 아버지가 잠깐 돌아가셨던 그때 저도 그 자리에 있었는데, 녹음을 따로 했었어요. 그 사실을 아버지께 말씀드렸죠. 제발 녹음 내용 들으면서 건강하게 오래오래 살겠다고 다짐하시라고요. 이대로 돌아가시면 형님들하고 누님들한테만 좋은 일이니까 꼭 건강 챙기시라고요. 그런데, 아버지가 녹음 내용을 직접 듣는 게 힘드니까 글로 적어 달라고 하셨어요. 처음부터 끝까지 하나도 빠짐없이 다."

"정말요? 어르신이 녹취록을 보시면 충격 받으실 것 같은데…… 괜찮으실까요?"

"그래도 꼭 보시겠대요."

그가 녹취록을 확인하는 동안 나는 밖으로 나가 박하사탕 세 봉지를 사 왔다. 그것도 빅 사이즈로! 그리고 그에게 내밀었다.

"선생님, 저희 아빠가 박하사탕을 좋아하시거든요. 이거 어르신도 좋아하시면 좋겠네요."

"아! 좋아하세요. 박하사탕."

"기분이 꿀꿀할 때, 심심할 때, 지칠 때, 이 박하사탕 한 번씩 드시라고 전해주세요. 앞으로 어르신의 삶은 이 박하사탕처럼 달콤하고 계속 시원해질 거라는 말씀도요. 그리고, 어르신께서는 기적의 사나이니까 오래오래 건강하게 사시라는 말씀도 꼭꼭 전해 주세요."

4
거인의 눈물

이번 이야기는 전개상 주인공의 외모를 좀 자세히 언급해야 할 것 같다. 그는 목과 손등, 얼굴에까지 털이 북슬북슬 나 있었다. 심지어 가슴 쪽 셔츠 바깥으로도 잔털이 삐쭉삐쭉 튀어나와 있었다. 누가 보면 '혹시 우주에서 진화가 덜 된 인간의 모습으로 지구에 내려온 게 아닐까?' 하는 착각이 들 정도였다. 덩치는 '코끼리' 저리 가라 할 만큼 컸다. 마치 일본의

아마 내가 별에서 왔다지요

스모 챔피언 같아 보였다고 할까? 게다가 키도 엄청난 장신이어서 펄쩍 뛰면 내 사무실 천장과 닿을 정도였다.

그런 그가 소파에 앉더니 핸드폰을 내밀었다.

"제가 고소를 당했는데, 이 녹취록이 필요합니다."

"고소 내용은 뭔가요?"

"말씀드려도 될지 모르겠네요. 여성분이셔서……."

"괜찮아요. 편하게 말씀하세요."

"그게 그러니까…… 그녀가 먼저 제 가슴에 손을 얹었고 제 귓가에 입김을 불어 넣길래 그걸 했거든요."

"뭘 하셨는데요?"

그가 모기만 한 소리로 대답했다.

"핥았어요."

"어디를요?"

"그녀 목이요. 그녀의 입김이 키스하자는 뜻인 줄 알고 일단 목부터 핥은 거죠. 사실 제가 키스를 한 번도 안 해봤거든요. 그게 키스의 전 단계인지 알고 그랬던 거예요. 혹시 오해하실까 봐 말씀드려요."

나는 너무 놀랐지만 티내지 않으려 애쓰며 천천히 되물었다.

"그럼 목을 핥은 것 때문에 성추행으로 고소를 당하신 거군요?"

"예. 맞아요."

"그 여자분하고 관계가 어떻게 되시는데요?"

"약혼자예요."

"약혼자요?"

"네. 결혼할 사이였는데 저를 고소했어요. 만지지도 않은 가슴을 만졌다고 고소장에 썼더라고요. 그러면서 저와 결혼할 사이가 아니라 그냥 아는 사이일 뿐이라고 하고 있고요."

"혹시 결혼은 본인 혼자만 생각하신 거 아닌가요? 여자분은 결혼까지
는 생각 안 하셨을 수도 있잖아요."

"얘기하자면 긴데요. 자세히 말씀드려도 될까요?"

"네, 그러세요."

"우선, 제가 그녀에게 2억 원도 빌려줬어요. 같이 살 집도 이미 마련
했고 식만 올리면 되는 거였거든요. 근데 제가 몸을 앓은 날부터 갑자기
연락이 끊겼고, 몇 주 후에 저를 고소했더라고요."

그는 이 모든 상황이 믿을 수 없다는 표정이었다. 나도 마찬가지였다.
약혼자에게 성추행으로 고소당한 남자라니.

"일단, 그 여성분을 어떻게 만나신 거예요?"

"봉사 모임에서 만났어요. 자신을 화가라고 소개하더라고요."

"예술가셨구나. 어떤 그림을 그리는데요?"

"몰라요."

"네?"

"6개월간 거의 매일 보다시피 했는데 그림 그리는 걸 한 번도 본 적이
없어요. 그래도 그림 그릴 때 가장 행복하다고 해서 그림 그리는 받침대
와 각종 도구를 선물해 줬는데, 받아 보더니 뭐 할 때 쓰는 물건이냐고
묻더라고요."

"정말요?"

"네. 어느 날 그녀 집에 가 보니까 그림 받침대에다가 속옷이랑 빨래만
널어놓았더라고요."

"뭔가가 좀 이상하네요."

"그뿐만이 아니에요. 나이도 이상했어요."

"어떻게 이상했는데요?"

"같이 있을 때 신분증을 볼 일이 있었는데, 저한테 얘기한 것보다 나이가 훨씬 많은 거예요. 이유를 물어보니까, 신분증이 본래 나이보다 많게 나왔다면서, 거기 적힌 것에서 열 살을 빼면 실제 나이라고 하더라고요."

"그 말을 믿으셨어요?"

"사랑하니까 믿었죠."

거기까지 듣고 바로 감이 왔다. 이 사람은 근래에 보기 드문 지구인인 게 분명했다. 세상 모든 지구인을 때 묻지 않은 순수하고 맑은 시선으로 바라보며 믿어주는, 너무나 순수한 영혼을 지닌 지구인 말이다. 그렇게 티 없이 맑았던 그를 상대방 여자는 애초부터 진심으로 사랑한 게 아닌 듯했다. 남자가 가진 것들을 쏙쏙 빼어 먹겠다는 마음으로 접근했으리라는 확신이 점점 강하게 들었다.

남자가 계속 말을 이어 갔다.

"처음에 저를 만났을 때는 저의 모든 면이 좋다고 하더니, 녹음 파일에 있는 것처럼 언제부턴가 제게 험한 말들을 하기 시작했어요. 들어보세요."

녹음 파일을 재생시키자 날카로운 여성의 소리가 들렸다.

"야! 이 찐따 자식아! 네 얼굴하고 그 목에 난 털 좀 밀라고 했어? 안 했어?"

"자기야, 왜 그렇게 말해? 처음엔 내가 털이 많아서 섹시해서 좋다며?"

"좋긴 뭐가 좋아? 무슨 짐승하고 다니는 것 같단 말이야! 넌 창피하지도 않니? 거울도 안 봐?"

"알았어. 우리 만나서 밥 먹자."

"또 먹냐? 또 먹어? 제발 그만 좀 먹으라고 했지! 아예 먹지를 말라고!"

"어떻게 안 먹어? 근데 자기 지금 어디야?"

"야! 묻지 마. 나 어디 있는지 한 번만 더 물으면 너랑 결혼 안 해 주는 수가 있어!"

"알았어, 안 물을게. 근데 자기야 말 좀 곱게 해 주면 안 돼?"

"꼽냐?"

"아니, 하나도 안 꼬아. 계속 얘기해."

"야! 내가 가슴 성형할 비용 좀 대달라고 한 게 그렇게 아깝니?"

"아까워서가 아니라, 자기는 나한테 언제든 스킨십 하면서 내가 하려고 하면 못하게 하잖아. 그러니까 결혼하고 나서 가슴 성형해 주려고 한 거야."

"야! 너 그 입 좀 그만 나불대라고!"

"알았어. 화내지 마, 자기야."

"야! 뚱땡아!"

"응."

"너 있지. 그동안 내가 만났던 남자 중에 네가 제일 뚱뚱한 건 알고 있니?"

"자기야, 왜 자꾸 그렇게 말해?"

"왜 그런지 말해 줄게. 잘 들어. 넌 너무 돼지 같고, 흉측스러워. 혐오스럽다고! 넌 아무짝에도 쓸모가 없는 인간이야! 너는 정말 끔찍해. 내가 너라면 진즉에 죽어 버렸을 거야, 알아?"

'띠띠띠~' (전화 끊김.)

아마 내가 별에서 왔다지요

나는 너무 놀라 벌어진 입을 다물 수 없었다.

"괜찮으세요?"

그때 남자가 머리를 긁적이며 살짝 미소를 머금고 말했다.

"근데 저만 그런 건가요? 이 여자 화낼 때 목소리 예쁘지 않아요?"

미치겠군! 어서 빨리 이 지구인을 제정신으로 돌려놔야 했다.

"솔직히 말씀드려도 될까요?"

"그럼요."

"여성분께서 입에 대걸레를 장착하셔서 목소리가 전혀 예쁘게 와닿지 않습니다. 저런 말들을 마구 내뱉는데도 여전히 사랑스럽다는 말씀이신 가요?"

"네. 그렇다 해도, 제 눈에는 예뻐요. 하하하."

그러면서 갑자기 환하게 웃는 것이 아닌가?

나도 이 부분에서 같이 웃어 주었다.

"하하하! 아주 긍정적인 분이시네요!"

"칭찬 고맙습니다."

"그런데, 저분은 정말로 선생님을 사랑했던 걸까요? 혹시, 다른 목적이 있었던 게 아닐까요?"

"어떤 목적이요?"

"저런 분들을 세상의 말로 '꽃뱀'이라고 하죠."

"우리 부모님과 같은 얘기를 하시네요. 참! 소장님, 제 머리가 그렇게 큰가요? 그녀는 제 머리가 커서 데리고 다니기 창피하대요."

솔직히, 크긴 컸다. 하지만 대놓고 말할 수는 없지 않은가? 나는 최대한 위로를 담아 대답했다.

"머리 큰 게 어때서요. 옛말에 머리가 크면 뇌도 커서 천재가 될 확률이 높다고 하잖아요. 선생님 머리 크기가 상위 1%의 브레인이라고 해도 될 것 같은데요."

"진심이세요?"

"네."

"우와! 이런 칭찬 처음 들어봐요. 되게 듣기 좋은 말이네요."

나는 그에게 다시 고소에 관해 질문했다.

"그럼, 선생님이 저 여자분의 목을 핥기 전까지는 서로 사이가 좋았다는 거네요?"

"좋다기보다는 결혼할 사람이었으니까 화를 내도 제가 다 받아줬죠. 그녀도 심하게 화를 내다가도 또 가끔은 여기저기 뽀뽀도 해 주고, 스킨십을 항상 먼저 해 줬어요. 물론, 저는 못 하게 했지만요……."

"근데 왜 갑자기 변한 걸까요?"

"아마 그 일 때문에 토라진 것 같아요."

"무슨 일이요?"

"다이아 반지를 사달라고 해서 사 줬거든요. 그런데, 다이아가 쪼그마해서 끼고 다니기 창피하다고 알이 큰 걸로 바꾸어 달라고 앙탈을 부렸어요."

"그래서요?"

"허영이 심한 것 같아서 버릇도 고칠 겸 안 바꿔줬더니 결혼을 안 한다잖아요. 하는 수없이 큰 걸로 바꿔줬죠. 그럴 땐 사람을 애교로 녹여버려요. 그러면서 결혼 전에 바디 관리를 해야 한다고 저더러 한 달에 천만 원씩만 달라고 하더라구요."

"천만 원이나요? 그 큰돈을 주셨어요?"

"네, 줬어요."

나도 모르게 고개를 가로저었다.

"아우! 선생님, 제발 여기가 끝이면 좋겠네요."

"그만 얘기할까요?"

"아니요. 죄송한데, 선생님의 아픈 얘기지만 솔직히 손에 땀이 날 정도로 다음 얘기가 궁금하긴 해요."

남자가 씨익 웃었다.

"제 얘기 재밌죠?"

"네. 듣는 내내 걱정이 쌓여가지만 계속 듣고 싶네요."

"알겠어요. 전부 다 얘기해 드릴게요. 아무리 사랑하는 여자라지만, 제가 잘하고 있는 건지 잘 몰라서 소장님의 의견도 궁금하긴 하거든요."

내가 심각한 표정으로 물었다.

"두 분 사이에 이 성추행 건 말고 또 다른 일은 없었나요?"

"있었죠. 어느 날 저한테 자기를 사랑한다면 한도를 최대한으로 해서 카드 여러 개를 만들어 달라고 하더라고요."

"어머!"

"부모님이 반대해서 카드는 못 주겠다고 했더니, 저더러 마마보이라고 하면서 갑자기 또 결혼을 안 한다는 거예요. 하는 수 없이 한도 약간 넣어서 카드를 만들어줬죠. 그리고 신혼집을 구하려고 같이 돌아다니다가 제가 집을 사게 됐어요. 그런데 그 집을 본인 명의로 해 달라는 거예요."

"그럼 안 되죠! 그건 설마 안 해 주셨죠?"

"해 주려고 했는데, 엄마가 말려서 안 해줬어요. 그때부터 돌변한 거예요."

"자, 정리해 볼게요. 한마디로 돈이나 카드를 펑펑 쓰게 해 주거나 다이아 반지를 큰 걸로 바꾸어 주면 결혼하겠다고 하더니, 집 명의를 바꾸어 주지 않으니까 결혼할 사이가 아니라며 선생님을 성추행으로 고소했다는 거네요?"

"네, 그런 것 같아요. 그러면서 그간 저한테 2억 원을 빌려 간 얘기나 자기랑 있었던 모든 일들에 대해서 저희 부모님께 알리면 다 끝장낼 거라는 말도 했어요. 결국 쉬쉬하다가 얼마 전에 부모님께 알린 거고요."

"잘하셨어요. 선생님 홀로 상대하기엔 위험한 여자 같아 보여요."

"그게 딱 느껴지세요?"

"당연하죠. 제가 볼 때 그 여자의 가장 큰 특징은 교활함 같아요."

"아!"

"그러니 선생님의 사랑을 자꾸 돈으로 증명해 보라고 했던 거겠죠. 근데 왜 그렇게 그 여성분한테 약한 모습을 보이신 거예요?"

"사랑했으니까요. 소장님, 여기까지 들었을 때 제가 뭐 잘못한 게 있나요?"

"전혀요."

"그럼, 그녀는 저한테 왜 그렇게 못되게 굴까요? 저를 사랑한다고 하면서 왜 그런 걸까요?"

"제가 볼 땐 그 여자분은 선생님을 사랑하는 것 같지 않아요."

순간 그의 표정이 어두워졌다.

"그럼 부모님 말씀처럼 소장님도 제가 이용당한 것 같으세요?"

"네. 그런 것 같아요. 그러니 이쯤에서 정리하시는 게 어때요?"

그는 한동안 멍하니 허공을 바라보더니 눈만 껌벅였다.

"저기…… 여자분이시니까 꼭 한번 묻고 싶어요."

"뭔데요?"

아마 내가 별에서 왔다지요

"저 같은 뚱뚱보는 제가 사랑하는 사람과 결혼할 수 없는 걸까요?"

그의 표정이 너무 슬퍼 보였다.

"뚱뚱보라뇨? 왜 그렇게 말하세요?"

"제가 좋아하는 여자들은 다 저를 떠나요. 대부분 이것저것 실컷 다 받고 나서 떠나요. 그냥 조용히 떠나면 양반이게요? 저한테 온갖 상처 주는 말은 다 하고 떠나요. '거울 보면 창피하지도 않냐? 내가 너라면 자살했을 거다. 너는 사람이 아니다. 거대한 고깃덩어리다…….'"

"아휴…… 많이 힘드셨겠어요. 괜찮으세요?"

"당연히 안 괜찮죠. 저 그 말들 듣고 자살 시도도 몇 번 했었어요."

나는 깜짝 놀랐다.

"아우, 왜 그러셨어요? 그러시면 안 되죠."

"아니요. 솔직히 말씀드리면 조만간 떠나긴 할 건데, 어떻게 떠날지 고민이었어요. 그렇다고 바다가 보이는 절벽이나 건물 옥상에는 가기 싫었거든요."

"선생님 그러지 마세요."

"근데 최근에 저한테 가장 잘 맞는 방법을 찾은 것 같아요."

"그게 무슨……?"

"제가 대식가예요. 조금만 굶어도 배가 고파 죽을 것 같거든요. 근데 요새는 음식이 안 먹혀요. 그래서 그냥 굶어 죽으려고요."

"농담이시죠?"

"그럴 리가요. 그동안 죽으려고 정확히 3일, 5일, 7일을 굶어 봤거든요. 그게 별거 아닌 것 같아도, 저같이 많이 먹는 사람한텐 쉬운 일이 아니에요. 제가 하루에 7끼를 먹거든요. 근데 3일, 5일, 7일을 안 먹는다는 건 정말 죽어 버리겠다는 확실한 각오거든요."

"그래도 그러시면 안 되죠."

"아니요. 저 떠날 거예요. 다행인지 불행인지 요새는 그녀가 했던 말이 계속 제 머릿속에서 맴돌아서 입맛이 하나도 없어요. 그래서 곧 떠날 수 있을 것 같아요."

"아까 녹음 파일에서 들었던 그 말들이 계속 떠오르는 거군요?"

"아니요. 다른 얘기들이 더 있어요."

"대체 뭐라고 했는데요?"

"소장님은 신을 믿으세요?"

"네, 저는 믿습니다."

"저도 믿어요. 근데 저더러 그러더라고요. '신이 저주한 몸이다. 신이 잘못 빚어서 반품도 안 되는 몸뚱이다. 신도 널 창피해할 거다. 신이 버린 쓰레기보다 못한 털북숭이다.' 그거 말고도 수없이 아픈 말들을 저한테 했어요."

"그거 녹음은 하셨나요?"

"아니요. 그건 못했어요. 근데 그 말이 계속 제 안에 맴돌면서 밥맛이 없더라고요. 식욕이 돌다가도 그 말이 떠오르면 숟가락을 내려놓게 돼요. 바로 입에 쓴맛이 돌거든요. 물도 안 먹고, 잠도 안 오고. 그래서 제 소원대로 죽을 수 있을 것 같아요. 오히려 잘 된 거죠. 그렇게 세상 정리하려고 마음먹고 있었는데, 그걸 모르는 엄마가 제가 사기를 당한 것 같다고 이 녹취서를 만들어 오라는 거예요. 싫다고 하니까 안 만들어 오면 엄마 제명에 못 살 거 같다고 해서 죽기 전에 효도라도 하고 가려고 의뢰하러 온 거예요."

"선생님, 병원은 가 보셨어요?"

"병원을 원체 싫어해서요. 약 먹는 것도 싫고요."

아마 내가 별에서 왔다지요

"그래도 그러시면 안 되죠. 마음 강하게 잡수셔야죠."

"소장님 같은 분은 저 같은 사람의 마음을 절대 이해 못 해요. 이제껏 제 인생에는 맑음이 없었어요. 항상 먹구름만 가득했어요. 평생 그래왔어요. 어릴 때부터 지금까지 쭉이요. 늘 무시당하고, 이용당하고, 돈이나 뜯기고, 배신당하고……. 그것 때문에 부모님을 힘들게나 하고 말이죠. 이번에도 사랑하는 여자랑 결혼하게 됐다고 좋아하셨는데, 결국엔 약혼자한테 성추행으로 고소까지 당했잖아요."

그가 천장을 보며 큰 한숨을 내쉬었다.

"이번 일이 이렇게 저렇게 해결이 돼도 아마 저는 또 누군가에게 이용당할 거고, 상처받게 될 거고, 그 상처 때문에 몇 년간 또다시 괴로워할 거예요. 그러니 저 같은 쓸모없는 사람은 죽는 게 답이에요."

그때 그의 핸드폰이 울렸다.

"저 잠깐 전화 좀 받고 올게요."

남자가 전화를 받으러 나갔다.

갑자기 내 머릿속이 하얘졌다. 자살을 계획한 지구인이라니! 이를 어쩌면 좋지? 나는 입술을 뜯기 시작했다.

그때 책상 위에 있던 내 핸드폰이 '지이잉' 하고 울렸다. 엄마였다. 엄마와 통화를 마친 후 핸드폰을 내려놓으며 생각했다.

'만일 내가 지금 아무것도 하지 않는다면 저 남자의 엄마는 다시는 아들 목소리를 들을 수 없게 된다.'

과연 이대로 놔두는 게 맞는 걸까?

바로 그때! 몇 년 전 만났던 범상치 않은 한 지구인이 번뜩 떠올랐다.

그 지구인은 의뢰했던 녹취서를 받아 들고 돌아가려다가 나에게 대뜸 물었다.

"저 오늘 중요한 사람 같아 보이나요?"

"네. 무슨 중요한 약속이 있나 봐요?"

"사실, 자살을 결심한 친구랑 저녁 식사하기로 했거든요."

"진짜요?"

"네."

나는 조심스럽게 되물었다.

"저기…… 그분이 선생님과 저녁 식사 후 극단적 선택을 하시면 어쩌려고요?"

그는 자신 있게 답했다.

"아마 그렇게는 안 될 겁니다."

"그걸 어떻게 장담하세요?"

"제가 다시 살고 싶도록 만들 거니까요."

"그게 가능해요?"

"글쎄요. 그건 해봐야 알겠지만 그 친구가 살 수밖에 없는 이유를 얘기해 주면 되지 않을까요?"

나는 심히 걱정되는 얼굴로 말했다.

"죄송한데요. 그런다고 될까요? 이미 자살 결심을 굳히신 분한테는 그런 것조차 소용없을 것 같은데요."

그가 정색했다.

"그럼 소장님, 물어볼게요. 그렇다고 그 친구를 그냥 죽게 놔두나요? 그게 맞다고 생각하세요?"

그의 말에 나는 뭔가에 한 대 얻어맞은 것 같았다.

"아니요…… 그래선 안 되겠죠."

"맞아요. 안 돼요. 그러니 제가 아무것도 안 하는 것보단 무슨 방법이든

써봐야 하잖아요. 그죠?"

"네, 그렇죠."

"그래서 만나겠다는 거예요. 그 방법이 먹히든 안 먹히든, 저는 그 친구가 살아갈 수밖에 없는 무언가를 찾아 꼭 알려 줄 거예요. 그게 제가 그 친구를 위해 할 일 같아요."

그렇다. 그의 말이 옳았다. 같은 이유로 나는 내 사무실을 찾아온 이 거인 같은 남자가 이대로 삶을 끝내게 내버려둬서는 안 된다. 결심을 바꾸도록 설득해야 한다. 설사 그가 내게 '당신이 무슨 상관이냐?', '당신 미친 거 아니냐?'라며 핀잔을 주고, 나를 또라이 취급을 한다 해도 그냥 쪽 한번 팔리면 그만이지 뭐. 그렇게 해서라도 한 생명을 살릴 수 있다면 내가 뭔 짓을 못 하겠는가?

나는 믿고 있다. 아무리 작고 보잘것없는 희망이라도 그 작은 씨앗이 누군가의 마음속에 자리 잡을 수 있게 도와만 준다면, 그것은 거대한 희망으로 자라 결국 기적을 일으킨다는 것을.

그가 통화를 마치고 사무실로 들어왔다.

나는 담담한 표정으로 말했다.

"저기…… 우리 좀 전에 했던 얘기를 다시 나눠 볼까요?"

"어떤 거요?"

"그 여자분이 하셨던 얘기 때문에 상처받으셨다고 했잖아요."

"네."

"많이 힘드시죠?"

"그렇죠. 근데 이렇게 지낸 지 워낙 오래돼서요. 사실 제가 중학교 때부터 친구가 없었어요. 늘 혼자였거든요."

"와! 그 말 들으니 제 어렸을 때가 생각나네요. 저도 친구가 하나도 없었는데."

"소장님이요?"

"네. 아무도 제 옆에 없어서 하늘에 떠 있는 구름이랑 얘기하면서 등하교하곤 했어요. 구름은 저를 항상 따라다니면서 옆에 있어 주는 느낌이었거든요. 그래서 그런지 오히려 전 혼자 있는 게 더 좋던데……."

"아, 소장님은 참 남다르시네요."

"그건 그렇고. 그 여자 이 세상 최고로 한심한 여자 같은데, 그냥 돈에 환장한 구제불능 사이코를 잠깐 만났었다고 생각하시면 안 돼요?"

남자가 당황했다.

"네? 구제불능 사이코요? 그게 무슨……."

"아, 그러니까 제 말은, 그냥 그 여자가 뱉은 모든 말들을 속에 담아 두지 마시고 무시하는 게 어떠냐고요?"

그가 침통한 표정으로 대답했다.

"저는 그게 잘 안 돼요. 계속 생각나거든요."

"그럼 이렇게 한번 생각해 보세요."

"어떻게요?"

"'난 신이 빚은 최고로 멋진 몸이다.'라고요. 왜냐하면 선생님 같은 특별한 몸은 지구에서 흔치 않거든요. 그렇기에 신이 빚으실 때 얼마나 신경 쓰셨겠어요? 뭔가 특별하니까 그렇게 빚었고, 이 세상에서 특별한 일을 하라는 뜻이셨을 거예요. 분명해요."

그가 놀란 얼굴로 손목시계를 쳐다보며 말했다.

"그런 얘기 처음 들어요. 일단 듣기는 좋네요. 제가 가봐야 해서. 녹취료 얼마죠?"

나는 다급하게 말했다.

"선생님! 잠시만요. 조금 전에 저한테 얼마 안 있으면 자살하시겠다고 해놓고선 이대로 가신다고요? 그럼 제가 '안녕히 가세요. 잘 죽으시고요.' 이래야 하나요? 그럴 순 없잖아요."

그의 눈이 둥그레졌다.

"네? 그게 무슨?"

"제 말은, 가실 때 가시더라도 제 얘기 좀 듣고 가시라고요. 잠깐 시간 좀 내주세요."

남자가 머뭇거리는가 싶더니 대답했다.

"네, 그럴게요. 말씀하세요."

"좋아요. 지금부터 정확한 사실을 알려드릴 테니까 잘 들으세요. 선생님 몸은 특별한 거지, 이상한 게 아니에요. 그리고 제가 어디선가 들은 얘긴데 몸에 털이 많고 덩치가 큰 사람은 대부분 천재래요. 그런 얘기 들어보신 적 있죠?"

"아니요. 한 번도 없는데요."

"그래요? 저는 되게 많이 들었는데, 여하튼 제 생각엔 선생님은 단순한 천재 같진 않아요."

"그게 무슨 말이에요?"

"최근에 자발적으로 굶어서 돌아가시겠다는 계획을 세우셨다면서요?"

"그게 자발적이라기보다는 입맛이 없는 것도 있고, 제가 일부러 안 먹는 것도 있죠."

"뭐가 됐든, 저는 그 얘기 듣고 딱 감이 왔어요."

"어떤 감이요?"

"이분은 독창적인 천재다. 어쩜 우리 인류의 역사를 새로 쓰실 분일지도 모른다."

"제, 제가요?"

"네. 솔직히 자기 주변에 먹을 게 천지인데 굶어서 죽겠다는 게 흔한 발상인가요? 그렇게 결심하신 분 저는 오늘 처음 봤어요."

"그냥 저한테 맞는 방법을 찾은 건데……."

"어쨌든, 제가 내린 결론은 선생님은 몸에 털도 많고 덩치도 크고 생각하시는 것까지 여러모로 특별하고 천재가 맞다는 거예요. 하지만 본인 말씀대로 굶어서 돌아가시면 그 천재성은 영원히 소멸되겠죠. 선생님 안에 잠재된 천재성을 0.001%도 못 쓰고 생을 마감하시는 거죠. 반대로 삶을 계속 영위하시면 언젠가 그 천재성을 제대로 발휘하시게 될 겁니다. 그러면 인류를 위해 엄청난 업적을 이루는 분이 되는 거죠."

그는 내 말에 웃어야 할지 말아야 할지 어리둥절한 표정을 지으며 말했다.

"말을 참 잘하시네요. 근데 저는 내세울 게 별로 없는 사람이에요. 평생 이용만 당했거든요."

"두고 보세요. 앞으로 선생님은 엄청나게 위대한 일을 해내실 테니까. 장담해요!"

"어쨌든 고맙습니다. 말씀만으로도 힘이 나네요."

"그리고 또 하나 이렇게 오늘 뵈니까 선생님은 순수한 영혼을 가지신 분 같아요."

"그것도 맞긴 한데요. 좋게 표현하면 순수인데, 나쁘게 표현하면 멍청한 거라던데요. 그래서 우리 부모님도 사실 제 걱정을 많이 하시거든요."

"잘됐어요. 그 말 안에 정답이 있는 것 같네요."

"네?"

"이건 기회예요."

"무슨 기회요?"

"제 생각에 지금까진 순수했지만 앞으로 못된 사람들에게 이용당하지 말라는 의미에서 이런 가슴 아픈 일을 여러 차례 겪으신 게 틀림없어요. 앞으로는 정신을 강하게 기르는 훈련만 하시면 완벽하게 해결될 것 같아요. 두고 보세요. 제 말이 맞는지, 안 맞는지."

"그건 어떻게 하면 되는데요?"

"우선 가장 먼저 하실 일은 선생님 주변에 있는 위험한 사람들을 걸러 낼 줄 아는 안목부터 기르셔야죠."

"저는 그게 어렵더라고요. 사람들을 너무 잘 믿어요. 그래서 다 퍼 주게 되고요. 저는 좋은 사람과 나쁜 사람을 잘 구분하지 못하겠어요. 세상에서 그게 가장 어려워요."

"음…… 단순하게 생각하면 쉬워요."

"어떻게요?"

"먼저, 웃으면서 접근해서 돈이나 뭔가를 달라고 요구하는 사람들과는 거리를 두세요. 그들은 선생님 자체를 좋아하는 게 아니라, 선생님에게서 빼먹을 돈이나 선생님의 배경을 좋아하는 거니까요. 그래서 누구든 선생님한테 뭘 달라고 할 땐 '어? 이상하다. 거리를 둬야겠다.' 이것부터 해 보세요. 그런데 혹시 거리를 둔다고 했는데도 마음을 이미 열어 버렸다면, 이거 하나만 명심하세요. 누가 됐든 선생님을 폄하하는 독한 말과 세상을 등지는 게 낫다는 등의 악담을 퍼부어도 절대로 그 말에 말려들지 마세요. 대신 그들에게 이렇게 말해 보세요. 입 밖으로 말하기 힘들면 속으로 하셔도 되고요.

'어이! 80억 명의 지구인 중 너라는 한 사람의 말을 내가 왜 들어야 하지? 다른 사람의 돈을 빼먹는 것도 모자라서 악담과 저주를 퍼붓는 네까짓 것의 말은 들을 가치가 없어! 이봐, 똑바로 알아두라고! 나는 순수한 사람이기 때문에, 언젠가 내게 행복한 삶이 다가올 것을 알고 있어! 네 그 못된 혓바닥으로 뱉은 말들대로 내 삶을 포기하는 바보짓 따위는 절대 하지 않아! 나는 머지않아 만날 아름다운 사람들과 나의 미래를 위해 나를, 내 생명을 더욱 소중히 여길 거야! 그러니 좋은 말로 할 때 내 앞에서 꺼지시지!' 이렇게요."

"후훗, 말만 들어도 통쾌하긴 하네요."

"제 생각에 그런 말을 한 천 번 넘게 당당히 하시게 되었을 때는 선생님은 이미 멘탈 부분에선 세계 챔피언이 되어 있을 거예요. 그러니 추후에도 선생님 삶에 이번처럼 가치 없는 사람들이 등장해서 개판인 상황들이 연출돼도 '아, 신께서 나의 외모를 이렇게 특이하게 빚어주시는 것도 모자라서 멘탈 부분에서 세계 최강으로 만드실 작정으로 이런 고된 경험을 맛보게 하시는구나. 이번 모험도 화끈하게 경험하다가 극복해 보지 뭐!' 이렇게 생각해 보세요."

그는 아무 대답 없이 고개만 끄덕였다.

나는 또 하나의 이야기를 들려주었다.

"진짜 중요한 얘기는 지금부터예요. 제가 예전에 만났던 고객분의 얘기를 들려 드릴게요. 그분은 직업이 소방대원이었어요."

"아~ 훌륭한 분이시네요."

"네, 맞아요. 이 시대의 진정한 영웅이시죠. 근데 그분은 업무적인 트라우마로 인해 우울증을 앓으셨대요. 형제같이 지내던 동료 한 분이 사람을 구하다가 목숨을 잃으셨는데, 그 일로 충격이 크셨나 봐요. 결국 우울증이 심해져서 하루에도 몇 번씩 자살 충동을 느끼셨는데, 저한테 해 주신 말씀이 엄청난 울림을 주셨어요."

"뭐라고 하셨는데요?"

"어느 날 화재 현장에서 그분이 일곱 살짜리 남자아이를 구하셨는데, 알고 보니 그 아이가 말을 못 하는 장애인이었대요. 그러니 불이 나서 뜨거워도 구해 달라고 말도 못 하고 한쪽 구석에 웅크리고 있었던 거죠. 정말 큰일 날 뻔했는데, 그 소방대원님이 극적으로 구하신 거예요. 그랬더니 아이 엄마가 달려와 엉엉 울면서 너무 감사하다고, 아들이 떠났으면 자신도 따라갔을 거라고 했대요. 그 아이와 엄마를 보면서 정신이 번쩍 드시더래요. 그때 속으로 다짐하셨대요. 앞으로 자살할 생각 절대 하지 않겠노라고. 차라리 죽을 각오로 한 명의 목숨이라도 더 살리자고. 왜냐하면 자신이 살아있어야 이번 생에서 살릴 수 있는 사람이 더 많아질 테니까. 그래서 그분은 화재 현장에 갈 때마다 오늘이 마지막이라고 생각하시면서 이를 악물고 고귀한 생명을 구해내고 있다고 하시더라고요."

"우와! 정말 엄청난 분이네요."

"맞아요. 그런 분은 세상에 많아요. 누군가는 이 세상살이가 암담하고, 너무 괴롭고, 아프고, 힘들다고 하시지만, 그 가운데 어떤 분들은 자기의 삶이 고통스러움에도 불구하고 그걸 이겨내고 또 다른 누군가를 구해 내기 위해 열심히 뛰신답니다."

"좋은 말씀 감사합니다."

"근데 선생님도 결심 하나 바꾸면 누군가의 생명을 구할 수 있는 거 혹시 아세요?"

"제가요? 저는 소방대원도 아닌데요."

"잘 들어보세요. 부모님 사랑하시죠?"

"당연하죠."

"만약에 말이에요. 선생님께서 안타까운 선택을 하신 다음 날, 두 분께서 가장 먼저 맞닥뜨리게 될 일이 뭘까요? 그건 목숨만큼 귀한 아들 얼굴에 생명 빛이 꺼져있는 걸 확인하는 일일 거예요. 그 모습을 보면서 두 분은 자책하시겠죠. '내가 왜 사랑하는 아들의 죽음을 막지 못했을까?'라고. 그리고 그 고통의 기억은 그분들이 생을 마감하실 때까지 계속될 거고요."

"그렇겠죠."

"그럼 입장을 바꿔서 반대로 선생님이 소중하게 생각하는 두 분께서 아무 예고도 없이 갑자기 세상을 떠나버리면 어떨 것 같으세요? 혹시 생각해 보셨어요? 엄마나 아빠한테 오늘 맛있는 거 뭐 먹고 싶냐고, 사가겠다고 아무리 전화를 해도 전화를 안 받으시면요? 그렇게 영원히 두 분과 통화할 수조차 없게 되면요? 영원히 두 분의 모습을 볼 수조차 없게 되면요? 그 기분이 어떨 것 같으세요? 온전했던 삶 자체가 산산조각 난 것처럼 매일매일이 숨 막히고 고통스럽지 않을까요?"

내 말이 일리가 있다는 듯 그가 고개를 끄덕이며 말했다.

"그 생각은 못 했네요. 제가 너무 힘들어서 저만 생각한 것 같아요. 입장을 바꿔서 생각해 보면 저라도 많이 아플 것 같아요."

"맞아요. 그래서 선생님이 결심 하나만 바꾼다면 앞으로의 부모님 삶이 고통에서 희망으로 바뀌는 거예요. 더불어 선생님께도 놀라운 일이 벌어질 거예요."

"어떤 일이요?"

"선생님이 이번에 자신에게 닥친 고난과 불행을 거뜬히 잘 이겨내잖아요? 그땐 어마어마한 보상이 생겨요."

아마 내가 별에서 왔다지요

"어떤 보상이요?"

"선생님은 두 분께, 태산같이 강인한 아들을 선물하시는 거예요. 그간의 모든 아픔을 잘 이겨낸 멋진 아들이요! 그렇게 되면 선생님은 그 노하우로 앞으로 선생님이 사랑하는 사람 모두를 지켜낼 수 있어요. 어떻게 그게 가능하냐고요? 선생님을 보면서 그분들도 어려움을 이겨낼 용기를 낼 거거든요. '우리 OOO은 엄청나게 힘든 일을 겪었는데도 결국 이겨냈다, 아무리 힘들어도 나도 우리 OOO처럼 이겨낼 수 있다!' 이렇게요. 근데 만일 선생님이 그 불행을 견뎌내지 못하고 이 세상을 떠나 버리잖아요. 그럼 선생님 주변에 사랑하는 사람들 또한 선생님이 떠나고 없는 그 순간에 힘든 일이 닥쳐오면 선생님과 똑같은 방법을 택할 수도 있어요. 한번 생각해 보세요. 만약, 선생님이 떠난 뒤 엄마랑 아빠가 선생님을 그대로 따라서 같은 선택을 하신다면 어떨 것 같아요?"

그의 눈시울이 붉어졌다.

"절대 안 되죠! 두 분은 꼭 100세 넘은 할머니, 할아버지가 될 때까지 오래오래 사셔야 해요."

남자는 부모님 얘기에 괴로운 듯 고개를 떨궜다.

나는 확신에 찬 어조로 말했다.

"다시 한번 말씀드릴게요. 선생님의 모습은 특별한 거지, 이상한 게 결코 아니에요. 또 선생님한테 생기는 안 좋은 일들도 다 스스로 더 강해지라고 생기는 것이고요. 그러니 그런 일들을 당할 때마다 생각하세요. '이번과 같은 힘든 일을 천 번 이상 경험해도 나는 끄떡없다. 왜? 다 이겨낼 거니까. 그리고 내가 만일 힘들다고 여기서 삶을 포기하면 내가 가장 사랑하는 사람들도 나처럼 약해질 수 있다. 그러니 그들을 위해서라도 나는 더 강해져야 한다. 왜냐하면 그들이 나처럼 강해질 수 있는 방법을 알려줘야 하니까. 그 어떤 힘든 상황이 와도 스스로 이겨낼 방법을 찾게 해줘야 하니까. 그래서 나한테 이렇게 힘든 일이 오는 걸 거야. 좋아! 반드시 이겨내자!'"

가만히 내 말을 듣던 남자의 눈에 눈물이 그렁그렁 맺히기 시작했다. 그러다 이내 주먹으로 입을 막고 미친 듯이 울기 시작했다.

나는 그가 실컷 울도록 기다려 주었다.

한참을 울던 남자가 부르튼 눈을 비비며 말했다.

"고맙습니다. 소장님."

내가 밝은 목소리로 말했다.

"선생님, 이왕 이렇게 된 거 오늘 저랑 약속 하나만 해요."

아마 내가 별에서 왔다지요

"어떤 약속이요?"

"지구에서 오래오래 살다가, 좋은 일 많이 하시다가, 갈 때가 됐을 때, 천국에 가자고요. 절대 억지로 가려고 하시면 안 돼요. 알았죠? 왜 그러냐면요. 요새 천국 문지기가 엄청 터프한 존재로 바뀌었대요. 그래서 선생님같은 지구인들이 너무 이른 시기에 스스로 찾아오면 잘 안 받아준대요. 그러니까 우리가 사는 이곳을 좀 더 좋은 세상으로 만든 뒤에, 살 만큼 사시다가 천국 가셔야 해요. 아셨죠?"

내 말을 듣던 그의 눈빛이 흔들렸다.

"네, 그럴게요. 소장님 감사합니다. 근데…… 저 부탁 좀 할게요."

"뭔데요?"

"방금 하신 얘기를 제가 잊어버리지 않게, 계속 기억할 수 있게 뭔가를 해 주시면 안 될까요? 녹음이라던가 아니면 다른 거라도요. 꼭 부탁드립니다."

"그럼 글로 적어서 출력해 드릴게요. 아예 코팅까지 해 드릴까요?"

"네. 그럼 너무 좋죠. 고맙습니다. 자주 읽고 제 마음을 다잡고 싶네요. 그리고 좀 전에 말씀하신 그 소방대원님 연락처를 받을 수 있을까요?"

"그건 왜요?"

"그분 얘기 듣고 나니까 제가 앞으로 해야 할 일을 찾은 것 같아서요."

"그게 무슨?"

"앞으로 쓸데없이 이상한 사람들한테 돈 뜯기고 다닐 게 아니라 그런 훌륭한 분들 찾아서 후원해야겠어요. 나를 이용만 하려는 사람들의 비위나 맞추고 사는 것보다, 그런 훌륭한 분들께 도움을 드리면서 사는 게 훨씬 가치 있는 거 같아요."

"너무 좋은 말씀이네요. 소방대원님께 말씀드려 볼게요."

거인의 눈물

"오늘 너무 좋은 말씀해 주셔서 정말 감사합니다. 소장님."

나는 내가 했던 말을 컴퓨터로 기록하고, 출력해서 코팅까지 해주었다. 소방대원에게 연락해서 후원 얘기도 했다. 하지만 본인은 당연한 일을 하는 것뿐이라는 정중한 사양의 말을 듣고 전화를 끊어야 했다.

남자는 소방대원을 후원하려던 계획이 무산돼서 섭섭해했지만, 이내 수긍하며 고개를 끄덕였다. 그리곤 앞으로 내 얘기들을 오래도록 기억하고 살겠다고 말한 뒤 돌아갔다.

아마 내가 별에서 왔다지요

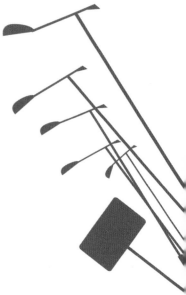

5
오싹한 택시 기사

어느 추운 겨울날이었다. 꽤 먼 곳으로 출장을 가야 했다. 대게 업무폰과 개인폰을 가지고 다녔는데, 그날은 그만 개인폰을 집에 두고 나와 버렸다. 어차피 업무폰으로도 통화는 가능했기에 그대로 출장지로 향했다.

일이 끝났을 때는 어느덧 밤 11시였다. 집으로 가는 택시를 타자마자 피곤이 몰려왔다. 뒷좌석에 몸을 기댄 채 눈을 감고 생각했다.
'집에 도착하자마자 코코아를 마시고 이불 속으로 쏙 들어가야지.'
지친 하루를 보냈으니 이제 느긋하게 행복을 누릴 일만 남았다는 생각에 미소가 절로 났다. 그러나 내 예상은 완전히 빗나갔다. 그날 밤은 공포 영화 그 자체였다.

외진 길을 달리는 택시 안은 쥐 죽은 듯 고요했다. 왠지 모를 오싹한 고요함이었다. 문득 가족과 통화를 하고 싶었다. 그런데 업무폰이 먹통이었다. 알 수 없는 불길함에 순간 숨이 턱 막혔지만, 호흡을 가다듬고 다시 통화를 시도했다. 하지만 여전히 안 됐다.

그때 갑자기 기사가 가로등이 하나도 없는 으스스한 곳으로 차를 몰고 갔다. 나는 잔뜩 긴장한 채 운전석 쪽을 봤다. 순간, 무척 괴이한 모습을 보고 말았다. 그의 두 손 중 어느 하나도 운전대를 잡고 있지 않은 것이다. 나는 조심스레 말했다.

"저기, 아저씨. 운전대 좀 잡고 운전해 주시면 안 될까요? 너무 위험해 보여서요."

그는 아무런 대꾸 없이 운전대에 손을 살며시 올렸다. 그러고는 고개를 푹 숙이고 큰 한숨을 내쉬었다. 그런데 다시 고개를 들지 않았다. 차는 여전히 어둠 속을 달리고 있었는데 말이다. 그나마 서행했으니 다행이라 해야 하나. 걱정이 되어 내가 다급하게 외쳤다.

"어머, 아저씨! 아저씨! 정신 차리세요. 어디 아프세요?"

기사가 갑자기 고개를 빡 들더니 고함을 쳤다.

"우쒸! 아가씨 조용히 좀 갑시다!"

뒷목이 쭈뼛해지며 온몸에 소름이 돋았다. 따뜻했던 택시 안은 순식간에 북극보다 차가운 곳으로 바뀌었다. 나는 재빨리 양팔을 번쩍 들어 큰 동그라미를 만들었다.

"아, 네. 조용히 가도록 하죠. 안전 운전 하세요."

더는 그를 자극하지 않으려 나는 입을 꾹 다물었다. 그저 빨리 집으로 가고만 싶었다. 한참을 달려 저 멀리 익숙한 길이 보였다. 그동안 차를 타고 먼 곳에 갔다가 집으로 돌아갈 때면 지나가곤 했던 길이었다. 아니, 그 길 같았다. 확신할 수는 없었다. 만약 내 기억이 맞다면 곧 왼쪽으로 빠질 차례였다. 그런데 어라? 나를 실은 택시는 반대 방향으로 접어

들었다. 이쪽으로 가면 안 될 텐데…….

나는 앞 좌석 쪽으로 몸을 살짝 기울이며 상냥하게 물었다.

"아저씨, 근데 조금 전에 거기서 좌회전해야 하는데 우회전하신 이유가 뭘까요?"

그가 대답 대신 백미러로 날 쏘아봤기에 나는 곧바로 상황을 수습했다.

"아, 맞다. 우회전이 더 좋긴 해요. 빙 돌아가니까 차가 덜 막히거든요. 와! 아저씨 베테랑답게 판단력이 장난 아니네요. 굿!"

나는 의자 등받이에 몸을 기댄 뒤 눈을 감고 심호흡하며 생각했다.

'신임아, 1시간 후면 집에 도착해 있을 거야. 괜찮아! 괜찮아!'

〈30분 후〉

목소리가 친절하고, 발음이 똑 부러지는 여자가 엉뚱한 말을 했다.

"전방에 목적지가 있습니다."

하다 하다 이제는 내비게이션마저도 이상하다니! 아직 우리 동네 근처에도 오지 않았다. 그 목소리만 좋지, 상태는 이상한 여자가 곧이어 미친 소리를 했다.

"목적지에 도착했습니다."

나는 고개를 이리저리 돌리며 창밖을 둘러봤다. 아무도 오가는 이 없는 칠흑 같은 어둠 속 허허벌판뿐이었다. 차 시동 소리가 음산하게 들렸다.

기사가 갑자기 시동을 확 껐다. 그는 천천히 아주 느린 속도로 몸과 고개를 돌리더니 뒷좌석에 앉은 나를 보았다. 그리곤 다그치듯 소리쳤다.

"아가씨! 지갑 내놔!"

"네?"

"지갑 빨리 내놓으라고!"

나는 서둘러 가방에서 지갑을 꺼내 건넸다. 그가 지갑 구석구석을 뒤져 보더니 신경질적으로 말했다.

"이쒸! 현금이 겨우 삼천 원뿐이야? 더 없어?"

"네. 다 카드로 결제해서요."

"비밀번호?"

"네?"

"카드 비밀번호 대!"

나는 벌벌 떨면서 그를 바라봤다.

하여간 눈만 감으면 이렇게 별별 상상이 튀어나오는 나를 어찌할꼬. 기사가 강도로 변해 날 위협하는 상상이라니! 쯧쯧. 아마 기사가 보기엔 내가 그냥 얌전히 앉아 있는 것 같았겠지만, 사실 나는 무지 바빴다. 머릿속으로 별의별 생쇼(生show)를 다하고 있었으니까.

그런데, 상상 쇼가 긴급 중단됐다. 기사가 갑자기 소리쳤기 때문이다.

"으아악! 죽여 버릴까? 확 죽여 버려! 이 나쁜 연놈들!"

나는 화들짝 놀라 눈을 떴다.

'뭐야 이거? 정말 상상한 대로 무서운 일이 생기려는 건가? 혹시 이것도 상상인가?'

내가 눈동자를 이리저리 굴리고 있는데, 기사가 조금 전보다 더 크게 악을 썼다.

"으악! 정말 다 죽여 버릴 거야! 아악!"

상상이 아닌 실제 상황이었다. 당장 경찰에 신고하고 싶었지만, 업무 폰은 먹통이었다. 그렇다고 기사에게 왜 갑자기 소리를 지르냐며 따질 수도 없고…… 입이 바짝바짝 탔다. 뭔가 방법을 찾아야만 하는데 기껏 머릿속에 떠오른 것은 이것뿐이었다.

'와! 무섭다. 이대로 아무도 없는 곳으로 가서 나를 파묻는 거 아니야? 히잉. 어떡해!'

택시는 멈추지 않고 어두운 도로를 쌩쌩 달렸다. 밖이 너무 어두워 어디가 어딘지 분간할 수 없었다. 우리 집으로 가는 게 맞냐고 묻고 싶었지만, 도저히 그럴 수 없었다. 기사가 계속 욕을 해댔기 때문이다. 평소 녹취를 하며 수많은 욕을 들어왔던 나다. 기사의 욕은 그것들에 비하면 강도가 한참이나 약한 '나쁜 것들', '못된 것', '잡것들' 따위였다. 하지만 비교적 순한 그 욕들조차도 그때만큼은 내 심장을 쪼그라들게 했다.

'나 어떡하지? 그냥 죽은 척할까?'

'이대로 가만히 있다간 날 정말 죽이겠지? 안 돼. 벌써 죽기엔 난 너무 젊다고!'

'내 가방으로 저 인간 뒤통수를 한 대 쳐서 확 기절시켜 버려?'

'그러다 낭떠러지로 굴러떨어지면 어쩌지?'

수많은 생각으로 머릿속이 복잡하던 바로 그때, 기적이 일어났다. 하늘에서 눈이 내리기 시작한 것이다. 펑펑 내리는 눈 때문에 도로 위 차들이 속도를 줄였다. 내가 탄 택시도 마찬가지였다. 나는 감격에 겨워 창밖을 바라봤다. 하얀 눈을 보니 긍정적인 생각이 마구 솟아났다.

'역시! 사람이 죽으란 법은 없다니까! 솔직히, 이 추운 겨울에 나를 파묻으려고 구덩이를 열심히 파 봤자 어디 쉽게 파지기나 하겠어? 땅이 얼어서 잘 안 되겠지. 그래도 어떻게든 파보려고 낑낑거리다가 곧 날이 밝아 올 거고. 그러면 '에이~ 오늘은 날 잘못 잡았네.'라면서 포기하지 않겠어? 나는 반드시 집에 무사히 도착할 수 있을 거야.'

점점 마음의 안정을 찾고 있던 나는 기사의 나지막한 목소리에 하마터면 까무러칠 뻔했다.

"아가씨, 나 오늘 죽으려고요."

그러니까, 나를 죽이는 게 아니라 본인이 죽겠다는 말이렷다? 그럼 내 목숨은 안전하다고 봐야 하나? 하지만 죽겠다는 마음을 먹고 있는 사람의 택시인데…… 괜찮은 걸까? 어떻게든 제대로 된 상황 파악이 필요했다.

"아저씨, 왜요? 그게 무슨 말씀이세요?"

그는 아무런 답을 하지 않았다. 나는 만약의 사태를 대비해 눈에 레이저를 켜고 기사를 쳐다봤다. 다행히 그는 운전에만 집중했다.

조금 뒤, 그가 운전대를 잡고 있던 오른손을 옆으로 뻗었다. 나는 침을 꼴깍 삼키며 지켜봤다. 그가 무언가를 누르자 차 안 스피커에서 소리가 나왔다. 웬 남녀의 대화였다.

남자 : "자기야, 우리 이따 만나는 거지? 자기 볼 생각하니 벌써 설렌다. 자기는 어때?"

여자 : "나도 자기 볼 생각에 기쁨. 호호호."

남자 : "남편은 나갔어?"

여자 : "응. 새벽까지 운전할 거라 집에 안 들어올 거야. 호호홍."

아마 내가 별에서 왔다지요

여기까지 들었을 때, 기사가 오디오를 중단시키고 분노에 차서 말했다.

"저 연놈들을 죽일까 생각 중이에요!"

"네? 연놈들이요?"

새로운 국면이었다. 그가 누구를 죽이려는지 알게 됐다. 그는 아내의 외도로 깊은 상처를 받은 사람이었다.

그나저나 이렇게 기막힌 우연이 있을 수 있을까? 아내와 그녀의 상간남에게 원한을 품은 남자의 택시를 내가 타고, 그가 내게 불륜 정황이 담긴 녹취를 들려주다니! 내가 주로 하는 일이 이런 걸 증거자료로 만드는 건데 말이다. 나는 사무실에 나를 찾아왔던 수많은 손님에게 했던 반응을 기사에게도 해 주기 시작했다.

"어머! 아저씨 힘들어서 어떡해요? 괜찮으세요? 세상에! 이게 무슨 일이래요?"

기사는 답이 없었다. 백미러에 비친 그의 얼굴은 반쯤 넋이 나간 사람 같았다. 그간 배우자의 부정으로 인해 마음이 가리가리 찢긴 의뢰인들을 이미 수없이 봐 왔던 나 아니던가. 그들은 자신이 얼마나 고통스러운지 어떤 마음 상태인지 내게 솔직하게 털어놨었다. 그러니 이 기사의 마음이 얼마나 힘들고 고달플지 짐작하고도 남았다. 일단 그에게 시급하게 필요한 건 속의 말을 다 하게 해 주는 것이었다. 나는 상체를 운전석 쪽으로 최대한 가까이한 채 물었다.

"아저씨, 잠깐만요. 내용이 이게 다예요?"

"아니요. 아주 많아요. 더 들려드릴까?"

"아저씨만 괜찮다면 더 들려주세요."

"정말요? 젊은 아가씨가 의외네. 다른 손님들은 그게 자기랑 뭔 상관이냐고 시끄럽다고 끄라고 막 화내던데."

기사는 기다렸다는 듯이 곧바로 재생 버튼을 눌렀다. 다시 불륜 남녀의 대화가 차량 가득 울려 퍼졌다.

"아저씨, 잠깐만 정지해 보세요."

그는 순순히 내 말을 들었고, 내가 곧바로 물었다.

"그런데 이 녹음은 어떻게 구한 거예요?"

"그건 왜 물어요? 별로 말하고 싶지 않은데……."

"아, 말씀 안 하셔도 돼요. 그럼 이 얘기만 드릴게요. 이건 엄밀히 말하면 도청(남의 대화를 몰래 녹음하는 일)에 해당하거든요. 그래서 증거 자료로 쓰실 경우 아저씨한테 불리하게 작용할 수 있다는 점 알고 계시라고요."

"증거 자료? 그딴 걸로 쓰려고 녹음한 게 아니에요."

"아, 그러셨구나. 그럼, 계속 들어볼까요? 틀어 주세요."

그는 이번에도 내가 말하는 대로 했다. 나는 마치 달리는 사무실 안에 있는 것 같은 착각마저 들었다.

"아저씨, 잠깐만요. 소리 좀 더 키워 주세요."

"자, 이 정도면 될까요?"

"좋아요. 근데 저 상간남이 아저씨를 잘 아나 보네요. 아저씨 얘기를 자꾸 하는 거 보니."

"맞아요. 저놈이 내 친구예요."

"어머! 아저씨 진짜 뚜껑 열렸겠다! 미쳤나 봐. 하우! 진짜!"

"그래서 그냥 내가 죽어 버리려고요."

"아저씨, 잠깐만요. 정지했다가 이따 다시 듣는 게 좋겠어요. 제가 드릴 얘기가 있거든요."

이제 그는 순한 양처럼 내 말을 따랐다. 때마침 신호등이 빨간불이 되었다. 그가 운전을 멈췄으니 내 이야기에 좀 더 집중할 수 있는 좋은 상황이 되었다.

"근데, 아저씨가 잘못한 것도 없는데 왜 죽죠?"

"너무 힘드니까요. 배신감에 잠도 못 자고 먹지도 못해요. 아가씨는 안 당해봐서 몰라요."

그 순간, 다른 무엇보다도 그를 격려해야겠다는 생각이 들었다.

"근데 아저씨! 참 대단하세요."

신호등이 초록색으로 바뀌자 기사가 차를 출발시키며 물었다.

"뭐가 대단합니까? 집안 간수 제대로 못 해서 마누라가 친구랑 바람이나 났는데."

"대단하신 거죠. 이렇게 화나고, 열통 터지고, 미치기 일보 직전인 상황에서도 과속운전도 안 하고 제한 속도도 딱딱 지키시잖아요. 이건 보통 침착한 게 아닌 거죠. 일반인들은 이런 골치 아픈 일들 겪으면 운전도 못 하거든요. 근데 아저씨는 다르시네요."

"다르긴 뭘 달라요? 더 못났죠."

"아니에요. 그거 아세요? 택시 기사님들은 일반인들과 뇌가 다르대요. 거의 천재 수준이라 하더라고요. 지구에서 택시 기사만큼 세상 곳곳을 누비는 사람들이 많지 않잖아요. 그러니 수많은 길을 기억해 내고, 지도도 한 번 보고 나서 후다닥 찾아내니까 천재인 게 틀림없겠죠. 그리고 기사님들은 엄청나게 장수한대요. 머릿속이 수많은 지도로 꽉 차 있어서 장수 유전자가 계속 늘어난다고 하더라고요."

이 엄청난 사실을 알고 있는 사람은 지구에서 단 한 명밖에 없다. 이 이야기는 과학적으로 입증된 게 아니었다. 순도 100% 내 머리에서 나온 것이었다.

"내가 장수해서 뭐 해요? 마누라가 바람났는데."

"그냥 그렇다고요. 이제 녹음 내용 계속 들려주실래요?"

아마도 기사는 외로이 홀로 절망의 우주에 있는 기분일 것이다. 오죽 답답했으면 그날 처음 보는 손님에게 아내가 부정을 저지르는 내용을 들려주고, 죽고 싶다는 말을 반복해서 할까? 이렇게 아프고 괴로운 사람에게 위로한답시고 내 직업 정신을 발휘해서 '일단 참아라. 법으로 해라. 이쪽 관련 전문가를 찾아가 만나라.' 같은 말을 한들 무슨 소용일까? 나는 한동안 불륜 남녀의 대화를 듣다가 말했다.

"아저씨가 얼마나 힘드셨을까요? 근데 저 둘은 아저씨가 알고 있다는 거 알아요?"

"어휴…… 일단 내가 알고 있다는 티는 안 냈어요. 그래서 말인데 내가 저것들 죽여 버리고 나서 나도 죽는 방법이 가장 좋을 것 같긴 해요. 그렇지 않아요, 아가씨?"

"음…… 그러니까 저 사람들을 암살 후 아저씨도 콱 죽어 버리겠다는 거죠?"

"그, 그렇죠."

"제 생각엔 말이에요. 마지막에 자살하시는 건 별로 좋은 방법 같지 않고, 그냥 저것들한테 복수하는 것까지만 실행하시는 게 좋을 듯해요."

"그게 무슨 말이죠?"

"일단 복수하는 쪽으로만 가닥을 잡고요. 제가 몇 가지 정보는 드려 볼 테니까 지금부터 드리는 얘기는 아무한테도 하시면 안 돼요. 워낙 극비라서. 아셨죠?"

"그래요, 얘기해 봐요."

"제가 아는 사람 중에 '무기 안내 책자'를 제작하고 판매하는 사람이 있거든요. 그 사람 소개해 드릴까요?"

아마 내가 별에서 왔다지요

"한국에 그런 사람도 있어요?"

"네. 물론 불법이긴 한데요. 거기에 사람 혼내 주는 방법부터 저세상 보내는 방법까지 잔인한 순서대로 자세하게 다 나와 있대요. 그리고 누군가를 죽인 후에 잡히면 안 되니까 도망 다니면서 평생 숨어 사는 방법까지 상세히 적혀 있대요."

"세상에 그런 게 있었군요. 나 한번 소개해 줘 봐요."

"근데 문제가 있어요. 그 책자 제작자가 말하길, 지금껏 그 안내서대로 실행해서 안 잡혀간 사람은 단 한 명도 없었다고 해요. 다 잡혀갔대요. 그래서 본인이 결정을 잘해야 한대요."

"그거야 그렇겠죠. 사람 해치는 일인데."

"맞아요. 특히 그분이 아는 어떤 사람은 그 책자에 나온 방법을 몇 년 동안 익혀서 가까스로 복수에 성공은 했는데, 결국 잡혀서 삼십 년 형을 받았대요. 그래서 그 사람은 감옥에서 매일 후회하고 있대요. 근데 아저씨는 복수해도 그분과 또 다를 수 있으니까, 일단 복수 쪽으로 가닥을 잡아 보세요. 어때요? 그분 소개해 드릴까요?"

그는 옆에 있던 생수병 뚜껑을 열어 순식간에 다 마셔 버리더니 한참 만에 대답했다.

"아니요, 괜찮아요. 아무리 그래도 사람을 어떻게 해칩니까?"

"그래도 저 연놈들 잡아 족쳐야 하지 않나요? 그냥 두면 너무 분하잖아요. 안 그래요?"

아저씨는 잠시 고개를 돌려서 나를 봤다. 살짝 미친 여자를 볼 때의 눈빛이었다. 나는 해맑게 미소 지으며 말했다.

"다음 골목에서 우회전해 주세요. 아저씨, 운전 정말 잘하신다!"

차가 우회전을 했다.

그는 크게 한숨을 쉬었다.

"아저씨, 마지막으로 이 얘기는 꼭 드리고 싶네요. 아내에게 배신당했다고 생각하시는 것보다는 그냥 아저씨가 먼저 깔끔하게 뻥 차 버린다고 생각하세요. 자녀분들에게도 선택할 수 있게 기회를 주시고요."

"다행히 아이는 없어요. 재혼이었거든요."

"그럼 오히려 잘됐네요. 저런 여자랑은 어서 연을 끊고 편안하고 안전하게 사는 게 훨씬 좋지 않겠어요? 아저씨 인생은 소중하잖아요."

잠시 후, 택시가 멈췄다. 너무나 그리웠던 내 집 앞이었다. 나는 '걸음아 나 살려라.' 하는 마음으로 서둘러 문을 열었다. 그 순간, 기사가 나지막한 목소리로 말했다.

"요금 내세요."

"아, 네. 알겠습니다."

벌써 10년도 넘은 일이다. 혹시 그 기사는 여전히 '무기 안내 책자'가 세상에 있다고 믿는 걸까? 다 뻥인데⋯⋯. 아무렴 어떤가? 중요한 건 그 택시 기사의 마음이다. 조심스럽게 짐작하건대 아마 나와의 상담(?) 이후 그의 마음에 변화가 생기지 않았을까? 부정적이고 극단적인 마음은 버렸을 것 같다. 꼭 그랬길 바란다.

아마 내가 별에서 왔다지요

오싹한 택시 기사

6
나의 소중한 장기들아 고마워

    세상에서 가장 재미있는 게 싸움 구경이라고들 하는데, 그 험한 걸 왜 재미있다고 하는지 모르겠다. 지금 이 순간도 지구별 곳곳에는 싸움이 벌어지고 있고, 나에게도 수시로 일어난다. 내가 정의감에 불타는 성격이다 보니 싸움닭이 되는 경우가 많다. 그래서 이번에는 내 싸움 이야기를 해 볼까 한다. 독자들에게 나의 이 싸움담을 들려주면 어떤 반응을 보일까? 재미있어하기도 하고, 무서워하기도 하고, 통쾌해하기도 하고……. 아마 각양각색일 것이다. 자, 그럼, 바로 이야기를 시작하겠다.

'따르르릉.'
"네, 녹취 사무소입니다."

아마 내가 별에서 왔다지요

"야! 사장 바꿔!"

웬 남자가 다짜고짜 신경질을 내며 반말을 했다. 거기서부터 딱 감이 왔다. '진상 지구인'이 납신 거다.

"네, 전데요. 무슨 일 때문에 그러시죠?"

"이 녹취록 네가 쓴 거야?"

"뭘 보고 그러시는지 모르겠지만 저희 사무실 직인이 찍혀 있다면 그렇겠죠. 근데 왜요?"

"내가 이런 말을 했다고? 내가? 네가 봤어?"

이런 일은 종종 있다. 분명히 녹음된 내용대로 기록한 건데 자기는 그런 말을 하지 않았다는 거다. 녹음 파일만 확인해 보면 알 수 있지만, 그런 사람들은 확인해 볼 생각도 안 한다. 자기가 그런 말을 했다는 걸 인정하기 싫은 거다.

수화기 너머 그 진상 지구인은 내가 아무리 차분하게 설명해도 말이 안 통했고, 내 고막이 떨어져 나갈 정도로 악만 써댔다. 결국 나는 전화를 끊어 버렸다.

'따르르릉.'

뻔하다. 조금 전의 그자다. 이런 사람들은 십중팔구 전화를 다시 건다. 아직 분풀이를 덜 했다는 거다.

"야! 왜 전화를 끊어?"

또 받자마자 거친 말부터 나왔다. 목소리는 또 왜 그렇게 큰지, 기차 화통을 삶아 먹은 줄 알았다. 미리 말해두자면, 이 사람은 '진상 중의 진상'이었다. 진상계의 챔피언이란 말이다. 지금까지 이런 말을 한 사람은 없었다.

"이참에 네 장기들, 간이랑 허파랑 콩팥이랑 다 떼 줄까?"

이게 대체 뭔 소린가? 혹시 장기 밀매범이라도 되는 건가? 내가 잠시 생각을 하고 있는 사이, 전화기에서는 또 엄청난 소리가 들려왔다.

"여보세요, 이 등신아! 너 이거 누가 시켰냐고? 제대로 안 불면 네 장기 몽땅 빼 버린다! 알아들어?"

정말 예의라곤 한 치도 없는 거친 입이었다. 가만, 근데 뭔가 이상했다. 저자가 한 말이 왠지 익숙했다. 그러고 보니, 목소리와 억양도 마찬가지였다. '어디서 들었지?' 순간 등골에 소름이 쫘아악 돋았다.

'아, 이 목소리! 혹시 몇 개월 전 작업했던 그 악마의 목소리 아냐? 설마!'

나는 전화기를 스피커폰으로 전환해 놓고, 그자가 혼자 떠드는 동안 예전에 작업했던 녹취 파일들을 확인하기 시작했다.

세상에! 스피커폰에서 나오는 목소리와 예전 녹취 파일에 있던 목소리가 완벽히 일치했다. 그 녹취에서 이 진상은 앳되고 귀여운 목소리의 열한 살짜리 남자아이와 통화하면서 이렇게 말했었다.

"야! 너 까불면 네 장기 몽땅 빼 버린다! 어린놈의 새끼가 어디서! 너 어떤 장기부터 빼줄까? 응! 말해 봐! (어쩌고저쩌고)"

녹취 작업을 했던 당시 나는 경악을 금치 못했었다. 어린아이한테 어떻게 그런 말을 할 수 있단 말인가! 어른도 감당하기 힘든 온갖 저주를 어린 영혼에게 퍼붓다니. 그는 인간이 아니라 악마였다. 그 악마가 이번에는 나에게 똑같은 말을 해대고 있는 것이었다.

이 상황에서 내가 할 수 있는 게 뭘지 생각해 보았다. 나는 뭔가 중대한 결심을 할 때면, 늘 나 자신에게 묻고 답하는 혼잣말을 한다.

"신임아, 어떻게 할까?"

"어떻게 하긴 뭘 어떻게 해? 저 악랄한 자의 버르장머리를 뿌리째 뽑아 주는 거지!"

"그걸 내가 할 수 있을까?"

"설사 안 되더라도 시도는 해 보는 게 좋지 않겠어? 저런 인간을 혼내주려면 말하는 스킬이 중요하잖아. 말발로 하자면, 신임이 너의 말발은 진상을 개빡치게 할 정도는 되잖니?"

"그건 그렇지. 그래 오랜만에 실력 발휘 좀 해보지 뭐."

그리하여 난 그자와 일생일대의 맞짱을 떠보기로 했다. 녹취 작업 당시 '누가 저 사악한 악마를 혼내 줬으면.' 하고 생각했었는데, 몇 달이 지난 지금 그 기회가 나에게 온 것이다. 나는 싸움에 앞서 중요한 점을 다시 한번 상기했다. 저런 악질 진상을 다룰 때는 나 또한 진상이 되어야 한다는 것!

나는 심호흡을 크게 하고 말했다.

"여보세요, 잘 안 들리는데 다시 말씀해 주시겠어요?"

"네 장기 다 빼 버리겠다고, 이 빙신아!"

"내 장기를 뺀다고요?"

"응."

"참 꿈도 야무져."

"뭐, 뭐라고?"

"오늘부터 조심해야겠네요. 까딱 잘못하다간 내 장기 잃어버릴 수도 있을 테니까, 호호호."

나는 태연하게 말했다. 그 사람의 말 따위 하나도 무섭지 않다는 듯이.

"이 상황에 웃어? 네가 눈에 뵈는 게 없구나. 너 죽을래?"

"아저씨가 말 까니까 나도 말 깐다. 찌질하게 말도 안 되는 협박 좀 그만해. 짜증 나니까! 아저씨가 내 장기를 어떻게 빼?"

"안 믿겨?"

"응, 완전 안 믿겨."

"알았어, 기다려. 내가 너 골로 보내 줄게."

"뭔 말이야? 알아듣게 얘기해. 골로 어떻게 보낼 건데?"

"네 장기 몽땅 빼 주겠다고!"

"언제?"

"지금 당장!"

그가 점점 약이 오르는 게 느껴졌다. 원래부터 컸던 목소리가 더 커졌다. 나는 평상시 목소리 톤을 유지했다.

"당장? 장기를 전화상으로 도려낼 수가 있어? 그게 원격으로 가능한 거야?"

"아니, 멍청아! 내가 지금 너 있는 데로 가서 빼 준다고! 거기서 기다려!"

"진짜?"

"당연히 진짜지. 오늘 장기 도려내기 딱 좋은 날씨잖아. 비도 추적추적 오고 말이지. 안 그래?"

"꽤나 솔깃한 제안인데?"

"뭐? 미친년! 진짜 가도 돼?"

가도 되냐니? 여기서부터 난 그의 말이 허풍이란 걸 깨달았다. 정말 올 사람이면 전화를 끊고 당장 온다. 이렇게 전화로만 소리 지르진 않는다. 허락을 맡는 일 따위는 더더욱 없다.

그래서 난 좀 더 당차게 나가기로 했다.

"당연히 와도 되지. 어떤 모자란 놈이 내 장기를 떼가겠다는데, 어떻게 떼가는지 봐야지. 어서 와. 우리 빨리 보자."

"내가 가면 끔찍한 일 생길 텐데 괜찮겠어?"

"어떤 끔찍한 일? 예를 들어 볼래?"

"너 고등어 먹어봤지?"

"응."

"그 고등어처럼 네 배를 갈라서 너의 모든 장기를 남김없이 빼낼 거야. 어때? 섬뜩하지?"

"에이! 그깟 일로 내가 쫄 것 같냐? 알아들었고, 그럼 장기만 빼고 눈알은 안 빼나?"

"뭐?"

"눈알 말이야."

"허억! 이년 미친년이네."

"네가 미친놈이겠지."

"야! 니년 사무실 주소 대."

"불러줄 테니까 받아 적어."

"그래 불러. 이년아."

"안가르쳐주지.co.kr."

"뭐? 안가르쳐……? 너 나 지금 놀리는구나?"

"아니다행.com"

"너 진짜 죽고 싶냐?"

"야! 녹취서 표지에 주소 있잖아. 거기로 오면 돼."

"알았어, 지금 갈게."

그러면서 그자가 옆에 있는 누군가에게 말했다.

"야, 얘 완전 또라이야! 지 장기 뺀다는데 빨리 오래. 얼른 장비 챙겨서 가자. 주소 여기 있어. 씨발, 가만 안 둬!"

어라? 뭐지? 순간 내 도도했던 사기가 꺾이고 말았다. 지금까지는 허풍으로만 알았는데, '장비'라는 말을 듣는 순간 진짜일 수도 있겠다는 생각이 들었다. 어쩌면 저놈들 뒤에 조폭 같은 거대한 조직이 깔려 있을지도 모를 일이었다. 아니면 장기 밀매단일지도. 내가 쥐도 새도 모르게 불법 어선에 태워질지도 모르고⋯⋯. 하여튼 단순히 겁을 주는 말이 아닐 수도 있었다.

그 순간, 친한 강력계 형사와 나눴던 이야기가 떠올랐다. 나는 영화 '아저씨'에 등장하는 장기 밀매 조직에 충격을 받아서 확인차 물었었다.

"저런 일은 영화에서나 나오는 거지? 실제로는 그런 일이 없지?"

"실젠데? 그런 거 생각보다 끔찍하고 광범위해."

그 답을 듣고 무척 놀랐던 기억이 난다. 왜 하필 이 상황에서 그 기억이 나는 걸까? 이쯤 되니 소름이 오싹 돋았다. 어떡하지? 그냥 오지 말라고 할까?

그러나 여기서 멈출 순 없었다. 무섭다고 멈추면 저 자는 악마 같은 짓을 계속할 게 뻔했다. 또 다른 사람이 나 같은 괴롭힘을 당하겠지? 그나마 협박에서 끝나면 다행이겠지만 어떤 지구인은 실제로 유인, 납치되어 상상할 수 없는 끔찍한 일을 당할 수도 있지 않겠는가?

나는 싸움을 계속 이어 가기로 했다. 다행히 이 악마와의 통화를 시작부터 녹음하고 있었다. 내가 할 일은 최대한 많은 정보를 캐내는 것이었다. 저자가 속해 있는 장기 밀매 조직의 말단부터 윗선까지 파헤칠 수 있는 모든 핵심 정보 말이다. 그걸 범죄 증거로 경찰에게 제공하면, 혹시 아는가? 내가 준 녹음 파일이 작게나마 수사에 도움이 될지! 일단 전화가 끊기지 않게 하는 게 중요했다. 나는 아까와는 달리 친근한 어투로 물었다.

"근데 장기 떼러 혼자 오는 거야? 아저씨가 우두머리야? 아니면 행동 대장?"

"오, 그런 용어도 알고 제법인데! 나 장기 빼내는 데 선수니까 걱정 마. 네까짓 거 장기 도려내는 거 순식간이야."

"전문가구먼? 그래 봤자 암시장에서 대충 배웠겠지. 뭐 제대로 된 도구나 쓰겠어? 아저씬 주로 어떤 거 써? 도끼? 톱? 망치?"

"이게 진짜 뭐래?"

내 질문이 좀 황당했나 보다. 그래도 난 그 모든 과정을 알아내야 했다. 그래야 수사에 도움이 될 테니까.

"내가 호기심이 좀 많아서 그래. 자, 그럼, 나의 장기 적출에 대한 구체적 단계를 들어볼 수 있을까?"

그자는 대답하지 않았다. 대신 옆 사람과 대화했다.

"하하하. 야, 얘 완전 상또라이야. 완전히 돌았어. 장기 빼는 단계를 알려 달래. 푸허헐."

"뭐? 헉 킥킥킥. 진짜 미친년이네."

우쒸! 지극히 제정신에다가 정의로 똘똘 뭉친 나를 광인 취급하는 건 그냥 넘어갈 수 없었다. 나는 즉시 쏘아붙였다.

"저기, 아저씨! 말 좀 가려서 하면 좋겠네! 미친년이라니?"

"너 미친년 맞잖아. 그럼 네가 정상이냐?"

"그럼 아저씨 같으면 지 장기 빼내겠다는데 '알아서 빼 갑쇼~' 하고 가만있어? 궁금하지도 않아?"

"그니까, 그게 왜 궁금하냐고?"

하긴 궁금하다는 게 이상하긴 했다.

"됐고! 어쨌든 난 궁금하니까 질문 좀 할게. 아저씨, 장기 적출하는 곳이 회사야?"

"그래, 회사다. 아주 큰 회사!"

"회사 이름이 뭔데? 위치는 어딘데?"

"네가 알 거 없고."

이것 봐라, 쉽게 알려 주지 않겠다? 그럼 조직 구성이라도 알아봐야겠다.

"그럼 아저씨는 회사의 말단이야, 대가리야? 아님 중간? 뭐, 손발쯤 되려나?"

이번에도 그자는 답은 안 하고 옆 사람에게 말했다.

"야, 근데 얘 이상해. 내가 대가린지 손발인지 묻는데? 뭘 좀 아는 년 같아."

수화기를 손으로 가리고 말하는 걸로 보아 뭔가 조심하는 걸 느낄 수 있었다. 나는 이 기회에 기선을 제압해야 했다.

"야! 욕하지 말랬지?"

"뭐? 야? 이게 겁대가리를 상실했나?"

"너 한 번만 더 욕하면 죽는다! 그 주둥아리 보는 즉시 부숴 버리는 수가 있어!"

나의 살벌한 반응에 그자가 갑자기 조용해졌다. 곧이어 다른 남자가 전화를 받더니 "여보세요."라고 했다. 아까 그자보다는 차분한 목소리였다. 나도 차분히 물었다.

"어? 다른 분이시네? 성함이?"

"그런 건 알 거 없고, 너 장기 튼튼하지?"

"당연하지. 고기 잘 안 먹고, 채소 많이 먹어. 꼭꼭 씹어 먹는 편이고. 근데 아저씨는 아까 그 아저씨보다 높아? 아님 더 똘마니?"

"뭐라고? 이년 진짜 돌은 년이네!"

"야! 내가 욕하지 말랬지? 돌은 건 너희들이지 내가 돌았냐? 오라니까 오지도 못하는 것들이 입만 살아서!"

그때 처음에 통화했던 남자가 전화를 낚아채며 말했다.

"헐! 야, 다 집어치우고 본론만 얘기할게. 너 이 서류 누가 시켜서 썼어?"

"그건 아까 다 설명했고, 나도 본론만 얘기할게. 요새 장기 시세가 어떻게 돼? 간이랑 콩팥이랑 다 단가가 틀린 건가? 뭐가 제일 비싸?"

"몰라, 이년아. 네 건 비싸게 팔아 줄 테니까 기다리기나 해."

"머리가 나빠서 단가도 못 외우는구나? 그럼 올 때 장기 가격표 꼭 챙겨 와. 대가리만 달고 오지 말고. 아, 맞다. 그리고 사단 법인인지 불법 법인인지 모르겠지만, 사업자등록증도 챙겨 오고. 알았지?"

"뭐라고? 이 미친……!"

그자들은 입에 담지 못할 끔찍한 말들을 퍼부어 댔다. 차마 글로 옮겨 쓸 수 없는 더럽고 추악하고 악랄하고 모욕적인 말이었다. 3분 동안 따발총처럼 퍼부었는데, 그 3분이 체감상 30분은 족히 넘는 것처럼 느껴졌다. 나는 인내심을 갖고 다 들어준 뒤, 이를 악문 채 말했다.

"그래! 오늘 저녁밥은 지옥에서 먹자! 얼른 튀어와!"

"미친년! 난 천국 갈 거거든. 지옥은 너 혼자서 가. 내가 오늘 보내줄게."

나는 정색을 하며 소리쳤다.

"개소리하고 있네!"

"뭐? 너 지금 나한테 뭐라고 그랬어? 개소리?"

"응. 개소리! 너 같은 게 어떻게 천국을 가냐? 나는 잘 모르겠지만 너 같은 것들은 무조건 지옥으로 떨어지게 되어있어. 500% 확실하니까 쓸데없는 기대 같은 거 하지 마!"

내 말에 그자는 또 욕을 퍼부어 댔다. 나는 그자가 욕을 퍼붓든 말든 내가 할 말들을 차근차근 풀어놓기 시작했다.

"그래. 말 나온 김에 너희 같은 족속들이 지옥에 가게 되면 어떤 일을 겪게 되는지 상세히 알려줄게. 잘 들어. 우선 니들이 지옥에 도착하면 지옥 옥졸들이 마중 나와 있을 거야. 지옥 옥졸들은 너희들을 보자마자 붙잡아서 네놈들 피부를 도끼로 벗겨내고, 머리를 매달아서 쇠못으로 찍고, 마차에 묶어서 이리저리 끌고 다닐 거야. 엄청 혹독한 고통을 느끼겠지. 그러다가 엄청나게 큰 가마솥이 있는 곳에 도착할 거거덩. 지옥 옥졸들이 너네들 발을 위로 하고 머리를 아래로 매달아서 그 시뻘겋게 불타는 뜨거운 가마솥에다 너희들을 집어넣을 거야. 그러면 너네들은 끓는 물의 소용돌이 속에서 한 번은 위로 떠오르고 한 번은 아래로 내려앉고 한 번은 옆으로 돌 거야. 거기서도 오직 고통뿐인 극심하고 혹독한 느낌을 경험하겠지. 그게 끝이 아니야. 다음 코스가 또 준비되어 있어. 니들이 잠시 한숨을 돌리는 사이, 너희들은 어느새 더 큰 지옥, 대지옥으로 가게 될 거야. 거기서 아주 거대한 오물 지옥에 떨어져서 바늘 입을 가진 생명체들이 네놈들 피부를 잘라 먹을 거야. 네놈들 근육도 잘라 먹고 골수도 파먹을 거야. 근데 네놈들은 거기서 죽지도 않을 거야. 왜냐고? 네놈들이 이 지구에서 지은 죗값을 치를 때까지 절대로 죽을 수가 없거든. 아마 고통스럽게 천년만년 그곳에서 살게 될걸! 그러니까 지금부터라도 정신 차리고 모든 악행을 당장 멈춰. 그리고 착하게 살아! 알겠어?"

내 말에 남자가 한동안 멈칫하더니 얼마 후 목청이 쉬도록 소리를 질렀다.

"아우 저걸 확! 야! 너 어디 가지 말고 거기 꼭 붙어 있어라. 너 진짜 가만 안 둬! 너 내가 산 채로 장기 다 빼줄게. 딱 기다려!"

아마 내가 별에서 왔다지요

나는 밝은 목소리로 화답했다.

"알았어요, 알았어. 빨랑 오기나 해. 만일 니들 딴 길로 새면 너네 둘 다 산채로 머리 가죽 벗겨 버린다!"

말로는 이렇게 큰소리쳤지만, 마음이 편할 리 없었다. 심장은 미칠 듯이 뛰었고 다리는 후들거렸다. 무릎이 서로 부딪쳤고 손도 떨렸다. 하지만 그 와중에도 침착하게 마지막 멘트를 날렸다.

"그리고 지금까지 얘기한 거 다 녹음했거든. 녹취록 만들어 놓고 있을 테니까 얼른 와. 같이 경찰서 가자고."

그 말을 끝으로 전화를 끊었다. 조금 전까지 피 터지도록 싸울 때는 몰랐는데, 통화가 종료되고 정적이 시작되니 후회가 몰려왔다. 도대체 내가 무슨 짓을 한 거지? 그저 그 악마 같은 자들을 좀 혼내 주고 정보를 캐려던 것이었는데, 너무 흥분한 나머지 기 싸움만 해대며 그들을 더 자극했고 결국 내 사무실로 초대 아닌 초대까지 했다. 그것도 매우 적극적으로. 갑자기 사무실이 너무 좁게 느껴졌다. 이를 어쩐다?

나는 서둘러 녹취록을 작성하기 위해 핸드폰을 살폈다.

오. 마이. 갓!

통화녹음이 단 5초만 되어 있었다. 이미 녹음 버튼을 눌렀다는 사실을 깜빡하고 다시 버튼을 눌렀던 게다. 즉, 정지 버튼을 눌렀다는 말이다. 아, 이 불길한 기운은 뭘까?

나는 곧바로 친한 강력계 형사에게 이 사실을 자세히 알렸다. 그는 위기 상황을 전송할 수 있는 112 서비스를 알려 주었다. 위급한 상황에 사무실 전화기를 들었다가 그냥 바닥에 내려놓으면 112 상황실로 곧장 연결되는 서비스였다. 즉시 그걸 신청했다.

통화를 마친 후 의자 등받이에 기댄 채 눈을 감았더니 무서운 생각이 마구 밀려왔다. 내 장기가 적출당하는 장면이었다. 귓가에 끔찍한 소리도 들리는 것 같았다. 연장이 크게 돌아가는 소리, 망치 소리, 전기톱 소리, '으악!' 하는 비명 소리…….

나는 고개를 세차게 저으며 눈을 떴다. 애초에 전화가 왔을 때 적당히 대응하고 끊었다면 이 상황까진 안 왔을 텐데…….

무서운 생각들과 후회로 한숨만 푹푹 쉬고 있는 와중에 갑자기 긍정적인 생각이 고개를 들었다. 어쩌면 이건 그리 크게 걱정할 일도 아닌 것 같았다.

자, 생각을 해 보자. 그자들이 갑자기 들이닥칠 경우, 누가 더 유리할까?

그자들이라고? 삐-! 아니다.

절대적으로 나다!

여기는 누가 봐도 내 최적의 요새 아니던가? 일단 CCTV가 빵빵하게 돌아가고 있고, 버튼만 누르면 보안업체에서 달려올 것이다. 지난번에 자칭 살인자와 대면한 후, 사무실 보안시스템을 완벽하게 보완해 놓은 덕분이다. 또한, 그들을 상대할 무기가 충분했다. 미니 망치, 거대한 스테이플러, 날카로운 송곳, 시침 핀, 날이 싱싱한 커터 칼, 대걸레, 쓰레기통 등등. 몸싸움이 벌어져도 당하지 않을 자신이 있었다. 나는 어릴 때부터 싸움만 하면 다 이겼다. 이래 봬도 내가 태권도 빨간 띠 출신이란 말이다! 그러니 발차기가 얼마나 뛰어나겠는가. 게다가 물어뜯기는 아마 내가 세계 최강일 것이다. 대걸레로 현란하게 방어하는 능력도 빼놓을 수 없다.

나는 그 진상들이 들이닥칠 때를 대비해서 내가 서 있을 위치를 정

아마 내가 별에서 왔다지요

해 놓고 CCTV가 잘 찍히도록 각도와 동선도 점검했다. 실수하지 않도록 동선에다 화이트를 칠해놓기도 했다. 만일을 대비해서 운동화 끈도 단단히 묶었다. 그렇게 모든 준비를 마친 후 사무실 출입문을 노려보며 아랫입술을 꽉 물고 다짐했다.

'그래, 그 문으로 어서 들어오려무나. 너희들이 예상보다 훨씬 더 사악하다 해도, 그 악마 같은 손에 어떤 무서운 장비를 들고 있다 해도 내 결코 두려워하지 않겠다!'

나는 나의 승리를 확신했다. 나름 완벽하게 준비해 놓기도 했거니와 무엇보다 나의 믿음이 단단했기 때문이다. 내가 이긴다고 확신하면 이기는 것이고 두려워하면 지는 법. 나 노신임은 반드시 이길 수밖에 없으리라!

그들은 좀처럼 나타나지 않았다. 그런데 시간이 흐를수록 나는 점점 불안하고 초조해졌다. 입도 바짝바짝 탔다. 눈을 감고 심호흡을 했더니, 머릿속에 장기의 형상들이 하나씩 떠올랐다. 내 심장, 내 간, 내 신장, 내 위, 내 폐, 내 비장……

그러다 갑자기 형언할 수 없는 기쁨이 몰려왔다. 나의 장기들은 내가 불안해하는 이 순간에도 몸속에서 나를 지탱해 주고 있지 않은가! 하나도 소홀함 없이 제 역할을 충실히 하는 기특한 장기들이 너무 든든해서 깊은 안도감마저 들었다.

나의 소중한 장기들아 고마워

'나의 장기들아! 나는 이토록 소중한 너희들에게 둘러싸여 있는데, 그동안 그걸 너무나 당연시했구나. 단 한 번도 고맙다고, 수고가 많다고 말해 준 적이 없구나. 미안하다.'

비로소 깨달았다. 바로 이 순간, 나 자신이 건강한 육체로 지구에 머물 수 있다는 게 얼마나 큰 축복인지를.

마음속에 두려움이 싹 사라졌다. 나는 늠름하게 그 악랄한 지구인들의 방문을 기다렸다. 하지만 몇 시간을 기다려도 오지 않았다. 문 앞에 마중도 나가 보았지만, 코빼기도 보이지 않았다. 어느덧 퇴근 시간이 되었다.

혹시 내가 정말 머리 가죽을 벗길까 봐 무서워서 못 온 걸까?

에이, 오지! 왔으면 정말 멋진 싸움을 벌였을 텐데. 그놈들을 확실하게 제압하고 장기 밀매 조직을 일망타진했을 텐데. 모범 시민으로 표창도 받고, 이 기회에 책도 한 권 냈을 텐데. 〈장기 적출 위험으로부터 소중한 장기를 지켜낸 노신임의 험난한 생존기〉 정도로 제목을 붙이면 불티나게 팔렸을 텐데. 그러다 아주아주 재미있는 영화로도 제작이 됐을 텐데.

그런데 바로 그때, 복도에서 웬 남자들의 목소리가 들렸다. 나는 서둘러 달려가서 문을 잠갔다. 그리고 대걸레를 집어 든 채 출입문을 응시했다. 심장이 심하게 쿵쾅대고 호흡이 거칠어졌다. 아까의 자신감은 어디론가 사라져 버리고 손발이 덜덜 떨렸다. 등에선 식은땀이 맺히기 시작했다.

'저, 정말 온 거야?'

잠시 후, 바로 옆 사무실 쪽에서 소리가 났다.

"어서 오세요."

"도장 좀 파러 왔는데요."

나는 안도의 한숨을 내쉬며 자리에 주저앉았다. 그리곤 잽싸게 가방을 챙긴 후 사무실 불을 끄고 밖으로 뛰어나갔다.

자, 독자들에게 분명히 말하겠다. 그 악마들과 몸싸움을 벌이겠다는 나의 계획은 없던 걸로 하자! 그건 절대로 일어나서는 안 되는 일인 걸로! 어디 가서 그런 말 하기 없기! ⭐

7

나의 개 트라우마 극복기

까마득히 먼 옛날, 나는 그곳으로 가고야 말았다. 나를 노려보며 이렇게 말하는 녀석의 옆으로.

"어서 와! 내 이빨 맛을 평생 기억하게 해 주지. 으르렁!"

"꺄아아아아악!"

시간은 내가 여덟 살 때로 거슬러 올라간다. 우리 집 단골 가게에 가려면 상당히 좁은 골목을 지나야 했다. 문제는 엄청나게 큰 개와 마주쳐야 한다는 점이었다. 어찌나 크던지 체중이 50kg 이상은 됐을 것이다. 녀석

아마 내가 별에서 왔다지요

은 툭하면 매우 화난 표정으로 숨을 거칠게 몰아쉬며 지나가는 사람들을 노려보거나, '월! 월! 월!' 하고 짖어 댔다.

녀석은 낡은 대문 기둥에 묶여 있었지만, 나는 볼 때마다 무서웠다. 유독 내게만 못되게 굴었던 것 같다. 어쩌다 내가 골목길에 들어서면, 굶주린 늑대처럼 침을 질질 흘리며 나를 노려봤다. 그리고 옆을 지나가면 마치 고대하던 먹잇감을 발견이라도 한 듯 맹렬한 기세로 내게 달려들었다. 개 목줄이 쇠로 되었기에 망정이지, 안 그랬다면 끔찍한 일이 벌어졌을 것이다. 나는 그 줄이 언제든 끊어지고야 말 것만 같은 불안감을 떨쳐낼 수 없었다. 그 때문에 거미처럼 늘 벽에 바싹 붙어서, 녀석과 최대한 먼 거리를 유지하며 그 골목길을 지나가곤 했다.

하지만 결국 일이 터지고야 말았다.

내가 제일 좋아하는 아이스크림을 사서 핥으며 집으로 걸어가는 중이었다. 그날따라 너무 맛있지 뭔가! 달콤함에 홀딱 취한 나머지 골목길에 들어설 때 길가 쪽이 아닌 길 한가운데를 걸어버리고 말았다. 즉, 나를 노리던 그 개가 내게 닿고도 남을 거리에 있었다는 말이다.

녀석은 쏜살같이 달려와 내 종아리를 덥석 물어 버렸고, 마치 표식이라도 남기겠다는 듯 다리에 이빨 자국을 새기기 시작했다. 지금 생각해도 녀석은 심하게 비겁했다. '으르렁'거리며 경고라도 한 번쯤 해야 하지 않았나? 그런데 바로 기습 공격을 하다니! 그것도 내가 아이스크림 맛에 취해 무방비였던 틈을 타서.

나는 겁에 질려 아이스크림을 놓치고 그대로 바닥에 주저앉고 말았다. 지금도 그 순간을 생생하게 기억한다. 그때 나를 가장 공포에 떨게 한 건 개에게 물렸다는 사실보다 녀석 주변에 널브러져 있던 정체불명의 온갖 뼈다귀들이었다. '아! 이 개가 내 살들을 다 발라 먹고 나면 나도 저렇게 되고야 말겠구나.'라는 생각에 더, 더, 더 소름 끼치고 무서웠다.

내가 종아리 쪽으로 고개를 돌렸을 때 나를 물고 있는 개와 정면으로 눈이 마주쳤다. 그 눈에는 이미 오래전 멸종된, 두 발 달린 용의 눈에서나 뿜어져 나올 법한 살기가 서려 있었다. 그런데 신기하게도 그 눈을 쳐다보고 있노라니 녀석의 언어, 즉 '개소리'를 이해할 수 있게 되었고, 대화까지 나눌 수 있었다. 어떻게 그 소리를 이해했냐고? 개의 눈빛과 으르렁거리는 소리를 조합하여 꼼꼼하게 추리하고 분석해 보면 알 수 있다. 걱정 말라. 정확도는 절대적으로 0%에 가깝다.

자, 지금부터 그 '개와의 대화'를 소개하겠다. 단, 그때의 기억과 감정을 바탕으로 하여 현재적 관점으로 재구성했음을 참고하길 바란다. 그리고 개소리만 적어 놓으면 아무도 이해하지 못할 것이기에, 그 옆에다가 일일이 인간의 언어로 번역을 해 두었다.

개와의 대화

나 : "개야, 개야, 여기 웬 뼈다귀가 이렇게 많니?"

개 : "왈왈, 우르르 왈왈." (그건 네가 알 거 없고, 마침 배고픈데 잘됐네. 자정이 오기 전까지 너를 뼈만 남겨둔 채 모두 발라먹어 주겠어! 내가 오늘 이 순간을 얼마나 기다렸는지 아니? 이 꼬마야!)

나 : "아무리 그래도 그렇지, 야! 이 개야! 너 이러면 안 되는 거 아니야? 우리 아빠가 널 위해서 쥐포랑 명태포도 주고, 고깃국에 밥까지

아마 내가 별에서 왔다지요

말아서 여러 번 줬던 거 기억 안 나? 은혜를 원수로 갚는 거야?
이 배신자 개 같으니라고!"

개는 머리를 마구 흔들며 내 종아리를 더욱 깊이 물어 댔다. 날카로운
이빨 사이로 시뻘건 피가 주르르 새어 나왔다. 그러자 신기한 기분이 느
껴지기 시작했다. 갑자기 시간이 매우 느리게 흘러가는 것만 같이 몽롱
해지면서 내 의식은 점점 혼미해졌다.

> **나 :** "개야, 개야, 그만하렴. 피가 나잖아. 어서 놔. 빨리 놓으면 나 살 수
> 있을 거야. 응?"

그러나 녀석은 꿈쩍도 하지 않았다. 나는 정신줄을 거의 놓은 상태가
돼 버렸다.

> **나 :** '어? 여기는 어디지? 이건 꿈이겠지? 그래. 꿈일 거야. 이건 현실이
> 아닐 거야.'

잠시 후 개 주인이 헐레벌떡 뛰어와 소리쳤다.

주인 : "폴! 폴! 어서 놔! 놔!"
개 : "크르르, 크, 크." (아빠 싫어요! 계속 물고 있을 거예요.)
주인 : "이 녀석이! 얼른 놔! 놓으라니까!"
개 : "크르르 컹! 크르 크르 크르르르 컹컹!" (싫어요, 싫어! 아빠는 몰
라요. 아빠가 허구한 날 저를 묶어 놓고 복종만 하라고 하니까,

이런 쪼그만 애조차도 지나가면서 날 무시하는 거잖아요!)

이 말에 난 퍼뜩 정신이 들었다.

나 : "야! 내가 너를 언제 무시했어? 오해야! 일단 내 다리 문 것부터
풀고 다시 얘기해 보자. 얼른 놔줘! 아파!"

개 : "우르르 와르르 왈왈! 크르르릉." (아니, 그냥 이 상태로 얘기할래.
너 그동안 먹을 거 들고 다니면서 나는 하나도 안 주고, 툭하면
'약 오르지롱.' 하면서 냅다 달려갔잖아!)

나 : "개야, 그건 약 올린 게 아니고……. 네 얼굴을 좀 봐봐. 너 되게
무섭게 생겼어. 또 침은 얼마나 많이 흘리니? 또 그 혓바닥은 왜
그리 길게 빼고 있는 건데? 난 널 보면 후다닥 도망칠 생각밖에
안 났거든!"

개 : "왈왈, 크르르 컹! 우르르 우라라 크러러." (웃기지 마! 날 거들떠
보지도 않은 건 날 무시했다는 거야! 나는 비록 개지만, 누구보다
사랑받을 존재로 이 지구에 와서 살고 있거든.)

이때 개 주인이 끼어들었다.

주인 : "폴! 너 한 대 맞을래? 얼른 문 거 안 놔?"

그제야 개는 내 다리를 놓아주었다. 그다음은 뭐, 평범한 전개다. 엄마가
달려왔고, 나는 동네가 떠나갈 듯 엉엉 울어 댔다.

아마 내가 별에서 왔다지요

그날 이후로 나는 어떤 개든 내 눈앞에 보이기만 하면 무서워 피해서 다녔다. 특히 큰 개를 보면 공포에 질려 벌벌 떨었는데, 엄마 말로는 너무 무서워 오줌까지 지렸다고 한다. 어쩌다 텔레비전에서 큰 개가 나오면 눈을 꼭 감고 고개를 돌려 버릴 정도였다. 다행히 세월이 흐를수록 조금씩 나아졌고, 작고 사랑스러운 강아지의 머리를 쓰다듬는 정도까지는 무리 없이 해냈다. 하지만 성인이 되어서도 한동안 큰 개를 보면 어린 시절 그 기억이 떠올라 여전히 무섭고 마음이 힘들었다. 그 사건이 내게 트라우마로 자리 잡은 것이다.

하지만 이젠 말끔하게 치유됐다. 우연히 호랑이만큼 큰 개를 만난 덕분이다. 아주아주 이색적인 만남이었다.

그날은 퇴근 후 집에서 뉴스를 보는데 어떤 아이가 큰 개에게 물렸다는 보도가 나왔다. 나는 옛 기억이 떠올라 괴로웠고, 일면식도 없는 그 아이가 몹시 걱정됐다. 녀석도 어린 시절의 나만큼 공포에 떨고 있을 거란 생각을 하니 마음이 아파왔다. 그렇게 머릿속이 복잡한 상태로 잠이 들었다.

그 밤 나는 꿈을 꿨다. 꿈속 어딘가 어두침침하고 살벌한 곳에 아주 큰 개가 묶여 있었다. 그리고 바로 옆에는 내가 서 있었다.

그런데 나는 인간의 모습이 아닌 뼈다귀 상태였다. 더 황당한 것은 그 상태에서 지나가는 사람들에게 말까지 걸고 있는 게 아닌가!

"안녕하세요. 저 좀 이 개 옆에서 멀리 치워 주시겠어요? 부탁드려요. 아무리 뼈다귀라도 저를 하도 물고 핥아서 못 견디겠거든요. 제발 저 좀 구해 주세요! 네? 네?"

하지만 아무도 나를 구해 주지 않았다. 슬펐다.

잠시 후 나는 짙은 어둠 속으로 빨려 들어갔다. 얼마쯤 지나자 어떤 아름다운 세상에 도착한 나를 발견할 수 있었다. 그런데 이번에는 뼈다귀가 아닌 작은 여자아이가 되어 그 아름다운 곳을 걷고 있었다. 그때 어디선가 작은 강아지 여럿이 나타나 나를 졸졸 따라왔다. 이제껏 봤던 그 어떤 강아지보다 깜찍하고 예쁜 아이들이었다. 털은 윤기가 흘렀고 눈빛은 신비롭게 빛났다.

나는 신비로운 강아지들이 너무 귀여워 한 마리씩 꼭 안아 주었다. 그때였다. 갑자기 저 멀리서 호랑이만큼 큰 개가 무섭게 내 쪽으로 달려와서는 한순간에 내 허벅지를 덥석 물었다.

내가 "으악!" 하고 소리를 지르려던 순간, 내게 안겨 있던 신비로운 강아지가 내 품에 더 꽉 안겼다. 녀석의 온기가 바로 내 가슴에 전해졌고, 나는 포근함을 느끼며 살며시 미소 지었다. 그리고 큰 개를 향해 호통을 쳤다.

"야! 큰 개! 또 너냐? 너희들은 나만 보면 물기로 약속했냐? 좋은 말로 할 때 당장 놔라!"

녀석은 나를 놓지 않고 더 세게 물었다. 어쭈? 내 경고를 무시하다니! 나는 맨주먹을 녀석의 커다란 면상에 정확히 세 번 날렸다.

'퍽! 퍽! 퍽!'

강렬한 어퍼컷을 맞은 큰 개는 내 허벅지에서 입을 떼고 깨갱거렸다. 그러고는 내 앞에 최대한 납작 엎드리더니 꼬리를 마구 흔들며 애교를 부려 댔다. 내 품속 신비로운 강아지는 기분 좋게 내 얼굴을 마구 핥아 댔다. 나는 어깨를 쫙 펴고 늠름한 장군처럼 말했다.

"큰 개, 너 잘 들어! 앞으로 어디서 만나든, 나 한 번만 더 물면 그때는 내 발차기 맛까지 보게 될 거야. 나 태권도 대따 잘하거든! 알겠어? 이 말을 네 친구들에게도 반드시 전해라!"

아마 내가 별에서 왔다지요

꿈에서 깨서 아침에 눈을 떴을 때 몸과 마음이 너무나 개운하고 상쾌했다. 날아갈 것만 같았다. 그 기분은 상당히 오래 지속됐다. 그리고 놀라운 일이 벌어졌다. 나의 개 트라우마가 서서히 사라지기 시작한 것이다. 개에 대한 기억이 바뀐 덕분이었다. 이전의 기억 속에는 개가 나를 무섭게 물고 있고, 내가 공포에 덜덜 떠는 장면이 남아 있었다.

하지만 호랑이만큼 큰 개에 대한 꿈을 꾼 뒤로는 통쾌한 장면이, 즉 꿈속에서 나를 물었던 개의 면상에 주먹을 멋지게 날려 준 장면이 머릿속에 계속해서 떠올랐다. 일부러 노력한 게 아니라 그냥 자연스럽게 떠오른 것이었다. 그렇게 수시로 떠오르더니 어느새 그 꿈은 나의 새로운 기억으로 자리 잡게 되었다. 두려움도 함께 사라졌다. 이제 나에게 있어 커다란 개는 더 이상 무서운 존재가 아니다. 나는 녀석들이 나를 위협하거나 까불면 언제든 응징할 수 있는 강한 존재다.

사람이 어떤 사건을 겪고 힘들거나 고통스러우면 누구든 치유가 필요하다. 세상에는 매우 다양한 치유 방법들이 있을 것이다. 나는 기가 막힌 방법을 하나 찾아냈다.

기억 바꾸기! 이 방법을 찾고 나니 한 가지 호기심이 생겼다. '혹시 꿈을 꾸지 않고도 기억을 바꿀 수 있는 방법이 있지 않을까?'

그리고 마침내 그 답을 찾아냈다. 바로 '상상하기'다.

상상의 힘을 이용하면 굳이 꿈을 꾸지 않더라도 지독한 트라우마를 치유할 수 있다. 그게 정말 가능하냐고? 나는 수많은 시도 끝에 그걸 해냈다. 그 성공담은 잠시 후에 공개하겠다.★

8
'녹색차' 변태

지금껏 만난 지구인 중 가장 혐오스러웠던 자와의 사건을 꺼내겠다. 너무나 끔찍하고 충격적이라 공개 여부를 두고 상당히 고민했다. 하지만 독자들에게 꼭 알려 주고 싶은 것이 있어 용기를 냈다. 바로 신박한 치유 방법에 대해서다. 나는 알게 되었다. 정신적으로 큰 충격이나 상처를 받았을 때 전문가의 도움을 받을 수도 있지만 자기 스스로 얼마든지 치유할 수 있음을. 비록 꾸준한 시간과 상상력이 요구되지만 말이다.

이번 이야기는 다소 잔인할 수 있다. 하여 어떻게 하면 독자의 충격을 조금이라도 줄일 수 있을까 고민하다가 단편 영화 한 편을 상영한다는 느낌으로 서술하기로 했다. 그러니 독자들도 장르물 영화를 감상하는 기분으로 봐주길 바란다. 단, 불편한 장면들이 나올 수밖에 없으니, 심장이 약한 사람은 차라리 이번 에피소드를 과감히 넘겨 버리길 권한다.

아마 내가 별에서 왔다지요

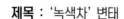

제목 : '녹색차' 변태

등급 : 12세 이상 관람가

장르 : 스릴러, 복수(치유)

국가 : 한국

러닝타임 : 7분(?)

제작 : 신임 필름

◆ Movie Start ◆

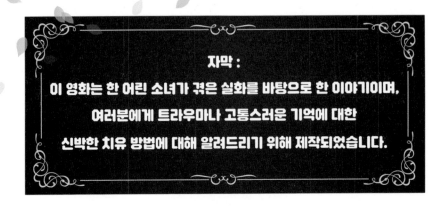

자막 :
이 영화는 한 어린 소녀가 겪은 실화를 바탕으로 한 이야기이며,
여러분에게 트라우마나 고통스러운 기억에 대한
신박한 치유 방법에 대해 알려드리기 위해 제작되었습니다.

1부

 카메라 앵글 속 벽시계의 시곗바늘이 갑자기 거꾸로 돌더니 회전 속도가 점점 빨라진다. 과거로, 과거로……. 시곗바늘이 멈춘다.

 햇살이 맑은 어느 날, 한산한 골목길이 보인다. 우리의 주인공 아홉 살 신임이가 또각또각 소리를 내며 걸어온다. 꾸미기 좋아하는 꼬마답게 예쁜 치마를 입고, 엄마의 굽 높은 슬리퍼를 신고 있다. 신임은 한 번씩 걸음을 멈춘다. 손에 든 검은 봉지가 무거워서다.

 한편, 저 뒤편에서 음침한 녹색차가 천천히 다가온다. 운전자인 남자는 웬 자그마한 소녀가 봉지를 낑낑대며 들고 가는 것을 발견하고 음흉하게 웃는다.

 '에이 너무 어린데? 흐음……. 아니, 무슨 개뼈다귀 같은 소리야? 지금 찬밥 더운밥 가릴 때야? 오늘도 파티를 즐겨 봐야지.'

 남자는 차의 액셀을 세게 밟아 앞으로 쌩 가더니 신임의 왼편에서

아마 내가 별에서 왔다지요

급정거한다.

'끼이익'

이어서 창문을 열고 누런 이빨을 드러내며 썩은 미소를 짓는다.

"꼬마야, 안녕."

"안녕하세요."

"근데 그거 뭐야? 무거워 보이는데."

"사이다요."

신임은 빨리 가고만 싶다. 남자의 모습이 영 마음에 들지 않아서다. 머리카락 몇 가닥으로 2 대 8 가르마를 억지로 탄 대머리에, 비곗덩어리로 꽉 차 툭 튀어나온 배가 거북스럽다.

남자가 쳐진 배를 손바닥으로 밀어 올리더니 다른 손을 바지 주머니에 넣는다. 그러고는 지폐를 꺼내 흔들며 말한다.

"나도 목말랐는데. 꼬마야, 사이다랑 이 돈이랑 바꿀까?"

"아니요."

"그러면…… 많이 무거워 보이는데 아저씨가 집까지 바래다줄까?"

"아, 아니요. 괜찮아요. 혼자 갈 수 있어요."

신임이 한 발짝 뒤로 물러나 답한 뒤 서둘러 가려 한다. 그런데 그때, 남자가 주변을 두리번거리더니 의미심장한 말을 던진다.

"꼬마야, 혹시 이 동네에 예쁜 언니들 있니?"

"네? 그건 왜요?"

"응. 왜냐하면……."

남자는 말끝을 흐리다가 상체를 확 젖혀 눕다시피 한다. 곧이어 손을 아래에다 놓고 움직인다. 그리고 손으로 무언가를 꺼낸 뒤 가운뎃손가락으로 툭툭 튕기며 말한다.

"다른 게 아니라 이것 좀 써먹으려고 그래."

꼬마 신임은 그때까지도 상황이 어떻게 돌아가는지 알지 못한다.

"그게 뭔데요?"

"음…… 뭐냐면…… 이리 가까이 와 볼래? 알려 줄게. 아주 좋은 거야."

누구보다 호기심 많은 어린 신임은 창문 가까이 한 발짝 다가간다. 남자는 토가 나올 정도로 느끼한 목소리로 속삭이듯 말한다.

"더 가까이 와 봐. 차에 타면 더 좋고."

신임은 조금 더 가까이 다가간다. 그 순간 괴이한 형상을 한 무언가가 남자 아랫배 바로 밑에 놓여 있는 걸 확인하고는 "싫어요!"라고 소리치며 도망간다. 남자의 차는 신임을 맹렬히 뒤쫓는다.

"꼬마야, 어디 가니? 차에 좀 타 보라니까! 거기 서! 거기 서라고! 거기 안 서!"

신임은 엄마의 굽 높은 신발도 불편하고 심부름으로 산 물건도 무겁지만, 목숨을 다해 뛴다. 집 앞에 다다랐을 때 그만 미끄러져 바닥에 넘어지고 만다. 봉지 속 물건이 땅바닥에 내동댕이쳐진다. 신임은 바로 일어나 집안으로 뛰어 들어가며 다급하게 아빠를 부른다.

신임이 집으로 들어감과 동시에 녹색차가 집 앞을 지나친다. 이어서 골목 어귀에서 우회전한다. 남자가 몹시 아쉬워하며 말한다.

"에이, 놓쳤다."

신임의 아빠는 밖으로 쏜살같이 뛰쳐나온다. 하지만 어디에도 녹색차는 보이지 않는다. 신임은 그 후로 꽤 긴 시간 동안 그 이상한 남자를 또 만날까 봐 두려움에 떨며 지낸다. 심지어 길을 가다 비슷한 색깔의 차만 봐도 무서워서 숨곤 한다. 그렇게 시간은 흐른다.

2부

1년 후, 신임은 과일이 담긴 검은 봉지를 들고 골목을 걷는다. 먼발치서 녹색차 한 대가 달려오더니 먼지를 흩날리며 신임의 왼편에 멈춰 선다.

'끼이익'

신임은 걸음을 멈추고 차를 쳐다본다. 짙게 선팅이 된 창문이 열리고 운전석의 남자가 조수석 쪽으로 몸을 최대한 낮게 기울인 채 신임의 모습을 찬찬히 살핀다. 그러고는 이상야릇한 웃음을 짓는다.

남자와 눈이 마주친 신임은 깜짝 놀란다. 남자의 모습이 마치 술에 취한 오랑우탄같이 흉측했기 때문이다. 남자가 눈을 게슴츠레 뜨고 신임을 위아래로 훑어보며 말한다.

"숙녀분, 안녕."

신임이 기분 나쁜 투로 답한다.

"어, 또 보네요?"

"뭐? 우리 전에 봤나?"

"1년 전에 만났잖아요."

"그랬니? 꼬마야, 근데 이 동네 예쁜 언니들을 어디 가면 만날 수 있니? 동네를 몇 바퀴 뱅뱅 돌았는데, 안 보이네."

신임은 퉁명스레 말한다.

"몰라요."

"그래? 그럼, 꼬마가 내 옆에 타서 좀 같이 찾아보면 안 될까? 그래 줄 수 있니?"

신임은 침착하게 오른손에 쥔 봉지를 왼손으로 옮긴 뒤 오른손으로 주먹을 만들어 서서히 위로 올린다. 손이 자동차 창문 앞에 다다랐을 때 가운뎃손가락을 빳빳하게, 있는 힘껏 쫙 펴고 말한다.

"꺼져요. 아저씨!"

"오호, 꼬마 아가씨. 성깔 꽤나 있구나. 하하하."

조금 뒤 남자가 주변을 한번 스윽 살피더니 바지 지퍼를 내리고 그 안으로 손가락을 넣어 뭔가를 만지작거린다. 그러면서 눈을 쉴 새 없이 빠르게 깜빡거리며 신임에게 묻는다.

"꼬마야, 내가 지금 만지고 있는 게 뭐게?"

"그게 뭔데요?"

"뭔지 알려 줄 테니까 어서 차에 타봐. 어서!"

"싫다니까요! 저 가야 해요."

"에이…… 알았어. 꼬마야, 어디 가면 이 동네 예쁜 언니들을 만날 수 있는지 제발 좀 알려 줘 봐."

"근데, 아까부터 예쁜 언니들은 왜 자꾸 찾으세요?"

"그 이유가 궁금해? 알려 줄까? 그 이유는…….."

남자의 얼굴에 희미한 경련이 일더니 갑자기 역겨운 미소가 퍼진다. 남자는 눈알을 희번덕거리며 잽싸게 지퍼 밖으로 그것을 빼낸다. 이어서 가운뎃손가락으로 그것을 툭툭 튕기며 말한다.

"이 물건을 쓸 데가 있어서 그래."

신임이 차분하게 반응한다.

"근데 아저씨 표정이 아주 신나 보여요. 그게 뭔데요?"

"아, 이거? 이건 아저씨 물건이야."

"물건이요?"

"너무 멀리 있어서 잘 안 보이지? 이리 가까이 와봐."

아마 내가 별에서 왔다지요

"잠깐만요."

신임은 손에 든 짐을 바닥에 내려놓고, 열린 창문 안으로 조심스럽게 머리를 집어넣는다.

"이 정도면 가까울까요?"

남자가 좋아 어쩔 줄 몰라 하며 다급히 말한다.

"아니, 더 안쪽으로 들어와 봐. 더 가까이. 어서!"

"잠깐만요."

신임은 상체를 아예 차 안으로 깊숙이 집어넣고 묻는다.

"어때요, 아저씨? 이 정도 거리면 성에 차실라나?"

남자가 거의 실성한 사람처럼 고개를 마구 끄덕인다.

"그럼 차다마다. 너 아주 화끈한 아이로구나!"

그러더니 지퍼에서 꺼내 놓은 그것을 손으로 만지작거리며 말한다.

"꼬마야, 이거 보여?"

"네. 아주 잘 보여요. 근데 이게 뭐예요?"

남자는 희미한 신음 소리를 내며 겨우 대답한다.

"으음, 음, 그러니까 이게…… 이게 뭔지 자세히 알려 줄 테니까 아예 차에 타라. 어서."

신임은 그것을 유심히 바라보다가 짜증스레 큰 한숨을 내쉬며 묻는다.

"이거 아저씨 거시기 맞죠?"

"응? 으응."

"정말 볼품없네요."

"뭐, 뭐라고? 꼬마야. 아니…… 저기…… 일단 어서 차에 타 보렴."

"아저씨, 고작 이거 보여 주려고 길 가던 사람 부른 거예요?"

"아니, 글쎄. 차에 좀 타 보라니까."

신임은 이를 악문 채, 남자를 한참 쏘아보다가 상체를 차 밖으로 뺀다. 남자가 다급하게 말한다.

"왜 꼬마야? 어서 차에 타보라니까. 응?"

신임은 양손으로 주먹을 만들었다 폈다 하며 답한다.

"아저씨, 나 이제부터 말 놓을게. 인간 같지도 않은 거한테 존대할 필요는 없으니까."

"뭐?"

"아저씨, 우리 지난번에 만난 적 있잖아? 나 기억 안 나?"

"우리가?"

"그래. 이 변태 아저씨야."

"변태라니……? 나 오늘 너 처음 보는데?"

"아, 정말 아저씨 아직도 이러고 다니네. 왜 이렇게 흉측한 괴물같이 사는 건데? 지금껏 나 말고 얼마나 많은 아이들에게 이 짓을 한 거지?"

"꼬마야, 그게 무슨 말이야?"

"아저씨, 이번에는 무지 아플 거야."

신임은 바닥에 있던 단단한 사과 하나를 집어 든다. 그리고 다음 순간 최정상 투수처럼 목표를 정조준하여 차 안으로 힘껏 던진다. 총알처럼 날아간 사과는 차 안에 앉아 있는 그자의 거시기를 명중시킨다. 남자는 고통스러운 듯 악을 쓰며 머리를 미친 듯이 저어 댄다.

신임은 이어서 운전석 바로 옆 창문으로 천천히 걸어간다. 팔꿈치로 창문을 여러 차례 힘껏 내리치니 유리가 와장창 깨지며 아래로 쏟아져 버린다. 신임은 주먹을 꽉 쥔 뒤 깨진 창문 옆에서 벌벌 떨고 있는 남자에게 말한다.

"아저씨, 내 주먹맛이 참 매운 편이야. 피하면 더 아플 수 있으니까 그

못생긴 얼굴 조용히 갖다 대라. 알았지?"

신임은 초강력 펀치로 남자의 아구창을 사정없이 날린다. 정확히 일곱 번.

'**퍽퍽퍽! 퍽! 퍽! 퍽! 퍽!**'

그리고는 주머니에서 이발기(일명 바리깡)를 꺼내 남자의 지저분하기 짝이 없는, 몇 가닥 안 되는 머리카락을 밀기 시작한다.

'윙윙윙, 윙윙, 윙윙.'

남자가 두 손을 싹싹 빌며 다급한 목소리로 애원한다.

"제발, 제발 살려 줘!"

"변태 아저씨, 도대체 왜 그러고 사는 건데?"

"다른 뜻 없었어, 꼬마야. 그냥 보여 준 것뿐이라고!"

"그러니까 어린 나한테 왜 그 괴상한 걸 보여 주냐고! 내가 보여 달랬나?"

"그건 아닌데, 보여 주면 재밌을 것 같았어."

"재미? 재미라고 그랬니? 내가 그걸 보고 얼마나 끔찍했던지 심장이 멎을 뻔했어! 이 변태 쉐끼야!"

"아, 미안하다. 진짜 재미로 그런 건데."

"네가 재미 볼 욕심에 어린 여자아이가 평생 절대 겪지 말아야 할 끔찍한 경험을 겪게 만들어? 네가 인간이야! 이 개자식아!"

"아, 미안하다. 변명 같지만, 나 사실은 몇 년째 여자를 못 만났거든."

"아, 그럼. 여자를 못 만났으니까 그 욕구를 나같이 아홉 살짜리 어린 여자아이한테 풀려고 했다?"

"그건 아니야."

"인간아! 그러면 왜 차에 타라고 한 건데? 그다음 뭘 하려고 했지?"

"뭐, 뭘 하긴. 아무것도 안 하지. 그냥 얘기 좀 하려고 했어. 진짜야."

"그래서 요즘도 아동 성추행범으로 열심히 살아가고 있겠네?"

"아니야."

"아, 참! 변태 아저씨, 사법부에 성범죄자로 등록은 마친 거니? 근데 당신 이름은 뭐야?"

"아니, 꼬마야. 내가 뭘 했다고? 내 차에서 잠깐 내 물건 꺼낸 거 가지고 뭘 그래? 그러니까 너는 조그마하게 생겨서 왜 하필 그때 걸어가? 널 안 봤으면 난 집에서 혼자 해결했을 거라고."

"그럼 이 모든 게 다 내 탓이다?"

"응. 네 탓도 있지."

"변태야, 이번에는 어마 무시하게 아야할 거야!"

신임은 양 주먹으로 사정없이 남자를 두들겨 팬다. 남자의 앞니 하나가 입 밖으로 툭 하고 튕겨 나간다. 남자가 벌벌 떨며 묻는다.

"근데, 너는 정체가 뭐길래 이렇게 손이 맵니? 체구는 작아도 너 너무 무섭다."

"나? 아저씨를 다시 만나면 반쯤 죽여 놓으려고 벼르고 있었던 여전사야. 또다시 이런 짓 하면 그때마다 내가 어디든 쫓아가서 점점 더 잔인하게 응징할 거야. 나 기억해 둬, 알았지?"

"알았어. 다시는 안 할게. 제발 나 좀 용서해 줘. 응?"

곧이어 경찰이 도착하고, 두려움에 떨고 있는 그 변태에게 수갑을 채운다. 남자는 사과로 정통으로 맞은 그곳이 죽을 만큼 아프다며 살려 달라 애원한다. 그 후 남자는 평생을 감옥에서 썩는다. 아동 성범죄 처벌법이 강화된 덕에 대법원이 그에게 감형 없는 무기징역을 선고했으니까.

◆ **The End** ◆

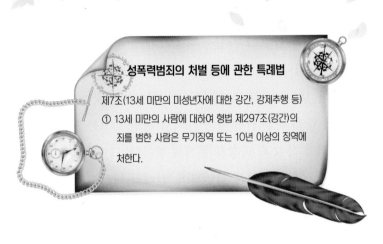

성폭력범죄의 처벌 등에 관한 특례법

제7조(13세 미만의 미성년자에 대한 강간, 강제추행 등)
① 13세 미만의 사람에 대하여 형법 제297조(강간)의
죄를 범한 사람은 무기징역 또는 10년 이상의 징역에
처한다.

자, 혹시 눈치챘는가? '1부'는 내가 아홉 살 때 실제로 겪었던 일이고, '2부'는 나의 상상이다. 도대체 왜 이리도 오싹한 상상을 했느냐고? 녹색차 변태를 만난 이후 생긴 트라우마를 치유하기 위해서다. 나는 그 악마 같은 인간을 내 상상 속으로 불러들여 처절하게 응징했다. 그렇게 해서 나 자신을 '속수무책으로 당하기만 한 나약한 꼬마'가 아닌 '통쾌한 복수에 성공한 여전사'로 변신시킨 것이다.

비록 상상 속에서였지만 얼마나 짜릿하고 기분 좋았는지 모른다. 신기하게도 그 후로는 녹색차 변태 사건을 떠올리면 통쾌한 복수 장면이 떠오른다. 즉, 기억이 바뀐 것이다. 동시에 나의 트라우마가 말끔히 치유됐다.

나는 그것을 '상상 치유'라고 이름 짓고자 한다. 이 방법은 내가 어린 시절 큰 개에게 물렸던 트라우마를 해결한 경험에서 힌트를 얻은 것이다. (자세한 내용은 바로 앞 장 '나의 개 트라우마 극복기' 참고 요망)

지금 이 순간도 누군가는 과거에 겪었던 사건에 대한 기억 때문에 고통스러워하고 있을 것이다. 그들에게 이 말을 꼭 해 주고 싶다. 당신은

이 세상에서 상처를 입고 그 사실을 떠올리며 평생을 비참하게 살아가기 위해 태어난 게 아니라고. 그 아픔을 딛고 누구보다 행복하게 살아갈 자격이 충분히 있는 존재라고. 당신의 미래는 밝게 빛나야만 한다고.

　그러니, 당신만을 위한 단편 영화를 찍어 상영해 보는 게 어떻겠는가? 상상 속 촬영장과 상상 속 극장을 통해서 말이다. 그 영화의 감동과 짜릿함은 당신의 머릿속에 강하게 각인되어, 원래의 나쁜 기억이 설 자리를 잃고 사라지게 할 것이다. 왜냐면 당신 스스로가 주도적으로, 원하는 방향으로 만든 기억이기 때문이다.

아마 내가 별에서 왔다지요

9
세계 최강 커플

새벽 4시, 일찍 눈이 떠졌다. 오늘은 과연 어떤 지구인을 만나게 될까? 지구는 참 매력적인 곳이다. 새벽이 주는 고요와 평화를 만끽할 수 있으니까. 그런데 한편으로는 고약한 곳이기도 하다. 이 시간 어딘가에서는 사건, 사고가 끊이지 않을 테니까.

20대 젊은 커플이 사무실로 들어왔다. 둘의 표정은 평온해 보였다. 아니, 밝아 보였다. 녹취 때문에 왔다고 했다. 내가 어떤 사건인지 물으니, 여자가 태연하게 말했다.

"성폭행이요."

"아, 그럼 대리인이 오신 거예요?"

이번엔 남자가 대답했으나 역시 태연했다.

"아니요. 본인이 왔습니다."

나는 메모하던 손을 잠깐 멈추고 두 사람의 얼굴을 쳐다본 뒤 조심히 물었다.

"그러니까…… 성폭행이 맞죠? 성희롱이 아니라?"

남자가 대답했다.

"네, 성폭행이 맞습니다."

"그럼 두 분 중에 누가 피해자이실까요?"

"저요! 제가 피해잡니다."

여자가 손을 번쩍 들고 대답했다. 이번엔 당당하기까지 했다.

"그럼, 남자분은……?"

"제 남자 친구예요."

나는 몹시 당황했다. 그간 만났던 성폭행 피해자들은 눈을 맞추지 못하거나 눈이 마주쳐도 금방 시선을 돌렸다. 만약 누군가와 같이 왔다면 동석자가 대부분 말을 하고 당사자는 거의 대꾸를 안 했다. 그런데 그녀는 내 눈을 똑바로 보면서 자신이 피해자라고 아무렇지 않게 말하는 것 아닌가! 게다가 표정도 밝고 말이다. 동석자로 온 그녀의 남자 친구 역시 독특했다. 대개 여자 친구의 성폭행 사실에 격양된 반응을 보이는데, 그는 침착하고 담담했다.

커플의 밝은 모습을 보니, 몇 년 전 만났던 남녀 고객이 떠올랐다.

여자는 성추행 피해자였는데, 그녀 또한 표정이 무척 밝았다. 특히

아마 내가 별에서 왔다지요

놀라웠던 건 함께 온 남자의 정체였다. 그는 남자 친구인 동시에 가해자였다.

나는 도저히 믿기지 않았다. 두 사람이 어떻게 같이 올 수 있었는지 물었더니 여자가 남자에게 말했다.

"네가 얘기해 드려."

"응."

남자의 설명에 따르면, 둘은 선후배 사이였다. 사건이 벌어진 건 술자리였는데, 남자의 추행 즉시 여자가 그를 엎어치기로 넘어뜨린 후 조르기를 시도했다. 그녀는 유도 유단자였던 것이다. 주변 사람들이 달려든 후에야 남자는 겨우 풀려날 수 있었다.

"그런데 말이에요, 그때 이 여자의 모습이 얼마나 멋있었는지 아세요?"

"네? 머, 멋있다고요?"

나는 어이가 없어서 말도 더듬거렸다. 지금 그녀는 이 남자를 고소하기 위해 다니는 중이었다. 그런데도 그는 그녀에게 홀딱 반해, 고소가 마무리될 때까지 여기저기 차로 데려다주는 것이었다.

여자가 남자의 팔뚝을 툭 치며 말했다.

"야! 그것도 얘기해 드려."

"아, 맞다. 그때 있잖아요. 이 사람이 저 넘어뜨리고 조르기 하고 나서요. 조금 있다가 거기 있는 탁자 상판을 그냥!"

"그냥?"

"확 잡아 뜯어 버렸어요!"

"네에?"

나는 놀라서 말이 안 나왔다. 여성의 힘이 그리 세다니! 그런데 더 놀라운 건 남자의 반응이었다.

"와, 소장님이, 그걸 봤어야 해요. 얼마나 멋있었는데요. 진짜 장난 아니었어요!"

"세상에……. 탁자 상판 뜯는 게 멋있었다고요?"

"네! 완전 최고였어요. 나 진짜 이런 여자 처음 봤거든요."

나로서는 도저히 이해할 수가 없었다.

"좋아요. 멋있었다고 쳐요. 그래요, 반하셨군요. 그래도 그렇지, 어떻게 두 분이 같이 오실 수가 있죠? 가해자와 피해자가? 혹시 남자분도 여자분이 업어치기 한 거랑 조르기 한 거 맞고소하려는 건가요?"

"하하."

남자는 말도 안 된다는 표정으로 웃었다.

"당연히 아니죠. 이렇게 멋있는 여자를 어떻게 고소합니까?"

그러고는 그녀를 사랑스러운 눈빛으로 쳐다보았다.

가만 보니, 남자는 여자를 무척이나 좋아하는 것 같았다. 여자의 표정을 봐도 그에 대한 분노나 원망은 없어 보였다.

나는 왜 굳이 녹취록을 만들려는 건지 물어보았다. 그녀가 밝게 대답했다.

"어쩌면 고소까지 안 갈 수도 있지만, 대신 녹취록은 만들어 놔야 될 것 같아요."

"그러니까, 왜요? 고소까지 가지 않는데 왜 굳이……?"

"녹음 파일에, 이 남자가 성추행 잘못을 시인하고 다시는 그러지 않겠다고 다짐한 내용이 있어요. 그래서 녹취록을 만들어 서로 한 부씩 나눠 가지려는 거예요."

남자가 끼어들었다.

"말하자면 재발 방지를 하려는 것이죠."

아마 내가 별에서 왔다지요

아무리 생각해도 참 독특한 남녀였다.

나는 이번 커플도 그들과 비슷한 케이스가 아닌가 싶어 여자에게 다가가 귓속말을 했다.

"저기, 같이 오신 남자 친구 말이에요……."

"네, 왜요?"

그녀도 작은 목소리로 대답했다. 나는 더더더 작은 목소리로 물었다.

"가해자는 아닌 거죠?"

"호호호. 네, 그럼요!"

여자가 크게 웃으며 대답했다. 나는 조금 민망했으나 어쨌든 확인은 됐다. 예전의 그 '유도 고수 여자'와 '운전사를 자처한 남자'와 같은 케이스는 아닌 걸로!

그런데 이런 커플은 정말이지 처음이었다. 내가 이 분야에서 수년간 일했지만 성폭행 피해자와 그 연인이 저렇게 표정이 여유로운 걸 본 적이 없었다. 두 사람의 분위기는 너무나 평온해 보였기에 신비롭기까지 했다.

과연 그녀에게 무슨 일이 있었던 걸까?

그녀는 예술가 지망생이었다. 교수를 포함하여 다른 학생들과 1박 2일 워크숍을 가서 저녁에 술을 몇 잔 마셨고, 새벽이 돼서야 침대에 누워 잠을 청했다. 얼마 후 인기척에 눈을 떴다. 옆에 누군가 누웠던 것이다. 당연히 여자 동창이겠거니 했다. 언뜻 시계를 보니 새벽 4시였다. 술도 잠도 깨지 않았던 그녀는 다시 잠을 청했다. 순간 옆에 누웠던 사람이 그녀를 덮쳤다. 깜짝 놀라 눈을 떠보니 동창생이 아니라 교수가 그녀 위에 있었다. 온 힘을 다해 밀쳐 내려고 애를 썼지만 소용없었다. 끝내 그 악마 같은 자를 막지 못했다.

그녀가 말했다.

"그 일은 정말 순식간에 일어났어요. 너무 순식간이라 꿈인지 현실인지조차 헷갈렸죠. 그런데 몇 분 뒤 저는 그게 현실이란 걸 깨달았어요. 옷을 갈아입어야 한다는 것을 알았거든요."

그런데 그 새벽의 고통은 시작이었을 뿐이었다. 더 큰 고통이 그녀 앞에 펼쳐졌다. 그녀를 둘러싼 이상한 소문이 돌게 된 것이다. 어느새 그녀는 유부남 교수와 좋아 죽는 불륜녀가 되어 버렸다. 남자 친구까지 있었는데도 말이다. 그 소문이 사실이 아님을 밝히려고 애썼지만 상황은 점점 그녀에게 불리하게 돌아갔다.

힘들게 소송을 준비했지만 처음에 그녀에게 호의적이었던 사람들도 변해 갔다. 이제 그만 할 때도 되지 않았냐고, 왜 자꾸 일을 크게 만드냐고 다그쳤다. 그까짓 소송해 봤자 그녀만 힘들 거라며 설득하기도 했다. 심지어 더 이상 존경하는 교수님을 모욕하지 말라고, 계속 분란을 일으킬 거면 이쪽 계통에서 사라져 버리라고 으름장을 놓기까지 했다. 그들은 모두 아군이라고 믿었던 이들이었다. 소송을 진행하면 그녀 편에 서서 진실을 밝혀 주겠다고 했던 사람들이었다. 그랬던 그들이었기에 그녀가 받은 상처는 몇 배가 되었다.

그녀는 의욕을 잃었다. 급격히 우울해졌고 사람들과는 담을 쌓았다. 그저 이 모든 상황에서 도망치고만 싶어졌다. 삶의 의지까지 잃었고 수시로 자살 충동까지 느꼈다. 그것은 단지 충동으로 끝나지 않았다. 급기야 가족들이 모두 잠든 시간에 홀로 아파트 고층으로 올라가 투신하려고도 했다. 하지만 다시 방으로 돌아왔다. 그 후로도 여러 차례 시도했지만 끝내 몸을 던지지는 못했다. 그녀는 매일 수면제에 의존한 채 겨우 잠에 드는 나날을 보냈다.

그렇게 죽을 수도 살 수도 없는 시련의 시간을 보내고 있던 어느 날, 아침에 일어나 보니 집안 벽에 크게 확대된 사진들이 붙어 있었다.

- 눈도 뜨지 못한 갓난아기인 그녀를 엄마가 품에 안고 있는 사진

- 그녀가 첫걸음마를 성공시키고 까르르 웃을 때 옆에서 아빠가 눈물을 훔치고 있는 사진

- 두 살 터울 남동생이 고사리 같은 손으로 그녀의 입에 과자를 넣어 주는 사진 등등

모두 그녀가 한없이 따뜻하게 사랑받았던 역사였다.

가족과 쌓았던 수많은 아름다운 추억이 집안 곳곳에 붙어 있는 걸 보고 그녀는 주저앉아 울고 말았다. 조심스레 그녀를 바라보던 가족들도 그녀를 부여잡고 울었다.

"미안해, 우리 딸. 엄마가 아무 도움도 못 줘서. 근데 엄마는 너 없으면 안 돼!"

"우리 딸 없는 세상은 아빠도 살아갈 자신이 없다."

그 시간에 학교에 있어야 할 남동생도 닭똥 같은 눈물을 흘리며 말했다.

"나 누나 없으면 못살 것 같아. 가지 마, 절대로 가지 마. 응?"

그녀는 꺼이꺼이 통곡하고 말았다. 속에 있는 감정을 다 토해 내었다. 그러면서 생각했다. 더 이상 사랑하는 가족을 아프게 하지 않겠다고.

그리고 작은 소리로 되뇌었다.

"내가 왜 죽어? 잘못한 건 내가 아닌데!"

모든 얘기를 다 들은 후, 나는 그녀의 손을 꼭 잡아 주었다.

"엄청난 용기를 가지신 분이네요."

나로서는 그녀를 위로한답시고 동정의 눈으로 말했다. 하지만 그것이
실수였음을 곧바로 깨달았다. 그녀가 아무렇지도 않다는 듯 해맑은 미소
를 짓고 있었던 것이다. 미소에 더해 그녀의 표정은 의연하기까지 했다.

옆에 있던 남자 친구가 그녀의 어깨를 팔로 감싸며 낮은 목소리로 말
했다.

"걱정 마. 넌 내가 지켜."

나는 넋 나간 표정으로 두 사람을 바라보았다.

'우와, 이 사람들 정말 멋지잖아! 지구인 중에 이토록 멋진 커플이
있다니!'

내가 감탄하며 넋 놓고 바라보고 있는데 그녀가 말했다.

"소장님, 이게 좀 긴급해서요. 오늘 녹취록이 완성될 수 있을까요?"

"그럼요. 바로 해 드릴게요."

나는 즉시 작업을 시작했다. 그사이 이 멋진 커플은 가방에서 두꺼운
서류 뭉치를 꺼냈다.

"소장님, 녹취록 기다리는 동안 여기에서 서류 정리 좀 해도 될까요?"

"네, 그럼요."

나는 최고 레벨의 집중력을 보였다. 한참 작업하다가 목이 뻐근해서
고개를 돌렸는데, 소파에 앉아 일하는 두 사람이 보였다. 둘 다 소매를

아마 내가 별에서 왔다지요

걷어 올린 채 많은 서류들을 뚫어질 듯 보고 있었다. 순간 우리 사무실에 노련한 수사관 두 명이 앉아 있다는 착각이 들었다. 베테랑 수사관들이 사건 기록을 분석하는 모습이 딱 저렇지 않을까? 그들에게서 피해자의 어두움은 눈곱만큼도 보이지 않았다.

나는 잠시 볼 일이 있어 양해를 구하고 20분간 자리를 비웠다. 다시 돌아와 문을 열었더니, 세상에! 기이한 일이 펼쳐졌다. 사무실에 밝은 빛이 가득 찬 것이었다. 너무 환해 눈이 부실 지경이었다. 특히 소파에 앉은 두 사람 주변은 빛이 흘러넘쳤다. 마치 하늘에서 축복의 빛을 쏘아 주는 것 같았다.

'도대체 이 사람들 뭐지? 혹시 지구인이 아닌 거 아냐? 그렇다면 우주에서 온 귀인들인가? 어머, 맞는 것 같아!'

그렇다면 여기서 잠깐! 미스터리를 풀 단서를 찾아보자. 장면을 세 시간 전으로 돌려보고자 한다. 그러니까 그들을 처음 만났던 시간으로 말이다.

〈세 시간 전〉

똑똑똑.

누군가 노크를 했다. 시계를 보니 정확히 오후 3시 33분이었다.

'오호, 내가 좋아하는 숫자 333이잖아! 오늘 귀인을 만나려나?'

평소 같으면 그냥 들어오라고 했을 테지만, 그때는 특별히 내가 직접 문을 열고 손님을 맞았다.

한 남녀가 사무실로 들어왔다. 둘 다 어두운색의 정장을 입었는데, 첫 느낌이 뭐랄까…… 무슨 요원 같기도 하고, 하여튼 상당히 깔끔했다. 내가 무슨 일로 왔냐고 묻자, 남자가 대답했다.

"위에서 여기로 내려가라고 해서 왔습니다."

스톱! 바로 이 지점이다!

'위'라고? '위'란 말이지? 흐음, 과연 그 '위'란 어디를 말하는 걸까? 혹시…… 그곳? 바로 '우주' 말이다!

말하자면 이런 거다. 이 남녀는 우주에 있는 지구수호대 소속 특수요원들인데, 신분을 위장하고 작전에 투입된 것이다. 이번에 맡은 임무는 자신이 한없이 연약하다고 믿고 있는 수많은 지구인에게 귀감이 되어 주기! 어떻게? 끔찍한 일을 당했지만, 당당히 이겨내는 지혜롭고 용맹한 여성 지구인과 그 경호원이 되어서.

〈다시 세 시간 후, 현재 시점〉

야호! 단서를 찾았으니 즉각 사실 확인에 나설 차례다. 나는 그들에게 지체 없이 물었다.

"저기, 자료 보시는 중간에 끼어들어서 미안한데요, 아까 처음에 저한테 '위'에서 내려왔다고 하셨잖아요?"

"네, 그랬죠."

남자가 대답했다.

"위라면…… 그러니까 구체적으로 어디를 얘기하는 걸까요? 혹시 우주 저 먼 곳, 저어기 위쪽 어딘가에서 오신 걸까요? 솔직히 말씀해 주시겠

아마 내가 별에서 왔다지요

어요? 비밀 지킬게요."

"네? 위에 변호사 사무실 있잖아요. OO 법무법인. 거기서 여기로 내려
가라고 해서 왔는데요?"

"아? 아, 네……."

이렇게 뻘쭘할 수가! 그럼, 저 환한 빛의 정체는 뭐지?

바로 그때 노크 소리가 들리더니 건물 관리실장님이 문을 열고 고개를
쏙 들이밀었다.

"소장님, 전등 갈아달라고 하셨죠? 아까 안 계실 때 싹 갈아 놨어요.
이제 밝죠? 그럼 수고하세요."

이런, 전등을 갈았단다. 전등을!

일단 이들은 우주에서 파견한 요원은 아닌 걸로 확인되었다. 우주 특
수요원이 아니라면…… 그럼 이 둘이 이리도 강인한 이유는 대체 뭐란
말인가?

시간이 빠르게 지나 어느덧 밤 9시가 넘었다. 두 사람은 내가 완성한
녹취록을 검토 중이었다. 워낙 꼼꼼하게 살펴보느라 끝나려면 한참 남
았다. 나는 두 사람에게 말했다.

"혹시 출출하시면 제가 사발면 좀 사다 드릴까요?"

둘은 서로를 보고 환하게 씩 웃더니 동시에 대답했다.

"네!"

"핫바랑 소시지도 전자레인지에 구워올까 하는데 어때요?"

여자가 재빨리 대답했다.

"너무 좋아요! 마침 배고팠는데."

나는 신이 나서 맛난 김치와 사발면 세 개, 핫바와 소시지를 사 들고 와

두 사람 앞에 펼쳤다.

"야식 배달 왔습니당."

함께 음식을 먹으며 그들의 속 이야기를 더 들을 수 있었다. 그녀가 사발면에 뜨거운 물을 부으며 말했다.

"근데 말이에요, 사람들이 얼마나 웃긴지 아세요?"

"네? 뭐가……요?"

"사람들은요, 성폭행당한 사람은 항상 침울하고 괴로워하고 아파해야 한다고 생각해요. 단 한 번이라도 웃고 기뻐하면 안 된다고 생각해요."

"아, 무슨 일이 있으셨군요."

"검찰청에 조사를 받으러 갔을 때예요. 검사가 몇 번이나 묻더라고요. 정말 성폭행을 당한 게 맞냐고요."

"어머, 정말요?"

"제가 경찰 조사에서는 시체처럼 있었거든요. 그런데 검찰 조사에서 표정이 밝으니까 이상하게 본 것 같아요."

나는 그럴 수도 있겠다며 고개를 끄덕였다.

"또 한 번은 제가 힘든 내색 하나도 없이 하도 담담하게 구니까 한 친구가 묻더라고요."

"뭐라고요?"

"'너는 성폭행당했다면서 어떻게 그렇게 편안하고 행복한 표정을 짓고 다닐 수 있어? 너한텐 성폭행당한 게 별거 아닌 거야?' 이렇게요."

"어머, 일 났네, 일 났어! 그걸 가만두셨어요?"

나는 순간 열이 확 올라서 흥분하고 말았다.

"그래서 제가 물었어요. '그럼 어떻게 살아야 정상인데?' 그랬더니 그

아마 내가 별에서 왔다지요

친구 왈, 자기 같으면 인생이 끝났을 거 같대요."

"아오, 진짜!"

"사람들은 이해 못 해요. 내가 이렇게 웃기까지 어떤 과정이 있었는지를요. 저요, 죽다 살아났어요. 인생 끝에서 돌아왔어요. 제가 가족들의 도움으로 죽음의 문턱에서 돌아왔을 때 저는 완전히 새로 태어났어요. 그때 생각을 바꿨죠. 이제부터 좌절할 시간에 희망을 품자고, 턱이 아플 만큼 웃자고, 슬플 때 웃고, 아파서 숨을 못 쉴 때 웃고, 죽고 싶을 만큼 괴로울 땐 더 크게 웃자고 말이에요. 그랬더니 제 삶이 바뀌더라고요."

나는 넋을 놓고 그녀의 얘기에 빠져들었다.

"저에게 이 일은 더러운 똥을 밟은 것과 같아요. 똥을 밟았다고 끝없이 괴로워하면서 '난 더러운 똥을 밟았으니 죽어야겠네.', '창피해서 고개를 들고 살 수가 없네.', '내 인생 여기서 끝났네.' 해야 할까요? 똥 밟은 게 내 잘못도 아닌데요?"

이럴 수가! 이토록 놀라운 해석을 하다니!

"저는요, 당당하고 꿋꿋하게 다시 시작하고 싶어요. 지난 25년간 너무 행복하게 살았고 누구보다 열심히 살았는데, 그딴 일로 무너질 수는 없어요."

전적으로 옳은 말이었다. 단 한 마디도 틀린 부분이 없었다. 그녀는 명연설을 이어갔다.

"남들이 저를 이상하게 볼수록 저는 이를 악물었어요. 제 미래를 위해서요. 성폭행을 당했든 당하지 않았든 저는 여전히 존재할 거예요. 할머니가 되어서도 존재할 거예요. 그러니까 계속 존재할 제 미래를 위해서, 제 행복을 위해서 반드시 싸울 거예요. 힘들다고 주저앉아 버리면 그 나쁜 놈만 신나지 않겠어요? 벌 받을 인간은 벌 받게 하고 저는 제 삶을 계속 꾸려 가야죠. 그게 맞죠."

그녀는 정말 달랐다. 지금까지 내가 만났던 성폭행 피해자들은 대부분 자신들을 비참한 피해자로만 인식했는데, 이 여성은 악랄한 죄인을 심판하는 준엄한 존재로 자신을 인식하고 있었다.

이토록 위대한 지구인 영웅을 만나다니! 나는 너무나 감격한 나머지 기립박수를 쳤다.

"어머, 환상적이에요! 세상에, 어쩜 그리 멋진 말만 골라서 하죠?"

"정말요? 진짜 그렇게 생각하세요?"

"그럼요! 저 정말 진지하게 얘기하는 건데요, 선생님같이 멋진 사람 진짜 처음 봐요!"

"감사합니다. 헤헤헤."

푸짐한(?) 야식 앞에 둘러앉은 우리 셋은 서로를 바라보며 한참을 웃었다.

일을 다 마친 후, 사랑스러운 커플을 배웅해 주며 말했다.

"저는 오늘을 특별한 날로 정했어요. '나의 사무실에 세계 최고로 강하고 멋진 커플이 방문한 날'로요."

나는 진정으로 깨달았다. 모든 일은 정말 마음먹기에 달렸다는 걸. 한순간 끔찍한 일을 겪었다고 다 불행한 건 아니라는 걸.

지금 이 순간에도 지구 어딘가에는 그녀와 같은 아픔을 간직한 채 살아가는 이들이 있을 것이다. 그들이 부디 그녀가 알려 준 중요한 사실을 깨닫기를.

'당신은 지금도 여기 존재하고 있고, 미래에도 존재할 것이다.'

그러니 당신은 반드시 행복해야 한다. 그 누구보다 더 행복해야 한다. 부디 끝까지 힘내시길! ✦ ✦   ✦

아마 내가 별에서 왔다지요

10 "무릎 꿇어!"

나는 지구인들이 흔히 말하는 '진상 고객'들을 셀 수 없을 정도로 많이 만났다. 그들과 내가 만들어 낸 시츄에이션을 뭐라 부르면 좋을까? 옳거니! '대.환.장.'이 적절하겠다. 도대체 어느 정도이기에 그런 표현을 쓰는지 궁금하다면 그 진상들 중 한 명을 함께 만나 보자. 내게 굴욕감을 안겨 줬던 한 남자를.

사무실 문을 열고 한 남자가 들어와서는 내 쪽으로 걸어왔다. 아주 천천히, 아주 느리게. 점점 다가오는 그를 보며 생각했다.

'이 아저씨 오늘은 걸음이 참 느리네. 근데…… 이 오싹한 기분은 뭘까?'

일주일 전에 서류 복사를 해 갔는데 다시 온 것이다. 그때 그는 짧은 순간이었지만 내게 제법 좋은 인상을 남겼었다. 점잖은 손님이었고, 내내 환하게 웃었으며, 사무실을 나가기 직전엔 참신한 질문도 했었다.

"복사기는 참 기특한 발명품 아닙니까?"

"네, 그렇죠. 우리 인간에게 한계란 없는 것 같아요."

"무릎 꿇어!"

"고마워요. 저 가 볼게요."

"네. 건강하시고요."

그런데 다시 사무실에 나타난 그는 전혀 다른 사람 같았다. 도대체 일
주일 동안 그에게 무슨 일이 있었던 걸까? 누가 봐도 정상이 아니었다.
일단 눈빛이 생기도 없고 몹시 흐리멍덩했다. 얼굴은 누렇게 떠 있었고,
티셔츠는 온통 땀으로 뒤범벅되어 축축하게 젖어 있었다. 고약한 냄새
가 코를 찌르기도 했다. 혹시 주말에 친목 모임에서 야구를 하다가 쏜살
같이 날아오는 공에 머리를 정통으로 맞아 살짝 돈 걸까?

내게 어기적어기적 걸어오던 그가 갑자기 획 돌아서더니 문 옆 창가로
가서는 바깥을 빠르게 두리번거렸다. 그리곤 사무실 문을 열어 거북이
처럼 얼굴만 빼꼼 내민 채 좌우를 살폈다. 그러다 뭔가를 발견했는지 헐
레벌떡 머리를 문 안쪽으로 넣고 문을 닫았다. 나는 그의 원맨쇼를 지켜
볼 뿐이었다. 그런데 그가 갑자기 고개를 돌려 나를 노려보고 소리쳤다.

"내 서류 내놔!"

"네?"

"내 서류 내놓으라고!"

저번에 종이 몇 장 복사만 하고 간 게 전부였는데 다짜고짜 뭔 소리래?
나는 너무 어이가 없었지만 일단 차분하게, 또박또박, 정상인답게 예의
부터 갖췄다.

"안녕하세요?"

"안녕 못하겠다면?"

"네?"

그가 이번에는 사무실이 떠나갈 정도로 고래고래 소리쳤다.

아마 내가 별에서 왔다지요

"내 서류 어디다 감췄어!"

"네? 제가 서류를 감췄다고요?"

"그래!"

"제가 왜요?"

"왜긴 왜야? 빼돌리려고 그랬겠지!"

"어떤 서류인데요?"

"그때 당신이 복사했었잖아. 다른 건 다 있는데 그것만 없어졌어. 당장 내놔!"

그가 내 앞으로 성큼성큼 걸어오더니 손을 번쩍 올렸다. 내 따귀를 때리기 직전 동작이었다. 나는 단호하게 외쳤다.

"손님! 손은 가만히 두시죠!"

다행히 내 뺨은 무사했지만 그는 나사가 완전히 풀려 버린 사람처럼 악을 썼다.

"내 손인데 네가 왜 가만히 두라 마라야? 응!"

자, 생각해 보시라. 내가 얼마나 놀랐겠는가! 이 미친 사람을 상대하는 나를 걱정하는 독자들의 마음이 느껴진다. 하지만 안타깝게도 여기까진 맛보기에 지나지 않는다.

그가 갑자기 사무실을 마구 두리번거렸다. 도대체 왜 그러는 건지 물어도 대답을 안 했다. 알고 보니 복사기를 찾았던 것이다. 그는 복사기를 발견하자 그 위에 놓여 있던 종이들을 하나씩 들춰 봤다. 모든 종이를 살펴본 뒤에는 불안한 듯 눈을 깜빡거리기 시작했다. 그러더니 정말 뜻밖의 행동을 했다. 글쎄 복사기 위 한쪽 구석에 있던 돈을 순식간에 자기 주머니에 쏙 넣는 것이 아닌가! 500원짜리 한 개와 100원짜리 2개였다.

그 모습에 나는 안도의 한숨을 내쉬었다. 어쩌면 일이 생각보다 쉽게 해결될 수 있으리라 생각하고 조용히 물었다.

"돈을 원해요?"

그는 대꾸 없이 사무실 곳곳을 스캐닝하듯 둘러본 후 소파에 털썩 앉았다. 다리를 뻗기에 좁았던지 소파 앞에 놓여 있던 상담용 탁자를 발로 쭉 밀어냈다. 탁자가 있던 자리에는 먼지 쌓인 A4 용지 한 장과 동전들이 떨어져 있었다. 그는 그 종이를 주워 살펴보더니 곧 내던졌다. 내 허락도 없이 가구 위치까지 옮기다니! 내가 따지듯 물었다.

"진짜 왜 그러시냐고요?"

"왜 그러긴! 내 서류 달라고! 당장!"

"저한테 없어요. 그때 다 가져가셨잖아요."

그의 나쁜 손버릇이 또 나왔다. 바닥에 있던 먼지 쌓인 10원짜리 3개를 주워 자기 주머니에 넣었지 뭔가. 마치 애초에 자기 것이었는데 흘렸던 것 마냥. 그자가 지금까지 주운 돈의 액수는 정확히 730원이었다. 모두 내 거였다. 물론, 탁자 밑 동전은 출처가 불확실하지만, 어쨌든 내 사무실에서 나왔으니 내 거 아닌가! 내 돈을 되찾아야겠다고 굳게 마음먹고 그에게 말을 하려던 순간 그가 노란 서류 봉투를 흔들며 말했다.

"여기서 복사해 간 뒤에 그 서류만 빠졌어. 빨리 내놔!"

"그러니까, 여기 이 봉투에 다 있어야 하는데 그 서류만 빠졌다는 말씀이세요?"

"그래! 총 열여섯 장이었는데 한 장이 비어. 얼른 내놔!"

나는 뭔가 좀 이상하다 싶어 다시 물었다.

"정확히 어떤 서류가 빠진 거죠?"

"그건 네가 더 잘 알겠지!"

아마 내가 별에서 왔다지요

가만 보니, 이 사람은 빠진 서류가 뭔지도 모르는 것 같았다. 뭐가 있고 뭐가 없는지도 모른 채 그냥 숫자가 안 맞으니까 소리를 지르는 거다.

내가 다시 차분하게 물었다.

"그럼, 그것만 찾아드리면 가실 거죠?"

"당연하지."

"잠깐 서류 좀 봐도 될까요?"

"볼 테면 봐."

나는 민첩한 손놀림으로 노란 봉투에서 종이 뭉치들을 뺐다. 그리고 큰소리로 그 숫자를 세기 시작했다.

"하나, 둘, 셋, 넷…… 총 열여섯 장이 맞는데요? 어떤 게 없다는 거죠?"

그는 흠칫 놀란 표정으로 침을 묻혀 가며 직접 종이들을 셌다. 그러고는 나를 쳐다봤다. 드디어 상황 종료인가? 나는 당당하게 말했다.

"총 열여섯 장 맞고요, 제가 빼돌리지 않은 것도 확인했으니 이제 가 주시겠어요?"

그가 당연히 사무실 밖으로 나갈 줄 알았다. 하지만 내 착각이었다. 내가 왜 이 남자를 '진상 고객'이라고 하는지가 본격적으로 나올 차례다. 그가 다급하게 말했다.

"한 가지 더!"

"또 뭐요?"

"당신 나한테 바가지 씌운 거 다 알고 왔거든!"

"뭐라고요?"

"종이 한 장당 복사비를 50원이나 받았잖아!"

나도 모르게 발끈했다.

"아니, 이 아저씨가! 다른 데는 장당 100원 받는데, 깎아달라고 해서 50원에 해 드린 거잖아요!"

"웃기지 마! 지하철역에서 오다 보니까 어떤 집은 '복사 25원'이라고 간판에 크게 써 붙여놨던데. 왜 거짓말 해?"

'돌겠다. 그깟 복사 몇 장 해 주면서 내가 무슨 부귀영화를 누리겠다고!' 그런데도 나는 또 거기다 대고 변명을 하기 시작했다.

"거기 저도 아는 곳인데요, 상호만 '복사 25원'이에요. 실제로 복사비 제값 다 받아요."

"웃기지 마!"

"정말이에요. 거기도 소량 복사일 땐 장당 100원씩 받는다고요."

"거짓말 좀 그만해!"

"진짜라니까요. 간판 가까이 가서 보면 '복사 25원'이라는 상호 옆에 괄호하고 '대량일 때만'이라고 작게 적혀 있어요! 직접 가서 확인해 보세요."

"웃기지 마! 어쨌든 거기보다 바가지 씌운 건 사실이잖아! 맞아? 안 맞아?"

"바가지라뇨?"

"그만 좀 속이라고. 이 사기꾼아!"

"사기꾼이요? 아예 제 심장에 비수를 꽂으시네요."

"그러니까 장사 똑바로 하라고!"

"아저씨! 어떻게 저를 사기꾼이라고 모함할 수가 있죠?"

"모함? 너 같은 사기꾼은 제대로 혼 좀 나 봐야 돼."

나한테 다짜고짜 소리를 지르는 것도, 내 돈 730원을 가져간 것도 그냥 참아 주지 말았어야 했다. 그는 결국 선을 심하게 넘어 버렸다.

아마 내가 별에서 왔다지요

"무릎 꿇어!"

"네? 뭐라고요?"

"용서받고 싶으면 무릎 꿇으라고!"

나는 하도 어이가 없어서 입을 다물지 못했다. 화조차도 나지 않았다.

"그 얘기는 제가 못 들은 걸로 하죠. 그만 가 주시겠어요?"

"무릎 꿇기 전엔 못 가."

내가 눈을 크게 뜨고 쳐다보자 그가 비아냥거렸다.

"왜 그러고 보는 건데? 이 사기꾼아!"

"자, 분명히 말씀드릴게요. 저 지금껏 살면서 잘못한 게 없는데도 무릎을 꿇었던 선례는 단 한 번도 없었습니다. 그러니 무릎 못 꿇습니다! 그만 가 주세요."

그가 소파 등받이에 기댄 채 다리를 꼬고 앉아 희미한 콧노래를 부르기 시작했다. 노래 중간중간에 나에게 무릎을 꿇으라고, 반드시 꿇어야 한다고 했다. 서류 얘기는 싹 사라진 지 오래였다. 정말 미치고 펄쩍 뛸 노릇이었다. 나는 이를 악다물었다.

'난 절대로 무릎을 꿇지 않으리라! 그리고 저 인간도 결단코 용서치 않으리라! 즉시 업무방해죄로 신고하리라.'

나는 책상에 앉아 즉시 전화기를 들었다. 하지만 번호를 누르려다 다시 내려놓았다. 더 좋은 방법이 떠올랐기 때문이다. 나는 두 주먹을 불끈 쥐었다. 곧 살벌한 육탄전이라도 벌일 태세로 그 인간을 노려봤다. 그리고 강호의 세계에서 무술 고수에게 도전하는 용감한 사람처럼 절도 있는 목소리로 아주 또박또박 외쳤다.

"아저쒸이!"

"왜?"

"누가 이기는지 한번 해보자는 거죠?"

"그래. 해 보자!"

"아저씨! 꼼짝 말고 그대로 있어요!"

"뭐가 어쩌고 어째!"

"거기서 한 발짝만 더 앞으로 오기만 해요!"

"뭐라고? 이게 진짜!"

그가 벌떡 일어서더니 딱 한 발짝을 앞으로 내딛고 비아냥거렸다.

"자, 왔다. 어쩔래?"

나는 양 손바닥을 쫙 펴서 멈추라는 신호를 한 뒤 부드럽게 말했다.

"아니…… 제가 지금 무릎을 꿇으려고 하는데, 앞으로 오시면 안 되잖아요. 저랑 머리 부딪히면 안 되니까요. 제 말이 맞죠? 그러니까 좀 뒤로 물러서세요."

"뭐?"

그는 어리둥절한 표정을 지었다.

"정확하게 딱 한 발짝만 물러서면 되겠네요."

"뭐? 이렇게?"

"네. 바로 거기요. 거기 서 계시는 게 좋겠어요. 그럼, 저 지금 무릎 꿇어도 되죠?"

"아, 알았어. 어서 꿇어."

어차피 이렇게 된 거 효과를 극대화하고 싶었다. 나는 비장하게 물었다.

"근데 왼쪽을 꿇을까요? 오른쪽을 꿇을까요? 어느 쪽을 더 선호하세요?"

"그, 그냥 알아서 해."

그는 말을 더듬었다. 잔뜩 놀란 얼굴이었다. 조금 겁먹은 것 같기도 했다. 세상에 나처럼 상냥하게 구는 사람도 흔치 않을 텐데 이렇게 겁을 먹다니! 거 참.

나는 밝은 목소리로 말했다.

"아! 그럼, 양쪽을 동시에 꿇는 건 어때요? 어머! 좋은 생각이다. 맞죠?"

"그거 좋네."

"정말요? 아저씨가 좋아하실 줄 알았다니까요."

"응. 양쪽 무릎으로 꿇는 게 좋아 보여. 얼른 꿇어, 얼른."

나는 한술 더 떠서 매우 과장된 말투에 몸짓까지 곁들이며 말했다.

"그럼 이왕 하는 김에 바닥에 엎드리고 절까지 해 드릴까요?"

"아니, 그건 하지 마. 절을 받을 정도로 큰 잘못은 아니니까."

"네, 그러겠습니다."

만약 지구에 '가장 덜떨어지고 모자란 바보 뽑기 대회'가 있었다면 그날의 내가 우승했을 것이다. 하지만 후회는 안 한다. 사실 무릎을 꿇겠다고 마음먹기 직전까지는 정말 화가 났다. 그럼에도 왜 그냥 꿇었을까? 그것도 너무나 비굴하게 말이다. 그자가 너무 원해서? 죽은 사람 소원도 들어준다는데 산 사람 소원 하나쯤 들어주자는 마음이었을까?

나는 경찰을 부르거나 오히려 그자에게 사과를 받아야 마땅했다. 나의 대응은 누가 봐도 정상적이라고 보기 힘들다. 비정상…… 그게 핵심이다. 그자는 제정신이 아닌 수준 낮은 인간이었다. 나는 그 수준에 딱 맞는 방법으로 응했던 것이다. 아주 형편없는 수준으로다가.

결과는 어땠을까? 그는 내가 무릎을 꿇자마자 바로 도망치듯 사무실 밖으로 나갔다. 그날 밤 나는 잠자리에 누워 낮에 벌어졌던 소동을 생각했다. 그가 허겁지겁 나갈 때의 표정을 떠올리며 회심의 미소를 지었다.

　그나저나 그의 정체가 정말 궁금했다. 곰곰이 생각해 보다 매우 합리
적인 추리를 해냈다. 어쩌면 그는 정신 병원에 장기간 입원 중인 환자였
던 게 아닐까? 내가 처음 봤던 날은 모처럼 외출증을 끊고 바깥바람을
쐰 게 좋아서 비교적 평온한 모습이었던 거고. 외출하자마자 들렀던 곳
이 바로 나의 사무실이었겠지. 일주일 뒤, 두 번째 외출 때는 상태가 급
격히 나빠진 나머지 나에게 와서 행패를 부린 것일 테고. 정말 그런 거
라면 일주일 뒤에 그가 또 올 수도 있다는 건가? 하지만 다행히 다시는
그를 보지 못했다.

아마 내가 별에서 왔다지요

11
엄마를 때리는 아이

부모라면 누구나 떠올리는 질문이 있다.

"도대체 자식을 어떻게 키워야 할까?"

이번에는 위험 지수가 상당히 높아 보였던 어린 아들과 그의 엄마를
만나 볼 차례다. 그들에 대해 언급하는 이유는 사랑하는 자식을 누구보
다 현명하게 돌봐야 할 엄마가 놀랄 정도로 자식에게 길들여져 있는 게
안타까웠기 때문이다.

그녀는 남편의 심부름으로 녹취록을 의뢰하러 왔다. 일곱 살짜리
남자아이와 함께였다. 아이는 사무실에 들어온 지 5분도 채 되지 않아
온갖 짜증을 부리기 시작했다. 뭐, 그럴 수도 있다. 아이니까. 집중력이
좀 약한 아이도 있고, 어리광이 좀 심한 아이도 있다. 그런 걸 이해하지
못하는 바는 아니다.

약간의 시간이 더 지나자, 아이는 엄마의 손등을 심하게 내리치며

"심심해!"하고 소리쳤다. 여기서부터는 이해하기가 조금 힘들었다. 왜냐하면 아이가 엄마의 손을 때리는 강도가 꽤 세고 반복적이었기 때문이다. 하지만 엄마는 아이를 혼내기는커녕 아주 부드럽게 타일렀다.

"알았어. 아들, 조금만 기다려 줘. 미안해."

내가 녹음 파일의 상태를 확인하고 있는데 아이가 또 소리쳤다.

"아, 엿 같아! 엿 같다고! 빨리 나가자니까!"

나는 너무 놀라서 "어머! 애 말하는 것 좀 봐."라고 나도 모르게 말해버렸다. 엄마에게 짜증을 표현하는 아이의 말과 행동이 도를 넘었기 때문이다. 그런데 더 놀라운 것은 그 엄마의 반응이었다.

"호호호. 우리 애 너무 귀엽지 않아요?"

"네?"

"너무 깜찍하지 않냐고요? 아우, 예뻐라."

"아…… 네. 소름 끼치게 깜찍하긴 하네요."

나는 '참 이상한 엄마일세.' 하고 생각한 뒤, 그녀에게 녹취에 관한 세부사항을 계약서에 기재해 달라고 요청했다. 그녀가 집중해서 글자를 쓰고 있는데, 이번에는 아이가 엄마의 가슴팍을 주먹으로 '퍽' 하고 때리더니 "배고파!"라고 악을 썼다. 나는 입을 크게 벌린 채 그 둘을 쳐다봤다.

과연 이번엔 그 엄마가 어떻게 했을까? 아이의 볼을 쓰다듬으며 미안하다고 사과했다. 자신을 때린 자식에게 말이다. 나는 도저히 그냥 보고 있을 수만은 없었다.

"저기…… 어머니, 아이가 엄마를 때렸는데 가만히 계시면 안 되지 않나요?"

"아직 어리잖아요. 차차 좋아지겠죠."

참으로 놀라운 모자로다! 물론 아이를 훈육하는 건 엄마의 영역이라 내가 뭐라 할 수는 없는 노릇이지만 저대로 방치했다간 정말 큰일이 날 것만 같았다. 나는 실례를 무릅쓰고 한마디 했다.

"어머니, 여기 들어온 지 얼마 되지도 않았는데 아이가 저렇게 분노하는 건 좀 이상해 보여요. 그렇지 않나요?"

"뭐가 이상해요? 예쁘기만 한데!"

"아, 그런가요?"

그녀는 싸늘한 표정으로 나를 노려봤다. 그 눈빛에는 자신이 끔찍이 사랑하는 아들을 털끝만큼이라도 건드리지 말라는 경고가 담겨 있었다. 더 말해 봤자 소용도 없을 테니 나는 입을 꾹 다물었다. 그러고는 일과 관련된 말 외에는 일절 하지 않았다.

시간이 지나면서 아이의 짜증 강도가 점점 세졌다. 아이는 나와 대화 중인 엄마를 매섭게 노려보며 씩씩댔다. 그러다가 갑자기 '빡' 소리가 날 정도로 세게 엄마의 뒤통수를 때렸다. 나는 즉시 아이를 나무랐다.

"얘! 엄마를 때리면 어떻게 하니? 그럼 못써!"

"아가씨가 뭔데 제 아들한테 뭐라고 하죠? 그러지 마세요!"

이건 또 뭔 소리? 혹시 이 모자는 지구에서 '콩가루 집안 육성'을 위해 만들어 낸 시범 가족인가? 어떻게 저럴 수가 있지? 나는 하도 어이가 없어서 말도 하기 싫어졌다.

그 후, 아이는 의자에 앉아 있는 엄마의 등 뒤로 가서 엄마 목에 팔을 감더니 뒤로 힘껏 당겼다. 하마터면 그 엄마가 뒤로 나동그라질 뻔했다. 아이는 엄마 목을 조르며 말했다.

"핸드폰 내놔! 핸드폰! 게임할 거야!"

나는 그 엽기적인 모습에 기겁할 지경인데, 아이 엄마는 한없이 다정하기만 했다.

"우리 아기 심심했구나. 자, 여기 있어. 30분만 하는 거다. 알았지?"

아이는 아무런 대꾸도 안 했다. 그동안 사무실을 운영하면서 수많은 아이와 엄마를 봐 왔지만, 이런 모자는 처음이었다. 그야말로 역대급 충격이었다.

내가 보기에 이 엄마의 행동은 아들에게 못된 주문을 거는 것 같았다. 엄마를 파멸시키는 패륜아로 둔갑시키는 주문 말이다. 이대로 자란다면 이 아이는 분명 그런 사람이 되고 말 것이다.

그녀는 지금 아들에게 '행동'으로 주문을 걸고 있다. 그 행동을 '말'로 바꿔보자. 그러면 다음과 같은 대화가 되지 않을까?

엄마 : "아들아, 아들아, 사랑하는 나의 아들아. 너 나중에 커서 진짜로 툭하면 엄마를 막 두들겨 패줘야 해. 안 그러면 안 되는 거 알지?"

아들 : "엄마 진짜? 때리는 거 나쁜 거 아니야?"

엄마 : "나쁘지 않아. 너는 커서 엄마를 무조건 많이 때려 줘야 해. 며칠 간격으로 때려도 좋은데, 매일 때리면 더 좋아. 나 완전히 기대하고 있을 거야! 알았지?"

아들 : "진짜? 진짜로 엄마를 때려도 돼?"

엄마 : "당연하지. 그러라고 지금도 네가 나 때리는데 가만있는 거잖아. 눈치 못 챘어, 우리 아들?"

아들 : "몰랐어. 그냥 엄마가 나 예뻐서 참는지 알았어."

아마 내가 별에서 왔다지요

엄마 : "물론 너무나 사랑해서 참기도 하지만, 엄마한텐 미래의 계획이
　　　　있거든."

아들 : "무슨 계획인데?"

엄마 : "엄마가 나중에 할머니가 돼서 심하게 구박받는 거야. 그러려면
　　　　지금부터라도 네가 고사리 같은 손으로 날 열심히 패 줘야만 해.
　　　　엄마는 너한테 맞아 죽고 싶어서 환장한 사람이거든."

●●●

　생각할수록 이 모자의 미래가 너무 걱정됐다. 나는 욕먹을 각오를 하고
말했다.

　"어머니, 아이가 이렇게 엄마한테 버릇없이 굴고 때리기까지 하는데
가만히 두면 아이의 미래가 너무 암울할 거예요. 아이를 위해서 어머니
제발……."

　"얘가 배고파서 그래요. 원래 안 그런다고요!"

　"혹시 아이가 어디 몸이 불편한 건 아니죠?"

　"네! 아니에요."

　"외람되지만 제가 한 말씀 드릴게요. 아이 저러는 거 정말 훈육하셔야지,
안 그러면 나중에 큰 문제가 될 수 있어요. 지금은 손으로 때리지만 나중
에는 날아 차기에 돌려 차기까지 할 수도 있어요. 그 폭력의 상대가 어머
니에서 멈추면 다행이지만 때리는 게 분명 습관이 될 거고, 조금이라도 화가
나면 분노 조절을 못 해서 툭하면 친구나 지인들에게까지 피해를 줄 수
있어요."

　"아니 글쎄, 아직 어려서 그런다니까요! 심성은 착한 아이예요. 아마
좀 더 자라면 자기 스스로 알 때가 올 거예요. 저는 그때까지 기다려 줄

래요."

"어머니, 그럼 저랑 약속 하나만 해 주실래요?"

"뭐요?"

"요새 결혼 연령이 늦어져서 어쩌면 저 아이가 40대 넘어서까지 같이 살아야 하실 수도 있거든요."

"그럼 저야 좋죠. 우리 아들이랑 오래 사니까."

"그런데, 중요한 건 그쯤 되면 저 아이의 폭행 강도가 정말 강력해질 거거든요. 그럴 땐 꼭 장비를 착용하셔야 해요. 어머니."

"네? 무슨 장비요?"

"일단, 갑옷 같은 거 진짜 두꺼운 걸로 준비해 두시고요, 얼굴에는 펜싱 선수들이 쓰는 걸 반드시 착용하시길 권장해 드려요. 진짜 진짜 중요합니다."

"말도 안 돼! 저한테 진짜 왜 그러세요?"

"걱정돼서 그래요. 여기 존속폭행 사건 녹취 정말 많이 들어오거든요. 자식들이 막 부모를 팬단 말이에요."

그녀는 나를 이상한 사람 보듯 쳐다봤다.

"어머니, 그렇게 보셔도 소용없어요. 제 눈에는 점점 폭군으로 변해가는 저 아이의 눈빛이 적나라하게 보이는데, 어머니만 그걸 모르시는 것 같아요."

"아 글쎄, 남의 일에 신경 쓰지 마시고 일이나 잘해 주세요! 제 아이니까 제가 알아서 할게요."

이 책의 독자 중에는 내가 결혼도 안 하고 자식도 없으니 뭘 잘 모른다고 말하는 이도 있을 것이다. 또 누군가는 그 엄마의 주장대로 아이가

아마 내가 별에서 왔다지요

지금은 어려서 그렇지 크면 괜찮아질 거라고 말할 것이다. 하지만, 나는 내 추측이 맞으리라 확신한다. 내 눈에는 이 모자의 비극적인 미래가 선명하게 그려졌다.

〈30년 후〉

성인이 된 아들이 길길이 날뛰며 엄마를 윽박지른다.

아들 : "이거 내놔. 저것도 다 내놓으란 말이야!"

　　　 "빨리 밥 안 차려 주고 뭐해?"

　　　 "이따위로 밖에 못 해?"

노쇠한 엄마는 구석에 몸을 웅크리고 앉아 두려움에 떨며 대답한다.

엄마 : "미안하다, 아들아. 제발 진정 좀 하렴."

아들 : "진정? 내가 진정하게 생겼어? 아쒸, 진짜 확!"

아들은 엄마를 인정사정없이 짓밟는다. 노모는 너무 고통스러워서 모깃소리도 내지 못한다.

어린아이가 부모를 때리는데도 그저 예쁘다는 이유로 아무 조치도 취하지 않는다면, 그들의 미래는 암울할 뿐이다. 어떤 이유로도 자식이 부모를 때리는 일이 있어선 안 된다.

나의 사무실을 찾아온 버릇없는 일곱 살짜리의 엄마는 분명히 자식을 사랑했다. 그것도 아주 많이. 하지만 그녀는 지혜로운 엄마는 아니었다. 나는 알려 주고 싶었다. 아이를 사랑한다면 당장 지혜로운 부모의 모습을 찾는 게 급선무라는 걸. 하지만 아무리 말해도 그녀를 설득하는 데는 실패했다.

벌써 오래전 일이다. 이제는 그 아이도 세상 이치에 대해 알 만한 나이가 됐다. 과연 그 엄마의 예상대로 아이는 괜찮아졌을까? 그들이 부디 잘 지내고 있길 바란다.

아마 내가 별에서 왔다지요

12
"여기는 존속학대 방지센터 입니다."

정말 우연인 걸까? 엄마를 때리는 일곱 살 꼬마와 그 엄마가 다녀가고 약 8개월 뒤 신기한 일이 일어났다. 내가 예측한 그녀의 미래 모습 그대로 살고 있는 사람이 나타난 것이다. 마치 타임머신을 타고 일곱 살 꼬마 엄마의 노년기로 이동한 것 같은 착각이 들 정도였다.

그녀의 이마, 눈가, 입가에는 세월의 주름이 깊게 패여 있었다. 35년 전에 첫 아이를 낳고 엄마가 되었을 때는 상상도 못 했다고 했다. 그녀의 몸에서 태어난 생명체가 이토록 괴이할 줄은.

"그 애만 안 볼 수 있다면 무인도에라도 가서 살고 싶어요!"

아들 얘기를 하다가 감정이 격해져 울부짖었던 그녀…… 도대체 무슨 일이 있었던 걸까?

그녀가 나의 사무실에 온 이유는 그간 아들에게 괴롭힘을 당해 온 내용을 문서로 정리하고 싶어서였다. 혹시 자신이 잘못되면 딸들에게 보여 주기 위해 준비해 두려는 것이었다. 하지만 그녀가 손으로 적어 온 내용으로는 왠지 부족해 보였다. 하여 그녀에게 제안했다.

"어머니, 그럼요…… 차라리 얘기를 녹음하는 건 어떨까요?"

"녹음이요?"

"네. 제 생각에는 서류보다는 어머니 육성으로 증언한 걸 녹음해서 딸들한테 전해 주시는 게 더 좋을 것 같아요."

"그럼 딸들이 녹음기를 사서 그걸 들어야 하잖아요."

"아니에요. 그 녹음 파일을 USB에 담아서 드리거나 이메일로 보내 드리면 돼요. 그러면 따님들이 컴퓨터나 휴대폰으로 언제든 들을 수 있어요."

"아…… 그런 게 있으면 참 좋겠네요."

"제가 '녹음 시작'이라고 하면, '몇 년, 몇 월, 며칠, 몇 시, 지금 말하는 사람은 OOO.' 이렇게 녹음일시와 어머니 이름을 말씀하시면 되고요. 대화 속에 나오는 저는 그저 어머니와 같은 지구에 사는 사람으로서 녹음을 도와드리는 겁니다. 자, 그럼 시작할까요?"

그녀는 아들 하나, 딸 넷을 둔 보통의 어머니였다. 남편을 일찍 여읜 탓에 장남에게 특히나 사랑을 쏟았다. 아들을 보기만 해도 배가 불렀다. 눈에 넣어도 안 아플 자식이라 그 어떤 행동을 해도 마냥 예뻐했다. 잘못을 저질러도 혼내기는커녕 아들이 기죽을까 봐 엉덩이를 토닥이며 괜찮다고 했다. 그리고 아주 어렸을 때부터 툭하면 이런 말들을 해 주었다.

"우리 아들, 이 집안 모든 재산은 다 너한테 줄 거야. 그러니까 공부 열심히 해야 한다."

"이 집도 다 너 줄 거야. 네가 장손이잖니."

그때는 정말 몰랐던 것이다. 그렇게 오냐오냐하며 키운 것이, 아들을 위해 해 주었던 습관적인 행동과 말들이 독이 되어 그녀의 삶을 이토록 괴롭게 할 줄은.

어려서부터 총명하고 말을 잘 듣던 그 아들은 커가면서 점점 이상해졌다. 성인이 되어 몇 번의 사업 실패를 겪은 후엔 열심히 살지도 않고, 집안의 돈이란 돈은 모두 자기 것인 양 갖다 써댔다.

결국 아들이 집안의 돈을 탕진해 버려서 그녀에게는 집 한 채만 덩그러니 남았다. 또다시 돈을 달라는 아들에게 더 이상 줄 돈이 없다고 할 수밖에 없었다. 그때부터 아들의 괴롭힘이 시작됐다. 지독한 시달림으로 그녀의 건강이 급격히 나빠졌다.

여기까지 얘기했을 때 그녀가 눈물을 흘리기 시작했다.

"제가 몸이 안 좋으니 제발 좀 그만 괴롭히라고 했어요. 그랬더니 며칠 뒤에 비타민이라면서 약을 주더라고요. 근데 그 약을 먹고부터 계속 잠이 오고 너무 기운이 없는 거예요. 알고 보니 글쎄, 그게 수면제였어요."

"네? 수면제요? 수면제를 어떻게 구했을까요?"

"걔도 우울증 치료를 받고 있었거든요. 저한테 그 약을 하나씩 하나씩 계속 줬어요. 근데 알아보니까 그 약 계속 먹으면 안 좋다고 하더라고요."

"맞아요. 과하면 안 좋죠."

"그래서 제가 말했죠. 수면제 한 알씩 주면서 서서히 피 말려 죽이지 말고, 그냥 왕창 주라고요. 한꺼번에 먹고 죽어 버리겠다고요."

"어머나!"

"그랬더니 그다음부터 수면제를 안 주더라고요."

"정말 다행이네요."

"근데, 몇 달 뒤에 수면제를 통에다 잔뜩 담아서 물하고 같이 주는 거예요. 지 보는 앞에서 한꺼번에 털어서 먹으래요. 그럼 내 소원대로 죽을 수 있다고 하면서."

"어머! 아드님이 미쳤나 봐요. 그래서 어떻게 하셨어요?"

"제가 그랬죠. 그냥은 안 죽는다고. 내 재산 너한테 단 한 푼도 남기지 않겠다는 유언장 쓰고 죽을 거라고."

"그랬더니요?"

"그랬더니만 괴롭히는 게 더 심해졌어요."

"어떻게요?"

"어느 날부터 집에서 툭하면 칼을 갈았어요. 칼이 잘 안 든다고 하면서. 내가 얼마나 무서웠는지 말도 못 해요. 그리고 자꾸만 새 칼을 그렇게 사 왔어요. 칼이 좋다나 뭐라나."

"어머! 소름 끼치네요."

"소름 정도가 아니라, 나는 걔가 칼만 갈면 심장이 벌렁거렸어요."

"어쩜 좋아요, 어머니?"

전해 듣는 것만으로도 이렇게 소름 끼치는데 직접 당한 입장에서는 얼마나 끔찍했을까? 안타깝게도 아들의 엽기적인 악행은 그것이 다가 아니었다.

"그리고 제가 어금니 양쪽이 없어서 음식을 씹지를 못해요. 내 소원이 임플란트를 하는 거예요. 음식 좀 맛있게 먹고 싶어서. 그래서 우리 딸들이 나 임플란트해 주라고 아들한테 돈을 보냈었나 봐요."

"어머! 그럼 따님들은 오빠가 엄마 괴롭히는 걸 전혀 모르는 거군요?"

"시집간 딸들이 걱정할까 봐 말 안 했어요."

"말씀하셔야죠!"

"근데, 그 돈도 노름하느라 다 써 버렸대요."

"세상에! 어머니 힘드셔서 어떻게 해요?"

"그래서 제가 살 때까지는 좀 편히 살고 싶어서 집에서 좀 나가 달라고 했어요."

"그랬더니요?"

"당연히 안 나갔죠. 그런데 며칠 후에 아주 요상한 옷을 사 왔더라고요. 소매도 아주 길고, 등에 채우는 것도 있고, 옷에 뭔 끈이 잔뜩 달려 있더라고요. 그걸 주면서 저보고 입으래요."

"그거 구속복 같은데요."

"구속복이 뭐예요?"

"미친 사람이나 난폭한 사람들이 격렬하게 몸부림칠 때 팔이나 손을 못 움직이게 하려고 입히는 옷이요."

"그래요? 나는 그게 뭔지도 모르고…… 그냥 옷이 하도 이상해서 안 입는다고 했어요. 그랬더니 곧 입게 될 거라고 하더니만, 그날 저녁에 술을 먹고 와서는 저더러 노망났다고 하면서 얼른 그 옷 안 입으면 정신 병원에 입원시키겠다고 소리를 지르더라고요."

"어머!"

"그래도 내가 계속 안 입으니까, 병원에 입원하기 전에 그 옷을 꼭 입어 봐야 한다고 하면서 그 야밤에 소리를 얼마나 지르던지……. 그날 잠을 한숨도 못 잤어요."

"죄송한 말씀이지만, 아드님은 어머니를 못 괴롭혀서 안달 난 최고의 악당 같아요."

"여기는 존속학대 방지센터입니다."

처음 만난 내가 자식에 대해 이런 악담을 하는데도 그녀는 마치 남 얘기 듣는 것처럼 반응했다. 차라리 모르는 남이라면 좋았을 것을……. 그녀와 아들은 남보다 못한 최악의 사이였다.

"그게 다가 아니에요. 어느 날은 술을 잔뜩 먹고 들어와서는 효자손으로 제 등짝을 사정없이 때리더라고요."

"네? 폭행까지요?"

"그러면서 저더러 할망구가 쓸데없이 명줄만 길어 가지고 죽지도 않는다고……."

"정말 미쳤나 봐요!"

"그래서 제가 도망가다 넘어져서 다쳤는데, 연고를 사다 주더라고요."

"어머, 그래도 연고는 사 줬네요?"

내가 긍정적으로 반응하자 그녀는 손사래를 치며 말했다.

"그 연고가 글쎄 화상 연고였어요."

"아니, 갑자기 화상 연고는 왜요? 어디 데인 적 있으셨어요?"

"그게 아니에요. 저도 이상했는데, 며칠 후에 석유통을 집에 갖다 놓는 거예요. 술을 잔뜩 먹고 들어오더니…… 어휴 말도 안 나와요. 하나 남은 집 그거 자기 안 줄 거면 같이 확 죽어버리자고 석유통을 들고 집 안을 막 돌아다니는 거예요."

"세상에! 어머니 가슴을 갈기갈기 찢어 놓으려고 아주 작정을 했군요!"

석유통 사건까지 겪고 나서야 비로소 그녀는 딸들에게 아들의 악랄함을 알렸다. 딸들은 엄마가 위험하다며 아들을 집 밖으로 내보낸 뒤 현관 비밀번호를 바꿔 버렸다. 그녀는 아들의 전화를 받지 않았다. 그러자 아들은 문을 당장 열지 않으면 집에 불을 내겠다며 협박 문자를

아마 내가 별에서 왔다지요

수시로 보냈다.

　이 모든 얘기가 사실이라면 그는 아들이 아니라 완벽한 괴물이었다. 이야기를 듣는 내내 나는 안타까워만 할 뿐 별다른 의견을 내지는 않았다. 하지만 이쯤 되니 더 이상 그냥 듣고 있을 수만은 없었다.

　"경찰에 신고는 해 보셨어요?"

　"아무리 그래도 아들을 어떻게 신고해요? 그럴 순 없죠."

　"안 돼요. 어머니! 경찰에 신고하시든, 그게 아니라면 어서 빨리 현수막이라도 크게 만들어서 집 앞 베란다에 다세요."

　"뭘 달아요?"

　"현재 상황을 이웃집에 알리셔야 합니다. 그것만이 아들의 방화를 미리 막는 방법일 거예요. 현수막은 하얀 바탕에 빨간색 글씨 또는 빨간 바탕에 노란색 글씨로 하시고, 내용은 이렇게 하세요."

우리 아들이 집에 석유통 갖다 놓고
나 죽인다고 협박 중임! 도움 절실!

장남이 집을 방화하겠다고 계속
협박 중! 누가 저 좀 살려 주세요!

"여기는 존속학대 방지센터입니다."

173

"이런 내용으로 글자를 아주 크게 해서 현수막을 붙여 놓으세요."

그녀가 펄쩍 뛰었다.

"아우, 동네 창피하게 어떻게 그래요? 싫어요!"

"왜요? 그렇게 하면 동네에 소문이 쫙 퍼져서 아들이 불도 못 낼 거고, 이웃들이 어떻게든 방화를 막아 보려고 똘똘 뭉칠 수도 있잖아요. 그러면 이웃들이 어머니를 지켜 줄 수도 있어요."

"에이, 아무리 그래도 진짜 불내진 않겠죠. 지도 사람인데……."

그토록 미운 짓을 한 자식이건만 끝까지 믿고 싶어 하는 걸까? 아무튼 그녀는 아들의 수많은 만행을 녹음기에 증언했고, 나는 녹음 내용을 CD로 제작해서 드렸다. 고맙다며 사무실을 나서는 그녀에게 나는 부디 건강히 잘 지내시라고 했다. 현수막에 대해서는 다시 한번 생각해 보라고 했다. 생각할수록 포기하기 아까운 아이디어였으니까.

다음 날, 그녀가 또 왔다.

"뭐 놓고 가셨어요?"

"아니, 다른 게 아니라…… 내가 어제 그간 속에 담아 두기만 했던 걸 말로 다 털어놔 버리니까 너무 시원하고 좋더라고요."

"좋으셨다니 다행이네요."

"그래서 아들한테도 그것들 죄다 말하려고요. 그리고 이제 다시는 나한테 오지 말라고 할 거예요. 그다음에…… 법으로 접근 못 하게 하는 뭐가 있다던데요."

"네, 있어요. 접근 금지 가처분 신청."

"맞아요. 그거라고 합디다."

"네. 따님들과 상의하셔서 꼭 그거 신청하세요."

아마 내가 별에서 왔다지요

그녀가 달라졌다. 어제까지만 해도 모든 것을 체념한 얼굴로 곧 이 세상을 떠날 날만 기다리는 사람 같았는데, 이제는 살려고 하는 강한 의지가 보였다.

"근데, 내가 아들하고 그냥 통화하려니까 좀 떨려서…… 혹시 여기서 대충 글로 써 주면 내가 그거 봐 가면서 얘기하면 어떨까요? 그러면 더 말을 잘할 것 같은데. 내가 할 말 좀 써 줄 수 있을까요?"

"아드님과 통화할 내용을 배우가 읽는 대본처럼 써 달라는 건가요?"

"네, 그거요."

"아…… 제가 그런 일은 안 하거든요. 그냥 알아서 말씀하시는 게 가장 좋을 것 같아요."

"아우 부탁 좀 합시다. 사람 하나 살리는 셈 치고. 아가씨가 말을 참 잘하더라고요."

그녀의 애절한 눈빛에 마음이 흔들렸다.

"좋아요. 그럼, 이번 한 번만 해 드릴게요."

"그리고 아가씨, 내가 아들하고 통화한 걸 녹음할 수도 있나요?"

"물론이죠. 휴대폰에 녹음하는 기능이 있어요. 그 방법도 알려 드릴게요."

"잘됐네요. 고마워요."

나는 책상 앞에 앉은 뒤 옆에 있는 보조 의자를 끌어다 놓고 그녀를 앉게 했다.

"그럼, 옆에 아들이 앉아 있다고 생각하시고 한번 쭉 얘기해 보세요. 제가 일단 기록을 해 볼게요."

그녀가 하는 말들을 나는 속기했다. 그리고 기록한 내용을 처음부터 꼼꼼히 다시 확인했다.

"여기는 존속학대 방지센터입니다."

"어머니, 말씀하신 거 제가 다 기록했고요. 중복되는 얘기들 빼면서 정리하고 있거든요. 음…… 잠시만요. 어머니 말투 강도를 정하려고요. 어느 정도로 할까요? 강하고 똑 부러지게 할까요? 부드럽지만 단호하게 할까요?"

"이왕이면 강하게 해 줘요."

"으흠. 그럼, 중간 정도로 할게요. 어머니 말투가 워낙 부드러워서, 갑자기 강하게 하면 이 원고를 읽으시다가 어색해서 버벅거리실 수도 있거든요."

"네, 알았어요."

"어머니, 이 부분 있잖아요. '나를 더 이상 학대하지 마라. 이제부턴 참지 않겠다.' 이 부분이 핵심 내용 맞죠? 여기에 빨간색으로 밑줄을 그어 드릴게요. 이 부분 말씀하실 때 목소리를 떨거나 울먹이면 효과가 확 떨어질 수 있거든요. 삐뚤어져 가는 아들을 바로 잡겠다는 마음으로 엄중하게 말씀하시는 게 좋을 것 같아요. 아셨죠?"

"근데 아가씨, 잘될까요? 워낙 무서운 애라서……."

"어머니, 여기서 핵심은 인간 같지 않은 아들을 인간답게 만드는 일인 것 같아요."

"그렇지."

"첫술에 배부를 순 없을 거예요. 어머니와 모든 가족이 힘을 합쳐야 할 수도 있어요."

그녀가 걱정되는 얼굴로 물었다.

"그래도 안 되면 어쩌죠?"

"어쩌긴요. 그 이후부터는 경찰서나 변호사의 도움을 받아서 조치하셔야죠."

"제발 그 애 얼굴 다시는 안 봤으면 좋겠는데."

"그래도 아들인데, 시간이 지나면 다시 보고 싶어질 가능성도 있지 않을까요?"

"아니! 백 년이고, 천 년이고 다신 안 보고 싶을 거예요. 넌더리가 난다고요!"

나는 완성된 대본을 그녀에게 건넸다.

"여기요. 읽어 보면 아시겠지만, 말투도 어머님 말투 그대로 옮겨 놓았으니까 나중에 그거 보면서 아드님하고 통화하시면 돼요."

"고마워요."

대본을 손에 쥔 그녀는 열심히 연습하고 통화하겠다며 돌아갔다.

며칠 후, 또다시 찾아온 그녀. 잔뜩 겁먹은 얼굴을 하고, 손에는 너덜너덜해진 종이를 들고 있었다. 연습하고 또 연습했지만 끝내 아들에게 전화를 걸지 못했다고 했다. 혼자서 하기에는 너무 무섭다면서. 나는 그녀의 손을 잡고 다정하게 말했다.

"어머니, 원치 않으면 안 하셔도 돼요."

"아가씨가 옆에 있으면 잘할 것 같아요. 혹시 여기에서 통화해도 될까요?"

"저보다는 따님들 옆에서 하는 게 더 좋지 않을까요?"

"아니, 우리 딸들 마음 아플까 봐 걱정돼서 그렇죠."

나는 흔쾌히 허락했다. 그냥 옆에만 있어 주면 된다는데, 거절할 이유가 없었다.

그녀는 전화기를 들고 천천히 버튼을 눌렀다. 나는 입을 굳게 다물고 눈으로 강력한 레이저를 쏘면서 그녀에게 응원을 보냈다. 종이가 너덜

너덜해질 정도로 연습을 했으니 얼마나 잘하실까나?

마침내 아들이 전화를 받았다. 하지만 뜻밖의 일이 벌어졌다. 세상에나! 그녀는 흔히 말하는 발 연기의 정수를 보여 주었다. 글 읽는 티를 팍팍 내며 너무나도 부자연스럽게 말했다.

"여보세요오. 아드라아. 그런데 말이지이……."

전화기에서 남자의 거친 목소리가 새어 나왔다. 스피커폰으로 통화한 게 아닌데도 사무실에 쩌렁쩌렁 울렸다.

"야! 내쫓을 때는 언제고 왜 전화질이야! 오늘 갈 테니까 당장 문 따라! 알았어?"

"아…… 아니, 저기 뭐냐, 아니 저기 말이다. 오지 말거라아…… 아드라아……."

"이게 미쳤나! 야! 이 미친년아! 이 망구탱이가!"

종이를 들고 있는 그녀의 손이 부들부들 떨렸다. 그녀는 겨우 말을 이어 갔다.

"나, 나는 그니까…… 오, 오늘 너한테에…… 화, 확실히이…… 해, 해야 할 말을…… 하, 할 것이다아. 아드라아…… 오, 오지 말도록 할래애?"

"아, 답답해. 할망구 주제에 말도 병신같이 하고 자빠졌네! 그리고 내 전화 받아라! 진짜 가만 안 둔다!"

처참한 광경을 보다 못한 나는 종이에 아주 큰 글씨를 써서 그녀에게 보여 주었다.

'어머니, 강하고 단호하게 얘기하셔야 해요. 파이팅!'

그녀는 그 글을 한 번, 나를 한 번 보더니 고개를 끄덕였고, 다시 나의 글을 뚫어지게 봤다. 그녀가 다시 입을 뗐을 때 더 충격적인 일이 벌어졌다.

"어머니이, 강하고오, 단호하게에, 얘기하셔야…… 파이팅!"

아들이 야수처럼 소리쳤다.

"뭐라는 거야? 이 미친 할망구!"

그녀가 전화기를 든 채로 내게 물었다.

"이거 읽으라는 거 아니었어요?"

나는 고개를 마구마구 가로저었다.

일이 제대로 꼬여 버렸다! 지금까지도 충분히 당혹스러운데 상황은 더 악화됐다. 그녀가 갑자기 심장을 움켜쥐고 "아가씨, 나 떨려서 못 하겠어요."라고 하더니 느닷없이 내 귀에 휴대폰을 철썩 갖다 대는 게 아닌가!

내가 잽싸게 머리를 옆으로 하고 손사래를 쳤지만, 그녀는 제발 통화 좀 해 달라며 애원했다. 그런데 더 어이없는 일이 벌어졌다. 나도 모르게 전화기에 대고 말을 하고 말았지 뭔가.

"여보세요?"

전화기를 내게 떠넘긴 그녀 얼굴에 순식간에 안도감이 퍼졌다. 그녀는 일어나서 정수기로 가더니 물을 받아 벌컥벌컥 마셨다. 나는 휴대폰을 든 채 그 모습을 지켜봤다. 음산한 긴장감이 감돌았다. 곧 아들이 경계심이 쫙 깔린 낮은 목소리로 말했다.

"너 누구냐?"

"저요?"

"그래."

"저는…… 저인데요."

"거기 어디야?"

"여기요? 여기는……."

"여기는 존속학대 방지센터입니다."

"거기 보이스 피싱이냐? 지금 우리 엄마 납치한 거야?"

듣다 보니 마치 내가 범죄 영화 속 악당이 된 기분이었다.

"제가 무슨 마피아도 아니고 보이스 피싱이라뇨? 그런 거 아닙니다."

내 말이 끝나자마자 아들은 쌍욕을 퍼부었다. 나는 순간 욱했지만 차분함을 유지했다.

"욕은 하지 마시고요."

"너 누구냐니까! 그 늙은 미친년이 사람 샀냐? 이 씨발년이 진짜 죽을라고! 당장 엄마 바꿔!"

순간 내 가슴에 불이 지펴졌다. 이런 끔찍한 패륜아를 어떻게 때려잡지?

"뭐? 어머니한테 늙은 미친년? 아드님! 지금 말 다 했어요?"

"너 누구냐고? 죽고 싶어? 엄마 년 바꾸라고!"

"세상에 해도 해도 너무하네. 아픈 어머니께 그렇게 쌍욕을 날리다니! 무척 당황스럽네요."

"네가 무슨 상관이야?"

"나쁜 자식인 건 알았지만 엄마한테 욕까지는 안 할 줄 알았죠!"

"이게 진짜 돌았나! 당장 망구탱이 바꾸라고 했지! 이래서 늙으면 빨리 뒈져야 한다니까!"

그 순간 나는 폭발해 버렸고 사나운 말투로 언성을 높였다.

"거참 주둥아리 하나 대단하네! 아우, 다시는 그 주둥아리 못 벌리게 싹 꿰매 버리고 싶네!"

"뭐라고? 너 방금 뭐라고 그랬어?"

"똑같은 말을 두 번이나 해 주지는 않습니다."

"야! 너 누군데 우리 엄마랑 있냐고? 우리 엄마가 시키디?"

"어머니께서 그럴 분입니까?"

아마 내가 별에서 왔다지요

"너 지금 우리 엄마 조종 중이지? 어디야 너? 내가 가서 뼈도 못 추스르게 해 줄게!"

"그럴 실력이나 갖췄으면 내가 말을 안 한다아!"

"뭐라고?"

"아드님 뼈다귀나 잘 챙기시라고요."

"이게 진짜!"

또다시 욕 세례가 시작됐다. 전화기 너머로 새어 나오는 아들의 목소리에 그녀는 가슴에 손을 얹고 거칠게 숨을 쉬었다. 안절부절못하는 모습이 실신 일보 직전인 사람 같았다.

듣던 대로 고약한 아들이었다. 내 성질머리가 튀어나오게 만들기에 충분했다. 정말 지구에서 누구보다 선하고 영적으로나 도덕적으로나 빛이 나는 지구인으로 살고 싶은 나건만…… 오늘은 예외로 해야 하나?

옆에 그녀만 없었다면 저런 버릇없는 인간은 입도 벙긋 못하게, 엄마에게 쏟아대는 언어폭력들을 더 이상 나불거릴 수 없게, 지근지근 밟아 놓았을 텐데……. 정말 아까웠다. 나는 그냥 전화를 끊었다.

잠시 후 아들에게 전화가 다시 걸려 왔지만 받지 않았다. 계속해서 전화가 왔지만 무시했다.

그녀는 요란하게 울리는 전화기를 보며 손을 덜덜 떨었다. 그러다가 두 손으로 얼굴을 가리고 울기 시작했다. 나는 그녀의 손을 잡아 주며 부드럽게 물었다.

"어머니, 아드님 번호 수신 거부해 놓을까요?"

"아니요. 그러다 집으로 쫓아오면 어떡해요? 아가씨, 내가 너무 일을 크게 만들었나 봐요. 아들한테 전화하지 말 걸 그랬어요. 이 노릇을 어떡해요? 흐흐흑."

"여기는 존속학대 방지센터입니다."

나는 그녀의 손을 꽉 잡고 물었다.

"어머니, 어머니가 못 하시면 제가 해 볼까요?"

"뭘요?"

"아드님 버르장머리 고치는 거요."

"아가씨가 할 수 있어요?"

"저 이런 거 되게 잘해요."

"진짜요?"

"네. 근데 어머님이 듣기에 아들한테 너무 심하다고 생각하실 발언들이 꽤 나올 거예요. 그래도 괜찮으시겠어요?"

"괜찮다마다요. 내 옆에서 칼도 가는 애인데. 아가씨 하고 싶은 대로 해 봐요."

"그럼, 제가 아드님 전화 받아도 될까요?"

"그럼요. 받아요, 어서."

"네. 그럼 받을게요."

승낙도 떨어졌으니…… 에헴! 나는 즉시 전화를 받았다.

"여보세요?"

"또 이년이네! 옆에 늙은 년 바꾸라고!"

"초면에 반말은 좀 그렇지 않나요?"

"너 도대체 뭐야? 너 우리 엄마 조종하는 년이지?"

"아이고, 그러는 당신은 '존속살해 지망생'인가요?"

"뭐? 뭐라고? 너 누구냐고?"

"저는 그냥 저라니깐요."

여기가 속기(녹취) 사무소라는 걸 모르게 하는 것이 좋겠다고 생각했다. 만약 알려 주면 아들이 앞으로 어머니에게 더 심하게 할 게 뻔했다.

아마 내가 별에서 왔다지요

게다가 딸들에게 주려고 만들어 놓은 녹음 파일도 찾아내서 훼손해 버릴까 걱정됐다.

"야! 너 우리 엄마 납치했지? 지금 경찰에 신고할 거야!"

"얼른 신고해요. 여기는 '존속학대 및 살해예방센터'예요. 아드님께서 최근에 존속살해 예비 범죄자 명단에 이름을 올리셨거든요. 우리 경찰서에서 만납시다."

"뭐? 어디라고?"

지금껏 동물처럼 악만 쓰던 아들이 처음으로 정상적인 사람의 육성을 들려주었다. 오호라! 작전이 먹히는 걸까? 일단 아들의 흥미(?)를 끄는 데는 성공한 것 같았다.

"최근 아드님이 어머니께 가했던 학대와 관련하여 지금부터 브리핑해 드릴 겁니다. 그 전에, 지금부터 통보해 드리는 내용은 어머니의 증언과 수많은 증거에 의해 확인된 사실임을 미리 알려 드립니다. 자, 몇 가지 질문드릴게요. 듣다가 다른 의견이 있으면 변명해도 됩니다. 하지만 변명 없이 이 전화를 끊으면 그간 어머니께 저질렀던 모든 만행을 본인 스스로 인정하는 걸로 받아들이겠습니다."

"뭐라고? 도대체 네가 누군데? 거기가 어디냐니까?"

"분명히 말씀드렸습니다. 아드님은 이미 존속살해 예비 범죄자 명단에 이름을 올리셨다고요. 그리고 어머니의 신변 보호를 위해 어디에 계시는지는 알려 드릴 수 없습니다. 곧 아드님에게 정식으로 서류가 발송될 테니 기다리세요."

잠시 침묵이 흘렀다. 나는 곧 전화가 끊길 수도 있겠다 생각하며 기다렸다. 그런데 아들은 그대로 있었다. 와우! 나는 속으로 쾌재를 부르며 차분한 목소리로 말했다.

"여기는 존속학대 방지센터입니다."

"자, 첫 번째 질문. 혹시 아드님은 어머니께서 빨리 세상을 뜨시기를 희망하는 걸까요?"

"그게 뭔 소리야?"

"외람되지만, 아드님이 어머니께서 이 세상을 하루라도 빨리 하직하시도록 몇 년 전부터 엄청난 공을 들이고 있다는 첩보를 입수한 상태라서요."

"뭐? 이년이 진짜? 너 죽을래?"

"어머, 어머니를 수면제 왕창 먹여서 죽인 다음에 저까지 죽이시게요? 아우 무섭네요!"

"뭐라고? 내가 언제 그랬어? 저기…… 나 그런 적 없고, 우리 엄마 지금 제정신 아니란 말이야."

아들의 목소리가 수그러들었다. 내 말에 살짝 겁이 난 걸까?

"어머니께서는 제정신 맞으시던데요?"

"우리 엄마 맛이 갔다고. 맨날 헛소리만 해대고. 내가 제정신 아닌 노인네 챙기느라 얼마나 힘든지 당신이 알아?"

"자만심이 지나치네요. 그동안 어머니께 저지른 만행들 죄다 알고 있는데."

"엄마가 또 뭘 말했는데?"

"아! 매우 좋은 질문이에요. 전부 다요! 아드님에게 괴롭힘당했던 모든 일을 진술하셨고, 그게 녹음 파일로 기록되어 있죠. 자, 그럼 말 끊지 마시고 하던 거 계속할게요."

아들과 내가 대화하는 동안 어머니는 내 옆에 바짝 붙어서 귀를 쫑긋 세웠다. 기대감에 찬 표정이었다. 나는 다짐했다. 그녀가 하고픈 얘기를 내가 대신 다 해 드리기로.

아마 내가 별에서 왔다지요

"아드님, 어머니가 친모 맞죠?"

"그래. 그건 왜 묻는 건데?"

"어머니를 친모로 대하지 않고 물주로 생각하는 것 같아서 확인차 물었어요."

"어이가 없네."

"아드님, 어머니가 이렇게 이가 아프다는데, 임플란트 얼른 해 드려야 하지 않나요? 근데 그 돈으로 노름하셨다면서요?"

"누가 그래? 내가 엄마 곧 모시고 살 거라 안 그래도 돈 모으고 있었어!"

"말은 바로 해야죠. 어머니께서 아드님을 모시고 사는 거겠죠. 왜 말을 뒤집어서 하시죠?"

"아, 글쎄 임플란트는 지금 안 해도 된다고!"

"이것 보세요! 아드님! 어머니께서 어금니 양쪽이 없어서 음식을 씹지를 못하세요. 지금 어머니의 가장 큰 소망은 임플란트하시는 거래요! 알기나 해요?"

아들은 아무 대답이 없었다.

"자, 어머니 진술 내용 브리핑 계속할 테니 잘 듣고, 아니면 아니라고 명확한 변명을 하세요. 어머니든 아드님이든 누구도 억울해선 안 되니까요. 아드님, 집에 석유통이 있다면서요? 그걸로 어머니 몸에 불을 붙여 다치게 하고, 화상연고 사다 주는 걸로 때우려 했었나요? 방화를 가장한 살인은 100% 범인을 색출해 낼 수 있다는 거 아시죠?"

"지금 뭔 소리야!"

"아드님이 집안에 석유통까지 갖다 놓았다는 증거까지 있으니 빼도 박도 못할 겁니다."

"글쎄 아니라고! 그 석유통은 내가 쓸 데가 있어서 잠시 갖다 놓은 거라고! 뭘 알기나 하고 말해!"

"자, 다음. 아드님, 어머니 종아리 본 적 있어요? 이 말라 비뚤어진 종아리로 걷기조차 힘들어하는 거 알고 있기는 한 거예요? 그런데 이런 분을 두들겨 팬다면서요? 어머니가 샌드백입니까?"

"나 엄마 한 번도 때린 적 없거든. 네가 우리 엄마에 대해 뭘 안다고 그래?"

"맞아요. 나는 아드님이 아시는 만큼 어머니에 대해 알지 못하죠. 그럼, 아드님이 어머니를 제대로 한번 봐 봐요. 눈이 얼마나 슬픈지, 왜 가슴팍을 손으로 계속 치시는 건지, 어머니가 누구 때문에 이렇게 아파하고 고통스러워하고 힘들어하는지…… 제발 제대로 좀 보라고요!"

"볼 필요도 없어. 우리 엄마 노망난 지 오래니까. 제정신 아니라고! 모두 헛소리라고!"

"다음. 왜 집에서 칼을 가세요?"

"아. 그건 내가 횟집에서 아르바이트하니까 필요해서 간 거지. 다른 건 없었다고요."

순간 내 귀를 의심했다. 그가 말끝을 존대로 마무리한 것이다. 오호!

"아드님이 툭하면 칼을 간다고 어머니께서 얼마나 무서워하는지 아세요? 그러지 좀 마세요."

"그럼, 그건 앞으로 안 할게요."

"다음. 어머니께 구속복은 왜 입으라고 한 건가요?"

"뭐? 누가 그래요?"

"어머니께서 그러시던데요. 팔도 아주 길고, 등에 채우는 것도 여러 개가 달렸고, 옷에 끈 같은 게 잔뜩 달려 있다고요. 그건 누가 봐도 구속복이잖아요."

"아니라고! 우리 엄마 거짓말을 달고 산다고! 정신이 이상하다고! 난 진짜 그런 적 없어!"

아들은 그새를 못 참고 다시 반말을 시작했다.

"다음. 어떻게 어머니한테 수면제를 비타민이라고 감쪽같이 속여서 먹일 수가 있어요?"

"내가 언제?"

"그게 다가 아니죠! 어머니가 약을 거부하니까 수면제를 물에다 타서 줬다면서요?"

"누가 그래?"

"어머니가 두 눈 시뻘겋게 뜨고 똑똑히 목격하셨답니다!"

"뭐라고? 그거 비타민 맞아!"

"하늘에 맹세코 맞아요?"

"당연하지!"

"와우! 방금 그 대답 아주 좋네요. 그럼, 제가 제안 하나 할게요. 다행히 어머니가 그 약을 소지하고 계십니다. 그래서 이참에 동생들을 모두 불러서 아드님이 주장하시는, 그 몸에 좋은 비타민을 타서 다 같이 사이좋게 원샷을 해 보자고요. 너무 정겹지 않습니까? 오빠가 권해 준 비타민을 동생들이 사이좋게 타 마시는 광경이. 그리고 나서 피검사를 해 보면 바로 나올 겁니다. 아드님이 어머니에게 강제로 먹이려고 했던 게 수면제인지, 비타민인지. 너무 좋은 방법이죠?"

아들이 고래고래 소리쳤다.

"엄마! 동생들한테 말하기만 해 봐! 내가 진짜 가만 안 둘 거야!"

"미쳤어요? 그 중요한 얘기를 안 하게. 따님들도 세세하게 알아야죠. 오빠가 엄마를 수면제로 독살하려고 계속 시도 중인 걸!"

"내가 언제?"

"증거도 확보된 상태니까 다른 말 하지 마세요. 다음. 정말 효자손으로 어머니 등짝을 수차례 때렸어요?"

"아니요!"

"다음. 어머님이 당신 대학교 졸업할 때까지 용돈 계속 챙겨 주셨잖아요. 그러니까 이제 용돈 그만 타 쓰고, 아르바이트라도 해서 어머니께 용돈 좀 줘 보세요. 어머니도 그동안 당신을 키워줬던 보상금은 받으셔야 하는 거 아닙니까?"

"네까짓 게 뭔데 간섭질이야! 우리 엄마랑 내 일이니까 신경 꺼!"

"여전히 당당한 거 보니까 어머니를 괴롭히는데 아주 도가 텄나 보네요. 이제 마지막입니다. 아드님의 삶에는 당신의 운명을 바꿀 수 있는 중요한 선택의 순간들이 있습니다. 어쩌면 지금이 그 중요한 순간일 수 있어요. 지금처럼 어머니를 모질게 상습적으로 폭행하고 수면제를 먹여 서서히 죽이려는 악랄하고 비정한 존속살해범이 될 건가요? 그렇게 역사 속에서 영원히 패륜아로 남을 건가요? 그 길을 선택한다면 평생 감옥을 안방으로 써야 할 겁니다. 아니면 지금부터라도 용서를 구하고 어머니께서 여생을 편히 지내시도록 할 생각은 없습니까? 어쩌면 당신이 용서를 구한다 해도 어머니께 남은 시간이 그리 많지 않을지도 모릅니다."

갑자기 전화가 끊겼다. 전화기 배터리가 다 된 걸까? 그에게서 다시 전화가 오지 않았다.

지금껏 잠자코 듣고 있던 어머니가 떨리는 목소리로 말했다.

"아가씨, 다 녹음된 건가요?"

"네. 전부 녹음됐어요."

아마 내가 별에서 왔다지요

"나 손이 떨려서 그러는데, 이어폰 좀 꽂아줘요."

나는 그녀의 전화기에 이어폰을 꽂아 주며 말했다.

"이거 들으면서 가시게요? 귀 아플 텐데……."

"너무 속이 시원해서 밤새 듣고 싶네요."

"어머니, 오늘은 따님 집으로 가시는 게 어때요?"

"우리 딸 걱정하게 뭐 하려요. 그나저나 우리 아들 번호 수신 거부 좀 해 줘요."

"네. 그런데, 혹시 아드님이 오늘 집으로 쫓아오면 어떡하죠?"

"경찰에 신고해야죠. 내가 하고 싶은 얘기를 아가씨가 속 시원하게 해 줘서 지도 사람이면 알아들었겠죠. 안 그래요? 아가씨, 오늘 정말 미안하고 고마웠어요. 그럼 나 갈게요."

"네, 조심히 가세요."

그 후로 그녀는 다시 오지 않았다. 부디 그녀가 아들의 괴롭힘에서 해방됐기를 바란다. 아주 불가능한 바람은 아닌 것 같다. 일단, 아들을 상대하는 그녀의 마음과 행동이 보다 현명한 쪽으로 달라지지 않았겠는가? 그리고 하나 더. 그 아들이 달라졌을 가능성도 있다고 본다. 나와의 통화 이후 악당 짓을 멈췄을지도…….

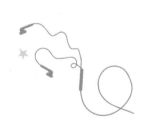

"여기는 존속학대 방지센터입니다."

이번 이야기의 주제는 300원 러브스토리라고 감히 말하고 싶다. 그렇다. 어떤 이에게는 그 300원이 절대로 놓치고 싶지 않은 줄이기도 했다.

그날은 사무실에 앉아 내가 좋아하는 바나나 우유를 마시며 지구에서의 행복한 삶을 음미하고 있었다. 한 쌍의 남녀가 서류를 복사하러 들어왔다. 둘 다 말끔하고 고급스러운 이미지를 풍겼다. 남자의 목을 감싸고 있는 스카프는 매우 멋스러웠고, 여자의 머리 스타일은 아나운서를 떠올릴 만큼 우아했다. 그런데 그들의 표정은 상당히 어두웠다.

복사비는 총 3,000원이 나왔다. 남자가 내게 1,500원을 내밀며 점잖게 말했다. 듣기에 좋은 중저음의 목소리였다.

"나머지는 저 여자한테 받으시면 됩니다."

아마 내가 별에서 왔다지요

"네, 그러죠."

내가 고개를 돌려서 바라보자, 여자가 앙칼지게 소리쳤다.

"아니요! 저 인간한테 전부 다 받으세요. 저 돈 한 푼도 없어요."

남자가 곧바로 말했다. 아까와 같이 듣기 좋은 말투와 목소리로.

"죄송한데요. 제가 지금 딱 1,500원밖에 없어서요. 나머지는 저 여자한테 받으시면 됩니다. 저 여자 돈 아주 많거든요."

아닌 게 아니라 여자의 가방은 유명한 명품이었다. 나는 조금 머뭇거린 뒤 답했다.

"아…… 네, 그러죠."

내가 또다시 쳐다보자, 여자는 불쾌한 티를 팍팍 내며 가방 속을 뒤적이는 시늉을 했다.

"언니, 찾아보니까 1,200원밖에 없네요. 나머지 300원은 저 인간한테 받든지 말든지 알아서 하세요."

언제부터 내가 지 언니였는지 알 수는 없지만 일단 남자를 다시 쳐다보았다. 그는 난처한 듯 말했다.

"제가 지금 정말 1,500원밖에 없어서요."

그러자 여자가 남자 손에 들려 있던 서류 봉투를 빼앗아 바닥에 집어던지며 소리쳤다.

"미친 새끼야!"

남자도 받아쳤다.

"너 미쳤어? 뭐 하는 짓이야? 창피하게!"

"그래, 미쳤다! 어쩔래?"

"야! 어서 300원 드리라고! 여기서까지 민폐 끼치지 말고!"

"나 300원 없다고 분명히 말했고, 너 때문에 이혼하는 거니까 300원은 당연히 네가 내야지. 내가 왜 내는데!"

둘은 목에 핏대를 세우며 싸웠다. 멀리서 보면 목숨이 걸린 문제로 싸운다고 오해할 정도였다. 하지만 내용을 들어보면 복사비 300원을 두고 '네가 내라.', '절대 못 내.'라는 말의 반복이었다. 한참 그렇게 말싸움을 하더니 숨이 찼는지 입을 다물고 서로를 노려보기만 했다. 2라운드는 눈싸움이었던 게다. 하지만 둘 다 눈이 따가웠는지 동시에 뒤돌아섰다. 그리곤 서로를 등 뒤에 둔 채 씩씩거렸다.

어색한 침묵만이 감돌았다. 나는 말없이 그들을 바라봤다. 두 사람 사이에는 보이지 않는 벽이 있는 것 같았다. 안타까웠다. 도대체 언제부터 생긴 벽인 걸까? 한때는 이들도 서로를 엄청나게 사랑했겠지? 분명 '처음'이 있었을 것이다. 첫 만남, 첫 포옹, 첫 키스……. 그 처음은 서로에게 말로 표현할 수 없을 만큼 강렬한 설렘을 안겨 줬을 것이다.

아마 내가 별에서 왔다지요

세상 무엇과도 바꿀 수 없는 아름답고 풋풋한 사랑을 하고, 사방이 온통 아름다운 꽃향기로 가득한 세상을 사는 연인이었을 두 사람이 어쩌다 이렇게 된 걸까? 지금은 서로 얼굴을 쳐다보는 것도 싫어서 반대편을 보며 서 있다.

나는 혹시나 하여 두 사람의 눈을 살폈다. 역시나였다. 그동안 내가 사무실에서 많이 봐 왔던 너무나 익숙한 눈빛이었다. 슬픔을 가득 머금은 눈빛. 그간 수많은 이혼 부부를 보아 왔는데 그들의 눈빛이 그랬다. 이혼을 준비 중이거나 이혼 절차를 마치고 내 사무실에 찾아오는 부부의 눈 속엔 아픔, 후회, 자책 등이 가득 서려 있었다. 어떤 이에게는 간절함도 보였다. 자신의 실수를 되돌리고 싶어 하는 간절함 말이다. 하지만 아무리 절절해도 결국은 피 터지는 갈라짐으로 대부분 결론 맺어졌다. 이혼 부부들의 눈빛이 말해 주는 건 그토록 사랑했던 남녀가 남남이 되는 과정은 너무나 가혹하고, 가슴이 미어질 정도로 고통스럽다는 것이었다.

나는 그들을 위해 큰 결심을 했다. 나의 소중한 매출인 300원을 포기하기로.

"두 분 그럼 그냥 가세요. 그냥 서비스로 해 드릴⋯⋯."

"아니요. 서비스라뇨? 300원 다 받으셔야죠. 야! 빨리 드리라니까!"

남자가 내게 너무나 점잖게 말한 뒤, 순식간에 돌변해서 여자에게 사납게 소리쳤다. 여자는 더 큰 목소리로 받아쳤다.

"내가 지지리도 복이 없어서 너 같은 새끼 만나서 내 인생이 이 지경이 됐어! 알아?"

남자가 정수기 쪽으로 성큼성큼 걸어가더니 물을 벌컥벌컥 들이켰다.

300원짜리 사랑

그러고는 큰 한숨을 쉬며 소파에 앉았다. 여자도 곧바로 남자 옆에 가서 앉았다. 그 모습에 나는 심란해졌다.

'300원 공짜로 해 준다고 할 때 조용히 갈 것이지, 왜 소파에까지 앉는 건데?'

사무실엔 또다시 어색한 침묵만이 흘렀다. 나는 긴 한숨을 내쉰 뒤, 복사기에 몸을 기대섰다. 물끄러미 바닥을 보며 '이 커플을 어쩌면 좋을까?' 하고 머리를 굴리다가 잠시 고개를 들었는데 여자와 눈이 마주쳤다. 여자가 표독스럽게 쏘아붙였다.

"언니! 근데 아까부터 거기 서서 뭘 봐요?"

"저요?"

"싸움하는 거 처음 봐요? 다른 일이나 할 것이지, 왜 우리 앞에 계속서 있냐고요?"

"복사비 300원 누가 주실지 기다리고 있었죠. 어서 주고 가시면 되잖아요. 왜 저한테 짜증을 내세요? 300원 주기 싫으면 그냥 나가세요. 안 받을 테니까."

그때 남자가 특유의 점잖은 말투와 듣기 좋은 목소리로 급히 나섰다.

"죄송합니다. 대신 사과드리겠습니다. 300원은 꼭 드려야죠. 수고비인데요."

여자가 남자를 노려보며 비아냥거렸다.

"위선자 새끼! 다른 사람한테만 착한 척하는 인간 같으니라고. 정말 구역질나!"

"너 또 시작이냐! 얼른 300원 드리고 나가자니까!"

"넌 진짜 끝까지 나를 모욕하는구나! 넌 나보다 이 여자 300원 챙겨주는 게 더 중요하니? 네 눈엔 나는 하나도 안 보여?"

아마 내가 별에서 왔다지요

"아 시끄럽고, 현금 진짜 없어? 10만 원짜리 수표도 없냐고?"

남자는 나를 보며 다시 말투와 표정을 바꾸고 물었다.

"아, 참! 혹시 10만 원권 수표로 드리면 거슬러 주실 수는 있을까요?"

나는 흔쾌히 답했다.

"그럼요! 그럼요! 수표 주셔도 거슬러 드릴 수 있어요."

그때 여자가 울먹이며 말했다.

"나 진짜 현금 하나도 없어. 흐흐흑. 거짓말 아니라고. 카드는 있어!"

남자는 상체를 살짝 숙이며 정중히 말했다.

"저기 죄송한데, 300원은 카드로 해도 될까요?"

"네? 카드요? 아니…… 그냥 가셔도 된다니까요. 정말 괜찮아요."

"아닙니다. 300원 꼭 드리게 해 주세요. 여기서까지 이상한 사람으로 낙인찍히고 싶지 않아요. 여기 들어온 지 한참 되기도 했고요, 정말 죄송해서 그렇습니다."

"정 그게 마음이 편하다면…… 카드로 해 드릴게요."

"야! 어서 카드 드려."

여자는 분한 표정으로 카드를 건네며 말했다.

"좋아! 이 나쁜 자식아! 그럼 내 카드로 할게. 언니, 300원 할부로 되죠?"

"네? 할부요?"

"네. 6개월 할부로 해 주세요!"

나는 난감한 표정으로 말했다.

"저기…… 손님, 웬만하면 이런 말씀은 안 드리려고 했는데요. 300원은 일시불로 하는 게 어떨지요? 할부는 좀 그런데."

내 말이 끝나자마자 남자가 창피하다며 사무실 문밖으로 뛰다시피 나갔다. 여자는 문을 덩그러니 바라보더니 애타게 부르짖었다.

"야, 어디가! 이 나쁜 놈아! 얼른 다시 와!"

그러고는 엉엉 울기 시작했다. 그 울음에는 분노는 전혀 없고, 서러움과 슬픔만이 있었다. 나는 당황스러웠다. 여자가 흐느끼며 나를 물끄러미 바라봤다.

"방금 봤죠? 저 인간한테 내 가치는 300원보다도 못해요. 흐흐흑!"

"네? 그게 무슨……."

그제야 깨달았다. 여자가 300원을 안 주고 버텼던 것은 돈 문제가 아니었다. 이곳에서 나가면 그와 영영 이별한다는 걸 알았기에 일부러 시간을 끌었던 것이다. 그와 조금 더 같이 있고 싶어서, 300원이라는 끈을 붙잡아 어떻게든 마지막 순간을 늦추려고.

"본인이 300원보다 못하다뇨? 그건 너무 비약인 것 같은데요."

"아니에요. 저 사람 정말 사랑했는데, 저는 저 사람한테 300원보다 못한 사람이었어요. 흐흐흑!"

여자는 가방에서 300원을 꺼내 탁자 위에 조용히 올려놓았다.

"저기…… 언니, 여기 사무실 전화로 저 사람한테 전화 한 통 해도 될까요? 제 전화는 안 받을 것 같아서요."

"안 받을 거 알면서 뭐 하러 전화를 해요? 상처만 커질 텐데. 그냥 나중에 시간이 흐른 후에 해 보시는 게 어떨까요?"

"아니요. 마지막으로 저 사람 목소리 한번 듣고 싶어서요."

"그럼 그렇게 하세요."

여자가 전화를 걸었다. 남자는 전화를 받았지만, "여보세요."라는 여자의 목소리를 듣자마자 끊어버렸다. 여자는 꺼이꺼이 울기 시작했다. 한참이나 울고 난 뒤, 퉁퉁 부은 눈을 하고 사무실을 나갔다. 미안하단 말을 남기고, 명품 가방을 챙겨 들고.

아마 내가 별에서 왔다지요

14
그녀 안의 헐크

깡마른 여성이 피곤한 얼굴로 사무실에 들어왔다. 그녀는 열 살 많은 남편으로부터 지난 수년간 욕설, 멸시, 조롱 등의 언어폭력을 당해 왔다. 긴 세월 참고 또 참아 봤지만 더 이상 참지 않기로 했다. 이혼 결심을 한 것이다.

그녀는 슬픈 표정으로 말했다.

"딱 한 가지 마음에 걸리는 건 어린 두 아들이에요. 별 볼 일 없는 제 인생에서 그나마 아이들이라도 있어서 얼마나 행복했는지 몰라요."

휴대폰을 꺼내서 여덟 살, 여섯 살 형제 사진을 보여 주는 그 모습이 행복해 보였다. 사진을 하나씩 넘길 때마다 "우리 애들 너무 예쁘죠?" "너무 사랑스럽죠?" "어쩜 이렇게 예쁠 수가 있죠?" 하며 감탄했다. 어디에서 찍은 것인지 하나하나 설명해 주는 목소리가 하도 다정해서 마치 구연동화를 듣는 것 같았다.

놀라운 사실은 그녀가 친엄마가 아니라는 것이다. 두 아들을 둔 남자와 재혼한 것이었다. 그녀는 새엄마였지만 누구보다 아이들에게 사랑을 쏟았다고 여러 번 말했다.

"생각 같아서는 이혼하면 아이들은 제가 돌보고 싶어요. 근데 저에겐 친권이 없으니까요."

나는 그만 감동하고 말았다.

"세상에! 천사가 따로 없네요!"

"아이들이 참 예쁘거든요. 솔직히 가슴으로 품는다는 게 뭔지 잘 몰랐었는데 이 아이들을 키우면서 느끼겠더라고요."

"어쩜 그렇게 훌륭하세요? 복 받으실 거예요!"

그녀는 내가 친구 이상의 편안함을 준다며 다음에 꼭 식사를 대접하겠다고 했다. 어쩜 이렇게 말도 천사처럼 예쁘게 하는지. 나도 흔쾌히 그러자고 했다. 그렇게 동갑내기 고객과 친구를 먹었지 뭔가!

그녀가 돌아간 뒤 나는 작업을 시작하려고 책상 앞에 앉았다. 문득 천사 같았던 그녀의 얼굴이 떠올랐다.

'그래. 이 지구에는 생각보다 아름다운 지구인이 참 많단 말이야.'

귀엽고 사랑스러운 아이들의 이야기를 들려주며 따뜻하게 미소 짓던 그 모습을 떠올리니 갑자기 코끝이 찡해졌다. 그런 고객을 위해서라면 일을 더 잘해 줘야겠다고 생각했다. 드디어 작업을 위해 재생 버튼을 눌렀는데……

녹취 속에는 일단 텔레비전 뉴스 소리가 배경음처럼 조그맣게 흘러나

아마 내가 별에서 왔다지요

왔다. 곧이어 입에 욕을 달고 사는 남자와 말이 몹시 빠른 여자가 등장했다. 여자의 말에는 욕은 없었지만 목소리와 말투가 매우 사나웠기에 남자의 욕에 맞설 만한 수준이었다. 이를 어쩐다? 녹음 파일 첫 부분에 등장하는 그녀의 이미지는 내가 조금 전 만났을 때 받았던 느낌과 많이 달랐다. 하긴, 사람이 화가 나면 아무리 천사 같던 사람도 그럴 수 있지 싶었다.

그들은 이 방 저 방을 옮겨 다니며 초접전을 했다. 이거 뭐 부부가 '동시에 말하기 챔피언'을 뽑기라도 하는 건가? 서로 자기가 잘났다고 목소리를 높이면서, 두 사람 말이 계속 겹쳤다. 일부러 나를 골탕 먹이려고 그러는 것인가 하는 의심이 들 정도였다. 기록하는 입장에서는 한 사람씩 번갈아 가며 말해야 작업하기가 편하다. 동시에 큰 소리로 말하면 무지 애를 먹는다.

후유, 힘든 작업이 예상되는 상황이었다. 혹시 후반부는 좀 괜찮을까 싶어 녹취 파일을 뒤로 죽 넘겼다.

그런데 이런! 순간 나는 멈춰 버렸다.

왜냐고? 심장이 아파서다.

그러고 보면 우리네 삶이란 참 예측 불가다. 완벽한 천사라고 믿었던 사람이 실제로는 악마인 걸 알았을 때, 거기서 오는 충격과 공포란…….

하마터면 그녀의 미친 연기력에 속아 넘어갈 뻔했다. 그나마 오랜 기간 쌓아 온 '촉'과 예리한 귀 덕에 그녀의 실체를 금세 파악할 수 있었다. 한마디로 나한테 딱 걸린 것이다!

지금부터 그녀와 나의 대화를 공개하겠다. 창과 방패의 대결이라고 할 만큼 치열했다. 나는 예리한 창으로 계속 찔렀고, 그녀는 모르쇠로 일관하며 철벽을 쳤다. 이 대결에 대해 과연 독자들은 어떤 판단을 하게 될지 궁금하다. 아마 양측으로 갈라질 것이다.

한 측은 '아무리 그래도 고객을 대하는 태도가 상당히 무례하네요.'라고 할 것이고, 다른 측은 '더 집요하게 파고들었어야죠. 겨우 그것밖에 못 한 겁니까?'라고 할 것이다. 굳이 이런 말을 서두에 언급하는 이유는, 아이를 키우는 사람 입장에서는 그녀 편에 설 수도 있지 않을까 싶어서다. 어쨌든 어떤 판단이든 존중하며 겸허하게 받아들이겠다.

녹음 파일 내용을 모두 확인한 나는 이 작업은 도저히 진행할 수 없음을 직감했다. 곧바로 그녀에게 전화했다.

"여기 녹취 사무소인데요."

"어머! 소장님, 반가워요."

"긴급히 드릴 말씀이 있어서요. 혹시 통화 가능하세요?"

그녀가 목소리 톤을 낮추고 아주 부드럽게 속삭이듯 대답했다.

"아니요. 지금 애들 아빠가 있어요. 내일 갈게요. 그래도 되죠?"

"굳이 오실 것까진 없는데⋯⋯. 무슨 일이냐면, 제가 작업을 못 하겠어요."

"어머, 왜요? 꼭 해 주세요. 일단 내일 갈게요. 얼굴 보고 얘기해요. 괜찮죠?"

나의 갑작스러운 통보에 그녀는 살짝 놀란 것 같았다. 어쨌든 사무실로 온다니 차라리 잘됐다고 생각했다.

다음 날 오전, 그녀와 마주 앉았다.

"아무래도 선생님이 의뢰하신 이 녹음 파일을 녹취록으로 작업하기가

 아마 내가 별에서 왔다지요

어렵겠습니다."

"왜요? 녹음 상태가 안 좋은가요?"

"그건 아니고요. 어제 상담할 때는 몰랐는데 맡기신 파일 후반부에 반전이 있더라고요."

"반전이요? 그게 무슨……?"

"제가 굳이 설명해야 할까요? 혹시 기억이 안 나실까요?"

"전혀 안 나요. 그게 벌써 몇 개월 전 일이라. 어서 설명해 주세요."

기억이 안 나는 건지 안 나는 척하는 건지……. 나는 직설적으로 말하겠다고 양해를 구한 후, 단호하게 물었다.

"혹시 아이들을 학대하셨나요?"

"네에? 그게 무슨……? 설마 제가 그런 사람으로 보이세요?"

"네. 어제와는 달리 완전히 그런 사람으로 보여요."

그녀는 손으로 입을 막고 말을 잇지 못했다. 몇 초쯤 지나자, 눈물까지 글썽였다. 자신이 한 일을 모르는 게 아니라면, 정말 연기파 배우다.

그녀가 울먹이는 목소리로 말했다.

"소장님, 어제는 그렇게 친절하시더니 오늘 저한테 왜 그러세요? 너무 당황스럽네요."

"그럼, 학대 안 하신 건가요?"

"당연히 안 했죠. 마치 제가 학대한 걸 본 것 같이 물으시네요?"

"그것도 맞는 얘기네요. 아무도 보지 못한 걸 제가 들었으니까."

그녀는 황당하다는 표정으로 계속 날 쳐다보았다. 지금도 궁금하다. 그 표정은 연기였을까, 사실이었을까?

내가 말했다.

"처음엔 제가 착각했나 했습니다. 그런데 들을수록 확실해지더군요. 어제 봤을 때랑 너무 다른 모습이어서 저도 얼마나 충격받았는지 몰라요. 오죽하면 일이 손에 안 잡힐 정도였습니다."

"도대체 뭐 때문에 그러시는 건데요? 자세히 얘기를 해 보세요."

"네. 그럼 차근차근 말씀드려 보겠습니다. 우선, 초반은 여느 녹취와 특별히 다를 게 없었어요. 두 분은 집안 이곳저곳을 순회하면서 싸우시더군요. 아주 꽤 긴 시간 동안. 서로 하도 악을 쓰고 동시에 말을 하며 싸우셔서 입도 많이 아프고 피곤하셨을 것 같아요."

"맞아요. 늘 그렇게 살았으니까요. 지금도 여전히 그렇게 살고 있고요."

"그 시간 동안 아이들은 거실에 있었던 것 같아요."

"아이들이 거실에요? 그럴 리가요. 우리 애들은 책을 워낙 좋아해서 텔레비전 볼 때 빼고는 거실에 잘 안 나와요. 밥도 자기들 방으로 갖다 달라고 하는 애들인데……."

"아닌데요, 확실히 거실 같던데."

"거실인 거 어떻게 확신하세요? 우리 집에 오셨던 것도 아닌데."

그렇다. 나는 그 집에 가서 직접 보지 않았기 때문에 그녀가 발뺌을 하려면 얼마든지 할 수 있다. 어차피 나는 수사하는 형사도 아니고 기소하는 검사도 아니다. 하지만 내가 누군가? 수년간 다양한 종류의 음성과 영상 파일들을 녹취하는 데 도가 튼 사람이다. 나는 소리만 들어도 그 소리가 어느 쪽에서 나는지, 어느 쪽으로 사라지는지, 그 자리에 누가 있는지, 누가 나가고 또 들어오는지 짐작할 수 있다. 그 녹음 파일로 추론한 내용은 다음과 같다.

녹음기는 거실에서 돌아가고 있었고, 부부가 거실에서 실컷 싸우다가 방으로 자리를 옮겨서 싸움을 이어 갔다. 두 사람이 녹음기와 멀어졌

 아마 내가 별에서 왔다지요

으니, 자연히 둘의 목소리도 작게 녹음되었다. 대신 다른 소리들이 크게 녹음됐다. 새소리도 들리고 개 짖는 소리도 들렸다. 아마도 옆집이나 아랫집의 개였을 것이다. 차 지나가는 소리와 경적 소리가 들리는 걸로 보아 거실 베란다 창문이 열려 있었음을 알 수 있다.

결정적으로, 10분쯤 지났을 때, 누군가가 방에서 나오더니 애들한테 크게 소리를 쳤다. "저리 안 비켜!" 그러자 두 아이가 동시에 대답했다. "죄송해요." 그리고 난 뒤 뉴스 소리가 더 크게 들렸다. 누군가가 아이들 옆에서 TV 볼륨을 키운 것이다.

여기까지 말하니 그녀가 수긍하며 맞장구를 쳤다.

"아, 그럼 아이들이 거실에 있었나 보네요. 맞아요. 애 아빠가 늘 그런 식으로 아이들한테 소리 지르거든요."

"음…… 그런가요?"

"네. 아빠가 항상 그래요. 몰상식한 인간이라서!"

하지만 안타깝게도 그 목소리의 주인공은 남자가 아니었다. 나는 크게 한숨을 내쉰 뒤 말을 이어 갔다. 다음은 아이들이 거실에 방치되어 있던 상황이다.

녹음이 시작된 시간은 오후 5시였다. 그런데 7시 30분까지, 즉 두 시간 반 동안 만화영화나 어린이 관련 TV 프로그램 소리는 들리지 않고 뉴스랑 드라마 소리만 들렸다. 간간이 TV 옆에서 아이들끼리 소곤거리는 소리가 들렸는데, 이로써 아이들이 거실 TV 옆에 있었다는 사실이 재차 확인된다. 그 나이에 불륜이 판치는 막장 드라마 앞에 노출된 채로.

그녀는 그러한 상황이 잘 기억나지 않는다고 했다.

나는 다시 물었다.

"근데, 아이들 저녁밥을 원래 좀 늦게 먹이나요?"

"아니요, 빨리 먹이죠. 얼른 먹고 재워야 하니까요."

"이상하다. 5시부터 8시 30분까지, 그러니까 세 시간 반 동안 아이들이 거실에서 소곤거리는 소리가 계속 들리던데요. 밥 먹는 소리는 하나도 들리지 않고."

"그, 그럴 리가요? 아이들 밥은 항상 제때 챙겨주는걸요."

그녀가 당황해하는 기색이 느껴졌다.

"그렇죠. 애들은 잘 먹어야 잘 크는 거니까."

"그, 그럼요."

아직도 당황하고 있는 그녀에게 내가 다시 물었다.

"정말 궁금해서 그러는 건데요, 집이 아파트라고 하셨잖아요. 혹시 집에 벽난로 같은 게 있나요?"

"아니요. 갑자기 벽난로는 무슨……."

"그래요? 녹취에서 무슨 장작 패는 것 같은 소리가 계속 나서요."

"무슨 말씀이세요? 아파트에 벽난로가 왜 있겠어요? 잘못 들으신 건 아니죠?"

"저 귀 밝아요. 근데 선생님은 몸은 삐쩍 말랐는데 힘은 엄청 센가 봐요."

"왜요?"

"장작은 아니라고 하더라도, 흥분해서 뭘 막 내려치시던데?"

"제가요?"

"네. '딱딱딱!', '딱딱딱!' 소리가 두어 차례 정도 들리더라고요."

그녀가 정색했다.

"그럴 리가요! 제가 집에서 내리칠 게 뭐가 있나요?"

"혹시 북어 자주 내리치세요?"

아마 내가 별에서 왔다지요

"아니요. 북어도 전혀 안 먹어요."

"그럼 신기하네요. 왜 그런 소리가 녹음됐을까요?"

이번엔 그녀도 궁금했는지, 녹음 파일을 들려 달라고 내게 요청했다. 나는 그녀에게 이어폰을 건넨 후 재생 버튼을 눌렀다.

▶ ⁣.ılıı.ıılıı..ııl..lıllıı..ılıılıı.

딱딱딱! 딱딱딱!

"자, 들리시죠?"

"어머! 이게 무슨 소리죠? 혹시 이거 애들 아빠가 애들한테 회초리 드는 소리일까요? 아닌데, 집에 회초리 같은 건 없는데……."

"정말 없어요? 그럼 뭘까요?"

"정확하진 않지만 아마 애들 아빠가 무언가를 내리치는 소리일 거예요."

"그게 꼭 아빠라고 할 수 있을까요?"

"무슨 말씀이세요? 그럼 제가 내리쳤다는 말이에요?"

그녀가 발끈했지만 나는 덤덤하게 답했다.

"한번 들어보시죠. 이 딱딱딱 소리와 선생님 목소리가 바로 연결돼서 나오는 부분이 있거든요."

나는 문제의 부분을 찾아 재생시켜 주었다.

▶ ⁣.ılıı.ıılıı..ııl..lıllıı..ılıılıı.

"아우 짜증 나!(딱딱딱)"

"선생님 목소리 맞죠?"

"그, 그리네요."

그녀의 눈은 당황하면서 더 커졌다.

"그러니까 이건 남편분이 아니라 선생님이 뭔가를 내리치면서 한 말입니다."

"아녜요! 저 그런 적 없어요. 남편이 내려치고 제가 바로 이어서 말을 한 거겠죠. 왜, 그런 경우 있잖아요? 우연히 말이 겹치거나 이어지는…… 뭐 그런 거요."

"자, 다음에 나오는 이것까지 듣고도 그렇게 말씀하실 수 있을지 보죠."

나는 재생 버튼을 눌렀다.

▶ ͅ.ıılı.ılılı.ıılı.ılılıı.ılılılı.

"으씨! (딱딱딱) 짜증 나! (딱딱딱) 미쳐버리겠네! (딱딱딱)"

"들리죠? 이렇게 화를 내면서 막 뭐를 내리치더라니까요. 그래서 저는 '설마 선생님이 아이들을 때리는 건가?' 그랬거든요."

"어머머! 그럴 리가 있어요? 그 예쁜 애들을 때릴 데가 어디 있다고! 농담으로도 그런 말 하지 마세요!"

"아, 네, 진정하시고요. 저도 확실치 않았던 게…… 아이들이 맞으면 아파하는 소리가 있어야 할 텐데, 그런 반응이 녹음된 게 전혀 없어서 좀 헷갈리긴 했어요."

"거봐요. 애들이 전혀 아파하지도 않고 소리 지르지도 않잖아요. 학대는 무슨……."

그녀는 안도의 한숨을 내쉬었다.

내가 다시 말했다.

 아마 내가 별에서 왔다지요

"그런데 말이에요. 이게 다가 아니에요. 녹취 파일 후반부에 웬 악마가 등장하더라고요."

"네? 악마요?"

"저 그 부분 듣다가 진짜 공포 영화인 줄 알고 깜짝 놀랐잖아요."

"어머! 진짜요? 무섭게 왜 그러세요? 도대체 무슨 내용이 있었길래."

"제가 이렇게 말하니까 무서우시죠?"

"네. 완전 무서워요. 호호호."

"저는 선생님이 더 무서운데요."

"제가 왜요? 농담도 잘하셔. 호호호."

"과연 농담일까요?"

나는 자세를 최대한 바르게 한 뒤 마음을 가다듬었다. 이제부터가 하이라이트이기 때문이다. 마침내 본격적인 질문을 시작했다.

"선생님, 진심으로 궁금한 게 있어요."

"뭔데요?"

"혹시 이쪽 분야를 전공하고 경험도 많으신가요? 정말 천부적이신 것 같아서요."

"어떤 분야를 얘기하는 건데요?"

"연기요. 진짜 배우 하셔도 되겠어요."

그녀의 인상이 구겨졌다. 나는 개의치 않고 계속했다.

"제가 몇 가지 짚어 드렸는데 눈썹 하나 까딱 않고 끝까지 잡아떼시고 있네요."

"무슨 말이에요? 잡아떼다니요?"

"아이들을 엄청나게 아끼고 사랑하는 척 연기를 해서 저 정말 감쪽같이 속았잖아요."

"소장님, 말이 너무 심하네요. 속다니요? 저 정말 아이들 사랑해요!"

그녀가 억울하다는 듯 목소리를 높였다.

나는 차분한 목소리로 말을 이었다.

"아까 아이들한테 '저리 안 비켜!'라고 소리친 사람 있었다고 했죠? 그것도 선생님 목소리 같던데요."

"아니에요. 저는 그런 말을 한 적이 없어요. 남편이겠죠."

"아니에요. 선생님이 하셨어요. 더 가관인 건 그 뒤에 '저리 안 가! 이거지 같은 놈들아!'라고 정확히 말씀하셨어요."

"마, 말도 안 돼요!"

그녀는 기겁했다.

"진짠데. 몇 개월 전에 녹음된 거라 본인이 말했던 내용을 제대로 기억 못 하나 봐요."

"했던 말을 다 기억 못 하는 건 맞는데…… 말도 안 돼요. 제가 아이들한테 욕할 리는 없어요. 제가 얼마나 잘해 주는데요!"

"아이들에게 소리 지르시는 게 제법 많이 녹음됐더라고요. 들어보실래요?"

나는 이어폰을 다시 그녀에게 건네고, 해당 위치를 찾아 재생 버튼을 눌렀다. 이번에는 부정하지 못하도록 볼륨을 한 단계 더 높이며 말했다.

"자, 정확히 7초 후에 소리가 나올 거예요. 잘 들어보세요. 아주 악을 쓰시는데 귀가 아플 정도라니까요. 자, 여기예요."

▶ .ılıı.ılıı..ılıl.ıılıı.ılıılı.

"야! 귓구녕이 먹었어? 저리 좀 꺼져 있으라니까! 아우 멍청한 새끼들!"

아마 내가 별에서 왔다지요

"이거 선생님 목소리 맞잖아요. 목소리 진짜 크세요. 저랑 얘기할 때와 완전 딴판이라니까요."

그녀는 마치 끔찍한 광경을 목격한 듯한 얼굴로 날 쳐다보았다. 나는 말을 이어 갔다.

"그런 후 갑자기 부스럭 소리가 나요. 아마도 선생님이 녹음기를 거실에서 식탁으로 옮겼나 봐요. 그런 후 선생님이 남편분께 얘기 좀 하자고, 식탁으로 당장 튀어오지 않으면 가만 안 두겠다고 소리 지른 뒤, 두 분이 식탁에 앉아 또 악을 쓰고 고래고래 싸우셨죠. 식탁 바로 옆이라 두 분 목소리가 아주 크게 잘 녹음이 됐어요. 30분 후에 갑자기 조용해지더니 현관문이 열렸다 닫히는 소리가 났고, 그 후 남편분의 목소리는 더 이상 들리지 않았어요. 선생님도 자리를 다른 곳으로 옮겼는지 더 이상 소리가 안 났고요. 녹음기는 그대로 식탁에 남겨둔 것 같아요. 두 분이 자리를 뜬 지 5분 후에 아이들끼리 식탁에 앉아 얘기를 나눴어요. 다행히 녹음기 옆이라 큰 소리로 녹음됐어요."

나는 잠시 뜸을 들였다가 물었다.

"아이들이 뭐라고 했게요?"

"저야 모르죠."

"그때가 저녁 9시가 됐겠죠? 녹음이 시작된 지 네 시간이나 지났으니까요. 아이들은 정확히 이렇게 말했어요. 들어보세요."

나는 재생 버튼을 눌렀다.

▶ .ılıı.ılıı. .ılıl. ılıllıı. .ılıllı.

"형아, 나 배 많이 고파."

"나도 배고파."

그녀가 갑자기 불안한 듯 눈을 깜빡거리기 시작했다. 내가 말했다.

"그런데 놀랍게도요, 그로부터 30분이 지나도록 식탁 주변에서, 그러니까 아이들 주변에서 어른들의 목소리를 포함해 그 어떤 소리도 들리지 않았어요. 하지만 더, 더, 더 놀라운 건 아이들도 식탁으로 와서 서로 배고프다고 말을 한 뒤 한참 동안 한마디도 하지 않았다는 거예요. 믿어지나요? 한참 쫑알쫑알 떠들고 호기심 가득할 그 나이에 한마디도 않고 식탁에 얌전히 앉아 있었다는 게. 혹시 너무나 배고파서 말할 기운조차 없었던 게 아닐까요?"

그녀의 표정이 몹시 어두워졌다. 두려워 떠는 것 같기도 했다. 나는 마우스를 녹음 파일의 막바지 부분에 놓고 클릭했다.

"잘 들어보세요. 여기부터가 하이라이트예요. 한참 동안 이어졌던 고요가 끝나고 드디어 아이들의 예쁜 목소리가 다시 등장해요. 식탁 바로 옆이라 여전히 선명하게 녹음됐어요."

▶ .ıılı.ıllıı..ıllı.ıllıı.ıllıllı.

"형아. 나 진짜 배 많이 고파."
"엄마 화났잖아. 좀 기다려 보자."

"그런데 잠시 후 방문 여는 소리가 나더니 선생님이 식탁으로 왔나 봐요. 오자마자 매서운 목소리로 고래고래 악을 쓰시더라고요."

▶ .ıılı.ıllıı..ıllı.ıllıı.ıllıllı.

"아우! 꼴도 보기 싫어! 얼른 방으로 기어들어 가! 꾸물대지 말고 당장 꺼져! 이 거지 같은 새끼들아!"

그녀가 이어폰을 빼려 해서 나는 다급하게 소리쳤다.

"아니요! 이어폰 빼지 마세요. 여기 들어보세요."

▶ ﹒ɪᴵᵗ.ᴵᵗᵗᵗ..ᴵᵗᴵ.ᴵᵗᴵᵗ..ᴵᵗᴵᵗᴵ.

"야! 이 거지 같은 새끼들아! 내가 나오라고 하기 전까지 나오지 마! 알았어?"

"이거 선생님 목소리 맞잖아요."

그녀는 이어폰을 빼고 침을 한번 꼴깍 삼키고는 애써 태연한 척하며 말했다.

"이거 제 목소리 아닌데요?"

"네?"

"이거 제 목소리 아니라고요."

내가 다시 물었다.

"가슴에 십자가 긋고 맹세하세요?"

"네. 맹세해요."

나는 너무 황당한 나머지 다듬지 않은 표현을 뱉어 버리고 말았다.

"무슨 그런 개뼈다귀 같은 거짓말을 하시죠?"

"어머, 뭐라고요?"

내 거친 말에 그녀는 적잖이 놀란 표정을 지었다. 그러거나 말거나.

"선생님 맞잖아요! 이거 누가 들어도 선생님 목소리 맞아요."

"아니라고요!"

"아니긴 뭐가 아니에요? 길 가는 사람한테 물어보세요. 다 맞다고 하지."

"글쎄, 저 아니라니까요."

그녀 안의 헐크

이런 걸로 그녀와 실랑이할 시간이 없었다. 아주 중요한 마무리가 남았으니까.

"근데 여기서 정확히 10분 뒤에, 또 아주 기가 막히게 소리를 지르셨어요. 들려 드릴게요."

나는 컴퓨터에 꽂혀 있는 이어폰을 빼버리고 아예 스피커로 들려주었다.

"야! 이 거지 같은 새끼들아! 밥 처먹어 얼른!"

"그때 시각은 녹음 시작 시점인 5시로부터 무려 4시간 55분이나 지났을 때였죠. 밤 9시 55분에 저녁밥을 차려 주신 거예요."

그녀는 심장에 손바닥을 대고 심호흡을 했다. 내가 차갑게 물었다.

"혹시 아이들 이름이 호적에 무슨 '새끼'라고 올라가 있나요? 한 번도 이름을 부르지 않고 계속 '거지 같은 새끼', '멍청한 새끼'로만 부르더라고요."

그녀의 얼굴이 점점 하얗게 질려 갔다.

"근데 놀라운 건 뭔지 아세요? 이 뒤에 제가 눈물을 펑펑 흘린 지점이 있다는 거예요. 정확히 12분 뒤의 녹음 내용을 들어보세요."

그녀가 가방을 들고 일어섰다.

"저 갈래요. 이 파일 삭제해 줘요."

내가 볼륨을 더 크게 키운 덕에 그녀는 내가 준비한 마지막 선물을 선 채로 들었다.

아마 내가 별에서 왔다지요

▶ .ılıl.ılıl..ılıl.ılıl..ılıl.

"형아, 나 밥 더 먹고 싶어."

"알았어. 있어 봐. 저기…… 엄마, 저희 밥 더 먹어도 돼요?"

(그때 먼발치에 있던 여자가 소리를 지름)

"뭐라고? 이것들이 뱃속에 거지새끼가 들어차 있나! 내가 거지같이 밥만 축내지 말라고 했어, 안 했어?"

"엄마 죄송해요. 맛있게 잘 먹었습니다."

(형이 동생에게 작은 소리로 속삭임)

"오늘은 이것만 먹어야 될 것 같아."

"싫어. 더 먹고 싶어."

"아니야. 오늘은 이것만 먹어야 돼."

"알겠어. 형아."

그녀가 나를 노려보았고, 나는 더 매섭게 쏘아보며 말했다.

"제가 봤을 때 여기는 사람 사는 곳이 아니라 지옥입니다."

"뭐라고요? 지, 지옥?"

"당연히 지옥이죠. 아이들은 부모가 싸우면 전쟁과 같은 공포를 느낀 대요. 그런데 이 집은 하루 종일 욕하면서 고래고래 소리 지르는 걸 봐야 하고, 밥까지 양껏 못 먹으니 지옥이 아니고 뭡니까?"

"내 참 어이가 없어서, 지금 말 다 했어요?"

"이 아이들 한창 클 때 아닙니까? 적어도 밥이라도 먹는 양만큼 충분히, 제시간에 먹게 해 주면 안 되나요?"

"이것 보세요. 글쎄 이거 저 아니라니까요. 파일 삭제하고 녹음기 주세요. 얼른."

"뻥 좀 그만 까요! 그리고 이게 다가 아니에요. 선생님이 어디론가 전화했는데, 아마도 남편분이겠죠. 전화를 안 받는지 아이들에게 화풀이를 했죠. 밥도 양껏 못 먹은 불쌍한 그 아이들한테요."

"글쎄, 저 그런 적 없다고요."

"없긴 뭐가 없어요? 녹음이 다 되어 있잖아요. 그리고 녹음 파일 맨 뒤에서는 선생님이 또 앙칼진 목소리로 말해요. 그건 제가 그대로 재연해 드릴게요."

나는 그녀가 아이들에게 했던 말투에 어울리는 표정을 곁들여 실감 나게 재연했다.

"야! 니들 방으로 얼른 기어들어 가! 얼른! 개새끼들아!"

내가 증오에 찬 눈빛으로 매섭게 노려보자, 그녀는 고개를 돌려 버렸다. 나는 감정을 억누르며 말했다.

"그런데, 작은 아이가 물이 먹고 싶었나 봐요. 너무나 귀여운 목소리로 형에게 물을 달라고 했죠. 그랬더니, 선생님이 뭐라고 했는지 기억나세요?"

나는 또다시 최선을 다해 그녀 흉내를 냈다.

"이것들이 오늘따라 왜 이렇게 꾸물거려! 얼른 안 기어들어 가? 지 애비 닮아가지고 재수 없는 새끼들!"

그녀는 고개를 더욱 돌려서 아예 뒤를 보다시피 했다. 그렇다고 멈출 내가 아니었다.

"녹음기에 작은 아이의 울먹이는 목소리가 다 녹음됐고요, 큰아이가 동생에게 들어가자고 말했죠. 그리고 문 닫는 소리가 났어요. 분명히 물 한 모금도 못 먹고 들어갔겠죠?"

그 순간 그녀가 주저앉더니 흐느끼며 말했다.

아마 내가 별에서 왔다지요

"제가 오죽했으면 그랬겠어요? 흐흐흑. 저 인간이랑 살면서 얼마나 괴로웠는지 아세요? 그런데 녹음된 걸 들으니까 너무 마음이 아프고, 다리가 후들거리고, 가슴이 찢어져요. 제가 저랬다는 게 믿기질 않아요. 왜 아무 죄 없는 예쁜 아이들한테까지 저렇게 모질게 했는지."

그녀는 그제야 약간 후회하기 시작했다.

"분명히 선생님이 말한 게 맞아요. 아무리 화가 나도 그렇지. 이건 엄청난 학대에 속합니다. 그 어린아이들한테 어찌나 심하게 구시는지, 녹취 듣는 동안 제 가슴이 너무 아파서 고통스럽기까지 했다고요. 듣는 제가 이 정도인데 당하는 아이들은 어땠겠어요?"

"오래전이라 정말 기억은 안 나지만 아이들한테 너무 미안해서 몸 둘 바를 모르겠어요. 숨이 막힌다고요. 제발 저 좀 가게 해 주세요. 우리 애들 보고 싶어요. 가서 안아주고 싶어요. 제발요!"

"저라고 고객한테 이러고 싶겠어요? 선생님과 이렇게 목에 핏대 세우며 싸우는 게 오늘 제 삶의 목표였겠냐고요?"

그녀가 눈물을 뚝뚝 흘리며 말했다.

"저는 그래도 애들 굶긴 적은 없어요. 옷도 메이커만 사 입혔고요, 하루에 아주 여러 번 안아 주고, 숙제도 봐주고, 준비물도 챙겨 주고, 매끼 꼬박꼬박 영양식으로 잘 챙겨 먹인다고요."

가만 보니 그녀는 자신이 아이들에게 한 짓에 대한 미안함보다는 지금껏 자부심을 느꼈던 사실이 무너져서 충격을 받은 것 같았다. 자신이 쓴 천사라는 가면이 벗겨지는 충격 말이다.

내가 다시 말했다.

"이건 꼭 확인하고 싶어요. 설마 두 분 중에 누구든 아이들을 실제로 폭행까지 하신 건 아니죠? 아까 장작 패는 소리가 심상치 않아서 그래요."

그녀가 버럭 화를 냈다.

"이것 보세요! 소장님이 뭔데 남의 집안일에 간섭이에요? 그리고 그런 일 없어요!"

"안 때렸다면 다행이네요. 분명히 말씀드리지만, 언어폭력도 폭력이고 학대에 해당합니다. 여기서 멈추세요. 안 그럼 천벌 받으실 겁니다."

"천벌이요? 천벌 받는 거라면 죽는 것밖에 더 있어요? 녹음기나 어서 주라고요!"

그녀는 내게서 녹음기를 건네받자마자 쏜살같이 나가 버렸다.

까마득히 오래전 일이다. 그러니까 아동학대 범죄 처벌법이 개정되기 전이었다. 그녀가 떠난 뒤 나는 그 아이들이 너무 걱정돼서 관계 기관에 문의를 해 보았다. 하지만 돌아온 답은 부모가 훈육 차원에서 자식에게 하는 폭언은 자신들도 관여할 수 없다는 것이었다. 당시 우리 사회는 관계 기관의 그런 대응을 답답해하긴 했지만 이해하는 분위기였다. 나는 그때도, 지금도 절대 이해할 수 없지만.

언어폭력은 어쩔 수 없다 치더라도 혹시 있을지 모를 신체 폭행만큼은 어떻게든 막을 방법이 있길 바랐는데, 다행히 담당자가 내게 이것저것을 상세히 물었다. 실제 폭행을 목격했는지, 증거는 있는지, 폭행당한 아이의 상태가 어떤지……. 하지만 아이들을 본 적도 또 만날 수도 없던 나로선 아무런 정보도 줄 수 없었다. 대신 그 아이들을 부디 잘 지켜봐 달라는 당부만 했었다.

지금도 궁금한 것이 있다. 과연 그녀는 자신이 아이들에게 악랄하게 행동했던 걸 정말 기억 못 한 걸까? 나는 그녀의 이중인격적인 모습에 충격이 컸다. 천사인 줄 알았더니 속에 그런 악마를 품고 있을 줄이야!

 아마 내가 별에서 왔다지요

마치 헐크처럼 화를 주체하지 못하고 돌변해 버린 것이다. 사실, 누구에게나 그런 면이 어느 정도 있다는 걸 인정한다. 물론 나도 그런 사람이다. 그런데 "너무 화가 나서 그랬던 거예요." "제가 잠시 제정신이 아니었어요." 따위의 말들로 용서와 이해를 구해서는 절대로 안 되는 행동이 있다. 결코 용서받을 수 없는 행동들, 바로 약자를 고통스럽게 하는 짓이다.

그녀가 화가 날 때마다 작고, 사랑스럽고, 한없이 보호받아야 했던 그 아이들은 지옥을 경험해야만 했다. 가해자인 그녀는 화가 진정되고 나면 자신의 행동을 까마득히 잊어버렸겠지만, 아이들은 그녀가 만든 지옥에서 느낀 공포가 뼛속까지 새겨질 정도로 고통스러웠을 것이다. 남편과 툭하면 싸웠고 그때마다 헐크로 변했으니, 아이들은 그 얼마나 많은 날을 두려움에 떨어야 했을까? 부디 그녀가 나와의 치열한 공방전 이후로는 아이들 앞에서 더 이상 돌변하지 않았길 바란다. 그래서 그 소중한 아이들이 배고픔을 참는 일이 더는 없고, 목이 마르면 편하게 물을 마시면서 지냈기를 바란다.

워터 공 요정   쌀 공 요정

15
주은이의 외침
(두 얼굴의 베이비시터)

오전 11시경, 핼쑥한 여인이 넋 나간 표정으로 사무실에 들어왔다. 그녀는 아무 말 없이 가만히 서 있기만 했다. 잠시 어색한 분위기가 흘렀다. 3분 정도 지난 후, 내가 조심스럽게 물었다.

"무슨 일 때문에 오셨어요?"

그녀는 대답 대신 천천히 소파에 앉았다. 그리고 또다시 아무 말도 하지 않았다. 그때 아는 변호사에게서 연락이 왔다. 방금 도착한 여성이 자신의 의뢰인이니 잘 부탁한다는 전화였다.

아마 내가 별에서 왔다지요

잠시 후, 말할 힘조차 없어 보이는 그녀가 겨우 입을 뗐다.

"저기…… 우리 아기가 7개월…… 태어난 지 7개월 됐어요."

그녀는 자신의 아이가 베이비시터에게 학대당했다고 말했다. 그녀의 눈에서 눈물이 주르르 흘러내렸고, 그칠 줄 몰랐다.

나도 고개를 떨어뜨렸다. 눈물이 멈추지 않아 고개를 들 수 없었다.

독자들에게 묻고 싶다. 누군가의 아픔을 보며 마치 나의 아픔처럼 고통스러워 본 적이 있는가? 나는 꽤 있다. 이 사건이 특히 그랬다.

자, 한번 가정을 해 보자. 수년간 아기를 기다리고 기다렸던 당신의 집에 드디어 아기 천사가 찾아왔다. 아기는 당신의 사랑을 듬뿍 받으며 무럭무럭 자랐다. 그러던 어느 날, 사악한 악마가 와서 사랑스러운 아기를 죽기 직전까지 괴롭혔다. 그런데 더 끔찍한 건 뭔지 아는가? 그 악마를 집으로 초대한 사람이 바로 당신이었다는 것이다. 만약 당신이 이런 상황하에 있다면 어떨 것 같은가?

어린 지구인들이 겪는 끔찍한 사건을 접할 때마다 내가 늘 하는 일이 있다. 얼마나 힘들었는지를 그 아이의 관점으로 기록해 보는 것이다. 그러면 아이들의 아픔이 훨씬 더 크게 와닿는다.

이번에도 그렇게 했다. 주인공 아기인 주은이를 대신하여 그 마음을 기록해 보았다. 베이비시터를 만나기 전까지 주은이는 이런 마음이었을 것이다.

〈베이비시터를 만나기 전〉

"응애응애, 나는 드디어 엄마 배 속에서 나와서 엄마, 아빠랑 살게 됐다.

매일 잘 먹고, 잘 싸고, 잘 자면서 무럭무럭 자라고 있다. 이렇게 지내면 내 침대 옆에 있는 저 인형의 키를 곧 따라잡을 것 같다. 나는 다 안다. 내가 얼마나 사랑받고 축복받고 있는지를. 그래서 요즘 무지무지 행복하다. 비록 똥오줌이 툭하면 내 허락도 없이 나와 버려서 당황스럽긴 하지만……. 지구에서 이렇게나 신나고 재미있는 삶을 누리게 해 준 분들은 누굴까? 누군지는 모르겠지만 만약 만나면 '정말 정말 고맙습니다.'라고 말해 줄 거다.

어느덧 내가 지구에 온 지 딱 5개월이 되었다. 그런데 엄마가 다시 회사에 나간다고 한다. 엄마가 어떤 지구인 아줌마를 집으로 데려왔는데, 지구인 말로는 '베이비시터'라고 부른단다. 그 아줌마는 인자한 표정으로 엄마, 아빠에게 나를 잘 돌보겠노라 약속했다. 나도 아줌마에게 잘 지내 보자며 까르르 웃어 주었다. 엄마, 아빠가 출근한 뒤 나는 하루 종일 그 아줌마와 함께 지냈다."

◆———————————————◆

주은이 엄마의 말에 의하면 베이비시터를 고용하고 사흘 뒤부터 이상한 일이 벌어졌다고 한다. 그토록 잘 자던 아이가 잠을 못 자고 계속 울어대기만 했다. 늘 잘 먹고 소화도 잘 시켰던 아이인데 잘 먹지도 못하고 툭하면 토를 했다. 생후 개월 수에 맞게 꾸준히 증가했던 체중도 더 이상 늘지 않고 오히려 줄어들었다.

그게 다가 아니었다. 몽고점이라고 보기엔 석연치 않은 이상한 멍이 아이 몸 곳곳에 희미하게 생기기 시작했다. 주은이 엄마는 베이비시터 에게 아이 상태가 좀 이상한 것 같다며 무슨 일이 있었는지 물어보았고, 이런 답을 들었다.

   아마 내가 별에서 왔다지요

"10년 넘게 이 분야에서 일해 온 전문가로서 말하겠는데요, 아이가 한창 클 때 자주 울기도 하고 소화를 못 시키기도 해요. 엄마가 너무 예민하신 것 같아요. 다른 가정에서도 흔히 겪는 일이니까 염려 마세요. 또 몽고점이 아닌 것 같다고 하셨는데, 살짝 안아주기만 해도 멍이 잘 드는 아이가 있어요. 주은이가 그런 것 같아요. 그러니 크게 신경 쓰실 거 없어요. 저한테 맡기시고 걱정 붙들어 매세요. 주은이는 제가 완벽히 돌보고 있답니다."

초보였던 주은이 엄마는 확신에 찬 어조로 안심시키는 베이비시터의 말을 철석같이 믿어 버렸다.

자, 그렇다면 베이비시터를 만난 이후 주은이는 어떤 마음이었을까? 아마 이랬을 것이다.

〈베이비시터를 만나고 난 후〉

"아줌마가 온 이후 나는 매일매일 공포에 떨며 살고 있다. 저녁에 엄마, 아빠가 집에 와서 안아 주면 나는 내가 얼마나 심각한 위험 상황에 놓였는지 알려 주고, 제발 도와 달라고 아주 강하게 말했다. 온몸이 시뻘게질 정도로 울어 대는 방법으로 말이다. 하지만 엄마, 아빠는 못 알아들었다. 나는 포기하지 않고 자지러질 정도로 울고 또 울었다. 그런데도 아무 소용이 없다 보니 입맛도 없었고, 먹으면 다 토했다. 그사이 무서운 아줌마는 점점 더 악랄하게 나를 괴롭혔다.

그렇다고 해도 나는 엄마, 아빠를 원망하지 않는다. 단지 내가 지구인의 말을 아직 못 배웠기 때문에 엄마, 아빠를 이해 못 시킨 탓이니까.

그렇게 시간은 흘러갔고, 나는 서서히 불안해졌다. 그리고 이제는 예상할 수 있다. 어쩌면 내가 그토록 바라던 지구에서의 삶이 얼마 안 있으면 끝날지도 모른다는 것을. 내가 할 수 있는 거라곤 매일매일 우는 것뿐이다. 하지만 상황이 달라지지 않으니 서럽기만 하다.

지금도 옆에 무서운 아줌마가 있다. 오늘도 어김없이 나에게 고함을 쳐 댄다. 저 무서운 목소리 말고 엄마, 아빠의 따뜻한 목소리를 빨리 듣고 싶다."

주은이 엄마, 아빠는 아이의 상태가 몹시 이상하다는 걸 느꼈지만 딱히 원인을 찾지 못했다. 베이비시터를 고용한 지 2개월이 지났을 때, 부부는 결국 아이 곁에 녹음기를 몰래 설치했다. (지금은 쉽게 CCTV를 설치할 수 있지만, 그 당시는 가정용 CCTV가 보급이 안 된 시절이었다.)

얼마간의 시간이 흐른 뒤, 녹음 내용을 확인한 부부는 경악을 금치 못했다. 설마 했던 일이 현실이 되고 말았다. 자신들 앞에서는 천사 같았던 베이비시터가 부부가 출근만 하면 악마로 돌변했다는 걸 그제야 확인했다. 그렇다. 주은이 부모는 인간의 탈을 쓴 악마를 고용했던 거였다. 세상 무엇보다 소중한 주은이를 돌보는 사람으로 말이다.

베이비시터의 만행은 녹음 파일에 고스란히 담겼다. 다음은 그 중 극히 일부분이다. 독자들이 심각한 충격을 받을까 봐 그나마 덜 충격적인 내용만 공개하겠다.

엄마, 아빠가 출근하기 직전

▶ ‖‖‖‖‖‖‖‖‖‖‖.

"주은아, 엄마, 아빠 다녀올게."

주은이를 안고 있던 베이비시터가 주은이의 손을 잡고 흔들며 대답했다.

▶ ‖‖‖‖‖‖‖‖‖‖‖.

"'엄마, 아빠 돈 많이 벌어 오세용.' 해야지. 에그 예뻐라."

현관문이 닫히고 주은이와 단둘이 있게 되자 그 여자는 돌변했다.

▶ ‖‖‖‖‖‖‖‖‖‖‖.

"아휴, 8시 30분밖에 안 됐네. 너 같은 거랑 저녁 6시까지 있어야 한다니 정말 징글징글하다. 너 오늘 울기만 해 봐!"

그리곤 갑자기 부스럭부스럭하는 소리가 크게 나더니 주은이가 아주 큰 소리로 울었다. 마치 주은이가 아기 침대에 내던져진 소리 같았다. 하지만 그 소리만으로 확신할 순 없었다.

베이비시터는 주은이와 단둘이 있는 내내 귀가 찢어질 듯 악을 쓰며 끔찍한 소리를 내뱉었다.

▶ ‖‖‖‖‖‖‖‖‖‖‖.

"야! 얌전히 굴어!"
"이년아! 가만히 있으라고 했지! 잠이나 좀 쳐 자!"

주은이의 울음소리가 이어지지 않고 중간중간 끊겨서 들렸다. '아앙!' 끊기고, '아아앙!' 끊기고, '으아앙!' 연속해서 끊겼다. 아마도 주은이를 안고 있는데 부드럽게 안는 게 아니라 심하게 머리를 흔들며 안는 모양이었다. 아니면 주은이의 입을 강제로 막았다 떼기를 반복했을 수도……. 그렇기에 주은이의 울음소리가 끊겨서 들린 것 같았지만 정확하지는 않았다. 주은이가 울어도 아무 소용이 없었다는 건 분명했다. 베이비시터는 오히려 더 심한 말로 다그치기만 했다.

▶ .뒬.뤠뒬.뒬.뤴뤼.뒨뒬.

"이 콩알만 한 게, 입 안 닥쳐? 그만 좀 울어!"
"너 또 울면 도깨비한테 잡아먹히게 한다!"

기어다니기를 시작한 주은이에게 베이비시터는 칭찬은커녕 다음과 같은 모진 말들을 퍼부었다.

▶ .뒬.뤠뒬.뒬.뤴뤼.뒨뒬.

"야! 내가 너네 집구석 청소하는 거 안 보여? 싸돌아다니지 말고 의자에 꼭 붙어 앉아 있으라고!"

녹음 내용을 다 듣고 난 뒤 주은이 부모는 베이비시터의 이중성에 기겁했다. 그런 괴물을 집에 들였다는 사실에 통한의 눈물을 흘렸다. 그동안 이 무서운 진실을 사악한 그 여자와 태어난 지 1년도 안 된 주은이 단둘만 알고 있었다는 사실이 너무나 끔찍했다.

이 세상 어느 곳보다 안전하고 평화롭고 사랑이 넘쳤던 주은이 집이

아마 내가 별에서 왔다지요

엄마, 아빠가 방심한 사이 가장 섬뜩하고 위험한 곳이 되어 버린 것이다. 그것만으로도 주은이 부모는 충분히 고통스러웠다.

주은이 엄마가 힘없이 내게 말했다.

"녹음 파일 열 개 중 2번 파일은 녹취록을 안 만들어도 될 것 같아요."

"왜 빼는 건지 물어봐도 될까요?"

"그냥 쓸데없는 내용 같아서요. 우리 주은이가 엄청 까탈스러운 아기여서 베이비시터가 힘들어하는 것처럼 녹음이 됐더라고요."

"혹시 제가 한번 들어 봐도 될까요?"

"네, 들어 보세요."

엄마는 화장실에 갔고, 나는 눈을 감고 녹음 파일을 청취했다. 순간 등골이 오싹해졌다. 엄마가 돌아왔다.

"어머니, 이거 저랑 스피커폰으로 다시 들어 볼까요?"

"왜요?"

"일단 들어 본 뒤에 말씀드릴게요."

나는 재빨리 재생 버튼을 눌렀고 스피커로 녹음 내용이 흘러나왔다.

▶ .ılıl.ılılı..ılıl.ılılılılı..ılıllılı.

"응애, 응애."

주은이가 심하게 보챘다. 사악한 베이비시터가 말했다.

▶ .ılıl.ılılı..ılıl.ılılılılı..ılıllılı.

"아휴! 왜 니 아가리는 젖병 하나도 제대로 끝까지 못 무냐? 왜 자꾸 입을 벌려? 분유 질질 흘리잖아. 어머머! 이걸 왜 뱉어? 에이씨! 옷 다 버렸네! 잘 좀 처먹으라고 했지? 이건 누구 닮아서 젖병도 제대로 못 물어? 멍청한 것 같으니라고!"

녹취 내용을 들은 주은이 엄마가 눈을 질끈 감았다.

"어머니, 힘드시죠? 근데 이 파일에서 강한 의심이 들어서요."

"어떤 의심이요?"

"아이가 분유를 그냥 흘리진 않았을 것 같은데요."

"네?"

"제가 듣기로 분유를 먹일 때 어른 팔에 떨어뜨려 보고 뜨거우면 더 식힌 다음에 먹인다고 하던대요."

"네, 맞아요."

"어쩌면 분유를 너무 뜨겁게 줘서 아기가 젖병을 못 문 게 아닐까요?"

아니나 다를까, 주은이 엄마는 아기의 혀와 입안이 종종 벌겋게 색이 변해 있었다고 했다. 안 그래도 그 부분이 의심스럽긴 했지만, 아이들은 크면서 다 그런 증상이 있는 거라던 베이비시터의 말을 있는 그대로 믿었다고 했다.

나는 안타까워하며 말했다.

"어머니. 그 여자가 입으로 떠든 모든 말을 믿어도 너무 믿으신 것 같네요."

"맞아요. 제가 바보 같았어요."

"제 생각에는요. 현대 사회에서 전문가라고 하는 사람들 말을 전적으로 믿기보다는 자신의 직감에 따라 행동하는 게 더 옳을 때가 있더라고요. 참고하세요."

아마 내가 별에서 왔다지요

"네, 그럴게요."

잠시 후, 나는 주은이 엄마의 요청대로 해당 녹음 파일을 빼자고 조언을 드렸다. 왜냐하면 그 녹음 내용만으로는 증거가 되기 어려웠고, 그 여자도 발뺌을 할 것이 뻔했기 때문이다.

나는 다른 파일의 내용까지 전반적으로 확인했다. 그러다 갑자기 머리가 아파졌고, 짜증 섞인 말이 나와 버렸다.

"10년 경력은 무슨, 그냥 악마네요, 악마!"

주은이 엄마가 흘러내리는 눈물을 닦아 내며 말했다.

"맞아요. 그래서 주은이한테 너무 미안해요."

나는 그녀의 손을 꼭 잡았다.

"자책 그만 하세요. 일은 이미 벌어졌고, 지금부터 잘하면 되죠. 오늘부터 주은이 더 많이 안아 주세요. 그리고 그간 들었던 끔찍한 말들이 주은이 귀에서, 머리에서, 기억에서 다 씻겨나갈 수 있도록 무조건 좋은 말만 잔뜩 들려주시고요. 아셨죠?"

"네, 그럴게요. 흐흐흑."

그녀는 그렇게 돌아갔다.

며칠 후, 그녀가 녹취록을 찾으러 다시 사무실을 방문했다. 나는 완성된 녹취록을 건네주며 그녀를 격려해 주었다.

"잘 해결되길 바랄게요. 조심히 가세요."

그러자 그녀는 그 자리에 선 채 눈물만 뚝뚝 흘렸다. 나는 그녀의 등을 쓰다듬으며 다시 한번 위로해 주었다. 하지만 그녀는 마치 위로받기를 거절하듯 소파에 주저앉아 펑펑 울었다.

"저는 엄마 자격도 없어요."

"왜요? 그런 말 마세요."

"제가 가장 가슴이 아픈 게 뭔지 아세요?"

그녀의 울음소리가 커졌다. 거의 절규하는 울음이었다. 그랬다. 그녀의 말은 내가 그녀에게서 들은 가장 충격적인 말이었다.

"아이가 이상한 조짐을 보였을 때, 제가 매일 녹음기를 침대에 두고 녹음을 했단 말이에요. 근데요, 너무 바쁜 탓에 2주가 지나서야 녹음 내용을 확인한 거였어요."

"뭐라고요? 2주나 지나서요?"

"네. 일단 녹음만 해 놓고 나중에 확인해도 별일 없겠거니 안심했던 거예요."

"왜 그런 안심을 하셨어요? 아이 상태가 안 좋았다면서요?"

"녹음을 했던 첫날에 그 여자랑 통화했는데 워낙 싹싹하게 저를 대했고, 말도 전문가처럼 능숙하게 잘하니까 또다시 안심해 버린 거죠. 그 뒤로도 아이 상태가 이상해서 계속 녹음하긴 했지만, 그 여자를 워낙 신뢰했기 때문에 녹음 내용에 별 게 없을 거라고 생각했어요. 그 여자가 절대 나쁜 짓 할 리 없을 거라고 믿은 거죠. 매일 아이가 울면서 살려 달라고 저에게 사인을 보냈던 건데 못난 엄마가 그 여자 장단에 놀아나 애를 이 지경까지 오게 한 거예요."

나는 아랫입술을 깨문 채 눈을 꾹 감았다. 바빠서, 그 여자가 싹싹해서, 그 여자가 능숙해서, 그 여자를 신뢰해서, 그 여자가 이래서, 그 여자가 저래서라니! 이게 도대체 무슨 말인지 이해할 수가 없었다. 그깟 여자 말이 뭐가 그리 대단해서 2주간이나 지체했다는 말인가. 도대체 왜 인간 같지도 않은 사람 말을 그리도 잘 따랐단 말인가. 순진해도 너무

아마 내가 별에서 왔다지요

순진한 그녀 때문에 울화통이 치밀었다.

"어머니, 저 솔직하게 말해도 돼요?"

"네. 저 혼내셔도 돼요."

"만일 내 앞에 그 여자가 있다면요, 똥통에 처박아 버리고 싶어요!"

"흐흐흑."

그녀는 괴로운 듯 얼굴을 감싸며 말했다.

"제가 우리 예쁜 주은이를 그 고통 속에서 2주간이나 더 방치했다는 생각에 제 심장이 찢어지는 것처럼 아파요."

소중한 아이를 지켜 주지 못한 죄책감에 고통스러워하는 그녀에게 나는 더 이상 아무런 말도 할 수 없었다. 그녀는 가슴을 부여잡은 채 돌아갔다.

그 후로도 어린 지구인들의 학대 사건을 종종 접했다. 하지만 나는 녹취록을 만들어 주는 것 외에는 아무것도 해 주질 못했다. 그 보석 같은 아이들의 고통을 알면서도 돕지 못하는 나 자신이 참으로 한심했다. 나는 매번 생각했다. '내가 저 어린 천사들을 도울 방법은 정말 없는 걸까?' 라고.

그로부터 꽤 오랜 시간이 지난 후, 한 아이를 만났다.

16 여섯 살 소율이의 상상 치유
(어린이집 학대 아동 치유기)

아마 내가 별에서 왔다지요

이번 의뢰인의 사연은 어린이집 아동학대 사건이다. 한 부모 가정에서 엄마와 단둘이 살고 있던 소율이는 여섯 살하고 5개월이 되었을 때, 그 나이에 감당 못 할 끔찍한 일을 겪게 된다. 다행히 엄마가 일찍 알아차렸고, 어린 딸을 지켜내기 위한 그녀의 외로운 싸움이 시작되었다.

"어느 날부터 우리 소율이가 이상해졌어요."

"어떤 점이요?"

"애가 말수도 없어지고, 밥도 안 먹으려 하고, 계속 잠만 자더라고요. 기운도 없고. 그러면서 어린이집에 너무 가기 싫다고 그러는 거예요. 그래서 어린이집 CCTV를 확인해 봤더니, 처음에는 별다른 게 없었어요. 근데 더 자세히 들여다보니까 뭔가 이상했어요."

소율이 엄마의 말에 따르면, CCTV 화면엔 소율이가 없었다. 마땅히 있어야 할 곳인데도 말이다. 한참 후에 어디에선가 소율이가 나타났는데 잔뜩 풀이 죽어 시무룩하게 앉아만 있었다. 알고 보니 어린이집 교사는 CCTV가 설치되어 있지 않은 곳으로 아이를 데리고 가서 학대한 것이었다.

나는 소율이 엄마가 그걸 어떻게 알아냈는지 몹시 궁금했다. 왜냐하면 CCTV 사각지대에서의 일은 잘 밝혀지지 않기 때문이다. 아이들도 선생님의 위협 때문에 잘 말하지 않고, 증거를 잡기도 힘들다. 하지만 소율이 엄마는 매우 지혜롭게 행동했다.

"너무 이상해서 아이 옷에 작은 녹음기를 넣어 놨거든요. 물론 소율이도 모르게요. 그 녹음된 걸 확인했는데, 정말 기가 막히더라고요."

나는 즉시 녹음 파일을 재생시켜 소율이 엄마와 함께 들었다. 거기에는 선생이라는 자의 말이 고스란히 들어 있었다.

🎙 ⫷⫶⫶⫷⫶⫷⫷	**00:00:00** ▭

"너 음식 흘리지 좀 말랬지? 셋 셀 동안 주워 먹어라. 하나! 둘! 셋!"

"정신 사나우니까 뛰지 말라고 했어, 안 했어?"

"밥 먹으라고 몇 번을 불렀는데 이제 쳐 일어나? 얼른 가서 앉아!"

"뭘 잘했다고 울어? 안 그쳐? 이 쪼끄마한 게. 확!"

소율이 엄마는 어린이집에 바로 전화했고, 통화 내용을 녹음했다.

우리는 그 내용을 함께 들었다. 나는 듣다가 하도 기가 막혀서 중간중간 '정지' 버튼을 누를 수밖에 없었다.

▶ ⫶⫶⫶⫶⫶⫶⫶⫶⫶⫶⫶⫶⫶⫶

> **엄마** : "선생님, 왜 소율이한테 오래된 우유를 주신 거예요?"
>
> **선생** : "네? 무슨 얘기세요?"
>
> **엄마** : "소율이가 어린이집에서 먹으라고 줬다는데 안 먹고 가져왔더라고요. 근데 유통기한이 이미 지난 거던데요?"
>
> **선생** : "아니요, 그럴 리가요? 저희는 신선한 것만 먹이는데……."

"어머! 어머니, 이 선생이 정말 이랬어요? 세상에!"

"네. 어쩐지 우리 소율이가 지난번에 우유 먹다가 토했는데 선생님께 혼났다고 하더라고요."

"오래된 우유를 먹인 것도 모자라, 그걸 뱉은 아이를 혼을 내요?"

"네. 우유 먹다가 자주 혼났대요."

"정말 나쁜 사람이네요!"

232   아마 내가 별에서 왔다지요

> ▶ .ılıl.ılıl.ılıl.ıllıı.ıllıllı.

엄마 : "소율이가 어느 날부터 자기 뜻대로 안 받아주면 '환장하겠네.' 이런 표현을 자주 쓰더라고요."

선생 : "저기 어머님, 저는 그런 말 한 적 없습니다. 다른 데서 배웠겠죠. 아니면 TV에서 배웠거나."

엄마 : "저희 집엔 텔레비전이 없어요. 어린이집 말고 다니는 곳도 없고요."

선생 : "그럼 지 스스로 만들었나 보죠. 저는 아니에요."

엄마 : "며칠 전에는 소율이가 저한테 와서 '등신'이 뭐냐고 묻더라고요. 그래서 제가 그 말 어디서 들은 건지 물었더니, 선생님이 자기를 '등신'이라고 부른대요. 정말 그러셨어요?"

선생 : "제가요? 하하하. 어머, 하하하. 완전 어이없네요."

엄마 : "지금 웃으신 거예요?"

"어머, 이 선생 뭘 잘했다고 실실거리고 웃죠?"

"저랑 통화할 때마다 늘 저런 식으로 웃어요. 아무래도 저를 무시하는 것 같아요."

"어머니를요? 설마요?"

"소율이가 아빠도 없고, 저희 집이 좀 어렵다고 몇 차례 얘기했었는데 그것 때문에 무시하는 것 같더라고요."

"와! 그게 사실이라면 지금 당장 쫓아가서 그 면상 좀 보고 싶네요!"

엄마 : "선생님, 도대체 여섯 살짜리 애가 선생님께 뭘 잘못했기에
　　　　그렇게 막 대하시나요?"

선생 : "변명 같지만, 한 말씀 드려도 될까요?"

엄마 : "네. 해 보세요."

선생 : "소율이가 다른 아이보다 행동이 좀 느려요. 답답한 것도
　　　　사실이고요. 말귀도 잘 못 알아먹어요."

엄마 : "우리 소율이 집에서는 말귀 바로바로 알아먹는데요?"

선생 : "제가 말씀드리잖아요. 다른 아이들에 비해서 늦다고요.
　　　　그게 다가 아니에요, 어머니."

엄마 : "네?"

선생 : "말 나온 김에 다 말씀드릴게요. 소율이가 지난 월요일에는
　　　　바지에 오줌을 지리더니 몇 시간 있다가 바지에 똥까지
　　　　쌌어요. 도대체 주말 동안 뭘 먹은 건지 하루 종일 오줌,
　　　　똥을 번갈아서 싸지르더라고요."

엄마 : "뭐라고요? 지금 애를 두고 싸지른다고 표현하신 거예요?"

선생 : "아, 말이 헛나왔네요. 그냥 싼 거죠. 물론 제 일이긴 하지만
　　　　옷 갈아입혀 놓으면 또 싸고 또 싸고 정말 힘들었어요."

엄마 : "선생님! 그건 선생님이 화장실 못 가게 해서 그런 거잖아요!"

선생 : "제가 언제요?"

엄마 : "우리 소율이가 오줌 마렵다고 화장실 가도 되냐고 물었더니
　　　　애한테 '염병! 내가 참으라고 했지!' 하고 소리 질렀잖아요!"

선생 : "어머머, 제가 언제요? 어머니? 왜 그러세요?"

아마 내가 별에서 왔다지요

엄마 : "그게 다가 아니죠. 그렇게 화장실도 못 가게 해놓고선 소율이 한테 '오줌보가 고장이 난 거냐?', '똥통이 안에서 터진 거냐?' 라고도 물어봤잖아요!"

선생 : "글쎄, 제가 언제요? 어머니, 왜 없는 말을 자꾸 만드시나요?"

엄마 : "선생님, 그만 잡아떼세요."

선생 : "저 그런 적 없다니까요."

엄마 : "제가 다 들었거든요!"

선생 : "어떻게 들어요?"

엄마 : "소율이가 요즘 너무 이상하기에 옷에 작은 녹음기를 넣어서 보내 봤어요. 그래서 선생님이 한 말 다 들었어요!"

선생 : "어머!"

(여기서부터 소율이 엄마는 울기 시작했다.)

엄마 : "우리 소율이가 뭘 그리 잘못했다고 그리 모진 말을 한 거죠? 흐흐흑. 소율이가 지금 어떤 상태인지 아세요? 집에서 큰 걸 봤는데 제 눈치를 보면서 '엄마, 나 이 똥 안 먹어도 되지?' 라고 했어요! 그거에 대해 저한테 할 말 없으세요?"

선생 : "네? 할 말 없는데요. 소율이가 집에서 똥을 먹나요?"

(여기서 소율이 엄마의 목소리는 격앙되었다.)

엄마 : "세상에 똥 먹는 아이가 어디 있겠어요! 소율이 말로는 지난 번에 바지에 똥을 쌌는데 선생님이 자기더러 똥을 먹으라고 했대요."

그녀의 울음소리가 뼈에 사무치듯 내 귀에 박혔다. 나도 모르게 눈물이 터져 나왔다.

"하! 어머니 잠시만요. 스톱 좀 할게요."

어린 소율이가 그간 받았을 고통을 생각하니 온몸에 기운이 죽 빠져 나가고 어지럽기까지 했다.

소율이는 매일 아침 엄마 손을 잡고 어린이집으로 향할 때마다 도살장에 끌려가는 소 같은 기분이었을 것이다. 어린이집 문 앞에서 엄마 손을 절대 놓고 싶지 않지만 어쩔 수 없이 엄마를 보내야만 했던 아이. 거짓 미소를 환하게 지으며 환영하는 척하는 선생님의 손을 잡고 안으로 들어설 때마다 얼마나 두려웠을까? 여섯 살 아이가 그 순간 느꼈을 절망감은 이 세상 그 무엇보다 깊고 어둡고 공포스러웠을 것이다.

나는 한참이 지나서야 겨우 진정할 수 있었다. 이 녹음 내용은 빙산의 일각이다. 어린이집 교사의 만행은 정말 수도 없이 많았다. 결국 소율이 엄마는 해당 교사와 원장을 고소하기로 마음먹었고, 그날 녹취를 맡기고 돌아갔다.

아마 내가 별에서 왔다지요

일주일 후, 소율이 엄마로부터 전화가 왔다.

"소장님, 내일 오후에 찾으러 가면 될까요?"

"네, 그러셔요."

그녀가 머뭇거리며 말했다.

"저…… 소장님, 내일 소율이를 데려가야 할 텐데 괜찮을까요?"

뭐라? 소율이를? 오 마이 갓! 그 천사 같은 아이를 보게 되다니!

"말이라고요! 저 소율이 너무너무 보고 싶어요."

"일하시는 데 방해될까 봐……."

"아니요. 꼭 같이 오세요."

"네. 내일 뵐게요."

뛸 듯이 기뻤다. '신이시여! 감사합니다.' 내가 소율이를 무진장 만나고 싶어 하는 걸 어떻게 아시고 이런 자리까지 마련해주시다니!

소율이를 만나려는 데는 이유가 있었다. 그간 업무적으로 또는 언론을 통해 수없이 많은 아동학대 사건을 접하면서 가슴이 너무 답답했다. 그리고 궁금했다. 학대 피해를 겪은 뒤 아이들은 어떻게 지내고 있을까? 관련 기관이나 경찰의 조사 과정에서 아이들은 악몽 같았던 시간의 기억들을 그 작은 뇌에서 끄집어내어 협조했을 것이다. 그 순간이 얼마나 아프고 힘들었을까? 아마 이런 상황이 펼쳐졌을 것 같다.

사건 관계자들, 어른들이 묻는다.

"소율아, 그때 무슨 일이 있었는지 천천히 얘기해 볼래?"

소율이는 정말 떠올리기 싫은데 어른들은 그때 상황이 필요하단다. 하는 수 없이 소율이는 아팠던 기억들을 하나씩 떠올리기 시작한다. 자신을 윽박지르던 가해 선생의 괴물보다 더 무서웠던 표정, 그때 들었던 섬뜩한 얘기들, 너무도 무서워 몸부림치며 어린이집 구석에서 엉엉 울었던 순간들, 목 놓아 울어도 아무도 도와주는 이 없었던, 그 처절하게 외로웠던 시간들…….

소율이가 잊고 싶었던 고통의 순간들은 그렇게 사건 조사라는 이름하에 소율이의 머릿속에서 또 한 번 소환된다. 아무리 가해 선생을 벌주기 위해서라고 하지만 그 시간만큼 아이가 또다시 고통을 받는다는 걸 우리 어른들은 알아야 한다. 하지만 조사를 하고, 사실을 파악하고, 가해자를 처벌하는 것까지가 끝이라면 소율이는 어떻게 되는 걸까? 학대 피해 아동임이 입증(?)되고 앞으로 살아가는 내내 그 딱지를 본인 스스로에게 붙인 채 위축되어 살아가야 할까? 끔찍한 기억을 가슴 한구석에 품은 채 두려움에 떨고 아파하면서 말이다. 그 생각만으로도 내 가슴이 너무나 아팠다.

아무리 생각해도 그래서는 안 될 것 같았다. 최선이 아닌 것 같았다. 물론 당연히 조사 과정은 필요하다. 하지만 반드시 병행되어야 할 게 있다. 바로 아이의 가슴 속 상처를 말끔히 치유하는 것이다.

나는 상처받은 어린 지구인들을 치유해 줄 수 있는 방법을 찾기 위해 아주 오랜 기간 고민했었다. 잠 못 이루고 고민한 날이 하루 이틀이 아니다. 길을 갈 때도, 출퇴근을 할 때도, 밥을 먹을 때도 고민은 계속됐다. 특히 아동학대 사건 녹취 의뢰를 받을 때마다 고민은 한층 깊어졌다. 그리고 결국, 그 아이들을 도울 수 있는 노신임표 해결책을 찾아냈다!

해결책을 찾는 과정에서 다음 두 개의 질문과 치열하게 싸웠었다.

첫째, 학대 피해 아동의 가족이나 주변 사람들은 그 아이를 어떻게 대할까?

둘째, 학대 피해 아동의 마음속에 가해자는 어떤 존재로 자리 잡고 있을까?

질문에 대한 답은 이랬다.

첫째, 대부분 "괜찮아. 괜찮아. 다 좋아질 거야."라고 말해 주며 다독였을 것이다. 그게 최선이라고 여기면서 말이다. 하지만 아이를 위해 해줄 수 있는 게 그게 전부일까?

둘째, 피해 아동은 가해자를 세상 그 무엇보다 무서운 존재로 생각할 것이다. 자신을 죽도록 괴롭히고 생명까지 위협했던 사악한 존재, 그러니 절대 마주치지 말아야 할 두려운 존재. 마음속에 그런 존재가 자리 잡고 있으면, 성인이 되어서도 그 트라우마를 이겨내지 못한다. 결국, 먼 발치에서라도 가해자와 비슷한 사람만 보면 고통스러운 기억에 몸을 떨게 된다.

이 문제들을 해결할 노신임표 방법은 이거다. 한마디로 '아이를 그 끔찍하고 고통스러운 기억 속에서 꺼내 주기'다. 어떻게 꺼내 주느냐 하면, 아이의 기억을 바꿔 주는 것이다. 아이가 만족할 만한 유쾌, 상쾌, 통쾌한 기억으로 말이다. 나는 믿고 있다. 강렬한 상상의 위력은 현실에 영향을 줄 수 있을 만큼 어마어마하다는 사실을!

그런데 학대의 아픔을 겪은 소율이가 직접 나에게 온다니! 그 사실만으로 가슴이 뛰었다.

오랫동안 숙고했던 나만의 치유법이 소율이의 기억을 바꿔줄 수 있을까? 과연 아이의 반응은 어떨까? 이런저런 생각을 하다 보니, 새벽 5시가 되어서야 겨우 잠들 수 있었다.

드디어 D-Day!

나는 오전부터 분주했다. 소율이가 들어오는 순간부터 사무실 문을 열고 나갈 때까지, 어떤 말을 하고 어떤 제스처를 취해야 할지 모든 계획을 미리 짜 두었다.

소율이가 사무실로 들어서는 순간, 이곳은 내 사무실이 아니다. 곧바로 소율이가 주인공인 무대가 된다. 여섯 살밖에 안 된 아이를 위한 것이니, 무대며 흐름이 동화 같을 거냐고? 천만에! 통쾌한 복수극이 될 거다. 굳이 말하면 '잔혹 동화'라고나 할까? 하여튼 상상 이상일 것이다!

그래도 어린애한테 그러면 쓰냐고? 내 생각은 다르다. 실제 세상은 잔혹하게 돌아가는데 치유한답시고 아름답게만 그릴 수는 없다. 따지고 보면 전 세계 어린이들의 사랑을 받는 동화들도 잔인하지 않나? 누가 누구를 죽이려 하고, 누구는 심각한 거짓말을 아무렇지 않게 해대고……. 그렇기에 나는 소율이의 치유를 위해 약간의 잔인함은 감내해야 한다고 생각했다.

뭐니 뭐니 해도 관건은 나의 연기력이었다. 소율이가 완벽히 몰입할 수 있도록 실감 나게 하는 게 중요했다. 나는 내가 할 대사의 대본을 작성했고, 미리 연습도 마쳤다.

약속 시간인 오후 2시경, 문밖에서 엄마와 아이의 목소리가 들렸다. 소율이다! 드디어 갈고 닦았던 내 실력을 발휘할 때가 왔다. 나는 지체 없이 문을 열고 뛰어나갔다. 문 앞에 작은 아이가 엄마 손을 꼭 잡은 채 나를 올려 보고 서 있었다. 나는 빙그레 웃어 보인 뒤 소율이 엄마에게 인사했다.

"어머! 소율이 어머니 오셨어요?"

 아마 내가 별에서 왔다지요

"네."

두 사람을 사무실로 안내했다.

"네가 소율이구나?"

소율이는 두려움 가득한 얼굴로 나를 보았다.

"어머니, 제가 소율이랑 잠시 대화 좀 나눠도 될까요?"

"네, 그럼요."

나는 소율이와 두 걸음 정도 거리를 둔 뒤 한쪽 무릎을 굽히고 앉아 눈높이를 맞췄다.

"소율아, 안녕?"

소율이는 아무런 반응이 없었다. 나는 소율이와 엄마를 번갈아 쳐다보며 말했다.

"어머니, 우리 소율이가 매우 특별한 아이였군요. 미리 말씀 좀 해 주시지 그랬어요?"

"네?"

"소율이가 지금 저한테 엄청난 마법을 부리고 있어요."

"그게 무슨?"

"맞지? 소율이 지금 이모한테 마법 쓰고 있지?"

소율이는 어리둥절한 표정으로 엄마를 한 번 보고 나를 쳐다봤다. 나는 소율이에게 웃으며 최대한 따뜻한 목소리로 말했다.

"소율이 덕분에 이모가 갑자기 행복해졌거든. 이모한테 마법 써 줘서 고마워."

잠시 후, 소율이 엄마가 녹취록을 검토하기 시작했고, 나는 그 틈을 타 소율이와 이야기를 나눴다.

"소율이는 뭐 할 때 가장 행복해?"

소율이 대신 옆에서 엄마가 알려 주었다.

"자전거 타는 거 좋아해요."

"정말? 자전거 탈 줄 알아?"

이번에는 소율이가 고개를 살짝 끄덕이며 말했다.

"네. 저 자전거 잘 타요."

엄마가 거들었다.

"네발자전거예요."

나는 무척 부러워하는 얼굴로 말했다.

"말도 안 돼. 이모는 세발자전거도 못 타는데."

소율이가 또 말했다.

"나 세발자전거는 옛날에 탔었고, 지금은 네발자전거 잘 타는데……."

"대단하다. 세 발보다 네 발이 훨씬 어렵다고 들었어. 넌 천재로구나. 멋지다!"

나는 전날 소율이 엄마와 통화하면서 얻어 낸 정보를 대화에 써먹었다. 소율이가 팔씨름을 재밌어한다는 정보였다.

"소율아, 팔씨름해 본 적 있어?"

"네."

"그럼 나랑도 한번 해 볼 수 있을까?"

지금껏 심각했던 소율이의 표정에 장난기가 돌았다. 내가 소율이의 고사리 같은 손을 감히 잡을 수는 없다며, 어른이니까 팔목을 잡아 주겠다고 했더니 소율이는 안 된다며 정식 팔씨름을 하자고 했다. 심판을 맡은 엄마의 '시작!' 소리와 동시에 우리의 팔씨름이 시작됐다. 너무 시시

아마 내가 별에서 왔다지요

하게 끝났다. 당연히 소율이가 이겼다.

"어머나! 너 힘 엄청 세구나. 천하장사잖아!"

"천하장사가 뭐예요?"

"세상에서 가장 힘센 사람! 우리 소율이 걱정 없네."

소율이의 표정이 한층 밝아졌다.

"소율아, 있잖아. 이모랑 약속 하나만 하자."

"뭐요?"

"방금 소율이가 팔씨름 이겼잖아. 다음에 누가 이모를 막 괴롭히면 소율이가 구해 줄래?"

소율이가 고개를 끄덕였다.

"그럼 정식으로 약속해 줘."

우리는 손으로 약속을 하고, 도장을 찍고, 복사를 했으며, 공증까지 했다.

"우와! 앞으로 나쁜 사람이 이모 괴롭히면 소율이가 구해 주기로 했다! 난 안전하다!"

소율이가 환하게 웃었다.

"소율아!"

"네?"

"소율이가 이모 지켜 주기로 약속했잖아? 그래서 이모도 소율이를 평생 지켜 주려고. 그래도 되지?"

소율이는 고개를 빠르게 여러 번 끄덕이며 대답했다.

"네. 좋아요."

"그래서 말인데…… 소율아, 이모가 궁금한 게 있어. 근데 대답하기 싫으면 안 해도 돼."

소율이는 호기심 가득한 눈망울로 나를 보았다.

드디어 매우 중요한 단계에 본격적으로 들어갈 때가 되었다. 소율이 마음속에 자리 잡고 있는 그 가해 선생의 이미지를 바꾸는 작업 말이다. 무서운 존재에서 매우 만만한 존재로.

"소율이가 무섭다는 그 선생님 뚱뚱했어?"

"아니요."

"혹시 코가 생긴 게 꿀꿀 돼지 같았어? 돼지 코처럼?"

"네."

나는 벌떡 일어서서 왔다 갔다 걷는 모습을 보여 주며 물었다.

"걸을 때 나처럼 이렇게 왼발, 오른발, 왼발, 오른발 하면서 걷지 않아?"

"맞아요. 근데 사람은 다 그렇게 걷잖아요."

"오! 예리한데? 마지막 질문, 그 선생 눈뜰 때 이렇게 못생긴 얼굴을 옆으로 해서 막 째려보지 않아?"

"그것도 맞아요."

"그럼 금방 찾을 수 있겠다."

"뭘 찾아요?"

"그 선생님 말이야. 소율이를 괴롭혔으니까 이모가 만나서 혼내 주려고. 소율이도 누가 이모 괴롭히면 도와준댔잖아. 소율아, 근데 지금 그 선생님 생각하면 기분이 어때?"

조금 전까지 답을 야무지게 했던 소율이가 이번에는 입을 꾹 닫고, 고개를 숙이더니 시선을 피했다.

"많이 무서워?"

소율이가 나를 바라보며 조심스럽게 고개를 끄덕였다.

"정말? 그 선생님 생각하기만 해도 무서우면 이모가 가만있을 수가 없어. 지금 바로 소율이를 괴롭힌 그 선생님 혼내 줘야겠다."

소율이가 눈을 크게 뜨고 고개를 갸웃했다.

"그 전에 소율이한테 먼저 물어볼게. 이모가 선생님 혼내 줘도 될까?"

"여기 없는데 어떻게 혼내 줘요?"

"어머! 역시. 너 천재다. 여기 없으니까 전화로 혼내 주려고. 괜찮을까?"

소율이가 고개를 돌려 엄마를 쳐다봤다. 엄마가 소율이의 머리를 쓰다듬으며 말했다.

"소율이 마음 가는 대로 해. 근데 엄마는 소장님이 혼내 줬으면 좋겠어."

엄마의 답을 듣고도 머뭇거리는 소율이를 위해 나는 확신에 찬 말투로 말했다.

"소율이가 허락하면 나 지금 그 선생한테 전화할 거거든. 그래서 다시는 소율이한테 그런 나쁜 짓 못 하게 할 거야."

소율이는 엄마 등 뒤로 몸을 감췄다. 만나서 얼굴을 보는 것도 아니고, 직접 통화해서 목소리를 듣는 것도 아니고, 그저 옆 사람이 통화한다는 것뿐인데도 그렇게 두려움에 움츠러들었다. 소율이에게 그 선생은 그런 존재였던 것이다.

"그냥 혼내지 말까?"

소율인 엄마를 한번 보고 나를 본 뒤 여전히 머뭇거렸다.

"그래도 혼내주는 게 좋지 않을까? 그래야 앞으로 그런 못된 짓 안 할 테니까."

마침내 소율이가 살짝 고개를 끄덕였다.

"잘 생각해야 돼. 이모가 혼내 주게 되면, 그 선생님은 지구를 떠날 수도 있거든. 괜찮겠어?"

소율이는 또 고개를 끄덕였다. 조금 전보다 더 분명하게.

나는 엄마에게 살짝 윙크하며 물었다.

"어머니, 그 선생 전화번호 지난번에 알려 주신 그 번호 맞죠?"

"네, 맞아요."

나는 미리 말해 두었던 친구에게 전화했다. 드디어 내가 야심 차게 준비한 '소율이의 치유 극장'이 막을 올렸다. 이제 소율이는 옆에서 작품을 감상하며 마음껏 상상하면 된다. 나와 통화를 하는 가해 선생의 표정, 기분, 그 무엇이든.

이제부터 그 선생과의 대화를 소개하겠다. 물론 나의 원맨쇼다. 하지만 독자들은 신기한 경험을 할 것이다. 나와 그 여자가 실제로 통화하는 것 같은 착각에 빠질 테니까.

아마 내가 별에서 왔다지요

"여보세요. OOO 씨 맞지?"

"나? 소율이가 할머니 될 때까지 옆에서 지켜 줄 어른인데, 일단 반말로 시작할게. 얘기 중간에 고함지를 수도 있어. 미리 얘기하는 거야."

"뭐? 고함지르지 말라고? 지를 거야! 당신도 소율이한테 수없이 소리질렀잖아!"

"우선 가장 중요한 말부터 할 거야. 핸드폰 귀에 바짝 대라!"

"당신 사람이야, 동물이야?"

"뭐? 사람이라고? 좋아. 그럼 지금부터 소리 좀 더 세게 지를게. 이 못돼 처먹은 나쁜 선생 같으니라고! 감히 우리 예쁜 소율이를 아프게 해?"

소율이는 통화하는 나를 두려운 표정으로 쳐다보았다. 나는 소율이에게 씽긋 웃어준 뒤 통화를 이어 갔다.

"뭐라고? 웬 참견이냐고? 당신 아주 간이 배 밖으로 튀어나왔구나? 진짜 미쳤구나!"

"뭐? 안 미쳤다고?"

"당신이 안 미쳤는데, 그런 나쁜 짓을 해?"

"뭐? 소율이를 살짝 밀쳤는데, 그렇게 다친 거라고?"

"정말 대꾸할 가치도 없다. 알았어. 내가 당신이 소율이 밀친 것보다 10배는 더 세게 밀쳐 줄게. 기대해!"

"무섭게 왜 그러냐고? 나는 도대체 뭐 하는 사람이기에 소율이 편을 계속 드냐고?"

"훌륭한 질문이야. 나는 당신 같은 악당을 오싹하고, 끔찍할 정도로 공포에 떨게 하는 데 천부적인 자질을 갖춘 사람이야."

"구체적으로 어떻게 무섭게 할 거냐고? 알려 주면 재미없지. 차차 겪게 해 줄게. 기다리기나 해. 그리고 또 하나 중요한 사실을 알려줄게.

당신 이제껏 소율이가 어리니까 막 대해도 된다고 생각했지? 그거 엄청난 착각이다."

"왜냐고? 소율이가 몸도 작고 어린 건 맞지만 무척 강한 아이거든. 몰랐지?"

"소율이가 강한 아이라는 거 어떻게 알았냐고?"

"나랑 조금 전에 팔씨름했는데, 소율이가 순식간에 이겨 버렸어. 내가 팔씨름을 지구에서 가장 잘하는 사람이었거든. 근데 이제는 소율이가 지구에서 팔씨름을 가장 잘해! 그건 소율이가 지구에서 가장 힘이 세다는 뜻이야, 이 멍청아!"

"왜 멍청이라고 욕하냐고?"

"당신도 우리 소율이한테 더 나쁜 말도 훨씬 많이 했잖아! 그러니까 그냥 욕 들어!"

"그건 미안하게 생각한다고? 미안하게 생각하면 애초에 잘했어야지!"

"어떻게 하면 소율이 화가 풀리겠냐고? 당신 같으면 풀리겠어?"

"뭐라고? 지금이라도 소율이한테 와서 무릎 꿇고 빌게 해 달라고?"

"어림없는 소리! 감히 어딜 와! 소율이 곁에 얼씬도 하지 마! 내가 가만히 안 둘 테니까!"

"그럼 그 일을 없었던 것처럼 잊어 줄 수는 없는지 물어보라고?"

"절대 못 잊지. 당신 같으면 잊겠어? 내가 길 가다가 당신 머리통을 엄청 세게 3대 때리면 어떨 것 같아? 나를 잊을 수 있겠어?"

"그렇지? 당신도 못 잊겠지? 소율이도 지금 그래."

"그럼 어떻게 하면 좋겠냐고? 바로 알려줄게. 소율이 대신 내가 당신 혼내 줄 거야."

"어떻게 혼내 줄 생각이냐고? 그건 비밀이거든. 엄청 무섭게 혼내 줄

아마 내가 별에서 왔다지요

거니까 기대하고 있어!"

"여보세요? 갑자기 왜 울고 난리야?"

"뭐? 눈이 따갑다고? 왜?"

"무당벌레가 갑자기 눈에 들어갔어? 세상에! 어쩌다가?"

"느닷없이 무당벌레가 집에 들어오더니 당신 눈을 공격했다고?"

나는 신이 난 듯 벌떡 일어나 소리쳤다.

"어머머! 너무 잘됐다! 깜찍한 무당벌레 같으니라고. '무당벌레야, 사랑해! 다른 친구들도 더 데려와서 그 아줌마 더 많이 공격해 주세요.' 라고 전해 줄래?"

"너무 독한 거 아니냐고? 글쎄, 무당벌레가 제 할 일을 잘 찾은 것 같은데."

"뭐라고? 곰곰이 생각해 보니까 소율이한테 잘못해서 무당벌레한테 공격받은 것 같다고?"

"맞아. 그럴 거야. 주제 파악을 참 잘하는구나?"

"어머! 뭐라고? 이번에는 집에 벌이 들어왔어? 몇 마리나? 서른 마리 가 들어왔다고?"

"여보세요! 목소리가 왜 그렇게 떨려? 뭐! 방금 들어온 그 벌들이 당 신 쪽으로 빛의 속도로 날아오고 있다고? 어쩌면 좋아?"

"아무래도 소율이한테 잘못해서 천벌을 받는 것 같다고? 그러니까 못 된 짓하고 살면 안 되는 거야."

"저기 그만 좀 울고 말 좀 천천히 알아듣게 해 봐."

"이 정도 사과하면 된 거 아니냐고? 이제 용서 좀 해달라고?"

"당신 돌았구나! 어디서 용서를 들먹여? 내가 가만 안 둔다고 했지? 내가 당신 번호 알고 있으니까, 지구 끝까지 쫓아가서 벌 받게 할 거야.

두고 봐. 거기서 딱 기다려! 어디서 이렇게 사랑스럽고 예쁜 우리 소율이를 괴롭히고 때릴 수가 있어!"

"여보세요? 여보세요?"

"이거 무슨 소리야? 당신 지금 뭐 하고 있어?"

"뭐? 신발 신고 있다고? 왜? 도망가려고?"

"어디로 갈 건데?"

"뭐? 지구 바깥으로 도망갈 계획이라고? 왜?"

"소율이한테 너무 미안해서 지구에서 더는 살 수가 없다고? 굉장하다. 좋은 생각이야. 근데 뭐 타고 가게?"

"기구를 타고? 속도는?"

"가장 빠른 속도로 없어져 준다고? 오, 그거 아주 좋은데! 잠시만."

나는 소율이에게 물었다.

"소율아, 너한테 미안해서 지구 밖으로 나간다는데 어쩌지?"

소율이는 내가 혼자 생쇼를 하는 게 재밌는지 앙증맞게 킥킥거렸다. 나는 아랑곳하지 않고 연기를 계속 이어 갔다. 소율이의 머릿속에 선생이라는 작자가 소름 끼치고 무서운 존재가 아니라, 소율이가 무서워 쩔쩔매며 도망이나 가는 허접한 사람이라는 걸 깊이 각인시키기 위해.

"여보세요? 일단 소율이가 지구 밖으로 나가도 된다고 허락했어! 근데, 그 전에 나한테 혼나야 하니까, 기다려! 나 지금 총알택시 타고 갈 거니까. 딱 기다려! 경찰관님이랑 같이 갈 거야!"

"경찰관님은 누구 편이냐고? 그걸 질문이라고 해? 한국에 있는 용감한 경찰들이랑 지구에 있는 모든 나라 경찰이 전부 소율이 편이지!"

"그 숫자가 얼마나 되냐고? 엄청 많지. 수천 명 아니 수만 명이지!"

"그중에 당신 편은 한 명도 없냐고? 응, 단 한 명도 없어."

"소율이가 부럽다고? 그러니까 왜 못된 짓을 했어? 우리 소율이 지켜 주는 사람은 경찰 말고도 이 지구에 아주 많아!"

"누구누구 있냐고? 음…… 소율이 아파트 경비아저씨, 소율이네 앞집 아줌마랑 아저씨, 소율이가 자주 가는 빵집 사장님, 소율이가 제일 좋아하는 아이스크림 파는 아저씨, 너무 셀 수 없이 많아서 다 나열할 수가 없어."

"여보세요? 왜 '꺄아악!' 하고 소리를 질러?"

"무서워 죽겠다고? 왜?"

"이번엔 집에 독거미가 들어왔다고? 진짜?"

"어머! 방금 독거미한테 물렸다고?"

나는 이번에 춤까지 추며 좋아했다.

"우와! 어떻게! 독거미한테 물리면 장난 아니게 아플 텐데. 어디 물렸는데?"

"뭐? 입술을 물렸어? 어머머, 큰일 났다! 독거미한테 물리면 엄청나게 퉁퉁 붓거든!"

"왜 또 '아아악!' 하고 소리를 질러?"

"뭐라고? 어머! 독거미한테 발등도 물렸다고? 그럼 발등도 퉁퉁 부었겠네! 세상에! 쌤통이다. 축하해! 그럼 못 도망가겠네?"

"뭐? 살려 달라고? 에이! 그건 당신이 알아서 하고. 119에 연락해 봐. 거봐! 당신이 못된 짓 하니까 지구에 사는 모든 곤충이 당신 공격하는 거잖아. 지금 벌 받는 거야."

"소율이가 독거미 보낸 거 아니냐고? 우리 소율이 지금 바빠. 그럴 시간이 어딨냐? 독거미가 알아서 그쪽한테 기어간 거지. 아마 일주일 내로 독 잔뜩 품은 뱀하고 전갈하고 2미터가량 되는 구렁이도 당신 집으로 기어갈 거야."

"어떻게 아냐고? 당신이 못된 짓을 했으니까 앞으로 계속 그런 일이 생길 거야."

"어떻게 그럴 수가 있냐고? 자, 이유를 알려줄게. 잘 들어. 이 세상에는 소율이를 지켜 주는 다양한 친구들이 엄청 많거든. 그래서 그런 거야. 아마 당신이 착하게 살지 않으면 다른 독한 곤충이나 동물들이 당신을 더, 더, 더 공격할 거야. 그러니까 항상 조심히 다녀. 일단 다음에 통화하자. 나 지금 바빠."

"마지막으로 당신한테 할 말 없냐고? 있어. 독거미한테 당신 다른데도 좀 여기저기 물어뜯어 달라고 꼭 좀 전해 줘."

소율이의 얼굴에 미소가 피었다.

전화를 끊은 뒤 다시 한번 소율이와 눈높이를 맞춰 무릎을 꿇고 앉았다.

"소율아, 걱정 마! 그 못된 선생님 이모가 혼내 줄 테니까. 이모가 태권도 빨간 띠에, 검도도 했고, 싸움 굉장히 잘하거든! 또 소율이를 지켜 줄 사람은 이모 말고도 이 지구에 아주아주 많아요. 알죠?"

소율이가 재밌다는 표정으로 나를 보며 웃었다.

"소율아, 그거 알아?"

"뭐요?"

"원래 훌륭한 모험가들이 아무도 가 보지 않았던 곳을 갈 때 사자도 만나고, 뱀도 만나고, 독거미도 만나잖아. 그러다 그것들을 다 물리치고

 　　　　　　　　　　　아마 내가 별에서 왔다지요

그곳에서 멋진 경험을 하고, 그곳의 주인이 되거든. 물론, 가는 중간에 사자한테 긁히고, 뱀한테 물리기도 하고, 독거미한테 쏘이기도 하지만, 결국 이겨 내거든. 그리곤 훌륭한 모험가들은 자신한테 이렇게 말해. '난 역시 강하단 말이야. 최고야!'라고. 근데 이모가 봤을 때 소율이도 엄청 강해. 왜냐고? 그 선생님은 참 못됐고, 나쁜 말을 하면서 소율이를 괴롭혔는데, 소율이가 그 선생님을 벌주기 위해 여기 이곳까지 왔잖아! 엄청 강한 거야! 그래서 이제 앞으로 소율이는 무서울 게 하나도 없어. 왜? 그 힘든 일을 다 이겨 냈으니까. 앞으로 어떤 어려움이 와도 우리 소율이는 다 무찌를 거야! 소율이 진짜 멋지다!"

소율이는 봄날의 활짝 핀 꽃처럼 웃었다.

"그리고 소율아, 이건 소율이한테만 알려 주는 비밀인데 말이야."

소율이가 잔뜩 기대하는 표정으로 날 보았다.

"소율이 잘 때 꿈꾸지?"

"네."

"동물들도 가끔 꿈에 나와?"

"네, 나와요."

"역시 그랬었구나. 앞으로도 소율이 꿈에 가끔 동물들이 나올 거거든. 코끼리, 하마, 곰, 말, 사자, 유니콘 등등. 걔들이 누구냐면 다 소율이를 지켜 주는 친구들이야. 우주 어딘가에서 열심히 소율이를 지키다가 소율이가 너무 보고 싶어서 소율이 꿈에 나오는 거거든. 꿈에 나와서 소율이 엉덩이를 물 때도 있겠지만 그게 다 소율이랑 놀자는 뜻이야. 그니까 동물들이 나오는 꿈을 꾸면 우리 소율이를 지켜 주는 착한 친구들을 꿈에서 만난 거라고 알고 있으면 돼. 소율이 그 사실 꼭 기억해야 해."

환하게 웃는 소율이의 얼굴에 안도감이 넘쳤다.

나는 그 일로 한 가지 사실을 깨달았다. 이렇게 한 아이를 웃게 할 수 있다면 온 세상의 상처받은 모든 아이들도 웃게 할 수 있지 않을까? 누군가는 내 방법이 너무 지나친 거 아니냐고, 교육상 안 좋은 것 같다고 할지도 모르겠다. 다소 그런 면이 있음을 인정하고, 그 의견도 존중한다. 하지만 솔직히 말해서, 무섭고 끔찍한 뉴스가 매일매일 쏟아지는 요즘 세상에 내가 소율이에게 펼쳤던 내용이 그토록 잔인한 것은 아니지 않나? 더군다나 아이들도 마냥 밝고, 아름답고, 행복한 동화만 원하는 것은 아니라고 본다. 특히 소율이처럼 상처받은 아이들은.

내가 특히 공을 들인 부분은 소율이 자신이 결코 나약한 존재가 아님을 일깨워 주는 것이었다. 그래서 가해 교사를 더 이상 무서워하지 않아도 된다는 것을 깨닫게 해 주는 것이었다. 또한, 소율이가 힘들 때 한편이 되어 목소리를 높이고, 소율이를 반드시 지켜 줄 사람이 세상엔 많이 있다는 믿음을 주고 싶었다. 저 먼 우주 어딘가에도 소율이를 지켜 주는 동물 친구들이 아주 많다는 사실과 함께.

다음날 소율이 엄마에게 고맙다는 전화가 왔다.

"소율이는 어때요?"

"괜찮아요. 소장님이 재밌대요. 또 보러 가고 싶대요."

"저야 좋죠. 언제든 오세요. 근데 소율이가 쇼라는 거 눈치챘을까요?"

"호호, 눈치챘겠죠. 그런데 확실히 표정이 밝아졌어요."

"그럼 어머니도 소율이한테 가끔 깜짝쇼 해 주시면 어때요?"

"될지 모르겠는데, 한번 노력은 해 볼게요. 고맙습니다."

아마 내가 별에서 왔다지요

다행이다. 내가 바라는 대로 소율이의 어두웠던 기억을 유쾌, 상쾌, 통쾌한 기억으로 바꿔준 것 같아서.

아마 내가
별에서
왔다지요

17
꽃등심

아마 이 일은 내 인생의 흑역사 중 흑역사가 아닐까 한다. 순위를 매기 자면 한 3위 안에 들 것 같다. 이야기는 내가 속기사로서의 여정을 막 시작했을 때로 거슬러 올라간다.

한 선배로부터 전화가 왔다. 오래전부터 알고 지냈던 남자 선밴데, 나는 그가 좋은 사람이라고 늘 생각했었다. 아, 물론 이성으로 좋아한 건 아니었다. 그냥 '인간적으로 참 괜찮은 사람이구나.'라는 정도였다. 내가 바쁠 때도 선배는 이따금 연락해 주었고, 그래서 관계는 늘 이어져 오고 있었다. 그러다 내 사업에 큰 도움이 되는 상황을 맞이하게 되었다.

"뭐라고? 우리 사무소랑 1년간 계약을 하겠다고?"

"응. 회사에서 여러 곳을 검토해 봤는데 너희 속기 사무소가 가장 괜 찮다고 하네."

아마 내가 별에서 왔다지요

"어머나!"

"아마 일만 잘해 준다면 꾸준히 장기로 계약할 수 있을 거야. 잘 됐지?"

"너무 잘 됐다. 고마워, 선배."

사업을 시작한 지 얼마 되지도 않았는데 1년 치 계약을 따내다니! 선배의 회사는 규모도 제법 컸다. 사업체를 꾸려 가는 이들은 이게 얼마나 큰 경사인지 잘 알 것이다. 어쩌면 이번 일을 계기로 앞으로의 삶이 내가 원하는 방향으로 흘러가게 되리라는 확신까지 들었다. 당연하지 않은가. 적어도 1년간은 월세며 각종 공과금 청구서가 날아와도 걱정 없을 테니까. 나는 자유로운 영혼의 소유자답게 돈 걱정 없이 지구에서의 모험을 즐길 수 있으니, 이보다 더 환상적일 순 없었다.

하지만 이 지구별은 그렇게 호락호락한 행성이 아니었다. 지금부터 완벽한 줄 알았던 지구인에게 제대로 뒤통수를 얻어맞은, 쪽팔림 그 자체였던 리얼 환장 스토리를 사상 최초로 공개하도록 하겠다. 잘 생기고, 매너 좋고, 모든 걸 다 갖춘 자와 친분이 있다고 해서 반드시 인생의 득이 되는 것은 아님을 독자들도 알게 될 것이다.

사흘이 지나 선배에게 연락이 왔다.

"신임아, 계약서 도착했지?"

"응, 방금 퀵서비스로 받았어."

"혹시 오늘 저녁에 약속 있니? 우리 회사 회식인데 참석할 수 있나 해서."

"에이, 선배 회사 회식을 내가 왜 가?"

"우리 팀에서 다들 너 궁금해하거든."

내가 그런 자리는 불편하다며 거듭 거절했지만, 선배는 물러서지 않앞다. 앞으로 같이 일할 사이니 서로 얼굴을 익혀 두면 좋다는 둥 갖가지 말로 날 설득했다. 그래도 영 내키지 않아 했는데 선배가 결정적인 멘트를 날렸다.

"참고로 오늘 메뉴가 '꽃등심'이야. 거기 유명한 맛집이거든. 오는 거다, 응?"

뭐라? 꽃등심? 그 단어만 들어도 입에 침이 고였다. 나는 결국 수락하고 말았다.

식당 안은 매우 넓고 쾌적했다. 선배가 먼저 날 알아보고 손을 흔들었다.

"어서 와, 잘 지냈지?"

"응, 선배도?"

자리에 앉자 선배는 사람들을 소개해 주었다. 열 명 정도의 사람들이 고기를 먹다 말고 반갑게 인사했다. 같이 일할 사이라며, 가족처럼 나를 반겨 주었다. 어색할 줄 알았던 자리였는데 생각보다 화기애애하고 훈훈했다. 마치 내가 속한 집단의 회식 같았다. 오른쪽에 앉은 여직원은 나와 금세 친해져 '언니, 언니' 하며 잘 챙겨 주었다. 괜히 고민했다 싶을 정도로 꽤 만족스러운 시간이었다.

특히 고기가 너무너무 맛있었다. 입에 넣자마자 사르르 녹아내렸다. 이래서 '꽃등심, 꽃등심' 하는 것 아니겠나?

내 왼쪽에 앉은 선배는 이따금 나를 보며 미소를 지을 뿐 별다른 말은 없었다. 그러다 갑자기 자기 어깨로 날 툭 치며 말했다.

"신임아, 나 오늘 어때 보여?"

"응? 좋아 보여."

"너 볼 줄 알고 신경 많이 썼는데, 괜찮냐?"

260   아마 내가 별에서 왔다지요

잉? 내 기억에 선배는 담백한 사람이었는데 이런 느끼한 말도 할 줄 알았나? 하긴 오랫동안 못 봤으니 변할 수도 있지 뭐. 난 어색한 듯 웃어 보이며 긍정도 부정도 하지 않았다.

"와! 나 기분이 너무 좋아. 신임이 네가 와서 그런가?"

"선배가 기분 좋다니 나도 좋네. 근데 술 너무 급하게 먹는 거 아니야?"

"너 알잖아. 나 술 센 거."

"하긴 선배가 말술이었지."

"근데 우리 얼마 만에 본 건지 알아?"

"글쎄, 마지막으로 본 게 언제였더라?"

"2년 만에 보는 거야, 인마."

"그랬나? 기억이 안 나네."

"내가 몇 번이나 만나자고 했는데 네가 맨날 튕겼잖아."

"응. 좀 바빠서 그랬어."

나는 선배와 담소를 나누면서도 보기 좋게 구워진 꽃등심을 맛있게 먹었다. 그런데 느닷없이 선배가 내 손목을 꼭 쥐며 말했다.

"너도 술 한잔하지 그래?"

당황한 나는 입에 있던 꽃등심을 다 씹지도 못 한 채 꿀꺽 삼키고 말았다. 반사적으로 손도 뿌리쳤다.

"왜 갑자기 손목을 잡아?"

"하하하. 너는 여전하구나. 사람 애태우는 거."

"뭐?"

"아니야, 농담이야, 농담. 술이나 한잔하자고."

"아직 빈속이라 일단 콜라 마셨다가 나중에 맥주로 갈아탈게."

내가 젓가락을 뻗어 꽃등심을 집으려던 순간, 선배가 다시 내 손목을 꽉 잡았다.

"너 근데 손목 정말 가늘다. 부러지면 어떡하냐?"

나는 또다시 뿌리쳤다.

"내 손목 내가 알아서 돌볼 테니 신경 끄세요."

손목을 함부로 잡는 것도, 꽃등심 먹는 걸 방해하는 것도 괘씸했다. 선배와 대화하고 싶지 않아 오른쪽으로 몸을 돌렸더니, 나를 언니라 부르던 여직원은 화장실을 갔는지 자리에 없었다. 나는 한숨을 길게 내쉬고는 아까 놓쳤던 꽃등심을 다시 집어 입에 넣었다. 육즙이 입 안에 퍼지자 조금 전 언짢았던 기분이 사르르 녹았다.

내가 꽃등심 맛에 감탄하고 있는데 선배가 내 옆으로 바싹 붙어 앉더니 이젠 맥주 좀 같이 마시자며 술잔을 건넸다. 그리고 바로 일이 벌어졌다. 선배가 왼손으로 잔을 들어 건배를 청하면서 오른손으로는 내 무릎을 감싸는 게 아닌가! 그게 다가 아니었다. 그 손을 미끄러지듯이 옮겨 내 안쪽 허벅지 위에 올리더니 내 허벅지 살을 힘주어 쥐었다가 놓았다. 마치 안마를 해 주듯 말이다. 그러고는 손을 떼서 지 허벅지에 놓았다.

나는 꽃등심을 씹으면서 생각했다. 방금 뭐였지? 이거 무슨 분위기야? 이 선배랑 내가 그렇게 가까운 사이였나? 내 허벅지에 손을 올릴 만큼? 고개를 돌려 선배 얼굴을 보았다. 몇 분 전 나를 향해 손을 흔들었을 때까지만 해도 예전에 알던 잘생긴 매너남이었는데, 지금은 시뻘건 얼굴에 눈빛은 풀려 버린 영락없는 변태의 모습이었다.

여기서 잠깐! 이 부분까지 읽은 후 독자의 반응은 두 부류일 것이다.

첫째, '선배가 제대로 미쳤구먼!'이라고 생각하는 독자

아마 내가 별에서 왔다지요

둘째, '혹시 노신임이 선배를 유혹할 만한 행동을 한 거 아닐까? 예를 들어 몸을 흐느적거렸다거나, 눈에서 요염한 눈빛을 은근히 쏴 댔다거나, 꽃등심을 먹을 때 필요 이상으로 혀를 날름거렸다거나 등등.'이라고 생각하는 독자

의문을 품은 독자들에게 정확히 알려 주겠다. 유혹? 말도 안 된다! 난 그냥 꽃등심이 생각보다 맛있어서 행복한 표정을 지었을 뿐이고, 옆에 있던 여직원과 말이 잘 통해서 깔깔깔 웃었을 뿐이다. 진짜 그것뿐이다!

선배의 돌발 행동이 내 가슴에 작은 불꽃을 지폈다.

'이거 혹시 성추행일까? 어머, 그럼 나 지금 성추행당한 거니?'

순간 머릿속이 복잡해졌다. 그간 녹취 작업했던 사건 중 성추행 사건들이 주르륵 떠올랐다.

'아, 이런 마음이었겠구나.'

나는 성추행 피해자들을 여럿 만나봤으면서도 그들의 마음을 제대로 이해하지 못했었다. 그들의 대처가 너무 소극적이었다고 속단하기도 했다.

'저럴 땐 머뭇거리지 말고 즉각 반응했어야 하는 거 아냐?'

'현장에서 곧바로 응징했으면 얼마나 좋았을까?'

'이 피해자분 너무 순하게 반응한 거 아냐? 나라면 안 그랬을 텐데.'

하지만 당사자가 되어 보니 그분들을 이해하게 되었다. 나 역시 선배의 돌발 행동에 아무것도 할 수 없었던 것이다. 그저 머릿속이 하얘졌다.

정신을 차려야 했다. 답답한 피해자가 되지 않으려면 이제라도 강력하게 행동해야만 했다. 그런데, 쇼킹하게도 그러질 못했다. 스멀스멀

기어오른 비겁한 생각 때문이었다. 나는 선배의 막돼먹은 짓을 그냥 문제 삼지 말아야 하나 고민했다. 선배 회사와의 계약을 깨고 싶지 않아서였다. 그 계약은 지난 몇 달간 내가 피땀 흘려 노력해 일군 값진 결과물이었다. 그런데 이 일로 망치게 된다고 생각하니 용기가 나지 않았던 것이다.

하지만 그냥 꾹 참고 넘어가자니 그건 또 아니다 싶었다. 나는 감정을 최대한 억누른 채 물었다.

"선배 좀 전에 왜 그랬어?"

"뭐가?"

"왜 내 허벅지 위에 손 올렸……."

그때 선배의 핸드폰이 울렸다. 나는 속으로 짜증을 냈다.

'빌어먹을! 왜 하필 지금 전화가 오고 난린데!'

선배가 전화기를 들고 성급히 밖으로 나갔다. 내 심장 깊숙한 곳에서부터 화가 끓어오르기 시작했다. 갑자기 목이 말라서 선배가 가득 따라 놓았던 맥주를 원샷해 버렸다. 그리곤 불판 위에 잘 구워진 꽃등심을 집어 입으로 가져오다가 그만 놓치고 말았다. 꽃등심이 여직원 옆으로 툭 하고 떨어졌다.

"언니, 괜찮아요?"

"아, 네에."

"근데 술이 약하신가 봐요. 맥주 한잔에 얼굴이 빨개지셨어요."

"이상하네요. 맥주를 열 잔 마셔도 끄떡없는 사람인데 제 얼굴이 왜 빨개졌을까요?"

나는 일부러 미소까지 지으며 말했다. 아마도 화를 주체 못 한 내 얼굴로 온몸의 피가 쏠린 모양이었다.

"그런데 언니, 귀에 꽂은 이건 뭐예요?"

여직원의 관심이 내 귀로 바뀌었다.

"아, 이거요? 갑자기 절 보호해야 할 일이 생겨서요. 그냥 안전장치에요."

"안전……장치요?"

"네, 그런 게 있어요. 근데 여기 꽃등심 맛있지 않아요?"

나는 재빨리 화제를 돌렸다. 다행히 여직원의 관심도 꽃등심에 꽂혔다.

"네, 너무 맛있어요. 여기 되게 비싼 데래요."

"그렇구나, 하하."

나도 잠시 생각을 내려놓고 꽃등심 먹는 데만 집중했다. 여직원이 맛있게 먹으면서 말했다.

"저 사실, 꽃등심 처음 먹어 봐요. 말로만 듣던 걸 실제로 먹어 보니까 완전 살살 녹고 정말 맛있네요."

그 말이 내 마음을 약하게 했다. 주변을 둘러보니 다른 직원들도 꽃등심을 입 안에 넣고 행복에 겨워하고 있었다. 그래, 나만 참으면 된다. 나만 조금 참으면 이 좋은 분위기를 망치지 않을 수 있다. 생전 처음 꽃등심을 먹고 행복해하는 그녀의 기쁨을 빼앗을 수는 없지 않은가!

향기로운 고기 냄새와 사람들의 즐거운 웃음이 뒤섞인 공간에서 나혼자만 멈춰진 시공간 속에 있는 것 같았다. 나는 젓가락을 손에 든 채멍하게 있었는데 귓가에서 천사와 악마가 교대로 속삭였다.

악마가 먼저 말했다.

"선배는 중요한 의뢰인이야. 신임이 너는 이 계약을 따냄으로써 적어도 1년간 매출이 보장되잖아. 1년이 뭐야? 다른 건에 비해 금액도 월등히 큰 편이니까, 실제로는 2년 치에 해당할 수도 있어. 장차 네 사업에 큰 밑거름이 될 거라고! 그리고 뭐 솔직히, 선배가 크게 잘못한 것 같지도 않아. 너무 반가워서 약간의 스킨십을 한 것뿐이라고. 그러니까, 이 일은 그냥 덮어 둬. 지구에서 돈 벌어먹기가 그리 쉬운지 알아? 그냥 입 닫고, 귀 닫고, 주체 못 하는 네 심장도 잠시 닫아. 그리고 앞에서 고운 자태를 뽐내고 있는 꽃등심이나 실컷 퍼먹어. 알겠니?"

천사가 즉시 반박했다.

"뭐라는 거야? 아무리 친한 선후배 사이라고 해도 지킬 건 지켜야 하는 거 아니야? 어떻게 2년 만에 만나서 숙녀의 허벅지에 손을 올리냐? 막말로, 허벅지만이 아니었잖아. 처음엔 신임이 네 손목도 두 번이나 잡았다고. 변태기가 다분한 놈이야!"

아마 내가 별에서 왔다지요

악마의 말을 들으면 그 말이 맞는 것 같았고, 천사의 말을 들으면 또 그 말이 맞는 것 같았다. 정말이지 그 짧은 시간 동안 열두 번도 생각이 바뀌었다.

그때 선배가 돌아와 옆자리에 앉았다. 나를 보고 씨익 웃는 그를 보며 **악마가 부추겼다.**

"신임, 입 닫고 웃어 주기나 해. 나중에 후회하지 말고. 알았어?"

나는 고개를 끄덕였다. 그래, 참아 보자. 조금 전 그의 행동에 열불은 났지만, 나는 누구보다 온화한 성품을 지닌 사람임을 입증하듯 최대한 감정을 누르고 차분하게 물었다.

"선배, 혹시 술 취했어?"

"아니, 하나도 안 취했어."

"그래. 혀 돌아가는 것도 정상 같네."

"당연하지."

"근데 선배 아까 나한테……."

내가 말하는 중간에 선배가 갑자기 상체를 내 옆으로 바짝 붙이더니, 내 귀에 대고 속삭였다.

"고기는 입맛에 맞니?"

그냥 귓속말이 아니었다. 이게 뭐 대수로운 말이라고 귓속말까지 하는가? 지금도 느껴진다. 내 귀에 뿜어댄 그의 끈적끈적하고 기분 나쁜 호흡이. 갑자기 속에서 천불이 났다. 이 인간이 여전히 정신을 못 차린 게 분명했다. 나는 표독스럽게 대답했다.

"응! 정말 드럽게 맛있어서 기절 직전이야! 답이 됐나?"

그런데! 내가 몹시 언짢다는 걸 알리고 경고를 날린 건데, 내 예상과는 다른 희한한 일이 벌어졌다. 선배가 환하게 웃더니 갑자기 손을 뻗어 내 입술 전체를 지 엄지로 쓰윽 쓸었다.

"여자애 입술에서 '드럽게'가 뭐냐? 하여튼 너는⋯⋯."

그 순간 딱 드는 생각은 이거였다.

'돌겠다! 너 손 씻기는 한 거니?'

화를 참아 보려 고개를 획 돌렸는데 여직원과 눈이 마주쳤다. 그녀는 우리를 보고 있었다. 조금 전 그 어이없는 광경까지도. 하아⋯⋯ 보는 눈이 있으니 나는 일단 최대한 성질을 누르며 단호하게 물었다.

"선배, 지금 뭐 한 거야?"

"너 말하는 게 재밌잖아. 하하하."

이렇게 황당할 수가! 내가 다시 여직원을 쳐다보았더니 그녀는 선배처럼 재미있다는 듯 웃고 있었다. 그래서 나는 어떻게 했냐고? 나도 '하하하!' 웃고 말았다. 천하의 모질이처럼 말이다. 노신임 도대체 왜 그러는 거냐고!

한바탕 웃어 제낀 선배가 이번에는 나를 이상야릇한 표정으로 바라보았다. 그러고는 지체 없이 지 손바닥을 내 안쪽 허벅지에 올려놓더니 지그시 눌렀다. 아니, 만졌다. 아니, 더듬었다는 표현이 더 정확할 것이다.

손이 희미하게 떨리고 있는 것도 확인했으니까. 그리고 아주 잠깐이었지만 선배는 그 상태로 눈을 꼭 감은 뒤 떴다.

'뭐야? 이 새끼 지금 느끼고 있는 거야? 돌겠다, 진짜!'

그 순간 옆에 있던 여직원이 신이 난 목소리로 말했다.

"과장님! 언니! 두 분 연인 사이 맞죠? 그죠? 호호홍. 이미 사귀고 계시네, 뭘!"

정말이지 미쳐 버리기 일보 직전이었다. 나는 기가 막혀서 아무 말도 못 하고 있는데, 선배가 내 머리카락을 귀 뒤로 넘겨주며 그 여직원에게 대답했다.

"우와! 천잰데요! 우리 잘 어울려요? 어때요?"

아무것도 모르는 여직원은 박수까지 치며 환호했다. 다른 직원들도 우리 쪽을 쳐다보며 축하(?)의 눈빛을 건넸다. 나는 당황한 얼굴로 손사래를 쳤다. 정말 돌아 버릴 것 같았다.

"아니에요! 사귀다뇨? 선배, 그만 하라니까!"

거기서 끝났으면 얼마나 좋았을까? 내 말은 아랑곳없이 선배는 내 쪽으로 몸을 완전히 돌려 앉더니 자기가 마시던 잔을 건넸다. 그리고 내 귀에 대고 속삭였다. 이번엔 더 끔찍했다.

"회식 끝나고 나 다니는 단골 바에 같이 갈래? 나 내일 휴가 냈거든."

결국 나는 벌떡 일어나,

'이 병신 새끼가 나한테 지금 뭐라는 거야! 단골 바는 뭐고 휴가는 또 뭐야! 그 괴상망측한 눈깔은 또 뭐고!' 라고 말했다.

입이 아니라 마음속으로만!

워워! 다들 진정하기 바란다. 앞에서 밝히지 않았는가! 나는 비겁했었다고. 그러니 너무 열불 내며 욕하거나 답답하다고 비난하지 말아 주길 바란다.

나는 마음을 다시 한번 꾹 누르고 최대한 교양 있는 말투로 물었다.

"선배, 그게 무슨 소리야? 단골 바라니? 휴가라니?"

선배가 이번에는 양 손바닥으로 내 볼을 감싸고는 장난스레 답했다.

"야, 알면서 뭘 묻냐? 치이~"

그러더니 지 윗눈썹을 위아래로 빠르게 씰룩거렸다. 상황이 그 지경까지 갔는데도 모질이 노신임은 뭐 했냐고? 여전히 속으로 혼잣말 중이었다. 바로 이렇게!

'뭐야? 이 새끼! 왜 갑자기 눈썹은 씰룩거리는데? 나 지금 유혹하는 거 맞지? 아주 네가 지랄 발광을 하고 있구나!'

바로 그때 여직원이 마치 자기 일인 듯 기쁨에 들떠 말했다.

"아웅! 멋있어. 어떡해! 두 분 너무 사랑하시나 봐요! 아이, 부럽당."

여직원의 뜨거운 반응에 힘입은 선배는 더 대담해졌다. 이번에는 내 왼쪽 볼을 살짝 꼬집으며 느끼하게 말했다.

"보고 싶었다, 너."

그대로 놔뒀다간 내 얼굴을 핥을 태세였다. 나는 정색하고 그 손을 급히 밀어냈다.

"선배, 그만 좀 해. 아무리 반가워도 이건 도가 지나치잖아. 옳지 않잖아!"

"응? 뭐, 어떤 거?"

정말 모르는 얼굴이었다.

"왜 계속 나를 만져?"

"내가 너를? 언제?"

아마 내가 별에서 왔다지요

"정말 몰라서 물어? 허벅지 만지고, 얼굴 만지고, 입술 만지고, 볼 만지고. 무슨 종합세트로 만지고 있잖아."

"그건 네가 사랑스러우니까 그런 거지. 선배가 그런 것도 못 하냐?"

그때 테이블 끝에 있는 사람이 선배를 큰 소리로 불렀다.

"OOO 과장! 이리 와 봐."

선배가 일어섰을 때 나는 다급하게 말했다.

"아니 선배, 나 말 아직 안 끝났어. 여기 있어 그냥."

"잠시만 다녀올게. 기다려."

나는 이글거리는 눈으로 선배의 뒷모습을 노려봤다. 가슴 속에 횃불이 활활 타올랐다. 뜨거운 심장을 움켜쥐고 일단 화장실로 갔다. 우두커니 선 채로 화장실 거울에 비친 나를 바라봤다. 거울 속 내가 질문들을 해댔다.

'노신임 왜 그래? 왜 가만히 있는 건데? 혹시 너 많이 외로웠니? 아무리 그렇더라도 이건 아니잖아? 선배가 남자로 느껴지는 것도 아니잖아? 선배가 밥줄이라서 모질게 못 하는 거야? 혹시…… 너도 이 상황을 즐기는 거 아냐?'

나는 거울에 대고 사납게 소리쳤다.

"미쳤어? 절대 아니거든!"

머리가 깨질 듯 아팠다. 찬물로 손을 씻으며 열을 식힌 후 거울을 다시 바라봤다. 내 모습이 너무 안쓰러웠다. 그깟 돈이 뭐라고! 내가 지금 뭘 하고 있단 말인가! 지금 상황도 내 행동도 당최 이해가 안 됐다. 거울 속 나를 뚫어질 듯 보다가 한순간 가슴이 뻥 뚫렸다.

'그래! 나 자신에게 부끄럽게 굴지 말자. 돈은 또 언제든 벌 수 있잖아.'

내가 자리로 돌아갔을 땐 선배도 제 자리에 앉아 있었다. 내가 앉자마자 선배는 내 허리에 손을 슬쩍 대며 아까처럼 귓속말로 속삭였다.

"신임아, 우리 그냥 지금 나갈까?"

나는 그 손을 즉시 뿌리쳤다. 하지만 선배는 분위기 파악도 못 한 채 능글맞게 굴면서 내게 말 같지도 않은 말을 수없이 쏟아 냈다. 나는 배에 힘을 주고 모인 사람들이 다 들을 수 있는 목소리로 말했다.

"선배, 그만 좀 말하고! 내가 얘기 좀 할게."

"응, 뭐?"

"오늘 퀵서비스로 받았던 계약서 말이야!"

사람들의 시선이 내게 쏠렸다.

"그거 내가 집에 가서 정리하려고 가지고 왔거든. 근데 특약 사항에 그 내용이 적혀 있었나?"

"어떤 내용?"

나는 가방에서 계약서를 꺼내 훑어보고는 아주 큰 소리로 말했다.

"역시 없네!"

"뭐가?"

이번에는 귀가 어두운 할아버지에게 말하듯 더 크게 말했다.

"아니, 계약서 작성할 때 특약 사항에 좀 써 주지 그랬어! '회식 자리에서 나 노신임의 안쪽 허벅지, 입술, 볼때기, 허리 등을 은근히 더듬고 만질 수 있음.'이라고 말이야. 그거 미리 확인했다면 서로 시간 낭비 안 했을 거 아니야? 선배랑 이 계약 안 했을 거라고!"

선배는 갑자기 당황하며 상기된 얼굴로 말했다.

"뭐? 너 왜 그래? 목소리 낮춰."

"내 말 맞잖아! 허벅지 만진다는 문구도 안 넣었는데, 조금 전 내 안쪽 허벅지 막 더듬고 눌렀잖아. 남의 허벅지를 왜 만지고 더듬는 건데? 응?"

"목소리 낮추라니까."

"싫어!"

식당엔 순간 정적이 흘렀다. 모든 직원의 눈과 귀가 우리를 향하고 있었다. 잠시 후 나이 지긋해 보이는 한 남자가 말했다.

"O 과장, 저분 왜 저러셔?"

"저기, 그게……."

내가 나섰다.

"실례가 안 된다면 제가 말씀드려도 될까요?"

"네. 얘기해 보세요."

"저기요. 여기 모이신 분들께 질문이 있습니다. 혹시 사규에 이런 문구가 있나요? '1년 치 정도 계약을 체결하면 거래처 상대방이 여자 후배일 경우 그 후배의 안쪽 허벅지를 포함한 기타 여러 곳을 손대고 마구 만져도 됨.'이라는 문구요."

나이가 지긋해 보이는 그 남자의 표정이 순간 심각해졌다. 그가 선배에게 다그치듯 물었다.

"어떻게 된 거야?"

선배가 당황하며 대답을 못 하는 틈을 타서 내가 다시 나섰다.

"조금 전 제 선배인 OOO 과장이 제 안쪽 허벅지를 더듬었어요."

사람들이 웅성거리기 시작했다. 선배의 맞은편에 앉은 젊은 남자가 말했다.

"언제요? 저희는 못 봤는데요."

그럴 줄 알았다. 이런 일이 벌어지면 제 식구 감싸기를 하는 법이다. 나는 분명한 어조로 똑똑히 말했다.

"그럴 수밖에요. 이 선배가 엄청 정교하게 순식간에 더듬었거든요."

내 말이 끝나자마자 테이블 중앙에 앉아 있던 험상궂게 생긴 남자가 끼어들었다. 코뿔소 저리 가라 할 정도의 육중한 몸을 가진 자였다. 그는 나를 멸시하는 눈빛으로 쳐다보며 말했다.

"저기, 아가씨 성함이 어떻게 되신다고?"

말투에 짜증이 섞여 있었다. 그자의 말이 끝나자마자 다들 나를 바라보는 눈빛이 마치 한심하다는 듯, 이상한 여자를 보는 듯한 눈빛으로 돌변했다. 아마도 그가 이 팀의 실세인 게 틀림없었다.

나는 속으로 생각했다.

'어라? 다짜고짜 웬 반말? 그리고 눈은 왜 저리 뜨지? 좋다 이거야. 내가 당신보다 덩치랑 돈에서는 밀릴지언정 깡은 결코 뒤지지 않거든!'

나는 즉각 반격에 나섰다.

"저기, 직함이 어떻게 되시죠?"

"그건 알 거 없고."

"좋아요. 아저씨, 저한테 지금 반말하신 건가요? 초면인데 예의는 갖추시는 게 어때요?"

"뭐, 아저씨?"

"네, 아저씨요. 직함 안 알려 주셨잖아요."

"오케이, 존대할게요. 이름이 뭐죠?"

"노신임이라고 합니다만, 아저씨 이름은 뭐예요?"

"하하하. 당찬 아가씨일세. 신임 씨, 그거 알죠? 손바닥도 마주쳐야 소리 나는 거?"

나는 즉시 되물었다.

"아, 그럼, 허벅지 더듬은 게 제 탓도 있다? 그 말씀인 거네요?"

"당연하죠. 내가 볼 땐 ○○○ 과장이 그쪽 좋아하는 것 같은데, 전혀 몰랐어요?"

"전혀요. 그동안 얼굴 한 번 안 봤다가 2년 만에 만났거든요."

"무슨 말이에요? 요새는 만난 지 1시간 만에도 물고 빨고 모텔 가는 사람도 수두룩한데. 아가씨도 알면서 뭘 그래요?"

"네?"

"남자가 여자 좋아하면 그런 식으로 애정 표현할 수도 있는 거 아닌가?"

"어머, 헛소리를 정말 잘하시네요."

"뭐요?"

"헛소리 맞잖아요. 꽃등심 먹으라고 초대해 놓고 안쪽 허벅지랑 여기 저기 막 만져 대는데, 그럴 수도 있다면서요?"

"아니, 내 말은…… 저기 뭐야…… 아, 남녀 사이에서 아가씨도 뭔가 빌미를 줬으니까 우리 ○ 과장이 그랬겠지. 안 그래요? 여자들은 참 이 상하다니까, 자기들이 그럴 만한 여지를 줘 놓고선 성희롱이다, 성추행 이다 고소를 해대요. 아주 꼬리는 지들이 다 치면서 남자들 등쳐 먹으려 고 환장한 사람들 같아."

"환장이요? 아저씨는 그런 경험이 있나 보네요. 맞죠?"

"그건 알 거 없고요."

"저기 아저씨, 망상도 정도껏 하셔야죠."

"뭐라 그랬어요? 망상?"

"말씀하신 대로 아무리 뒤죽박죽인 세상이라지만 가짜로 성범죄 피해 신고를 남발하는 사람들보다 실제 피해를 입고 고통받는 사람들이 압도적으로 많다는 걸 아셔야죠. 그런데도 돈을 뜯어낼 목적으로 성범죄 고소를 남발한다는 말은 피해자 전체를 폄훼하는 말이에요. 그게 망상이 아니고 뭡니까?"

"아니, 내 말은 그게 아니라."

"저 말 아직 안 끝났어요. 저는 이 회사와 큰 계약을 했습니다. 그래서 오늘 이곳에 초대되었고요. 근데 선배가 계약서에 잉크도 마르기 전에 제 손목부터 시작해서 제 안쪽 허벅지, 입술, 볼 등을 막 만지니까 혹시 계약 사항에 그렇게 만지는 것까지 포함된 건지 사실 확인을 한 것뿐이에요."

코뿔소 남자가 성난 얼굴로 돌변하더니 선배에게 다그치듯 물었다.

"O 과장, 너 정말 그랬어?"

"그게 제가 잘……."

선배는 머뭇거렸다. 내가 코뿔소에게 다시 말했다.

"저기요. 인제 와서 혼내는 척 쇼 그만하시죠."

"아가씨, 입 달렸다고 말 함부로 하지 말아요! 내가 볼 땐 그리 큰 잘 못도 아닌데 아가씨가 오버하니까 그런 거 아니요!"

"알겠어요. 방금 하신 얘기가 이 회사의 입장이라고 받아들일게요."

코뿔소는 더 이상 말을 하지 못했다. 다른 직원들은 당황스러운 눈으로 나를 쳐다봤다. 나는 자리에서 벌떡 일어났다.

"이만 가봐야 할 것 같네요. 먼저, 오늘 이 자리에 초대해 준 선배에게 너무 불쾌하고 재수 없었다는 말부터 전하고 싶네요. 아주 인상 깊은 자리였어요. 특히, 조금 전 저분 말씀처럼 친한 사이끼리는 안쪽 허벅지나 여기저기는 좀 더듬어도 된다는 이 회사의 거지 같은 싸구려 기업 문화에 충격받았네요. 이 회사의 충격적인 스킨십 문화를 영원히 기억하겠습니다. 이만 가 볼게요."

 나는 웅성거리는 소리를 뒤로한 채 식당을 빠져나와 지하철로 향했다. 선배에게선 계속 전화가 왔지만 받지 않았다.
 지하철 의자에 앉아 일기장을 폈다. 그날 다녀왔던 장소와 만났던 사람들의 이름을 하나씩 적기 시작했을 때 지하철이 출발했다. 그날따라 지하철 굴러가는 소리가 너무나 구슬프게 들렸다.
 갑자기 내 심장이 저릿했다.
 "잘했어. 노신임, 아주 잘했어."
 난 가슴을 쓸어내리며 스스로를 칭찬했다. 그런데 왜 눈물이 나는 거지? 문득 과거에 비슷한 경험을 한 의뢰인들이 떠올랐다. 나는 그래도 겨우 힘내서 싸우고 왔지만, 그들은 그렇게 하지 못했다. 당해 보니 알게 되었다. 이러한 싸움이 결코 쉬운 게 아니라는 걸. 나처럼 싸우지 못했다고 비난할 수는 없다. 앞으로도 얼마나 많은 지구인이 이런 일을 당할까? 그중에 싸울 수 있는 지구인은 과연 얼마나 될까? 아마도 지구에 살고 있는 수백, 수천, 아니 수만 명 이상의 사람들이 이와 같은 고통을 속으로 삼키며, 자신에게 상처를 준 사람들과 아무 일 없다는 듯 힘겹게 어울리고 있을 것이다. 단지 자기들이 약하다는 이유로 말이다. 이런 생각을 하니 눈물이 하염없이 흘러내렸다.
 그런 의미에서 그날 일은 내게 큰 변화를 가져다주었다. 나는 다짐했다. 앞으로 그런 상처를 안고 있는 지구인을 만난다면 최선을 다해 돕기로 말이다. 나로 인해 그들의 상처가 아주 얇게 한 꺼풀이라도 치유될 수 있게 최선을 다하겠다고 말이다.

꽃등심

잘했어 노신임

아주 잘했어

자, 여기까지 읽었을 때, 누군가는 이렇게 말할 수도 있겠다.

"신임, 그건 니 얘기일 뿐이고, 그 선배 얘기도 들어 봐야 하는 거 아니야?"

"막말로, 네가 네 입장대로 이야기를 꾸몄는지 누가 알아?"

그래서 준비했으니 들어 보시라.

다음 날 오전 일찍 선배에게서 연락이 왔다.

"신임아, 잘 들어갔니?"

"알 거 없고, 선배 어제 보니까 변태였더라."

"그게 아니라…… 내가 술을 많이 마셔서 실수를 해 버렸네. 정말 미안하다."

"실수? 그거 실수 아니거든!"

"사실 전부터 널 마음에 두고 있었는데 업무적으로도 연결되니까 너무 좋아서 그만."

"아! 그럼 전부터 내 허벅지랑 손이랑 입술이랑 여기저기 만지고 싶어 했다는 거구나? 됐고, 더 이상 연락하지 마."

"정말 미안해. 저기…… 신임아. 어제 일 없던 걸로 하고, 예정대로 일 진행하자. 응?"

"그러니까 나더러 성추행당했더라도 '앗싸! 기쁘게 돈이나 벌자!' 이러라는 얘기네?"

"뭐? 성추행이라고? 그게 어떻게 성추행이야?"

"명백히 성추행이지."

"너도 처음에 거부하지 않았잖아."

"뭐가 어째?"

그 순간 나는 큰 수치심을 느껴서 숨이 안 쉬어질 지경이었다. 선배가 다급하게 말했다.

"여보세요? 신임아, 끊었니?"

"아니. 안 끊었어. 내가 거부를 안 한 게 아니고 참았던 것뿐이야. 선배 입장도 생각하고, 회식 분위기도 망칠까 봐. 그래. 잠시 돈에 눈이 멀었던 점도 인정한다. 하지만 어찌 됐든 선배 행동은 명백히 성추행이거든!"

선배의 뻔뻔한 목소리를 더는 듣기 싫어서 전화를 끊어 버렸다. 곧바로 전화벨이 울렸지만 무시했다. 그날 몇 번이고 전화가 다시 왔지만 받지 않았다.

며칠 후, 모르는 번호로 전화가 왔다. 선배였다.

"신임아, 끊지 마. 꼭 할 말이 있어."

"왜?"

"저기…… 신임아, 혹시 나 성추행으로 고소할 거야?"

"그건 왜 물어? 변호사가 물어 보라디?"

"아니, 그냥 궁금해서."

"내가 알아서 할 테니까 반성하면서 기다려!"

"신임아, 우리 좀 만나자."

"안 만난다고!"

"막말로 허벅지에 손 좀 올린 게 그렇게 큰 죄야?"

며칠 만에 전화해서는 지를 성추행으로 고소할지나 물어봤을 때부터 딱 감이 잡혔다. 선배는 성범죄 가해자들이 흔히 보이는 양상과 똑같은 행동을 했다. 처음엔 미안한 척하다가 나중엔 자기는 그런 일 없었다며 뻔뻔해지는 게 그들의 공통된 행동 패턴이랄까?

아마 내가 별에서 왔다지요

"돌아 버리겠다. 창피한 줄 알아!"

"그럼 너는 실수 안 한 것 같아?"

"그래. 꽃등심 공짜로 먹게 해 준다고 거기까지 쫓아간 거랑 선배가 처음에 내 손목 잡을 때부터 시작해서 허벅지 더듬을 때까지 강하게 말 안 한 거. 그게 내 실수라면 실수네."

"그 말이 아니라 꽃등심 먹다가 손 잘못 올릴 수도 있잖아. 술도 마셨었고. 근데 그 많은 사람 앞에서 나를 그렇게 꼭 망신 줘야 했어?"

"닥쳐! 그 상황에 난동 안 부린 것만도 감사히 여겨!"

"난, 신임이 너도 나를 좋아하는 줄 알았다고."

"하! 어떻게 그런 착각을 하지? 우리 2년 만에 만난 거였잖아! 진짜 어처구니가 없다!"

"너 내 옆에 앉을 때부터 계속 좋아하면서 웃었잖아. 당연히 내가 좋아서 웃는 줄 알았지."

"야! 이 미친 인간아! 네가 아니라 꽃등심 때문에 웃었던 거야! 꽃등심 이 무지 맛있어서 웃었다고! 고기가 맛있는데 그럼 울까?"

수화기 너머로 뭔가 소곤거리는 소리가 들렸다. 조금 뒤 선배가 다시 말했다.

"저기…… 다시 한번 명확히 해둘 게 있어. 나, 네 허벅지 절대로 더듬은 적 없어. 손은 실수로 올린 거야."

"자, 잘 들어. 선배는 그날 내 안쪽 허벅지를 만지고 누르고 마사지하듯 주물렀어. 다른 말로 표현하면 더듬었지. 더듬는 중간에 눈을 살짝 감고 음미도 했어. 난 분명히 그 광경을 목격했고."

"아니야. 난 절대 그런 적 없어!"

"선배 네가 아주 미쳤구나! 분명히 나 더듬었어. 특히 허벅지는 두 번이나."

"증거 있니? 증거도 없으면서 말 함부로 하지 마."

"하하, 이렇게 나올 줄 알고 그날 일을 녹음해 놨지."

"뭐?"

"내가 녹취 사무소 대표인데 위험을 감지하고도 가만히 있었겠냐? 자, 증거 일부 나간다."

나는 선배가 치근댈 때부터 이어마이크로 녹음하고 있었다. 혹시 모를 일을 대비해서 안전장치를 걸어 놨던 것이다. 그날 녹음됐던 내용 중 일부를 스피커 볼륨을 높인 뒤 들려주었다.

선배 : "신임아~ 한잔해."

신임 : "싫어."

선배 : "왜?"

신임 : "그 잔을 나한테 왜 줘? 선배 목구멍으로 술 넘기던 잔이잖아."

선배 : "그게 왜?"

신임 : "선배 침 묻었잖아. 더러워서 그걸로는 안 먹어. 저리 치워!"

선배 : "하하하! 신임아, 우리 그냥 지금 나가자, 응?"

신임 : "됐고, 근데 내 허벅지는 왜 더듬은 거야?"

선배 : "네가 좋으니까 그랬지. 너랑 같이 있고 싶으니까."

신임 : "아, 그래서 더듬으셨어? 내 허벅지를?"

선배 : "당연하지. 신임아, 나 내일 휴가 썼다니까."

신임 : "그게 뭐?"

선배 : "왜 휴가 썼는지 궁금하지 않아?"

신임 : "내가 궁금해해야 하나?"

선배 : "너랑 오래 있고 싶어서. 휴가 썼다고, 인마."

신임 : "뭐라고?"

선배 : "나 오늘 집에 안 들어갈 거야. 너도 집에 들어가지 마라. 응?"

선배는 그 내용을 듣고 기겁했다.

"내, 내가 언제? 내가 저런 말을 했다고?"

"다 녹음 됐는데 왜 이래? 저 말이 무슨 뜻이야? 의역하면 '나랑 원나잇 할래? 나 내일 휴가 썼거든.' 이거 아니었나?"

"절대 아니야!"

"그래, 아니라면 다행이고. 눈썹을 하도 실룩거리며 말하기에 그런 뜻인지 알았지."

"신임아, 제발!"

"이제 상황 파악이 좀 됐나? 성추행으로 걸든 안 걸든 내가 알아서 할 테니까, 이제부터 나한테 연락하지 마!"

애원하는 목소리를 뒤로한 채 나는 전화를 끊었다. 아주 매몰차게!

그 뒤에 어떻게 됐냐고?

선배에 대한 고소는 진행하지 않았다. 그딴 인간 때문에 나의 시간이 버려지는 것이 너무 아까웠기 때문이다. 물론 계약 건도 없던 일이 돼 버렸다. 사업 초기에 좀처럼 기대하기 힘들었던 무지막지하게 큰 매출이 훨훨 날아가 버린 것이다.

　하지만 마음은 그 어느 때보다 편했다. 꽃등심 회식 자리에서 나는 비굴해질 뻔했다. 내 마음에서 우러나오는 바른 소리를 외면하기까지 했었다. 돈에 흔들려서 말이다. 다시는 그러지 않겠노라 다짐했고, 다행히 지금껏 잘 지키고 있다.

　내 인생에서 가장 쪽팔렸던 흑역사 랭킹 3위 안에 들어가는 '성추행' 사건 이야기는 여기까지다. 이렇게 글로 쓰면서 그때의 기억을 다시 떠올리다 보니 화딱지가 나서 중간중간 호흡을 가다듬어야만 했다. 하지만 종종 미소도 지었다. 지금 이 순간도 나는 웃고 있다. 왜냐고? 꽃등심 때문이다.

　그날 꽃등심의 감동적인 맛은 지금까지도 생생하게 남아있다. 생각만으로도 입에 침이 가득 고인다.

　아! 다시 한번 먹고 싶도다.

18
발레리나 돼지공주

자기 삶 속에서는 누구나 자신이 주인공이다. 그런데, 내가 만난 한 의뢰인은 특이하게도 긴 세월 동안 주인공으로 살지 못했다. 누군가가 이끄는 대로 또 정해 준 대로 그냥 예속되어 살았다. 그렇게 산 결과는 어떨까? 이제부터 그 기구한 이야기를 시작해 보겠다.

금요일, 내가 좋아하는 요일이다. 오후면 벌써 마음이 저 멀리 달아나 버린다. 묘한 설렘을 느끼고 있던 오후 1시경, 한 여성이 사무실로 들어왔다. 그녀는 변호사 사무실에서 소개해 줬다면서 USB 하나를 내밀었다. "이거 한번 들어 봐 주시겠어요?"

"아, 녹취록 작성하시려는 거죠? 일단 앉으시죠."

나는 유쾌하게 손님을 맞았다. 손님의 외모나 차림새 등은 그리 신경 쓰이지 않았다. 마음이 벌써 다른 데 가 있었으니까. 하지만 마음이 제 자리로 돌아오는 데에는 1분도 채 걸리지 않았다. USB를 PC에 꽂고 재생 버튼을 누르자 웬 남자의 악쓰는 소리가 터져 나왔기 때문이다.

"야! 작작 좀 처먹으라고! 이 슈퍼 똥돼지야! 으이구! 띨띨한 똥돼지 같으니! 모가지를 확 비틀어 버릴 수도 없고! 저리 안 가? 확 꺼지라고!"

나도 모르게 인상을 쓰면서 얼른 정지 버튼을 누르고 물었다.

"이 남자분, 댁에서 돼지를 키우시나 봐요? 애완용 '미니 돼지' 그런 거요."

그녀는 몹시 당황한 표정을 지었다.

"저게…… 돼지한테 한 말 같나요?"

순간 '아차' 싶었다. 내가 말실수를 한 게 분명했다. 하지만 당황하지 않고 그녀가 뭔가 말을 꺼낼 때까지 기다려 주었다. 잠시 후 그녀가 입을 뗐다.

"이걸 녹취록으로 만드는 게 가능할까요?"

"음, 남자분 목소리가 빠르긴 하지만 가능할 것 같아요. 녹취 의뢰하시겠어요?"

"네."

그녀가 계약서를 작성하기 시작했다. '성함' 란에 적은 걸 보고 내가 말했다.

"거기는 별명이 아니라 본명을 적어 주셔야 하는데요."

"네? 본명 적은 거 맞는데요."

"정말 본명이 '똥돼지'인가요? 호적에 '똥돼지'라고 올라가 있으세요?"

"호적이요? 어머! 제가 미쳤나 봐요. 웬일이니! 맨날 '똥돼지'라고 불려서 버릇이 됐나 봐요. 어떡하죠?"

나는 당황하는 그녀에게 새 계약서 용지를 건네주었다.

여기까지 읽은 독자들은 무엇이 문제인지 곧바로 알아차렸을 것이다. 그녀의 행동은 단순한 실수가 아니었다. 나는 그녀가 계약서를 다 썼을 때 조심스럽게 물었다.

"저기…… 아까 들었던 녹취에서 남자가 한 말은 애완동물이 아니라 선생님에게 한 거였나요?"

"네."

"그 남자는 누군데요?"

그녀가 입술을 깨물며 한동안 망설이다가 겨우 대답했다.

"제 남편이요."

나는 너무 기가 막혀서 말이 나오지 않았다.

그녀의 남편은 아내에게 심한 막말을 하는 사람이었다. 화나거나 싸울 때 감정에 못 이겨 한 번쯤 내뱉은 말이 아니라 결혼하고 나서 지금까지 죽 평소에도 상습적으로, 반복적으로 그래 왔다. 아내의 호칭은 아예 '돼지'가 되었다. 그녀가 얼마나 세뇌되었으면 자기 이름을 돼지라고 썼겠는가? 남편의 막말 역사(?)에 대한 설명을 마친 그녀의 눈에서 닭똥 같은 눈물 한 방울이 뚝하고 떨어졌다. 사무실 분위기가 숙연해졌다.

잠시 후, 그녀가 밝은 목소리로 물었다.

"저기, 시원한 거 마시고 싶은데 혹시 '갈아 만든 배' 있나요?"

"아…… 물밖에 없는데 어떡하죠?"

내 말이 떨어지기 무섭게 그녀가 일어서더니 잠시 다녀오겠다며 사무실 밖으로 나갔다. 다시 돌아온 그녀의 표정은 무척 좋아 보였다. 조금 전까지 서러워하던 모습은 찾아볼 수 없었다. 손에는 터질 듯 빵빵하게 가득 채워진 검은 봉지를 들고 있었다. 그녀가 해맑게 웃으며 아이스크림을 건넸다.

"이거 하나 드시겠어요?"

내가 좋아하는 '돼지바'였다. 순간 입에 침이 고였다. 하지만 남편에게 지속적으로 언어폭력을 당해서 자신의 본명까지 망각할 정도로 심각한 상황의 그녀 앞에서 어찌 먹을 수 있단 말인가! 나도 모르게 아이스크림 맛에 취해서 넋 놓고 쩝쩝거릴 게 뻔한데 말이다. 참아야 했다. 나는 정중하게 사양했다.

"아니요. 괜찮습니다."

"그럼 저는 먹으면서 얘기해도 될까요?"

"네네. 그럼요."

그녀는 '죠스바'를 뜯어 입에 문 채 나머지 아이스크림들을 냉동실에 넣었다. 그러고는 소파에 앉아 아이스크림 윗부분을 크게 베어 물고 입 안에 넣은 채 해맑게 말했다.

"남편이 이혼 소송을 걸었어요."

"아, 네."

"아까 들려 드린 것 말고도 녹음한 게 아주 많거든요. 이것도 한번 들어 봐 주실래요?"

"네, 그러죠."

그녀는 여전히 아이스크림을 먹으며 휴대폰에 담겨 있는 녹음 파일을 들려주었다. 먹는 모습은 유쾌했고 휴대폰을 놀리는 손동작은 경쾌하기까지 했다. 하지만 녹음된 소리는 끔찍했다. 맨 처음 들린 건 남편이라는 남자가 '캬악' 하고 거칠게 가래침을 뱉는 소리였다. 그리곤 고래고래 소리를 질렀다.

남편 : "진짜 냄새나서 못 살겠네! 너 샤워 언제 했어? 돼지 냄새가
아파트 1층까지 진동하잖아! 좀 씻으라고 했어? 안 했어?"

아내 : "자기야, 나 방금 샤워했단 말이야. 나한테 무슨 냄새가 난다고
그래?"

남편 : "돼지털 타는 냄새가 난다고!"

아내 : "아, 내가 방금 드라이기로 머리 말려서 그런가 보다. 미안해.
용서해 주라, 자기야."

남편 : "저리 꺼져! 악취 그만 풍기고!"

나는 다급하게 정지 버튼을 눌렀다. 답답해서 더 이상 듣기가 힘들었다.

"잠깐만요, 머리 감고 드라이한 게 무슨 죄라고 사과하시는 거죠? 그

리고 남편분은 왜 말끝마다 돼지라고 하는 거죠? 도저히 이해할 수가 없네요."

그 사이 '죠스바'를 다 먹은 그녀는 남은 막대를 입에 넣고 쩝쩝대며 명랑하게 말했다.

"이게 다가 아니에요. 우리 남편이 제주도 출장을 자주 가는데요, 돼지 우리 안에서 먹고 싸고 뒹구는 돼지들을 보면 제가 바로 떠오른대요. 그때마다 자기가 사람 아닌 가축이랑 사는 것 같아서 괴롭대요."

도대체 이런 얘기를 어찌 저리 밝은 표정으로 할 수 있을까? 그녀가 나를 보며 활짝 웃었는데 '죠스바' 색소 때문에 입술과 혓바닥이 시퍼렇게 변해 있었다. 그녀는 잠시 고민하는 표정을 짓더니 곧바로 일어나 냉장고로 직행해 냉동실 문을 활짝 열었다. 그리고 행복한 미소를 지으며 말했다.

"돼지바, 메로나, 바밤바, 빵빠레, 찰떡아이스, 붕어싸만코 이렇게 있어요. 저는 '붕어싸만코' 먹을 건데, 뭐 드실래요?"

내가 잠시 머뭇거리자, 그녀는 재빨리 '붕어싸만코' 껍질을 까더니 꼬리 부분을 앙 베어 물었다.

"하나 드시지. 맛있는데……."

"그럼 '돼지바' 주세요."

이번에는 그녀의 말이 떨어지기 무섭게 재빨리 대답했다. 그렇게 받아주는 게 그녀에겐 예의라고 생각되었다. 아니나 다를까, 그녀는 매우 행복해하며 '돼지바'를 손수 뜯어서 나에게 주었다.

"그럴 줄 알고 '돼지바'는 두 개 사 왔지요. 저희 남편도 '돼지바' 무척 좋아해요. 그거 달라고 할 땐 '어이, 돼지! 네 몸에 나무막대 꽂은 거 그거 갖고 와.' 이런다니까요."

아마 내가 별에서 왔다지요

나는 너무 화가 났다.

"아니, 남편분은 대체 왜 그런대요? 항상 돼지라고만 부르나요? 다르게 부른 적은 없고요?"

"왜요? 다르게도 부르죠. '똥돼지', '슈퍼 피그', '울트라 돼지' 뭐 다양해요."

정말 어처구니가 없었다. 귀여워서 '꽃돼지' 정도로 두어 번 부르는 것은 몰라도 이건 정말 경멸하는 수준이었다. 그녀는 내가 만난 이혼 소송 커플 중 가장 괴이하게 구박받는 여성임이 틀림없었다. 10여 년 넘게 사무소를 운영하는 동안 이렇게 이상하게 괴팍한 남편과 순박한 아내는 처음이었다.

"저는 원래 발레리나였어요……. 아, 잠깐만요."

새로운 주제로 넘어가려던 중, 그녀 손에 있던 마지막 아이스크림 조각이 입으로 들어갔다. 그녀는 냉동실 문을 열고 이번에는 '빵빠레'를 집어 들었다. 뚜껑을 벗긴 후 하얀 바닐라 부분을 한 입 베어 물더니 '으음, 맛있어.' 하며 옅은 탄성을 질렀다. 눈까지 지그시 감고 말이다. 나는 그녀의 기분에 동의한다는 의미로 살짝 미소를 지어 주었다.

그녀의 이야기는 계속되었다. 그녀는 발레단에 소속된 발레리나였다. 그녀의 꿈은 프리마 발레리나가 되어 '백조의 호수' 주인공이 되는 것이었다. 무대를 누비며 왕자님과 아름다운 춤을 추다가 중앙에 홀로 쓰러져 잠드는 백조……. 하지만 어느덧 그녀는 백조가 아니라 돼지가 되어 있었다. 문제의 남편을 만나 결혼을 한 탓이었다.

"남편이 처음부터 저를 무시한 건 아니었어요. 맞선으로 만났는데 사실 저는 마음이 별로 없었답니다. 그런데 만날 때마다 저에게 참 잘해 주었고 무엇보다 결혼할 수밖에 없는 이유가 있었어요."

"뭔데요?"

"남편이 궁합을 봤는데 제가 남편이 없으면 일찍 죽을 수 있는 사주라고 했대요."

"혹시 그 얘기 듣고 난 후 선생님이 직접 그곳에 가서 궁합을 본 적은 있나요?"

"아뇨. 그냥 남편 말을 믿었죠. 되게 용한 점집이라고 해서……."

그녀는 '빵빠레' 위쪽의 새하얀 아이스크림을 다 먹은 후 아래 과자 부분을 먹기 시작했다. 나는 다시 조심스럽게 물었다.

"남편을 꽤 믿고 사랑하셨나 봐요. 그런 말을 확인도 안 하고 결혼할 정도면."

"아니요, 사랑 한 개도 안 했죠. 사랑이 뭔지도 몰랐고요. 그냥 발레에만 미쳐 있었거든요. 그런데 이 사람하고 결혼 안 하면 죽는다잖아요? 너무 무서워서 곧바로 결혼해 버렸죠."

"아휴, 그럼 다른 점집이라도 가 보시지 그랬어요."

"제가 그러려고 남편 생년월일을 물어봤는데 부정 탄다고 안 알려 줬어요. 그냥 자기를 믿으라고만 했어요."

정녕 그렇게 해서 결혼을 했다는 말인가! 세상 그 무엇보다 소중한 자신의 삶을 위한 결정을 그토록 어이없는 근거(?)를 바탕으로 해 버렸다고? 내 기준으로는 도통 이해가 안 갔다.

그녀가 다시 냉장고로 가서 이번에는 '메로나'를 데려왔다. 메로나를 크게 한 입 베어 오물거릴 때마다 행복한 표정이 절로 났다.

"제가 발레리나 출신치고는 많이 뚱뚱하죠?"

나는 옅은 미소로 대답을 대신해 주었다.

"원래는 거의 먹지 않았어요. 그런데 남편한테 구박당하면서 먹는 양이 늘었어요."

"그랬을 것 같아요. 원래 스트레스받으면 많이 먹잖아요."

"맞아요. 자꾸 돼지라고 부르니까 점점 많이 먹게 되더라고요. 내가 정말 돼지가 된 것 같았어요."

"어휴, 세뇌 아닌 세뇌네요."

"사실은 아이스크림이나 이렇게 잘 먹지, 밥은 잘 먹지도 못해요. 소화불량 때문에요."

"그렇죠. 맛있다, 예쁘다, 소중하다 같은 소리를 들으면 위장도 행복해서 소화를 잘 시키겠지만, 악담만 듣다 보니 소화 기능도 엉망일 것 같아요."

"남편이 없을 땐 소화가 잘되는데, 같이 있기만 하면 뭐만 먹어도 속이 쓰려요. 그래서 남편이 집에 없는 동안 계속 먹어요."

나는 안쓰러운 표정으로 고개를 끄덕여 주었다.

"다이어트도 여러 번 시도해 봤어요. 그런데 계속 실패했고, 요요도 오고, 속은 아픈데 계속 먹고만 싶고, 결국 지금의 몸이 되고 말았답니다."

이렇게 말하면서도 그녀는 아이스크림 먹는 걸 멈추지 않았다.

"친정에서는 뭐라고 하던가요? 이 모든 걸 부모님이 아셨으면 가만히 계시지 않았을 텐데요."

"제가 결혼하고 바로 임신을 했거든요. 남편은 제가 절대 안정을 취해야 한다고 하면서 임신 기간에는 친정도 아예 못 가게 했어요. 하는 수 없이 아이를 낳고 갔는데 친정 부모님이 놀라시더라고요."

그녀는 결혼 전에 '공주'라고 불렸다고 한다. 날씬했던 발레리나 공주가 너무나 많이 먹고 살도 쪄 있으니 놀라실 수밖에. 그녀가 남편이 하도 돼지 취급을 해서 이렇게 되었다고 했더니 부모님은 당연히 화를 내셨다. 그 사실을 듣고 남편이 한달음에 달려와서는 이렇게 말했다.

"오해입니다, 장모님. 제가 왜 사랑스러운 아내를 돼지라고 흉보겠어요? 그냥 너무 예쁘고 귀여워서 '꽃돼지', '꿀돼지' 하고 몇 번 부른 게 다예요."

이 말에 속을 친정 부모가 어디 있겠는가? 하지만 아이도 태어난 마당에 뭐라 할 수도 없어서 그냥 예뻐하며 잘 살라고 타일러 보냈다고만 한다.

"거기서 끝났다면 얼마나 좋았겠어요?"

그녀가 말을 이었다.

"남편의 구박은 더 심해졌어요. 다시 한번 친정에 이상한 말 전하면 가만 안 있겠다고 겁을 줬고, 아예 아이를 못 보게 하겠다고 협박했어요."

"아니, 아이를 못 보게 하다니요? 어디 다른 데로 보낸다는 건가요?"

내 질문에 그녀가 말을 멈췄다. 그리고는 벌떡 일어서더니 또 냉장고 앞으로 갔다.

"저 또 뭐 먹을 건데 소장님도 갖다 드릴까요?"

나는 옅은 미소를 지으며 고개를 저었다. 그녀는 '찰떡 아이스'를 갖고 와서 포장을 뜯었다. 그런데 이번에는 그리 행복한 표정이 아니었다.

"둘째 낳고 산후 조리할 때부터였나 봐요. 저에 대한 막말이 극심해진 게요. 퇴근하고 집에 들어오기만 하면 '식충이', '음식만 축내는 돼지', '똥 돼지' 이런 가슴 아픈 말들을 시도 때도 없이 해 댔어요."

"진짜 왜 그런데요? 산후 조리할 때는 절대 안정이 필요하잖아요."

"그래서 제가 너무 힘들어서 친정 부모님께 다시 알렸죠."

"그랬더니요?"

"남편이 난리 난리 쳤죠. 이번에는 둘째랑 생이별하고 싶냐면서요.

아마 내가 별에서 왔다지요

자기가 저 같은 거랑 살아 줘서 고마워해야 한다는 말도 수시로 했어요."

"정말 어이가 없네요."

"그러다가 첫째가 다섯 살 때, 친정 부모님께 가서 재산 분할을 명확히 요청하라고 시켰어요."

그제야 나는 이해하게 되었다. 남편의 목적은 처가의 재산이었던 것이다. 그렇게 아내가 싫었으면 이혼하면 그만인데, 이제껏 돼지라고 구박하며 살았던 건 바로 그 때문이었다.

남편은 그녀의 부모님이 소유 중이던 건물들에 욕심을 품었다. 일단 건물 명의를 아내 앞으로 해 둘 필요가 있었다. 추후 자기 명의로 바꾸어서 차지해 버리거나 적어도 이혼할 때 재산 분할을 이유로 일부라도 차지할 수 있으니까.

그녀에 따르면 남편은 수시로 이렇게 이야기했다고 한다.

"내가 너 이제껏 먹고 싶은 거 다 먹게 해 준 거 알지? 너 그거 다 갚아야 해. 그러니까 건물 하나쯤은 내 명의로 바꿔놔야 해."

갑자기 불길한 기운이 몰려왔다. 나는 매우 조심스럽게 물었다.

"설마…… 그 말대로 해 주신 건 아니죠?"

"재작년에 이미 남편 명의로 했어요."

세상에! 가슴이 저리듯 아파져 왔다. 오늘 만나기 전까진 얼굴조차 모르고 살았던 그녀가 갑자기 너무나 안쓰럽고 가엽게 느껴졌다. 그녀에게 더는 못 듣겠다고, 그만 멈춰 달라고 말하고 싶었지만 차마 그럴 수 없었다. 내게 이야기를 쏟아 내는 동안 그녀가 치유되고 있다는 느낌을 받았기 때문이다. 그녀의 이야기는 쉴 새 없이 계속됐다. 그간 누구에게도 못했을 이야기다. 남편의 악랄한 행위에 대해 모두 털어놓는 것만으로도 그녀에게는 큰 치유가 될 수 있었다.

그녀는 쌓아 두었던 가슴속 한을 마음껏 풀어헤치듯 남편의 구박 사례들을 나에게 들려주었다. 그중 아주 조금, 그러니까 쥐꼬리보다 더 더 더 적은 분량만 공개해 보겠다.

남편은 배고프면 이렇게 말했다.
"야! 비곗덩어리! 얼른 밥 차려 와! 이 돼지 새끼!"

아이들과 외출하려고 준비를 하고 있으면 이렇게 말했다.
"이 등신아! 호박에 줄 긋는다고 수박 되냐? 대충하고 안 나와?"

해도 해도 너무 한다 싶어서 그녀가 말대꾸를 하면,
"이거 내가 오늘 멱을 따버릴까?" 하면서 목을 조르는 시늉을 했다.

어쩌다 가족과 외식한다고 뷔페에 가면, 식사 전에 매장 직원부터 불러 말했다.
"이 여자가 여기 있는 음식 죄다 쓸어 먹을 거니까 잘 감시하는 게 좋을 거예요. 낄낄."

그녀가 아이들하고 운동하려고 트레이닝복을 입으면,
"어이구, 뚱뚱한 투포환 선수네. 얘들아, 창피하니까 엄마랑 멀리 떨어져서 다녀라."

그녀가 음식물 쓰레기를 버리고 들어오면,

"이 돼지 새끼야! 느려 터져서! 빨리빨리 문 안 닫아? 모기 들어오잖아! 돼지같이 살만 뒤룩뒤룩 쪄서는!"

옷 가게 앞을 지나가면,
"야, 대문짝만한 네 엉덩이 들어갈 옷이 어디 있겠어? 아마 네가 세계에서 가장 뚱뚱할 걸?"

한참 듣다 보니 혹시나 하는 생각이 들어 그녀에게 물었다.
"제가 좀 걱정이 돼서 여쭤볼게요. 혹시 아이들도 엄마를 돼지 취급하지는 않나 싶어서요. 어때요?"
"왜 안 그러겠어요? 저한테 '배고파, 똥돼지야.', '간식 줘, 엄마 돼지.' 막 이래요."
"어떡해요!"
"애들도 저를 창피해해요. 길 갈 때도 저랑 떨어져서 걸어가요. 담임 선생님이랑 면담이 있어도 저는 절대 못 오게 해요. 무조건 아빠만 와야 한다면서요."
"진짜 나쁜 아빠네요. 자신이 아이들에게 얼마나 큰 상처를 주고 있는지 모르네요."
"남편은 애들한테는 막말 안 해요. 저한테만 그래요."
"그게 아이들한테 상처를 주는 거예요. 이 세상 누구보다 자신을 사랑하고 지켜 줄 든든한 엄마를 창피한 엄마로 둔갑시키는 거잖아요."
"아, 그 말도 일리가 있네요."

남편의 지속적인 악행으로 이 가정은 모든 것이 무너졌다. 더 절망스러운 것은 이런 심각한 얘기를 하는 그녀의 표정이 너무 밝다는 것이었다. 어느덧 그녀의 손엔 '바밤바'가 들려 있었다. 손에 든 아이스크림이 그녀의 쓰디쓴 고통과 슬픔을 단맛으로 바꿔주는 것일까?

그녀가 화제를 돌렸다.

"저기…… 녹음한 게 이것 말고도 또 있거든요. 다른 사람하고 대화한 거예요."

"아, 남편 말고요?"

"네, 이거 한 번 들어 봐 주실래요? 제가 이 사실을 알고 나서 남편한테 이럴 순 없는 거 아니냐고 따졌거든요. 그랬더니 돼지 주제에 인간이 하는 일에 간섭이나 한다고 저를 정신 나간 사람 취급했어요."

"도대체 무슨 내용인데요?"

"여기 있어요. 짧은 내용인데 들어 보세요."

그녀가 재생 버튼을 누르자 웬 젊은 여자 목소리가 나왔다.

젊은 여자 : "근데, 언니 있잖아요. 저 궁금한 게 하나 있어요."

아　　내 : "뭔데요?"

젊은 여자 : "오빠가 나랑 노닥거릴 때 언니는 혼자 집에서 뭐 해요? 호호홍. 계속 꾸역꾸역 돼지처럼 처먹기만 하나요? 미련한 돼지처럼?"

　　　　　　　　아마 내가 별에서 왔다지요

나는 미간을 찌푸렸다. 이건 또 무슨 상황이란 말인가?

"혹시 남편이 바람까지 피우는 거예요?"

"네. 바로 맞추시네요."

나는 아무 말도 할 수 없었다.

"더 놀라운 건 뭔지 아세요? 이 여자가 저보다 열두 살이나 어리다는 거예요."

그녀는 '바밤바'를 입에 쏙 넣어 마지막 부분을 한 번에 먹은 뒤 말했다.

"소장님, 저 미칠 것 같아요. 한번은 그 여자가 새벽에 술을 진탕 먹고 전화해서는 저더러 애들 데리고 제발 좀 꺼져 달라고 했어요. 그래야 제 남편이랑 자기가 결혼할 수 있다면서요. 안 그러면 자기가 쫓아와서 행패 부리겠대요."

"아주 미쳤군요."

"제가 이 꼴 보려고 부모님 건물을 남편 명의로 해줬겠냐고요? 그 여자랑 나눠 가지려고 저한테 이혼 소송 건 거잖아요."

아이스크림을 먹으며 행복해하던 표정은 더 이상 찾을 수 없었다. 세상에 이런 비극이 또 어디 있을까?

"며칠 전에도 새벽에 전화해서는 남편은 자기 건데 제가 안방 차지하고 있다면서 화를 냈어요. 자기 남자가 미련한 돼지랑 살게 둘 수 없다고 소리를 질렀어요. 자기처럼 섹시하고 여리여리한 여자가 어울린다고 저한테 당장 꺼지래요."

"그걸 가만두셨어요?"

"그 말 듣는데 심장이 쪼그라들더라고요. 그래서 아무 말도 못 했어요."

"그 통화 녹음은 하셨죠?"

"못했어요. 그럴 정신이 없었어요."

"흐음. 그 여자에게서 연락이 자주 오나요?"

"네."

"그럼 앞으로는 꼭 녹음 하세요. 아셨죠?"

"네, 잊지 않을게요."

"그리고 주눅 들지 마시고 선생님도 강하게 대응하셔야 해요."

"강하게라면…… 어떻게요?"

"저 같으면 이랬을 것 같아요. 최대한 감정을 실어서 이렇게 말하는 거죠. '아가씨, 일단 닥치고 내 말 좀 들어줄래?'"

"네?"

그녀가 겁에 질린 표정으로 물었다.

"방금 그거 욕 아닌가요? 그러다 남편이 알면 저 혼날 텐데요. 또 법적으로 문제가 되면 이혼에 불리해질 수도 있지 않아요?"

그 순간 정말이지 그녀가 답답했다. 하긴 그녀는 내가 아니다. 그러므로 그녀에게 맞는 부드럽고 상냥한 말투와 표현으로 바꿔서 알려 줘야 했다.

"자, 그럼 다시 할게요. 아주 차분한 목소리로 '음…… 아가씨, 일단 그 입 좀 다물고 내 말 좀 경청해 줄래요? 당신이 나의 가정을 망쳐 놨으니 더는 좌시하지 않겠어요. 당신은 반드시 대가를 치르게 될 겁니다. 그리고 이 새벽에 전화해서 우리 집으로 쫓아온다는 건 명백히 협박에 해당합니다. 법대로 처리할 테니 얌전히 기다리세요. 그럼 끊을게요. 아, 술 좀 그만 쳐 잡수는 건 어때요? 굿나잇 상간녀 씨!' 이 정도면 되겠네요."

"아…… 좀 세긴 하네요."

그녀는 멋쩍게 웃었다. 아마 그녀의 성품상 이렇게도 대답하진 못할 거다. 하지만 그녀는 어떻게라도 대응하겠다고 굳게 다짐했다.

아마 내가 별에서 왔다지요

그녀가 그날 녹취록의 일부라도 받아 보길 희망했다. 녹음 내용이 길지 않아서 금방 해 줄 수 있었다. 막 작업에 들어가려는데, 부스럭거리는 소리가 났다. 뒤를 돌아보니 그녀가 미소 띤 얼굴로 상냥하게 말했다.

"소장님, 과자 좀 드릴까요?"

"과자는 또 언제 사 오셨어요?"

"아이스크림 살 때 같이 샀죵. 드릴까요?"

"아니요. 작업에 집중해야 해서 사양할게요."

"네."

드디어 녹취록을 완성했을 때, 드르렁드르렁 코 고는 소리가 났다. 그녀가 자고 있었다. '바나나킥' 빈 봉지를 끌어안은 채 곤히 잠든 그 모습이 너무도 짠했다.

1시간쯤 후 그녀가 일어났다.

"지금 아침인가요?"

"아니요, 오후 4시예요."

"어머, 세상모르고 잤네요."

"피곤하셨나 봐요."

"이렇게 편하게 자 본 게 얼마 만인지 몰라요."

"작업은 다 됐는데 좀 더 주무시겠어요?"

"아니요. 다 잤어요. 근데 소장님, 궁금한 게 있어요."

"네, 말씀하세요."

"여기서 일하시면 이혼하는 부부들 많이 보시죠?"

"네, 엄청 많이 보죠."

"이혼당하는 여자들 중에 제가 제일 못났죠? 그죠?"

솔직히 말해서, 녹취록 작업을 끝냈을 때만 해도 그녀를 서둘러 돌려보낸 뒤 쉬고 싶은 마음이 간절했다. 한 여자의 지옥 같은 삶을 듣고 나니 나도 많이 지쳤다. 그런데, 방금 그녀의 말에 정신이 퍼뜩 들었다. 지금 내가 해야 할 일은 휴식이 아니라 자존감이 땅바닥에 곤두박질친 그녀를 돕는 거였다. 뭐든 해야만 했다.

나는 의자를 그녀 쪽으로 가까이 당기며 확신에 찬 말투로 말했다.

"제 사무실에는 이혼 부부만 오는 게 아니에요. 이혼 사건만 있는 게 아니니까요. 회의록 녹취, 재산 분쟁, 부모님 생전 음성 녹취 등등 아주 다양하죠. 저희 사무실에 왔던 손님들 중에는 배우자나 연인에게 엄청난 사랑을 받으며 행복하게 사는 사람들도 많거든요. 그런 분들의 공통된 특징이 있더라고요. 과연 뭘까요?"

"뭔데요?"

"모두들 자기 자신을 엄청나게 사랑하더라고요."

그녀가 시무룩한 표정으로 말했다.

"아…… 그렇군요. 근데 저는 저를 사랑할 수가 없어요. 제가 봐도 저는 정말 못났거든요."

"외모는 전혀 중요하지 않았어요. 그리고, 솔직히 선생님 정도면 괜찮은 편 아닌가요? 피부도 좋으시고 주름도 거의 없잖아요."

"그래도 이렇게 뚱뚱하잖아요?"

"그래요, 인정할게요. 뚱뚱하세요. 하지만 현재 뚱뚱하다고 해서 미래에도 뚱뚱할까요? 관리하기 나름 아닐까요?"

"관리 말씀하시니까 참 많이 후회돼요. 이런 일 터지기 전에 피부도 가꾸고 옷도 좀 더 섹시하게 입었으면 남편한테 버림받지 않았을 텐데요."

"저는 생각이 좀 달라요. 선생님은 버림받은 게 아니라 화려한 싱글로

아마 내가 별에서 왔다지요

완벽히 부활할 기회를 얻은 거라고 봅니다."

"양육권도 뺏기게 생겼는데요?"

"멋진 엄마가 돼서 아이들을 언제든 다시 만날 수 있잖아요."

"그게…… 가능할까요?"

"확실히 가능해요. 혹시 알아요? 이번 일로 본인의 삶이 획기적으로 바뀌고 일생일대의 기회가 찾아올지."

"네, 고맙습니다."

그녀에게 녹취록을 건네며 말했다.

"참! 그리고, 남편 이름으로 바꾼 건물 명의를 원상태로 돌리는 것도 추진하실 건가요?"

"네, 당연하죠."

"응원할게요."

"고맙습니다."

그녀가 사무실을 떠나고 한참이 지났는데도 계속 생각이 났다. 아이스크림을 먹으며 행복해하던 표정, 과자 봉지를 안고 아기처럼 쌔근쌔근 자던 모습……. 정말이지 그녀는 악함이라고는 단 한 점도 없는 사람이었다. 순진무구하고 사랑스럽기까지 했다. 그리고 다시 기억해 보니 꼿꼿이 편 허리나 다소곳이 모은 다리로 앉아 있는 모습에 발레리나의 기품이 남아 있었다. 많이 살이 찌긴 했지만 그녀는 여전히 발레리나 공주였다. 이런 사람이 도대체 왜 그토록 아픈 삶을 살아야 했을까?

내 생각은 이렇다. 그녀는 누군가가 끌어 주고, 그려 주고, 정의해 준 대로 살았던 것이다. 만약 그 누군가가 착하고 지혜로운 사람이라면 그나마 다행이겠지만 그녀의 남편처럼 악랄한 사람이라면 심각한 문제를 맞을 수밖에 없다.

그녀는 더 주도적이고 더 적극적으로 자기 삶을 살아야만 한다. 세상 무엇보다 소중한 자기 자신의 삶이기에 대충대충, 얼렁뚱땅 결정하고 행동해서는 안 된다. 즉 진정으로 자기 삶의 주인공이 되어야 한다.

진즉에 그랬다면 그녀의 삶은 지금과는 분명히 달랐을 것이다. 남편이 전한 궁합 얘기를 무조건 믿는 대신 그녀가 다시 한번 제대로 확인했을 것이고, 임신 기간에는 친정에 발길을 끊으라는 남편의 요구에 반기를 들었을 것이고, 친정에 사실을 알리면 아이를 못 만나게 하겠다는 남편의 협박에 맞서 싸웠을 것이고, 부모님 명의 건물을 남편 명의로 쉽게 바꿔 주지도 않았을 것이고, 남편의 상간녀가 찍소리도 못하도록 호통쳤을 것이고, 남편이 아무리 세뇌해도 자신이 돼지라는 생각은 하지 않았을 것이고…….

지금껏 그녀는 남편이 만들어 놓은 무대로 자꾸만 빨려 들어갔었다. 하지만 이제는 제발 달라져서 스스로 삶의 무대를 만들어 가는 당당하고 멋진 주인공이 되길 바란다. ★

아마 내가 별에서 왔다지요

19
유명인

　어느 해 7월, 여름비가 세차게 내리던 날이었다. 말쑥한 양복 차림의 남자가 사무실로 다급히 들어오더니 물이 뚝뚝 떨어지는 우산을 건네며 말했다.

　"이 우산 좀 밖에다 말려 놓으세요."

　하마터면 우산을 받아들 뻔했다. 어찌나 당연하듯 내밀던지. 그는 내 얼굴을 쳐다보지도 않은 채 다른 한 손으로는 자기 옷을 털었다. 나는 이 무례한 지구인에게 따끔하게 한마디 해 버릴까 하다가 일단 참고 정중하게 물었다.

"지금, 뭐라고 하셨어요?"

그가 다시 한번 우산을 들이대며 말했다.

"우산 좀 말려 놓으라고요, 밖에다."

그나마 다행이라고 해야 할까? 이번엔 나를 쳐다보며 말했으니 말이다. 나는 이마를 살짝 찌푸린 채 검지로 내 얼굴을 가리키며 물었다.

"제가요?"

남자는 나를 위아래로 훑어봤다.

"여기 아가씨 말고 누가 또 있어요?"

'참 나, 내가 자기 시녀인 줄 아나?'

나는 나름대로 정중하게 거절하고자 아무런 대꾸 없이 그자의 얼굴을 똑바로 응시한 채 미소를 지어 보였다. 그러자 그의 얼굴이 금세 굳어졌다.

"아가씨, 우산 안 받고 뭐 해요?"

"허헛 거 참."

내 입에서 실소가 터져 나왔다. 그래도 그는 아랑곳하지 않고 나를 재촉했다.

"어서요!"

나는 눈을 동그랗게 뜨며 말했다.

"우와!"

"왜요?"

"너무 인상적이셔서요."

"뭐가요?"

"본인이 직접 말리면 되지, 그걸 왜 저한테 시키시는 건지……."

나는 잔뜩 힘주어 동그랗게 뜬 눈을 두어 번 깜빡거렸다. 이쯤 되면 이 지구인도 알아차렸겠지? 하지만 그는 황당하다는 표정을 지으며 나를

아마 내가 별에서 왔다지요

쳐다봤다. 아니, 노려봤다고 해야 하나? 마치 '당신 처신 똑바로 안 하면 나한테 혼날 줄 알아!' 하는 표정이었다. 그리고는 입을 열어 또박또박 말했다.

"아가씨, 우.산.받.아.요!"

뭣이라? 나는 너무 어이가 없어서 뒤로 까무러칠 뻔했다. 하지만 이내 안정을 찾고 침착하게 답했다.

"그건 직접 하시라고 좀 전에 제가 말씀드렸……."

내 말이 끝나지도 않았는데 그가 고개를 휙 돌렸다. 그리곤 혼잣말로 "아, 여기에 우산꽂이가 있었네."라고 하더니 우산을 꽂았다.

이어서 소파로 가서 앉더니 등받이에 등을 기댄 채 다리를 거만하게 꼬았다.

"몸이 차가워요. 따뜻한 것 좀 줘 보세요."

'그래, 기분 나빠하지 말자. 어차피 음료는 제공하는 거니까.'

"커피, 녹차, 레몬차. 어떤 거 드려요?"

"커피요."

커피를 받아 든 그는 총기가 싹 빠진 눈을 연신 깜빡거리며 사무실을 두리번거렸다. 그러다 갑자기 눈을 게슴츠레 뜨고 오묘한 표정으로 나를 쳐다봤다. 어찌나 오묘하던지 내 단전에서부터 거대한 거북함이 마구 끓어올랐다. 하지만 나는 외면하지 않고 오히려 눈을 더 동그랗게 떴다.

서로를 아무 말 없이 쳐다본 지 1분쯤 지났을 때, 그가 고개를 갸웃거리며 입을 뗐다.

"나 누군지 몰라요?"

"네?"

그가 믿을 수 없다는 얼굴로 되물었다.

"나 누군지 모르냐고요?"

"누구신데요?"

"농담이죠?"

"농담 아닌데요. 우리 오늘 처음 보는 사이 같은데……."

"와아! 나를 모르는 사람도 있구나!"

"네?"

그가 황당한 표정을 지었다. 정말 황당한 건 난데.

어쨌든 그는 업무 이야기를 시작했다. 나는 이제야 제대로 된 대화가 시작되나 보다 하고 안도했다. 그는 USB 하나를 내밀면서 녹취를 요청했다. 나는 흔쾌히 수락하고 계약서를 내밀었다. 그는 읽는 둥 마는 둥 하더니 지갑에서 수표를 꺼내 주었다. 여기까진 아무 문제가 없었다. 약간 거만한 자세를 취했지만 말이다. 나는 아무렇지도 않게 수표를 받아들었다. 여기서 끝났으면 얼마나 좋았을까? 그 지구인의 입에서 황당한 소리가 또 한 마디 나왔다.

"잔돈은 커피 사 먹도록 해요."

"네?"

"거스름돈은 안 줘도 된다고요."

"저기……."

"하하하, 진짜 괜찮아요. 잔돈은 넣어 두세요."

그는 과장되게 너털웃음을 짓더니 한 손으로 손사래를 치며 말했다. 누가 보면 엄청난 거금을 주면서 크게 선심을 쓰는 것처럼 보였을 것이다.

"그게 아니라……."

"아니 글쎄 아가씨, 아까부터 왜 그리 빡빡하게 굴어요? 호의를 베풀

아마 내가 별에서 왔다지요

면 받아들일 줄도 알아야죠. 잔돈은 안 받겠다고요."

"그게 아니라 거슬러 줄 게 없어요. 딱 맞게 주셨거든요."

나는 그가 준 수표를 흔들어 보여 주었다.

"아, 그런가? 하하하. 버릇이 돼서. 알았어요. 미안해요. 하하하."

그가 과장된 소리로 껄껄 웃었다. 민망함이 가득 실린 웃음이었다. 난 그가 덜 민망하도록 미소를 지어 주었다. 어쨌든 내 고객 아닌가?

"그럼, 작업 완료되면 연락드릴게요. 안녕히 가세요."

나는 서둘러 인사를 하고 그를 돌려보내려 했다. 그렇게 하는 게 그를 위해서도 나를 위해서도 좋을 것 같았다. 자, 여기서 조용히 가 주었으면 얼마나 좋았을까? 아니다, 그러면 독자들이 재미없어하려나? 걱정하지 마시라. 우리의 거만한 고객께서는 결코 우리를 실망시키지 않았다.

"사진 하나 찍어 줘요?"

'이건 또 무슨 말인가? 갑자기 사진은 왜?'

"사진이요, 사진. 다들 나랑 찍은 사진 붙여 놓고 영업하던데. 이리 와요, 사진 하나 찍어 줄게요."

"아니요, 괜찮아요. 사진 필요 없어요."

그는 정말 의외라는 표정을 짓더니 큰 소리로 말했다.

"이야, 진짜네! 아가씨, 정말 나 누군지 모르는구나!"

"네, 정말 몰라요! 근데 아까부터 저한테 왜 그러세요?"

난 정말이지 그를 왜 알아야 하는지 모르겠다. 이런 내가 그에게는 꽤 이상했나 보다. 그는 나를 마치 외계인 보듯이 쳐다보았다. (하마터면 내가 지구인이 아니란 걸 들켜버릴 뻔했다.)

"와아, 세상에! 한국에서 나를 모르는 사람도 있어? 이거 믿어지지가

유명인

않네!"

그러더니 온몸에 광기가 흘러넘치는 듯한 몸짓으로 두 팔을 크게 벌리며 말했다.

"마지막으로 물을게. 아가씨, 나 정말 몰라? 나 진짜 본 적 없어?"

"음, 반말로 물으셨으니 저도 반말로 대답할까요?"

"에이, 손님한테 반말하면 안 되죠. 자, 다시, 나 정말 몰라요?"

"네, 정.말.몰.라.요."

나는 말을 끊어서 또박또박 대답했다. 그랬더니 그도 자기 이름을 또박또박 말해 주었다.

"O.O.O. 자, 들어본 적 있죠?"

"아뇨, 처음 듣는데요?"

이 말이 결정타였나 보다. 그는 입을 벌리더니 한동안 다물지 못했다. 나는 그 모습이 너무도 신기해 눈을 껌뻑였다.

"아, 진짜? 텔레비전 잘 안 보시나?"

"중요한 뉴스는 보죠."

"말도 안 돼! 내 이름 검색 한 번만 해 봐도 바로 알 텐데……."

"아, 그러시구나."

"검색해 봐요."

"네?"

"검색해 보라고요."

"지금요?"

"네."

"왜요?"

"왜긴요. 바로 내가 뜰 거니까."

아마 내가 별에서 왔다지요

나는 어리둥절한 표정으로 되물었다.

"떠서 뭐요?"

"아니, 내가 바로 뜰 거라니까요."

"그니까 그거 뜨는 게 저랑 무슨 상관인데요?"

"하하하. 내가 유명한 사람이라는데, 안 궁금해요? 다들 나 만나고 싶어 안달하는데…….."

"네. 안 궁금한데요."

그는 갑자기 머리를 벅벅 긁었다. 진짜 답답한 건 난데 말이다. 지금도 궁금하다. 왜 내가 그를 알아야 했는지, 왜 그는 그토록 자기를 알리고 싶어 했는지.

"저, 제가 선생님을 꼭 알아봐야 하나요?"

"그, 그게 아니라…… 다른 사람들은 나랑 사진 찍고 싶어서 줄도 길게 늘어선단 말이에요. 아가씨가 이상한 거예요."

이쯤 되니 그가 측은해지기 시작했다.

"선생님은 유명한 거에 대해 되게 자부심을 느끼시나 봐요?"

"아니, 나 진짜 그런 사람 아닌데, 아가씨 같은 반응은 처음이라 놀라서 그러는 거예요."

"그럼 다른 사람들은 어떻게 반응하는데요?"

"사인을 해 달라거나,"

"아, 사인요."

"사진을 같이 찍자고 하거나,"

"아, 사진."

"악수를 청하기도 하고 '만나 뵙게 돼서 영광입니다.' 하고 말하기도 하고…….."

"뭐라고요? 영광!"

나도 모르게 소리를 빽 지르고 말았다. 듣자 하니 정말 거만이 하늘을 찔렀다.

"영광이죠! 아가씨 같은 서민들이 나 같은 사람 만나기가 얼마나 어려운지 알아요? 어쨌든, 아가씨 오늘 운수 대통한 줄 알아요!"

순간 가슴 속 분노가 폭발하고 말았다. 뭐 이런 무례한 인간이 다 있단 말인가! 정말 말도 안 된다. 저런 인간이 유명인이라고? 저런 인간을 대중이 사랑한다고? 같이 사진을 찍고 싶어서 기꺼이 줄을 서고, 그 사진을 자랑스레 붙여 놓는다고? 건방지기 짝이 없고 배려심이란 눈곱만큼도 찾아볼 수 없는, 지밖에 모르는 저런 인간을? 대체 왜? 아, 정말 왜? 뭐가 아쉬워서 저런 인간에게 인기를 몰아주고 있단 말인가? 내가 볼 땐 최악 중의 최악인데 말이다.

세상 사람 모두가 자신을 우러러보고 반드시 떠받들어 줘야 한다는 착각 속에 살고 있는 이 자를 그냥 둘 수는 없었다. 그 기를 팍팍 눌러 줘야 할 필요가 있어 보였다. 그런 의미에서 그는 오늘 임자를 제대로 만난 거다. 나는 곧바로 받아쳤다.

"근데, 유명하다면서 수행원도 없이 저희 사무실에 용케도 잘 찾아오셨네요?"

"아, 이쪽에 변호사 만나러 왔다가 잠깐 들른 거예요."

"아, 그렇군요. 근데 선생님 입으신 옷 보니까 죄다 명품 같은데, 맞죠?"

"네, 맞아요. 명품 볼 줄 아나 봐요?"

"근데 코디를 누가 하셨는지, 참……."

"코디가 왜요?"

아마 내가 별에서 왔다지요

"솔직히 말씀드려도 될까요?"

"얘기하세요."

"명품으로 쫙 빼입으시긴 했는데, 뭐랄까…… 참 거지같이 입으셨어요."

"뭐, 뭐라고요? 거, 거지?"

그는 얼굴이 불타는 고구마처럼 시뻘게지더니 말까지 더듬거리기 시작했다.

"아가씨, 지금 뭐라고 했어요? 손님한테 거, 거지라니?"

"말 좀 똑바로 알아들으세요. 선생님이 거지 같다는 게 아니라, 선생님 옷 입은 게 거지보다 못하다는 거예요. 어휴, 촌스러워서 정말……."

정말이다. 진짜 촌스러웠다.

그가 양 손바닥으로 얼굴에 부채질을 해 댔다.

"어허! 이 아가씨 맹랑한 것 좀 봐."

나를 맹랑하다며 비아냥거렸음에도 내가 별 대꾸 없이 그저 강렬한 눈길로 쏘아보자 그가 헛기침을 크게 한 번 하고 말했다.

"이야! 체구는 작은 아가씨가 깡은 엄청나네. 일 하나는 똑 부러지게 하겠네. 그럼, 나 바쁘니까 일 다 되면 연락 주세요."

그가 우산을 집어 들려는 순간 내가 부드럽게 말했다.

"잠시만요. 이 와중에도 취소 안 하고 그냥 저에게 맡기겠다 하시니 감사하지만, 이 일은 거절하겠습니다."

"뭐라고요? 일을 거절한다? 나 바빠서 다른 데 맡길 시간 없어요. 그냥 해 줘요."

"아니요. 거절합니다."

"그건 너무 예의 없는 행동인데……."

"왜요? 저 같은 서민이 유명인의 일을 거절하면 무례한 겁니까?"

그는 내 말을 듣더니 잠시 멈칫했다. 그리고 뭔가 실수했다는 듯한 표정을 짓더니 다시 말했다.

"아하하하! 알았어요. 아까 '서민'이라고 표현한 건 말실수예요. '우리끼리' 쓰는 표현을 아가씨한테 해 버렸네. 일이나 잘해 주세요. 알았죠?"

그 인간은 아예 침묵을 했어야 했다. 입만 열었다 하면 제 수준이 얼마나 형편없는지를 드러냈으니 말이다. 여기서 가만히 있을 내가 아니었다. 나는 아주 교양 있는 목소리로 물었다.

"'우리끼리'라면 그쪽 유명인들끼리의 모임인가 보죠?"

"맞아요. 일반인들은 감히 함부로 들어올 수 없는 모임이죠."

"정말 꼴값들 떨고 계시네요."

순간 그의 얼굴이 일그러졌다.

"뭐요? 꼴, 꼴값? 아가씨 지금 뭐라고 했어요?"

나는 남자의 얼굴을 똑바로 바라보며 큰 소리로 말했다.

"유명인은 개뿔! 만나 뵙게 되어 영광 좋아하시네요! 뵙자마자 역겨워 죽는 줄 알았거든요! 어디 '잘난 척' 공장을 다니시나?"

그는 너무 놀랐는지 아무 말도 하지 못했다. 나는 심호흡을 한 뒤, 최대한 감정을 억누르고 목소리를 낮춰 말했다.

"자칭 유명하다는 고객님! 귀 쫑긋 세우고 잘 들으세요. 사무실로 처음 들어올 때부터 지금까지 잘난 척하시던데, 이제껏 내가 만난 사람 중 최악의 똥매너시거든요. 토 나올 정도로요."

그리고 나는 받았던 돈을 돌려주며 말했다.

"저 이 일 안 할 거니까, 이 돈 받고 돌아가 주세요."

"에이, 일은 해 줘야죠. 왜 이러실까? 내가 아가씨 심기를 건드렸어요. 미안해요. 자, 자, 진정하시고, 일이나 잘해 주세요."

아마 내가 별에서 왔다지요

그 사람은 갑자기 상냥해지더니 나를 달래려고 했다. 그렇다고 진정하게 사과하는 것도 아니었고, 단지 자기 이미지를 관리하려는 것뿐이었다.

"아뇨, 그냥 돌아가 주세요. 꽤 유명하신 분 일 맡기가 너어무 부담스러워서요."

나의 단호한 태도에 그는 끝내 발길을 돌렸다. 문을 열고 나가는 순간까지도 아주 매너 있는 척 행동하면서 자기는 그런 사람이 아니라는 둥 헛소리를 해 댔다.

그가 돌아간 후에도 나는 그의 이름을 검색해 보지 않았다. 그런 이름을 검색하는 짧은 시간도 아까웠다. 어차피 내가 알아주지 않아도 '스스로 유명인'일 테니 말이다.

내가 만났던 고객 중엔 꽤 유명한 사람이 여럿 있었지만, 이 사람처럼 잘난 체하는 사람은 없었다. 내 기억에 그들은 항상 자신을 낮췄다. 늘 바르고 겸손했다. 어떤 이는 한눈에 알아볼 정도로 유명한 사람임에도 불구하고 자신의 정체를 끝까지 밝히지 않고 조용히 일만 맡기고 사라졌다.

내가 볼 때 지구에서 유명세는 그리 중요한 것 같지 않다. 그럼 중요한 건 무엇일까? 타인을 존중하고 배려하는 것, 바로 그것이 아닐까?✦

20
아름다운 그녀, 라라 씨

때로는 전혀 예상치 못한 사람에게서 인생의 가르침을 얻기도 한다. 나는 한 지구인에게서 그런 경험을 했다. 그 지구인이 어떤 사람이냐고 묻는다면 한 마디로 답할 것이다. '아름다운 사람'이라고.

심하게 추웠던 어느 겨울날, 한 여성이 사무실로 들어왔다. 몸집도 작고 눈은 반짝거리는 게, 보자마자 동화 속 요정이 연상됐다. 그런데, 요정의 눈가가 촉촉이 젖어 있었다. 게다가 몸을 와들와들 떨기까지 했다.

"어머, 떠는 것 봐. 많이 춥죠? 이리 앉아요."

나는 서둘러 요정을 소파에 앉혔다. 요정은 아무 말 없이 가만히 앉아 있었다. 나 또한 아무 말 않고 그녀가 말할 때까지 기다려 주었다.

5분쯤 지났을까? 요정이 나를 쳐다보며 입을 뗐다. 하지만 그때 '똑 똑똑' 노크 소리가 나더니 웬 남자가 사무실 문을 열고 들어왔다. 다른 고객이 방문한 것이었다. 순간 요정은 아무런 말 없이 밖으로 나갔다. 너무 황급히 나가서 미처 붙잡지도 못했다.

30분쯤 후, 남자 고객과의 상담을 마치고 배웅을 위해 사무실 문을 열 었는데, 세상에! 요정이 바로 문 앞에 서 있었다. 온 몸을 덜덜 떨면서 말이다. 나는 너무 놀라 재빨리 요정을 안으로 들였다.

"아니, 계속 여기 계셨던 거예요? 안에서 기다리셔도 되는데⋯⋯."

나는 따뜻한 레몬티를 건네고 요정의 얼었던 몸이 녹을 때까지 기다 렸다.

10분쯤 흐른 뒤, 드디어 요정의 입에서 떨리는 음성이 흘러나왔다.

"안녕⋯⋯하세요?"

나는 일부러 더 밝게 화답했다.

"어머! 요정이 말을 다 하네요?"

"네?"

"혹시 오늘 인간 세상에 처음 내려온 건가요?"

"그게 무슨⋯⋯?"

"외모가 인간계 쪽이 아니라 다른 계 같아서요. 혹시 요정계 쪽 아니 세요?"

"에이, 무슨요⋯⋯."

그녀는 말을 흐리며 수줍게 엷은 미소를 지었다.

"어쨌든, 요정께서 이 누추한 곳에 어인 일로 오셨는지 여쭤봐도 될까요?"

"저기…… 소개받고 왔어요. 아는 분이 여기 가 보라고 해서……."

요정은 자신 없는 말투에 말꼬리까지 흐렸다. 그리곤 눈망울에서 눈물을 또르르 흘렸다. 도대체 무슨 일이 있었던 걸까? 무슨 일로 왔든, 내가 잠시라도 웃게 해 주고 싶었다. 나는 옷소매로 눈물을 닦아내는 그녀에게 손수건을 내밀며 말했다.

"이거 진~짜 비싼 손수건이에요. 절대 드라이클리닝 하지 말고 빨랫비누로 막 빨아서 써야 해요. 오래 쓰고 나서는 우리 엄마처럼 걸레 만들어 써도 나 화 안 낼게요. 근데 제발 버리지만 말아 줘요. 알았죠?"

그녀가 씨익 웃었다.

"네, 감사합니다."

"어머, 울다 웃으면 안 되는데 어떡하죠?"

"죄송해요. 하시는 말씀이 너무 재밌어서……."

"괜찮아요. 저희 엄마도 저 때문에 자다가도 벌떡 일어나 웃다가 다시 주무실 때가 꽤 많거든요."

이번에는 그녀가 더 환하게 웃었다.

"이런! 웃을 때 특징이 있네요."

"네?"

"웃을 때 보조개가 들어가요. 그 보조개, 엄마가 물려줬나요? 아니면 아빠가?"

이런, 이런! 마지막 말은 하지 말았어야 했다.

"저기, 그게……. 제가 보육원에서 자랐거든요."

아마 내가 별에서 왔다지요

그 순간을 떠올리면 지금도 신기하다. 평소의 나였다면 놀란 토끼 눈을 하고 즉각 "네?"라고 했을 것이다. 내 입방정을 자책하면서 말이다. 하지만 그때의 나는 덤덤한 표정으로 천천히 고개를 끄덕였을 뿐이다. 지금 생각해도 어떻게 그럴 수 있었는지 모르겠다. 다행히 내가 놀라거나 안타까워하지도 않았던 것이 그녀를 한결 편하게 해 줬던 것 같다. 그녀는 차분하게 말을 이었다.

"제가 태어난 지 3개월 됐을 때 엄마가 저를 보육원에 맡기고 갔대요."

그녀와의 상담이 시작됐다. 어쩌면 정해진 운명이었을까? 그녀 앞에 놓인 세상은 결코 녹록하지 않았다. 엄마가 손을 놓아 버린 아이에게 세상은 수많은 가시로 찌르고 상처를 입혔다. 아픔이 올 때마다 '좋아지겠지. 나아지겠지.' 하며 이를 악물고 버텼으나, 그 상처가 열 번, 스무 번을 넘어가자 버티는 힘도 약해졌다.

그럴수록 성격도 소심해졌다. 늘 자신을 뒷전에 두고, 자주 기회를 포기해 버리기 일쑤였다. 아까 사무실에 한 남성이 들어왔을 때 밖으로 나가 오들오들 떨며 기다린 것도 그 때문이었다.

그녀가 날 찾아온 이유는 사기를 당했기 때문이다. 감당하기 힘든 사기였기에 그동안 억지로 버티던 의지마저 무너져 내렸다. 이어서 마음을 가득 채우는 절망. '아, 이것이 내 운명인가 보다. 아무리 잘살아 보려 해도 난 안되나 보다…….' 절망은 꼬리에 꼬리를 물었고, 그녀는 자신을 인생의 낙오자라 생각하게 되었다.

상담 내내 그녀의 눈은 계속 글썽거렸다. 한순간도 목소리가 떨리지 않은 적이 없었다. 울지 않고 덤덤하게 말하려 애쓰는 게 역력했다. 나는 웬만하면 말수를 줄이고 듣기만 했다.

한 시간 정도 대화 후, 그녀가 천천히 말했다.

"고맙습니다. 제 얘기 들어 주셔서."

그리곤 화장실에 다녀오겠다며 일어섰다. 그녀는 한참 후에 돌아왔는데 눈이 아주 빨개져 있었다. 엉엉 운 것이 분명했다.

그녀가 손에 있는 물기를 닦으려 휴지쪽으로 손을 뻗었다. 순간, 손수 건으로 동여맨 그녀의 손목이 내 눈에 들어왔다. 나는 보고 말았다. 미처 가려지지 못한 여러 개의 희미한 선들을…….

나는 심호흡을 한 뒤 결례를 무릅쓰고 물었다.

"손목의 그 상처는 어쩌다 생긴 건지 물어봐도 될까요?"

그녀는 재빨리 손수건을 잡아당기며 상처를 가렸다. 약간의 침묵 끝에, 그녀가 침을 한 번 삼키더니 혼잣말을 하듯 속삭였다.

"저기…… 철없을 때…… 너무 힘들어서…….."

순간 내 눈에서 눈물이 날 것만 같았다. 나는 재빨리 의자를 돌려 버렸다. 가슴이 너무나 아팠다. 지금도 어처구니없는 사기 사건에 휘말려 힘든 상황인데 저 여린 사람이 철없을 때는 더 힘들었다는 얘기 아닌가! 그녀 가 느끼는 외로움과 고통, 아픔이 가슴 깊이 느껴졌다. 나는 잠시 눈을 감고 생각해 보았다. 과연 이대로 녹취 의뢰만 받고 돌려보내는 게 맞는 걸까? 내가 뭐라도 해야 하지 않을까?

바로 그때 불현듯 생각 하나가 스쳐 지나갔다. 그리고 보니 그날 그 시 각 그녀와의 만남 자체가 기적이었다. 그녀를 만나기 정확히 17분 전으 로 돌아가 보도록 하자.

아마 내가 별에서 왔다지요

사무실을 막 나서려는데 전화벨이 울렸다. 왕복 세 시간 정도 걸리는 장소에서 회의가 잡혀 있었기에 일찍 사무실을 나가려던 참이었다. 전화를 받아 보니 그날 회의를 진행하는 부서의 팀장이었다. 그는 다른 업체가 우리 속기 사무소보다 시간당 5만 원을 싸게 해 주기로 했다며 무조건 5만 원을 낮추라고 요구했다.

다짜고짜 명령조로 말하는 게 마음에 들지 않아, 나는 정중히 거절했다. 그러자 그가 일방적으로 회의를 취소하며 전화를 끊어버리는 게 아닌가! 나는 불쾌하면서도 아쉬운 마음에 잠시 가만히 앉아만 있었다.

그로부터 정확히 17분 후, 그녀가 나타난 것이다. 노란색 티셔츠에 하얀색 점퍼를 입은 요정이 말이다. 만일 17분 전, 5만 원 할인에 적극 동참하여, "고객님, 무조건 5만 원 깎아 드리겠나이다. 흥흥. 명령만 하신다면 시간당 6만 원도 깎아드릴 수 있사요. 저는 지구에서 돈 박박 긁어모아야 하니 제발 취소만은 거둬 주세요."라고 말하며 출장길에 올랐다면 이 가련한 요정을 절대 만나지 못했을 것이다. 그러므로 그녀와 내가 만난 건 기적임에 틀림이 없었다.

그렇다면 이 기적적인 만남을 그냥 흘려보내야 할까? 무슨 소리! 결국 행복도 희망도 다 사람이 만드는 거 아닌가? 그러니 나를 만난 아주 잠깐이라도 그녀가 외롭고 고달픈 삶으로부터 탈출하게 해 주자. 단 몇십 분이라도 누구보다 완벽하고 행복한 시간을 보내도록 말이다.

나는 잇몸이 다 보일 정도로 환한 미소를 장착한 뒤 그녀를 향해 의자를 돌려 앉았다. 그녀의 볼에서는 여전히 눈물이 흘러내리고 있었다. 그런데 뭔가가 이상했다. 내가 그녀를 내려다보고 있는 것이 아닌가! 그녀가 앉아 있는 소파와 내가 앉은 책상 의자의 높이가 두 뼘 이상 차이가 났기 때문이다. 가당치 않은 일이었다.

나는 자리에서 일어나며 말했다.

"자, 그럼 녹취록은 며칠 뒤에 찾으러 오시면 되고요, 혹시 시간 되시면 저랑 좀 더 얘기하다 갈 수 있어요?"

"네, 그럼요."

나는 대답을 듣자마자 의자에 있던 방석을 소파 앞 바닥에 떨어뜨린 뒤 그 위에 주저앉았다. 이제는 내가 그녀를 올려다보게 되었다. 속기 사무소를 운영한 이래로 처음 해 본 행동이었다. 그녀가 눈을 동그랗게 뜨고 물었다.

"왜 바닥에 앉으세요?"

"갑자기 라라 씨를 올려다봐야 할 것 같아서요."

"왜요?"

"이제껏 요정 닮은 고객은 한 번도 영접한 적이 없거든요. 그래서 요정 같은 라라 씨는 존중받고 존경받아 마땅한 사람이라서 제가 밑에 앉아야 해요."

"그게 무슨 말이에요? 어서 올라와 앉으세요, 소장님."

그렇다. 그녀는 내게 그런 대접을 받고도 남을 사람이었다. 내가 지구에 와서 좋은 부모를 만나 호사를 누리고 있을 때 그녀는 홀로 고초를 겪었다. 그녀나 나나 생명을 받고 이 세상에 태어난 것은 똑같은데 한 사람은 부모의 보살핌과 사랑을 당연히 여기며 철없이 살아왔고, 또 한 사람은 정반대의 상황임에도 너무나 훌륭하게 성장했다. 어쩌면 그녀가

　　　　　　아마 내가 별에서 왔다지요

나보다 훨씬 대단한 사람인지도 모른다.

그녀가 불편해서 나는 다시 의자에 앉았다.

"라라 씨는 누구랑 같이 지내요?"

"저 혼자 살아요."

"자주 우는 편이에요?"

그녀는 부끄럽다는 듯 고개를 끄덕였다.

"거의 매일 울어요."

"어머, 참 기특한 눈물샘을 가졌네요. 제가 본 책이 있는데요, 눈물을 자주 흘리는 사람은 선천적으로 축복받은 사람이래요."

"정말요?"

"네, 본인 스스로 눈물을 흘려보내 치유하는 거라 하더라고요. 축복받은 몸을 가지고 태어나신 거 축하해요."

눈물과 치유의 연관성은 나 노신임만의 소중한 이론이다. 즉, 과학적으로는 아무 근거 없는 내 멋대로의 '믿거나 말거나' 해석이란 말이다.

"그런데 주의할 게 있어요. 울고 나서 속 시원하면 울어도 되는데 더 괴로워지면 오히려 독이 된대요. 그러니까 항상 주의해서 울도록 해 봐요. 알았죠?"

내 말을 듣고 그녀는 미소를 지었다. 나는 계속 말을 이었다.

"혹시라도 길 가다가 라라 씨 어머니를 만나면 큰절해야겠어요. 이렇게 예쁘고 훌륭한 딸을 세상에 태어나게 해 주셨다고요."

"아마 못 만나실 거예요. 한 번도 저를 찾아오지 않으셨거든요."

"세상에! 어머니 불쌍해서 어떡해요? 이런 엄청난 보물을 놓치고 찾지도 못하셨으니. 어머니가 겁나 손해 볼 행동을 하셨네요!"

"고맙습니다. 말씀만으로도 힘이 나요."

그녀가 수줍게 웃었다. 우리는 많은 대화를 주고받으며 이야기꽃을 피웠다. 어느 정도 시간이 지났을 때 그녀가 지갑을 꺼내며 물었다.

"저기, 수수료는 얼마인가요?"

"아 맞다! 라라 씨, 당첨 축하드려요!"

"네?"

"오늘 우리 사무실에 개업 이래 최초이자, 마지막으로 당첨 이벤트가 있는 날이거든요. 몰랐죠?"

라라 씨는 매우 놀란 표정으로 대답했다.

"네, 몰랐어요. 무슨……?"

"당첨 내용은…… 음, 뭐였더라? 잠깐만요. 여기 적혀 있네요."

나는 이면지 한 장을 집어 들고 적힌 내용을 읽는 척했다.

"오늘 하루에 한해서 노란색 티셔츠에 하얀색 점퍼를 입은 고객은 70% 할인을 받게 된다……. 이렇게 쓰여 있네요."

"네? 에이, 말도 안 돼요."

"진짜예요! 라라 씨는 30%만 내시면 돼요."

그녀가 이벤트 내용을 믿었을 리는 없다. 하지만 내가 재차 이야기하자 기쁘게 받아들였다.

"감사합니다. 정말 감사합니다."

그녀의 눈에는 다시 한번 눈물이 글썽거렸다.

조금 뒤, 배낭을 메고 갈 채비를 하던 라라 씨가 내게 할 말이 있는지 한참을 머뭇거리며 눈만 깜빡였다.

내가 밝은 목소리로 물었다.

"다른 거 뭐 도와줄 거 있어요?"

아마 내가 별에서 왔다지요

"소장님, 저기요……."

"네. 말씀하세요."

"제가 손수건에, 녹취료 할인까지 받아서 감사해서요. 혹시 저녁 식사 대접해도 될까요?"

그 말에 나는 화들짝 놀란 표정을 지으며 크게 외쳤다.

"어머! 깜빡했어요!"

"소장님, 왜요? 뭐 잘못됐나요?"

"그게 아니라, 당첨 이벤트에 상품권도 있었거든요."

"네에? 상품권요?"

"그 상품권 내용이 뭐냐 하면요, 제가 이벤트 당첨자한테 저녁 식사를 대접하는 거예요."

"에이, 무슨. 하하, 정말요?"

"네, 정말이에요! 저녁 식사는 라라 씨가 아니라 제가 대접해야 해요. 내가 깜빡할 뻔했는데 일깨워 줘서 고마워요. 혹시 싫으세요?"

"싫긴요? 너어어어무 좋죠! 제가 대접하려고 했는데."

그녀가 활짝 웃으며 큰 소리로 대답했다. 목소리까지 높이니 정말 행복해 보였다. 조금 전까지의 우울함은 전혀 보이지 않았다.

레스토랑에서 메뉴판만 멀뚱멀뚱 쳐다보고 있는 그녀에게 내가 목소리를 깔고 마치 셰프처럼 말했다.

"제가 오늘 추천해 드릴 특별 메뉴는 입에서 사르르 녹는 안심 스테이크와 크림 스파게티, 그리고 치킨 샐러드입니다."

"호흥흥. 네, 그걸로 먹을게요."

"와인도 한 병 딸까요?"

"아니요, 괜찮아요. 비쌀 텐데……."

"저 레드 와인 좋아하거든요. 스테이크에 와인을 곁들이면 기가 막히게 맛있을 거예요. 우리 같이 먹어요."

"네, 좋아요!"

말끔하게 차려입은 여성이 중앙에 놓인 피아노 앞에 앉았다. 곧이어 시작된 클래식 연주곡이 레스토랑의 고급스러운 실내 장식을 더욱 돋보이게 했다. 감미로운 선율이 흐르는 가운데 우리가 주문했던 음식과 풍미 좋은 와인이 차례로 테이블에 올려졌다.

그 광경을 바라보던 그녀가 말했다.

"여기 너무 고급스러워요."

"그죠? 여기 제가 좋아하는 남자 생기면 와 볼 데이트 장소로 찜해 놓은 곳이거든요."

"정말요? 소장님 인기 많을 것 같은데……."

"라라 씨는 어때요? 인기 많죠?"

"저는 친구 별로 없어요. 사람 사귀는 거 잘 못해요. 그래서 더 많이 외로움을 타는 것 같아요."

"라라 씨, 내 비밀 하나 알려 줄까요? 사실 말이에요, 저 혼자 노는 거 좋아해요."

"네에? 전혀 아닌 거 같아요. 이렇게 말씀을 잘하시는데?"

"오죽했으면 중학교 때부터 친구가 없어서 도시락통 들고 수위 아저씨한테 가서 '아저씨 저랑 같이 밥 먹으면 안 돼요?'라고 했겠냐고요. 수위 아저씨가 저처럼 불쌍한 아이는 처음 본다고, 언제든 와서 도시락 까먹으라고 하셨어요."

아마 내가 별에서 왔다지요

물론 거짓말이었다.

"전혀 안 그렇게 보이세요."

"그래서 저는 주로 혼자 하는 걸 많이 하는 편이에요. 책도 읽고, 기록도 하고, 명상도 하고…… 그래도 늘 바빠요."

"그중에 가장 좋아하시는 건 뭐예요?"

"내 인생에 일어난 기적을 수집하고 기록하는 거요."

"기적…… 이요?"

라라 씨 얼굴에서 웃음이 사라졌다. 기적이라는 말에 위축된 것 같았다. 이어서 자신 없는 목소리로 물었다.

"소장님은 기적이 자주 일어나나 봐요?"

"그건 생각하기 나름이죠. 제 생각엔, 음…… 매일매일이 기적 같아요."

"어떻게 그럴 수가 있죠?"

"예를 들면 이런 거죠. 어젯밤에 잤는데 오늘 아침이 온 것도 기적이고, 내 사무실이 늘 그 자리에 존재하는 것도 기적이고, 두 발로 지하철을 타는 것도 기적이고, 사무실 가는 길에 햇살이 따사롭게 비춰주는 것도 기적이고, 또…… 오늘 이렇게 라라 씨가 당첨돼서 저녁 식사를 함께하게 된 것도 기적이겠죠?"

마지막 말에서 그녀는 다시 미소를 지었다.

"고맙습니다. 소장님은 정말 좋으신 분 같아요. 재미도 있으시고……."

"호호, 재미있다는 말 종종 들어요."

나는 일부러 더 밝게 웃으면서 대답했다.

"라라 씨는 살면서 뭘 가장 해 보고 싶어요?"

내가 대화의 주제를 바꾸며 물었다. 그녀가 몇 초간 생각하더니 대답했다.

"부모님을 만나 보고 싶어요. 단 한 번만이라도요. 어떤 분들인지, 어떻게 생기셨는지, 저는 누구를 닮은 건지 정말 궁금해요. 얼굴을 보지 못한다면 목소리라도 들어보고 싶어요. 엄마 목소리 되게 많이 듣고 싶어요. 궁금해요. 아빠 목소리도……."

"아……."

순간 머릿속이 멍해졌다. 수십 년이 넘도록 단 한 번도 생각해 보지 못한 일이었다. 부모님의 목소리를 듣는다는 것, 나는 항상 당연하다고만 생각했다. 퇴근한 내게 두 분이 이런저런 이야기를 하면 그 잠깐을 듣는 걸 귀찮아했고, 뭐라도 물어보면 답을 안 하거나 대충 얼버무려 버렸다. 나는 미처 몰랐던 것이다. 그 목소리를 듣는다는 건 엄청난 축복임을, 그것이 누군가에게는 사무치도록 그리운 일임을. 언젠간 나도 라라 씨의 입장이 될 것이다. 엄마, 아빠의 목소리를 듣는 건 영원하지 않을 테니까.

"그리고요,"

그녀가 말을 이었다.

"제가 떡볶이를 잘 만들거든요. 만약 저에게 친언니나 친오빠, 친동생이 있다면 떡볶이를 만들어 주고 싶어요."

갑자기 나의 언니와 동생이 생각났다. 그들이 얼마나 소중한 존재인지도 새삼 깨달았다.

"그리고 제가 편지 쓰는 걸 되게 좋아하는데요, 할아버지, 할머니가 계시면 '할아버지!', '할머니!' 하고 부르면서 애교도 부리고 싶고, 사랑한다고 손 편지도 써 드리고 싶어요."

가족 이야기를 하는 라라 씨의 얼굴엔 미소가 떠나지 않았다. 얼마나 그리운 사람들이었을까? 저 생각을 얼마나 많이 했을까? 아마도 수십 아니 수백 번은 꿈속에서 불러 보고, 부르면서 목 놓아 울기도 했으리라.

하지만 지금 그녀는 울지 않는다. 오히려 행복해한다. 가족을 생각한다는 건 이런 거구나!

 문득 궁금해졌다. 만일 라라 씨가 가족이란 존재가 그녀의 생각과 달리 꼭 그리 좋지만은 않다는 걸 안다면 어떻게 될까? 내 고객들은 대부분 법적 소송을 하려고 찾아오는 사람들인데, 부모와 자식 간의 재산 싸움이 이유일 때가 아주 많다. 형제자매들도 우애 좋게 살아가기는커녕 돈 때문에 서로 할퀴고 물고 뜯는 경우가 다반사다. 심지어 존속폭행, 존속살인까지 일어난다. 라라 씨가 그 얘기를 듣는다면 가족 없이 사는 게 그리 나쁘지만은 않다고 생각하지 않을까?
 나는 잠시 고민했다. 차라리 가족이 없는 게 낫다고 생각하게 하는 것과 지금처럼 가족의 아름다운 모습을 가슴에 그리며 사는 것. 둘 중 어떤 게 그녀를 행복하게 해 주는 길일까? 나는 후자를 택했다. 하여 내가 업무적으로 가끔 접하는 잔혹 동화 같은 현실을 말해 주지 않았다.

 식사를 마친 후, 화이트 와인 한 병을 그녀에게 선물했다.
 "이거 스파클링 와인인데 되게 달콤해요. 오늘 집에 가서 한 병 다 까면 안 되는 거 알죠? 매일 반주로 한잔씩만 해요, 알았죠?"
 "네, 소장님."
 "라라 씨, 그거 알아요? 오늘 라라 씨 만나고 엄청난 사실을 알게 된 거?"
 "뭐인지 여쭤봐도 될까요?"
 "지구에 살고 있는 요정도 나처럼 가끔 외롭다고 생각하는구나. 그러니 나만 외롭다고 생각할 필요 없겠구나. 그 말은 라라 씨도 친구가 없어 외롭다고 생각할 필요 없다는 말이에요. 저처럼 혼자서도 잘 노는 지구인을 가끔 떠올리면서 행복하게 지구에서의 삶을 누리세요. 알았죠?"

"네, 그럴게요. 고맙습니다."

그 아름다운 지구인은 지금 어디서 무엇을 할까? 이제 더 이상 외로움을 느끼지 않으면 좋으련만. 아마도 분명 어느 하늘 아래서 힘차게 살아가고 있을 것이다. 나는 오늘도, 내일도, 앞으로도 영원히 그녀를 응원할 것이다. ⭐

21
신의 한 수

까만 눈동자가 유난히 커 보이는 앳된 아가씨가 사무실로 들어왔다. 그녀는 말을 하려다 멈칫하고 한참을 머뭇거렸다. 그 표정에 알 수 없는 어둠이 짙게 깔려 있었다. 그때 프린터가 갑자기 '윙' 하며 소리를 냈고, 그녀가 화들짝 놀랐다. 나는 미소를 머금고 고개를 갸웃거리며 말했다.

"우리 프린터가 평소에는 얌전한 아이인데, 오늘따라 이상하네요. 아, 알았다! 눈이 선한 왕눈이 손님이 와서 그런가 보다. 프린터 대신해서 인사할게요. 만나서 반가워요."

그녀가 한 손으로 입을 가리며 키득거렸다.

"어떤 일로 왔어요, 어린 아가씨가?"

"저기……."

그녀는 외투 주머니에 손을 넣고 잠시 망설이더니 핸드폰을 꺼내 들

신의 한 수

었다. 하지만 이내 다시 집어넣고는 서둘러 말했다.

"그냥 신분증 복사 좀 하려고요."

며칠 뒤 그녀가 다시 왔다. 이번에는 사복이 아닌 햄버거 프랜차이즈 점의 유니폼을 입고 있었다. 며칠 전보다 안색이 더 안 좋았다. 얼굴은 수심이 가득했고 입가 한쪽이 부르터 있는 것이 무척 피곤해 보였다. 그녀는 내게 쇼핑백을 건네며 말했다.

"이거 드시라고 가져왔어요. 아이스크림은 녹으니까 먼저 드셔야 할 것 같은데……."

쇼핑백 안에는 햄버거, 감자튀김, 콜라, 아이스크림이 들어 있었다.

"어머! 이거 저 주는 거예요?"

"네에. 지난번에 너무 친절하게 대해 주셔서 감사해서요."

"세상에! 그 누가 안 친절하겠어요? 왕눈이 소녀한테."

그녀의 이름과 나이를 물었다. 김샛별, 스물한 살이었다.

"잘 먹을게요. 근데 그 어린 나이에 햄버거 가게를 운영 중인 거예요?"

"흐흐흐. 아니에요. 아르바이트예요."

"어머나, 그곳 핵심 관계자가 이곳까지 오셨군요. 어쩌면 그렇게 햄버거가 맛있을 수 있죠? 비법이 뭔가요?"

"흐흐흐."

우리는 소파에 앉아 이런저런 얘기를 나누었다. 샛별이는 내가 재밌다며 연신 해맑게 웃었다. 그러다 순간 웃음을 거두고 뭔가를 생각하는 듯하더니 조심스럽게 입을 뗐다.

"저기 근데…… 혹시 여기 보험사기 건으로도 녹취가 들어오나요?"

"그렇죠. 보험사에서 맡기기도 하고 개인이 맡기기도 하죠. 그건 왜요?"

샛별이는 입을 꽉 다문 채 고개만 몇 번 끄덕일 뿐 아무 대답도 하지 않았다.

우리의 만남은 그 후로도 계속됐다. 샛별이는 가끔 내 사무실에 놀러 왔고 나와 대화하는 걸 좋아했다. 하지만 때때로 근심 가득한 표정을 지었는데 마치 뭔가에 쫓기듯 불안해 보였다.

그렇게 3개월쯤 지났을 때, 샛별이가 내게 녹음 파일 하나를 건넸다. 파일에는 너무도 충격적인 대화가 담겨 있었다. 그걸 다 들으니 내 온몸에 소름이 돋았다. 도저히 믿어지지 않았다.

"이거 진짜예요?"

샛별이가 시선을 떨구며 힘없이 대답했다.

"네."

"이 사람들은 누군데요?"

"그게……."

차마 예쁜 샛별이의 입으로 그 쓰레기들을 소개하게 하고 싶지 않다. 그냥 내가 하겠다. 첫 번째 쓰레기는 샛별이의 새아빠이고, 두 번째 쓰레기는…… 도무지 믿기지 않겠지만 샛별이의 친엄마다.

"이거 어떻게 녹음된 거예요?"

"제가 엄마랑 통화하고 전화를 끊은 줄 알았는데, 안 끊어졌더라고요. 제 핸드폰에 자동 녹음 기능이 있거든요. 그래서 엄마랑 새아빠가 대화하는 게 녹음됐어요."

"세상에! 정말 신이 도우셨네요. 이런 게 녹음되다니!"

지금부터 두 인간 말종의 대화를 공개하겠다. 계부(새아빠)의 비열한 목소리로 시작된다.

계부 : "네 딸 복어 먹었대냐?"

엄마 : "그랬대나봐."

계부 : "근데 아무렇지도 않대?"

엄마 : "응. 3일이 지났는데도 괜찮은가 봐. 목소리도 쌩쌩해 보여. 어떡하지?"

계부 : "아우씨! 그러니까 치사량을 알맞게 측정해서 딱딱 맞게 넣었어야지. 복어 내장이 가장 중요하다고 내가 질리도록 얘기했잖아!"

엄마 : "그렇게 해서 보냈는데, 이상하네. 다른 복어에 있는 내장도 더 넣어서 보내 줬단 말이야."

계부 : "근데 왜 아직도 멀쩡해? 지금쯤 반응이 왔어야 할 거 아니야?"

엄마 : "그걸 내가 어떻게 알아?"

계부 : "야! 그러니까 내 말대로 했어야지! 그래야 단번에 보낼 수 있다고 누누이 얘기했잖아! 이게 뭐냐? 간단히 해결할 수 있는 일을!"

엄마 : "나도 한다고 했는데, 이렇게 된 거잖아!"

계부 : "복어 또 언제 먹일 거야?"

엄마 : "당분간 못 먹이지. 샛별이가 복어 좋아하는 것도 아니고, 눈치 챌 수도 있잖아."

계부 : "야, 이 맹추야! 보양식이라고 하면서 먹이면 되지. 쓴 한약도 먹는데, 복어를 왜 못 먹여?"

엄마 : "그건 그러네."

계부 : "최대한 날을 빨리 잡으라고! 이런 일은 속전속결로 해야 돼. 알겠어?"

엄마 : "알았어. 빠른 날로 잡아 볼게."

아마 내가 별에서 왔다지요

나는 이 자들의 목적이 짐작 갔지만 확인 차원에서 물었다.

"엄마하고 새아빠가 샛별 씨에게 왜 이렇게 하는 거죠?"

샛별이의 목소리가 가늘게 떨렸다.

"그게…… 보험금 때문에 그런 거 같아요. 제 앞으로 보험이 여러 개 들어져 있거든요."

"이거 언제 녹음된 거예요?"

"한 3개월 전에요."

"뭐라고요! 근데 여태껏 가만히 있었어요?"

샛별이가 한참을 머뭇거리더니 대답했다.

"그게…… 너무 갑작스럽게 벌어진 일이라 저도 어떻게 해야 할지 모르겠어서……."

"그럼 여기 처음 왔던 날, 이 녹취 맡기러 온 거였군요?"

"네."

"근데 복사만 하고 간 거고요?"

샛별이가 내 눈치를 보며 고개를 끄덕였다.

"저희 엄마 일이라서 믿을 만한 사람한테 맡기고 싶었거든요."

"그래도 그렇지, 그날 나한테 얘기했어야죠. 얼른 녹취록 작성해 줄 테니까 신고부터 하세요. 근데, 녹음 당사자인 샛별 씨 목소리가 들어간 게 아니라서 조심스럽긴 하지만…… 일단 경찰서에 가 보세요."

"저기…… 그냥 녹취록까지만 만들어 주세요. 경찰서는 안 갈래요."

"무슨 말이에요? 당장 가야죠. 저 두 사람이 또 어떤 짓을 꾸밀지 모르잖아요."

"그래도 엄마라서 그렇게까지는 하고 싶지 않아요."

샛별이가 고개를 푹 숙였다.

"이게 다 사실이라면 세상에서 제일 못 된 엄마인데 이 와중에도 보호해 주고 싶어요?"

"네. 오래전에 아빠 돌아가시고 제가 의지할 사람은 엄마밖에 없거든요. 근데…… 사실 저도 어떻게 해야 할지 모르겠어요. 며칠 전에 또 다른 일이 있었거든요."

"뭔데요? 또 무슨 일이 있었던 거예요?"

샛별이가 침울한 얼굴로 이야기를 시작했다.

"지난 주말이 제 생일이어서 오랜만에 엄마 집에 갔었어요. 간 김에 거기서 잤죠. 새벽에 화장실에 가려고 깼는데 집안에서 이상한 냄새가 나는 거예요."

"무슨 냄새요?"

"가스 냄새였어요. 보일러가 있는 뒤 베란다에 가 봤더니 가스 연통이 빠져 있더라고요. 제가 자던 방이 바로 뒤 베란다 옆방이었거든요. 보니까 뒤 베란다하고 통하는 방 창문도 열려있었고, 거길 통해 가스가……."

나는 기겁을 했다.

"샛별 씨가 창문을 열어 놓고 잔 거예요?"

"아니요. 추우니까 닫고 잤죠."

"그럼 누가 일부러 열어 놓은 거네요?"

"그런 것 같아요."

"그럼 엄마는 어디 있었어요?"

"제가 너무 놀라서 안방에 가 봤는데 엄마랑 새아빠는 없었어요."

"없다뇨? 그 새벽에 어딜 갔는데요?"

"전화해 봤더니 수산 시장에 갔더라고요."

"둘이 평소에 새벽 시장에 자주 가나요?"

"아니요. 두 분은 생선도 싫어하세요. 고기를 주로 드시는데 그날따라 거기 간 거였어요."

"뭔가 아주 불길하고 살벌하네요. 그래서 엄마한테 연통이 왜 빠진 건지 물어봤어요?"

"네. 며칠 전에 보일러 수리 맡겼었는데 아무래도 보일러 기사가 연통을 잘못 만진 것 같다고 하더라고요."

"그럼 그 보일러 기사랑 통화는 해봤어요?"

"아니요. 그 생각까진 못했어요."

"기사에게 확인했어야죠. 하아…… 솔직히 말해 줄래요? 혹시 또 다른 일도 있었나요?"

샛별이가 내 눈치를 살폈다.

"있긴 있었는데…… 소장님 경찰에 얘기 안 하실 거죠? 경찰에 절대 얘기하시면 안 돼요."

"그래요. 안 알릴게요. 얘기해 봐요."

샛별이는 자신의 생명이 위기에 처했던 여러 순간들을 모두 전해 준 뒤, 침통한 표정으로 말했다.

"엄마가 점점 무서워져요."

정말이지 뼈에 사무치게 아픈 말이었다. 엄마가 무섭다니! 이 세상에서 가장 강한 보호자여야 할 엄마가 무서운 존재라니!

"샛별 씨, 그 정도까지 갔다면 목숨이 상당히 위험한 상황 같은데 엄마랑 새아빠 고발해서 처벌받게 해야 하지 않을까요?"

샛별이가 잠시 주저하더니 힘없이 대답했다.

"그런데요, 저도 엄마한테 잘못한 게 많아서요."

"무슨 잘못이요?"

"예전에 아빠가 돌아가신 게 엄마 때문인 것 같아서 엄마한테 되게 못되게 굴었거든요. 학교도 빠지고 방황하면서 엄마 속 많이 썩였어요. 그때 엄마가 저 때문에 자살 시도를 몇 번 했었어요. 근데 제가 엄마를 경찰에 신고하면 엄마가 감옥에 가게 될 거고, 감옥에서 자살할 것 같아서 무서워요. 그냥 지금처럼 저는 저대로 돈 열심히 벌어서 살고, 엄마랑 새아빠는 가급적 안 보고 살면 돼요."

내 가슴 한쪽이 무겁고 답답했다. 이런 엄마를 보호하는 게 과연 효심인 걸까? 나는 상담을 마치고 사무실 밖으로 나가는 샛별이의 뒷모습에서 시선을 뗄 수가 없었다. 제발 저 모습이 내가 보는 마지막이 아니기를 간절히 바랐다.

살다 보면 매우 중요한 선택을 해야 할 때가 온다. 샛별이가 그런 상황에 놓였다. 샛별이는 친엄마와 새아빠를 경찰에 신고하지 않기로 했다. 엄마가 잘못될까 봐 걱정이 돼서다. 대신 그들을 가급적 안 보고 살기로 했다. 아마 궁리 끝에 그게 최선의 방법이라 생각한 것 같다.

과연 그럴까? 내가 아는 형사에게 들었는데, 보험금을 노려 누군가를 죽일 음모를 꾸미는 자들은 돈에 미친 상태라 어떻게든 목표 대상을 죽이고야 만다고 한다. 결국, 샛별이가 아무리 피해 다녀도 엄마는 사악한 계획이 완수될 때까지 결코 포기하지 않을 것이다. 아무리 봐도 샛별이는 바람직하지 않은 선택을 한 것 같다.

자, 이제 나의 선택 얘기를 해보자. 샛별이가 언제 죽임을 당할지도 모르는데 이대로 안타까워하고만 있는 게 최선인 걸까? 물론 내가 이 일에

개입함으로써 나에게 어떤 불편함이나 문제가 생길지도 모른다. 하지만 샛별이의 삶이 지금보다 나아질 가능성이 단 1%라도 있다면, 그 일은 해야 옳다.

어둠 속 미로에 갇혀 두려움에 떨 뿐, 어떻게 탈출해야 하는지조차 모르고 있는 샛별이에게 희망의 출구를 찾아주는 게 내가 할 일이다. 그렇기에 나는 그 일을 해야만 했다. 그것이 내가 할 수 있는 최고의 선택이었다.

사흘 후, 녹취록을 찾으러 온 샛별이에게 물었다.

"이 문제를 다른 누구와 상의해 본 적 있어요?"

"친한 친구한테만 얘기했어요."

"친구는 뭐래요?"

"얼른 경찰서에 신고 안 하고 뭐 하냐고 그러더라고요."

"샛별 씨는 신고할 생각이 없으니 그 뒤로는 친구한테 얘기 안 했을 테고, 결국 혼자만 알고 있는 것과 같네요? 그러다 이번에 나한테 털어 놓은 거고요."

"네."

"그럼 경찰서에 제출하지도 않을 거면서 녹취록을 작성하는 이유는 뭐예요?"

"엄마가 한 번 더 그러면 그 서류 보여 주면서 경찰에 신고하겠다고 하려고요. 일종의 경고죠."

"경찰에 신고하기 전에 두 사람이 증거 없애려고 샛별 씨한테 뭔 일을 저지르면 어쩌려고요?"

"아…… 그 생각까진 못했어요."

"그럼 내가 제안 하나 할게요. 들어볼래요?"

"네."

"엄마와 새아빠에게 먼저 통보하는 거예요."

"뭘요?"

"두 사람이 샛별 씨를 해치려고 여러 번 시도했다는 사실을 이미 많은 사람이 알고 있다고요. 그 첫 번째로 알고 있는 사람이 바로 저고요."

샛별이가 이해하기 어렵다는 표정을 지었다. 나는 말을 이었다.

"저는 속기 사무소 대표가 아니라 샛별 씨 친구 역할을 할게요. 요점은 이거예요. '엄마의 사악한 계획을 샛별이의 가장 친한 친구가 아는데, 그 친구가 보통내기가 아니다. 그래서 그 친구 때문에 곧 많은 사람이 알게 될 거다.'라는 걸 경고 차원에서 알려주자는 거죠."

"어떻게요?"

"샛별 씨만 괜찮다면 제가 두 사람 대화하는데 자연스럽게 끼어들어서 알려볼게요."

"저희 엄마랑 셋이 만나자고요?"

"아니요. 저랑 샛별 씨랑 엄마랑 3자 통화를 하는 거예요."

"그런 것도 있어요?"

"네. 여러 명이 동시에 통화 가능한 기능이 있어요."

"근데 소장님이 저 때문에 위험해지면 어떡해요? 우리 새아빠 아주 무서운 사람이거든요."

내 걱정을 먼저 하다니! 역시 착한 샛별이다. 나는 확신에 찬 태도로 안심시켜 주었다.

"걱정하지 말아요. 내 인생에서 무섭다고 멈춘 적 없어요. 내가 하다 안 되면 정의감 불타오르는 제 친구가 도와줄 거예요. 그 친구도 안 되면 나랑 친한 강력계 형사가 나서 줄 거예요. 그게 안 되면 될 때까지 할 거예요. 100번 하다 안 돼도 101번째 성공할 수도 있잖아요. 설사 천 번이 넘어가는 한이 있더라도 당연히 해야죠. 샛별 씨 생명이 달린 문제인데요."

샛별이가 심각한 표정으로 말했다.

"걱정되는 게 또 하나 있는데 셋이 통화하다가 저희 엄마랑 싸움이라도 나면 어떡하죠?"

"차라리 그게 나아요. 엄마 스스로 못된 짓을 멈추지 못하니 그렇게 피 터지게 싸워서라도 엄마 마음에 부담을 주어야 해요. 멈추게 할 수만 있다면 뭘 못하겠어요?"

"그래도 엄마가 안 멈추면 어쩌죠?"

"그럴 땐 엄마의 약점을 찾아서 강제로 멈추게 해야죠."

"약점이요?"

"제 생각에 약점이야 엄청 많겠지만, 그중 하나를 예를 들어 보자면 복어 독 먹이는 걸로 대화 나눈 이 녹취서 있잖아요. 이걸 샛별 씨 친척들한테 뿌리는 거예요. 주소 모르면 수소문해서 이메일 주소나 팩스 등을 전부 알아내서 다 뿌려 놓는 거죠. 그렇게 모두에게 엄마의 치부를 알리고 나면 엄마는 창피하고 부끄러워서라도 더 이상 무슨 짓 못 할 거 아니겠어요? 또 딸이 녹취서를 여기저기 뿌렸다고 해서 명예 훼손으로 걸지도 않을 테고요. 그럼에도 만일 그 짓을 또 시도한다면 그 수많은 사람이 녹취록을 이미 봐 버렸으니, 범인은 엄마와 새아빠라는 걸 단번에 알아채겠죠. 제가 볼 땐 방금 말한 이 방법이 지금 상태에선 최상의 작전 같아요."

"그러다 만약 엄마가 자살하면 어쩌죠?"

"아, 그게 걱정되는군요. 꼭 그렇게 하자는 건 아니고 그 방법도 있다는 거예요."

"글쎄요. 그건 좀……."

샛별이는 엄마를 영영 잃을까 봐 그 방법은 끝내 거부했다. 이렇게까지 엄마를 생각하는 딸이 있다니! 정말이지 운이 좋아도 너무 좋은 엄마임이 틀림없었다.

나는 샛별이와 며칠간 철저한 계획을 짰다. 해야 할 말들을 꼼꼼히 기록하고 실전 같은 연습도 했다. 특히, 나는 스물한 살 샛별이의 친구 역할을 해야 하니 그에 맞는 말투와 목소리에 공을 들였다. 언젠가 성우가 직업이었던 여성 고객을 만났었는데, 그녀가 말하길 여자 성우는 5세에서 80세까지 폭넓은 연령의 목소리를 표현할 수 있다고 했다. 나는 그 얘기를 듣고 아주 잠깐 성우가 되려는 꿈을 키웠었고, 가끔 애니메이션이나 영화를 볼 때마다 각 캐릭터에 따라 발성 연습을 하곤 했었다. 그걸 이렇게 써먹게 될 줄은 몰랐다.

드디어 D-Day. 저녁 8시 30분경, 작전대로 샛별이는 본인 집에서 엄마에게 전화를 했고 나는 나의 집에서 대기했다.

'따르르릉'

"엄마, 나야."

"응. 왜?"

아마 내가 별에서 왔다지요

"물어볼 게 있어서."

"뭐?"

"내가 며칠 전에 내 이름으로 가입된 보험이 사기인지 아닌지 조사해 달라고 보험회사에 접수할 거라고 했더니 엄마가 절대로 하지 말라고 했잖아."

"너 아직도 그 얘기야? 그만 좀 해! 그딴 걸 왜 해? 집안 망하게 할 일 있니?"

"내가 그것 때문에 속상해하니까 친구가 엄마랑 통화 좀 하고 싶다는데 괜찮아?"

"그런 일을 뭐 하러 친구한테 알리고 또 통화까지 해?"

"그럼 할 수 없지. 내 친구랑 통화 안 할 거면 지금 당장 보험회사에 전화해서 보험사기 접수할 거야."

"뭐라고? 아휴! 알았어. 친구 누군데?"

"내 친구 막별이라고 있어. 그럼 3자 통화 시작한다."

"3자 통화, 그게 뭐야?"

"세 명이 통화하는 거야. 지금 막별이를 이 통화에 초대할게."

"아무튼, 그래 해 봐."

"아줌마 안녕하세요. 샛별이 친구 이막별이에요."

그렇게 내가 등장했다. 스물한 살 해맑은 아가씨의 말투를 나름대로 완벽하게 표현해 내는 막별이가 되어.

"어, 그래. 근데 너 이름이 진짜 막별이니?"

"네. 저희 집이 막자 돌림이라서요."

"그렇구나. 반갑다. 우리 샛별이 친구면 다 내 딸이지 뭐."

나는 일부러 나지막이 중얼거렸다.

"그럼 전 이미 죽었게요?"

"뭐?"

"아, 못 들으셨으면 됐고요."

"그래, 막별아. 하고 싶은 얘기가 뭐니?"

"샛별이가 아줌마에 대해 말해 준, 아주 끔찍한 오해인지 사실인지 알 수 없지만 여하튼, 그 내용은 아시죠?"

"내가 지를 죽이고 보험금 타려고 한다는 거?"

"네. 저 그 얘기 듣고 진짜 깜짝 놀랐거든요."

"너도 그러니? 나도 그 말 듣고 정말 어이없었잖니. 그게 말이 되니?"

나는 더욱 발랄한 목소리로 말했다.

"그래서 그 부분에 대해서 셋이 솔직하게 얘기 나눠 보는 게 어때요?"

"그래, 그러자. 너 참 착한 친구로구나."

"참! 샛별이 말로는 아줌마가 누구와 얘기하든 다 녹음하신다고 하던데요. 그럼, 이 통화도 녹음하시나요?"

"당연히 해야지."

"근데 녹음은 왜 하는 건데요?"

"세상이 워낙 뒤숭숭해서 모든 대화는 녹음해 놔야 돼."

"아 그럼 저도 녹음할게요."

"그래, 너도 하렴."

"아줌마, 샛별이가 오해를 깊이 하는 것 같아서 모든 오해를 풀려면 아주 솔직히, 허심탄회하게 대화해야 할 것 같은데 괜찮죠?"

"그래. 제발 그렇게 하자꾸나. 나도 원하는 바야. 세상에 어떤 엄마가 자기 딸을 죽이려고 하겠어, 안 그러니?"

"그렇죠. 아줌마, 지금부터 제가 물어보는 것들은 샛별이가 궁금해하

아마 내가 별에서 왔다지요

는 게 전적으로 반영된 거라고 보시면 되겠어요. 앞으로 나올 즉흥적인 질문들에 너무 기분 나빠하시면 안 돼요. 샛별이가 만일 오늘 통화로 오해가 풀리면 아줌마가 샛별이 이름으로 들어 놓은 여러 보험들을 전부 보험사기로 접수 안 하고 유지시킨다고 했거든요."

"그래. 서로 오해가 있으면 풀면 되지. 아깝게 보험 해지를 왜 해. 거기에 얼마나 많은 돈을 부었는데."

"근데 만약에요. 아줌마가 통화하다가 저나 샛별이한테 화를 내시거나 중간에 전화를 확 끊어 버리시면 샛별이랑 저는 보험회사에 당장 전화해서 모든 조치를 취하기로 했어요."

"에이, 말도 안 돼. 우리 샛별이 그럴 성격도 못 돼. 얼마나 착한 앤데."

그 말에 나는 상냥함은 티끌만큼도 없는 단호한 목소리로 말했다.

"아줌마! 저는 샛별이랑 달라요. 성격이 칼 같아요."

"그게 무슨 말이니?"

"제 말은 샛별이가 보험사기 접수 안 해도 제가 목숨 걸고 접수할 거라고요. 오늘 통화로 오해가 풀리면 좋겠지만 서로 안 좋게 전화를 끊으면 샛별이의 오해가 다 사실이란 뜻이잖아요. 그럼 곧 샛별이가 죽임을 당할 텐데, 그런 죽음을 부르는 보험은 바로 해지해야죠."

"어머, 애 말하는 것 좀 봐. 샛별아, 네 친구 좀 이상한 것 같아. 그냥 엄마 전화 끊을래."

샛별이가 즉시 나섰다.

"그래, 끊어. 그럼 나 보험사기로 의심된다고 바로 보험회사에 연락할 테니까."

"뭐라고? 철딱서니 없는 가시나 같으니라고. 알았어. 둘이 나한테 할 말 있으면 얼른 해 봐!"

"아줌마, 그럼 먼저 단도직입적으로 물을게요."

"그래."

"애초에 샛별이를 출산하신 이유가 보험금을 타 먹기 위해서였나요?"

"뭐?"

"아, 질문이 어렵나요? 보험금을 수령할 목적으로 샛별이를 키우신 거냐고요?"

"무슨 질문이 그러니?"

"아닌가요?"

"당연히 아니지!"

"알겠어요. 그럼 샛별이가 불안하다니까 이참에 보험 든 거 다 해지하는 건 어때요?"

"무슨 말도 안 되는 소리를 또 해!"

"딸이 괴롭다는데 왜 해지를 안 하죠? 둘 사이 불신의 싹은 잘라버리는 게 좋지 않겠어요?"

"불신은 무슨…… 지가 엄마를 믿으면 되지, 무슨 보험을 해지까지 해?"

"글쎄요. 아줌마가 믿으란다고 믿어지려나요?"

"뭐라고?"

"아니 그렇잖아요. 엄마를 믿으라면서 왜 보험을 그렇게 많이 들어 놓은 거예요? 그것도 아줌마도 아저씨도 아닌 샛별이 것만?"

"이 쪼그만 게 말하는 거 봐?"

"제 말 맞잖아요. 이변이 없는 한 세 사람 중에서 가장 오래 살 사람은 샛별이일 텐데 왜 두 분 거는 하나도 안 들고 샛별이 보험만 잔뜩 들었냐고요?"

여자가 버럭 소리를 질렀다.

아마 내가 별에서 왔다지요

"얘! 니가 무슨 상관이야? 우리 집안일이야. 신경 꺼. 어린 게 건방지게!"

"아무리 아줌마네 집안일이라도 완전 이상하잖아요."

"뭐가 이상해?"

"두 분 다 벌이는 시원치 않으면서 샛별이 보험료로 매달 백만 원 넘게 꼬박꼬박 붓는 게 정상은 아니잖아요. 마치 샛별이가 사고라도 나서 콱 죽어 버렸으면 하고 바라는 사람들처럼요."

"어머! 이 기집애 말하는 것 좀 봐! 너 지금 말 다 했어?"

"제 말 맞잖아요. 그리고 그동안 샛별이한테 사고가 꽤 자주 났잖아요."

"뭐가 자주 나? 살다 보면 그럴 수도 있지."

"아, 그런가요?"

"당연하지. 세상 사는데 그런 자잘한 사고 없이 사는 사람이 어디 있어? 보험금 받아서 그나마 출혈이 적었던 거지."

"알겠어요. 그렇다 치고요. 그럼 샛별이 교통사고 날 때마다 탔던 보험금은 왜 두 분만 나눠 가지셨어요?"

"그건 또 무슨 말이야?"

"정작 다쳤던 샛별이는 하나도 안 주셨다면서요? 다친 건 샛별인데 돈은 왜 아줌마랑 새아빠가 날름 챙기신 거냐고요? 왜죠?"

"야! 샛별이가 내 옆에 빌붙어 살면서 얼마나 뜯어갔는지 알기나 해?"

"어머, 딸인데 뜯어갔다는 표현을 쓰시네요. 좀 놀라운데요, 아줌마."

여자가 날카롭게 쏘아붙였다.

"야! 너 막별이라고 했지?"

"네."

"너도 네 부모한테 한번 물어봐. 너 키울 때 돈이 얼마나 들어갔는지? 말도 못 하게 들어가! 이것들이 지들이 태어날 때부터 알아서 다 큰지 알지! 어디서 까불고 있어!"

"아줌마, 왜 저한테 화를 내고 그러세요?"

"내가 샛별이 똥 묻은 팬티까지 다 빤 사람이야. 그렇게 더러운 꼴 다 보고 힘들게 키워 준 엄마가 보험금 받는 게 뭐가 이상해? 보험료도 전부 내가 냈고, 엄마로서 당연히 받을 수 있는 거지!"

"어쨌든 샛별이가 보험 든 거 전부 해지하고 싶어 하니까 그렇게 해 주세요."

"글쎄 멀쩡히 잘 들어 놓은 보험을 왜 해지하냐고?"

"정 그러시면 하는 수 없네요. 관계 기관에 문의하는 수밖에."

"뭐라고?"

"아줌마가 상한 음식 수시로 보내 주는 거랑, 샛별이 뒤에 있는 거 뻔히 알면서 아저씨가 후진해서 차로 들이받은 거랑, 샛별이는 가기 싫다는데 자꾸만 '바위 낚시 가자. 물놀이 가자. 암벽 바위 타러 가자.' 그러는 거랑, 사고 날 상황이 아닌데도 교통사고 여러 번 났던 거랑…… 그런 여러 가지 것들에 대해서 관계 기관은 어떻게 생각하는지 한번 물어보려고요."

여자가 이번에는 악을 썼다.

"야! 절대 안 돼! 네가 뭔데 그런 걸 물어봐?"

"샛별이 친구니까 물어볼 수도 있는 거죠."

여자의 목소리에 당황한 기색이 역력했다. 갑자기 샛별이를 다급하게 불렀다.

"샛별아, 샛별아!"

"응, 엄마. 말해."

"너 그딴 짓 하기만 해 봐! 엄마 속 터져 죽는 꼴 보고 싶어서 그래?"

내가 다시 나섰다.

"아줌마, 입장 바꿔 생각해 봐요. 아줌마 친엄마가 느닷없이 아줌마 이름으로 생명 보험을 잔뜩 들어 놓은 뒤부터 갑자기 죽을 뻔한 사고가 끊임없이 발생한다면 기분이 어떻겠어요? 아줌마 같으면 친엄마한테 사고사로 위장된 살해를 당하고 싶겠냐고요?"

여자가 실성한 듯 소리쳤다.

"야!!! 너 그 입 좀 안 다물래! 샛별이 내 딸이야! 누가 딸한테 그런 짓을 해?"

"피, 거짓말! 샛별이는 아줌마한테 딸이 아니라 밥줄이잖아요. 보험금 타 먹게 해 주는 밥줄!"

"얘 진짜 사이코네!"

그 말에 내가 킥킥거렸다.

"너 지금 웃었니?"

"네. 역시 사이코는 사이코를 알아보나 봐요. 실은 저도 아줌마가 사이코라고 생각하고 있었거든요. 하하하하하……."

나는 재밌어 죽겠다는 듯 한참 동안 깔깔거리며 웃어 댔다.

"야! 너 지금 뭐 하는 거야? 나 비웃는 거니?"

"아줌마가 너무 웃기잖아요."

"뭐가 웃겨?"

"가스 새어 나오게 보일러 연통 빼놔도 안 돼, 복어 독으로도 안 돼, 교통사고는 보험금액이 적어 재미없고, 세상살이 참 마음먹은 대로 안 된다. 그죠, 아줌마? 푸하하하하!"

"뭐라고? 이게 진짜 너 혼 좀 나 볼래!"

"저기요. 아줌마랑 아저씨가 아무리 샛별이 죽이려고 용을 써도 샛별이 절대 안 죽어요. 두고 봐요. 죽나! 근데도 두 사람은 또 다른 방법으로 샛별이를 죽이려고 들겠죠. 해 봐요! 되나."

"어머! 이 기집애가 진짜 말이면 다 말인 줄 알아!"

여자는 몹시 흥분한 목소리로 샛별이에게 말했다.

"샛별아! 얘 아까부터 뭐라는 건데!"

샛별이가 차분한 목소리로 대답했다.

"엄마, 막별이 말이 다 맞잖아. 저런 얘기 듣기 싫으면 보험 다 해지하면 되잖아. 나 너무 무섭다고!"

"글쎄, 안 된다니까!"

"왜 안 되는데? 보험 들고 난 후부터 툭하면 나 다치기나 하고 장애만 남았잖아."

"어머! 너 지금 무슨 소리 하는 거야?"

"엄마는…… 악마 같아."

"뭐, 악마? 이제껏 널 키워 준 사람이 누군데! 악마가 먹여 주고 키워 주고 재워 줬겠니? 악마라면 진즉에 죽여 없앴겠지!"

내가 다시 나섰다.

"샛별아. 너희 엄마 아무래도 이상해. 그러니까 이 전화 끊고 당장 보험 회사에 전화해서 보험사기로 신고해. 나는 금융감독원이랑 보험협회에 너 얘기 죄다 알리고 신고할 테니까. 그래야 네가 살아."

여자가 고래고래 소리쳤다.

"아아악! 이것들이 진짜 미쳤나! 둘이 지금 뭐라는 거야? 샛별이 너! 키워 준 나한테 감히 이따위로 나와?"

내가 즉시 받아쳤다.

"아줌마 말귀 참 못 알아듣네요, 철창 가고 싶지 않으면 여기서 멈추라고요. 아줌마가 그간 샛별이한테 못된 짓 한 증거 다 경찰서랑 금감원에 확 넘겨 버리기 전에."

여자가 나를 잡아먹을 듯 고함을 질렀다.

"야!!!! 그 입 안 닥쳐? 너 막별이라고 했지? 너 내가 가만 안 둬! 이게 사람을 뭘로 보고! 너 지금 날 모욕하고 명예 훼손 엄청나게 했어. 그것도 내 딸 앞에서."

나는 덤덤하게 응수했다.

"아줌마, 그런 식으로 나오면 나만 당할 수 없죠. 그간 샛별이한테 벌어진 일들 사진이랑 목록 기재해서 샛별이 친인척들한테 다 보낼 거예요. 그분들은 어떻게 생각하실까요? 아줌마 말대로 아줌마가 아무 잘못 없다면 저 죗값 받을게요. 샛별아, 내 말대로 하자. 응? 그래야 네가 살 것 같아."

샛별이가 대답했다.

"아니야, 막별아. 좀 참아 봐."

이후 한참 동안 샛별이와 엄마가 말을 주고받았다. 여자는 샛별이를 달랬다가 엄포를 놨다가 난리도 아니었다. 결국은 사납게 악을 썼다.

"너 엄마 죽는 꼴 보려고 그래? 응? 나 그냥 확 죽어 버릴까? 그래야 네 성이 풀리겠어?"

그 말에 샛별이가 아무 말도 못 했고 정적만이 흘렀다. 하는 수없이 내가 나섰다.

"샛별아, 저 말은 엄마인 아줌마가 먼저 죽을까? 딸인 네가 먼저 죽을래? 그 뜻 아니야? 근데 아줌마 앞으론 보험 든 게 하나도 없으니까 딸인 네가 먼저 콱 죽어 줘 버렸으면 좋겠다는 뜻 같은데? 그래야 아줌마가 보험금도 왕창 받을 수 있으니까, 맞지?"

여자가 귀가 떠나갈 듯 소리쳤다.

"아우, 열통 터져 미치겠네! 너 그 입 좀 안 닥치니?"

그때 한 남자가 사납게 말하며 끼어들었다.

"여보세요!"

"어? 샛별이 새아빠세요?"

"그래."

"우와! 공모자 납시셨다."

"뭐라고?"

"아닌가, 한심한 설계자이신가?"

남자가 벼락같이 화를 냈다.

"우라질! 이게 돌았나! 너 지금 뭐라 그랬어?"

"맞잖아요. 애초에 샛별이 복어 독으로 죽이려고 설계하신 분이 아저씨잖아요. 혹시 가스보일러 연통도 아저씨가 빼놓은 거예요?"

"야! 너 죽고 싶어? 어디야? 너 내가 가만 안 둬!"

나는 철저하게 무시하는 말투로 말했다.

"어이쿠, 무섭기도 해라. 무식하면 용감하다더니. 어디서 협박을 하세요? 녹음 중인 거 모르시나 봐."

남자는 마치 방언을 하듯 나에게 욕설을 퍼부어 댔다. 나는 한동안 들어주다가 목소리에 힘을 팍 주고 고함치듯 말했다.

"아저씨! 아줌마! 잘 들어요. 두 사람 이제 큰일 났어요. 왜 그러게요?"

남자가 위협하듯 소리를 질렀다,

"뭐? 야, 이년아! 너 죽을 줄 알아! 너 어디야? 이게 어디서 어른한테?"

"샛별이한테 세 번째로 복요리 보냈을 때 두 사람이 했던 얘기 기억나요?"

"아, 진짜 환장하겠네! 너 자꾸 헛소리할래? 이게 어디서 헛소리를 계속 씨불여?"

"혹시 까맣게 잊어버린 거예요? 할 수 없지. 그때 한 말 기억나게 해 줄 수밖에. 샛별아, 그거 지금 문자로 보내드려."

수화기 너머로 침묵이 흘렀다. 잠시 후, 남자가 난폭하게 소리쳤다.

"우씨! 이거 뭐야? 야! 이게 뭐냐고!"

여자도 소스라치게 놀라며 말했다.

"어머! 샛별아! 너 방금 나한테 뭐 보낸 거야? 응?"

내가 아주 상냥하고도 친절하게 대답했다.

"두 사람이 O년 O월 O일, 저녁 O시에 샛별이랑 통화 끝나고 나서 나눴던 대화잖아요. 둘이 아주 샛별이 죽일 생각에 신나게 대화 나누시던데…… 생각나죠? 그 녹음 내용 기록한 녹취록이에요."

"어머! 지금 너 뭐 하자는 거야?"

"바로 이걸 가지고 '신의 한 수'라고 하는 거예요. 그러니까 죄짓고 살지 말았어야죠!"

"샛별아! 얘 지금 뭐라는 거야? 이게 뭐라고?"

샛별이가 맥 빠진 목소리로 말했다.

"엄마랑 새아빠가 얘기한 게 자동으로 녹음됐어. 그때 전화가 끊기지 않았었더라고. 두 사람이 나 어떻게 하려고 했는지 나 진작부터 알고 있었어. 복어 독 먹여서 죽이려고 했잖아."

"이, 이게 어떻게……."

샛별이 엄마는 당황하여 말을 잇지 못했다.

"엄마, 보험 해지해. 안 그러면 나 보험회사에 저 녹취록 넘길 거야."

"안 돼, 샛별아! 그러지 마! 어머, 어쩌면 좋아!"

갑자기 수화기 너머로 부스럭거리는 소리가 났다. 이어서 두 사람이 대화를 나누는 모양이었는데 멀찌감치에서 대화를 나눴는지 목소리가 거의 들리지 않았다.

3분쯤 지나도 두 사람은 아무 말도 하지 않았다. 더는 기다릴 필요가 없어 보였기에 내가 큰 소리로 말했다.

"아줌마, 저 지금 떡볶이랑 김밥 시킨 게 도착했어요. 나 배고프니까 우리 밥 먹고 나서 계속 싸우는 건 어때요?"

여자가 서둘러 대답했다.

"아니, 막별아 그냥 밥 먹어. 그리고 샛별아, 엄마가 오해하게 했다면 미안해. 일단 전화 끊고, 엄마가 다시 전화할게. 네 말대로 보험 해지하는 거 생각해 볼게. 기분 풀고, 응?"

그 말이 내 분노의 뚜껑을 확 열어젖혔다.

"아줌마! 아직도 정신을 못 차리셨네요! 자, 최후통첩할게요! '해지하는 거 생각해 볼게.'가 아니라 '꼭 해지할게.'라고 답해야죠! 만약에 이 녹취록을 보험사기 전담 부서랑 경찰서, 금감원에 넘기잖아요. 그럼 아줌마랑 아저씨가 그동안 샛별이한테 저질렀던 끔찍한 짓들 우수수 쏟아져 나올 거예요! 정말 난리 나겠죠? 형사 처벌은 당연한 거고 그동안 불법적으로 획득한 보험금 다 뱉어 내야 한다고요. 그건 알고 있죠?"

"무슨 말이야? 불법적으로 보험금 받은 적 없어."

"그럼 다행이고요. 그러니까 좋은 말로 할 때 샛별이 보험 당장 해지 하세요. 그리고 다시는 샛별이 목숨 담보로 보험금 타 먹을 생각 하지 마세요. 내가 두 눈 부릅뜨고 끝까지 지켜볼 테니까. 샛별이 옆에는 저 도 있고, 아줌마가 모르는 다른 친구들도 많아요. 다들 아줌마, 아저씨가 한 짓들 진작부터 알고 있었어요. 근데 샛별이가 참으라고 해서 참은 것

　　　　　아마 내가 별에서 왔다지요

뿐이에요. 그러니까 일 더 크게 만들지 말고, 제발 엄마답게, 부끄럽지 않게 똑바로 좀 사세요! 알았어요?"

여자가 떨리는 목소리로 말했다.

"여보세요. 샛별아, 알았어. 샛별이 말대로 할게. 엄마가 다시 전화할게. 일단 끊어봐."

다음 날, 사무실에서 샛별이와 만났다.

"샛별 씨, 지금부터 내 말 잘 들어요. 일단 급한 불은 껐지만 추후 일이 또 발생할 수도 있어요. 그걸 막으려면 샛별 씨 스스로가 강해져야 해요. 우선, 앞으로는 모든 일들에 대해서 차곡차곡 증거를 모아 두는 게 중요해요. 예를 들면, 가스 연통 분리된 사진, 교통사고가 나면 그 진단서하고 사고 당시 몸에 남은 멍 사진, 하다못해 엄마가 복어 보냈다는 문자 메시지, 복요리가 그릇에 담겨 있는 사진, 복어 내장 사진, 낱낱이 전부 다요."

"네. 그럴게요."

"그게 다가 아니에요. 앞으로 엄마와 새아빠가 이해 안 되는 이상한 행동을 할 때마다 그 내용을 친구나 지인들에게 다 정리해서 보내세요. 인원이 많으면 많을수록 좋아요. 예를 들면 이런 식으로요."

나는 상황별 구체적인 대처법을 예시로 정리하여 샛별이에게 건넸다.

[상황별 구체적인 대처법]

《친구에게 보내는 문자》 ✉

"엄마가 복어 내장이 잔뜩 든 복요리를 택배로 보내 주셨어. 이거 끓여서 먹으래."
#사진도 같이 첨부

"엄마가 계곡으로 물놀이하러 가자고 해서 안 간다고 했어. 그래도 계속 가자고 연락이 오네. 가기 싫다는데 도대체 왜 억지로 가자는 거지? 나 수영도 못하는데."

"저녁에 새아빠 차를 타고 가다가 내렸는데, 갑자기 새아빠가 후진을 하더니 나를 슬쩍 쳤어. 새아빠가 보험금 청구하자고 했는데, 내가 안 아프다고 했더니 아픈 척 좀 하라고 하네. 싫다고 하니까 화까지 냈어. 내가 잘못한 건가?"

"지금 0월 0일 새벽 3시, 어제 엄마가 내 생일상 차려 준다고 오라고 해서 엄마 집에서 잤는데, 뒤 베란다 가스보일러 연통이 저렇게 빠져 있었어. 참고로 내가 잔 방은 뒤 베란다와 연결된 방. 근데 내가 자는 사이 누가 베란다로 통하는 창문을 열어 놓았네. 소오름! 게다가 새아빠랑 엄마는 언제 나갔는지 집에 없어. 그것도 소오름! 전화했더니 수산 시장이래. 새벽 3신데, 두 사람은 생선 입에도 안 대는 분들이라 더 더 더 소오름! 도대체 누가 내 목숨 끊어 놓으려고 저 창문을 열어 둔 걸까? 집에는 엄마랑 새아빠, 나밖에 없었는데 말이야."

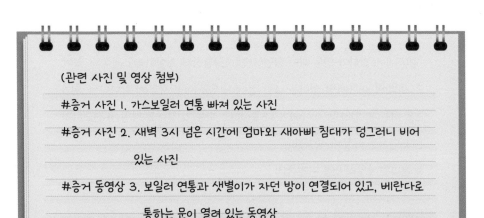

(관련 사진 및 영상 첨부)

#증거 사진 I. 가스보일러 연통 빠져 있는 사진

#증거 사진 2. 새벽 3시 넘은 시간에 엄마와 새아빠 침대가 덩그러니 비어 있는 사진

#증거 동영상 3. 보일러 연통과 샛별이가 자던 방이 연결되어 있고, 베란다로 통하는 문이 열려 있는 동영상

샛별이가 종이에 적힌 내용을 다 읽었을 때 내가 다시 말했다.

"그런 뒤, 친구들에게 그 내용들을 공유했다는 걸 엄마와 새아빠의 핸드폰으로 보내세요. 메시지 내용은 이런 식으로요."

나는 또 한 장의 종이를 건넸다.

〈엄마와 새아빠에게 보내는 문자〉

"엄마가 나 보양식 하라고 보내 준 복요리 벌써 세 번째 받았다고 친구들한테 자랑했어. 근데 이번에는 다른 때보다 복어 내장이 무척 많다는 것도 자랑했어. 잘했지? 근데 엄마, 복어 내장에 독이 많다고 하던데 나 정말 이거 먹어도 되는 거야? 혹시 이거 먹고 죽는 거 아니지?"

복어 사진. 복어 내장 크게 찍어 엄마한테 문자 보낼 때 첨부

신의 한 수

"엄마네에 갔다가 연통 빠져 있던 사진, 친구들한테 조심하라고 공유해 줬어. 그 새벽에 새아빠랑 엄마는 나만 집에 놔두고 새벽 시장에 갔다니까 뭔가 소름 끼친대. 엄마랑 새아빠가 나 죽이려고 하는 것 같다고 경찰에 신고하라는데 엄마는 어떻게 생각해?"
분리된 보일러 연통 사진 첨부

"새아빠, 지난번에 차 후진할 때 저 살짝 치신 거 친구 열 명한테 얘기해 줬더니 일부러 치신 것 같다고 하네요. 전형적인 보험사기 같대요. 다들 자기들이 보험사기 접수해 주겠다고 난리들인데, 어떡하죠? 아참, 안 아픈데도 병원 진단서 떼어 오라고 문자 주신 것도 친구들한테 전달해 줬어용~ 저한테 앞으로 그런 거 시키지 말아 주세욤!"

"샛별 씨, 이렇게 엄마와 새아빠의 행위를 지인들한테 계속 공유하고 있다는 걸 알리면, 두 사람은 범죄가 들킬까 봐 두려워서라도 샛별 씨를 해치지 못할 거예요. 알았죠?"

"네, 그럴게요."

나는 샛별이의 손을 잡고 말했다.

"샛별 씨, 이 말 한다고 기분 나빠하지는 말고요, 이번에는 이렇게 넘어가지만 앞으로 엄마가 또 그러면 샛별 씨가 결단해야 해요. 법의 힘을 빌려야 한다고요. 엄마를 위해서라도 그게 옳아요."

잠시 정적이 흘렀고, 샛별이가 한동안 망설이다 말했다.

"그건 아는데…… 그러다 엄마가 자살할 것 같아서 무섭거든요."

 아마 내가 별에서 왔다지요

나는 조심스럽게 답했다.

"미안하지만 그래도 할 수 없죠. 자신이 살기 위해서 자기 딸을 죽이려는 사람인데 자살이 운명이라면 그냥 엄마의 운명에 맡기는 수밖에 없지 않을까요?"

샛별이는 천천히 고개를 몇 번 끄덕인 뒤 고맙다고 인사하며 돌아갔다.

혹시 이 글을 읽는 독자 중에 샛별이와 비슷한 상황에 놓인 사람이 있다면 분명히 말해 주고 싶다. 절대 그 위험을 본인만 알고 있지 말라고. 만약, 본인이 위험에 맞서 저항할 수 없다면 주변에 도움을 청하라. 하다못해 경찰서, 소방서 등 모든 기관에 도움을 요청해라. 결코 세상에 외로이 홀로 서 있다고 생각하지 말라. 끝까지 포기하지 말고 주위 사람들에게 계속 알리고 방법을 찾길.

그리고 또 하나! 자신을 위험으로 내모는 상대방이 가족이라는 이유로, 가까운 사람이라는 이유로 덮어 주고 넘어간다면 그들은 점점 더 악랄한 범죄자로 진화할 것임을 잊지 말라. 안타깝게도 훗날 당신은 그 악에 맞서 싸울 힘마저 모두 뺏길지도 모른다. ★

22
고물 줍는 할아버지

얼굴에 선한 웃음 주름을 지닌 70대 후반의 할아버지가 구청에 제출할 서류를 작성하기 위해 방문했다. 자신을 고물 주우러 다니는 사람이라 소개했고, 일과 관련된 흥미로운 얘기도 해 주었다. 고물을 줍다가 가끔 월척을 발견한다는 것이었다. 값이 나가 보이는 반지, 보석함 맨 아래 스펀지 밑에 깔린 금목걸이, 헌책 사이에 꽂힌 돈 등이 그것이다. 그런데 할아버지는 그것들을 경찰서에 가져다준다고 했다. 누군가가 그 물건을 애타게 찾을 생각을 하면 절대 가질 수 없다면서.

나는 강한 의구심을 내비치며 물었다.

"혹시 할아버지 소속이 어디시죠?"

"뭐? 소속이라니?"

"혹시 천사부 소속으로서 지구에서 활동 중인 거 아닌가요? 그러니까 인간 천사요."

아마 내가 별에서 왔다지요

할아버지가 살짝 당황한 표정을 지었다.

"그게 뭔데?"

"아, 아니에요."

하긴, 천사한테 대놓고 천사냐고 물어보면 당연히 아니라고 하시겠지. 일부러 들키지 않으려고 인간으로 변장했을 테니까.

할아버지는 월척 얘기를 계속하다가 어느 날 엄청난 보물을 발견했다며 눈을 반짝였다.

"추운 겨울이었어. 그날도 고물을 주우러 여기저기를 다녔지. 그날따라 자꾸만 일반 쓰레기들이 모인 곳에 눈이 가더라고. 그중에 큼지막한 쓰레기봉투가 하나 있었는데, 안에 작은 검은 비닐봉지 하나만 달랑 들어 있는 거야. 얼마든지 쓰레기들을 더 넣어서 버려도 되는데 봉툿값 아깝게 왜 그것만 넣어서 버렸나 싶었지. 그래서 내가 집에 가져가서 쓰레기봉투로 쓰려고 했지. 근데, 안에 있는 검은 봉지를 꺼내려고 집었더니 뭔가 물컹한 것이, 따뜻한 게 느껴지더라고. 음식물 쓰레기인가 싶다가 그건 또 아닌 거 같더라고. 그래서 열어 봤더니 아 글쎄 새끼 강아지 세 마리가 있던 거야. 태어난 지 한 달도 안 된 거 같았어."

"어머, 누군가 버린 거군요?"

"그랬겠지. 안 그럼 그 녀석들이 봉지에 왜 들어 있겠어."

"아휴, 가슴이 아프네요. 다 살아 있었나요?"

"두 마리는 이미 죽었고, 남은 하나도 눈을 감고 겨우 숨만 쉬더라고. 거의 죽어가고 있었어. 그래도 혹시 모르니까 내가 녀석 입에 숨도 후후 불어넣어 주고, 심장 쪽도 열심히 문질러줬지. 그렇게 한 10분쯤 됐으려나? 그 어린 것이 숨을 아예 안 쉬더라고."

"어떡해요?"

"근데 그 녀석들을 거기 그냥 두면 쓰레기차가 와서 가져갈 거잖아. 그럼 다른 쓰레기들하고 섞이고, 눌리고 그럴 거고. 그래도 생명인데 차마 그렇게 둘 수는 없겠더라고. 그래서 우리 집 앞산 나무 아래에라도 묻어 주자 하고 일단 봉지를 내 리어카 옆에 뒀지."

"세상에나!"

이렇게 위대한 분이 계시다니! 나는 두 손을 모으고 할아버지로 둔갑한 인간 천사를 쳐다봤다.

"내가 쓸 만한 고물들이 어디 없나 하고 찾고 있는데, 아니 검은 봉지에서 부스럭부스럭 소리가 나는 거야. 그래서 봤더니 아까 겨우 숨만 붙어 있던 녀석이 기어 나오는 거야."

"어머! 정말요?"

"그래! 나도 깜짝 놀랐다니까. 근데 봉지 밖으로 나와서는 힘없이 옆으로 픽하고 쓰러지더라고. '요놈이 죽을 때 죽더라도 봉지 안에서 죽긴 싫었구먼.' 싶어서 그냥 냅뒀지. 근데 좀 지나니까 겨우 제 몸을 일으키더니 내 옆으로 조금씩 조금씩 기어 오지 뭐야. 어찌나 기특하던지. 내가 '요놈 살았구나!' 하면서 쓰다듬어 주니까 녀석이 꼬리를 살살 흔들면서 내 손에 대고 킁킁거리더라고."

"세상에! 살아난 거군요! 감동이에요, 할아버지!"

"나는 더 감동했지. 너무 기뻐서 내 털모자를 벗어서 녀석한테 덮어 줬어. 그러고 나서 고물을 마저 챙기려고 했는데, 그 녀석이 검은 봉지로 다시 기어가는 거야. 그러더니 죽은 지 형제들 냄새를 맡으면서 낑낑거리더라고. 그리고 다시 내 옆으로 기어와. 그 모습이 어찌나 나 같은지."

"왜요?"

"내가 막내아들인데, 우리 형제들 다 저세상으로 갔거든. 나도 외톨이 된 지 오래란 말이야. 근데 그 녀석도 꼭 나 같다는 생각이 드는 거야.”

“아······.”

“그래서 ‘요놈은 내가 데리고 가야겠다!’ 해서 데려왔지.”

그날부터 할아버지는 강아지와 살게 되었다. 그 후로 삶 전체가 바뀌었다고 한다. 전에는 너무 외로운 나머지 아침마다 죽지 못해 겨우 눈을 뜨는 거나 마찬가지였는데, 이제는 매일 할아버지만 바라보며 껌딱지처럼 따르는 강아지 덕에 삶의 이유를 찾았다고 한다. 강아지와 고물을 주우며 3년을 보낸 할아버지의 얼굴에는 행복이 가득 배어 있었다.

“이제 보니 할아버지는 엄청난 분이셨네요.”

“에이, 나 같은 가난뱅이 늙은이가 뭐가 엄청나? 아무짝에도 쓸모없지 뭘.”

“아니죠. 감히 돈으로 가치를 매길 수 없는 생명을 구하셨잖아요.”

“그런가? 허허허.”

“두고 보세요. 이제부터 그 강아지가 할아버지를 끝까지 지켜 줄 거예요.”

할아버지는 고개를 끄덕였다.

“그건 일리 있는 말이야. 그 녀석이 오고 나서 내가 살맛이 나더라고. 전에는 이렇게 살다가 언제 죽으려나 싶었는데, 이제는 밥맛도 좋고. 내 바람 같아서는 녀석하고 한날한시에 저세상으로 가고 싶어. 그게 내 소원이야. 허허허.”

할아버지가 화장실에 다녀오겠다며 나갔다.

나는 이 훌륭한 어르신이 행운이라고 믿을 수밖에 없는 작은 기적 하나를 선물해 주기로 마음먹었다. 할아버지가 돌아와서 소파에 앉았을 때 몸을 숙여 소파 밑을 가리키며 말했다.

"어, 할아버지. 그 소파 밑에 뭐예요?"

"뭐?"

"소파 밑에 뭐가 떨어져 있는데요?"

할아버지는 바닥에서 5만 원짜리를 주워 들고 말했다.

"어? 돈이네."

"그거 할아버지 거예요?"

"아니, 내 거 아닌데."

"이상하네요. 그거 제 것도 아닌데요."

"그래? 그럼 다른 사람이 흘리고 갔나 보네."

"설마요! 오늘 손님 한 명도 없었는데요. 그럼, 그거 할아버지 거네요."

할아버지가 고개를 가로저었다.

"에이, 아니야. 어제 왔던 손님 거겠지."

"아니에요. 사실 여기 한 달째 아무도 안 왔어요. 그래서 저 이번 달 월세 계산서 째려보면서 '너 참 밥맛없어.'라고 매일 말하고 있는 중이었거든요."

"허허허! 아가씨 넉살도 좋구먼. 뭔 그런 거짓말을 그렇게 재밌게 하나. 허허허허허!"

"거짓말 티 났어요? 호호호."

"그럼, 티 팍팍 나지."

"근데요, 그 돈 할아버지 거 진짜 맞는 것 같아요. 제가 사무실 운영한 지 10년이 넘었는데, 소파 밑에 5만 원짜리가 떨어져 있던 적이 단 한 번도 없었거든요."

"진짜?"

아마 내가 별에서 왔다지요

"네."

"에이, 그래도 주인을 찾아 줘야 옳지. 잃어버린 사람이 얼마나 애타겠어? 쯧쯧쯧."

"제가 볼 땐 할아버지가 그 돈 주인인 것 같아요. 할아버지가 무조건 맞아요."

"내 돈이 아닌데 왜 내가 맞아?"

"제 생각에 그 돈은 수호천사가 할아버지한테 준 것 같거든요."

"뭐? 수호천사?"

"네. 그 강아지를 지키던 수호천사가 할아버지한테 너무 고마운 나머지 저를 시켜서 소파 밑에 5만 원을 놓으라고 시킨 것 같아요."

할아버지가 깜짝 놀라며 물었다.

"뭐? 그럼 이거 아가씨가 일부러 떨어뜨린 거야?"

"네. 그걸로 맛있는 거 사드세요. 직접 드리면 안 받으실까 봐 그렇게 드린 거예요."

"뭐라고? 허허허!"

큰 소리로 웃던 할아버지는 어쩔 줄 몰라 하는 표정으로 말했다.

"그래도 그렇지, 내가 준 건 5천 원밖에 안 되는데, 어떻게 5만 원을 뜯어 가?"

"5천 원밖에라뇨? 저 할아버지가 주신 이 거금 5천 원으로 아파트 장만할 건데요."

"뭐라고? 그게 가능해? 허허허허허!"

"당연히 가능하죠. 마침 아파트 계약금으로 딱 5천 원이 필요했거든요."

"거참 재밌는 아가씨네. 정 그렇다면 고맙게 잘 쓸게."

"제가 더 고맙죠. 할아버지같이 생명을 귀하게 여기시는 큰 어른을 봬서 무척 기뻐요. 오늘 저에게 아주 큰 깨달음을 주셔서 감사합니다."

할아버지는 마침 개 사료가 다 떨어졌었다며 콧노래를 부르며 사무실을 나갔다. 어쩌다 찾아온 행운도 당신이 아닌 강아지를 챙기는 데 쓰려는 것이 인상적이었다. 정말이지 뼛속까지 따스함을 지닌 분임을 다시금 느꼈다.

할아버지와 강아지의 관계에 대해 생각했다. 그 작은 강아지는 할아버지 덕에 꺼져가는 생명의 꽃을 다시 피웠고, 할아버지는 강아지 덕에 꺼져 있던 행복의 꽃을 다시 피웠다. 자신에게 소중한 꽃을 피워 주는 존재와 매일 함께하며 우정을 나눈다는 것. 그것은 얼마나 가슴 벅찬 일일까? 할아버지가 그런 행복을 누리는 것은 너무나 당연한 일이다. 누가 보지 않아도 스스로 지켜내는 양심적인 삶을 살며 생명을 소중히 여기는 마음을 지니고 실천까지 했으니 말이다. 그런 삶의 주인공에게는 반드시 복이 오는 것임을 다시금 느꼈다. 그것이 세상의 이치라는 것도.

아마 내가 별에서 왔다지요

23 "네. 개떡 같은 사무소입니다."

그 일은 그가 그것으로 이를 쑤시면서 시작되었다. 분명히 말하지만, 결단코 그 용도로 쓸 물건이 아니었다. 만일 그것을 이쑤시개로 활용하지 않았다면 이 이야기는 탄생하지 않았을 것이다. 그런 의미에서 그에게 고마워해야 할까? 세상에 없던 기막힌 스토리를 하나 만들어 준 주역이니까. 그래 뭐, 엄청 고맙다. 비록 그때를 떠올리는 것만으로도 속이 부글부글 끓고 키보드를 쾅쾅 두드리고 있지만…… 고맙다고 치지 뭐.

사건은 수요일 오후에 벌어졌다.

"네. 개떡 같은 사무소입니다."

똑똑똑! 똑똑똑! 신경질적인 노크 소리에 깜짝 놀라 돌아보니 유리창 너머로 누군가가 날 노려보고 있었다. 그렇게 쳐다보는 자이니 굳이 마중 나갈 필요가 없었다. 내가 자리에 앉은 채 쳐다만 보자 그가 고함을 쳤다.

"문 왜 잠갔어요? 영업 안 해요?"

아차! 작업하는 데 집중하고자 문을 잠갔다가 열어 놓는 걸 깜빡했다. 서둘러 문을 열어주자, 얼굴에 짜증이 그득한 우락부락한 남자가 안으로 들어왔다. 50대로 돼 보이는 그는 변호사 사무실 소개로 왔다며 다짜고짜 소파에 앉았다. 그러고는 정확히 이 말부터 했다.

"아주 개떡 같습니다. 개떡 같아요!"

이어서 누군가의 험담을 마치 십년지기에게 들려주듯 좌르르 털어놓기 시작했다.

"아유! 그거 생각만 해도 진절머리가 나요! 그거랑 한집에 살고 있다는 자체가 괴로워 죽을 지경이라고요. 그거는 하여간……."

그가 마구 이야기를 퍼부었지만 속도가 너무 빨라서 제대로 알아듣기가 힘들었다.

"저기…… 선생님, 말씀 좀 천천히 하시면 어떨까요? 그리고 지금 욕하는 분이 누구인 거죠?"

"뼛속 깊이 천박한 것하고 살아 줬더니만…… 아주 가관입니다. 이제껏 돈 잘 벌어다 주고 팔자 늘어지게 살게 해 줬으면 시키는 대로 해야 할 것 아닙니까? 근데 이혼을 안 해 준대요. 에이 개떡 같은 여편네 같으니라고!"

그렇다. 이혼 소송 사건이었다. 남자는 침을 따발총처럼 튀기며 배우자 욕을 해 댔다. 그 모습을 보고 있자니 한 가지 생각이 계속 맴돌았다.

'세상에! 어쩜 저렇게 말을 밉게 할까? 확 쫓아 버리고 싶네!'

아마 내가 별에서 왔다지요

하지만 나는 누구보다 완벽한 매너를 갖춘 베테랑 속기사답게 차분하게 물었다.

"아내분은 이혼을 원치 않으신다는 거군요?"

"맞아요. 이혼을 안 해 주겠답니다. 아무리 알아듣게 얘기해도 커뮤니티 자체가 안 된다니까요!"

"네? 커뮤니티……요?"

"네. 커뮤니티가 아예 안 돼요. 커뮤니티가!"

하도 확신에 찬 말투라 순간 내가 잘못 알고 있는 건가 하는 착각이 들 정도였다. 하지만 분명히 '커뮤니케이션'을 '커뮤니티'로 잘못 말한 거였다.

그런데 말이다. 이야기를 더 풀어가기 전에 독자들에게 해 줄 말이 있다. 나는 사람 영혼의 맑고 탁한 정도를 볼 수 있다. 그간 10여 년 넘게 사무실에서 수많은 지구인을 만나고, 그들의 사연을 접하며 대화를 나눠 본 결과 얻게 된 능력이다.

무슨 소리냐고? 누군가 말을 하면 말의 내용은 물론이고 말할 때의 행동과 눈빛, 말투와 그 말투에 녹아 있는 억양에까지 그 사람의 내면 상태가 100% 투영되어 있다. 과학적으로 입증된 건 아니지만, 말이라는 건 우리 영혼의 에너지를 담고 있는 소리인 것이다.

말을 예쁘고 아름답게 하는 사람은 눈동자에서 방출되는 느낌과 분위기가 편안하고, 깊고, 아름답다. 한마디로 영혼이 맑은 것이다. 반면 험악하거나 짜증 내는 투로 말하거나 사람을 공격하는 표현을 많이 쓰는 사람은 눈동자에서 사나운 기운이 방출된다. 한마디로 영혼이 탁한 것이다. 내 눈에는 그것이 보인다.

그런 측면에서 이 남자는 참으로 멀리하고 싶은 부류인 '탁한 영혼'의

"네. 개떡 같은 사무소입니다."

소유자였다. 맨 처음 신경질적으로 문을 노크하고 나를 노려본 이후, 소파에 앉아 뱉는 족족 불쾌한 말들만 쏟아내고 있으니 말이다. 이런 사람하고는 엮이지 않는 게 상책이다. 난 그의 일을 맡기가 정말 싫었다. 어떻게 거절할까 궁리하고 있는데 남자가 녹음기를 손에 쥐고 흔들며 말했다.

"여기 다 들어있다고요. 여편네랑 애새끼들이 나를 어떻게 대하는지 전부 다요. 그것들이 나를 뭐라고 부르는지 알아요?"

"글쎄요……."

"'미친개'라고 불러요."

"설마요?"

"안 믿기죠? 나는 오죽하겠어요? 평생 자기들 먹여 살리려고 죽어라 일만 했는데 돌아온단 소리가 미친개라니. 정말 시궁창이 따로 없습니다."

"혹시 그렇게 불리게 된 게 얼마나 됐나요?"

"한 5년 됐나? 꽤 됐어요. 아빠 소리는 들어본 기억이 거의 없어요. 그러니까 저 반드시 이혼해야 합니다. 제가 무슨 자선사업가입니까? 나를 쓰레기 취급하는 저런 것들한테 내 돈 다 갖다 바치게. 이런 개떡 같은 집 구석에서 얼른 벗어나야 한다고요! 안 그래요?"

나는 일단 상투적으로 반응해 주었다.

"저기 뭐라고 위로의 말씀을 드려야 할지……."

"위로요? 위로랄 게 뭐 있겠습니까? 이런 개떡 같은 상황에서 빨리 벗어날 수 있게 녹치록이나 잘 만들어서 주면 되죠. 안 그래요? 아주 개떡 같다니까요."

잉? 녹치록? 그 순간 다시 한번 그의 일을 하고 싶지 않은 마음이 굴뚝같았지만 나를 소개해 준 변호사가 단골이니 일단 참았다.

"그럼, 녹음기 주시겠어요?"

"아니, 잠깐만요. 이 부분 좀 더 들어보고요."

그는 자기 귀에 녹음기를 바짝 갖다 대고 한참 듣다가 갑자기 사납게 소리쳤다.

"이 개떡 같은 게! 네가 사람이냐?"

"네?"

"아가씨 말고, 이 여편네요. 집에서 빈둥빈둥 놀면서 살림이나 똑바로 할 것이지, 지 친정엄마 닮아서 우울증이나 걸리고. 아주 걸어 다니는 종합병원이라니까! 병원비도 얼마나 까먹었는지 몰라! 개떡 같은 게!"

이 남자는 소리 안 지르고 말하면 어디 가시가 돋나? 말끝마다 너무 고함을 쳐대는 바람에 오른쪽 귀가 아파서 나는 손가락으로 귀를 살짝 틀어막았다. 그런 나를 가만히 보던 남자가 목소리를 조금 낮췄다.

"근데 웃긴 게 이 여편네 집안 전체가 정신이 병들었어요. 저거 친정엄마도 우울증이거든. 그 집안 자체가 정신병자 집안이에요. 정말 개떡 같지 않아요?"

나는 도저히 참을 수 없어 미니 망치로 그자의 입을 한 대 톡 치며 말했다.

"아저씨, 아무리 그래도 장모님한테 정신병자가 뭡니까? 취소하세요, 얼른!"

정말 그랬냐고? 당연히 아니다. 내 상상으로 한 응징이었다. 실제로는 이렇게 말만 했다.

"아우, 방금 하신 얘기 아내분이 들으면 너무 아픈 말 같아요."

남자는 나를 위아래로 훑어보더니 '잔말 말고 이거나 받아!'라는 표정으로 녹음기를 건네며 말했다.

"네. 개떡 같은 사무소입니다."

"여자라서 여자 편드는 거요? 뭔 말을 그렇게 합니까? 지도 인정해요. 지가 정신병자인 거. 지 애미도, 지 여동생도, 지 남동생도 죄다 정신병자라니까요! 유전이에요, 유전!"

들자 들자 하니 이 아저씨가! 나는 조심스러운 말투로, 하지만 분명하게 반박했다.

"음…… 그렇다 하더라도 처가 식구 전체를 정신병 유전으로 보는 건 좀 억지 같은데요."

남자가 미간에 있는 대로 주름을 만들며 나를 노려봤다. '새파랗게 어린 아가씨가 어디서 내 말을 거역해?'라는 표정이었다.

"이 아가씨 재밌네! 걔네 정신병 유전 맞다니까! 얼굴도 닮는데 정신은 안 닮는다고 생각해요? 아니 땐 말뚝에 연기 안 나지 않습니까!"

"네? 말뚝이요?"

"그래요. 아니 땐 말뚝에 연기 나요? 연기 안 나잖아! 안 그래요?"

나는 들릴 듯 말 듯 한 소리로 말했다.

"굴뚝……이요."

"뭐요?"

"굴뚝요."

"이 아가씨가 지금 뭐래!"

"말뚝이 아니라 굴뚝인데……."

"그게 뭐요?"

"아, 아닙니다."

자기가 얼마나 막말과 말실수를 해대는지 도통 모르는 이런 자와 계속 말을 섞는 건 내 입만 아픈 짓이었다. 정말이지 어떤 식으로든 엮이고 싶지 않았다. 하지만 이 일을 맡지 않을 방법이 보이질 않으니 너무

아마 내가 별에서 왔다지요

답답했다.

내가 녹음기에 저장된 파일을 PC에 옮기는 동안 남자가 누군가와 통화했다. 상대가 누군지 모르겠지만 전화기에 침을 튀겨 가며 또다시 배우자와 처가에 대한 험담을 늘어놓았다. 굳이 저렇게까지 말할 이유가 뭐란 말인가? 아내가 마음의 감기에 걸린 것을 꼭 그녀 집안의 유전적 병이라고 치부해야 하는 걸까? 참 안타까웠다.

전화를 끊은 남자가 다급하게 나를 불렀다. 내가 돌아보자, 그가 아랫배를 움켜쥐며 물었다.

"여기 화장실 어디예요?"

"밖에 나가서 왼쪽으로 꺾으면 바로예요."

"좀 다녀올게요."

"근데 선생님, 그냥 툭 터놓고 말씀드릴게요."

"뭘요?"

"화장실 가셨다가 바쁘면 다시 안 오셔도 됩니다. 혹시 그냥 가실 거면 녹음기 다시 돌려 드릴까요?"

나는 속으로 '제발, 제발' 하면서 녹음기를 건넸다. 남자가 날 매섭게 쏘아봤다.

"왜요? 왜 그런 말을 해요? 기분 상하게 시리."

그의 표정이 너무 오싹해서 나는 녹음기를 슬며시 책상에 내려놓았다.

"아, 그게 아니라⋯⋯ 바쁜 분들은 말없이 그냥 가버리는 경우가 종종 있거든요. 그래도 전혀 상관없다는, 정말 괜찮다는 말씀을 드리고 싶었거든요."

그는 배를 움켜쥐고 뛰다시피 문을 열고 나갔다. 제발 돌아오지 않길 바랐건만 10분도 채 안 돼서 다시 돌아왔다. 그런데, 손에 물기가 전혀

"네. 개떡 같은 사무소입니다."

없었다. 손을 안 닦은 게 분명했다. 그의 다음 행동은 더 가관이었다. 양 손바닥을 번갈아 코에 착 붙이며 냄새를 맡는 것이 아닌가!

"아, 시원하다. 근데 아가씨, 있잖아요. 아가씨가 아까 한 말 듣고 내가 기분이 상당히 안 좋았거든요. 그래서 여기 말고 확 다른 데 맡기려다가 그냥 귀찮아서 여기서 하기로 했어요. 기분 나빠도 참고 맡겨주는 거니까 넉치 똑바로 해 주세요. 알았죠?"

'아, 진짜 더러워 죽겠네. 그나저나 이 아저씨 또 그러네? 아까도 그러더니.'

나는 즉시 고쳐주었다.

"녹취요."

"뭐요?"

"녹취거든요. 넉치가 아니라."

남자가 발끈했다.

"아까부터 내가 말하면 꼭 토를 다네! 아가씨 진짜 왜 그래요?"

"아니, 그게 아니라, 녹취인데 자꾸 넉치라고 하셔서……."

"넉치든 넙치든 잘해서 주면 되는 거 아니요? 그냥 군말 말고 일이나 똑바로 해요! 젊은 아가씨가 은근히 까탈스럽네. 기분 나쁘게!"

나는 아무 대꾸도 하지 않았다. 무시한 거다. 똥이 무서워서 피하나? 더러워서 피하지. 잠시 후, 그가 계약서에 이름을 적으려다 멈추더니 거만하게 말했다.

"진짜 개떡 같아! 저기 아가씨! 여편네가 말하는 모든 소리, 숨소리까지 전부 다 빠짐없이 적으세요. 알았어요?"

그 말투와 표정이 마치 지가 내 상전이라고 착각하는 것 같았다.

'그럼 네가 적던가!'라는 말이 순간 튀어나올 뻔했지만 간신히 참았다.

대신 다른 명확한 사실을 콕 짚어 알려 주었다.

"선생님, 녹취 작업 들어가기 전에 확인할 게 있는데요."

"뭐요?"

"선생님은 눈뜨자마자 '개떡 같다.'라는 말을 하루에 몇 번이나 하시나요?"

남자가 나를 한 대 치기 일보 직전의 표정으로 쏘아봤다.

"뭐? 당신 지금 뭐라 그랬어! 그런 건 왜 묻는데?"

"여기 처음 들어오셨을 때부터 지금까지 '개떡 같다'는 표현을 정말 많이 쓰셔서요. 오늘 유독 자신이 개떡 같은 삶을 살고 있다고 생각해서 즉흥적으로 그런 표현을 쓰시는 건지, 아니면 평소에도 '개떡 같다'라는 말을 입버릇처럼 달고 사시는지 궁금해서 물어보는 건데…… 왜 화를 내세요?"

"참 내, 별 게 다 궁금하네. 그냥 개떡 같으니까 그런 말 한 건데, 뭐 문제 있어요?"

"딱히 문제 될 건 없어요. 그런데 녹취록에 '개떡 같은', '개떡 같다.' 이렇게 '개떡, 개떡, 개떡, 개떡, 개떡'이라는 단어가 수없이 많이 나올 것 같으니까 미리 알고 계시라고요."

남자가 놀란 얼굴로 되물었다.

"아, 그럼 안 되는 거예요?"

"안 된다기보다는 선생님의 녹취록을 읽는 분들을 생각해 보면…… 한참 집중하며 읽고 있는데 갑자기 '개떡'이 튀어나오고, 조금 더 읽다가 '개떡'이 또 튀어나오니까요. 아무래도 집중도가 확 떨어지겠죠."

"그럼 안 되는데, 어떡하죠?"

그의 매우 심각한 표정을 보며 나는 속으로 손뼉을 쳤다. 옳거니! 기회가

"네. 개떡 같은 사무소입니다."

온 것이다.

"그럼 녹취하지 말까요?"

"에이, 녹취는 해야죠."

"아, 네⋯⋯."

그렇게 내 마지막 시도가 실패로 돌아갔다. 어쩔 수 없이 녹취를 진행해야만 했다. 그런데! 뜻밖의 상황이 벌어졌다. 역시 행운의 여신은 내 편인가 보다.

잠깐, 여기서 퀴즈 하나를 내 보겠다. 이 남자가 어떤 물건을 아주 어처구니없이 사용해서 내 인내심을 바닥내 버렸는데, 그게 과연 뭘까?

1. A4용지
2. 녹음기
3. 클립
4. 스테이플러
5. 명함

정답은 **5**번이다. 도대체 이 자가 '명함'으로 무슨 짓을 했을까?

그가 계약서를 다 쓴 후 돈을 입금하려다가 말고, 갑자기 혀로 앞니 사이 틈을 미친 듯이 쓸어대며 '쯥쯥쯥쯥' 소리를 냈다. 그 소리도 표정도 몹시 추잡했다. 내가 뻔히 보고 있는데도 한참을 그러다가 도저히 안 되겠던지 탁자 위에 놓인 내 명함 대에서 명함 하나를 집어 들었다. 그러고는 윗니 여덟 개를 드러낸 채 명함 모서리를 앞니 사이에 쏙 꽂아 넣었다.

아마 내가 별에서 왔다지요

나는 너무 당황한 나머지 눈을 휘둥그레 뜨고 쳐다보기만 했다.

잠시 후, 남자가 지 이빨 사이에서 빼낸 명함 모서리에는 빨간 고춧가루와 하얀 밥풀 찌꺼기가 묻어 있었다. 명함은 곧바로 쓰레기통으로 내동댕이쳐졌다. 나는 순간 현기증을 느꼈다. 조금 전 내 눈앞에서 벌어진 광경이 꿈인지 생시인지 헷갈릴 정도였다. 하지만 이내 정신이 들어 남자에게 물었다.

"저기요. 지금 제 명함으로 고춧가루 빼신 거예요?"

"네. 에이씨, 더 있나 보네."

남자가 명함 하나를 더 짚더니 이번에는 앞니가 아닌 다른 이빨 사이 여기저기를 마구마구 쑤셔 댔다. 또다시 명함 모서리에 고춧가루가 묻어 나온 걸 지 눈으로 확인하고는 내 소중한 명함을 아까처럼 쓰레기통에 툭 던져 버렸다.

쓰레기통에 처참하게 누워 있는 두 개의 명함을 보며 내 분노는 활활 타올랐다. 하지만 폭발 직전에 가까스로 인내심을 발휘하여 차분하게 반응했다.

"지금 뭐 하신 건가요?"

"입금하면 영수증 주죠?"

나는 벌떡 일어서서 손가락으로 쓰레기통을 가리키며 다시 물었다.

"방금 뭘 버리신 거죠?"

남자가 못마땅한 얼굴로 말했다.

"근데 아가씨 표정이 왜 그래요? 뭐, 기분 나쁜가?"

"그럼 기분 좋겠어요?"

"거 말투가 이상하네!"

나는 가까스로 분노를 삭인 뒤 남자에게 천천히 물었다.

"네. 개떡 같은 사무소입니다."

"고춧가루 빼려고 멀쩡한 제 명함을 2개나 쓰셨네요?"

"여기로 지금 입금하면 되죠?"

"아니요! 입금하지 마세요. 그렇게 고춧가루가 빼고 싶으면 이쑤시개를 달라고 하든가 종이가 편하면 A4 용지를 조그맣게 뜯어 달라고 하면 됐잖아요. 제 얼굴과 같은 명함으로 고춧가루를 빼면 어떡해요?"

남자는 '이게 어디서 건방지게!'라는 표정으로 나를 보며 짜증스레 말했다.

"여기 명함 많은데 좀 그러면 어때요? 이 아가씨 성깔 있네. 아, 그리고 내가 일 맡기면서 돈만 잘 주면 장땡이지, 그깟 명함으로 고춧가루 좀 뺐다고 지금 따지는 건가?"

"솔직히 그렇잖아요. 아무리 급해도 그렇지. 남의 명함에 그게 할 짓입니까? 입장 바꿔 생각해 보세요."

그가 나를 아래위로 한 번 꼬나보더니 갑자기 토 나올 정도로 역겨운 표정을 지었다.

"아가씨 돈 좀 만지나 보네. 손님한테 시건방지게 구는 걸 보니? 에이씨! 변호사는 뭐 이따위를 소개해 준 거야! 짜증 나게!"

"뭐, 이따위요?"

"그래! 이따위! 여기 일 잘한다고 소개해서 왔는데 괜히 왔네! 처음 봤을 땐 손님 말 고분고분 잘 듣게 생겼다 했는데, 이거 완전 딴판이잖아!"

상황이 이렇게 된 마당에 나도 이판사판이었다. 이제부터 나오는 '대화'는 '말다툼'이라고 표현하는 게 더 적절하겠다. 나는 눈을 부릅뜨고 카랑카랑하게 소리쳤다.

"아저씨! 어디서 말 같지도 않은 말씀을 하십니까! 내가 말 잘 듣게 생겨요? 내가 아저씨 딸입니까?"

아마 내가 별에서 왔다지요

"이 여자 아주 시건방지네!"

그러고는 조롱하는 듯한 표정을 지으며 이렇게 말하는 게 아닌가!

"오호라, 아가씨 혹시 오늘 그날인가?"

"네?"

"여자들 마술에 걸리면 짜증 많이 내잖아."

"뭐라고요?"

"아하! 맞구만. 마술에 걸렸나 보네. 어허! 그건 '좋은 느낌'인가 그걸로 해결하고, 손님한테는 짜증을 부리면 안 되지! 여자가 어디서 성질이야!"

"'좋은 느낌'이라면 생리대 얘기하는 거 맞죠?"

"알아들었으면 됐고."

나는 진심으로 궁금해서 물었다.

"아저씨! 그 입은 장식으로 달고 다니세요?"

남자가 놀라 뒤로 까무러칠 듯한 표정으로 말했다.

"뭐! 너, 너 지금 나한테 뭐라 그랬어?"

"못 알아들어요? 아저씨 말할 때 쓰는 그 입, 그거 장식으로 달고 다니냐고요? 그렇지 않고서야 어쩌면 그렇게 더럽고 역겨운 말만 쏙쏙 뱉을수 있죠?"

"이게 진짜 돌았나!"

"돌은 건 아저씨죠. 오늘 보니까 아내 분이 정신적 문제가 있는 게 아니라 아저씨가 전문가의 도움을 빨리 받아야 할 것 같군요!"

"이게 진짜! 너 오늘 나한테 한번 혼나볼래?"

"좋아요! 우리 박 터지게 한판 붙어 보자고요!"

"이게 진짜 미쳤나!"

"미친 건 아저씨죠! 어디다 대고 마술? 그날? 좋은 느낌? 어이없어, 진짜!"

"우씨! 너한테 일 안 맡겨!"

"마침 잘됐네요. 나도 집어치우려던 참이었는데."

"뭐 집어치워? 감히 손님한테 집어치운다는 말을 해?"

"당연히 할 수 있죠. 제가 아저씨한테 오라고 연락한 것도 아니잖아요. 그러니 언제든 제 자유의지로 집어치울 수 있다고 봅니다만 무슨 문제 있나요?"

나는 새초롬한 표정으로 고개를 갸웃거렸다. 그자는 얼굴이 시뻘게져서는 고래고래 고함을 쳤다.

"이런 망할! 너 내 녹음기 내놔! 당장 내놔!"

"아까부터 계속 말 짧게 하시는데 반말은 하지 마시고요."

"닥치고, 녹음기 안 내놔?"

그간 수많은 진상 지구인들을 거쳐 온 내 의식에 새겨진 가장 확실한 진상 대처법은 바로 이거다. 눈에는 눈, 이에는 이! 나는 즉시 녹음기를 건네며 그 방법을 써먹었다.

"자, 여깄음!"

"뭐? 여깄음? 지금 반말 한 거냐?"

"먼저 반말했으니까."

"네가 미쳤구나!"

"그런 말 가끔 듣는 편이구."

"이거 돌았네!"

"어쩜 그럴지도."

"또라이구만!"

"맞아. 내 별명."

"우씨! 너 여기 서초동에서 장사 못 할 줄 알아!"

"방배동에서 하면 되지."

"지랄하고 자빠졌네!"

"반사."

"반사는 또 뭐야?"

"모르면 됐고."

남자는 얼굴이 불타는 고구마처럼 돼서는 어딘가에 전화를 걸었다.

"야! 뭐 이딴 개떡 같은 사무소를 소개해 준 거야? 이 여자 아주 또라이 잖아. 나 다른 데서 할 거야!"

그러고는 전화를 확 끊고 녹음기를 낚아채서 나가 버렸다. 조금 뒤 내 전화기가 울렸다. 그 남자에게 나를 소개해 줬던 변호사의 전화였다.

"네. 개떡 같은 사무소입니다."

변호사가 자초지종을 묻기에 하이라이트만 알려 주었다.

"제 명함을 이쑤시개로 쓰더라고요. 이빨 여기저기를 막 청소하더니 쓰레기통에 휙 던져 버렸어요. 한 개도 아니고 두 개나요."

변호사가 곧바로 사과했다. 그 남자가 고향 선배인데 자기한테도 막 한다면서. 내 그럴 줄 알았다.

전화를 끊고 남자의 일을 안 맡길 얼마나 잘했는지 모른다고 기뻐했다. 그런데 기쁨도 잠시, 남자의 아내를 생각하니 가슴이 답답했다. 아내는 알고 있을까? 남편이 오늘 처음 만난 나에게까지 콧구멍을 벌렁거리며 자신과 자신의 친정에 대한 욕을 무자비하게 해 댔다는 걸. 아무리 이혼 소송으로 왔다지만 꼭 저런 식으로 표현해야 했을까? 이왕이면 좋은 남편의 모습으로 멋지게 표현하면 안 되나?

예를 들면 이렇게 말이다.

"소장님~ 그거 아세요? 우리 와이프가 가장 젊고 아름다울 때 저를 만났거든요. 그렇게 사랑해서 결혼했고 사랑스러운 아이들도 있지만, 그 사람을 더 이상 지켜 줄 수 없게 되었어요. 뜨거웠던 사랑이 차갑게 식어버린 이유죠. 그래서 그런지 그녀가 많이 아파요. 마음의 감기라나 뭐라나? 아무래도 제 개떡 같은 성격 때문인 것 같아요. 두 사람의 미래를 위해 헤어지자고 했는데 그녀는 이혼을 원치 않는가 봐요. 하는 수 없이 제가 이혼 소송을 걸었습니다. 무척 힘들고 긴 싸움이 될 것 같은데, 아무쪼록 서로 큰 상처 받지 않고 잘 헤어졌으면 좋겠어요.

이혼을 안 해주는 와이프가 밉냐고요? 아니요. 전혀 밉지 않아요. 내가 50대 후반인데 지구에 있을 날이 얼마나 남았겠습니까? 그런데 그 사람 미워해서 뭐 해요? 이혼이 순조롭든 반대의 경우든 한때 사랑 했던 사람이니 미워하면 안 되죠. 하루속히 와이프 아픈 게 다 나아서, 이혼하더라도 남은 여생 친구처럼 편히 지냈으면 좋겠습니다. 아이들 도 있는데 평생 원수로 살면 안 되잖아요. 그건 그렇고, 아이들이 저를 '미친개'라고 부르더군요. 참 다행이지 뭡니까? '미친 개새끼'나 '미친 똥개새끼'보다 그나마 '미친개'가 더 듣기 좋으니까요. 그렇지 않나요? 음허허허!"

아마 내가 별에서 왔다지요

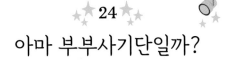

24
아마 부부사기단일까?

"이번 에피소드는 부모님의 독서 지도가 필요해요.
15세 이상 청소년이 읽는 것을 권장해요."

정신 나간 자들의 황당한 이야기를 좋아하는 분들이 있다면 아마 이번 에피소드에 흥미를 느낄 것이다. 한데, 좀 많이 야할 수 있으니 15세 미만 아이들은 패스해 주길 바란다.

독자들도 알다시피 나란 사람은 말싸움 전투력은 최강이고, 욕도 찰지게 잘하고, 성질도 화끈하지 않던가! 그런 내가 당하고 말았다. 그 여인에게 말이다. 정말 난리도 아니었다.

문제의 그녀는 등장부터 요란했다. 무대에 올라갈 사람이나 할 법한
진한 화장을 하고 내 사무실에 나타났다. 소파에 앉자마자 나이부터 시
작해서 출신 지역과 현재 거주지역 등을 알아서 읊더니, 예전엔 상당히
잘나갔는데 현재는 무직이라는 등의 이야기를 장황하게 늘어놨다.

그런데, 내가 듣는 내내 거슬리는 것이 있었으니…… 그녀의 가장 큰
앞니 두 개에 골고루 묻은 빨간 립스틱이었다. 오죽하면 그녀의 얘기를
중단시키고 립스틱을 닦으라고 말하고 싶어질 정도였다.

그런 그녀가 갑자기 말을 멈추고 CD 한 장을 건네주었다. 그러더니
내 쪽으로 몸을 당기며 작은 소리로 물었다.

"이 일 한 지 오래됐어요?"

"음…… 꽤 됐죠."

"그럼, 일 잘하시겠다. 그죠?"

"아무래도 경험이 많으니까요."

"이 일 하면 돈 많이 버나요?"

"네? 그건 왜 물으시는 건지……?"

여자는 다시 소파에 등을 기대며 말했다.

"나도 이런 일이나 할 걸 괜히 결혼은 해 가지고. 사람 팔자는 아무도
모른다니까요. 저 이혼하려고요. 이 CD는 그 증거고요."

"아, 네."

여자가 갑자기 실성한 사람처럼 깔깔거리기 시작했다. 아무래도 정신
이 온전치 않아 보였다. CD 안에 엄청난 내용이 있어, 그것 때문에 충격
을 받은 걸까? 그녀는 순식간에 웃음을 거두더니 허공을 향해 혼잣말하

아마 내가 별에서 왔다지요

듯 말했다.

"저 같은 사람을 보고 뒤웅박 팔자라고 하더라고요. 결혼 전엔 남자들한테 인기도 참 많았는데. 나 아니면 죽겠다는 남자도 여럿 있었고, 그런데 어쩌다 이렇게 된 건지……. 사실 제 꿈은 현모양처였어요. 우리 그이를 처음 만났을 땐 참 행복했죠. 사귀고 3개월 후부터 결혼 애기가 오갔어요. 그런데, 결혼 준비하면서 화만 나면 저한테 손을 대더라고요."

"뭐라고요? 때렸다는 건가요?"

"네. 그래서 제가 결혼 안 한다고 하니까 다시는 안 때릴 거라고 약속해서 결혼했죠. 근데 이 지경까지 오니까 정말 돌겠더라고요. 개도 이렇게는 안 팰 거예요."

"결혼한 지 얼마나 되셨죠?"

"10년이요."

세상에, 10년이나 맞고 살았단다. 나는 마음이 아파 진심으로 위로를 해 줬다. 그녀가 자기가 맞은 증거라며 가방에서 사진 한 뭉치를 꺼내서 보여 줬다. 그 사진들을 보며 입을 다물 수 없었다. 보는 것만으로도 아프고 고통스러웠다. 사진 속 여성의 몸 이곳저곳에 잔인한 폭행의 흔적이 선명하게 남아 있었다.

"그럼 가정폭력 건으로 오신 거군요?"

"그것도 있고, 겸사겸사 왔어요."

그런데 사진을 한 장씩 넘겨보다 보니 뭔가 이상했다. 사진에 나온 여성이 고객과 전혀 다른 사람 같았다. 그녀는 본인이 확실하다고 말했지만 아무리 봐도 달랐다. 둘 중 하나다. 정말 다른 사람이든지 아니면 화장이 너무 진해 맨얼굴을 알아볼 수 없든지.

내가 의문을 거두지 않자, 그녀가 느닷없이 가방에서 안약을 꺼내 눈동자에 몇 방울 떨어뜨렸다. 대게 안약을 넣으면 눈을 깜빡이기 마련인데 그녀는 놀랍게도 한참 동안 깜빡이지 않았다. 그 때문에 금세 눈이 시뻘게 졌고, 급기야 오른쪽 눈에서 작은 물방울이 또르르 떨어졌다. 그녀는 그 순간을 놓치지 않고 오른손으로 부채질을 하면서 흐느꼈다.

"하아, 너무 슬퍼서 눈물이 다 나네."

누가 봐도 우는 척이었다. 눈을 따갑게 만들어서 눈물 흘리기에 성공한 그녀는 그제야 눈을 마구 깜빡거렸다. 그런데 그게 또 어이없는 상황을 초래했다. 오른쪽 눈에 붙어 있던 인공 속눈썹 한쪽이 툭 하고 떨어져 간당거리기 시작했다. 그녀는 그것도 모르고 눈을 깜빡거리며 뭐라 뭐라 계속 말했지만 나는 통 집중하지 못했다. 위태롭게 매달린 채 춤추듯 움직이는 인공 속눈썹에서 시선을 뗄 수 없었기 때문이다. 정말 어이없 게도 나는 그것을 걱정, 아니 응원하고 있었다.

'눈썹아 떨어지지 마! 제발 잘 붙어 있어!'

인공 속눈썹이 더는 버티기 어려운 지경까지 왔다. 나라도 도와줘야 했다.

"저기 속눈썹 한쪽이 떨어져서 간당거리고 있어요."

"어머, 그래요?"

그녀가 급히 가방에서 각종 장비(?)들을 꺼내 속눈썹을 단단히 고정시 켰다. 그리곤 화장 퍼프로 얼굴 곳곳을 재빠르게 두드리며 말했다.

"제가 어디까지 얘기했죠?"

"가정 폭력 당했다는 얘기요."

그녀는 자신의 암울했던 결혼 생활 얘기를 하는 중간중간에 나오는 것 같지도 않은 눈물을 닦아내는 시늉을 하고 콧물까지 훌쩍거렸다. 나는 그녀의 행동을 이해할 수 없었지만 이야기를 끝까지 들어주었다.

아마 내가 별에서 왔다지요

어쨌든 가정폭력을 당했으니 얼마나 힘들었겠는가?

나는 무거운 마음으로 물었다.

"많이 힘드시죠?"

"네, 엄청요."

"그럼 남편분과 헤어지기로 결심하신 거예요?"

"당연하죠. 더 이상 맞고는 못 사니까요."

"지금은 이렇게 힘들지만 앞으로는 괜찮아질 거예요. 시간이 다 해결해 주더라고요."

"저 근데, 어차피 헤어질 거니까 우리 남편 욕 좀 해도 돼요?"

"네, 그럼요."

조금 뜬금없긴 했지만, 분위기를 환기시킨다는 점에서는 나쁘지 않았다. 나는 그녀가 후련하게 남편 욕을 할 수 있게끔 도와 주기로 마음먹었다. 욕을 한 바가지 하는 것만으로도 마음속 응어리가 상당히 풀릴 테니까.

"우리 남편은 양말을 벗어 놔도 세탁기에 한 번도 넣은 적이 없어요. 방바닥 이쪽에 한 짝, 저쪽에 한 짝 너저분하게 던지기나 했지. 속옷도 마찬가지고요."

"저는 남편은 없지만 정말 몇 대 패주고 싶겠어요. 세탁해 주는 게 어딘데요. 그죠?"

"맞아요. 그리고 씻는 걸 참 싫어해요. 샤워를 열흘에 한 번 하나?"

"세상에! 더러워라. 냄새 많이 날 텐데 어떻게 참으셨어요?"

"뭐, 처음엔 싫었는데 살다 보니까 익숙해지더라고요."

"진짜요? 저라면 못 살 것 같은데……."

"근데 있죠. 제가 진짜 맞고는 살았지만 우리 남편 정말 너무 사랑스러웠거든요."

"아, 그러셨구나."

"우리 남편 저한테 잘할 땐 얼마나 다정했는지 몰라요. 실컷 두들겨 팬 다음 날에는 늘 외식을 시켜줬거든요. 그리고……."

남편 욕을 하다 말고 남편의 장점을 늘어놓기 시작한 그녀. 하는 수 없이 내가 끊어 줬다.

"저기, 선생님. 남편분 욕하는 중이었거든요."

"어머 내 정신 좀 봐. 제가 이렇다니까요."

"그럼 다시 남편분 욕으로 돌아가 볼까요? 또 욕할 게 뭐가 있을까요? 더럽다는 얘기까지 했었어요."

"욕할 거야 겁나 많죠."

"어서 욕해 보세요. 들어 드릴게요."

그녀는 남편 욕을 두어 개 정도 더 하더니 또 삼천포로 빠졌다.

"근데 그거 아세요? 우리 남편이 아무리 저를 때리고 구박해도 부부 사이 정이라는 게 쉽게 떼지지 않는 거?"

"그래도 평생을 맞고 살 수는 없잖아요. 안 그래요?"

"맞아요. 다들 아이도 없으니까 당장 헤어지라고 하는데 저는 쉽게 안 되네요. 남편을 너무 좋아했나 봐요."

"남편분 어디가 그렇게 좋으셨어요? 씻지도 않고 더럽다면서요?"

"사실 우리 남편 정말 야성적이거든요. 진짜 너무 멋있어요. 얼굴도 잘생겼고 체격은 얼마나 다부진지 몰라요. 우리 남편 사진 보여 드릴까요?"

그녀가 콧살을 찡그리며 환하게 웃는 모습에 나는 당황했다.

"네? 사진은 굳이 안 봐도 될 것 같은데요."

아마 내가 별에서 왔다지요

"아니에요. 한번 봐주세요."

그녀는 핸드폰에 있는 남편 사진을 보여준 채 쉬지 않고 말했다.

"여기요. 바로 이 남자예요. 어때요? 너무 매력적이지 않아요? 아마 일주일에 한 번씩은 맞았을 거예요. 그리고 자기 발기부전이라고 하면서 같이 잠도 안 잔 지 오래됐어요. 하여간 우리 남편 정말 잘 생기긴 했죠."

"저기요, 이분이 남편 맞아요?"

"네."

물론 지구인의 외모에 대해 함부로 평가하고 싶은 생각은 추호도 없다. 하지만 이번만큼은 할 말은 해야겠다. 사진 속 남자는 '망둥이'를 연상케 했다. 그 누가 보더라도 미남이라고 할 수 없는 얼굴이었다. 하지만 그녀는 남편이 몹시 잘 생겼다고 역설하며, 총각 때는 연예인 제안도 받았다고 자랑 아닌 자랑까지 했다. 그녀는 남편 욕을 하다가 자랑을 하고, 다시 또 욕을 하다가도 자랑으로 빠졌다. 가만 보니, 아직 남편을 좋아하고 있는 것 같았다.

"제가 보기엔 선생님은 이혼하시기 어려울 것 같아요. 더 이상 말씀드리기가 어렵겠네요."

내 말에 그녀가 세상 떠나갈 듯 큰 한숨을 내쉬더니 팔짱을 끼며 말했다.

"저기 아가씨. 미안한데요, 나 저 인간하고 반드시 이혼해야 해요. 그러니 다른 사람들처럼 '잘해 봐.', '화해해라.' 이런 얘기 하지 말아 주세요. 아가씨만큼은 제가 이혼할 수 있게 용기를 좀 주면 안 될까요?"

엄청나게 긴 인공 속눈썹을 붙이긴 했어도 그녀의 눈빛에서 절박함이 느껴졌다. 하긴 아무리 남편이 좋다 해도 이대로 맞고 사는 건 말이 안 된다. 그녀의 절규를 이대로 외면해서도 안 될 일이었다. 그녀를 돕는 길은 폭력의 구렁텅이에서 하루빨리 빼내 주는 것. 그러기 위해선 그녀의 말대로 이혼을 적극 독려하는 수밖에 없었다. 나는 정말 걱정되는 얼굴로 말했다.

"그럼, 정말 탁 터놓고 말씀드려도 돼요?"

"네, 그럼요. 저 마음 좀 다잡게 냉정하게 얘기 좀 해 주세요. 제발요."

"이 얼굴이 잘생겨 보인다니 도저히 믿기지 않아요."

"그 정도로 별로예요?"

"솔직히 이게 사람 얼굴입니까? 어류 쪽에 가깝지. 물고기 상이잖아요."

내 말을 듣더니 그녀가 씨익 웃으며 대답했다.

"하긴 제 친구들도 세상에 이런 추남은 본 적이 없다고 해요. 어떤 친구는 이런 남편이랑 살면 통 밥맛이 없어서 자동으로 살이 빠지겠다고도 했어요."

"저도 100% 동감이에요. 애초에 아내분을 폭행하지 않았다면 못생기든 잘생기든 크게 상관없었겠죠. 하지만 결혼해서 지금까지 죽도록 맞으셨다니까 이런 추남하고는 그만 정리하시는 게 좋을 것 같아요."

"그러고 보니 오래 살아서 제 눈에 뭐가 씌었나 봐요. 그죠?"

"바로 맞추셨어요. 이제 환상을 거둬 내세요."

"그렇죠? 그래야겠죠? 근데 왜 이리 정을 끊기 어렵죠?"

"그래도 끊어내셔야죠. 이혼 사유야 그거 말고도 많잖아요. 매일매일 남편 눈치 봐야 하고 생활비로 10원짜리 하나 쓰는 것도 허락 맡아야 한다면서요. 살벌한 언어폭력은 기본이고 신체 폭행까지 일삼았잖아요. 주먹질뿐 아니라 발길질까지 한다면서요."

"맞아요. 발에 한 번 까이면 제가 저쪽 끝까지 날아간다니까요. 너무

너무 아파요."

"세상에! 그러다 생명에 지장 있을 수도 있어요. 그런 관계는 끊는 게
옳다고 봐요."

"맞는 얘기예요. 저 반드시 이혼할 거예요. 일깨워 줘서 고마워요."

"별말씀을요."

이제 내가 할 일은 그녀가 건네준 CD 속 영상 대화를 녹취록으로 만
드는 것이었다. 일단 녹음 상태를 확인하기 위해 컴퓨터로 영상을 재생
시키자, 그녀가 내 옆에 와서 앉았다.

"저도 같이 봐도 되죠?"

"이미 확인하고 오셨을 텐데…… 네 뭐, 그러세요."

"저거 보이죠? 우리 남편 누워 있는 모습도 저렇게 멋있다니까요."

정말이지 기가 차서 말이 안 나왔다. 내가 지금까지 그렇게 열변을 토
했건만, 곧 이혼할 남편이 멋있다고? 어쨌거나, 영상엔 웬 남자가 추리닝
차림으로 거실 바닥에 누워 있었다. 3분이 지나도 그 모습 그대로였다.
나는 혹시 그녀가 영상을 잘못 가져온 게 아닌가 싶어 정지 버튼을 눌렀다.

"저기, 선생님. 폭행 사건 영상을 녹취 의뢰하시는 거 아니었나요?"

"저기, 그러니까…… 사실은 그건지 아닌지 확인하러 왔어요."

"네? 그게 무슨 말이죠? 뭘 확인한다는 거예요?"

"저 날 우리 남편이 그년이랑 만나서 대화만 했다고 했거든요."

"대화요? 여기는 어딘데요? 그리고 누구랑 대화했다는 거죠?"

"저기는 우리 집 거실이고, 누구는 그년을 말해요. 우리 남편한테 꼬리
치는 년이요."

"아, 그렇다면 폭행 사건 영상이 아니었군요? 그럼 이 영상은 여기까지

보시죠. 제가 두 사람 대화 내용을 녹취록으로 잘 만들어 놓을 테니까, 나중에 그걸로 보세요."

여기까지 말하고 영상을 끄려고 했다. 하지만 그녀는 지금 같이 봐달라고 요구했다. 자기가 기계치라 집에서는 볼 수 없었다며 거의 애원하다시피 했다. 하는 수 없이 나는 그녀 앞에서 영상을 재생시켰다.

잠시 후 화면에 젊은 여자가 등장했다. 그리고 2분쯤 더 지났을 때 내 옆에 있던 그녀가 갑자기 내 손목을 꽉 잡았다.

"여기요! 이 부분에서 스톱! 어머! 저거 우리 남편이 저년한테 먼저 올라탄 거 맞죠? 그죠?"

"네, 그러네요."

그녀는 아랫입술을 꽉 깨문 채 화면을 노려보며 온몸을 미친 듯이 떨었다. 영상을 더 봤다간 정신을 잃고 뒤로 자빠지지 않을까 걱정될 정도였다. 나도 더는 보고 싶지 않았다. 장르가 폭력물일 거라 예상했는데 막상 보니 19금 성인 에로물이었기 때문이다. 나는 영상을 정지시켰다.

"선생님, 이거 정말 녹취 의뢰하실 건가요?"

"당연하죠. 왜요?"

"아…… 솔직히 이런 낯 뜨거운 영상은 작업하기 너무 싫거든요. 안 하면 안 될까요?"

"아니요! 제 눈으로 확인한 이상 무조건 해야 해요. 저한텐 너무나 필요한 거라서요. 꼭 해 주세요."

"일단 알겠습니다."

이어서 영상을 보던 그녀가 곧 졸도할 것 같은 얼굴로 말했다.

"어머머! 저 인간이 미쳤나 봐! 어쩜 저래! 방금 봤죠? 저 쪽쪽거리는 것 좀 봐요. 나 어떡해! 돌아버리겠네, 진짜!"

아마 내가 별에서 왔다지요

그녀가 너무 펄쩍대는 바람에 인공 속눈썹이 또 떨어질 듯 덜렁거렸다.

"선생님 진정하세요."

"지금 진정하게 생겼어요? 우리 남편이 저년이랑 대화만 나눴다고, 절대 이상한 일 없었다고 했단 말이에요. 저는 그 말을 믿었고요. 혹시나해서 영상 확인하려고 온 건데 우리 남편이 저렇게 흥분한 채 미쳐 날뛰고 있잖아요. 나 어쩌면 좋아요?"

그녀는 갑자기 얼굴이 시뻘게지더니 숨을 거칠게 몰아쉬며 힘들어했다. 호흡곤란 증세를 보인 것이다. 어떻게든 그녀를 달래줘야만 했다.

"선생님. 자, 진정하시고 제 말 잘 들으세요. 위로가 될지 모르겠지만 저렇게 올라타고 기타 등등 벌어지는 행위는 불륜 남녀에게서 흔히들 있는 일이에요. 쉽게 말해, 배우자가 바람피운 증거를 잡은 분들 대부분이 이런 상황과 맞닥뜨리죠. 그러니 '나 말고도 이런 사람은 지구에 아주 널렸다.'라고 생각하면 좀 편안해지실 거예요. 어떠세요?"

그녀는 내 말을 듣고 약간 진정이 되는 듯했으나 계속 이어지는 괴이한 장면들 때문에 힘들어했다. 영상이 중반으로 넘어갈수록 괴이한 장면들은 더 심해졌고, 그녀는 인공 속눈썹이 떨어질 듯 말 듯 간당거리는 눈을 쉴 새 없이 깜빡이며 영상을 시청했다. 나는 그만 보는 게 좋겠다고 여러 번 타일렀지만 소용이 없었다.

그런데 그녀의 반응이 이상했다. 처음에는 남편의 외도에 대해 화를 내는 것 같더니 나중에는 영상 속 두 사람의 행위들에 집중했다. 그러면서 이번 행위에 대해선 어떻게 생각하는지 또 다음 행위에 대해선 어떻게 생각하는지 내게 일일이 물어 왔다. 내가 무슨 스포츠 중계하는 사람도 아니고, 도대체 그 질문에 대한 답을 왜 해야 하는지 강한 의문이 들었지만 열 받아서 졸도하기 일보 직전인 그녀를 달래기 위해 일일이 답해 주었다.

마침내 영상이 끝났다. 남편과 다른 여자의 낯 뜨거운 애정 행각을 다 본 그녀는 배신감에 치를 떨며 물었다.

"그럼 저 이제 어쩌면 좋아요? 어떡하죠?"

"본인이 결정하셔야죠."

"아, 맞다. 나 이혼하러 왔지. 당장 이혼할 거예요! 근데 저것들을 어떡하죠? 가만 놔둘 순 없잖아요. 이건 이혼밖에 답이 없겠네요. 맞죠? 그죠?"

"제가 결혼 경험은 없지만 저런 남편을 계속 신뢰하기는 어려울 것 같아요. 만약에 저라면 이혼했을 거예요."

"맞아요. 저 반드시 이혼할 거예요."

그녀도 결심을 굳힌 듯 확고한 표정을 지었다. 그녀는 더 이상 묻지 않았다. 우리의 대화도 그렇게 끝났다. 녹취 의뢰는 하지 않고 돌아갔다. 다음에 다시 연락한다며.

일주일 후, 사무실로 전화 한 통이 걸려 왔다.

"전데요."

"누구시죠?"

"일주일 전에 남편 일로 상담했던 사람이요."

"아, 네. 녹취 맡기시려고요?"

"내가 미쳤어요! 당신 같은 가정 파탄자한테 일을 맡기게!"

"네?"

황당한 일이었다. 일주일 만에 전화해서는 다짜고짜 쏘아붙이다니!

"아무리 그래도 그렇지, 댁이 뭔데 우리 남편 욕을 그렇게 하죠?"

"네? 그게 무슨 말씀이시죠?"

"댁이 했던 말 우리 남편이 다 들었거든요. 잠깐 기다려요. 아가씨, 이제 우리 남편한테 혼났다."

"뭐라고요?"

"여보, 그 여자야. 받아 봐."

수화기 너머로 그녀가 누군가에게 말했다. 곧이어 웬 남자가 날카로운 목소리로 다짜고짜 소리를 질러댔다.

"여보세요! 여보세요!"

"네, 말씀하세요."

"니미 씨부럴! 이게 어디서 남의 멀쩡한 가정을 망가뜨리려고 들어? 너 대체 뭐 하는 인간이야?"

"그게 무슨 말씀이시죠?"

"하이고! 잡아떼기는. 이걸 확! 너 문 닫고 싶어?"

"아니요. 열고 싶어요."

"그럼 입조심했어야지. 넌 악질 가정 파탄범이야! 알아?"

"남편분, 말조심하세요! 저 그런 잔챙이로 세상을 살아 본 적이 결코 없어요!"

"뻔뻔하게 나오시겠다? 야! 너 내 마누라한테 내 욕했어, 안 했어? 주둥이 있으면 나불대봐. 변명이라도 들어 보게!"

"그게 그러니까 욕이라기보다는 아내분께 용기를 드린 거죠. 이미 헤어질 결심을 하신 상태였거든요."

"거짓말하네! 내 마누라는 그럴 생각이 전혀 없었다는데! 네가 내 욕 하면서 헤어지라고 부추겼다며."

"아내분이 그래요?"

"그래!"

참으로 참신한 고객일세! 내 뒤통수를 이런 식으로 치다니.

"저기 뭔가 착오가 있는 것 같네요."

"착오 좋아하시네!"

그때 아내가 옆에서 남편에게 말을 걸었고 두 사람 간에 짧은 대화가 오갔다.

"자기야, 저 여자가 나한테 당신이 평생 나 마음고생시킬 거라고도 했어."

"쌍! 야! 너 내가 말하는 중간에 끼어들지 말라고 했어, 안 했어? 확!"

"자기야, 끼어든 게 아니라 저 여자가 한 짓을 알려 준 거잖아. 그리고 나 저 여자한테 할 말 있거든. 내가 먼저 말하면 안 될까?"

"이씨! 감히 내가 말하고 있는데 중간에 말을 가로채? 뭐 하는 짓거리야? 너 미쳤어?"

남편은 상스러운 말들로 여자를 심하게 물어뜯기 시작했다. 하는 수 없이 내가 나섰다.

"자자, 싸우지들 마시고, 한 사람씩 순서대로 하세요. 누가 먼저 말할래요? 남편분 먼저? 아님 아내분?"

"뭐?"

"그냥 남편분 먼저 얘기해 보세요."

"그래, 내가 먼저 할 거야."

다시 남편과 나의 대화가 이어졌다.

"야! 그리고 네가 뭔데 내 사진을 보여 달라고 해? 응!"

"네에?"

"마누라가 보여 주기 싫다는데 네가 내 얼굴 보고 싶다고 했다며!"

혹시 이거 몰래카메라 촬영 중인 건가? '멀쩡한 사람 뒤통수치기' 컨셉으로? 그러지 않고서야 정말 황당하기 짝이 없었다!

"아내분이 그래요? 제가 사진 보여 달라고 했다고?"

"그래. 얘기 다 들었거든!"

"저기요. 사진은 아내분이 먼저 보여 줬어요."

"닥쳐! 내 얼굴 보고 뭐가 어째! 물고기 새끼를 닮아? 또 뭐 내가 더러워? 너 말 다 했어?"

"그 부분에 대해선 저도 할 말은 많지만 변명은 안 할게요. 네, 인정합니다. 아내분하고 남편분 뒷담화 좀 깠습니다. 미안하게 됐습니다."

"그래! 이제야 이실직고하네! 근데 사과로는 안 될 것 같은데 어떡하지? 보상받아야겠어!"

그제야 이 자들의 속셈이 무엇인지 딱 감이 왔다. 하지만 나는 일단 얘기를 조금 더 들어보기로 했다.

"보상이요?"

"내 명예를 심각하게 훼손하고 날 모욕했잖아! 그게 다가 아니지. 네까짓 게 뭔데 남의 가정에 끼어들어 '헤어져라, 마라.' 간섭질이야?"

"그러게요. 제 일도 아닌데 왜 꼽사리는 껴가자고 이런 생욕을 퍼먹고 있는지 저 또한 답답하네요."

"뭐? 이게 진짜! 너 이거 다 뭐로 피해보상 할 거야? 응?"

"글쎄요. 제가 피해보상 해드릴 건 딱히 없어 보이는데요."

"이게 아주 잡아떼네? 네가 빼도 박도 못할 증거가 있는데도 그럴 거야?"

"그게 무슨 말씀이시죠?"

"우리 마누라가 저번에 너랑 얘기한 거 전부 녹음해 왔거든. 네가 한 짓이 다 녹음됐다고! 너 이제 내 손에 죽었어. 알아?"

내가 밝은 목소리로 대답했다.

"일이 아주 재미있게 돌아가는군요."

"그래, 그러니까 주둥이 함부로 놀리면 어떻게 되는지 내가 이참에 보여 줄게. 너한테 받은 피해의 100배를 내가 청구할 거다!"

"오모나! 너그럽기도 하셔라. 겨우 100배로 성이 차시겠어요?"

"그래! 너 말 잘했다. 그럼 200배 청구할까?"

"그럼, 그게 얼마인데요?"

"네가 상상도 못 할 돈일걸! 기대해도 돼!"

여기까지 들어 줬으니, 이제 태세를 전환할 때가 됐다. 나는 아주 친절한 말투로 물었다.

"혹시 두 분 삥 뜯기 전문으로 하는 분들이세요?"

"뭐라고!"

"자, 아내분께 묻겠습니다. 아내분, 정말 저와의 상담 내용을 녹음하셨나요?"

"뭔 말이 그리 많아? 우리 마누라가 했다니까!"

"정말 녹음했다는 거죠?"

"그래, 했다고! 왜? 벌써부터 겁나냐?"

"겁나긴요. 너무 잘하셨어요. 녹음하셨다니까 저도 당당히 말할 수 있겠네요."

"너 아주 뻔뻔하다? 상담한다는 인간이 남의 남편 험담을 그렇게 하냐? 제정신이야?"

"남편분, 말은 똑바로 하셔야죠. 험담은 아내분이 하셨죠. 저는 아내분

아마 내가 별에서 왔다지요

이 힘들어하셔서 동조해 드린 것뿐이고요. 녹음 내용 확인해 보세요."

남자가 내 말에는 대꾸도 하지 않고 주제를 바꿨다.

"그리고, 너 눈에 문제 있냐? 내가 말이야, 그냥 아는 여자 동생을 집으로 불러서 대화 나눌 수도 있는 거지. 네가 그거 보고 내 마누라한테 나를 이간질 해? 어디서 감히!"

이건 정말 황당하다. 다른 대화는 듣기에 따라서 '아' 다르고 '어' 다를 수 있지만 동영상은 확실한 증거 아닌가!

"혹시 본인이 찍힌 그 영상 안 보셨어요?"

"그래, 아직 안 봤다! 대신에 내 마누라가 봤는데 대화한 거 말고는 별것도 없다는데?"

"직접 보면 그런 얘기 못 할 텐데요?"

"야! 내가 봤건 안 봤건 똑같아. 내가 이제껏 단 한 번도 한눈을 안 판 사람이야! 근데 네가 뭔데 누가 먼저 올라탔다느니 쪽쪽 빤다느니 그런 말을 해? 응?"

"그 말도 제가 했대요? 아내분이?"

"그래!"

"후유. 자, 제가 정확하게 설명해 드릴게요. 일단 제가 영상을 봤을 때는 남편분이랑 그 여성이 목소리로 하는 대화 자체가 아예 없었어요. 아, 맞다. 혹시 그때 하셨을까요? 남편분이 그 여자 위로 올라탔을 때요?"

"뭐! 뭔 헛소리야! 내가 어딜 올라타?"

남자가 약간 당황한 것 같았다. 나는 태연하게 계속 얘기했다.

"남편분이 그 여자 위로 올라타셨고, 잠시 후 러브신을 격렬하게 찍기 시작했잖아요. 그때도 대화는 안 하셨는데……."

"뭐? 러브신? 그래, 잘한다. 너 더 해 봐. 어디!"

"네. 더 할 테니까 중간에 말 끊지 말아보세요. 그런 후에 남편분이 그 여자하고 뒤집기를 해서 서로 위치가 바뀌었잖아요. 남편분이 아래, 여자가 위에. 그 후에 남편분이 배 위에 여자를 둔 채로 서로 막 지랄하시다가……."

"뭐! 지랄?"

"에이, 말 좀 막지 말라니까요. 제가 지금 얘기 중이잖아요!"

"알았어. 녹음 중이니까 계속 씨불여 봐."

"그러고 나서 한 10초 뒤에 남편분이 벌떡 일어나 앉더니 여자 모가지에, 아니 목덜미에 막 키스했잖아요."

그러자 남편이 고래고래 악을 썼다.

"근데 이게 보자 보자 하니까! 내가 언제 키스를 했다 그래!"

"에이, 왜 그러세요? 그 장면 아내분이 여러 번 되감기 해 달라고 해서 되게 많이 확인한 장면인데요?"

"이것들이 진짜 미쳤나? 난 결백해! 그 여자랑 만나서 대화 나눈 것밖에 없다고!"

"에이 말도 안 돼요. 대화라면 방바닥에 옹기종기 앉아서 해야지, 무슨 레슬링 하듯이 껴안고, 비비고, 뒹굴고, 난리 치면서 해요? 그것도 말은 한마디도 안 하고요?"

"너 말 다 했어?"

"아뇨. 다 안 했어요. 그러고 나서 둘이 '누가 누가 빨리 벗나?' 내기라도 하듯 순식간에 입은 옷을 다 벗어 재꼈어요. 그러고 나서 두 사람이 뭐 하셨죠?"

"뭘 하다니?"

"그걸 왜 저한테 물으세요? 직접 영상 확인해 보세요. 홀딱 벗고 쎄쎄쎄 하지는 않았을 거 아녜요? 바로 그걸 댁의 아내분과 제가 다 봤다고요. 속일 걸 속이세요. 맞죠? 아내분? 아내분 듣고 계시죠? 그거 보면서 저한테 그러셨잖아요. 저것들이 짐승 새끼지, 사람 새끼냐고. 그죠?"

나는 일부러 아내가 들으라고 크게 말했다. 수화기 너머로 둘의 대화가 들렸다.

"뭐야, 너 저 얘기 왜 안 했어?"

"자기야, 저 여자 말 다 거짓말이야."

다시 남편이 고함을 질렀다.

"야! 우리 마누라가 다 거짓말이라잖아!"

"그러니까요, 거짓말인지 아닌지 영상을 보면 알잖아요?"

수화기 너머로 아내의 작은 목소리가 들렸다.

"여보, 나 좀 바꿔줘 봐. 내가 상대할게."

전화를 건네받은 아내가 앙칼지게 소리쳤다.

"이게 어디서 우리 남편한테 지적질이야? 야! 이 기집애야! 너 말 다 했어? 너 우리 남편한테 정말 혼나 볼래?"

남자가 전화기를 다시 뺏어서 다른 걸 또 물었다. 그러고 보니 남편이 묻는 말들은 하나같이 녹음 내용을 들어보면 확인할 수 있는 것들이었다. 왜 확인도 안 하고 나한테 따지는지는 알 길이 없었다.

"너 그리고 우리 마누라한테 뭐라 그랬어? 뭐, 내가 밤일도 1분도 안 돼서 끝낼 조루일 거라고?"

"하! 그 말도 아내분이 해 주셨어요?"

"그래 입 뚫렸으면 씨불여 봐! 그게 바로 내 명예훼손이지 뭐야! 응?"

그쯤 되니 나는 그 아내에게 분노했다. 정말 가증스럽기 짝이 없는 여자였다. 구토가 나올 법한 영상을 귀한 시간을 들여 함께 봐 줬던 나다. 그것도 여자가 간곡히 요청해서 보고 싶지 않은 장면들을 구간 반복까지 하며 보고 또 봤다. 여자가 상처받을까 봐 용기까지 팍팍 불어넣어 줬건만 이런 식으로 뒤통수를 치다니!

나는 너무 화가 나서 폭발 직전이었지만 이를 악물고 말했다.

"아내분, 제 말 들리시죠? 일주일 전에 그렇게 용기를 낼 수 있게 도와 드렸는데 제 입장 참 곤란하게 만드시네요. 이왕 이렇게 된 거 저도 솔직해지겠습니다. 단, 제가 입 열면 아내분도 좋은 소리 못 들을 거니까 미리 알고 계세요."

"너 지금 우리 마누라 협박하냐?"

그러자 수화기 뒤에서 둘의 대화가 또 흘러나왔다.

"여보! 저 여자 말 신경쓰지 마. 저 여자가 당신 욕만 잔뜩 했어. 당신 외모도 사람이 아니라 생선 대가리 닮았다고 했고, 냄새나고 더럽다고도 했어. 남자구실 못하는 조루라고도 했고 오히려 우리가 정신적 피해 보상금 청구해야 돼. 자기야 맞지?"

"당연히 청구해야지! 저런 거는 가만두면 안 돼!"

이쯤 되면 피해 보상금을 노리는 부부 사기단이라고 의심하지 않을 수가 없다. 나는 단호한 어투로 말했다.

"남편분? 궁금한 게 있는데요. 왜 이제껏 아내에게 거짓말을 하신 거예요?"

"뭔 거짓말? 너 계속 그따위로 나 모욕할 거야?"

"아내분에게는 본인이 발기부전이라고 내내 얘기하셨다면서요. 그래서 5년째 부부관계도 안 하셨고요. 근데 영상에서는 그 여자랑 장장 30

분 동안 격렬하게 애무하면서 서로 난리 난리 치셨잖아요. 뭐, 그러다가 막판에 10초도 안 돼 끝났지만."

"뭐야? 너 지금 뭐라고 그랬어? 10초도 안 돼 끝나? 누가? 내가?"

"네. 아내분도 남편분이 10초도 안 돼서 끝났다고 인정했어요."

"이게! 나를 뭐로 보고! 10초라니? 그게 말이 돼? 한창나이인 사람한테! 너 죽을래?"

"세상이 뒤집어져도 저는 진실만을 말하는 사람이에요. 분명히 10초 미만이었어요."

"이런! 썅! 꽉 씨!"

"왜 욕을 하고 그러세요? 직접 영상 확인해 보면 아실 거 아니에요! 오죽하면 아내 분도 그 부분 보더니 '우리 남편 깡총하고 끝내 버렸네. 호호호' 하면서 웃었다고요."

내 말은 100% 사실이다. 아내와 상담했던 날, 문제의 그 10초 미만을 확인했던 순간은 이랬다.

영상을 보며 미치고 펄쩍 뛰던 아내가 갑자기 웃기 시작했다.

"어머! 호호호호! 호호호호호!"

"왜 그렇게 웃으시죠?"

"방금 봤죠?"

"뭘요?"

"그렇게 요란하게 포르노를 찍더니 정작 중요한 순간에는 '깡총' 하고 끝나 버렸잖아요. 호호호호!"

"그게 웃기세요?"

"네. 너무너무 웃기잖아요. 쌤통이다. 살모사 같은 년."

그러더니 아내는 모니터 쪽으로 고개를 빼꼼 내밀고 한층 더 밝은 목소리로 말했다.

"아가씨, 여기 끝부분 있잖아요. 여기가 하이라이트 같은데, 우리 남편 몇 분 만에 끝났는지 시간 잴 수 있을까요?"

"네?"

"우리 남편 일 금방 끝났잖아요."

"네에. 근데 그게 왜요?"

"너무 일찍 끝나서 기분 좋아서 그러죠."

"뭐라고요? 기분이 좋다고요?"

"네. 너무 좋아요. 그래서 말인데 여기 몇 분 만에 끝났는지 시간 좀 잴 수 있을까요?"

나는 정말이지 어이가 없었다.

"제가 그렇게 한가한 사람이 아니거든요. 그리고 몇 분이 아니고 1분 미만 같은데 직접 계산해 보세요."

"에잉, 제가 영상 볼 줄 몰라서 그러는데 좀 해 줘요. 넹? 아잉."

"글쎄요. 제가 남편분께서 다른 여성분과 부정행위를 한 구체적인 시간까지 재 드릴 이유는 없어 보이는데요. 본인이 직접 하시죠."

"어쨌든 1분 미만이라는 거죠?"

그러더니 한참 동안 영상을 뒤로 거듭 돌려가며 시간을 재는 게 아닌가!

"선생님, 아직도 하고 계세요?"

"네. 이게 시간 계산하는 게 어렵네요."

"후유, 여기 영상 시간을 봐보세요. 여기부터 세 볼게요. 20, 21, 22, 23, 24, 25도 못 갔네요. 정확히 6초 미만이에요."

"어머, 그럼 10초도 못 한 거네요. 하하하하하! 아이 신나!"

아마 내가 별에서 왔다지요

"그게 왜 신나죠?"

"그냥 기분 좋아요! 아가씨도 결혼하면 내 마음 알 거예요."

도대체 뭔 소리를 하는 건지.

10초 미만 얘기가 아무래도 남자의 자존심을 건드렸나 보다. 남자가 몹시 흥분한 목소리로 다급하게 소리쳤다.

"뭐 깡총? 토끼? 10초? 감히 날 뭐로 보고!"

나는 정확한 사실을 기반으로 한 반박을 해 주었다.

"남편분, 10초 얘기는 아내분이 했던 얘기고요. 저는 6초라고 답해 드렸어요."

"뭐? 너 진짜 혼나 볼래?"

"정확히 6초였어요. 아닌가? 5초라고 해야겠구나. 6초 미만이니까."

"뭐! 너 지금 뭐라 그랬어?"

"여하튼 영상 보면서 아내분이 얼마나 좋아했는지 몰라요. 마지막 하이라이트 장면에서 남편분이 짧게 했다면서요."

또다시 수화기 너머로 둘의 대화가 들렸다.

"뭐? 이 여편네가 진짜! 너 진짜 그랬어?"

아내가 주눅 든 목소리로 울먹이며 대답했다.

"아니, 여보 그게 아니라. 당신이 바람피웠는데 긴 것보단 짧은 게 나으니까."

"뭔 개소리야! 6초도 안 되다니 그게 말이 돼? 그때 나 꽤 길게 한 걸로 기억하는데? 응!"

순간 나도 모르게 환호했다.

"와우! 지금 남편분 바람피운 거 본인 입으로 인정하시는 거네요.

맞죠?"

"우씨! 내가 언제 인정 안 한다고 그랬어? 나 쿨하게 인정할 건 인정해. 근데 6초는 진짜 아니야!"

"아하 그러세요? 그럼 제가 남편분을 조루라고 말 안 했다는 것도 아셨으니, 저한테 사과하셔야죠."

"이씨! 네까짓 거한테 무슨 사과를 해?"

그러더니 갑자기 아내에게 화살을 돌렸다.

"야! 그냥 좀 논 거라고 했지? 근데 왜 저런 애한테까지 가서 내 체면을 구기냐고!"

나는 재빨리 엄숙한 목소리로 물었다.

"자, 그럼 정리를 해 볼게요. 두 분 그거 아시죠? 말도 안 되는 일로 상대방을 협박하면 죄가 된다는 거?"

"뭐 협박? 우린 너 협박한 적 없어. 사실을 가지고 얘기했을 뿐이야."

"에이, 끝까지 그러신다. 저도 그 영상 갖고 있는데……."

"뭐, 그게 뭔 말이야?"

"그날 아내분이 녹취 의뢰할지도 모른다고 저희 사무실에 영상 복사해 두고 가셨어요. 아내분! 혹시 기억 안 나세요?"

아내의 작은 목소리가 들렸다.

"어머! 깜빡했다. 어떡해!"

"두 분, 저랑 지금 1시간 넘게 통화 중인 거 아시죠?"

남자가 퉁명스레 답했다.

"근데! 그게 뭐?"

"두 분과 통화하느라 저한테 방금 어떤 일이 생겼는지 아세요?"

"뭔 일이 생겼는데?"

"아까부터 다른 고객들이 연락을 해와도 두 분 말 끊지 않으려고 계속 받아 주다가 다른 고객들 연락을 한 개도 못 받았어요. 지금 그 고객들이 문자를 보내고 난리가 났어요. '외국 간 거냐?', '잠수 탄 거냐?', '무슨 일 있는 거냐?' 하면서. 덕분에 제 옆에 있는 경쟁 속기 사무소는 하루 매출 최고점을 찍는 중이고요."

"뭐라는 거야?"

"제 말은 두 분이 아까부터 저에게 엄청난 업무방해를 하고 있다는 말입니다."

"네가 아주 간이 배 밖으로 나왔구나?"

"그래서 이 시간 이후로 말도 안 되는 트집 잡으면서 협박하거나 계속 업무방해를 한다면 더 이상 가만있지 않겠습니다."

아내가 말했다.

"이것 봐요, 아가씨. 다 됐고요, 우리 남편 영상 당장 지워요. 알았어요?"

"두 분이 허위 사실로 저를 괴롭히지 않는다면 지울게요."

그 순간 전화가 뚝 끊어졌다. 그걸로 끝이었다. 더 이상 전화가 오지 않았다.

그 황당 협박 사건은 나의 상담 스타일에 대한 심각한 고민을 해 보게 했다. 나는 내 사무실에 온 의뢰인들이 힘든 상황을 털어놓으면 내 가족 일처럼 감정이입을 하는 편이었다. 특히, 그들이 이러지도 저러지도 못하고 결론을 내지 못해 괴로워하면 내가 대신 확신에 찬 모습으로 조언해 주곤 했다. 사실, 고민에 빠진 의뢰인들은 마음속으로는 이미 답을 갖고 있으면서도 그걸 누군가 다시 한번 짚어 주길 바라는 경우가 대부분이기 때문이다. 마음에 짙은 안개를 깔고 그 속에서 갈팡질팡하는 의뢰인을 꺼내주는 게 그들을 돕는 것인 줄 알았는데…… 그게 아닌가? 이번에 크게 뒤통수를 맞고 나니 혼란스러워졌다.

그런데, 아무리 고민해 봐도 나는 내 상담 스타일을 바꾸지 않을 것 같다. 그게 내 성격이니 어쩔 수가 없다. 그러다가 이번 같은 사태가 또 생긴다면 어쩌지? 흐음. 생각해 보니 큰 문제는 아닐 것 같다. 내 특유의 전투력으로 응징해 주지 뭐. ★ ★

아마 내가 별에서 왔다지요

★ 25 ★
아내의 이중생활

집안 좋고, 학벌 좋고, 성격 좋고, 직업 빵빵하고 그야말로 모든 조건을 완벽히 갖춘 남자가 있었다. 그는 소개팅으로 한 여자를 만나 불과 일주일 만에 결혼을 결심했고, 일사천리로 진행해서 가정을 이루었다.

신혼의 깨가 쏟아지던 어느 날, 평소보다 일찍 귀가했는데 현관문을 열자마자 아주 기가 막히고, 코가 막히고, 숨조차도 쉬기 힘든 장면을 목격하고 만다. 그날 이후로 신혼의 천국은 사라졌다. 지옥에서의 나날을 지내던 남자는 결국 이혼을 준비하려고 산송장 같은 얼굴로 내 사무실을 찾아왔다.

그는 아내와의 달콤했던 신혼생활을 떠올리며 이야기를 시작했다.

"매일매일이 행복했어요. 정말 꿈만 같았죠. '내가 무슨 복이 많아서

아마 내가 별에서 왔다지요

이런 여자와 결혼했을까?' 진심으로 감사하면서 지냈어요. 그런데 결혼하고 2개월 됐을 때 모든 게 다 끝나 버렸어요."

"무슨 일이 있었는데요?"

"제 업무가 출장이 잦은 편이거든요. 그날도 며칠 해외 출장을 가기로 됐었는데 출발 직전에 취소가 됐어요. 공항에서 집으로 갈 때 일부러 와이프한테 전화를 안 했어요. 깜짝 놀라게 해 주고 싶었거든요. 와인을 하나 사서 집으로 들어갔는데……."

그가 입술을 굳게 다문 채 머뭇거리다가 한참이 지나서야 입을 뗐다.

"욕실에서 대화 소리가 들렸어요. 와이프는 분명 그날 집에 혼자 있을 거라 했었거든요."

"어떤 대화였죠?"

"남녀의 대화 소리였어요. 근데 욕실 앞바닥에……."

남자가 다시 말을 멈추고 한숨을 내쉬었다. 나는 다음 이야기가 뭘 지 추측해 보다가 세차게 고개를 흔들었다.

'하아 진짜! 도대체 왜 이런 생각만 떠오르는 거야! 이번엔 제발 아니면 좋겠다. 그래. 그간 수없이 많은 불륜 남녀의 녹취를 들었던 탓이겠지. 아마 욕실 안의 남자 목소리는 변기 수리 기술자일 거야. 변기가 콱 막혀서 뚫어 주러 왔을 거야.'

남자가 탁자에 놓인 물을 벌컥 들이킨 후 말을 이어갔다.

"그러니까 욕실 앞바닥에 그것들이 있었어요."

"어떤 거요?"

"아무렇게나 막 벗어 놓은 남자 사각팬티랑 혁대가 풀어진 남자 바지가 벗겨진 그대로 놓여 있더라고요."

"하아……."

"그 옆엔 제 와이프 속옷이랑 옷들이 같이 섞인 채 널브러져 있었어요. 그걸 보니까 정신이 아찔하더라고요. 그런데 갑자기 웃음소리가 들렸어요. 와이프랑 웬 남자 웃음소리가 섞여서 들렸는데 그때 정말 소름이 돋더라고요."

"그래서 어떻게 하셨어요?"

"욕실 문을 열려고 했는데 잠겼더라고요."

당시 상황은 이랬다. 남자가 욕실 문손잡이를 잡고 세게 흔들었을 때 욕실 안 웃음소리가 멈췄다.

남자는 곧바로 욕실 문을 세게 두드렸다.

'쾅쾅! 쾅쾅쾅! 쾅쾅쾅쾅!'

조금 뒤 아내의 떨리는 목소리가 들렸다.

"누, 누구세요?"

"자기야. 문 좀 열어 봐."

"자기?"

"그래, 나야. 어서 문 열어."

"어머, 자기 출장 갔잖아!"

"취소됐어. 얼른 문 열어 봐."

"으응…… 잠시만 자기야."

아내가 한참이 지나도 열지 않았기에 남자가 밖에서 문을 따고 들어 갔다. 그리고 경악스러운 광경을 목격하고 말았다. 웬 낯선 남자가 변기에 다소곳이 앉아 있었는데 양 무릎을 가지런히 모으고 두 손으로 그곳을 가리고 있었단다. 벌거벗은 상태로 말이다. 아내는 뭐 했냐고? 불안한 얼굴로 어쩔 줄 몰라 하며 손톱을 물어뜯고 서 있더라나? 역시 벌거벗은 채로 말이다.

아마 내가 별에서 왔다지요

얘기를 듣는 내 얼굴이 화끈거렸다. 남자는 훨씬 더 어두워진 낯빛으로 깊은 한숨을 내쉬었다. 그에게 무어라 위로의 말을 해야 할지 막막해서 일단 물 한잔을 더 주며 말했다.

"얼마나 놀라셨을까요."

남자는 고개를 살짝 끄덕이는 걸로 답을 대신했다. 내가 준 물을 1초도 안 돼서 다 마셔버린 남자가 초점 없는 눈빛으로 말을 이어 갔다.

"그런데 더 가관인 건…… 와이프가 뭐라 했는지 아세요? 그 남자를 그날 처음 봤고 둘이 아무 일도 없었다 하더라고요."

순간 나도 모르게 발끈했다.

"진짜 어이가 없어서! 처음 봤는데 옷은 왜 다 벗고 있었대요?"

"소장님도 안 믿기죠? 둘이 발가벗고 있었으면서 아무 일도 없었다는 게 말이 돼요?"

"그러게요. 변명치곤 참 앞뒤가 안 맞네요."

"제 말이요. 그러면서, 정말 그런 거 아니라는 거예요."

"욕실에서 발가벗고 수영 연습한 것도 아닐 테고 아무 일이 없긴 뭐가 없어요? 비겁한 변명일 뿐이죠."

"그러고는 다음 날 아침에 뭐라 했냐면 사실은 자기가 성폭행당할 뻔 했던 거라고……."

"말도 안 돼! 그럼 신고를 했어야지. 왜 둘이 낄낄거리고 웃은 거래요?"

"안 그래도 제가 그러면 왜 웃은 거냐고 물었더니 자기는 웃은 적이 없대요."

"그 말 인정하세요?"

"아니요. 제가 와이프 웃음소리를 모르겠어요? 정말 밝게 웃었다고요. 아양도 떨면서요."

나는 미심쩍은 표정으로 물었다.

"근데 같이 생활하면서 이상한 낌새를 조금도 못 느끼셨나요?"

"사실 이상했던 게 여러 번 있긴 했어요. 하지만 그때는 너무 사랑하니까 작은 의심조차 하면 안 된다고 생각했어요."

"어떤 게 이상했었죠?"

"한번은 퇴근 준비를 하고 있는데, 와이프한테 카톡이 왔어요."

남자는 휴대폰으로 내게 아내와의 대화창을 보여 주었다.

아내

바빠? 나 언제 안아 줄 거야? 우리 빨리 보자. 응?

남편

여보? 뭐라고?

아내

어머! 친구한테 보낼 걸 잘못 보냈네. 미안 여보.

"이러고 몇 주 뒤에 또 저한테 이상한 카톡을 보냈어요."

아내

이번에도 나 세게 물 거야? 저번에 자국 남아서 혼났단 말이야. 이번엔 자국 안 나게 조심히 물어야 해. 알겠지? ㅋㅋ

남편

자기야, 무슨 소리야?

아마 내가 별에서 왔다지요

"그때 와이프가 아무 답을 안 하길래 제가 전화를 했죠. 그랬더니 친구한테 그 집 강아지 얘기한 거라고 하더라고요. 강아지가 자꾸 자기를 문다면서요."

"그러니까 애인한테 보내려다가 선생님에게 잘못 보낸 거네요? 그것도 여러 번."

"네."

"하아, 그런 카톡 보고도 전혀 눈치 못 챘던 거예요?"

"전혀요."

잠시 후, 남자가 어깨를 축 늘어뜨리고 힘없이 말했다.

"근데 아직도 포기가 안 돼요."

"네?"

"와이프를 너무 사랑했나 봐요."

그렇다. 남자는 여전히 아내를 사랑하고 있었다. 아까 카톡 대화창을 봤을 때 그의 휴대폰 속에 저장된 아내의 이름은 '너무 예쁜 내 사랑'이었다. 여전히 그 이름으로 되어 있는 게 조금 의아했었는데 그제야 이해가 됐다.

이토록 지독하게 사랑에 빠진 사람에게 어떤 말을 해 줘야 할지 고민하고 있는데 남자가 금세 눈물이 쏟아질 것 같은 얼굴로 말했다.

"근데 소장님, 더 비참한 건 뭔지 아세요?"

"뭔데요?"

"그 남자를 다시 만나고 나서 더 괴롭다는 거예요?"

"네? 그 남자라면…… 상간남을 다시 만났어요? 또 욕실에서요?"

"아니요. 제 사무실로 남자가 전화했어요. 한번 만나고 싶다면서요. 그래서 만났죠."

"와! 진짜 뻔뻔하네요. 왜 만나고 싶었대요?"

"그 남자가 사실은 와이프랑 3년 전부터 만나 온 사이라고 했어요. 같이 여행도 다니고, 동거도 오래 했었고, '여보, 당신'이라고 부르면서 꽤 깊은 사이였대요. 그런데 와이프가 그 남자더러 자신을 성폭행하려고 했었다고 말해 달라면서 그냥 그렇게만 말하면 자기가 다 알아서 한다고 했대요."

"맙소사, 그래서 선생님은 뭐라고 하셨어요?"

"와이프 얘기와 전혀 달라서 그 남자 말을 전부 신뢰할 순 없었죠. 그리고 와이프 말대로 그 남자한테 위협을 당했을 수도 있다고 생각했어요. 그 남자가 거짓말을 한 것일 수도 있으니까요. 아니, 솔직히…… 그냥 와이프의 말을 무조건 믿고 싶었나 봐요."

그 순간 하마터면 내 입에서 '이런 천하의 바보 같으니라고!'라는 말이 튀어나올 뻔했지만 꾹 참았다. 남자가 말을 이어 나갔다.

"그래서 어쨌든 나는 가정을 깨고 싶지 않으니까 더 이상 와이프를 만나지 말라고 했어요. 연락도 하지 말고 우리 근처에 얼씬도 말라고요. 그렇게만 해 준다면 법적으로 아무런 조치도 취하지 않을 테니 그래 줄 수 있냐고 물었어요. 그랬더니 남자가 알았다면서 미안했다고 하고는 자리를 뜨려고 일어났죠."

"잠깐만요! 그대로 보내신 거예요? 그 남자가 했던 말이 사실일 수도 있잖아요."

"막 나가려던 참에 그 남자 핸드폰으로 전화가 왔어요. 그래서 전화를 받고 통화를 조금 하더니 전화기를 탁자에 놓고 스피커폰으로 돌려놓더라고요."

"누구한테 온 전화였는데요?"

"발신자를 봤더니 와이프 이름이었어요."

"어머나!"

내연남과 아내의 통화 내용은 이랬다.

아　내 : "○○야. 그냥 내 말대로 하라니까. 네가 나를 강제로 겁탈하려
　　　　했다고 해야 해. 남편한테도 그렇게 얘기해 놨어. 그러니까
　　　　나랑 그렇게 입을 맞추자. 응?"

내연남 : "(짜증 섞인 말투로) 글쎄 싫다니까!"

아　내 : "싫긴 뭐가 싫어? 일은 해결해야 할 거 아니야!"

내연남 : "그래서 나보고 지금 범죄자가 돼라?"

아　내 : "범죄자라니? 우리 남편 순진해서 내가 잘 달래면 된다니까.
　　　　시간 좀 지나면 아무 일 없던 것처럼 될 거야. 넌 그냥 내 말만
　　　　들어. 알았지?"

내연남 : "너 진심이냐?"

아　내 : "당연하지! 그것 말고 다른 방법이 없잖아."

내연남 : "하아…… 됐고, 지금이라도 네 남편한테 사실대로 말해.
　　　　용서를 빌라고!"

아　내 : "안 돼. 그럼 우리 남편 죽을지도 몰라."

내연남 : "왜 죽어?"

아　내 : "나를 너무 사랑하니까. 그 사람 나 없으면 죽어. 그러니까
　　　　지금 너와 나, 우리 남편 모두를 생각해서 이러는 거야. 이게
　　　　최선이라고."

내연남 : "최선 좋아하고 있네! 나는 내 무덤 팔 생각 없으니까 허튼

수작 그만 부려. 그리고 네 남편한테 사실대로 다 말할 테니까
그리 알아."

아 내 : "일 크게 만들지 말고, 그냥 내 말대로 해!"

내연남 : "싫다고!"

아 내 : "그래야 우리 두 사람한테도 좋단 말이야!"

내연남 : "우리 이제 끝난 사인데 좋긴 뭐가 좋아?"

아 내 : "누구 마음대로 끝내?"

내연남 : "그럼 이렇게 된 마당에도 날 또 만나겠다고?"

아 내 : "시끄럽고, 그냥 내 말대로 해! 그래야 우리 지금처럼 볼 수
있어."

내연남 : "야! 너라면 지긋지긋해. 이제 내 옆에서 좀 꺼지라고! 결혼
했으면 네 남편한테 충실하면 되잖아!"

아 내 : "이 미친놈아! 내가 너 없이 어떻게 살아! 우리가 하루 이틀
만난 사이니? 너 없으면 나 미쳐버리는 거 알잖아!"

내연남 : "제발 그만 좀 해! 나 좀 그만 괴롭히라고! 나더러 어쩌라고!"

아 내 : "잔말 말고 내가 시키는 대로만 하라고! 곧 남편도 잠잠해질
거고, 그럼 오피스텔 하나 얻을 금액 정도는 빼 올 수 있어.
그럼 더 이상 우리 집에서 안 봐도 된다고."

내연남 : "아, 됐고, 이제 더 이상 너 안 봐! 너한테 질려 버렸어!"

아 내 : "야! 이 나쁜 놈아! 내가 나 하나 좋자고 이러니? 넌 어쩜 그
렇게 못돼 처먹었니? 너 내 말대로 안 하면 나 그냥 콱 죽어
버릴 거야! 알겠어?"

내연남 : "야! 죽든지 말든지 너 알아서 하고, 지금 같이 있으니까
그만해."

아 내 : "뭐?"

내연남 : "지금 네 남편이랑 같이 있다고. 이거 스피커폰으로 통화하
          는 거야. 네 남편이 우리 통화하는 거 다 듣고 있었다고!"

아 내 : "여보세요. 뭐라고?"

그때까지 묵묵히 듣고 있던 남편이 수화기에 대고 아주 힘겹게 입을 뗐다.

남 편 : "○○야…… 인제 그만 해."

아 내 : "자기?"

남 편 : "응. 나야."

아 내 : "(울먹이며) 어머…… 안 돼! 제발, 제발 아니라고 해 줘.
          자기야. 나 어떡해……."

'띠띠띠~' (내연남이 전화를 끊어버림.)

나는 도대체 이해할 수 없었다. 남자는 왜 이런 여자를 잊지 못해 괴로
워하고 있단 말인가! 나 같으면 꼴도 보기 싫어서 하루라도 빨리 내
인생에서 치워버리고 싶을 텐데 말이다.

남자가 내연남과 헤어지고 집에 갔을 때 아내가 집에 있었다고 한다.
모든 것이 드러난 마당에 과연 여자는 어떻게 나왔을까? 일단 지금까지
사실만 봤을 때는 보통 뻔뻔한 여자가 아닌 게 분명했다. 계속해서 말도
안 되는 거짓말들로 위기를 모면하려 했고 급기야 내연남을 회유하려
까지 하지 않았는가!

"와이프가 저를 보자마자 그러더라고요. 그냥 불장난이었다고 생각
해 주면 안 되겠냐고, 너무 심심해서 몇 번 만난 것뿐이니까 자기를

믿어달라고."

나는 너무 어이가 없어 벌린 입이 다물어지지 않았다. 아니, 다른 걸 다 떠나서 일단 사과나 반성이 우선이어야 하는 것 아닌가. 나는 최대한 화를 억누르며 바른 자세로 고쳐 앉고 물었다.

"그래서 불장난이었다는 와이프 말을 믿기로 하신 건가요?"

내 물음에 남자는 주머니에서 손수건을 꺼내 얼굴을 닦으며 대답했다.

"누가 그 말을 믿겠어요? 제가 그만 정리하자고 했죠. 그렇게 떨어져 지낸 지 지금이 4주째인데, 문제가 뭐냐면……."

"문제가 뭔데요?"

"와이프가 너무 보고 싶어요. 만나서 다시 붙잡고 싶을 만큼요."

헉! 이건 또 뭔 소리! 진저리를 쳐도 부족할 판에 보고 싶다니. 나는 아무 말도 할 수가 없었다. 하지만 뭐든 말해 줘야 할 것 같아 정신을 가다듬었다. 그때 남자가 고개를 떨군 채 말했는데 그 말이 몹시 충격적이었다. 들어보시라.

"애교가 많았어요. 그 모습이 진짜 사랑스럽고 예뻤거든요. 아무래도 제가 너무 사랑했나 봐요."

나는 암담한 표정으로 남자를 바라봤다. 아니, 째려봤다. 정말이지 미치고 펄쩍 뛰기 일보 직전이었다. 뭐 이런 지구인이 다 있나 싶었다. 화딱지가 나서 하마터면 버럭 호통까지 칠 뻔했다. 하지만 가까스로 성질머리를 진정시킨 후 최대한 엄숙하게 말했다.

"선생님, 뭐 하나 물어봐도 될까요?"

"네."

"그 여자의 내면을 사랑하셨던 건가요? 아니면 화려한 외모를 사랑하셨던 건가요?"

아마 내가 별에서 왔다지요

"음…… 아무래도 처음에는 외모에 끌렸어요. 그래서 사랑이라는 걸 하게 됐고, 단 한 순간도 헤어지기가 싫어서 결국 결혼까지 한 거 같아요."

내 입에서 "어이 아저씨! 외모가 밥 먹여주나? 응! 그 여자 내면이 썩어 문드러졌잖아! 제발 정신 좀 차리지! 응?" 이런 말들이 튀어나올 뻔했지만 다행히 입을 재빨리 닫았다. 대신 다시 한번 인내심을 발휘해서 차분한 척 애쓰며 물었다.

"그렇다면 그건 진실한 사랑이라기보다는 단지 육체적인 끌림을 사랑이라고 착각하는 거 아닐까요? 이제는 그 여자의 내면이 어떤 상태인지 알았잖아요. 결혼이 불장난도 아니고, 그런 사람을 사랑하기엔 위험한 것도 알게 됐으니, 선생님의 미래를 위해서 과감히 결단하는 게 좋을 듯싶은데요?"

"머리로는 다 알겠는데 마음이 그게 안 된다는 거예요. 웃긴 게 뭔지 아세요? 아직도 현관 비밀번호를 안 바꿨어요. 와이프가 집 앞까지 왔다가 비밀번호 바뀐 거 알면 되돌아갈까 봐 못 바꾸겠더라고요."

"아직도 기다리는군요?"

"네, 그런 것 같아요. 보고 싶어요. 설사 제 곁에 와서 또 그런 거짓말을 한대도 일단 지금은 같이 있고 싶어요."

"어쩌면 지금까지 알고 계셨던 모든 게 다 거짓일 수 있는데도 아직도 보고 싶어요?"

"네. 아주 많이요."

남자가 힘들어하는 정도가 내 생각보다 훨씬 더 심각하다는 걸 알게 되었다. 그가 아내와 별거 이후 어떻게 지내는지 들었을 때 나는 더욱 확신했다.

그의 일상은 매일 패턴이 같았다. 전에는 퇴근하자마자 집으로 총알

같이 달려갔는데 이제는 귀가 시간이 늦어졌다. 빈집이 너무 싫어서 일찍 집으로 들어가지 않는 것이다. 사무실을 나와 그가 향한 곳은 술집인데 자신의 초라한 모습을 아무에게도 보여 주고 싶지 않아서 인적이 드문 작고 썰렁한 곳을 택한다. 그곳에서도 가장 구석진 자리에 앉아 하염없이 술만 먹는다. 양복 차림으로 말이다. 술을 친구삼아 몇 시간을 보낸 후 비틀비틀 걸어 집으로 들어와서는 상처를 주고 간 아내를 생각하며 괴로워하다가 슬퍼도 하다가 또 욕도 하다가 가끔은 울기도 하다가 결국 그리움에 사무친 채 잠이 든다.

조금 전까지만 해도 이 남자의 어리석음에 들끓었던 화가 수그러들었다. 물론, 남자의 태도가 도저히 이해가 안 가는 건 변함없다. 하지만 인정해야만 하는 게 하나 있었으니…… 그가 아내를 아무런 조건 없이 사랑한다는 것이다. 그의 사랑 안에서는 어떤 계산이나 판단도, 위험도, 지인의 아낌없는 조언도 소용없었다. 요즘도 이와 같은 순수한(?) 사랑을 하는 지구인이 있다는 게 놀라울 뿐이었다.

그렇다 해도 나는 내가 할 일을 해야 했다. 그 남자의 사랑에 뿌리박힌 위험한 진실에 대해 누구보다 낱낱이 알려 줘야 할 의무가 내겐 있었다. 설령 내 말로 인해 더 큰 상처를 입고 그의 삶 모든 것이 무너질 것 같은 아픔을 느낀다 해도 그를 위험한 사랑의 저주에서 빼내야 하는 게 내가 할 일 같았다. 그것이 그를 위한 최선의 길이리라.

나는 남자의 눈을 보며 나직한 목소리로 이야기를 시작했다.

"선생님, 아내를 만나 사랑이라는 걸 해서 더 큰 사랑으로 키우려고 결혼까지 하셨죠. 모든 게 순리대로 진행됐다면 두 사람의 사랑은 지구를

아마 내가 별에서 왔다지요

떠나는 순간까지 위대한 사랑으로 모두에게 기억됐을 겁니다. 하지만 두 달도 안 돼서 아내의 실체를 알게 된 거죠. 어떤 모습이었나요? 결혼하기 3년 전부터 깊은 관계를 맺고 있던 내연남이 있으면서도 선생님을 속이고 결혼했죠. 더 어이없는 건 결혼 후에도 내연남과 계속해서 불륜을 저질러 왔고요. 또 그게 발각되자 갖가지 거짓말들을 해대며 급기야 내연남을 성범죄자로 둔갑시키려고까지 했습니다. 그 내연남한테는 선생님의 돈으로 오피스텔을 얻어 주겠다며 관계를 지속하자는 설득까지 하고 말이죠.

대체 왜 그러는 걸까요? 도대체 선생님을 뭐로 봤기에 이렇게나 뻔뻔하게 굴 수 있는 걸까요? 뻔하지 않겠어요? 아내분은 선생님을 남편이나 가족으로 보고 있는 게 아닙니다. 그냥 물주로 여기는 겁니다. 돈 벌어다 주는 기계 그 이상도 이하도 아닌 거죠. 선생님은 뼈 빠지게 돈 벌어서 두 불륜 남녀를 먹여 살리고 싶은가요? 그게 평생의 꿈이었나요? 아내분은 선생님이 지금처럼 빵빵한 월급 갖다주면 앞에서는 좋다고 아양 떨겠지만, 만약 선생님이 피치 못할 사정으로 일을 쉰다거나 돈벌이가 시원치 않으면 언제든 버리고 떠날 사람입니다. 그런데도 선생님은 그런 여자가 보고 싶다며 괴로워하고 있는 거고요.

선생님이 그리워하는 것은 아내분이 선생님에게 애교도 부리고, 사랑을 표현하던 모습입니다. 그런데 그건 가짜였다는 걸 인정하셔야 합니다. 만약 아내분이 돌아온다면 다시 예전의 행복했던 시절로 돌아갈 수 있다고 기대하시나요? 분명히 말씀드리지만, 그 행복 또한 가짜일 겁니다. 선생님은 또다시 가짜 사랑에 놀아나실 건가요? 그런 불행은 이제 끊으셔야죠."

남자의 표정은 내게 말하고 있었다. 아무리 그래도 여전히 아내에 대한 그리움을 떨치기 힘들다고. 그렇다면 조금 더 센 강도의 얘기를 해줄 수밖에. 나는 이번에는 매우 단호한 얼굴로 말했다.

"만일 그런데도 선생님이 여기서 멈추지 않는다면 어쩔 수 없이 이 말을 해드려야겠네요. 아내분과 계속 같이한다는 전제하에 먼 훗날 선생님의 모습은 이렇게 될 겁니다. 100% 확실하니까 잘 새겨들으시길 바랍니다. 선생님은 아내를 결코 믿지 못하고 툭하면 의심하게 될 겁니다. 사랑하는 아내에 대한 불신이 너무 고통스러워서 그 괴로움을 견디지 못해 거의 매일 술만 마시다가 알코올 중독자로 전락할 겁니다. 외모도 지금 같이 핸섬한 모습이 아니라 매력이라곤 찾아볼 수 없는 추남이 될 겁니다. 그러면 선생님이 그토록 사랑했던 아내는 세계 최고로 악랄한 악처가 되어 선생님을 무진장 구박할 겁니다. 당연히 선생님 몰래 다른 남자와 불륜을 수시로 저지를 테고, 그렇게 선생님의 몸과 마음 모두가 너덜너덜해지기 시작하면 아내분은 엄청난 위자료를 요구하며 이혼소송을 걸 테지요. 이혼 사유야 걸라치면 수십 가지로도 가능하니까요."

남자의 얼굴이 일그러졌다. 하지만 나는 아직 해 줄 말이 더 남았다.

"결국 선생님은 부모님이 물려주신 재산도 아내한테 몽땅 뺏겨버리고 고독한 노숙자 신세가 되겠지요. 그러다 한겨울 길바닥에 쓰러져서 쓸쓸히 죽어가게 될 겁니다. 선생님의 시신은 길고양이에게 먼저 발견되고 마침 고양이 밥을 주러 온 캣맘에 의해서 사망 신고가 접수될 거고, 무연고자 납골당에 안치될 겁니다. 그게 선생님의 미래죠. 정말 그렇게 살고 싶나요? 그게 진정 선생님이 원하는 삶인가요?"

그쯤에서 남자가 "말이면 다인 줄 아나요? 도대체 무슨 그런 악담을 하십니까!"라며 화를 낼 만도 했다. 하지만 그는 고개를 떨군 채 머리를 절레절레 흔들면서 괴로워했을 뿐이다. 정말이지 너무나 순하기만 한

아마 내가 별에서 왔다지요

사람이었다. 그는 지금껏 누구에게 못된 짓은커녕 고약한 말 한마디도 해 보지 않고 마냥 선하게만 살아왔을 것이다. 이런 사람이 천하의 못된 인간을 배우자로 만나서 끔찍한 고통을 당하다니! 도대체 왜? 정말 안타까웠다. 하지만 동시에 희망도 떠올랐다. 그렇게 선하게 살아온 지구인이니 어쩌면 이번 일을 액땜으로 앞으로 좋은 일만 가득하지 않을까? 그런 의미에서 나는 이 남자를 최선을 다해 응원해 주고 싶었다.

"선생님, 지금은 아내분을 놓쳐 버리면 모든 걸 잃어버린 것 같다고 생각할 수도 있지만 사실은 그게 아닐 거예요. 다행히 선생님은 그동안 워낙 착하고 바르게 사셨기에 선생님의 앞날에는 분명히 좋은 일이 준비되어 있을 겁니다. 바로 새로운 사랑이죠. 그러니 새롭게 찾아올 선생님의 영원한 참사랑을 생각해서 지금의 아내는 잡지 말고 그냥 물 흐르듯 놔주세요. 보내 버리세요."

"정말 그런 기회가 나에게 다시 올까요?"

"물론이죠. 선생님은 좋은 분이니까 반드시 그렇게 될 겁니다."

"감사합니다."

내 말이 그에게 먹혔는지 안 먹혔는지는 알 수가 없었다. 내 말에 기운을 차리고 용기를 얻길 바랐지만 사무실을 나갈 때 그는 힘없는 발걸음으로 터덜터덜 걸어갔다. 그 뒷모습에는 희망을 품은 자의 분위기는 전혀 보이지 않았다.

그런데, 오랜 시일이 지난 어느 날, 그에게서 연락이 왔다. 그는 날 만나고 돌아간 후에도 아내를 용서하고 받아 주려 했었다. 하지만 가족들의 극심한 반대로 결국 헤어졌다. 그리고 현재는 본인처럼 순수하고 맑은 영혼을 가진 아름다운 여성을 만나 어여쁜 아이들과 행복하게 살고 있다.

참으로 다행이었다.

그나저나, 그 악랄했던 아내는 지금 어디서 무엇을 하고 있을까? 어쩌면 순진무구한 또 다른 누군가를 만나 결혼식을 올리려는 것은 아닐까? 제발 혼인 서약을 하려는 순간 콱 병에 걸려 버리면 좋겠다.

'거짓말 절대 못 하는 병' 말이다.

주례 : "신부는 신랑 ○○○ 군을 남편으로 맞아 평생 의지하고 아끼며 그만 바라보면서 진실된 사랑을 하겠습니까?"

신부 : "아니요. 싫습니다. 저는 현재도 그렇지만 먼 미래에도 남편에게 거짓말을 할 것이며 남편 몰래 다른 남자와 부정행위를 저지르는 이중생활을 영위해 나갈 것입니다. 저는 안 들킬 자신이 있습니다. 그렇게 평생 제 남편을 완벽히 철저하게 속일 것입니다. 그러다 운이 나빠 남편에게 부정행위를 들켜서 그의 마음이 갈기갈기 찢어진다고 해도 그건 그의 마음이니까 저와는 상관없습니다. 호호호~ 왜냐고요? 저만 행복하면 되니까요. 또 남편이 저를 버리지 않을 거라는 확신도 있습니다. 제가 실수였다고, 이해해 달라고 하면서 살살 달래면 남편이 저를 믿어 줄 테니까요. 어떻게 아냐고요? 남편이 저를 목숨만큼 사랑하는 걸 알고 있거든요. 저한테 완전 푹 빠져 있단 말이에요.

자, 여기까지 남의 집 귀한 아들의 인생을 송두리째 망쳐버릴 저의 원대한 계획이 담긴 결혼 서약이었습니다. 자기야, 이래도 나와 결혼할 거지? 호호홍." ★

아마 내가 별에서 왔다지요

26
종교인의 탈을 쓴 악마

"이번 에피소드는 부모님의 독서 지도가 필요해요.
15세 이상 청소년이 읽는 것을 권장해요."

　지구상엔 악마가 우글거리는 소굴이 많은 것 같다. 그 악마들은 하나
같이 천사인 척을 한다. 특히 악마 대왕은 자신을 '위대한 신'이라고
사람들을 세뇌한다. 그곳에선 어떤 일이 벌어질까? 그 끔찍한 소굴에서
탈출한, 날개 찢긴 천사 하나가 나를 찾아왔다.

미리 밝혀두지만, 이번 내용은 상당히 충격적이다. 목뒤가 찌릿하고 팔뚝의 솜털들이 쭈뼛해질 정도로 소름 끼치는 대목도 있으니, 심장이 약한 독자는 주의를 요한다.

찜통처럼 푹푹 찌는 한여름이었다. 오전 11시경, 사무실 문이 열리는 소리에 뒤를 돌아보니 한 젊은 아가씨가 어색하게 목례를 했다. 내가 "어서 오세요." 하며 반겨 주었지만, 그녀는 문손잡이를 잡은 채 머뭇거리며 서 있을 뿐이었다. 안색이 심상치 않았다. 나를 봤다가 뒤를 돌아보기를 반복하는 것이 마치 누군가에게 쫓기고 있는 사람 같았다.

"이 문 좀 잠그면 안 될까요?"

5분쯤 지난 후, 그녀는 겨우 안정되었는지 소파에 살며시 앉았다. 그리곤 이마에 맺힌 땀을 손등으로 훔치며 한숨만 푹푹 내쉬었다. 나는 심히 걱정되었지만 애써 미소를 머금고 차분히 기다려 주었다. 그녀가 드디어 이야기를 시작했다. 지난 15년간의 지옥 같은 경험들을.

비극은 그녀가 열 살 때 시작되었다. 이상한 종교 집단에 빠져 남편과 자식도 버리고 떠났던 그녀의 엄마가 어느 날 나타나서는 어린 그녀를 데려갔다. 사랑했던 아빠와 하루아침에 생이별을 하고 만 그녀는 숙소가 있는 교회에서 엄마와 함께 지냈다.

아빠를 만나지 못해서 슬펐고, 낯선 사람들과 지내는 것도 불편했다. 하지만 얼마 가지 않아 눈물을 멈추고 그곳 생활에 적응할 수 있었다. 교회 사람들 모두가 그녀를 무척 반겼고, 늘 밝은 얼굴로 대하며 잘해 주었기 때문이다.

그런데, 그토록 천사 같던 사람들이 어느 순간부터 달라졌다. 우선,

아마 내가 별에서 왔다지요

그녀의 학교생활에 대해 심한 간섭을 했다. 친구와 어울려 놀지 말라 했고, 아예 말도 섞지 말고 조용히만 있다 오라고 했다. 툭하면 학교를 자퇴하라고도 했다. 하지만 그녀는 어떻게든 학교에 다니려 했다. 공부하는 것도 좋았고 친구들도 좋았기 때문이다.

교회에서 그녀는 노예나 다름없었다. 갖가지 아르바이트를 해서 번 돈은 교회에 다 갖다 바쳐야 했고, 쉴 틈도 없이 온갖 허드렛일을 해야 했다.

교회 사람들은 부당한 일들도 서슴지 않고 시켰다. 그녀가 너무나 싫었던 것 중 하나는 아빠에게 거짓말을 해야 하는 것이었다. 그녀는 아빠에게 전화해서 학교 등록금이 없으니 돈을 보내 달라고 해야 했다. 잠을 줄여가며 열심히 공부해서 장학금을 타기까지 했는데 등록금이 없다니 말도 안 되는 소리였다.

매일 바쁜 와중에도 그녀는 기도를 해야 했는데, 반드시 교회의 주인인 목사의 행복과 건강을 빌거나 목사에 대한 깊은 감사를 담은 것이어야 했다. 오로지 목사를 위한 기도였다. 사람들은 목사에 대한 복종을 강요했고, 목사가 얼마나 위대한지 수많은 사람들에게 꼭 알리라고 했다. 심지어 목사를 유리하게 하는 것이라면 거짓말을 해도 된다고 했다.

그 집단의 모든 사람이 목사를 우러러보고 그자의 말이라면 껌벅 죽었다. 목사는 늘 이렇게 말했다.

"내 말은 곧 성경과 같다. 아니, 성경보다 위대하다. 또 내가 한 모든 예언은 노스트라다무스의 예언보다 정확하다."

"나는 인간의 모습을 한 신이다. 이제껏 이 세상에 나와 같은 신은 단 한 번도 강림한 적이 없다. 그러니 너희들은 내 앞에 무릎을 꿇고,

이 시대의 살아 있는 위대한 신인 나를 영원히 추앙토록 하라. 그게 너희들이 죽을 때까지 할 일이다."

이 대목에서 나는 그만 "지랄하고 자빠졌네!"라고 내뱉고 말았다. 누구라도 이렇게 반응하는 게 정상 아닌가? 그런데, 그 신도들 모두 저런 개뼈다귀 같은 말을 사실로 믿고 목사를 숭배했다니 정말이지 기가 막힐 노릇이었다.

다행히 그녀는 그런 상황들이 비정상적이라고 의심을 품기 시작했다. 시간이 갈수록 그곳을 벗어나야겠다는 마음이 커졌으며, 결국엔 탈출을 감행하여 성공했다. 물론 어려움도 많았다. 가장 큰 것은 엄마의 반대였다. 엄마는 목사의 말을 거역하면 큰 화를 입게 되고 지옥에 가게 될 거라면서 한사코 그녀를 말렸다. 그래서 어쩔 수 없이 엄마를 놔두고 혼자만 탈출한 것이다.

나는 있는 힘껏 격려해 주었다.

"세상에나! 나이도 어린 사람이 엄마도 못 빠져나오는 이상한 종교 집단을 빠져나오다니! 잘했어요. 정말 용기 있었어요!"

"근데 저희 엄마가 걱정이에요. 나오기 쉽지 않을 것 같아요."

"어쩌면 좋아요. 엄마도 어서 나오시도록 아빠와 잘 상의해 보세요."

"엄마는 목사가 없으면 살아갈 자신이 없대요. 절대적으로 그 목사를 신뢰하고 있거든요."

생각하면 할수록 소름이 끼치고 분노가 치밀었다. 그 목사라는 자는 자신이 얼마나 끔찍한 짓을 저지르고 있는 건지 절대 모를 것이다. 개개인의 정신은 너무나 소중하고 저마다 위대한 힘이 있거늘, 그자는 오직

아마 내가 별에서 왔다지요

자신만을 위한 야욕에 사로잡혀 신도들의 정신을 지배하고 악용했다. 절대로 용납해서는 안 되는 짓이다.

그녀가 나를 찾아온 이유를 본격적으로 말하기 시작했다. 나는 그녀가 그 집단으로부터 자신을 안전하게 보호하기 위해 어떤 비리나 거짓 행위 관련 증거를 준비해 왔을 거라 생각했다. 하지만 내 예상과는 전혀 달랐다. 나는 충격 가운데 고개를 저으면서 들었다. 그녀의 말이 사실이 아니길, 차라리 내가 악몽을 꾸고 있는 것이길 바라면서…….

그녀가 갓 성인이 되었을 때 목사가 그녀를 자기 방으로 불렀다.

"이제부터 혼자서 자거라. 그리고 문은 잠그지 말도록 해라."

황당한 지시였지만 누구라도 그의 뜻을 거역할 순 없었다. 그녀는 혼자 자기 시작했고, 그래도 무서워서 문은 잠그고 잤다. 그랬더니 그자가 다시 불러 강한 어조로 말했다.

"오늘은 반드시 문을 열어 놓고 자거라. 신의 뜻이니 반드시 열어 놓거라!"

하지만 그날도 그녀는 문을 잠그고 잠을 청했다. 한밤중에 누군가 문을 열려고 시도하는 소리에 잠에서 깼다. 시계를 보니 새벽 2시였다. 겁에 질려 떨고 있는데 전화가 왔다. 전화를 받자, 목사가 소리죽여 말했다.

"뭘 꾸물대고 있니? 지금 문 앞이다. 어서 문 열어! 어서!"

그녀는 문을 열어 주었다. 여기서 왜 열어 주었느냐고, 열어 준 그녀가 이해가 안 간다고 비난하는 독자들이 있을지 모르겠는데, 어린 시절부터 수년간 정신적 지배를 받아보지 않은 사람은 모른다. 그 상황에서 문을 열지 않을 수 없었음을. 대신 그녀는 지혜롭게 행동했다. 목사가 방으로 들어온 순간 핸드폰의 녹음 버튼을 누른 것이다. 어느 날부터 목사가 자신을 쳐다보는 눈빛이 이상하다는 걸 눈치챘기 때문이다.

그날의 녹음 내용이 너무 충격적이라 전부는 안 되겠고 일부분만 공개해 보겠다.

문 열리는 소리가 들린다. 목사의 짧은 헛기침 소리가 들린다. (그자가 방으로 들어온 것이다.) 부스럭거리는 소리가 난다. 한참 동안 사람의 음성은 들리지 않는다. 그러다가 목사의 거친 숨소리가 들리기 시작한다. 소리가 점점 커진다. (무슨 소리인지는 독자들의 상상에 맡긴다.) 그리고 잠시 후 그자의 목소리가 또렷하게 흘러나왔다.

▶ ⸳⸳⸳⸳⸳⸳⸳⸳⸳⸳⸳⸳⸳⸳⸳⸳⸳⸳

"쉿! 쉿! 조용. 조용히 좀 해! 가만히 있어 봐! 좀 가만히 있으래도! 어허! 이건 모두 신의 뜻이야! 어허! 좀 가만히 있으라니까!"

그날 목사, 아니 악마는 너무도 존귀한 그녀에게 결코 해서는 안 될 짓을 저질렀다. 녹음 파일에 담긴 그녀의 서러운 울음소리에 내 가슴이 저며 왔다.

녹음 파일이 또 있었다. 이번에는 장소가 달랐다. 문제의 그 종교 집단은 워낙 소규모라서 교회 건물도 따로 없었다. 신도들이 생활하던 곳은 교회가 아닌 그 목사라는 자의 집이었는데 다락방이 하나 있었다. 그녀는 끔찍한 일을 겪은 다음 날부터 밤이면 그곳에 숨었다. 하지만 며칠 후 새벽, 악마가 다락방으로 올라왔다. 계단 소리를 듣자마자, 그녀는 두려움에 벌벌 떨면서도 본능적으로 녹음 버튼을 눌렀다.

악마가 웃으면서 속삭인다.

아마 내가 별에서 왔다지요

▶ .ılıl.ılılı..ılıl.ılılıı.ılılılı.

"허허허, 찾았다, 요놈. 네 방에 없길래 어디 갔나 걱정했는데 여기 있었구나? 이곳도 아주 좋다. 앞으로 여기서 만날까? 어때? 그래, 우리 가끔은 여기서 보도록 하자. 알았지? 이리 가까이 와. 이리 가까이 오래두. 어허! 물러서지 말라니까."

그녀가 울먹이며 애원한다.

▶ .ılıl.ılılı..ılıl.ılılıı.ılılılı.

"제발 이러지 마세요."
"쉿! 목소리 낮춰라! 어허! 가만히 좀 있으라니까. 이게 다 널 위한 거야. 글쎄, 내 말만 들으면 된다니까. 이리 와, 이리 오라고."

녹취를 모두 들었을 때, 그녀가 고개를 푹 숙였다. 그 어떤 말로도 위로할 수가 없었다. 위로는커녕 나 역시도 숨쉬기 힘들 정도로 답답했다. 그녀는 얼마나 공포스러웠을까? 사무실에는 무거운 침묵만이 흘렀다.
잠시 후, 그녀가 핸드폰을 내밀며 물었다.
"저기…… 이 문자메시지도 증거 자료로 만들 수 있나요?"
"네, 가능해요. 문자 내용을 녹취록으로 작성한 다음 실제로 온 문자를 캡처해서 첨부하면 훨씬 좋아요."
"그럼, 이것도 좀 해 주세요."

그 악마가 보낸 문자였다. 나는 글을 보는 것만으로도 구역질이 날 지경이었다.

목사

이따 새벽 1시 30분에 네 방으로 갈 것이다. 속옷을 입지 말고 있거라. 또다시 내 말을 거역하거나 문을 잠가 둔다면 너는 지옥에 떨어지게 될 테니 명심하거라.

또 다른 문자에서는 그자의 악랄함이 한계가 없음을 알 수 있었다. 한편, 그녀가 어떻게든 저항해 보려고 안간힘을 썼음을 보고 더욱 가슴이 아팠다.

목사

○○야~ 새벽 2시까지 갈 테니까 자지 말고 기다리고 있거라.

그녀

저 오늘 생리해요. 제발 오지 마세요.

목사

생리해도 괜찮아. 너와 내가 하나가 돼야 네가 구원받을 수 있어. 구원받고 싶으면 내 말대로 하거라.

하아! 꽃보다 고운 그녀의 인생에 어쩌면 이렇게 끔찍한 일이 발생한 걸까? 안타깝고 또 안타까웠다. 가슴이 찢어진다는 표현으로는 턱없이 부족했다. 나는 조심스레 물었다.

"어머니는요? 어머니는 알고 있어요?"

아마 내가 별에서 왔다지요

그녀가 뭔가를 말하려다 머뭇거리더니 이내 고개를 숙여버렸다.

"설마…… 다 알고 있는데도 가만히 계셨던 건가요? 아니죠?"

"엄마는 저더러…… 그 일을 무덤까지 갖고 가자고, 그러는 게 좋을 것 같다고 했어요."

"뭐라고요? 어머니가 그랬다고요?"

"네. 근데 솔직히 엄마도 이해는 가요. 15년이 넘게 그 사람을 믿었던 자신의 인생을 부정하기 싫었을 거예요. 무엇보다 일이 커지면 나만 힘들어질 거고……. 그래서 전 엄마 원망 안 해요."

이 와중에도 엄마를 이해해 보려는 그녀의 눈빛이 너무나 쓸쓸하고 슬퍼 보였다. 하지만 그녀는 눈물을 흘리지는 않았다. 혼자서 너무 많이 울어서 이제는 눈물샘도 마른 것 같다고 했다.

잠시 침묵이 흐른 후, 그녀가 한숨을 내쉬며 말했다.

"그런데요, 이런 증거들이 있는데도 지금 잡아떼고 있어요. 오히려 제가 자기를 먼저 유혹했대요. 사람들한테는 저로 인해 큰 피해를 보았다고 말하고 다녀요. 교회 사람들도 그 말을 대부분 믿고 있고요."

"뭐라고요? 바퀴벌레보다 못한 인간 같으니라고!"

솔직히 더 이상 놀랍게 들리지도 않았다. 나는 그자가 어찌 나왔을지 대충 짐작할 수 있었다. 그간 의뢰인들이 겪은 악랄한 사람들의 사례를 수없이 접해 본 나다. 악인들에게는 공통점이 있다. 절대 그런 적 없다고 발뺌한다는 것이다. 이 목사라는 자도 당연히 그랬을 것이다. 하지만 이번에는 완벽한 증거가 있다. 그런 점에서 그녀는 모범적인 의뢰인이었다.

그녀는 녹취록을 가급적 빨리 받고 싶어 했다. 내가 그날 중으로 완성해 주겠다고 하자, 그녀는 기다리는 시간에 변호사 상담을 받아보고 싶다고 했다. 이 일에 적합한 변호사에게 연락을 취하니 그녀에게 사무실로 오라고 했다.

"소장님, 제가 지금 미행을 당하고 있는 것 같아서요. 혹시 같이 가 주실 수 있을까요?"

"네, 그럼요. 같이 가 드릴게요. 근데 문자메시지 녹취록을 작성해야 해서 핸드폰은 여기 두고 가셔야 해요. 괜찮아요?"

"네, 두고 갈게요."

서둘러 그녀를 변호사 사무실에 데려다주고 녹취 작업에 착수했다. 작업 중에도 수시로 분노가 치밀었다. 그자가 한 바로 이 말 때문에.

"너를 사랑해서 이러는 거야. 이래야 네가 구원을 받을 수 있어!"

구원은 개뿔! 목사의 탈을 쓴 쓰레기 같은 인간! 나는 그 목소리를 겨우 몇십 분 들었음에도 토가 나올 지경인데, 수년간 들어온 그녀는 얼마나 끔찍했을까?

그런데 이상했다. 그자의 목소리를 들으며 자판을 미친 듯이 두드리고 있었는데 갑자기 서늘한 기운이 온몸을 휘감았다.

'어, 한여름인데 왜 이리 춥지?'

무심코 고개를 들어 벽에 걸린 거울을 바라봤다. 아니나 다를까 거울 속에 이상한 광경이 보이는 게 아닌가! 거울은 창문을 비추고 있었는데 유리창 밖으로 두 남녀의 머리통 같은 것이 보였다 사라지기를 반복했다. 재빨리 고개를 돌려 창문을 봤더니 언제 그랬냐는 듯 머리통은 사라지고 없었다. 내가 뭘 잘못 봤던 걸까?

다시 컴퓨터 모니터를 보며 키보드를 두드리기 시작했을 때 뒤통수가 몹시 따가웠다. 아무래도 느낌이 안 좋다 싶어 창가로 다가가 유리 너머

밖을 살짝 내다봤다. 역시나 내가 제대로 봤던 거였다. 두 남녀가 사무실 앞을 얼쩡대면서 수상스럽게 서성대고 있었다.

근데 그들을 보니 왠지 모르게 등골이 오싹하고 소름이 확 돋았다. 사악한 기운이 느껴진달까? 왜 그런 기분이 드는 건지 곰곰이 생각하고 있는데 그들이 빠른 걸음으로 복도 끝으로 가더니 이내 사라졌다. 그리고 한참 동안 안 보였다. 그제야 나도 안심이 됐다.

다시 컴퓨터 앞에 앉아 작업에 몰두하고 있을 때였다.

'똑똑똑'

"네, 들어오세요."

출입문이 스르륵 열렸는데 갑자기 사무실 공기가 한겨울처럼 차가워지면서 으스스하기까지 했다. 나는 오들오들 떨며 속으로 '오늘 나 진짜 왜 이래?'라고 한 뒤 자리에서 일어났다. 문 쪽으로 몸을 돌렸을 때 나이 지긋한 흰머리의 남자와 중년 여자가 들어왔다. 여자가 문 앞에 서서 싸늘한 미소를 지은 채 사무실을 두리번거리며 말했다.

"여기가 뭐 하는 곳이죠?"

그 눈빛이 기분 나빠서 대답 없이 둘을 쳐다보기만 했다. 그러자 여자가 내 쪽으로 성큼성큼 걸어오면서 아까보다 더 꼴 보기 싫은 표정으로 물었다.

"아가씨는 여기 직원?"

그러고는 작업 중이던 컴퓨터 모니터에 얼굴을 확 들이밀었다. 나는 깜짝 놀라 서둘러 모니터를 껐다.

"저기, 손님! 남의 기록을 그렇게 들여다보시면……."

"여기 맞네. 잘 찾아왔어!"

내 말과 동시에 여자가 소리쳤다. 그러고는 흰머리 남자가 있는 곳으로 걸어갔다.

이어진 둘의 행동은 마치 영화 속 한 장면을 연상케 했다. 여자가 귓속 말로 속닥거리고 남자가 고개를 끄덕이고……. 그것은 영락없이 두 악당이 음모를 꾸미는 모습이었다. 여자가 나를 보며 말했다.

"여기가 녹취 사무소인 거죠?"

"네, 그런데요. 무슨 일로 오셨어요?"

"○○○ 알죠? 여기 왔죠?"

순간 가슴이 철렁했다. 조금 전에 상담했던 그녀의 이름이었기 때문 이다. 이 사람들이 누구고, 그녀가 여기 왔던 건 또 어떻게 알았는지 몹 시 궁금했다. 하지만 그렇다고 내가 있는 대로 다 말할 이유는 전혀 없 었다. 고로 생깠다.

"누구요? 누가 여기 왔다는 거죠?"

그때 흰머리 남자가 소파에 앉았다. 그는 옆구리에 끼고 있던 성경책을 탁자에 놓고 헛기침을 두어 번 했다. 나는 숨죽인 채 그를 바라봤다.

곧이어 그가 느끼한 목소리로 물었다.

"여기 책임자가 누굽니까?"

"전데요."

"○○○ 어디 갔습니까?"

그런데 이 목소리, 아주 낯익었다. 누구더라? 어디서 들었더라? 순간 머리가 쭈뼛 서고, 온몸에 소름이 끼쳤다. 오! 마이! 갓! 조금 전까지 녹취 파일에서 들었던 바로 그 소리, 그 목사, 아니 그 악마의 목소리였다!

내가 놀란 토끼 눈을 하고 아무 말도 못 하고 있는데 흰머리 남자가 기름진 머리카락을 손바닥으로 쓱 쓸어 빗었다. 그런데 희한하게도 그 행동이 마치 영화 속 슬로우 모션처럼 보이는 게 아닌가! 그의 손은 굼

아마 내가 별에서 왔다지요

벵이처럼 아주 아주 아주 천천히 움직였다. 뿐만 아니라 말도 아주 느려터지게 하는 것이 몹시 괴기스러웠다.

"○○○ 빠알리 오오라고 하아세요오. 지이그음 다앙자앙!"

그건 마치 악마가 입을 벌려 내 귀에 바싹대고 속삭이는 것 같았다. 나도 모르게 입을 쩍 벌리고 말았다. 하마터면 '악!' 하고 소리를 지를 뻔했다. 그 악마가 무서워서 그랬다는 게 아니다. 도저히 일어날 수 없는 일이 일어났기 때문이다. 10년이 넘도록 이 일을 하는 동안 녹취 의뢰인의 상대방이 나를 직접 찾아온 적은 단 한 번도 없었다. 물론 그 이후에도 없었다. 그러니까 지금 내가 마주하고 있는 이 상황은 전무후무한 사건이다.

'어떻게 이런 일이 있을 수 있지? 너무 황당하잖아. 이게 가능하다고? 진짜?'

내 머리는 혼란으로 가득 찼다. 갑자기 몇 주 전 꿨던 꿈이 떠올랐다. 꿈에는 악마들이 나왔었다. 시뻘건 얼굴에, 머리에는 짙은 청색 뿔 2개가 달렸고, 엉덩이에는 긴 꼬리도 있었다. 누가 봐도 악마의 형상이었다. 그런데 그것들이 나를 막 쫓아다니며 얘기 좀 하자고 하는 것이다. 나는 "너희들하고 얘기하기 싫거든! 당장 꺼져!" 하며 악을 쓰고 도망 다녔는데 한순간 목덜미를 잡혀 버렸다. 내가 이거 놓으라며 허공에 주먹질을 해대는 와중에 잠에서 깼다.

도대체 왜 그런 꿈을 꿨는지 이해가 안 갔었는데 드디어 깨달았다. 그 꿈은 오늘 만남의 예고편이지 않았을까? 신께서 내게 보내는 사인 같은 것 말이다. 생각이 여기까지 미치자 또 하나의 생각이 마치 계시처럼 머리를 스쳤다.

'혹시 신께서 이 자와의 만남을 주선하신 건가?'

아마도 이런 메시지를 보내신 것 같았다.

"신임아, 여린 그 아이를 대신해서 저자들을 응징하거라. 반드시!"

세상에! 이제야 말이 되네. 이런 건 또 내가 전문인 거 어떻게 아시고! 그리고 보면 우리 신께서는 은근히 센스쟁이란 말이야. 나는 천장을 올려다보며 마음의 소리로 화답했다.

'신이시여 알겠나이다. 그녀 대신 내가 이것들을 잡아 족쳐 보겠나이다. 최선을 다할 테니 걱정치 마시옵소서.'

다음 순간 내 마음가짐 하나만 바꿨을 뿐인데 갑자기 물 만난 고기처럼 신이 났다. 그래, 이런 인간 같지도 않은 것들하고는 내가 상대하는 게 맞지. 나는 그자들을 뚫어질 듯 노려봤다.

이제부터 이어지는 내용은 악당들의 공격에 맞서 싸우며 그들을 응징하는 내용이다. 악당들은 대부분 비슷한 패턴을 보인다. 그것은 거짓말과 회유와 협박이다. 여기에 나의 대응 방식까지 합하여 제목들을 붙여 보았다. 이를 통해 종교 사기꾼의 모습을 자세히 볼 수 있을 것이다.

1. 선전포고

이런 악당들에게는 선제공격이 필요하다. 저들이 먼저 공격하게 하면 주도권을 뺏길 수 있다. 그래서 나는 먼저 선전포고를 했다. 그들을 쓱

아마 내가 별에서 왔다지요

한번 쳐다보며 말했다.

"엿 먹을래요?"

둘이 놀란 얼굴로 일제히 나를 쳐다봤다. 그리고 여자가 따지듯 물었다.

"뭐요?"

"두 분 엿 먹을 거냐고요?"

"뭔 말이 그래요?"

"사무실에 엿이 있어서 물어본 건데, 싫으면 마요."

잠시 어색한 침묵이 감돈 뒤 흰머리 남자가 나를 다그쳤다.

"그 아이 어딨냐니까요?"

"그게 무슨 말씀이죠?"

"글쎄, 다 알고 왔다니까!"

"뭐를요?"

"그 아이가 여기에 녹음 파일 맡겼잖아요. 아가씨가 지금 컴퓨터로 그 내용 적고 있는 거고. 그 파일 우리 주면 됩니다. 어서 주세요!"

그때 마침 변호사 사무실에서 전화가 왔다.

"여보세요."

"소장님, 저 ○○○이에요. 변호사님이랑 상담 끝났는데 그리로 갈까요?"

내 앞의 두 사람이 귀를 쫑긋하고 날 쳐다봤다. 나는 의자를 옆으로 살짝 틀고 입을 가리고 말했다.

"아, 엄마. 나 좀 늦을 것 같은데."

"네? 소장님, 그게 무슨……."

"조금 전에 사무실에 바퀴벌레 두 마리가 들어왔어. 대따 큰 거."

그녀가 상황을 알아채고 목소리를 낮췄다.

"혹시 목사님 거기 간 거예요?"

종교인의 탈을 쓴 악마

"응, 맞아."

"어떻게, 어떻게 거기까지……. 소장님, 저 어떡하죠?"

"엄마, 걱정 마. 대신 내가 좀 늦을 것 같아. 저 바퀴벌레들 모가지를 확 비틀어 놔야 하거든. 응, 그래. 저것들 모가지 다 비틀고 나서 치운 뒤에 연락할게."

나는 이 말을 그 두 악당을 노려보며 말했다. 그녀에겐 안심을 주는 동시에 악당들에게는 경고를 날린 것이다.

2. 거짓말

흰머리 남자가 헛기침을 한 번 하더니 같이 온 여자에게 말했다.

"혹시 벌써 작업 끝내고 넘겨 버린 거 아냐?"

"아니에요. 아까 보니까 작업 중이더라고요. 그거 그렇게 금방 안 끝나요, 목사님."

흰머리 남자가 그 말에 안심하는 눈치였다. 그러고는 내게 삿대질하며 쏘아붙였다.

"그 녹음 파일하고 서류 빨리 줘요. 그리고 걔 지금 어디 있습니까? 빨리 말해요!"

순간 심장에서 열이 올라와 악을 쓸 뻔했지만 심호흡을 하고 차분히 말했다.

"그럼 알고 오셨다니까 몇 가지 물어볼게요. 할아버지랑 그분은 어떤 관계인 거죠?"

그러자 같이 온 여자가 내 말을 가로채며 소리쳤다.

아마 내가 별에서 왔다지요

"말조심해요. 이분은 목사님이세요!"

나는 여자의 말을 무시하고 재차 물었다.

"그러니까 목사 할아버지, 왜 남의 서류와 녹음 파일을 달라고 하는 거죠?"

여자가 나를 흘겨보며 다시 대답했다.

"그럴 만한 이유가 있어요. 그것만 주면 갈게요."

"글쎄요. 그게 과연 옳은 일일까요?"

이번에는 목사란 사람이 나섰다.

"자, 아가씨, 똑바로 들어요. 이건 모함입니다! 누군가 내가 신성한 존재인 걸 알고 날 음해하고 있어요. 그래서 그 아이를 이용하는 겁니다."

"이용이요?"

"그렇소. 그 아이의 배후에 아주 사악한 존재가 있습니다. 그 존재가 그 아이를 조종하고 있는 거라고요. 그 녹음 파일도 모두 조작된 겁니다!"

이 장면에서 목사는 탁자를 주먹으로 쾅 쳤다. 나는 일부러 입술을 씰룩 거리며 비웃듯이 말했다.

"조작은 무슨? 완전 오리지널이더만."

내 말에 목사의 안색이 변하더니 여자를 쳐다봤다. 그러자 여자가 갑자기 꽥 소리를 질렀다.

"아녜요! 전부 조작된 거예요! 다 가짜라고요!"

그 장면이 얼마나 웃겼던지, 나는 웃음을 참아내느라 혼났다. 사기꾼 목사와 그를 변호하는 여신도라니…….

3. 맞대응

나는 얼굴에서 웃음기를 감추고 차분하게 얘기했다.

"미안하지만 자료는 못 넘겨줍니다. 법적으로 안 돼요. 두 분은 지금 남의 자료를 본인의 허락도 없이 달라는 겁니다."

"남의 자료라니, 내 목소리가 있으니까 내 거잖아!"

"오호, 지금 그거 본인의 목소리라고 인정하신 겁니까?"

"아, 아니, 그게 아니라…… 악의적으로 조작됐다는 거지요!"

목사는 당황한 듯했다. 나는 다시 한번 분명하게 거절했다.

"아무튼 못 넘겨줍니다. 이 자료는 OOO 씨가 의뢰했으니 그분의 자료입니다. 저는 할아버지에게 의뢰받지 않았어요."

"아니, 이 여자가! 내 것 내가 달라는데 왜 안 돼? 당장 내놔!"

목사가 눈알을 부라리며 소리를 쳤다. 사무실이 쩌렁쩌렁 울릴 정도로 큰 목소리였다.

자, 이런 상또라이들을 대할 땐 어떻게 해야 할까? 우선 절대 떨면 안된다. 주눅이 들어서도 안 된다. 지금처럼 상대가 소리를 지를 땐 가장좋은 대응 방법이 있다. 상대보다 더 크게 악을 쓰는 것이다! 나는 목에핏대가 선명하게 보일 정도로 악을 썼다.

"할아버지! 얻다 대고 이 여자래요! 그리고, 어디서 소리를 질러요!"

목사는 깜짝 놀라 뒤로 물러앉았다. 당황한 듯한 표정도 지었다. 여기서 멈추면 안 된다. 기선을 제압하려면 한 번 더 공격해야 한다. 나는 마치 소리 지르기 대회에 도전하는 사람처럼 목소리 데시벨을 최대치로 높였다.

"아, 진짜! 느닷없이 들이닥쳐서는 업무 방해하는 것도 모자라서! 어?

아마 내가 별에서 왔다지요

할아버지가 뭔데 남의 증거 자료를 달라 말라 합니까! 예?!"

"아니, 이 여자가! 내가 누군지 알고 소리를 질러!"

목사도 큰 소리로 대응했다. 하지만 아까만큼 크진 못했다. 분명 나에게 제압된 것이다. 나는 한 번 더 쐐기를 박았다.

"할아버지가 먼저 질렀잖아요! 그리고 여긴 어떻게 알았어요? OOO 씨한테 위치 추적 장치라도 붙인 건가요? 이거 뭐 범죄 조직이 따로 없구만! 이거 스토킹인 거 알아요? 범죄예요, 범죄!"

이 말에 목사는 갑자기 눈동자를 굴리더니 목소리를 낮췄다.

"아니, 아가씨, 말이 좀 심하잖아요? 범죄라니……."

"두 분, 잘 들으세요. 당신들이 OOO 씨를 미행했든, 아님 OOO 씨의 핸드폰 위치추적을 했든 둘 다 불법이라고요. 당신들이 오늘 한 짓, 수사기관에 다 까발릴 거예요. 그러니 당장 나가세요!"

4. 수치

목사는 잠시 숨을 고르더니 목소리 톤을 바꿔서 말하기 시작했다.

"자자, 아가씨, 흥분하지 말고 들어봐요. 그 애가 내 딸이요."

이건 또 무슨 말인가? 아무리 사기꾼이라지만 출생까지 조작하려 들다니!

"친딸인가요?"

"아니, 생물학적 딸이 아니라 종교적으로 내 가슴으로 낳은 딸이라고. 근데 요새 걔가 나를 농간하고 다닌단 말이요."

"어머, 정말 그렇게 여기고 계세요? 딸이라고?"

"그렇다마다요, 진짜예요."

"그럼 제가 얘기 하나 해 드릴게요. 자, 아버지와 딸이 있었어요. 친아빠는 아니었죠. 그 아버지가 딸을 수년간 성폭행했어요. 어떻게 됐게요?"

"그걸 왜 나한테 묻습니까?"

"딸이라고 하면서 자신의 지위를 이용해서 지속적으로 잠자리를 요구하는 게 사람일까요, 짐승일까요? 그것도 새파랗게 어린 아가씨한테!"

"걔가 그래요? 내가 그랬다고?"

"그걸 왜 저한테 물으세요? 그러셨어요?"

목사가 당황해서 말까지 더듬었다.

"다, 당신, 아니, 아가씨 지금 뭘 제대로 알기나 하고 그따위 말을 나한테 하는 거야?"

"글쎄요. 제가 뭘 알고 있을까요? 과연 어디까지 알고 있을까요? 참 궁금하시겠다. 그죠?"

"그 아이한테 넘어갔나 보구만. 난 잘못한 게 하나도 없어요."

이 장면에서 난 구역질이 날 것 같았다. 어쩌면 인간의 탈을 쓰고 저렇게 거짓말을 할 수 있을까?

"잘못한 게 없다고요? 제가 자세히 알려드릴게요. 당신은 OOO 씨 인생의 가장 찬란하고 아름다운 유년 시절을 지워버렸어요. 청소년 시절의 예쁜 추억도 앗아갔어요. 사랑하는 아빠와도 생이별을 하게 만들었고요, 그것도 모자라 갓 성인이 된 꽃다운 아가씨를 무참히 짓밟았어요. 알겠어요? 당신이 저지른 범죄에 대해 얘기하려면 밤을 새워도 모자라요!"

목사의 얼굴이 붉으락푸르락했다. 내가 모든 것을 안다는 사실에 수치심을 느낀 것 같았다. 목사로서는 그 일이 만천하에 공개되는 것만은

아마 내가 별에서 왔다지요

어떻게든 막아야 했다.

5. 회유

"좋아요. 그럼 이렇게 합시다. 일을 이 선에서 마무리해 주세요."

목사는 뒷주머니에서 지갑을 꺼내 탁자 위에 올려놓고 말을 이었다.

"그 아이한테 얼마 받았어요? 내가 세 배로 값을 쳐줄게요."

나는 매우 솔깃해하는 표정으로 물었다.

"뭐라고요? 세, 세배요?"

"그럼요."

"세상에! 나 눈물 날라 그래. 안 그래도 이번 달 매출 꽝이었거든요!"

이번에는 여자가 얼굴에 화색을 띠고 끼어들었다.

"잘됐네요. 우리 목사님은 그런 분이에요. 이분과 함께 있으면 모든 복이 흘러넘쳐 들어오죠. 아가씨도 이분과 함께라면 놀라운 기적을 경험할 거예요."

"지금 저 전도하시는 거예요?"

"뭐, 겸사겸사. 좋은 게 좋잖아요. 호호호."

내가 몹시 난처한 얼굴로 목사에게 물었다.

"근데 그래도 될까요? 어떻게 보면 OOO 씨의 증거를 빼돌리는 건데……."

목사가 썩은 미소를 지으며 고개를 저었다.

"아니지. 증거를 빼돌리기는 무슨? 정의 실현이지. 대신 아가씨가 비밀만 지켜 주면 돼요."

"비밀이요?"

"그럼. 그 아이는 우리가 데리고 가면 별문제 될 건 없고, 아가씨만 이런 해프닝이 있었다는 거 비밀로 해 주면 돼요. 그리고 우리 교회 나와요. 내가 구원받을 수 있게 해 줄게요."

"아, 되게 간단하네요?"

"그럼, 그럼. 삶은 심플한 거야."

이쯤 되니 목사는 내가 회유에 넘어갔다고 생각한 것 같았다. 내 연기력이 그렇게 훌륭하지도 않았는데 속다니, 지금 생각해도 신기하다.

내가 잔뜩 기대하는 얼굴로 물었다.

"근데, 할아버지 돈 많으신가 봐요?"

"그거 지불할 정도는 되지 뭘. 내 나이가 몇인데."

"그러게요. 지금 나이가 몇인데, 그러고 사실까?"

"뭐요?"

여기서부터 나는 목소리를 높이기 시작했다.

"할아버지가 갖고 있는 그 돈! OOO 씨 등쳐먹어서 모은 돈이잖아요!"

"아니, 이 여자가 진짜!"

"OOO 씨한테 대출도 받아오라 하고, 대학도 절대 가지 말라고 했다면서요? 대학 갈 시간에 차라리 돈 벌라면서! 실컷 부려 먹고, 이용해 먹고, 그게 나이 처먹은 인간이 할 짓입니까?"

아마 내가 별에서 왔다지요

6. 협박

목사가 날 매섭게 노려봤다.

"아가씨! 잘 들어! 그걸 우리한테 안 넘기면 어떻게 되는지 알아?"

"어떻게 되는데요?"

"걔가 지옥에 가게 될 거야. 당신 때문에 걔가 지옥에 떨어질 거라고!"

"뭔 소리예요? OOO 씨는 이미 오랫동안 지옥에 있었어요. 탈출해서 다행인 거죠!"

목사가 다시 말했다.

"내가 지금 여기 혼자 온 것 같소?"

"어째 협박하는 말투로 들리네요."

"협박이 아니라 실제 상황이지! 저기 창문 좀 한번 보시오."

고개를 돌려보니 두 명의 남자가 사무실 앞을 서성이고 있었다.

"어머나! '너무 무서워요, 살려 주세요.' 이럴 줄 알았어요? 어휴, 스토커 팀이 떼로 몰려다니는구나. 할아버지, 저 사람들 그만 염탐하고 들어오 라고 하세요. 이 날씨에 밖에 있다간 쪄 죽어요, 쪄 죽어. 얼른요!"

"어허! 그러다 아가씨 정말 다칠 수 있다니까. 오늘 한번 혼 좀 나보고 싶어? 응!"

목사는 무서운 얼굴로 나를 쳐다봤다. 동시에 밖에 있는 사람들도 창 문을 통해 나를 노려봤다. 언제든지 사무실로 쳐들어올 기세였다.

미니 도끼가 너무나 필요한 상황이었다. '에이, 진작에 하나 사둘걸.' 하지만 괜찮다. 나에게는 대비책이 있으니까. 경찰에 신고하는 거냐고? 아니다. 그건 일시적 방편일 뿐이다. 막말로 경찰이 오면 오늘은 이 인 간들이 물러날 수 있지만 내일 이후로 떼거리로 몰려와서 날 괴롭힐 수도 있지 않은가! 그러니 보다 확실한 방법이 필요했다.

다행히 나에게는 비장의 무기가 있었다. 이 자들을 한 방에 보낼 수 있는 강력한 무기!

나는 가방에서 무선 마이크를 꺼내서 켰다. 그리고 어깨를 한 번 으쓱하고는 아주 여유로운 얼굴로 말했다.

"아, 아, 마이크 테스트, 하나 둘, 하나 둘."

내 목소리가 스피커를 타고 사무실에 울려 퍼졌다.

"자, O년 O월 O일. 지금 시간은 15시 30분을 막 지났습니다. 여기까지 중간보고 해 볼게요. 목사 할아버지랑 그 옆에 같이 온 아줌마, 두 사람 모두 지 무덤을 팠다는 거죠. 아니면 겁대가리를 상실했던가요. 그러지 않고서야 녹취 증거를 인멸하려 하고, 속기 사무소의 대표인 나를 협박하고 회유하며 신변의 위협까지 할 수는 없겠죠. 물론 이 시점에서 자기들은 그런 적 없다고 잡아떼겠지만…… 어떡하죠? 안타깝게도 당신들이 내 사무실에 들어왔을 때부터 지금까지 모든 것이 녹음되고 있는 중이라, 절대로 잡아뗄 수가 없게 되었습니다."

내 말에 목사가 기겁하며 소리쳤다.

"O 집사, 저 마이크 안 뺏고 뭐 하냐! 어!"

여자는 눈을 희번덕거리며 내게 달려들 자세를 취했다. 순간 나는 소리쳤다.

"이거 보세요! 저기 CCTV 보이죠? 경고합니다. 내 몸에 손을 대는 즉시 죄가 추가됩니다."

목사가 당황하며 소리쳤다.

"녹음기, 당장 녹음기 찾아! 당신 녹음기 어디에다 뒀어?"

"안 알려 주죵."

나는 입가에 미소까지 띠며 여유 있게 대답했다.

혹시라도 내가 그 사람들을 속인 것이라고 생각하는 독자가 있을지 모르지만, 아니다. 나는 그 사람들이 사무실에 들어와 OOO 씨에 관해 묻는 순간부터 컴퓨터 녹음 기능을 작동시켰다.

7. 통쾌한 마무리

목사와 여자가 동시에 혀를 끌끌 차며 내게 삿대질을 해댔다. 나보고 미친 여자라고도 했다. 나는 피식 웃으며 마이크를 입에 더 가까이 대고 말했다.

"나더러 미쳤다고 한다. 자기들이 더 미쳐놓고선. 난 이자들을 고객이 아니라 불법으로 나의 사무실에 침입해 업무방해를 한 자들로 고소할 것이다. 그리고 내 의뢰인의 증거 파일을 인멸하려 한 행위를 조목조목 기록해 수사기관에 알릴 것이다. 다행히 녹음자료가 있으니 증거는 충분하다."

나의 마지막 멘트에 둘은 갑자기 조용해졌다. 아무 말 없이 날 쳐다볼 뿐이었다. 한참 후 여자가 나를 째려본 채 목사 쪽으로 몸을 살짝 기울였다.

"목사님, 근데 이 여자 정말 지독하네요. 우리 자료니까 달라는데 왜 안 준다는 걸까요?"

"그러게 말이야. 어디서 나이 많은 사람한테 이런 식으로 하는 건지 원…… 아가씨 그렇게 살면 벌 받아. 알아요?"

나는 마이크를 책상에 놓으며 비꼬는 투로 말했다.

"나이 많은 사람은 무슨! 노망난 할아버지면서."

"뭐? 너 지금 나한테 뭐라 그랬어? 너 진짜 까불래?"

목사가 온몸을 부르르 떨며 소리쳤고 나는 두 눈을 말똥말똥 뜬 채 쏘아봤다. 그런데 갑자기 목사가 "으으윽" 하면서 가슴을 움켜쥐며 소파 등받이 쪽으로 몸을 천천히 뉘었다. 여자가 깜짝 놀라며 손으로 등을 받쳤다.

"어머, 목사님 괜찮으세요?"

"아니, 나, 나 지금 숨을 못 쉬겠어. 헉, 헉."

목사가 숨을 거칠게 여러 번 내뱉었고 여자가 다급하게 말했다.

"아가씨, 어서 자료 빨리 줘요! 이러다 목사님 잘못되겠어요. 우리 그거 받고 얼른 갈게요. 빨리요. 네?"

나는 너무나 안쓰러워하는 얼굴로 목사 곁으로 다가가 몸을 숙였다.

"저기 할아버지, 천천히 심호흡해 보세요. 후우, 후우."

여자가 어이없다는 표정을 지었다.

"아가씨 지금 병 주고 약 줘요?"

"그럴 리가요! 죽을 때 죽더라도 여기선 죽지 말라고요. 재수 없으니까."

두 사람의 삼류 연기에 넘어갈 내가 아니었다. 목사가 가슴을 움켜쥐는 건 척 봐도 시늉만 한다는 걸 알 수 있었다. 숨을 거칠게 쉴 때는 혈색이 너무 말짱해서 도저히 속아 넘어가 줄 수가 없었다. 그런 형편없는 연기 실력을 가진 자들이 어떻게 사람들에게 사기를 치며 지내온 걸까? 참으로 미스터리했다.

내 말이 끝나자마자 소파 등받이에 기대있던 목사가 용수철 튀어오르듯 상체를 일으켰다.

"뭐라고! 너 지금 뭐라 그랬어? 이게 진짜 말이면 다 인 줄 알아!"

"거봐요! 소리 지르는 거 보니까 멀쩡하시네, 뭘! 속이려면 연기라도 제대로 하던가! 이건 뭐 어이가 없어도 너무 없잖아요. 하여간 얼른 나가요. 둘 다!"

여자가 표독스러운 얼굴로 목소리를 높였다.

"아가씨! 우리 목사님 잘못되면 법적으로 반드시 책임 물을 겁니다. 지금 녹음된다고 했죠? 잘됐네!"

"아줌마, 거 참 협박도 희한하게 하시네요."

"뭐라고요?"

"협박도 참 덜떨어지게 한다고요!"

"이 아가씨가 진짜! 이번 일로 발생한 모든 책임 당신한테 전부 물을 거예요. 두고 봐요!"

"그럼 OOO 씨가 이 할아버지한테 수년간 성폭행당하면서 고통받은 건 어떻게 책임질 건데요?"

"누가 그래요? 그런 일 없었대도요. 걔가 하는 말 다 거짓말이에요. 걔 과대망상증 약 먹는 애예요. 알아요?"

"아줌마는 왜 가만히 있었죠? 이렇게 할아버지 편드는 거 보니까 그냥 방관만 한 게 아니네. 같이 한 팀으로 활동하셨나?"

"뭐라고요!"

"그 어린 아가씨 인생을, 그 여린 심장을 그렇게 갈기갈기 찢어놓고는 어떻게 이 할아버지만 챙길 수 있죠? 그래 놓고 뭘 잘했다고 감히 여기까지 와서 남의 증거 자료를 달라 마라? 당신들 인간 맞습니까?"

목사가 또다시 가슴팍을 잡고 '으으윽' 소리를 냈고, 여자가 그 옆에 쭈그리고 앉으며 말했다.

"어머, 어떡하나? 목사님 괜찮으세요? 오, 주여!"

목사는 고개를 숙인 채 괴로운 듯 윽윽거렸다.

"아무래도 병원에 모셔야겠어요. 목사님, 괜찮아요? 병원까지 걸어가실 수 있겠어요?"

나는 속으로 탄복하고 말았다. 목사의 연기 수준이 짧은 순간 몰라보게 달라졌기 때문이다. 학습력이 좋은 연기자임이 분명했다. 하지만 연기력으로 커버가 되지 않는 부분이 있었으니…… 바로 혈색이었다. 너무나도 멀쩡했다.

겁에 질린 표정 연기를 하고 있는 여자에게 내가 말했다.

"119 부르세요. 제가 불러드려요? 근데 119 허위신고 하면 벌금 센 건 아시죠?"

여자가 갈라지는 목소리로 소리쳤다.

"아가씨 제발 그만 좀 해요! 목사님 지금 힘들어하시는 거 안 보여요?"

나는 아무 대답도 하지 않았다.

"아가씨, 이 근처 병원이 어디예요?"

"병원요? 할아버지 모시고 가게요?"

"네, 그래야죠. 얼른 알려 주세요."

"으음, 저쪽으로 나가서 오른쪽으로 끼고 돌면 동물병원이 있거든요. 거기로 가보세요."

"뭐, 뭐라고요?"

"근데 동물병원이 깊은 지하에 있어요, 그냥 계단 내려가다 확 뒈져버려라!!!"

그 말에 목사가 고개를 벌떡 들었다. 꽤 충격을 받은 얼굴이었다. 여자도 입을 다물지 못했다. 나는 헤벌쭉 웃으며 말했다.

"에헤헤 농담이고요. 그냥 계단 내려가다가 굴러떨어져서 목이 부러

져도 좋을 것 같아서요."

그때까지 가슴팍을 잡고 있던 목사가 벌떡 일어서며 악을 썼다.

"당신 지금 뭐라고 했어? 이 여자 정말이지 제대로 미친 여자구만!"

그 말에 나는 아주 사악한 표정으로 웃으며 화답했다.

"냐하하하하하! 냐하하하하하! 그걸 어떻게 아셨을까? 내 눈앞에 미치고 환장한 것들이 설쳐대면 내가 헤까닥 돌아버리는 거. 하하하 하하하 하하하하하!"

둘은 입을 다물지 못했다. 나를 정말로 미친 여자로 보는 게 확실했다. 연기를 하려면 나처럼 이렇게 실감 나게 해야 하거늘……. 에헴! 나의 명품 연기에 목사가 연기 공부를 더 해야겠노라 자극을 좀 받았으려나? 뭐, 내 알 바 아니다.

여자가 씩씩거리며 말했다.

"아가씨! 말이 너무 심하잖아! 그러다 정말 우리 목사님 잘못되면 책임질 거예요?"

나는 피식 웃으며 담담하게 반응했다.

"아, 그러니까 그 말은 동물병원 가기도 전에 뒈져 버리면 어떡할 거냔 말이죠?"

"어머!"

"저랑 상관없는 일 아닌가요? 그러니까 알아서 뒈지든지 말든지 마음대로 하세요."

"어머머! 당신 지금 말 다 했어요? 나이 든 분한테 어떻게 그런 끔찍한 말을 해요?"

"아줌마, 잘 들으세요! 요즘은 시대가 변했어요. 이 할아버지 같은 인간 말종한테 예의를 갖출 필요가 없는 시대가 되었다고요! 알았어요?"

이번에는 목사가 나섰다.

"당신! 뚫린 입이라고 지금 말 다 했어?"

"아니요. 할 말 진짜 많거든요. 지금부터 해볼까요?"

"이것 봐. 당신! 우리를 이렇게 모욕해 놓고 뒷감당할 수 있겠어?"

"그러는 할아버지는 변호사는 사셨어요? 몹쓸 짓을 그렇게 많이 저질 렀으니 수습할 것도 산더미일 텐데!"

"당신 오늘부터 뒤통수 조심해야 할 거야. 알았어?"

나는 아랑곳하지 않고 대답했다.

"할아버지 앞 통수나 조심하세요."

"야, 이 정신병자야!"

여자가 목사의 팔을 잡으며 말했다.

"목사님, 그만 가시죠. 근처 병원으로 모실게요."

결국 두 악당은 목적을 달성하지 못하고 일어섰다. 그리고 문밖으로 나가기 직전까지 거짓말로 변명하며 저주로 나를 협박했다.

잠자코 그 말을 듣던 나는 앉아 있는 채로 기지개를 쫙 켜며 웃어 보였다.

"곧 뉴스에서 뵙게 될지도 모르겠네요. 모자랑 마스크는 챙겨가야 하는 거 알죠?"

"뭐 이런! 개 같은 종자가 다 있어! 너 가만 안 둘 거야. 두고 봐!"

"목사님, 더 이상 말 섞지 마세요. 정말 미친 여자 같아요."

문을 열었을 때 나는 손을 흔들며 매우 밝은 목소리로 환송해 주었다.

"천벌 받는 하루 되세요! 아니 매일매일 천벌 받는 삶을 사세요!"

그들이 돌아가고 어느 정도 시간이 흐른 뒤, 나는 변호사 사무실로 가서

아마 내가 별에서 왔다지요

그녀에게 녹취록과 핸드폰을 건네주었다. 그리고 사무실에서 그 악당들을 상대했던 일들을 상세히 알려 주었다. 그들의 증거 인멸 시도에 대해서도 언제든 증언이나 자료 제공을 해 줄 수 있다고 했다. 그녀는 두려워하면서도 한편으로는 후련하다며 내게 고맙다고 인사했다.

그날 밤, 나는 신에게 긴급히 편지를 썼다.

'신이시여! 저 어떡하죠? 어쩌면 그자들한테 소송당할 수도 있을 것 같아요. 앞으로는 그런 악마들을 만나지 않게 해 주시면 안 될까요? 저 좀 마음 편히 살게 말이에요. 만약 그게 어렵다면 저런 악마들이 지구에서 더는 활보할 수 없게 멸종시켜 주시면 안 되나요? 그래야 선한 지구인들이 행복하게 살 수 있을 테니까요.'

아마도 독자들은 이 사건의 결말이 궁금할 것이다. 우선, 나는 소송을 당하지 않았다. 그리고 그녀로부터 연락도 없었다. 그래서 다행이다. 나는 안다. 무소식이 희소식이라는 것을. 내게 또 연락한다는 건 다른 의뢰 건이 있다는 뜻일 텐데, 그것은 그녀가 여전히 힘들다는 것임을 의미한다. 내게 아무런 연락이 없으니 현재 그녀는 조금씩 나아지는 중일 게다. 아니, 반드시 그래야만 한다. 나는 그녀가 누구보다 행복하고 아름다운 삶을 살아가고 있고, 미래에도 그러리라 굳게 믿는다. 나의 생각이 현실이 되도록 아주 강력하게 머릿속에 그려 보았다. 꼭 그렇게 되기를!

진심으로 그녀를 응원한다. 영원히. ★★

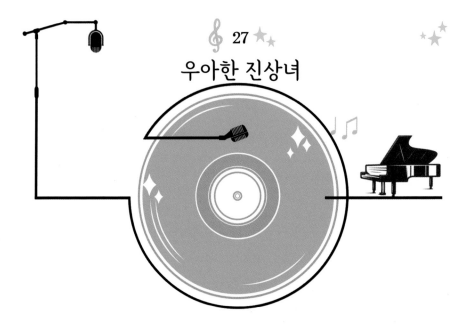

27

우아한 진상녀

'우아한 예술가'와 '추잡한 차별주의자'를 넘나들며 왕주접을 떨어댄 사람이 있었다. 그 이야기를 한번 풀어보도록 하겠다.

많은 사람이 말하길, 나의 사무실이 위치한 곳이 대한민국 최고의 부자 동네란다. 왜 다들 그런 얘기를 하는지 모르겠다. 내가 볼 때는 대한민국의 모든 곳이 아름답고 눈부시게 빛나 보이는데 말이다. 어쨌든, 내 사무실에서 꽤 가까운 곳에 거주 중인 여성이 나를 찾아오곤 했다. 음악을 전공한 그녀는 자신의 피아노 연주를 녹음했고, 그것을 오디오 CD로 만들고 싶어 했다. 거창하게 하자면 음악 전문 스튜디오를 통해 하면 될 일이었다. 하지만 그녀는 늘 집에서 직접 녹음한 후 내게 가져왔다. 누군가의 예술적 혼이 담긴 연주가 내 손을 통해 CD로 나오다니! 나는 그 점에 매력을 느껴 그녀가 올 때마다 기쁘게 맞았다.

아마 내가 별에서 왔다지요

그녀는 사무실에 오면 늘 무표정한 얼굴이었다. 하지만 3개월쯤 지났을 때부터는 내게 먼저 말도 걸고 소소한 일상들을 털어놓았다. 그녀의 말투가 너무나 우아했기에 그다지 특별할 것 없는 평범한 일상의 얘기들조차 멋지고 우아한 일상으로 그려질 정도였다. 그런 내 생각을 그녀에게 말했더니 그녀는 입을 가리고 우아하게 '호호호' 웃었다. 우리는 어느덧 편하게 웃으며 대화할 수 있는 사이가 되었다. 즉, 그녀는 나의 단골 고객이 된 것이다.

그날도 어김없이 그녀가 CD 제작을 위해 왔다. 나는 늘 그랬듯 종이컵에 봉지 커피를 타서 그녀에게 건넸다. 그러고는 컴퓨터로 녹음 파일들을 정리하기 시작했다. 몇 분 뒤 그녀가 우아하게 물었다.

"이 소파 어디 거예요?"

"그냥 일반 소파인데요. 왜요?"

"솔직히…… 예전부터 얘기하고 싶었는데요."

"네, 말씀하세요."

"소파가 넓긴 한데 앉아 있기가 좀 불편하네요. ○○○○○ 소파가 참 좋던데……. 좀 고가이긴 해도 앉기도 편하고요. 바꿔 보는 건 어때요?"

그건 마치 "나 있죠. 퍼스트 클래스 아니면 비행기도 안 타는 사람이에요. 다음에는 이 소파 말고 내가 말한 명품 소파를 꼭 가져다 놓으면 좋겠네요. 알았죠?"라고 말하는 것처럼 들렸다.

그녀가 어떤 소파로 바꿔 달라고 한 건지 알 수 없었다. 처음 듣는 브랜드였으니까. 하지만 다시 물어서 확인해 볼 생각은 없었다. 어쨌든 그녀의 개인 취향이니 나는 약간의 고갯짓과 미소 한 움큼 정도의 표정을 지어 주며 일단 넘어갔다.

우아한 진상녀

그날의 녹음 파일은 다른 때와 달리 분량이 많았다. 때문에 CD에 담기까지 시간이 제법 걸렸다. 내가 열심히 작업을 하고 있을 때, 그녀가 누군가와 통화를 했다. 미리 말해두겠다. 그녀는 자식과 통화했던 것이고 그리 유쾌한 내용은 아니었다. 아이를 혼내는 것이었다. 하지만 놀랍게도 그 상황에서조차 특유의 우아한 말투를 유지했다. 단, 목소리 톤이 높아서 사무실 안이 쩌렁쩌렁 울릴 정도였다. 그것은 마치 꾀꼬리 같은 목소리를 가진 연극배우가 무대에서 큰 소리로 우아하게 독백하는 모습을 연상케 했다.

"너 그따위로 하면 원하는 대학 갈 것 같니? 엄마가 그런 애랑 어울리지 말라고 했어, 안 했어? 친구를 사귀어도 꼭! 끊어!"

전화를 끊고 씩씩거리는 그녀에게 내가 물었다.

"무슨 일 있으세요?"

"아이가 말을 안 들어서 그렇죠, 뭐."

"왜요?"

순간 그녀의 얼굴에 불편한 기색이 사라지고 '마침 얘기하고 싶었는데 잘됐네.' 하는 표정으로 싹 바뀌었다. 그녀는 자신이 어디에 살고 있는지를 밝히는 것으로 이야기를 시작했다. 그녀가 사는 곳을 편의상 '뭐시기'라고 표현하겠다.

"사실 말 안 하려고 했는데, 나 '뭐시기'에 살고 있어요."

"아, 네. 근데 그게 왜요?"

"혹시 거기 시세가 얼만지 알고 있나요?"

"아니요."

"아, 모르시는구나. 아마 우리나라에서 가장 비쌀걸요."

"아, 그렇군요."

아마 내가 별에서 왔다지요

"근데 우리 아이가 옆에 있는 아파트에 사는 애랑 친하게 지내는 거예요. 거긴 저희 집보다 싼 아파트거든요. '뭐시기'에 사는 친구들하고 어울리라고 했는데……. 도대체 이게 말이 된다고 생각해요?"

그녀의 얘기에 놀라움을 금할 수가 없었다. 나는 이해할 수 없다는 표정으로 물었다.

"말이 안 될 건 또 뭔데요? 그게 잘못된 건가요?"

"당연히 잘못됐죠. 수준 차이 나서 안 돼요!"

나는 너무 당황한 나머지 순간 말문이 막혔지만 재빨리 정신을 차리고 물었다.

"친구끼리 우정을 쌓는데 수준 차이라뇨?"

이번에는 그녀가 황당하다는 표정을 지었다.

"결혼 아직 안 하셨죠?"

"네."

"어쩐지……. 그러니까 그렇게 쉽게 말할 수 있는 거예요."

"네?"

"자식 키우는 사람이면 그렇게 말 못 해요."

정말이지 신기할 따름이었다. 그녀의 말은 분명히 한국말이었는데 왜 외계어처럼 들리는 걸까? 갑자기 내 오기가 발동했다. 무슨 수를 써서라도 반드시 저 말을 이해해 보고 말테닷!

"저기…… 솔직히 손님이 사시는 그 '뭐시기' 옆 동네면 다른 지역에 비해선 집값이 꽤 비싼 편인 걸로 알고 있거든요. 다들 사교육도 많이 시키는 편이고. 그런데도 수준 차이가 난다는 말은 무슨 뜻인가요?"

"모든 면에서 차이가 엄청나요. 사는 수준도 그렇고 여러 가지가 다."

"사는 수준이요?"

"특히 우리 아이가 친하게 지낸다는 애는 형제가 많다나 뭐라나?"

"그게 왜요?"

"하아, 아가씨 정말 모르시네. 하여튼 그 아이 집은 저희 집보다 평수도 작고 집도 오래돼서 안 봐도 뻔하잖아요."

"뭐가 뻔해요?"

"그 좁은 집에서 많은 식구가 그래도 먹고 살겠다고 얼마나 바둥거리겠어요? 쯧쯧쯧. 어쩐지 요새 우리 아이가 그 동네 애랑 어울리더니 이상해졌어요."

"뭐가요?"

"거지 근성만 늘어서…… 내가 너무 놀랐잖아요."

"거지 근성요? 설마요?"

"아휴! 더 말해 봤자 뭐 하겠어요? 피곤만 하지. 뭐니 뭐니 해도 친구를 만날 땐 레벨을 맞춰서 만나는 게 가장 중요해요."

"레벨요?"

"네. 상류층 아이들은 상류층끼리 어울려야 맞는다고요. 두 번 말해 뭐 해요."

그 순간 내 가슴 속 화딱지 냄비가 서서히 끓어오르기 시작했다. 나는 일단 최대한 티를 내지 않고 침착하게 물었다.

"그게 왜 중요한지 여쭤봐도 될까요?"

"아가씨 정말 너무 모르네요. 당연히 중요하죠. 그거에 따라 아이의 미래가 달라지니까요."

"아이의 미래요?"

"네. 미래가 확 달라져요. 근데 그렇게 알아먹게끔 수 없이 설명했는데도 굳이 그 집 애랑 놀고 싶다는 거예요. 걔가 아는 것도 많고 재밌다면서. 아니, 글쎄……."

　이어진 그녀의 다음 이야기들을 나는 잠자코 들어 주었다. 내가 경청하는 자세를 보이자, 그녀는 자신의 기준에서 넉넉지 않은 그 옆 동네 친구와 가족들에 대한 심한 말들을 거침없이 쏟아냈다. 멀쩡한 한 가족의 체면을 100층 꼭대기에서 추락시키려고 안달 난 사람 같았다.

　듣다 보니 어느 순간 신기한 광경이 내 눈앞에 펼쳐졌다. 이제껏 교양 있고 우아한 예술가의 품격이 느껴졌던 그녀가 추악한 마귀할멈처럼 보였다. 그녀의 얘기는 도무지 멈출 기미를 보이지 않았다. 나는 더는 듣고 싶지 않아 말을 막았다.

　"저기…… 한참 다른 동네에 사는 아이랑 그 가족들 디스하시느라 바쁘시겠지만, CD 몇 개 필요하다고 하셨죠?"

　"한 개면 돼요. 근데 CD 말고 다른 얘기가 뭐였죠? 잘 못 들었어요."

　"아니에요. 저는 그럼 CD 제작 좀 집중해서 할게요."

　드디어 그녀가 입을 닫았다. 나는 일부러 컴퓨터 모니터에서 시선을 떼지 않고 일에 집중했다. 사무실에는 정적만이 흘렀다.

　한편, 그 시각 건물 밖 길 건너편에서는 한 지구인이 나의 사무실을 향해 열심히 달려오고 있었다. 바쁜 나를 대신해서 약속을 이행해 주기 위해 오는 것이니 내게는 은인 같은 존재였다. 내 예상대로라면 그와 내 앞에 앉아 있는 마귀할멈은 절대로 만날 인연이 아니었다. 시간 계획상 마귀할멈이 볼일을 마치고 돌아간 후 그가 사무실에 도착하기로 되어 있었으니까.

　그런데 이 무슨 운명의 장난이란 말인가! 내게 은인 같은 '그'와 레전드급으로 타 지구인을 개무시 하는 '그녀'가 만나고 말았다. 하필 그가 와 줘야 할 시간보다 30분이나 일찍 왔기 때문이다. 그리고 일이 터져 버렸다.

'똑.똑.똑.'

고요했던 사무실에 노크 소리가 들렸고 그가 문을 열고 들어왔다. 나는 놀란 눈으로 물었다.

"어? 왜 이렇게 빨리 오셨어요?"

"아직 준비 안 됐나요? 그럼 다시 올게요."

"아니요. 여기까지 오셨는데, 그럴 순 없죠. 잠시만요."

나는 시선을 마귀할멈, 그러니까…… 그녀에게 돌린 후 말했다.

"저기, 퀵서비스 좀 먼저 보낼게요. 어차피 CD는 시간이 걸리는 작업이라서요."

내 말에 그녀가 단 0.5초의 망설임도 없이 도도하게 말했다.

"아니요. 내가 먼저 왔는데 제 거 먼저 해 주세요. 제가 더 급해요."

"지금 CD가 구워지고 있어서 어차피 기다리셔야 해요."

"흐음……. 알았어요."

자, 여기서부터가 중요하다. 내가 퀵서비스 기사에게 줄 서류를 봉투에 담고 있는데, 그녀가 갑자기 "으흠! 으흠!" 하며 거북스러운 소리를 냈다. 내가 눈을 돌리니 입을 꾹 닫고 오만상을 찡그린 채 퀵서비스 기사를 옆으로 꼬나보고 있었다. 그러더니 참으로 괴이한 행동을 했다. 그걸 어떻게 표현해야 할까?

일단, 기사 반대편으로 고개를 핵 돌리는 모습이 마치 10년간 도망쳐 다녔던 빚쟁이를 갑자기 발견이라도 한 것 같았다고 해야 하나? 그렇게 벽 쪽을 바라보다가 갑자기 손으로 자기 입을 확 틀어막았다. 그 상태로 조용히 있었으면 내가 말도 안 한다. 일부러 누구 들으라는 듯 큰 소리로

'꾸엑! 꾸엑!' 하며 헛구역질을 해 댔다. 아주 역겨운 무언가를 참느라 성질난 듯한 티를 팍팍 내면서 말이다.

이제부터 '그녀'라는 호칭을 붙여주기조차 싫어서 '왕주접'으로 바꾸려 한다. 왕주접의 생쇼가 누구도 관심을 보이지 않는 원맨쇼로 마무리 되었다면 얼마나 좋았을까? 하지만 그 모습을 하필 퀵서비스 기사가 목격했다. 그리고 그 직후 절대 잊지 못할 가슴 아픈 장면이 내 눈앞에 펼쳐졌다.

퀵서비스 기사가 자신의 왼쪽, 오른쪽 어깨를 번갈아 코에 갖다 대었고, 이어서 자신의 손등 냄새를 맡더니 "아, 죄송합니다. 나가 있을게요. 다 되면 부르세요. 미안합니다."라고 하는 것이 아닌가! 그리고는 후다닥 문을 열고 나갔다.

과연 그 기사에게 실제로 냄새가 났을까? 천만에! 하나도 안 났다! 오히려 은은한 섬유유연제 같은 향이 났다. 한마디로 매우 단정하고 깔끔한 기사였다. 퀵서비스 기사가 다급히 문밖으로 나가자 왕주접이 거칠게 후후 숨을 내뱉은 뒤 한 말에 난 경악했다.

"아, 냄새! 지저분하기도 하지."

"네?"

"이상한 냄새 났는데 못 맡았어요?"

"전혀요."

"분명히 뭔가 이상한 냄새가 났다고요. 잠깐 문 좀 열게요."

그런데 아뿔싸! 문을 열었는데 기사가 문 왼편에서 핸드폰을 보며 서 있었다. 아무래도 그녀의 얘기를 들었을 것이다. 거기다 데고 왕주접은 "어머나! 놀라라." 하더니 재빨리 손바닥으로 자기 입을 가리고 문을 후 다닥 닫아 버렸다.

나는 목소리를 낮춰 물었다.

"왜 그러세요?"

왕주접은 평소 목소리대로 거침없이 답했다.

"세균 조심해야죠."

"네? 그럼 입 가린 것도 그 이유 때문이에요?"

"그럼요. 입속으로 더러운 세균들이 들어오면 안 되잖아요."

그 순간 나는 하마터면 "아줌마! 아예 방독면을 쓰고 다니는 건 어때?"라고 할 뻔했다. 하지만 다행이라고 해야 하나? 너무 기가 막혀 말문이 콱 막혀서 아무 말도 하지 않았다. 나는 퀵서비스 기사에게 서류 봉투를 서둘러 전달했다. 그가 사무실을 떠나자 왕주접이 자리에서 일어서며 말했다.

"잠깐 문 좀 열게요. 아, 냄새."

정말 충격이었다. 자기가 뭔데 저런 행동을 하는 거지? 방금 내 사무실에서 나간 사람은 왕주접 눈에는 그냥 흔한 퀵서비스 기사일지 모르나 그의 부모님 또는 아내와 아이들한테는 전부인 사람일 텐데…… 너무나 소중한 사람일 텐데…… 어떻게 저럴 수 있단 말인가? 왕주접은 자기가 무슨 상위 1%에 해당하는 아주 특별한 존재라고 생각하는 것 같았다. 아무리 그래도 그렇지. 그 괴이한 행동은 어떤 이유로든 도무지 이해할 수 없는 것이었다.

나는 왕주접과 한 공간에 있기가 싫어서 서둘러 CD를 제작해서 건넸다. 왕주접은 가방 지퍼를 열어 CD를 넣었다. 그러면서 내가 가방을 쳐다보자 갑자기 밝은 표정을 짓더니 아주 우아한 말투로 말했다.

"맞아요. 이거 OOOO(유명한 고가 브랜드) 거예요."

"아……."

"이 가방 예쁘죠?"

"아…… 네."

"근데 이 가방 가진 사람이 전 세계에서 몇 명 안 된다는 거 몰랐죠?"

"아, 그래요? 흔해 보이는 가방 같은데요."

"아니에요! 한정판이라 엄청 귀한 거예요."

"한정판이라?"

"아가씨, 근데 명품 가방 있어요?"

그러고 보니 왕주접은 단 한 번도 나를 '소장님'이라고 부른 적이 없었다.

"아니요."

"정말? 한 개도 없어요?"

"네."

"그럼 이 가방 한번 들어 보고 싶겠다. 한번 들어 보게 해 줘요?"

나는 양손을 내저으며 말했다.

"아니, 괜찮아요."

"괜찮긴요? 명품 하나도 없다면서요. 한번 들어 봐요. 들어 보게 해 줄게요."

"진짜 괜찮은데……."

"아휴, 아가씨. 오늘 아니면 이 가방 언제 들어 보겠어요? 어서 들어 봐요. 이거 아무나 들 수 있는 가방 아니에요. 자요, 어서."

왕주접은 '당신 오늘 땡잡은 줄 알아요.'라는 표정으로 내게 가방을 내밀었다. 나는 물끄러미 가방을 바라봤다. 그다음 어떻게 했을까? 한 치의 보탬 없이 있는 사실 그대로 말하겠다. 나는…… 손을 뻗어 가방을 들어 보았다.

어떤 독자는 씩씩대며 내게 따질 것이다. 도대체 왜 그랬냐고, 자존심도 없냐면서. 일단 오해 없길 바란다. 정말이지 나는 전 세계 한정판 명품이라고 해서 눈이 뒤집혔던 게 결코 아니다. 그저 강한 호기심이 발동했을 뿐이다. 몹시 궁금했다. 도대체 뭐 특별한 게 있기에 왜 다들 '명품, 명품' 하는지가. 그뿐이었다.

내가 가방을 들자 왕주접이 흡족하게 웃으며 물었다.

"어때요? 가볍죠?"

"그런 편이네요."

"이런 가방 갖고 싶죠?"

"글쎄요. 명품에 별로 관심이 없어서요."

"말도 안 돼요. 여자라면 명품 가방 몇 개는 갖고 있어야 하는데, 진짜 하나도 없어요?"

"네. 한 개도 없어요."

"에이, 그러지 말고 몇 개 사 둬요."

"왜 그래야 하죠?"

왕주접은 확신에 찬 표정을 하고는 그 특유의 우아한 말투로 말했다.

"그게 자신의 가치를 증명하는 거니까."

잉? 순간 무슨 텔레비전 광고를 찍는 줄 알았다. 저런 헛소리를 아무렇지 않게 하는 그 뻔뻔함이 신기할 정도였다. 나는 가방을 돌려줬다. 가방을 내려다보며 흐뭇함을 감추지 못하는 왕주접을 보며 생각했다.

'아마 2분 뒤면 이 여자는 돌아가겠지? 과연 그냥 보내는 게 맞을까? 그렇게 되면 자기가 아까 퀵서비스 기사에게 어떤 결례를 범했는지 알 턱이 없을 것이다. 내가 나서서 알려 줘야 하지 않을까? 누군가를 면전에서 그렇게 폄훼하고 몰상식하게 구는 건 옳지 않음을.'

결심을 굳힌 나는 조심스럽게 입을 뗐다.

"항상 그런 식으로 하시나요?"

"뭐가요?"

"어떤 상황이 불편하다고 해서 사람 앞에 두고 불편한 티 팍팍 내는 거 말이에요."

"네? 그게 무슨 말이죠?"

"아까 퀵서비스 기사님한테 하신 행동 말이에요."

"그게 뭐요?"

"큰 결례라는 생각이 들어서요."

"결례요? 참 내, 한낱 기사 나부랭이일 뿐인데 내가 왜 그런 생각을 해야 하죠?"

"나부랭이요? 정말 그렇게 생각하세요?"

"물론이죠! 그리고 그 남자한테 냄새가 났으니까 그렇게 한 거잖아요."

"저는 냄새 하나도 안 나던데요."

"아가씨 코가 막혔나 보죠."

"선생님 코가 맛이 간 게 아니고요?"

왕주접이 인상을 굳히더니 양팔로 팔짱을 낀 채 따지듯 말했다.

"내가 어떻게 행동하든 아가씨가 무슨 상관이죠? 그리고, 아가씨 말투가 기분이 참 나쁘네. 갑자기 왜 그래요?"

"솔직히 말씀드려도 될까요?"

"그래요. 해 봐요."

"외람된 얘기지만 참 주접이세요."

그 말에 왕주접은 거의 실신할 것 같은 표정을 짓더니 말까지 더듬었다.

"뭐, 뭐, 뭐라고요?"

"이 가방을 입에 침이 마르도록 칭찬하시던데, 그래 봤자 이건 가방일 뿐이잖아요."

"어머! 그래서요?"

"사람의 가치라는 건요. 이깟 명품 가방 몇 개 소유했는지에 달려 있지 않습니다."

"웬일이니!"

"웬일이긴요? 아까 여기 오셨던 퀵서비스 기사님은 그렇게 벌레 보듯 쳐다보면서 이따위 가방에는 눈이 뒤집어져서 보물 다루듯 하는 게 정상적으로 보이지 않거든요."

왕주접은 얼굴이 시뻘게져서는 거친 숨을 몰아쉬었다. 그리고 잠시 후, 날카로운 눈길로 날 쏘아보았다. 하지만 나는 아랑곳하지 않고 계속했다.

"선생님 아이가 그 모습을 봤다면 뭐라고 했을까요? '엄마, 멋져!' 이랬을까요? 지난번에 말씀하시길 아이 꿈이 정치인이 되는 거라면서요. 근데 아까 선생님의 그 행동이 미래의 바람직한 정치인의 엄마다운 행동이었을까요? 아이가 선생님을 보고 뭘 배우겠냐고요?"

"이 아가씨가 진짜…… 말 다 했어요?"

"아니요, 아직 남았어요. 다른 사람보다 경제적으로 조금 넉넉히 산다고 주위에서 떠받들어 주니까 세상 사람들이 다 발아래로 보이나요? 그렇게 사는 건 비정상이잖아요. 그죠?"

"어머, 듣자 듣자 하니 말을 점점 심하게 하네. 어디 아파요? 머리가 돌았어요?"

비정상 주제에 나를 해까닥 돈 사람 취급을 하다니! 나는 지극히 이성적인 표정과 말투로 왕주접과 그 자식의 미래에 피가 되고 살이 될 말을 마저 해 주었다. 아주 쉽고 귀에 쏙쏙 들어오는 표현으로다가.

"선생님이 자기중심적으로 살건 말건 그건 뭐라 안 하겠는데요. 다른 사람을 바로 앞에다 두고 그런 이상한 눈으로 내리깔아 보면서 발톱의 때만큼도 못한 사람 취급하고 깔아뭉개는 버릇 좀 확 고치는 게 어때요? 아이의 미래를 위해서라도요. 아이가 이 나라의 좋은 정치인이 돼야 하잖아요. 안 그래요?"

왕주접은 아주 질퍽한 똥을 밟은 표정으로 날 쳐다보았다. 그러고는 CD 제작비가 얼마냐고 신경질적으로 물었다. 내가 금액을 얘기하자 그 한정판 가방을 열더니 돈을 내밀었는데 100달러짜리였다.

"잔돈은 거슬러 주세요."

"저는 한국 돈만 받습니다."

"허! 지금 달러밖에 없어요!"

"어쨌든 저는 한국 돈만 받습니다."

내가 꿈쩍도 하지 않자 왕주접은 아까 내가 타 준 커피가 담긴 종이컵에 침을 한번 쓱 뱉더니 쓰레기통에 부어 버렸다. 그리고 비열한 표정으로 말했다.

"아가씨, 나는 이런 싸구려 봉지 커피 마시는 사람이 아니거든요. 그래도 타 줬길래 일단 받아 주긴 했는데, 손님을 봐 가면서 싸구려 커피를 타 주든가 말든가 해야지, 왜 그리 센스가 없으실까? 그리고 달러도 못 거슬러 주는 이런 작은 구멍가게에서 일하는 주제에 손님한테 어디서 충고질을 해요? 제정신이에요?"

그 순간 나는 왠지 모를 짜릿함을 느꼈다.

'오호! 이 여자 좀 보게나. 이제 나까지 대놓고 무시하겠다? 쯧쯧. 상대를 잘못 골랐네. 아까 그 정도에서 보내 주려고 했었는데. 흐음…… 까짓거 상대해 주지 뭐. 어쩌면 내 생각보다 훨씬 재미있는 상황이 연출될

수도 있겠는걸? 후훗.'

여기서 잠깐, 이 시점에서 내 자랑을 한 가지만 해도 될까? 나는 말이다. 신기하게도 못돼 처먹은 지구인들과의 기 싸움에서는 특출난 창의력을 가지고 있는 게 분명하다. 덕분에 그들과의 기 싸움 판에서는 그 어떤 상황이어도 여간해서는 지지 않는다. 승률이 거의 100%에 가깝다.

그것도 모르고 왕주접은 나에게 함부로 깝죽거린 것이다. 자, 이제부터 왕주접과 나의 기 싸움을 편하게 감상하길 바란다. 혹시 독자들 중 왕주접 같은 못된 인간을 상대해야만 하는 처지에 있다면 나의 기 싸움 전술이 조금이나마 도움이 되길 바란다.

나를 노려보던 왕주접이 앙칼지게 말했다.

"어디서 감히 나이도 한참 아래인 아가씨가 어른한테 충고질을 해? 아가씨 집에서 가정교육 그따위로 받았나? 부모 수준을 단박에 알아보겠네."

나는 미소를 머금고 말했다.

"상추 꼈어요."

"뭐라고요?"

"선생님 이빨에 상추 꼈다고요. 점심으로 쌈 드셨나 봐요. 더럽게 큰 게 꼈네요."

"어머!"

왕주접은 가방에서 거울을 꺼내 앞니를 보더니 혀로 보기 흉하게 막 문지르며 말했다.

"어쨌든 손님한테 어디서 감히……."

내가 또 받아쳤다.

"오늘따라 화장이 엄청 떴네요. 어머, 거기 코 밑에 뾰루지도 올라왔어요. 대왕 뾰루지 같은데, 그거 100% 곪을걸요. 제가 장담해요!"

왕주접이 이번엔 거울로 코밑을 확인하며 사납게 소리쳤다.

"이 아가씨 정말 미쳤나 봐!"

"제가 미쳤다고요?"

"그래요. 완전히 미쳤네."

"선생님도 저만큼이나 제정신 같아 보이진 않아요."

"뭐, 뭐라고요? 정말 돌은 여자였네."

나는 이번에는 얼굴에서 웃음기를 싹 거두고 차갑게 쏘아붙였다.

"저기요. 제 정신줄은 지극히 정상이니까, 선생님 정신줄이나 꽉 붙잡고 계세요. 여기저기 돌아다니면서 아무한테나 막말하지 마시고요."

"어마마! 인제 보니 내가 형편없는 사람한테 CD 제작을 맡겼었네."

"그럼 이 방에 형편없는 사람이 두 명 있는 거네요."

"아! 진짜 짜증 나!"

나는 손바닥을 내밀고 상냥한 목소리로 말했다.

"아까 드렸던 CD 돌려주시겠어요?"

"왜요?"

"형편없는 사람이 만든 거니까 형편없는 사람이 가져가서는 안 되잖아요. 어서 주세요."

"내 CD를 왜 달라고 해요?"

"내 CD라뇨? 아직 돈 안 주셨으니까 제 CD죠."

"아니죠. 내 가방에 있으니까 내 CD죠. 그리고 돈은 달러로 지불했잖아요!"

"전 달러 받은 적 없습니다. 본인이 탁자 위에 놓으신 거지."

"하! 달러로 거스름돈도 못 돌려주는 주제에 말이 왜 그리 많아!"

"푸흡! 그깟 CD 하나에 아주 목을 매시네요."

"뭐라고요?"

"됐고요, CD 주세요. 달러도 챙겨 가시고."

"내가 달러로 돈 분명히 줬는데, 아가씨가 거스름돈 안 내주고 있잖아. 그러니까 명백히 내 CD지."

"아니요. 제 CD입니다."

"아니! 내 CD라니까!"

"어서 제 CD 돌려주세요."

"웃겨 진짜, 내 거라니까."

"돌겠다 진짜, 제 CD 라니까요."

왕주접과 나는 각자 허리에 양손을 올리고, 말할 때마다 턱을 치켜올리며 설전을 계속했다.

"내 CD야!"

"제 CD예요!"

"내 CD라고!"

"제 CD라고요!"

인정한다. 이 치열한 소유권 주장의 장면은 누가 보면 유치원생의 장난감 다툼이나 다를 바가 없었다. 두 꼬마가 혀짧은 소리로 "내 띠디(CD)야!" "제 띠디(CD)예요."라고 하는 모습과 딱 어울리는 그런 상태였다.

"글쎄, 아가씨! 잔말 말고 달러나 거슬러 주기나 해요. 안 그럼 그냥 가버릴 테니까."

나는 최대한 분노를 절제하며 물었다.

"선생님, 그 CD를 그렇게 갖고 싶나요? 그럼 정중하게 부탁을 하세요.

'CD 공짜로 하나만 주면 안 될까요? 제발요.'라고. 그럼 생각해 볼게요."

"어머머, 누굴 거지로 아나? 어디서 감히!"

"하이고! 자기 체면은 그렇게 목숨보다 귀하게 여기면서 아까 퀵서비스 기사님한테 거지보다 못한 대우하신 분이 누구였더라?"

왕주접은 내 말에 얼굴을 일그러뜨리며 가방에서 CD를 빼서 탁자에 내려놓았다.

"정말 짜증나게 하네! 내가 앞으로 여기 다시는 오나 봐라."

"말씀 잘하셨네요. 저한테 빌려 간 녹음기도 더 이상 대여 안 되니까 빠른 시일 내에 돌려주세요."

"그깟 거! 성능 좋은 녹음기로 내가 하나 사고 만다!"

"그러시던가요."

"아우! 정말 거지 같은 것들 하고는 상종하지 말아야지. 현금 줄 테니까 얼른 CD 내놔요. 빨리!"

"제가 아무리 돈이 궁해도 인간으로서 기본적인 예의조차 없는 사람한테는 이런 CD를 절대 만들어 주지 않거든요! 그러니 이 CD는 부숴 버리는 게 맞겠죠?"

나는 두 손으로 CD 양 끝부분을 잡고 부러뜨리고자 힘을 가하기 시작했다. 왕주접이 눈을 동그랗게 뜨고는 다급하게 "지금 뭐 하는 거예요?"라고 했다. 그 소리를 들으니 내 손에 더욱 힘이 들어갔다.

'또각'

동그랗던 CD가 반으로 부러졌다. 나는 두 동강이 난 조각을 쥔 채 거만한 표정으로 왕주접을 쳐다봤다. 그러고는 CD를 보란 듯이 쓰레기통에 휙 던져 버렸다. 아까 왕주접이 커피를 버렸던 그 쓰레기통에 말이다. 왕주접이 사색이 되어 소리쳤다.

우아한 진상녀

"지금 뭐 하는 거예요!"

"CD 버렸잖아요."

"그러니까 CD를 왜 버리냐고요? 내 연주 CD를?"

"선생님은 달러로 거스름돈 받기를 바랐고, 저는 달러를 취급하지 않으니 가장 좋은 해결책으로 도와드린 건데 뭐 문제 있나요?"

"늘 이런 식으로 손님을 대해요?"

"고객 맞춤형으로 한 거죠. 손님 수준에 아주 딱 맞게."

"완전 어이없네."

나는 상냥한 어투로 마무리용 멘트를 날렸다.

"앞으로 선생님한테는 CD를 단 한 개도 제작해 드리지 않을 거니까 그만 오시면 좋겠습니다."

"어머! 이 여자가 진짜!"

"아주머니, 그럼 안녕히 가세요. 제 녹음기는 빠른 시일 내에 돌려주시고요."

그때 왕주접의 전화기가 울렸다.

"여보세요. 나? 지금 속기 사무소인데, 나 여기 여자랑 한판 붙다가 지금 기절할 뻔 했잖아! 응. 상또라이야!"

"저기요. 다 들리거든요! 제 뒷담화는 저 없는 데서 하고 얼른 나가주세요."

"응. 이따 가서 얘기해 줄게. 일단 끊어."

왕주접은 전화를 끊고 한참 동안 나를 노려보다가 씩씩거리며 밖으로 나갔다.

그렇게 싸움이 끝났다. 그런데 말이다. 솔직히 왕주접과의 한 판은 내

아마 내가 별에서 왔다지요

의도와는 다르게 진행돼 버렸다. 애초에 나는 그 못돼 먹은 여자를 보다 선한 지구인으로, 더 좋은 이웃으로 변화시키고 싶은 바람이 손톱만큼은 있었다. 그런데, 내 성질머리 때문에 바르게 인도하기는커녕 어떻게든 기분 나쁘게 찔러대는 말싸움으로 번져 버렸다. 만일 내가 성질 좀 죽이고 좋은 말로 타일렀다면 왕주접의 못된 심보가 개선됐을까?

생각해 보니 그러지 않았을 것 같다. 그 나이 먹을 때까지 타 지구인을 무시하고 환상적인 잘난 척 주접을 떨며 살아온 인생인데, 고작 20여 분 안에 개과천선하기는 어려웠을 것이다. 하지만 이번 싸움이 아예 수확이 없었다고는 생각하지 않는다. 아마도 왕주접은 나와 한판 붙었던 시간 동안 단 1초라도 생각하지 않았을까? '내가 오늘 퀵서비스 기사에게 좀 심하긴 했었나?'라고. 그래! 그거면 된 거다. 그걸로 퀵서비스 기사님에게 미안했던 내 감정은 조금이나마 덜어낼 수 있었다.

이제 왕주접과 나 사이에 남은 건 녹음기뿐이다. 왕주접은 내게 빌려 갔던 성능 좋은 고가의 녹음기를 끝내 돌려주지 않았다. 나는 굳이 되찾 으려 하지 않았다. 대신 두 손 모아 간절히 빌었다.

'비나이다. 비나이다. 부디 왕주접이 그 녹음기를 버리지 않게 해 주소서. 그래서 그걸 볼 때마다 퀵서비스 기사와 나를 떠올리며 더 이상 타 지구인에게 주접떨지 않기를 간절히 비나이다.' ★

28
그 남자

어느 늦가을 오후, 진한 커피 향이 사무실을 가득 채웠다. 창밖의 은행나무는 노란 옷으로 갈아입은 게 얼마 전 같은데 벌써 한 꺼풀씩 벗기 시작했다. 날씨도 아침저녁으로 제법 쌀쌀해졌다. 그러고 보니 단풍 구경은커녕, 여름휴가도 못 가고 한동안 달려왔다. 그나마 캐러멜 마끼아

또의 향이 마음을 채워 주니 위안이 됐다. 감미로운 음악을 트니 이곳은 아늑한 카페가 되었다. 홀로 만끽하는 여유와 낭만은 나를 세상에서 가장 행복한 사람으로 만들어 주었다.

그때, 조심스러운 노크 소리와 더불어 사무실 문이 살며시 열렸다. 나는 서둘러 음악을 끄고 문 쪽으로 몸을 돌렸다. 눈에 띄게 키가 큰 두 남자가 사무실로 들어왔다. 한 남자는 딱 봤을 때 프로 운동선수 같았는데 피부가 구릿빛인 것이 왠지 실내가 아닌 야외 스포츠를 하는 듯했다. 또 다른 남자는 정장 차림이었는데 지적인 분위기가 물씬 풍기는 것이 학자를 연상케 했다. 그의 외모가 상당히 준수해서 누구나 한 번쯤은 쳐다봤을 만한 사람이었다.

두 남자는 소파로 다가와 우두커니 서서 나를 쳐다봤다. "어떻게 오셨죠?"라는 내 물음에도 아무 답 없이 서 있기만 했다. 그러다 스포츠맨이 내 눈치를 살피며 정장맨에게 작은 소리로 물었다.

"이분 맞아?"

"응. 이분 맞는 것 같아. 목소리가 똑같아."

정장맨은 몹시 만나고 싶었던 외계인과 조우한 사람처럼 신기하고 반가운 듯한 얼굴로 나를 보며 눈을 반짝였다. 나는 저들끼리만 묻고 답하는 게 이상하고, 나를 쳐다보는 눈빛이 부담스러웠지만 일단 잠자코 있었다. 잠시 후, 정장맨이 물었다.

"노신임 씨?"

"네. 누구시죠?"

"드디어 만났네요!"

"네?"

"내 목소리 기억 안 나요? 저 ○○○이에요. 2주 전에 캐나다에서 국제 통화도 했었는데…….”

“아, 캐나다에 사시는 분이요?”

“맞아요. 반전이죠? 내가 한국에 왔답니다. 그것도 당신 바로 앞에.”

“아, 예…… 안녕하세요.”

“반가워요.”

그는 잠시 머뭇거리더니 어쩔 줄 몰라 하는 표정으로 말했다.

“근데 우리 인사 어떻게 해요? 포옹해도 돼요? 아! 여기 한국이지? 그럼 악수할까요?”

그가 내민 손을 내가 멀뚱멀뚱 쳐다만 보자 그는 어색한 듯 손을 거뒀다.

“여기는 무슨 일로 오셨어요?”

내 물음에 그가 내 쪽으로 한 걸음 다가섰다.

“당신 보러 왔어요.”

“네?”

내가 뒤로 한 발짝 물러서자 그가 잠시 망설이는가 싶더니 이마를 긁적였다.

“그냥 바로 오픈할게요. 지난번에 소개팅 제안 들어왔었죠? 그거 저랑 만나는 거였거든요. 주선자는 ○○○ 님이고요.”

뭐라? 소개팅? 아 그거! 평소 친분이 있는 지인이 내게 소개팅을 해 보라고 했었다.

“노 소장, 한 번 만나 봐. 능력도 있고 인물도 좋아. 둘이 알콩달콩 잘 살 거 같아. 그리고 결혼하면 캐나다에 살게 될 거야.”

“캐나다요? 그건 싫어요.”

“왜?”

아마 내가 별에서 왔다지요

"저는 한국에 사는 사람이 좋아요."

"에이, 만나 보지도 않고 왜 그래? 한번 만나 보기라도 해봐. 이해심도 넓고 무척 자상한 친구야. 캐나다에서 가족 사업체를 운영 중이고 거기 임원이야. 그러니까 돈도 많아."

"그 돈이 제 돈도 아니고, 돈에는 1도 관심 없네요."

"삶을 진지하게 사는 친구야. 옳은 방향으로. 아, 참! 직업이 여러 개야. 극작가이기도 하고, 소설책도 냈어. 운동도 좋아하고 봉사활동도 많이 해. 인성도 훌륭하고."

"아, 그렇군요."

"둘이 만나면 바로 결혼한다고 할 걸. 아주 잘 어울려. 노 소장도 이제 결혼해야지."

"전 생각 없어요. 죄송합니다."

"도대체 왜 싫은데?"

"당연히 싫죠. 캐나다에 가면 울 아빠 엄마랑 나머지 가족들 못 보잖아요. 그건 싫어요."

"에이, 어린애도 아니고. 아마 그 친구 보면 마음이 단번에 바뀔 거야. 멋진 친구라니까."

"그럴수록 더 보면 안 되죠. 정들면 떼기 어려우니까요. 소개팅은 사양하겠습니다."

난 분명 거절했었는데, 지금 상황이 좀처럼 이해가 안 갔다.

정장맨이 미소를 머금은 얼굴로 부드럽게 말했다.

"곧 퇴근이죠? 오늘 약속 있어요?"

"그건 아닌데……."

"다행이네요. 길 건너편에 괜찮은 곳 봐뒀는데 나랑 같이 저녁 할래요?"

"아니요."

"저녁이 싫으면 내가 집에 바래다줄까요?"

"아니요. 제가 좀 바빠서요. 더 이상 다른 용건이 없다면 가 주시겠어요?"

그가 놀란 얼굴을 하며, 나를 향해 더 가까이 다가왔다.

"아, 왜요? 벌써 헤어지게요? 나는 더 같이 있고 싶은데. 우리 더 얘기하다가 가요. 이 친구는 곧 갈 거라서요."

나는 책상 옆으로 뒷걸음질 치며 대답했다.

"저는 할 얘기 없습니다."

"오늘 바쁘면 이번 주 언제 저녁 식사할래요?"

"미안합니다. 시간이 안 되겠어요."

"그럼, 주말에 나랑 데이트할래요?"

나는 고개를 갸웃거리며 눈을 깜빡거렸다.

"제가 왜 그쪽이랑 데이트를 해요?"

"왜라뇨? 우리 소개팅 못 했던 거 해야죠."

나는 헛기침으로 목은 가다듬은 뒤, 친절하면서도 비꼬는 말투로 말했다.

"통화할 땐 몰랐는데 본인도 모르는 놀라운 능력을 갖고 계시네요."

"무슨 능력이요?"

"본인이 밥을 먹자고 하면 누구든 밥을 먹어 줄 거라고 착각하는 능력이요."

그의 표정에 당황하는 기색이 역력했다.

"당신 보러 캐나다에서 여기까지 왔는데, 밥 한번 먹는 게 안 된다고요? 왜요?"

"단순히 밥 먹는 게 아니라 소개팅이잖아요. 그것도 주선자께서 결혼을 전제로 만나 보라고 강력히 미시던데, 저는 처음부터 부담돼서 소개팅 안 하겠다고 이미 말씀드렸어요. 그러니 그쪽과 밥 먹을 이유가 전혀 없습니다. 답이 됐죠?"

그가 골똘히 뭔가를 생각하려 애쓰다가 '아차' 하는 표정을 지었다.

"아! 연락도 없이 갑작스럽게 찾아와서 놀란 거군요. 그러네요. 미안해요. 그런데 당신을 꼭 만나고 싶었어요. 그래서 온 거예요."

"아, 그러셨구나. 그럼 만나서 반가웠어요. 이제 그만 가 주시겠어요?"

내 말에 스포츠맨이 눈을 동그랗게 뜨며 정장맨에게 고개를 돌렸다. 정장맨은 많이 놀란 듯 나를 한동안 바라보다가 부드럽게 말했다.

"저기…… 내가 한국에 한 3개월 정도 있을 것 같아요. 그래서 말인데, 우리 그동안 서로를 좀 더 알아가는 시간을 가지면 어때요?"

"어쩌죠? 저는 그쪽에 대해 별로 안 궁금한데요."

"혹시 나를 이상한 사람으로 보는 건가요?"

나는 남자의 얼굴도 보지 않고 사무실 이곳저곳을 치우며 대답했다.

"아니요. 근데 언제 가실 거예요? 저 퇴근해야 되는데요."

"내가 전화해도 돼요?"

"업무적으로는 해도 되는데, 사적으로는 안 돼요."

"나 당신이랑 진지하게 만나 보려고 캐나다에서 여기까지 온 건데요?"

"제가 왜 그쪽이랑 진지한 만남을 가져야 하죠?"

"그건…… 내가 당신한테 관심이 있어서죠."

"어떡하죠? 저는 그쪽한테 관심이 없는데. 안녕히 가세요."

나의 철벽같은 반응에 그는 아무 말도 못 하고 돌아갔다.

그로부터 3주쯤 지난 후, 신기한 일들이 생겼다. 치열하게 일만 했던 나의 사무실이 마법의 공간으로 바뀐 것이다.

일단, 매일 늦은 오후에 캐러멜 마끼아또 한잔이 문 앞에 도착했다. 퇴근 전 그 향을 맡는다는 것만으로도 행복했다.

어떤 날은 잠깐 외출하고 돌아왔더니, 나보다 훨씬 큰 곰 인형이 문 앞에 와 있었다. 녀석의 목뒤나 겨드랑이를 비롯한 구석구석을 살폈지만 작은 쪽지 한 장 없었다.

"곰아, 예쁜 곰아, 너 누가 보냈니?" 하고 다정하게 물었지만 녀석은 아무 대답 없이 귀여운 표정만 짓고 있었다.

그뿐 아니었다. 요일별로 다르게 피자, 떡볶이, 김밥, 만두, 햄버거 등이 문 앞에 놓여져 있었다. 마치 먹깨비 요정이 내가 출출한 걸 알고 잠시 나타나 마법을 부리고 떠난 것처럼 말이다.

어느 날엔 영화나 드라마에서만 봤던 엄청나게 큰 꽃다발이 문 앞에 놓여 있었다. 그것도 두 번이나! 그 외에도 스카프, 머리핀, 립스틱, 향수, 헤어밴드, 담요 등 소소한 선물들이 배달되었다. 내 사무실엔 매일같이 선물 상자가 쌓였다.

어떤 날은 기타를 멘 남자가 찾아와서는 "머리 기신 분, 당신이군요!" 라고 하더니, 깜찍한 강아지 인형을 내게 안겨 주면서 감미로운 기타 연주와 함께 아름다운 사랑의 노래를 불러 주었다. 그 음색이 얼마나 듣기 좋던지 나도 모르게 생일 맞은 여자아이처럼 손뼉을 치며 기뻐했지 뭔가. 완전히 정신줄을 놓은 것이다. 그러다가 곧바로 머리를 세차게 흔들고 정신을 차렸다.

"저기 근데 도대체 누가 보내서 오신 거죠?"

아마 내가 별에서 왔다지요

혜벌쭉 웃으며 신나게 연주하던 그가 갑작스럽게 표정을 굳히고 목소리를 내리깔며 대답했다.

"저, 저는 입금이 돼서 온 거거든요. 그리고 신청자께서 자신의 신분을 밝히지 말라고 하셨어요."

무슨 이유로 정체를 숨기는 걸까? 혹시…… 그 정장맨? 나는 내게 소개팅을 주선하려 했던 지인에게 연락해 보았다. 정장맨은 아닌 듯했다. 그는 나를 만난 다음 날 크게 실망한 채로 캐나다로 돌아간다고 지인에게 연락했다고 한다.

아무리 생각해도 나한테 이런 걸 보낼 사람이 없었다. 그렇다면…… 혹시 주소를 잘못 적은 건 아닐까? 정작 받을 사람은 따로 있는데 엉뚱하게도 나에게 정성껏 이것저것을 보내고, 노래로 대신한 사랑 고백까지 해 버렸다면…… 맙소사! 이런 바보 같으니라고.

하는 수 없이 친한 경찰에게 전화했다. 웬 이름 모를 '아름다운 바보'가 주소를 잘못 알고 나에게 매일 같이 선물 공세를 펼치고 있다고 말했다. 발송자를 찾아서 중단시킬 방법이 없냐고 물었더니, 그는 신변의 위협이 아닌 이상 도와줄 방법이 없다고 했다. 누가 그러는지 알 수는 없지만 그냥 봉 잡은 줄 알고 주는 대로 받는 게 어떠냐는 조언도 해 주었다.

번지수를 잘못 찾은 한 이름 모를 바보의 구애 작전이 계속되던 어느 날, 누군가 사무실 문을 조심스레 노크하고 들어왔다. 나는 깜짝 놀랐다. 캐나다로 돌아갔다던 그 정장맨이 엷은 미소를 띠고 내 앞에 서 있는 게 아닌가!

우리는 한동안 아무 말 없이 마주 본 채 서 있었다.

잠시 후 내가 먼저 입을 열었다.

"여기는 또 왜……?"

"당신 보고 싶어서 왔죠."

나는 미동도 하지 않고 멀뚱히 쳐다보기만 했다.

그가 내 표정을 유심히 살피더니 소파에 앉으며 물었다.

"오랜만이죠? 갑자기 나타나서 놀란 얼굴이네요? 잘 지냈어요?"

"아…… 네. 캐나다로 돌아가셨다고 들었는데, 여긴 또 무슨 일로 오셨어요?"

"이제 나에 대한 오해가 좀 풀렸나 해서 왔어요. 또 일 맡길 것도 있고요."

"오해 같은 거 없으니까 걱정 마세요. 제 고객이셨는데 무슨 오해가 있겠어요."

"다행이네요."

나는 사무적으로 물었다.

"커피 한잔 드려요?"

"아니요. 커피보다는 당신 얼굴을 더 보고 싶어요. 잠시만 내 앞에 앉아 있어 줄래요?"

"네?"

"아, 농담이에요. 전에 업무적으로만 연락하라고 해서…… 여기 휴대폰에 있는 사진과 영상들을 CD에 넣어 주세요. 키우던 개가 얼마 전에 제 곁을 영원히 떠났는데, 녀석과의 추억을 간직하고 싶어요."

몇 시간 후 그가 완성된 CD를 찾으러 왔고, 나는 탁자 위를 가리켰다.

"저거 가져가시면 돼요. CD만 드려요? 아니면 케이스에 넣어 드릴까요?"

"당신도 같이 넣어 줄래요? 같이 데려가게."

486

"뭐라고요?"

"아, 미안해요. 속마음을 들켜 버렸네요. 사과의 의미로 오늘 내가 저녁 살게요. 어때요?"

내가 아무런 대꾸도 하지 않자, 그가 다시 말했다.

"우리 한 달 만에 보는 거죠?"

"그런가요?"

"사실 그동안 우리 둘의 관계에 대해서 생각을 정리하느라 연락을 못 했어요."

나는 황당한 얼굴로 그를 쳐다봤다.

"누가 들으면 몇 년 사귄 사인 줄 알겠네요. 우리가 뭘 했나요?"

그가 부드러우면서도 다정한 눈빛으로 나를 바라보았다.

"혹시 그사이 남자 친구 생긴 거예요? 그래서 이렇게 차갑게 대하는 거예요? 지난번하고 똑같네요. 하긴 생겼다 해도 상관없어요. 내 사람으로 만들면 그만이니까."

어이가 없었다.

"제가 그렇게 쉬워 보이세요?"

"아니요. 정반대예요. 그래서 더 끌려요."

"정말 불쾌한 분이네요."

"내가 불쾌한 사람인지 사랑하게 될 사람인지 나랑 다섯 번만 만나 볼래요?"

"싫어요."

"그 사랑스러운 입술로 '싫어요.'라는 말밖에 할 줄 몰라요?"

나는 코웃음을 치며 반박했다.

"저기요, 말하는 스타일 보니까 선수 같으신데, 저 그런 거 질색이니까 그만하시죠."

그가 나를 뚫어지게 바라보며 말했다.

"당신 참 당찬 건 알고 있죠? 그래서 더 예뻐요. 사랑스럽고."

"업무적으로 통화할 땐 몰랐는데, 실언을 많이 하시는 분이군요. 볼일 다 보셨으면 이만 가 주세요."

"따듯한 배웅 고맙네요. 또 보죠."

그것을 시작으로 그의 아슬아슬하면서도 거침없는 작업이 매일 펼쳐졌다. 그중 아주 일부만 소개해 보겠다.

〈눈웃음〉

다음 날 오전 또 나타난 그에게 나는 퉁명스럽게 쏘아붙였다.

"왜 자꾸 오시죠?"

"나 보기 싫으시구나?"

"맞아요. 그러니까 그만 오세요."

그가 선 채로 조용히 나를 바라보았다.

"왜 자꾸 쳐다봐요?"

"바라보는 것도 안 돼요?"

"그만 보세요. 부담스러우니까."

"미안해요. 안 보고 싶은데, 한 달 동안 못 봐서 그런지 계속 보게 되네요. 엄청나게 보고 싶었거든요."

"후유."

"농담이고요. 사실 오늘도 업무적으로 온 거예요. 녹취요. 그러니 나

앉아도 되죠?"

"그러세요."

"미안하지만 우리 더 자주 봐야 할 것 같은데 어쩌죠?"

"왜요?"

"일 맡길 게 아주 많거든요."

"그건 메일로 주셔도 되는데요."

"안 돼요. 중요한 거라 내가 이렇게 직접 얼굴을 마주 보면서 해야 해요. 아마 거의 매일 올 것 같은데…… 그러니까, 업무적으로 매일 봐야 할 것 같은데…… 나 보기 싫어도 참을 수 있죠?"

"글쎄요. 이런 제안은 처음이라서요. 녹취 의뢰를 매일 하신 분은 단 한 명도 없었어요."

"그렇군요. 그냥 내가 돈을 내고 맡기는 거니까 당신은 일만 잘해서 주면 되는 거 아닌가요?"

"아니죠. 제가 일을 가려서 하거든요. 특히 사회에 악이 되는 일이라면 돈을 더 벌 수 있어도 다 거절해요."

"와아! 좋네요. 아무 일이나 막 받는 곳보단 책임감 있게 일해 줄 곳을 찾았는데, 오히려 잘됐어요."

나는 고심 끝에 대답했다.

"그럼 일단 녹취 파일을 확인해 본 뒤 할지 말지 결정할게요."

그가 두고 간 파일은 회의 녹음본이었다. 분량이 짧아서 바로 작업 후 메일로 보내 주었더니, 그가 오후에 케이크와 커피를 들고 나타나서는 다짜고짜 축하한다고 하는 게 아닌가!

"무슨 축하를 한다는 거죠?"

"완벽해요! 당신이 보내 준 속기록이 아주 마음에 들어요."

"그냥 들린 대로 기록했을 뿐인데요?"

"그러니까요. 그걸 보니까 아이디어가 마구 샘솟는 거예요. 어떻게 이럴 수 있죠?"

그 말에 나도 모르게 방긋 웃고 말았다. 그러자 그가 갑자기 얼굴에서 미소를 거두고 진지하게 말했다.

"잠깐만, 3초만 그대로 있어 줄래요?"

"네?"

"당신 눈웃음치네요. 웃는 모습이 예뻤군요. 진작 좀 웃어 주지."

"할 얘기 끝났으면 그만 가 주세요."

〈너무 야해서〉

퇴근 무렵에 맞춰 온 그가 소파에 앉으며 말했다.

"이런 큰일 났네요."

"왜요?"

"당신 오늘 너무 야하게 입었잖아요."

"후드티랑 청바지 입은 게 뭐가 야해요?"

"내 눈엔 야해요. 안 되겠어요. 위험해서 혼자 집에 못 보내요. 내가 바래다줄게요."

"됐거든요."

"나같이 무딘 사람도 당신한테 눈을 못 떼겠는데 다른 남자들은 어떻겠어요? 오늘은 내 차로 갑시다."

"싫어요."

그가 곰곰이 생각하더니 대뜸 물었다.

"혹시 내가 운전대 잡는 거 봤다가 나한테 반할까 봐 그래요? 괜찮아요. 당신이 나 유혹해도 내가 참아 볼게요. 안 참아지면 어쩔 수 없고요. 가방 이리 줘요. 내가 들어줄게요."

"안녕히 가세요."

〈너무 좋아서〉

하루는 일을 다 마치고 20분이 지났는데도 그가 자리에 앉아 꼼짝하지 않았다.

"안 가고 뭐 하세요?"

"그러게요. 할 일도 다 마쳤는데, 왜 이렇게 가기가 싫죠?"

"얼른 가세요."

그가 갑자기 환하게 웃었다.

"왜 웃어요?"

"그냥 당신 보고만 있어도 웃음이 나와요. 너무 좋아서 그런가 봐요."

〈우리 연애할래요?〉

그날도 그는 어김없이 남은 볼일이 없는데도 소파에서 일어날 줄을 몰랐다. 이참에 그에게 얘기하는 게 좋을 듯싶었다. 아무 이유 없이 하루에도 몇 번이나 전화하는 것에 대해.

"전화를 너무 자주 하시는 거 같아요. 그냥 업무적인 관계일 뿐인데요."

"어떡하죠? 난 업무적인 관계로만 안 될 것 같은데."

"네?"

"당신도 알잖아요. 누군가 보고 싶으면 종일 전화하고 싶은 거."

나는 차갑게 반응했다.

"그게…… 무슨 말이에요?"

그가 갑자기 소파에서 벌떡 일어나 내 앞으로 다가왔다.

"무슨 말인지 알잖아요. 왜 모른 척해요?"

나는 아무 관심이 없다는 듯 의자를 휙 돌려 키보드를 두드렸다. 그가 의자를 자기 쪽으로 돌리더니 대뜸 물었다.

"우리 그냥 연애할래요?"

나는 또다시 의자를 책상 쪽으로 돌린 후 헤드셋을 끼며 대답했다.

"아니요."

그가 다시 의자를 돌렸고, 이번에는 내 쪽으로 몸을 굽혀 의자 팔걸이대를 양손으로 잡았다. 나는 깜짝 놀라 몸을 움츠리며 의자를 다시 돌리려고 했지만 꿈쩍도 하지 않았다. 그가 양손에 잔뜩 힘을 가했기 때문이다. 그 상태로 그가 말했다.

"좋아요. 그럼 더 좋은 걸 합시다. 나랑 결혼합시다."

순간 정적이 흘렀다. 그가 더 가까이 다가오며 속삭였다.

"당신 한번 안아봐도 돼요?"

나는 몸을 최대한 뒤로 기울이며 대답했다.

"그러기만 해요!"

그가 내 눈을 보며 말했다.

"맞아요. 안 해야 해요. 너무 세게 안았다가 당신 깨져버리면 안 되니까."

내가 몸을 움직여 의자를 다시 돌리려고 하자 그가 말했다.

"당신 때문에 미치겠다고요."

조금 뒤 내가 그의 눈을 응시한 채 작은 소리로 내뱉었다.

"이제 저희 사무실 그만 오는 게 좋겠어요."

"그렇게는 안 되죠. 일 맡기러 계속 올 거예요."

"그럼 선은 넘지 말아 주세요."

"선이요? 당신 긴장했나 봐요? 얼굴이 빨개졌네요."

나는 고개를 획 돌려 버렸다.

"그리고 보니 요새 당신 내 눈을 잘 못 쳐다보네요. 혹시 나 좋아하기 시작한 거예요?"

"참 내. 안녕히 가세요."

"알았어요. 내일 봐요."

〈결혼식〉

사무실 밖으로 나가려던 그가 문손잡이를 잡은 채 멈춰 섰다. 그리곤 잠시 생각에 잠겼다가 돌아서서 말했다.

"주말에 친구 결혼식이 있어요."

"그런데요?"

"나랑 같이 갈래요?"

"제가 왜요?"

"왜긴요? 나도 머지않아 결혼이라는 제도를 이용해서 당신을 독차지 하게 될 테니 미리 봐두는 것도 나쁘지 않잖아요. 안 그래요?"

"뭐, 뭐요?"

"그래서 말인데, 우리도 빨리 결혼 서두르자고요. 그래야 당신이 나만 바라보고 살 거 아니겠어요? 사실 엊그제 왔던 그 젊은 남자 좀 위험해 보였어요. 당신 자꾸 쳐다보는 게 마음에 걸리더라고요. 그런 남자는 무 조건 멀리 해야 하는 거 알고 있죠?"

나는 고개를 절레절레 흔들며 말했다.

"안 들은 걸로 할게요. 좋은 말 할 때 얼른 가세요."

〈토요일〉 ❄ ❄

토요일 오후. 그에게서 전화가 왔다.

"나 아파요."

"어디 가요?"

"마음이요. 아니 가슴인가? 당신 내 여자로 만들려고 한국에 왔는데, 그게 불가능할지도 모른다는 생각이 드니 잠도 안 오고 가슴이 막 답답 해요."

"또 시작이네요. 전화하지 마세요."

"지금 당신 보러 갈래요. 많이 보고 싶어요."

"저 오늘 출근 안 했습니다."

"집으로 갈게요. 주소 좀 알려 줘요."

"싫어요."

아마 내가 별에서 왔다지요

"그렇게 거절할 때마다 당신이 몇 배로 더 보고 싶어져요. 알아요?"

"끊을게요."

〈엄마의 전화〉 ❄ ❄

하라는 녹취록 확인은 하지 않고 자꾸 내 얼굴만 쳐다보는 그에게 말했다.

"녹취록 확인 안 할 거면 그만 가 주세요."

"아! 알았어요. 할게요."

그는 녹취록을 살펴보는 시늉을 하다가 갑자기 손에 든 볼펜을 탁자에 던지더니 땅이 꺼질 듯 한숨을 쉬었다.

"하아, 온통 당신한테 정신이 팔려 있어서 녹취록이고 뭐고 눈에 안 들어와요. 같이 밥 한번 먹으면 괜찮아질 것 같은데 도대체 언제 시간 내 줄 거죠?"

'자고로 이럴 땐 욕이 최고지'라는 생각이 들어 나도 모르게 막 실행을 하려던 찰나, 다행히 그의 핸드폰이 울렸다.

"어? 캐나다에서 엄마 전화 왔네요. 잠깐 전화 좀 받고 올게요."

통화를 마치고 돌아온 그에게 물었다.

"어머니랑 전화 끊으셨어요?"

"네."

"저 좀 바꿔 주시지."

"왜요?"

"통화 좀 하게요."

"우리 엄마랑요? 왜요?"

"세상에서 가장 똑똑하고 최고로 자랑스러운 아드님이 한국의 웬 여자한테 정신 팔려서 소중한 인생을 낭비하고 있다고 알려 드려야죠. 아마 큰 충격을 받으실걸요? 다음에 통화하게 되면 저 좀 꼭 바꿔 주세요."

그는 사무실이 떠나갈 듯 큰소리로 웃어 댔다.

〈전용 좌석〉 ❄ ❄

그가 녹취 의뢰를 빌미로 내 사무실을 매일 찾아온 지 보름쯤 지난 어느 날이었다.

"오늘도 3분짜리 녹취 맡기러 오셨어요? 메일로 보내면 될 것을."

"그것도 있고요, 갑자기 할 얘기가 생각나서요."

"뭔데요?"

"우리 결혼하면 아기는 몇 명 낳을까요?"

"또 시작이네요."

"알았어요. 오늘따라 당신이 많이 보고 싶었어요."

"어제도, 그제도 저 보고 싶다고 계속 오셨었잖아요."

"그렇죠. 보고 싶으니까 내일도 오고, 모레도 올 거예요. 아예 내 전용 좌석 하나 만들어 주는 건 어때요?"

내가 어이없는 표정으로 쳐다보자, 그가 말했다.

"그 볼멘 표정도 사랑스러워요. 우리 그냥 같이 살까요?"

나는 짜증스레 쏘아붙였다.

"당신 스토커인가요?"

"스토커라뇨? 일도 맡기고 당신 얼굴도 보고 겸사겸사 오는 거죠. 그리고 당신 얼굴 하루라도 안 보면 자꾸 생각나서 매일 보러 올 수밖에 없어요."

〈초밥〉

업무시간이 끝난 저녁. 누군가 사무실 문을 두드렸다. 문을 열어 보니 그였다. 낮에 오는 것도 모자라 이 시간에도 오는 것에 나는 소스라치게 놀라 소리쳤다.

"무슨 스토커도 아니고, 그만 좀 오시라니까요!"

그가 몹시 당황한 얼굴로 말했다.

"미안해요. 맛있는 초밥 같이 먹겠다고 식당에서 줄 서서 기다렸다가 조금 전에 샀거든요. 상하기 전에 같이 먹겠다는 생각만 하고 문을 두드린 내가 참 바보 같았어요."

"그렇게 말하면 제가 또 뭐가 돼요?"

그는 초밥만 건넨 후 힘없이 돌아서서 갔다.

그날 밤 11시가 돼서야 일을 끝내고 건물 밖으로 나갔는데, 어디선가 자동차 경적이 희미하게 들렸다. 돌아보니 그가 자동차 창문을 연 채 말했다.

"신임 씨, 지금 퇴근해요?"

"네."

"잘됐네요. 나도 마침 그 쪽 방향으로 가는데 바래다줄게요."

나는 차갑게 대답했다.

"저희 집 방향 알려 준 적 없는데요."

"아 참, 그렇지. 너무 늦었으니까 타요."

"아뇨. 됐습니다."

"신임 씨, 밤늦게 혼자 보내기 걱정돼서 그래요. 어서 타요."

솔직히 너무 피곤해서 편히 가고 싶기도 했지만 선뜻 탈 수는 없어 망설였다. 그가 차 밖으로 나와서 조수석 문을 열고 내 양어깨를 슬며시 차 안으로 밀었다. 결국 나는 못 이기는 척 차에 탔다.

"초밥은 다 먹었어요?"

"네, 먹었어요."

"다행이네요. 안 먹고 버릴 줄 알았는데."

"음식 버리면 안 되죠. 고맙게 잘 먹었어요."

"고마우면 내일 나랑 술 한잔할래요?"

"이제 제발 그만하세요."

"뭘요?"

"선물도 커피도 이벤트도 다 그만하시라고요."

"그만 못 해요."

"선물 그쪽이 보낸 거 맞군요?"

"맞아요. 당신이 내 마음 받아줄 때까지 비밀리에 계속할 생각이었는데, 들켜 버렸네요."

"제발 그만 좀 해요."

"그렇게 쉽게 포기할 거였으면 캐나다에서 여기까지 오지도 않았 겠죠."

"전부 시간 낭비라는 생각 안 들어요?"

아마 내가 별에서 왔다지요

"전혀요. 나는 오히려 당신이 날 밀어내려고 애쓰는 것처럼 보여요. 너무 애쓰지 말아요. 우리 서로 감정에 솔직하자고요. 그냥 서로 사랑하고 싶은 만큼 사랑하자고요. 우리 둘 다 성인이잖아요."

"그냥 말을 말죠."

〈흔치 않은 녹취〉 ❄

그가 물었다.

"전부터 묻고 싶었는데, 여기 오는 사람 중에 사랑 고백 녹취를 맡긴 사람도 있나요? 사랑하는 연인에게 하는 고백을 녹음해서 맡기는 거죠."

"한 번도 없죠. 대부분 소송 관련 녹취죠. 가끔 유언 녹취도 있고요. 그 외 나머지는 회의 녹취가 대부분이에요."

"아, 그렇군요. 그럼 그런 일을 맡으면 기분이 어떨 것 같아요?"

"완전 좋죠. 사랑 고백 녹취라니…… 생각만 해도 설레네요. 근데 아마 제가 할머니 될 때까지, 아니다, 이 지구를 떠날 때까지 그런 녹취는 안 들어올걸요?"

"확신해요?"

"당연하죠. 누가 그런 녹취를 맡기겠어요?"

"그렇군요."

〈크리스마스를 앞두고〉

12월 23일, 나는 사무실 책상에 앉아 일을 보고 있었다. 그가 문을 열고 들어와서는 주위를 둘러보더니 다른 의자를 내 옆에 바짝 끌어다 앉았다.

"당신 옆에 앉아도 되죠?"

"안 되죠."

내가 벌떡 일어나 복사기 옆으로 가자, 그가 지그시 나를 바라보다가 웅얼거리듯 말했다.

"뭐가 안 돼요. 난 이렇게 영원히 앉고 싶은데……."

그리고는 소파로 옮겨 앉은 뒤 한참 동안 손에 든 CD를 만지작거렸다.

"내일이 크리스마스이브인데, 신임 씨 파티 준비는 잘 돼 가고 있어요?"

"글쎄요."

"나도 파티에 초대해 주면 기꺼이 가 줄게요. 몇 시까지 어디로 가면 되죠?"

"됐네요."

"신임 씨는 크리스마스 때 뭐 할 건데요?"

"알 거 없네요."

"나는 크리스마스 날 그녀를 만나서 좋아한다고 고백할 참이었는데, 그녀는 내가 만나자고 하니 '알 거 없네요.'라고 차갑게 답하네요."

"진짜 왜 그래요?"

"제가 왜 그럴까요? 그러지 말고 나랑 크리스마스 같이 보내면 안 돼요? 나는 크리스마스 때 당신만 옆에 있으면 돼요."

"안 들은 걸로 하죠."

"역시 또 거절이군요? 그건 그렇고 이번에 맡길 녹취는 좀 중요해서요.

　　　　　　　　　　　　아마 내가 별에서 왔다지요

크리스마스라도 작업해 줄 수 있죠?"

"크리스마스인데 일하라고요?"

"에이, 급해서 그래요. 초안만이라도 부탁할게요. 엄청 급해요."

"싫어요."

"에이, 나 곧 떠나잖아요. 내겐 목숨만큼 중요한 녹취예요. 부탁할게요. 해 줄 거죠?"

"장담은 못 하겠지만 노력은 해 볼게요."

그가 CD를 건네며 진지하게 말했다.

"꼭 해 줘요."

크리스마스를 코앞에 두고 급하게 일을 해달라는 게 괘씸했지만, 곧 한국을 떠나는 그를 위해 작업에 착수했다.

그런데 그가 맡긴 것은 단순한 '녹음 파일'이 아니었다. 그것은 쓰나미급 태풍이 되어 내 마음을 뒤흔들었다. 어째 불안불안하더라니, 내 이럴 줄 알았다. 도대체 이 남자는 나에게 왜 이런단 말인가! 그냥 조용히 캐나다로 떠나 주면 어디 덧나나? 왜 이런 걸 줘서 내 정신을 쏙 빼놓는 거냔 말이다!

지금부터 공개할 녹취 파일의 내용을 뭐라고 이름 붙이면 좋을까 고민했다. 〈그가 공을 들인 작품〉이라고 하는 게 가장 적절해 보인다. 나 노신임을 까무러칠 정도로 놀라게 하는데 대성공을 거둔 작품이다. 듣는 이로 하여금 상당한 설렘을 유발하는 것으로 보아 그의 천부적인 재능이 두루두루 담겨 있다. 어련하실까? 직업이 극작가인 사람이 탄생시킨 작품인데.

그가 직접 독백 형식으로 녹음한 것은 영리한 선택이었다. 목에 꿀을 바른 것인지, 감미로운 중저음의 목소리와 듣기 좋은 발성이 작품의 분위기를 더욱 돋보이게 한다. 이제 그 일부를 소개해 보겠다.

O년 O월 O일. 존경하는 은사님이 전화를 주셨다. 그분께서 소개팅을 주선하시다니 의외였다. 더군다나 캐나다가 아닌 한국에 사는 여성과 말이다. 그 여성을 배우자로 맞이하는 남자는 인생의 큰 행운을 얻게 될 사람이라고 강조하셨다. 도대체 어떤 사람이길래? 그 여성이 궁금했다.

O년 O월 O일. 은사님으로부터 다시 전화가 왔다. 그 여성이 소개팅을 거부했다고 하셨다. 일단 알았다고는 했는데 은근히 화가 났다. 날 거부한다고? 내 조건이면 괜찮은 거 아닌가? 근데 날 거부한다고? 그래, 관두지 뭐. 좋은 사람은 이곳에도 많으니까.

O년 O월 O일. 신기했다. 날이 갈수록 그 여성이 궁금했다. 좀 더 알고

싶어졌다. 은사님께 때마침 녹취를 맡길 일이 있다는 핑계를 대면서 그녀의 연락처를 받았다.

이곳 캐나다는 늦은 밤, 그녀가 사는 한국은 한낮인 시간에 그녀에게 전화를 했다. 아주 짧게 통화했을 뿐인데, 마음이 알 수 없는 감정들로 가득 찼다. 참 매력적인 목소리였다. 그녀가 더 궁금해졌다.

O년 O월 O일. 부모님께 한국에 다녀온다고 했다. 두 분은 내게 여유롭게 쉬다가 천천히 돌아오라고 하셨다. 얼마 만에 떠나는 휴가인지.

O년 O월 O일. 한국에 도착했다. 시차 때문에 힘들었지만, 그녀를 빨리 보고 싶었다. 최대한 깔끔한 옷으로 갈아입고 서둘러 그녀의 사무실로 갔다. 문을 열고 들어서자마자 첫눈에 그녀를 알아볼 수 있었다. 그녀와 눈이 마주친 그 순간 강렬한 전율이 내 온몸으로 퍼졌다. 그녀는 상상했던 것 이상으로 예뻤고 사랑스러웠다. 내 심장이 걷잡을 수 없이 빠르게 뛰기 시작했다. 겨우 정신을 차린 뒤 그녀에게 만남을 청했다. 그런데 내 말이 끝나기도 전에 거절! 놀라웠다. 나의 데이트 신청을 이토록 단칼에 거절하는 여성이 있다니. 경외감마저 느껴졌다. 그래도 포기하지 않고 이것저것 제안했지만 모두 거절, 거절, 거절! 아무리 그래도 자기를

만나러 캐나다에서 온 사람한테 너무 심한 거 아닌가? 차갑기만 한 그녀에게 서운하고 화가 났다. 나 싫다는 사람한테 굳이 매달릴 이유도 없으니 거기서 그만두기로 했다.

O년 O월 O일. 정말 이상했다. 그동안 못 만났던 사람들을 오랜만에 만났는데도 전혀 즐겁지 않았다. 오로지 그녀 생각만 났다. 사람들을 만나면 만날수록 그녀 생각이 더 커졌다. 아침에 눈을 뜨자마자 그녀 생각으로 하루를 시작했고, 머릿속이 온통 그녀로 가득 찼다. 어떻게 이럴 수 있지? 세상에 여자는 많고 많은데, 왜 하필 나 싫다는 그 여자만 생각나는 걸까? 내가 뭐가 아쉬워서? 머릿속에서 그녀를 떨쳐 보려 하면 할수록 더 강렬히 생각나고 심장이 뜨거워졌다. 밤이 되면 도무지 잠을 이루지 못했다. '내가 미친 건가?' 하는 생각까지 들었다.

O년 O월 O일. 몇 주가 지나서야 받아들였다. 그녀 생각을 떨쳐 버리는 건 불가능하다는걸. 당장이라도 그녀를 보러 가고 싶었다. 하지만, 지난번처럼 무작정 만나자고 했다간 망칠 게 뻔했다. 그녀의 마음을 어떻게 얻을 수 있지? 은사님 말씀으로는 그녀가 아주 바쁘다고 했다. 일에 파묻혀서 지내는 그녀를 위해 매일매일 작은 감동을 선물하면 어떨까? 과연

아마 내가 별에서 왔다지요

좋아할까? 좋아해야 할 텐데…….

8

O년 O월 O일. 한 달 만에 그녀를 만났다. 그녀는 처음 만났던 그때처럼 내 심장을 빠르게 뛰게 했다. 하지만 나를 대하는 건 전보다 더 차가웠다. 그녀는 알까? 그녀 때문에 내 심장이 고장 나버린 것 같다는걸.

9

O년 O월 O일. 그녀를 매일 만나고 싶어서 핑계를 만들었다. 날마다 일을 맡기러 방문하겠다고 하자 그녀가 부담스러워했다. 돈보다 중요한 가치가 그녀에게 있는 듯 보였다. 그녀는 어떤 사람일까? 그녀에 관한 모든 걸 알고 싶다.

10

O년 O월 O일. 그녀는 나를 밀어내기 위해 무던히 애를 썼다. 하지만 그런 행동 하나하나가 다 사랑스러울 뿐이다.

내 입술이 터서 바를 것이 있는지 물으니, 그녀가 특이하게 생긴 것을 주었다. 어떻게 바르냐고 물었더니 그녀는 "뚜껑을 연 다음에 돌리시고 입술에 마구마구 처바르세요!"라고 했다. 왜 말을 믿게 하냐고 물었더니 자신이 평소 쓰는 말 중에서 가장 예쁜 말이란다. 듣기 싫으면 오지 말라고도 했다.

그녀에게서 나는 향이 좋다고 말했더니, 그녀는 헤어스프레이가 떨어져서 머리에 모기 잡는 에프킬라를 뿌렸단다. 자신은 인체에 해로운 걸 무척 좋아하는 이상한 사람이니, 건강을 생각한다면 앞으로는 사무실에 오지 말라고 했다. 그녀는 모를 것이다. 설사 그녀가 온몸에 에프킬라 범벅을 해도 안아 주고 싶을 만큼 그녀에게 이미 푹 빠져 있다는 것을.

앞머리를 내린 모습이 예쁘다고 말했더니, 그녀는 뒷머리를 일주일째 안 감았다고 했다. 대신 앞머리만 따로 빨랫비누로 빤 후 드라이기로 말렸다는 것이다. 그렇게라도 나를 떨쳐내고 싶은 거겠지. 근데 어떡하나? 그럴수록 더 좋아지는데.

O년 O월 O일. 이제 한국에 머물 날이 얼마 남지 않았다. 그녀는 여전히 나를 업무적으로만 대하고 있다. 힘들다. 내 의지와 상관없이 그녀에게 점점 더 깊이 빠져든다. 나는 이루어질 수 없는 그녀라는 환상과 사랑에 빠진 걸까? 만약 이게 환상이라면 내 마음속에서라도 그녀와 실컷 사랑해도 되지 않나?

아마 내가 별에서 왔다지요

○년 ○월 ○일. 드디어 그녀와 사귀기 시작했다. 그녀를 이 세상에서 가장 행복한 여인으로 만들어 줄 것이다. 첫 데이트를 마친 후 그녀의 집 앞. 차에서 내리려는 그녀의 손을 잡았다. 작고 귀여운 손, 부끄러운 듯 손을 뿌리치려는 그녀가 사랑스러워 뺨을 어루만지자 그녀가 환하게 웃었다. 그 모습이 너무 예뻐 나도 모르게 와락 껴안고 말았다. 그녀는 그대로 있어 주었다. 내 품에 안긴 그녀의 아이 같은 숨소리를 들으니 세상 모든 걸 가진 듯 행복했다.

하지만 거기서 멈춰야 했다. 그녀를 열망하는 내 본능이 제어가 안 되어 그녀에게 입을 맞추고 말았다. 두 번의 폭발음이 내 귓속에 울려 퍼졌다. 세차게 뺨을 맞고 나니 내 이성이 돌아왔다. 그녀는 "변태 씨! 다시는 연락하지 마세욧!!"이라고 소리친 뒤, 차 문을 쾅 닫고 빠르게 아파트 안으로 사라졌다.

그 일로 그녀는 내 전화도 안 받고, 사무실에 찾아가도 당장 나가라며 무서운 표정으로 내쫓기만 한다. 어쩌면 좋지? 그녀와의 사이가 틀어진 지금 세상이 암흑같이 어두울 뿐이다. 나는 그녀 없이는 아무것도 할 수 없다. 너무나 괴롭다.

13

○년 ○월 ○일. 일주일이 지났지만, 고집을 꺾지 않는 그녀의 마음을 어떻게 돌릴까? 하는 수 없이 그녀의 집 앞에서 목이 터져라 이름을

부르고 사랑한다고 외쳤다.

마침내 전화를 받아 준 그녀가 토라진 목소리로 그만 끝내자고 했다. 난 절대 그럴 수 없었다. 그녀를 달래고 또 달랬다. 그녀가 뾰로통한 표정으로 집 앞으로 나왔다. 달려가 그녀를 끌어안았다. 또다시 키스하고픈 충동을 느꼈다. 하지만 이번에는 아주 천천히 다가갔다.

그녀가 입술을 가늘게 떨며 깊은 한숨을 내쉬었다. 나는 안다. 그녀가 긴장하면 한숨을 내쉬는 버릇이 있다는걸. 내 입술이 거의 닿았을 때 그녀는 작은 몸을 떨며 더 깊은 한숨을 내쉬었다. 그 호흡의 향이 어찌나 좋던지. 달콤한 체리 같았다.

우리는 뜨거운 첫 키스를 나눴다. 그녀와 키스하게 되다니! 한국에 온 후로 매일 꿈꿔 온 순간이었다. 너무나 달콤했다.

14

O년 O월 O일. 그녀와 나란히 해변을 걸었다. 저녁노을에 황금빛 물결이 일었다. 모래사장에는 긴 그림자 두 개가 펼쳐졌다. 그녀의 미소와 함께 따뜻한 바람이 내 볼에 부딪혔다. 그녀의 환한 얼굴빛이 내 눈에 쏟아졌다. 그녀는 눈이 부시도록 아름다웠다.

우리는 바다가 내려다보이는 스카이라운지에서 저녁을 먹었다. 달콤한 와인으로 붉게 물든 그녀의 볼은 나를 유혹하듯 농염했고, 하얀 아이스크림을 잔뜩 묻힌 그녀의 입술은 어린아이처럼 순수했다. 그 모든 모습 속엔 행복이 깃들어 있었다. 더불어 나도 행복했다.

식사를 마친 후, 우리는 손을 잡고 걸었다. 달빛이 환하게 우리 앞을 비춰 주었다. 한참을 대화하며 걷다가 어느덧 그녀의 호텔 방 앞에 도착했다. 내 방은 바로 옆방이었다. 그녀가 내일 만나자며 내 손을 놓으려 했지만 나는 놓아주지 않았다. 그녀가 사랑스럽게 웃으며 다시 한번 놓으려 하자, 나는 그 손을 확 끌어당겨 그녀의 가는 허리를 두 팔로 감싸 안았다. 가냘픈 그녀의 몸은 떨고 있었다. 우리는 멈춰진 시간 속에 있는 사람들처럼 한참 동안 서로의 눈을 바라봤다. 그리고 키스를 나눴다. 아주 오랫동안.

그날 밤은 그녀와 떨어져 있고 싶지 않았다. 그녀가 내 마음을 읽고 고개를 살래살래 저었다. 하지만 그녀를 보내고 싶지 않았다. 나는 그녀를 끌어안고 놓아 주지 않았다. 그녀가 내 품에서 빠져나가려 했지만 더욱 힘껏 감싸며 뜨거운 키스로 내 마음을 전했다. 그날 우리는 황홀한 밤을 보냈다. 너무도 아름답고 황홀한 밤을.

아침 햇살에 눈을 떠보니 그녀가 내 팔을 벤 채 뒤돌아 누워 있었다. 숨을 쉴 때마다 어깨가 조금씩 올라갔다가 내려가는 마치 아기 같았다. 어떻게 사람이 뒷모습마저도 이렇게 사랑스러울 수 있는 것일까? 내가 꼭 안아 주었더니 그녀가 돌아누우며 환하게 웃고는 내 품에 쏙 안겼다. 내 생애 최고의 아침이었다.

눈을 떠보니 나는 침대에 홀로 누워 있었다. 그건 아쉽게도 꿈이었다.

나는 황급히 중단 버튼을 눌렀다. 차마 남은 내용을 더 들을 수가 없었다. 바보가 아닌 이상, 녹음 내용 속 여자가 나라는 걸 알 수 있었다. 그가 나를 가지고 아주 별별 이야기를 다 만들어 낸 것이다. 그런데 어이없게도 내 심장은 왜 이렇게 쿵쾅대고 난리람! 아무리 애를 써도 진정이 안 됐다.

다음 날 그에게서 전화가 왔지만 도저히 받을 수 없었다. 부재중 전화 표시 횟수가 늘었지만 받지 않았다. 그가 찾아올까 봐 사무실에 가지도 못했다. 때마침 지방 출장이 잡혀 있어서 그를 피하기에는 안성맞춤이었다. 며칠이 지나자, 그는 더 이상 전화를 하지도 찾아오지도 않았다. 다행이었다. 차라리 이대로 조용히 캐나다로 떠나 주었으면 하는 바람이었다.

그로부터 며칠 후, 거래처를 다녀온 뒤 지하철역 밖으로 나와 보니 비가 세차게 쏟아지고 있었다. 지갑을 사무실에 두고 와서 우산을 살 수도 없었다. 하는 수 없이 손바닥으로 머리를 가린 채 사무실 쪽으로 뛰어가고 있는데 누군가 갑자기 내 손목을 낚아채 당겼다. 너무 놀라 순간 멍했다가 정신을 차려 보니 내가 누군가의 가슴팍에 거의 안겨있다시피 했다. 놀란 눈으로 고개를 드니 그였다. 내 머리 위로 우산을 받쳐 든 채 내 앞에 서 있었다. 무척 수척한 모습이었다. 수염을 안 깎아도 남자가 이토록 멋있을 수 있다는 걸 그날 처음 알았다. 갑자기 내 심장이 미칠 듯이 쿵쾅대는 바람에 숨이 가빠졌다. 나는 숨찬 목소리로 물었다.

"하아! 여기서 뭐 하세요?"

"당신 우산 받쳐 주고 있잖아요."

"아, 그렇군요."

그가 날 물끄러미 바라봤다.

"왜 내 전화 안 받아요?"

"아, 좀 바빴어요."

"내가 마지막으로 맡긴 녹취는 다 했어요?"

나는 깊게 숨을 들이마신 뒤 내쉬었다.

"그게…… 바빠서 아직 듣지도 못했어요."

"아, 그랬군요. 어쩔 수 없죠. 그럼, 사무실까지 같이 걸을까요?"

우리는 아무 말 없이 걸었다. 건물 앞까지 다다랐을 때 그가 갑자기 걸음을 멈추고 내 앞을 막아서더니 큰 한숨을 내쉬었다. 그리고 무슨 말을 하려다 말고 또다시 크게 한숨을 내쉬더니 겨우 입을 뗐다.

"신임 씨."

"네."

"나 정말 너무 힘드네요. 진짜 나 당신 때문에 너무 힘든데……."

"제가 좀 바빠서요. 그럼 안녕히 가세요."

내가 다급히 자리를 뜨려 하자 그가 내 소매를 잡았다.

"사무실까지 바래다줄게요."

"그냥 저 혼자……."

"제발 거절하지 말아요."

사무실 문 옆에는 며칠 전 주문했던 프린터 상자가 놓여 있었다. 내가 상자 앞에 구부리고 앉자, 그도 맞은편에 앉았다. 그가 말했다.

"같이 들어요. 무거워 보이는데."

"아니요, 괜찮아요. 혼자 할 수 있어요."

자신만만하게 답한 뒤 상자 양 끝을 잡았는데…… 맙소사! 내가 상자가 아닌 그의 손을 잡고 있었다. 그가 이미 상자를 짚고 있었는데 못 봤던 거다.

"신임 씨, 왜 남의 손을 잡고 그래요?"

그 남자

"미안해요. 그러니까 그게…….."

나는 벌떡 일어나 쭈뼛거리다가 고개를 숙인 채 황급히 사무실 안으로 들어가려 했다. 그러다가 그와 부딪히고 말았다. 그가 문 앞에 서 있던 걸 못 봤던 거다.

"신임 씨, 이제 나한테 안기기까지 해요?"

"아니에요. 그런 거."

나는 어떻게든 사무실 안으로 들어갈 방법만 찾았다. 다행히 그가 막고 있지 않은 오른쪽에 공간이 보였다. 내가 그쪽으로 몸을 틀고 걸음을 떼려 하자 그가 재빨리 막아섰다. 하는 수 없이 왼쪽으로 가려는데 그가 또다시 막았다.

나는 당황해서 한 걸음 뒤로 물러섰다. 그랬더니 그가 한 걸음 다가왔다. 내가 또 한 걸음 물러서자 그가 다시 한 걸음 다가왔다. 그러기를 반복하다 어느덧 벽에 다다랐고, 우리는 아주 가까이 마주 섰다.

그가 천천히 양팔을 뻗어 손바닥을 벽에 붙였다. 나는 그의 긴 팔이 만든 울타리 한가운데서 어찌할 바를 몰랐다. 그가 나를 뚫어지게 쳐다보다가 서서히 팔을 굽히기 시작했고, 우리의 거리는 점점 더 짧아졌다. 그의 숨소리가 커졌다. 내 심장은 미친 듯이 뛰기 시작했다. 나는 재빨리 고개를 돌렸다. 귓가에 그의 숨소리가 선명하게 들렸다.

잠시 후, 그가 팔을 내리고 심호흡을 몇 차례 하고는 내게 물었다.

"택배 상자 같이 들다가 왜 갑자기 들어가려고 해요?"

"그러니까 그게…….."

"근데 왜 그리 얼굴이 빨개졌어요? 부끄러워서 그래요?"

정말 창피했다. 얼굴뿐 아니라 양쪽 귀까지 붉게 변한 걸 나도 충분히 느꼈다.

아마 내가 별에서 왔다지요

"저기 좀 비켜 주실래요? 저 좀 들어가게……."

그가 한 발짝 더 가까이 다가섰다. 그의 가슴과 내 얼굴이 거의 맞닿을 정도가 됐다.

"이따가 바빠요?"

나는 껌딱지처럼 벽에 몸을 바짝 붙인 채 겨우 대답했다.

"네. 바쁘……죠. 전 항상 바쁘잖아요."

"또 거절인가요? 나 곧 떠나는데, 그 전에 우리 한번은 봐야 하지 않아요?"

"그게 그러니까……."

"더는 거절하지 말아요."

머뭇거리는 내게 그가 단호하게 말했다.

"오늘 6시 퇴근이죠? 앞에서 기다릴게요. 오늘은 무조건 나와요. 나올 때까지 기다릴 거예요. 알았죠?"

나는 천천히 고개를 끄덕였다. 그제야 그가 돌아갔다.

저녁에 그를 만날 생각을 하니 일이 하나도 손에 안 잡혔다. 미친 듯이 뛰어대는 심장을 진정시키려 해도 제멋대로였다. '혹시 이 남자에게 빠져 버린 건가? 정신 차리자. 신임아! 정신 차려야 해!'

레스토랑 분위기는 근사했다. 차분한 조명에 감미로운 재즈 음악까지, 연인들이 기념일에 오면 딱 좋을 그런 장소였다. 경쾌한 재즈 드럼이 긴장된 내 마음을 진정시켜 주었다. 피아노 선율은 감미로웠고, 불어로 노래하는 여자 가수의 목소리에선 알 수 없는 슬픔마저 묻어나왔다. 경쾌 하면서도 어두운 분위기의 재즈 음악이 내 미묘한 감정을 잘 표현해 주는 것 같았다.

내 앞에 앉은 그는 아까와는 다르게 말끔히 면도를 하고, 깔끔한 정장

차림이었다.

그는 긴장을 풀려는 듯 두어 번 헛기침을 하고는 메뉴판을 펼치며 다정하게 물었다.

"우리 뭐 먹을까요?"

메뉴판 속 글자들이 도통 눈에 들어오질 않았다. 다행히 그가 알아서 주문하겠다고 했다.

그가 겉옷을 벗어 의자에 걸치고 나니 직원이 왔다. 그가 주문하는 동안 나도 모르게 그에게 눈길이 갔다. 뭔가 이상했다. 내가 그동안 알던 그 남자가 아닌 것 같았다.

'오늘따라 왜 저렇게 멋있지?'

'저 남자 속눈썹이 원래 저렇게 길었었나?'

'근데, 정장 셔츠를 입으면 원래 팔뚝 같은 거 잘 안 드러나야 정상 아닌가? 뭐야 저 남자는! 탄탄한 팔뚝이 다 드러나잖아! 돌겠다, 진짜!'

'저건 또 뭐야? 저거 어깨 맞아? 정도껏 넓어야지, 저건 너무 심하게 넓잖아! 도로 깔아도 되겠네.'

'턱선은 또 왜 저렇고? 너무 날렵하잖아. 스케이트 날이 따로 없구만.'

그사이 주문을 마친 그가 앞에 놓인 물을 한 모금 마시더니 큰 한숨을 쉬었다.

"와아! 드디어 보네요."

"그러네요."

그는 내 앞에 놓인 나이프, 포크, 숟가락을 다시 한번 반듯이 해 주었다.

"음…… 미리 부탁 하나 할게요. 내가 당신 만나려고 3개월 전부터 기다렸는데, 오늘 처음 보는 건 알죠?"

"네."

　　　　　　　　　아마 내가 별에서 왔다지요

"그래요. 알다시피 나 내일모레 떠나요. 그래서 말인데 오늘 혹시 나랑 얘기하다가 그냥 가 버린다거나, 내가 자리를 비웠을 때 사라져 버리면 안 돼요. 알았죠?"

"또 무슨 말을 하시려고요?"

"글쎄요. 내가 무슨 말을 하려나요? 아마도 그동안 억눌려 왔던 내 감정에 대한 얘기들이 터져 나오지 않을까요? 당신이 듣고 놀랄 수도 있을 것 같은데, 그렇더라도 가지 말고 내 말 끝까지 들어줘요. 부탁할게요. 그리해 줄 거죠?"

"그럴게요."

"신임 씨, 솔직히 대답해 줘요. 나 그렇게 남자로서 매력 없어요?"

나는 잠시 망설이다 대답했다.

"제가 뭐라고 답해야 할지 모르겠어요."

"다시 물을게요. 나 남자로서 전혀 안 끌려요?"

"그게 그러니까, 훈남이시고 사람 홀리는 그 말발은 여성들 관점에서는 상당히 유혹적이긴 하죠."

"다른 여성들 말고 당신은 어떠냐고요?"

"아직 눈치 못 채셨나 본데요, 저 그렇게 여자들 애간장 타게 하는 남자 타입 별로 안 좋아해요."

"당신 알잖아요. 나 그런 사람 아닌 거."

"제가 어떻게 알아요?"

"좋아요. 모른다고 칩시다. 그럼 아까 같이 택배 상자 들 때 말이에요. 우리 손 닿았잖아요?"

"네."

"그때 기분 어땠어요? 솔직히 말해 줘요."

"그냥 뭐 닿았나 보다……."

"나는 어땠는지 알아요? 심장이 터지는 줄 알았어요. 내가 당신 유혹이나 하려고 캐나다에서 여기까지 온 줄 알아요? 난 당신과 사랑을 하고 싶어서 왔어요. 오직 당신이랑 사랑하려고 왔다고요."

"벌써부터 듣기가 좀 그러네요."

"아, 오해할 수도 있겠네요. 그러니까 내 말은 당신과 사랑이라는 감정을 쌓고 싶었다고요. 그러려고 한국에 온 거예요. 당신 보려고 여기에 왔다고요. 오로지 당신 때문에."

나는 아무 말도 할 수 없었다.

"그건 알죠? 내가 매일 녹취 맡기면서 어떻게든 당신 얼굴 보려고 핑계 만든 거? 종일 당신 보려고 기다렸는데, 당신은 겨우 30분도 안 돼서 나 돌려보낸 적 얼마나 많은 줄 알아요?"

"그게 싫었으면 그냥 캐나다로 떠나면 됐잖아요."

"좋아하는 사람을 두고 어떻게 떠나요? 당신은 그럴 수 있어요?"

"……."

"당신 사랑에 빠져 본 적은 있어요?"

"아마도요."

"그럼 사랑에 빠졌을 때 그 사람 생각 얼마나 했어요?"

"그게……."

"나는 당신을 하루 중 얼마나 생각하냐면요. 아침에 일어나서 생각하고, 잘 때도 생각하고, 샤워할 때도 생각하고, 밥 먹을 때도 생각하고 하루 종일 생각해요. 다른 사람과 만날 땐 이 정도는 아니었어요. 나도 안 그러려고 노력했는데, 당신한텐 그게 안 돼요."

그가 손바닥을 자신의 왼쪽 가슴에 댔다.

아마 내가 별에서 왔다지요

"지금도 내 심장이 이렇게 빨리 뛰어요. 당신만 옆에 있으면 이 심장이 진정이 안 된다고요. 마치 미친 사람이 된 것처럼요. 당신이 내 마음 받아 줄 때까지 도대체 프러포즈를 몇 번을 해야 하는 거죠? 100번, 1000번? 하라면 할 수 있죠. 근데 이제 시간이 없어요. 나 곧 돌아가야 한다고요. 근데 우리 그동안 뭘 했나요? 오늘에야 밥 한번 먹게 된 거예요. 이게 말이 된다고 생각해요?"

모든 걸 내 탓으로만 돌리는 그에게 화가 나서 즉시 받아쳤다.

"그럼 저는 노력 안 했는 줄 알아요? 당신 볼 때마다 '제발 나한테 좀 질려라. 제발 나한테 싫증 좀 내라. 제발 나한테 오만 정 좀 다 떨어져라!' 하면서 속으로 얼마나 바랐게요! 그럴 수 있도록 행동도 수없이 했잖아요. 다 알잖아요?"

"다 알죠. 근데 당신이 어떤 행동을 해도 좋은 걸 어떡해요!"

"그걸 말이라고 해요? 도대체 왜 그렇게 어리석어요? 혹시 여자 많이 안 사귀어 봤어요? 대체 뭐가 아쉬워서 본인 싫다는 여자한테 그렇게 매달리냐고요?"

"맞아요. 나 생긴 건 이래도 여자 많이 안 만나봤어요. 일하고 글 쓰느라 바빠서 시간이 없었어요. 당신 말대로 누굴 사랑해 본 경험이 많지 않다고요. 근데 당신은 내 운명 같아요. 그래서 포기가 안 돼요."

"그럼 제가 뭐라고 답해요? 저는 안 되는데요."

"왜 안 돼요?"

내가 한참 동안 답을 못하자 그가 애타는 눈빛으로 나를 보았다.

"당신도 나 조금은 좋아하잖아요. 난 그거면 돼요. 그거면 충분하다고요. 내가 평생 당신보다 훨씬 더 많이 사랑해 줄게요. 그럼 우리 남은 시간 함께 할 수 있는 거 아니에요?"

나는 한동안 망설이다 겨우 대답했다. 진실이 아닌 거짓으로.

"저…… 그쪽 안 좋아하거든요."

"진짜요?"

"네."

그가 내 얼굴에서 시선을 떼지 않고 알아들었다는 듯 고개를 끄덕였다.

"좋아요. 그렇다고 칩시다. 그럼 내가 당신 정말 좋아하는 거 알고 있 잖아요. 더 이상 어떻게 표현을 해요. 나 곧 떠나야 하는 거 알면서 왜 이 렇게 나를 힘들게 해요? 일단 내 말대로 연애부터 시작해요. 그리고 곧 결혼해서 캐나다하고 한국 왔다 갔다 하면서 지내자고요."

"싫어요."

"왜 싫어요? 도대체 왜요? 내 키가 190cm가 안 돼서?"

"네? 하하. 하여튼 그놈의 유머 감각은. 근데 키가 진짜 몇이에요? 궁금하긴 했어요."

"188.7cm요."

"그러셨구나. 근데 외람된 얘기지만 키가 그 정도 크면 속도 좀 차야지, 싫다는 여자한테 계속 들이대면 스토커로 오해받을 수 있어요. 앞으론 조심 좀 하세요."

"지금 말 다 했어요?"

"네. 다 했어요."

"사과하면 받아줄게요. 스토커라는 말 취소하세요."

"제 입 가지고 제가 말하는데, 무슨 사과를 하래요?"

"당신 입 가지고 말한다고요? 그 입에 확 입 맞춰 버리고 싶네."

"뭐라고요?"

"당신 이거 하나는 분명히 알아둬요. 나 키스 엄청 잘해요."

나는 누구보다 그를 걱정하는 눈빛으로 말했다.

"저기 상담을 한번 받아보시는 건 어때요?"

"무슨 상담이요?"

"정신과 상담이요. 제가 볼 땐 본인도 모르는 변태적 욕구가 너무 왕성해서 그런 옳지 않은 발언을 수시로 하는 것 같아요. 그러다 보니 저에게 황홀한 밤을 보냈다는 등의 심한 표현도 주저 없이 한 것 같고요."

"녹음 파일 안 들었다더니 들었나 봐요?"

"뭐…… 조금 들었어요."

"근데 황홀한 밤이 뭐가 심한 표현이죠? 나 건강한 남자잖아요. 당신하고 그런 상상 한 번도 안 했을 것 같아요? 결혼까지 생각하는 여자랑? 머리로는 아마 수십 번 넘게 상상했을걸요. 지금도 마음 같아서는 캐나다에 가기 전까지 하루 종일 당신만 안고 있고 싶어요."

"하! 진짜 변태시네. 멀쩡하게 생긴 분이 왜 그렇게 여자를 밝히는지 이해가 안 가네요."

"내가 여자를 밝힌다고요?"

"네. 엄청나게 밝혀요. 모르셨어요?"

"말은 바로 하자고요. 나는 여자를 밝히는 게 아니라 신임이를 밝히는 거죠. 노신임을."

"미치겠다! 더는 못 듣겠네요."

그 자리를 떠야 할지 말아야 할지 고민스러웠다. 그가 그걸 눈치챘는지 급히 수습했다.

"알았어요. 우리 싸우지 말아요. 이제부터 내 진심을 말할게요. 결론부터 말하면요. 나는 당신과 결혼하고 싶어요. 그럼 묻겠죠? 왜 하필 당신이냐고? 당신이 왜 좋냐면요, 외모는 당연한 거고, 당신은 생기가 넘쳐요.

당신 곁에 늘 있고 싶을 만큼. 그리고 그동안 당신 사무실 매일 가면서 느낀 건데, 당신의 얘기를 듣는 게 참 좋아요. 당신이 그곳에 오는 사람들에게 건네는 위로와 희망의 말들도 좋고요, 심지어 나를 떼어내기 위해서 하는 거친 말들도 좋아요. 무엇보다 가장 좋은 건, 제 은사님 말씀대로 당신이 세상을 바라보는 시각과 생각이 좋아요. 뭐랄까요. 소녀같이 맑고 순수하다고 할까요. 그래서 당신은 모르겠지만, 난 당신 이렇게 바라보고만 있어도 웃음이 나와요. 나를 이렇게 웃게 만들 사람 앞으로 또 못 만날 것 같아요. 그런 당신과 함께하고 싶고, 당신이 세상에 대해 재잘거리는 얘기들을 평생 옆에서 들으면서 살고 싶어요. 그런 당신을 내가 지켜 주고도 싶고요. 그러니 나 좀 그만 밀어내고 내 마음 받아줘요. 내가 할 수 있는 한 모든 걸 바쳐서 당신 사랑해 줄게요. 나 일단 캐나다로 들어갔다가 곧 다시 나올 테니까 우리 약혼은 생략하고 바로 결혼해요. 우리 닮은 예쁜 아기 낳고 행복하게 살아요. 난 다섯 명이 좋은데 당신이 세 명 낳자고 하면 그 의견 따를게요. 우리 더 행복해지자고요. 당신과 함께라면 난 지금보다 훨씬 행복할 것 같아요."

그의 말 하나하나에 진심이 담긴 것을 오롯이 느낄 수 있었다. 지난 3개월간 그가 얼마나 애태웠을지도 짐작이 가서 마음이 몹시 무거웠다. 순간 울컥해질 뻔했지만, 나는 감정을 추스르고 조심스럽게 입을 뗐다.

"이제 제 얘기 좀 해도 돼요?"

"잠시만요."

그가 여러 차례 심호흡을 크게 하더니 말했다.

"솔직히 지금도 얼마나 두려운지 알아요? 당신이 끝내 거절할까 봐. 근데 거절 안 할 거죠? 그죠?"

나는 대답하지 않았다.

아마 내가 별에서 왔다지요

"그래요. 대신 나에 대해 느끼는 감정을 솔직하게 말해 주면 좋겠어요."

"음…… 어떻게 말을 시작해야 할지 모르겠지만, 먼저 고맙다고 말하고 싶어요. 당신이 그동안 저에게 보여줬던 정성, 관심, 모든 감정들을 나도 다 느껴왔으니까요. 당신 덕분에 오랜만에 설레는 감정도 느껴보고, 심장도 이렇게 쿵쿵 뛰어 보고 하네요. 그것도 고마워요. 근데 이런 설렘이 당신이 말하는 사랑의 시작인진 잘 모르겠어요. 한편으로는 당신 앞에서 이렇게 심장이 빨리 뛰는 게 좀 무섭다는 생각도 들어요. 어쩌면 이 감정이 일시적인 착각일 수도 있겠다는 두려움도 있고요. 하지만 그 감정이 뭐가 됐든 간에 제 답은……."

"잠깐만요. 후우, 떨리네요. 후우우. 후우우. 네, 얘기해요."

"저는 당신과 함께 할 수 없다는 거예요. 캐나다에도 갈 수 없고요."

그는 큰 충격을 받은 얼굴로 등받이에 몸을 기댔다. 그러고는 굳은 표정으로 천천히 물었다.

"왜 안 된다는 거죠?"

"이유는 두 가지예요. 첫째는 제 가족과 떨어져 지낼 수 없어요. 저에게 가족은 너무 소중해요. 둘째는 저는 늘 나 자신을 믿고 살아왔어요. 저 아닌 다른 사람에게 기대지 않는 편이에요. 제 성격이 그래요. 앞으로도 그러고 싶고요. 근데 오로지 당신만을 바라보고 캐나다에 가게 된다면 나는 당신만을 의지할 수밖에 없는 어린아이가 될 거예요. 당신이 날 사랑해 주면 행복해하다가도 당신과의 관계가 소원해지면 길 잃은 어린아이처럼 방황하고 슬퍼하겠죠. 다들 사랑이 모든 걸 포용한다고, 그런 것들까지 다 짊어지면서 살아가는 게 맞다고 하지만, 저는 그렇게 살고 싶지 않아요. 그럴 자신도 없고요. 그냥 지금처럼 자유롭게 지구에서의 삶을 누리다가 운명적인 사랑이 나타난다면 그와 함께 내가 사랑하는 나의 조국인 한국에서 지내다 여생을 마감하고 싶어요. 이게 내 답이에요."

그가 한참을 망설이다가 내 눈을 보며 말했다.

"그럼 내가 한국에 영원히 머문다면요? 당신만 결심한다면 나 한국에 정착할 수도 있어요. 그럼 되잖아요. 그죠?"

"그것도 절대 안 돼요. 저 때문에 당신의 소중한 것들을 포기하게 하고 싶지 않아요. 그냥 저 말고 캐나다에 사는 배우자를 만나세요."

"그게 안 될 것 같으니까 그러죠. 당신 때문에 잠도 못 자요. 당신밖에 안 보인다고요."

"미안해요. 그 마음 받아 주지 못해서요."

"더 생각할 여지도 없는 건가요?"

"네."

"내가 더 이상 어떻게 해 볼 도리도 없고요?"

"없어요."

무거운 적막함이 감돌았다. 그가 내 눈을 바라보며 다시 물었다.

"그 말은 이제 당신을 더 볼 수 없게 됐다는 말이네요?"

내가 말없이 고개를 끄덕이자, 그는 넋을 잃은 사람처럼 가만히 허공을 바라보다 고개를 떨구었다. 너무나 침울한 모습이었다. 그의 주변에 짙은 어둠이 드리워졌다. 식당 조명 빛이 그만 비껴간 것이 아닐까 싶을 정도였다. 한참 만에 고개를 든 그의 맑은 눈 속에 눈물이 맺혀 있었다. 그가 황급히 일어섰다.

"아, 갑자기 눈이 따갑네요. 화장실 좀 다녀올게요."

가슴이 너무나 아팠다. 좀처럼 돌아오지 않는 그를 말없이 기다렸다. 마침내 그가 매우 지친 표정으로 나타나 자리에 앉았다. 그는 무슨 말을 하려다 멈추더니 마른침을 삼켰다. 그러고는 잔을 들어 물을 마셨다.

그런 모습을 보고 있기가 힘들었다. 그를 위해 내가 먼저 용기를 냈다. 아니, 솔직히 말하면 그를 위해서가 아니라 나를 위해서였다. 나는 두려웠다. 그의 모습에 흔들릴까 봐. 너무 빨리 뛰는 내 심장을 더 이상 통제하지 못할까 봐. 그가 너무 좋아질까 봐. 어떻게든 그에게서 떨어져야 했다.

"저 그럼 이만 가 볼게요."

나의 말에 그가 세상 떠나갈 듯 큰 한숨을 내뱉고 눈을 질끈 감았다. 잠시 후 눈을 뜨더니 침통한 표정으로 탁자 위 내 손을 바라봤다. 그러고는 내 손을 향해 오른손을 뻗었다. 하지만 이내 멈추고는 손을 제자리로 가져갔다.

내가 일어서자 그도 일어서며 말했다.

"바래다줄게요."

"아니요. 혼자 갈게요."

그는 망설임 끝에 겨우 대답했다.

"그래요. 알았어요. 조심히 가요."

"네. 안녕히 가세요."

그와 헤어진 후 밖으로 나오니 하늘에선 눈이 내렸다. 거리는 동화 속 눈꽃 세상으로 탈바꿈 중이었다. 고개를 들어 하늘을 바라봤다. 차가운 눈이 얼굴에 내려앉으며 뜨겁게 달궈졌던 내 볼을 서서히 식혀 주었다. 나는 마음속으로 빌었다. 지금 이 순간 나 때문에 가슴 아파하는 그가 언젠가는 세상 누구보다 아름답고 지혜로운 여인을 만나길. 부디 그 누구보다 행복한 삶의 주인공이 되길.

다음 날 늦은 밤. 잠을 자려고 누웠는데 전화벨이 울렸다.

"신임 씨, 나 내일 새벽 비행기로 떠나요. 그전에 잠깐 볼 수 있을까요?"

"어제 봤잖아요."

"후우, 봤죠. 근데 어제 해야 할 말을 못 한 게 있어요. 한 번만 더 얼굴 보고 싶어요."

"지금 시간이 너무 늦어서요."

"제가 잠깐 집 앞으로 갈게요. 몇 분만이라도 보면 안 될까요?"

"그건 좀……."

"부탁해요. 나 몇 시간 후면 떠나는데……."

40분쯤 후 그가 왔다. 나를 보자마자 뛰어와서는 몹시 아쉬워하는 얼굴로 말했다.

"렌트한 차를 반납하는 바람에 택시 타고 왔어요. 우리 신임 씨랑 따뜻한 차 안에서 마지막 인사 나누고 싶었는데 아쉽네요."

"그랬군요? 근데 너무 춥네요. 할 말 하고 얼른 가세요."

"우리 어디 앉아서 잠깐 얘기 좀 할까요?"

"아뇨. 앉을 데도 없는데요."

"아하, 앉을 데 생각났어요. 내 허벅지 튼튼해서 의자로 쓰기에 아주 쓸 만한데, 바로 앉게 해 줄까요?"

"아 진짜 끝까지 변태 같아. 그만 좀 해요. 할 말이 뭐예요?"

"그냥 얼굴 보고 싶어서 왔어요."

"이제 몇 시간 후면 여기와도 안녕이네요."

"그러네요. 근데 당신과 마지막이라 그런지 가슴이 시리네요."

"아마 추워서 시린 걸 거예요. 얼른 택시 타고 가세요. 저도 너무 춥네요. 그만 들어가 볼게요."

그가 천천히 내게 다가와서는 두 손을 내 양어깨에 올렸다. 그 순간 내 심장이 또다시 쿵쾅대기 시작했다. 그가 한 발짝 더 다가서더니 떨리는 두 손으로 내 얼굴을 감쌌다. 그의 손은 무척 따뜻했다. 내가 뒤로 한 발 물러서자, 그가 그만큼 더 다가왔다. 우리는 잠시 그 상태로 서로를 바라봤다. 그가 좀 더 가까이 다가왔고, 그의 입술과 나의 입술이 거의 닿을 무렵 그가 부드럽게 속삭였다.

"작별 키스할래요. 해도 되죠?"

나는 그 말이 떨어지는 즉시 '그것참 좋은 생각이네요.'라고 말했다. 아니 그렇게 말하고 싶었다. 하지만 순간 강한 바람이 불어와 내 머리를 세차게 쳤다. 정신이 얼얼해진 나는 맘에도 없는 말을 뱉고 말았다.

"어림도 없어요. 꿈도 꾸지 마요. 뒤로 안 물러서요? 죽을라고!"

그때를 생각하면 지금도 '으이그! 으이그!' 하며 내 머리를 콩콩 친다. 내가 왜 그랬을까?

그는 체념하듯 내 얼굴에서 손을 뗐다.

"그래요. 당신 먼저 들어가요."

그에게 잘 가라고 한 뒤, 나는 1층 엘리베이터 앞에 서 있었다. 잠시 후 누군가 뒤에서 걸어오는 인기척이 느껴졌다. 곧이어 등 뒤에서 그의 목소리가 들렸다.

"잠깐만요."

뒤를 돌아보려던 찰나 그가 뒤에서 나를 안았다. 나는 너무 놀라서 몸을 한껏 움츠렸다가 이내 몸을 움직이며 그의 품에서 빠져나오려 했다. 하지만 그는 나를 더 꽉 껴안으며 속삭였다.

"이대로 잠시만 있어 줘요."

 아마 내가 별에서 왔다지요

내 심장이 그 어느 때보다 미친 듯이 뛰어대는 통에 숨쉬기조차 힘들었다. 서서히 어지럽기까지 하더니 전신에 맥이 빠진 것 같았다. 급기야 다리에 힘이 풀려 중심을 잃고 주저앉을 뻔했다. 그때 그가 양손을 내 허리로 옮겨 꼭 감싸 안았다. 너무 세게 안아 겁이 날 정도였다. 내가 안간힘을 쓰며 벗어나려 하자, 그는 팔에 힘을 가하여 나를 더 강하게 감싸며 끌어당겼다.

시간이 얼마나 지났을까? 고요한 그 새벽처럼 내 마음이 차분해졌다. 나는 느낄 수 있었다. 그의 품이 무척 넓고 따뜻하다는걸. 그가 내 귀에 대고 속삭였다.

"당신 좋아했어요. 너무 좋아서 내 온몸이 다 부서질 정도로 아플 만큼."

그의 뜨거운 입술이 나의 뒷머리에 닿았다. 그의 작별 키스였다. 그는 한참 후에야 내 머리에서 입술을 떼며 아주 깊은 한숨을 내쉬었다. 이내 내 허리를 감싸고 있던 팔도 풀었다.

잠시 후 엘리베이터 도착 소리가 났다. 그가 나 대신 버튼을 눌렀던 모양이다. 엘리베이터 문이 열렸고 나는 천천히 걸음을 옮겼다. 안으로 들어갔을 때 뒤를 돌아 그를 마지막으로 보고 싶었지만 용기가 나지 않았다. 그대로 문이 닫혀 버렸다. 나는 멍하니 엘리베이터 벽을 바라봤다. 한동안 그렇게 있다가 순간, 층 버튼을 누르지 않았다는 걸 깨달았다. 왠지 그도 여전히 그 자리에 있을 것이라는 확신이 들었다. '열림' 버튼을 누르고 그에게 달려갈까 하는 생각이 잠시 들었다. 하지만 그냥 층 버튼을 누르고 집으로 올라갔다.

그가 떠나고 열흘쯤 후, 사무실을 구석구석 정리하다가 책상 한쪽에서

CD 하나를 발견했다. 그가 마지막으로 맡겼던, 내가 너무나 부끄러워 끝까지 듣지 못했던 그 녹취 CD였다. 나머지 내용이 궁금했다. 아니, 솔직히 그의 목소리가 듣고 싶었다.

이어폰으로 그의 다정하고 부드러운 목소리가 흘러나왔을 때 또다시 내 심장이 반응하기 시작했다. 정지 버튼을 누르고 심호흡을 몇 차례 한 뒤 다시 재생 버튼을 눌렀다.

"이제부터는 당신한테 하고 싶은 말을 할게요. 3개월 전, 어디서 그런 용기가 났는지 오로지 당신을 보기 위해 나는 캐나다를 떠나 무작정 한국에 왔어요. 그러고는 당신을 봤는데, 뭐라고 표현해야 할까요? '아! 내가 이 순간을 위해서 그동안 살아왔구나. 이 여자를 만나려고 결국 여기까지 온 거구나.' 그냥 알았어요. 그 정도로 당신이 좋았어요. 한국에 있으면서 당신을 매일 보는 게 참 행복했어요. 근데 당신 혼자 남겨둔 채 캐나다로 돌아가려니 마음이 너무 아파요. 이제 당분간 당신을 볼 수 없게 됐네요. 하지만 내 바람은 당신을 계속 보는 거예요. 당신을 만난 이상 당신을 안 보고 살아갈 자신이 없어요. 곧 다시 올게요. 우리 사랑 처음부터 다시 시작해요. 그래야만 해요. 그럴 거죠? 제발 안 된다고 하지 말아요. 지금도 당신이 보고 싶어서 당장 달려가고 싶지만 참을게요. 우리 내일 만나요. 안녕. 내 사랑."

내 눈에 눈물이 고이기 시작하더니 볼을 타고 흘러내렸다. 한참이 지나서야 겨우 감정을 추스르고 CD를 보며 말했다.

"미안해요. 그리고…… 고마워요. 안녕."

그 남자

태양이 작열하던 8월의 어느 날이었다. 찌는 듯한 더위로 거리에 행인들도 뜸하던 대낮, 누군가 사무실 문을 두드렸다.

"저기, 여기가 혹시 녹취록이라는 것을 작성하는 곳 맞나유?"

"네, 맞아요. 안으로 들어오세요."

평소처럼 인사하며 고개를 들어 방문객을 쳐다보았는데, 아앗! 여자 마법사 한 분이 눈앞에 서 계셨다! 보라색 망토에 챙이 넓고 뾰족한 모자, 영락없이 동화책에서 막 걸어 나온 마법사였다.

'아니, 뭐야? 이제 내 사무실에 마법사까지 나타난 거야?'

나는 설레는 마음으로 재빨리 그녀의 발을 쳐다보았다. 혹시 그녀의 발이 공중에 둥둥 떠 있는 건 아닌지 살피기 위해서였다. 하지만 그녀의 발은 땅바닥에 고정되어 있었다. 눈을 한번 꾹 감았다 뜨고 다시 보니, 그녀의 모자 또한 마법사의 모자가 아니라 농부의 것이었다. 어깨에 걸친 것도 망토가 아니라 큰 수건이었다. 그렇다. 그녀는 시골에서 막 올라온 농부의 모습 그대로였다. 하지만 무슨 상관인가? 무더위로 짜증 나는 오후, 내 마음을 기분 좋게 흔들어 준 진짜 마법사인걸.

내가 아무 말 없이 미소를 지으며 바라보자, 그녀가 사랑스럽게 돌출

포도 마법사

된 치아를 훤히 드러내며 씩 웃었다. 그리곤 주머니에서 꼬깃꼬깃 접어 놓은 쪽지를 꺼내 폈다.

"아가씨. 죄송한데유, 이 종이에 적힌 이분, 여기 계시는 거 맞쥬? 노. 신. 임. 소장님이라고……. 근데 지금은 안 계시는 것 같네유. 어디 멀리 가셨어유? 혹시 오실라면 멀었을까유?"

나는 밝게 웃으며 대답했다.

"호호호. 전데요."

그녀가 깜짝 놀라며 말했다.

"아이고야! 실물이 이렇게 생기셨군유?"

그 반응에 내가 더 놀랐다.

"아, 미안합니다. 혹시 제가 너무 충격적이게 생겼나요?"

"아하하, 아니여유. 이름만 봤을 땐 남자분에 나이도 제법 있으실지 알았거든유."

"혹시 흰머리에 덥수룩한 수염을 기른 덩치 큰 50대 어른 남자로 상상 하신 건가요? 호호호."

"맞아유. 근데 이름하고 외모가 전혀 딴판이시네유. 이렇게 젊고 이쁜 아가씨가 소장님일지 몰랐어유."

역시 내가 잘못 본 게 아니었다. 이렇게 짧은 대화를 나눴을 뿐인데도 내 마음이 이토록 행복해진 걸 보니, 그녀는 마법사임이 분명했다. 선한 미소와 몇 마디의 말만으로 상대방에게 힘을 주는 마법사.

그런 마법사가 이곳에는 무슨 일로 온 걸까? 혹시 세상을 구하러 가는 중에 잠깐 들른 거냐고 물으려던 찰나, 그녀가 순박하게 웃으면서 말했다.

"소장님, 제가 시골에서 포도 농장을 하고 있어유. 평생 포도만 돌보고 사느라 옷을 살 시간이 없었슈. 그래서 이렇게 촌티가 팍팍 나유. 차려 입고 온다는 게 이러고 왔네유. 죄송해유. 이해해 주실 거쥬?"

"어머나! 제 예상이 맞았군요!"

"뭐가유?"

"처음 딱 봤을 때 한눈에 이 지구에 사는 분이 아니라 다른 차원에서 넘어온 마법사가 아닐까 생각했는데, 포도 왕국에서 온 마법사가 맞았네요. 솔직히 말해 보세요. 아무도 안 보는 사이 날아다니면서 포도에 물도 주시고, 포도나무에 붙은 벌레들도 순식간에 사라지게 하는 마법도 부리시죠? 맞죠?"

"아니여유. 호호호."

그녀는 쑥스러운 표정을 지으면서도 즐거워했다. 얼굴에 행복한 모습이 가득했다.

"아참, 이게 지가 기른 포도로 만든 건디 한번 드셔 보실래유?"

그녀가 주머니를 뒤지더니 포도 주스 한 팩을 꺼내 빨대를 꽂아 내밀었다.

"우와! 타이밍 죽이네요. 마침 목말랐는데…… 어서 줘 보세요."

아마 내가 별에서 왔다지요

내가 빨대를 한 모금 쭈욱 빨자 그녀가 호기심 가득한 얼굴로 물었다.

"맛이 어때유?"

"우와, 세상에! 너무너무 맛있어요!"

나도 모르게 감탄사가 터져 나왔다. 정말 맛이 있었다.

"그래유? 얼마나 맛있는지 여쭤봐도 될까유?"

"숨도 못 쉴 만큼요. 하긴 포도를 어마어마하게 사랑하는 마법사가 기르셨으니 당연히 맛있을 수밖에요. 그래도 그렇지, 어떻게 포도 주스가 이렇게 맛있을 수 있죠?"

그녀는 두 손뼉을 마주치며 기뻐했다.

"호호호, 아유 좋아라. 그 녀석들 다 제 손으로 하나하나 직접 기른 것들이여유. 제 손을 안 탄 게 하나도 없어유."

그녀는 포도를 자식같이 사랑하는 농부였다. 포도나무는 그녀에게 재산 이상이었다. 그녀의 삶 자체였고, 이 세상 무엇보다 소중한 보물이었다. 그래서 포도 농장이 매우 비싼 가격에 거래되던 시절에도 절대 팔지 않았다고 한다. 그런데 그녀의 농장이 위기에 처하고 말았다. 가족의 잘못된 판단으로 야금야금 남의 손에 넘어간 것이다. 그녀가 나를 찾아온 건 그것 때문이었다.

"남동생이 그 사고만 치지 않았어도 우리 농장을 지가 끝까지 지켰을 텐데, 지금은 우리 집이 알거지가 되어 버렸슈."

"저런 상심이 크셨겠어요."

"근디 동생은 이제 얼마 남지도 않은 농장까지 몽땅 헐값에 팔려고 하고 있지 뭐예유. 그것 때문에 지가 밤에 잠을 한숨도 못 자유."

"그러셨군요. 너무 안타깝네요."

"지는유, 돈도 필요 없고, 큰 집도 필요 없어유. 지금처럼 우리 포도들 돌보다가 쪽방에서 평생 잔대도 암치두 않고유. 근디 우리 동생은 돈이라면 사족을 못 쓰는 애라 포도 농장을 어떤 업자한테 팔려고 하고 있어유. 포도나무를 다 뽑아버리고 거기다 다른 걸 짓겠다는 사람한테유. 그렇게되면 우리 포도나무들 불쌍해서 어쩌냐구유. 지가 하루 4시간 자면서 평생 키운 자식이나 다름없는데, 지가 어떻게 그 녀석들을 보내냔 말이여유. 소장님 지 좀 도와주세유. 지가 우리 포도나무들 끝까지 지킬 수 있게 좀 해 주세유. 부탁드려유."

그녀는 하루아침에 아기 새와 둥지를 잃어버린 어미 새처럼 너무나 슬퍼했다. 그녀의 사정이 참으로 딱했다. 먼 지방에서 달랑 내 이름이 적힌 쪽지 하나만 들고 나를 찾아온 그녀를 위해 힘껏 도와주겠다고 약속했다.

그녀가 가져온 녹음 파일에는 그녀와 남동생, 업자 이렇게 세 사람의 대화가 담겨 있었다. 그 업자라는 자가 남동생과 합세해서 그녀에게 으르렁댔다. 그러다 어느 순간 남동생이 그녀에게 미친 듯이 소리를 질렀고, 밥상을 뒤집었는지 그릇 깨지는 소리가 났다. 그 와중에도 그녀는 화 한 번 내지 않고 동생을 좋게 타일렀다.

그녀가 농장을 절대 포기하지 않을 거라고 했더니 남동생은 포도나무를 다 뽑아 버리겠다고 윽박질렀다. 그러다 또다시 심상치 않은 소리가 났다. 그녀가 아파하며 괴로워하는 목소리였다. 몸싸움이 벌어진 게 분명했다.

"어머! 동생분이 누나를 밀친 건가요?"

"에고머니나! 어떻게 아셨데유? 소장님은 단박에 알아버리네유?"

아마 내가 별에서 왔다지요

"소리가 들리니까요."

"아휴~ 근디유, 사실은 살짝만 민 거여유. 살짝 밀었는디, 지가 꽈당 넘어진 거거든유. 그니께 동생은 잘못이 한 개도 없어유. 넘어진 지가 잘못한 거쥬."

"살짝이 아닌 것 같은데요? 누나한테 욕도 하고 소리까지 지르면서 세게 민 것 같은데, 그 상황이 다 녹음됐고요. 이 손에 멍든 것도 그때 다치신 거죠?"

그녀는 거짓말을 들킨 사람처럼 얼굴이 새빨개지며 어쩔 줄 몰라 했다.

"아…… 그, 그게 그니께, 그때 다친 건 맞는디, 살짝 삔 거라서 별로 아프지도 않아유. 이건 분명히 저 혼자 다친 거나 다름없어유. 그리고 실은 동생 잘못은 하나도 없어유. 걔가 순진하다 보니께 업자 꾐에 넘어간 거거든유."

그녀는 한사코 동생을 감쌌다.

"그래서 말인디유, 동생이 지를 밀었던 부분은 녹취를 안 해도 되거든유. 근디 동생이 농장을 담보로 이 업자한테 사채를 얻다 썼다고 시인한 부분 있쥬? 그거랑 동생이 지한테 '어차피 버텨 봤자 농장은 곧 이 사장님한테 넘어갈 거니께 좋은 말할 때 팔아!'라고 소리 지른 부분이 있거든유. 딱 그 내용만 녹취록으로 만들 수 있을까유?"

"네. 안 하실 부분은 생략 표시를 하고, 하실 부분만 따로 녹취해 드릴 수 있어요."

"잘됐네유. 그 내용만 있으면 돼유. 다른 건 한 개도 필요 없어유."

"근데 이 녹취록은 왜 하시려는 거예요?"

"동생이 엄니한테 농장을 담보로 대출받은 적이 없다고 거짓말을 했

거든유. 근데 엄니가 그 말은 믿고, 농장이 곧 업자한테 넘어가게 생겼다는 제 말은 도통 안 믿어서유. 녹음된 걸 들려줘도 엄니가 귀가 어두워서 잘 못 들으시니께, 차라리 서류로 만들어서 보여 드리면 제 말을 믿으실 거 같아유. 그게 증거니께유. 그래야 얼마 남지 않은 농장이라도 지킬 것 같아서유."

잠시 후 계약서를 작성하던 그녀가 내 눈치를 살피더니 작은 목소리로 속삭였다.

"소장님, 근디유~. 긴히 드릴 말씀이 있어유."

"네, 말씀하세요."

"사실은 제가 돈이 없거든유."

"아, 네⋯⋯."

"공짜로 해달라는 건 절대로 아니고유, 잠시만유."

그녀가 서둘러 문을 열고 나갔다. 문밖에서 뭔가 덜커덩거리는 소리가 나더니, 곧이어 그녀가 손수레를 낑낑대며 끌고 들어왔다. 그 수레 위에는 박스 4개가 쌓여 있었다. 딱 봐도 무거워 보였다. 족히 20킬로그램은 넘을 것 같았다.

수레를 끄는 그녀가 불편해 보여 자세히 살피니, 한쪽 다리를 절었다. 게다가 그녀의 팔목에는 고된 노동을 이겨내기 위해 붙여 놓은 파스들도 보였다.

그런 그녀가 나를 향해 환하게 웃으며 말했다.

"소장님, 이게 뭐냐면유, 지가 기른 포도 중에 최고로 좋은 것만 담은 거여유. 포도 2박스랑 아까 드셨던 그 맛난 포도 주스 있쥬, 그거 2박스여유."

아마 내가 별에서 왔다지요

그리고는 상자들을 매만지며 말을 이었다.

"저기…… 염치없지만 이것을 녹취료 품삯으로 받아 주시면 참 감사하겠어유. 혹시 될까유?"

나는 깜짝 놀라 물었다.

"세상에! 오늘 새벽차 타고 오셨다더니 이 무거운 걸 그 먼 곳에서 가져오신 거예요?"

"네. 소장님 드리려고 가져왔어유."

순간 가슴속에서 울컥한 게 올라왔다. 머릿속은 멍해졌고, 금세 눈시울이 붉어지고 코끝까지 찡했다. 참으로 폭풍 감동이었다. 세상에, 이런 지구인이 있다니!

단지 포도 4박스가 고마워서가 아니었다. 내게 주려고 이 무거운 걸 장시간 이고 지고 왔다는 사실이 놀라웠다. 아마도 그녀는 이른 새벽부터 분주했으리라. 파스 붙인 손으로 이 포도들을 정성스럽게 담았으리라. 바퀴 달린 수레에 단단히 묶고 울퉁불퉁한 시골길을 걸었으리라. 그러고는 고속버스에 포도를 싣고 장시간 달려왔겠지. 또다시 수레를 끌고 뜨거운 도시의 뜨거운 길을 헤맨 끝에 내 사무실까지 걸어왔을 테고…… 내 이름과 주소가 적힌 쪽지를 움켜쥔 채 말이다. 내가 뭐라고, 그 녹취료 품삯이 뭐라고…….

그녀의 수레 한쪽 귀퉁이에는 포도 외에도 호박, 고추, 참외가 들어 있었다. 그것들도 자신이 직접 기른 거라며 받아달라고 부탁했다.

"소장님, 포도를 여기에 두면 공간 차지하니께 지가 시방 냉장고에 싹 넣어드려도 될까유?"

그녀가 사무실 안을 재빠르게 둘러보며 말했다.

나는 감격에 겨워 떨리는 목소리로 겨우 대답했다.

"하우, 포도는 제가 넣을게요. 근데 이 귀한 걸 녹취료로 받기엔 너무 많네요. 포도 한 박스만 받고, 나머진 제가 살게요."

그녀가 펄쩍 뛰었다.

"아니여유! 그러지 마세유! 지가 이미 다 알아봤어유. 녹취료 품삯이 적지 않다는 거 다 알어유. 그러니께 이거 전부 다 받아 주시면 참말로 감사하것어유, 소장님. 꼭이유."

내가 그럴 필요 없다고 거듭 말해도 그녀는 고집을 꺾지 않았다.

나는 서둘러 녹취 작업을 시작했다. 그녀가 또 먼 길을 오게 할 수 없으니 그날 중으로 마무리해 드려야 했다. 그녀는 오랜만에 서울 구경 좀 하겠다고 밖으로 나갔고, 나는 점심도 거르고 열심히 작업을 진행했다.

한참을 일하고 있는데 그녀에게서 전화가 왔다.

"소장님, 지가 점심 좀 사갈까 해서유."

"아니예요. 괜찮아요."

"소고기덮밥하고, 육개장하고, 일식 초밥 좀 사갈게유. 우리 같이 먹어유."

"그 비싼 걸 뭐 하려요? 사 오지 마세요. 저 안 먹어도 돼요."

"지금 사갈게유."

그녀는 정말 베푸는 게 일상인 사람 같았다. 포도도 과한데 그 비싼 음식들까지 사 오겠다니. 농장 사정 때문에 형편도 넉넉지 않으신 분이 말이다.

잠시 후 그녀는 나를 또 한 번 행복의 도가니에 빠뜨렸다. 그녀가 사 온

아마 내가 별에서 왔다지요

비싼 음식의 정체는 다름 아닌 소고기 삼각김밥 1개와 작은 육개장 컵라면 1개 그리고 편의점 유부초밥 4조각이었다. 어쩜 이리도 해맑고 순수할 수 있단 말인가! 이토록 사랑스러운 의뢰인은 정말 오랜만이었다.

그녀가 내게 소고기 삼각김밥 절반을 뚝 떼 주더니 나머지 절반을 게 눈 감추듯 먹어 치웠다.

"소장님, 워때유? 입맛에 맞아유? 솔직히 지는 이거 오늘 처음 먹어봤슈. 근디 맛이 괜찮네유."

나는 바로 맞장구쳤다.

"괜찮은 정도가 아니죠. 제가 지난 몇 달간 먹었던 음식 중 방금 먹은 이 음식이 최고였어요! 최고 중에 최고요!"

"호호호. 소장님은 거짓말도 참 세련되고 예쁘게 잘하시네유. 어쩜 사람이 그런데유?"

"거짓말이 아니라 진짠데요!"

우리는 서로를 보며 활짝 웃었다.

늦은 저녁이 돼서야 작업이 끝났다. 녹취록을 받아 든 그녀가 고개를 깊이 숙이며 인사했다.

"소장님 오늘 정말 감사했어유. 이 은혜 잊지 않을게유."

"제가 감사하죠. 조심히 가세요. 항상 건강하시고요. 포도 두고두고 잘 먹을게요."

한참 만에 고개를 든 그녀가 잠시 망설이더니 조심스럽게 입을 뗐다.

"사실 지가 지금 암 투병 중이거든유."

"아!"

그녀가 쓰고 있던 모자를 살짝 들어 올리자, 듬성듬성한 머리카락이 눈에 들어왔다.

나는 티 내지 않으려고 숨을 크게 들이마셨다. 그런데 다음 순간 눈물이 왈칵 쏟아졌다. 얼른 주먹으로 눈물을 훔쳤지만, 흐르는 눈물은 멈추지 않았다.

그 모습을 본 그녀가 울음을 터트렸다.

"흐흐흑! 소장님 왜 우신데유? 그러려고 말씀드린 게 아닌데유. 제가 다 죄송하네유. 울지 마세유. 저 때문에 울지 마세유. 제가 미안해서 집에 어떻게 가유."

"아니요. 그게 아니라……."

나는 울먹이며 그녀의 거친 손을 꼬옥 잡고 말을 이었다.

"제가요, 사무실 운영하면서 이렇게 가슴 벅찬 감동을 주신 고객은 정말 오랜만에 뵈었어요. 제게 이런 아름다운 추억을 남겨 주셔서 감사하다는 말씀 꼭 드리고 싶어요. 이 순간을 영원히 잊지 않겠습니다. 고맙습니다, 선생님."

그녀는 두 팔을 벌려 나를 꼭 껴안아 준 뒤, 고맙다는 말을 남기고 돌아갔다.

5개월 후, 어느 깊은 밤 문자 한 통이 도착했다. 문자를 읽던 내 손이 떨렸다. 포도 마법사인 그녀가 몇 시간 전 지구를 떠났다는 부고였다.

갑자기 가슴에 슬픔이 파도처럼 몰려왔다. 나도 모르게 눈물이 흘러내렸다. 눈물을 참아보려고 입술을 꽉 깨물어 보았지만, 눈물은 멈추지 않았다. 그렇게 쉴 새 없이 흘러내리던 눈물은 어느새 내 베갯잇을

아마 내가 별에서 왔다지요

축축이 적시고 말았다. 이상했다. 지구상에 죽는 사람이 어디 한둘이겠는가? 그중에 안타까운 죽음은 또 얼마나 허다하겠는가? 도대체 무엇이 내 눈물을 멈추지 않게 했던 걸까? 불현듯 그녀의 선한 얼굴이 떠올랐다. 선한 마법으로 내 마음에 행복을 가득 채웠던 그 아름다웠던 얼굴이 말이다.

한참을 울고 난 뒤 창문을 열고 밤하늘을 올려다봤다. 그날따라 짙푸른 밤하늘에 별이 가득했다. 평소에는 볼 수 없었던 특이한 별들도 눈에 띄었다. 그중에서도 특히 반짝이는 별 하나.

'저 별은 뭐지? 새로 태어난 아기별인가?'

영롱한 것이 참으로 예뻤다. 내 시선은 한동안 그 별에 고정되었다. 한참을 그렇게 쳐다보니 마음이 편안해졌다. 그리고 행복이 차오르기 시작했다. 그녀가 내게 줬던 그 마법 같은 행복 말이다.

맞다. 그럴지도 모른다. 저건 아마 그녀가 별이 되어 내게 인사를 하는 것일 거다. 저 빛나는 별은 포도왕국별이고, 그녀는 저 우주로 날아가 자신의 고향별에 입성한 것이다. 그곳에서 사랑하는 이들과 만나 담소를 나누며, 사랑하는 포도나무들을 어루만지고 있을 것이다. 그러다 내가 있는 이곳을 내려다보며 환하게 웃고 있을 것이다. 이렇게 인사하면서 말이다.

"소장님, 잘 지내쥬? 저 포도 마법사예유. 이곳에는 포도가 가득해유. 얼마나 예뿌구 사랑스런지 몰러유. 이곳에서 평생 포도나무를 가꾸며 살 거구만유. 지는 행복하게 잘 지낼 거니께, 우리 소장님도 항상 행복하게 지내야 해유."

나도 미소를 지으며 화답했다.

"네, 포도 마법사님. 그곳에서 오래도록 행복하세요."

그리고 보면, 지구에서 그녀가 그토록 지키고 싶어 했던 포도 농장은 그녀만의 작은 우주가 아니었을까? 지금은 더 크고 아름다운 포도왕국별로 이사를 간 것일 테고 말이다. 그런 생각을 하며 내 방을 둘러보았다. '그렇다면 내가 있는 이곳도 나의 작은 우주겠네. 나의 집, 나의 가족, 나의 일, 그리고 일을 통해 만났던 수많은 지구인도 모두 나의 작은 우주에서 만났던 소중한 인연들이었구나.'

만약 내가 네 살 때 트럭과 부딪혀 이 지구를 떠났다면 나란 사람은 지금 이곳에 존재하지도, 그 많은 인연을 만나지도 못했을 것이다. 그 생각을 하니 내게 주어진 모든 것들이 너무나 감사했다. 그렇다. 이 넓디넓은 우주에서 나라는 존재는 아주 작은 티끌 하나에 불과한데, 내가 이와 같은 수많은 경험을 할 수 있었던 것은 내가 이 지구에서 생명으로 존재할 수 있었기 때문이다.

나 또한 언젠가 그녀처럼 이 지구를 떠나게 될 것이다. 그렇게 됐을 때, 내 삶의 마지막 순간에, 그러니까 지구별을 떠나는 그 마지막 순간에, 나는 한 점 후회나 아쉬움 없이 기쁜 마음으로 이곳을 떠날 수 있을까? 그러한 삶이 되려면 과연 남아 있는 삶의 시간들을 어떻게 보내는 것이 좋을까? 수없이 고민했다. 그리고 나는 그 질문에 대한 답으로써 바로 이 책을 지구에 남기기로 결심했다.

그래서 아주 먼 미래에 나 노신임이 이곳 지구별에서 더 이상 숨 쉬지 않는 순간이 오더라도, 나의 분신과 같은 이 책이, 나 대신 이곳 지구별의 삶을 힘겨워하는 소중한 영혼들을 한 명 한 명 만나 주면 좋겠다. 내가 남기는 이 이야기들이 그들의 지친 영혼을 위로해 주면 좋겠다. 말없이

그들의 어깨를 토닥여 주면 좋겠다. 그들 스스로 상처와 아픔을 치유할 수 있는 용기를 불어넣어 주면 정말 좋겠다. 나의 이러한 바람처럼 지구별의 삶에서 영혼들이 힘을 얻고 희망을 찾게 된다면, 나 또한 내가 돌아갈 고향별에서 아주 아주 행복할 수 있을 것 같다.

아, 인간 영혼뿐 아니다. 나의 바람은 모든 생명을 향해 있다. 숲에 사는 동물과 식물, 길가에 핀 꽃, 하늘을 나는 새, 바쁘게 움직이는 다양한 곤충에 이르기까지, 이 지구별에서 숨 쉬는 모든 존재가 늘 행복했으면 좋겠다. 또한 지구를 넘어 우주에 있는 모든 존재가 무한한 행복을 언제까지나 누렸으면 좋겠다.

그것이 이 지구별에 잠시 머물다 갈 나 노신임의 소박한 바람이다.

아마 내가 별에서 왔다지요

고마운 이들을 떠올리며

"우리 딸, 그렇게 잠도 안 자고, 계속 책만 쓰면 엄마 속상해서 어떡해? 이것 좀 먹어. 좀 먹어봐, 응, 우리 딸?"

속기 사무소 일과 집필을 병행하다 보니 자연스레 잠을 줄일 수밖에 없었다. 점점 야위어 가는 나를 지켜보며 엄마는 항상 걱정만 한다.

그럼 또 나는 엄마의 속상해하는 마음을 안타까워한다.

"엄마, 이제 나 염려하는 거 은퇴하면 안 돼? 엄마 삶 좀 살아. 엄마가 행복한 삶!"

"너 생각하는 게 엄마 삶을 사는 거야."

엄마는 늘 그런 식이다. 딸들 걱정뿐이다.

그런 엄마에게 내가 늘 하는 말이 있다.

"엄마, 200살까지 살기다. 약속!"

아마 내가 별에서 왔다지요

엄마는 웃으며 대답한다.

"우리 딸, 말이라도 고맙다."

만약에 말이다. 신께서 마법을 부려 엄마가 내 곁에서 200살까지 사신다고 치자. 그렇다면 엄마한테 받은 사랑을 다 갚을 수 있을까? 글쎄, 아무리 생각해도 어려울 것 같다.

내가 태어난 순간부터 지금까지 나의 세상을 온갖 사랑으로 꼭꼭 채워준 엄마다. 200살이 될 때까지 곁에서 양치를 도와드리고, 머리를 빗겨드리고, 팔다리를 주물러드리고, 심심치 않게 말벗이 되어드리고, 누구보다 행복하게 해드린다고 해도 내가 받은 사랑의 반의 반의 반의반도 못 갚을 것이다.

그 사실을 알기에 내가 할 수 있는 건 매 순간, 할 수 있는 모든 마음을 다해 엄마를 사랑해드리는 것이다. 무엇보다 엄마가 누구보다 소중한 존재임을 일깨워 드리는 일일 것이다.

엄마 말대로 그간 책 쓴다고 좋은 데도 못 가고, 맛집도 못 다녔다. 하지만 이제는 엄마 손을 꼭 잡고 소문난 맛집도 갈 거고, 여기저기 예쁜 데도 함께 다닐 거다.

"한영심 여사님! 언제나 사랑해요. 엄마가 내 엄마라서 고마워요."

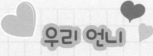

우리 언니

좀 뜬금없긴 하지만, 나는 어릴 때도 싸움을 잘했다. 내 기억으로는, 그 당시 TV에 나오는 드라큘라를 보면서 '피~ 저 드라큘라도 내 앞에서는 울고 갈 걸.'이라고 생각한 적이 한두 번이 아니었다. 왜냐하면, 당시의 나는 '물어뜯기의 명수'였기 때문이다. 물어뜯는 게 보통이 아니라고 늘 엄마에게 잔소리를 들었던 기억이 난다.

내 생각에 드라큘라의 이빨은 내 상대가 못되었다. 그나마 킹콩 정도는 되어야 내 상대가 될 것 같아서, 아빠에게 킹콩 좀 만나게 해달라고 자주 졸랐었다. 아쉽게도 한 번도 만나지 못했지만 말이다.

그런 배짱을 가진 내가 세 살 때 겪었던 일이다.

하루는, 여섯 살 울 언니가 동네 오빠한테 한 대 얻어맞고 울면서 집으로 왔다.

그때 내가 어떻게 했냐고?

엄마 말에 따르면 '싸움계의 모차르트'답게 행동했다고 한다.

갑자기 가지고 놀던 장난감을 집어던지더니, 심각한 표정으로 팔짱을 끼더란다.

그리곤 울고 있는 언니한테 다가가 "뚝!"이라고 소리친 뒤, 그곳이 어딘지 앞장서라는 손짓을 하더란다. 언니가 겁먹은 표정으로 자리에 서서 머뭇거리기만 하자, 내가 먼저 언니 손을 꼭 잡고 문밖을 나섰단다. 그러고는 저 멀리 동네 오빠가 보이는 곳까지 씩씩대며 걸어갔단다. (엄마가 궁금해서 따라오셨다고 함.)

마침내 무서운 동네 오빠 앞에 다다랐을 때, 나는 그 면상에 주먹이라도

아마 내가 별에서 왔다지요

날릴 듯한 무서운 기세로 두 주먹을 불끈 쥐고 오빠를 노려보았다. 한동안 동네 오빠를 노려보던 나는 바로 앞에 있는 작은 나뭇가지를 집어 오빠 쪽으로 휙 던지며 "뗏찌이!" 하고 호령을 하였다!

그렇게 내가 던진 나뭇가지가 날아가 오빠 팔을 살짝 건드렸고, 기분이 나빠진 오빠가 나를 잡을 듯이 달려오자, 나는 언니의 손을 잡고 부리나케 집으로 도망쳤다.

언니와 나는 성격이 정반대였다. 언니는 순해도 너무 순했다. 나는 원하는 옷을 안 사주면 사줄 때까지 상점 바닥에 드러누워 악을 쓰며 현란한 발버둥 댄스를 춰 댔는데, 언니는 한 번도 사달라고 한 적이 없다. 그래서 어린 시절 사진을 보면 난 공주님 원피스를 입고 머리도 예쁘게 땋았는데, 언니는 수수하기 그지없는 옷에다가 몇 번 쓱쓱 빗질하면 되는, 즉 관리하기 쉬운 단발머리였다.

언니는 툭하면 양보했다. 집에 맛있는 음식이 있을 때마다, "신임이랑, 신화 너희들 먼저 먹고 싶은 거 골라."라고 했다. 난 내 마음에 들지 않으면 싫다고, 왜 그래야 하냐고 따지기 일쑤였지만 언니는 늘 괜찮다고 했다. 언니의 그런 성격은 지금도 여전하다. 마치 큰 날개를 감추고 사는 천사처럼 다른 사람에게 정성을 다하고 베풀고 양보한다. 누군가가 억지를 부려도 그럴 만한 이유가 있을 거라고 이해해 주려 노력한다. 언니의 그런 한량없는 이해심과 배려심은 아직도 나를 감탄하게 만든다.

그런 천사 같은 언니가 늘 내 걱정을 하며 나를 도울만한 일을 찾는다. 그런 울 언니 노신희가 나는 늘 고맙다.

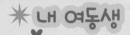

내 여동생

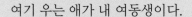

'퍽!'

"아아 앙!"

여기 우는 애가 내 여동생이다.

이 일은 내가 일곱 살, 동생이 다섯 살 때 일어난 일이다.

엄마가 끓여 주신 짜장라면을 동생과 냄비째 먹고 있는 중이었는데, 일이 벌어지고 말았다! 일곱 살 평생에 그런 어이없는 경우는 정말 처음이었다고 말하고 싶다.

무슨 일이 있었냐고?

우리 자매는 사이좋게 마주 앉아서 짜장라면을 먹고 있었다. 거기까진 좋았다. 그러다 라면이 딱 두 숟가락 정도 남았을 때 동생이 먼저 짜장라면을 자기 숟가락으로 퍼서 먹었다. 당연히 다음은 내 차례였다. 즉 남은 건 내 거라는 말이다. 그런데 갑자기 동생이 냄비 속으로 손을 넣어, 남은 짜장라면을 손으로 확 낚아채 제 입으로 쏙 집어넣지 뭔가! 정말 순식간이었다. 그래 놓고선 나 보란 듯이 내 눈을 쳐다보며 짜장라면을 씹어댔다.

순간, 얼마나 화가 나던지!

확신하건대, 동생은 처음부터 미리 작정하고 덤빈 거다. 감히 언니한테 말이다! 그러니 내가 어찌 가만있겠는가? 나는 곧바로 행동으로 옮겼다. 손바닥을 펴서 동생의 이마를 있는 힘껏 내리쳤다.

'퍽!'

"아아 앙!"

동생이 소리를 지르는 동시에 그 입에 있던 짜장라면이 밖으로 튀어 나왔다. 나는 이때다 싶어 바닥에 떨어진 그 면발을 냉큼 집어 내 입 속으로 넣었다. 완벽한 나의 승리였다. 승리감에 도취되어 맛있게 씹고 있는데, 느닷없이 엄마의 등짝 스매싱이 날아왔다. 동생이 엄마한테 이른 것이다.

등은 화끈화끈 아프고, 귀는 엄마의 잔소리로 따가웠지만 어쩌겠는가? 2년이나 더 산 내가 참아야지. 그러면서 엄마의 호통보다 더 급한 일이 있다는 듯, 나는 앞에 놓인 냄비에 얼굴을 파묻고 냄비에 붙은 건더기와 짜장 소스를 구석구석 핥았다.

그 모습을 지켜보던 아빠는 배꼽이 탈출한 사람처럼 웃어댔다.

그렇게 나에게 이마빡을 맞았던 내 동생이 몇십 년 후, 첫째 아들 라온이에게 자주 듣는 말이 있다.

"엄마는 내 빛이야."

엄마가 자식에게서 들을 수 있는 최고의 찬사임이 분명하다.

내 생각에도 조카 라온이의 저 표현은 너무 정확하다. 내 동생은 빛이다. 너무나 아름답고 환한 빛.

나는 동생과 같이 있을 때면, 마치 엄청나게 밝은 빛이 나를 감싸듯 아주 포근하고 따뜻한 느낌을 받는다.

어떤 고민을 하다가도 동생과 잠시 얘기를 나누다 보면 어느덧 고민은 사라진다. 어느 순간 입을 헤 벌린 채 '내 고민이 뭐였더라?' 하며 동생 얘기에 빠져들어 있는 나를 발견한다. 도대체 그런 초인적인 능력을 언제부터 갖게 되었는지 수차례 물어봐도, 자신에겐 그런 능력이 없다며 겸손하게 잡아떼지만 말이다.

그런 동생이 이 책 〈아마 내가 별에서 왔다지요〉가 세상에 나올 때까지 내게 아낌없는 격려를 해주었다. 그랬기에 글 쓰는 과정이 힘들기도 했지만, 무척 행복하기도 했다.

지혜롭고 위대한 작가이며,

세상에 하나뿐인 나의 동생 노신화에게 말로 다할 수 없는 고마움을 전한다.

우리 가족의 남자들

사위인지 아들인지 헷갈릴 정도로 엄마를 따뜻하게 보살피는 자상함의 대명사인 형부, 최영갑 님에게 감사의 마음을 전하고 싶다.

"처형, 열심히 달려오셨으니 이제 여행도 다니시고 좀 쉬시는 건 어때요?" 라며 나를 살뜰히 챙기는 제부, 김인석에게도 고마운 마음을 전한다.

다음으로 내게 너무나 소중한 조카들! 최봉현, 김라온, 김로운.

나는 너희들이 처음 지구에 발을 디뎠을 때를 결코 잊을 수가 없단다. 그건 기적이었고, 마법이었지. 너희와 함께 지구에서 살게 된 이후 이모는 하루도 기쁘지 않았던 적이 없었어.

사랑한다. 지금처럼 늘 건강하고 행복하렴.

아마 내가 별에서 왔다지요

나의 영원한 넘버원! 아빠

　내 아빠! 내가 지구라는 행성에 도착했을 때 맨 처음 내 손을 잡아주었던 지구인.

　나의 최고의 스승, 나의 최고의 은인, 나의 최고의 자랑, 나의 최고의 기쁨이었던 아빠! 어린 시절 아빠와 나눴던 대화 중 기억나는 게 있다.

　"아빠, 우리도 부자면 좋겠어."

　아빠는 나를 무릎에 앉히고, 내 눈을 보며 말씀하셨다.

　"우리 깡패(아빠가 나를 부를 때 애칭), 아빠가 세상에서 가장 큰 부자인 거 몰랐구나?"

　"진짜?"

　"그럼! 아빠한텐 보물이 가득 있잖아."

　"어디 있는데?"

　"우리 집에 다 있지. 내가 가장 아끼는 보물들."

　"어디?"

　"저기 봐봐. 엄마 보물, 신희 언니 보물, 신화 보물. 그리고 너, 신임이 보물."

　"에이! 진짜 보물인 줄 알았잖아."

　"보물 맞지. 온 우주를 다 준다 해도 절대로 안 바꿀 보물들. 아빠는 너희들만 있으면 뭐든지 할 수 있어. 그러니까 아빠가 이 세상에서 가장 큰 부자라는 거야."

그날의 대화는 내게 큰 울림을 주었다. 어쩌면 그날 나는 다짐했던 것 같다.

소중한 보물인 내 가족들을 꼭 지켜 주겠다고. 내가 가족들을 행복하게 해 주겠다고.

가장 고귀한 행복은 가족을 사랑하는 것이라는 걸 일깨워 준 나의 영웅, 나의 아빠 노영현 님께 진심으로 감사를 드린다.

"아빠! 그곳 천국에서 이 깡패 잘 지켜보고 있는 거지? 신임이가 지구에 있는 동안 아빠의 소중한 보물들은 내가 잘 지킬 테니, 아빠는 아무 걱정 하지 말고 행복한 나날들 보내. 나중에 우리 다시 만나면, 그땐 아빠 더 많이 아껴주고 웃게 해 줄게. 기대해. 사랑해." ♥

아마 내가 별에서 왔다지요

1판 1쇄 펴냄 2024년 1월 10일

지 은 이	노신임
편 집 자	노신임
표지그림	현현
책디자인	김나영
마 케 팅	지니어스 안, 이소영, 박수진, 한지은
펴 낸 곳	밀알속기북스
주 소	서울시 서초구 서초중앙로 164, 신한국빌딩 B1
전 화	02-592-7888
팩 스	0504-448-5335
이 메 일	milalbooks@naver.com
등 록	2019년 5월 1일 제2019-000114호
I S B N	979-11-967082-8-3 13810